第二十二条军规

【美国】约瑟夫·海勒 著

吴冰青 译

译林出版社

图书在版编目（CIP）数据

第二十二条军规 /（美）约瑟夫·海勒（Heller, J.）著；吴冰青译. —南京：译林出版社，2019.10（2025.9重印）
书名原文：Catch-22
ISBN 978-7-5447-7850-3

Ⅰ.①第… Ⅱ.①约…②吴… Ⅲ.①长篇小说-美国-现代 Ⅳ.①I712.45

中国版本图书馆CIP数据核字（2019）第117336号

Catch-22 by Joseph Heller
Copyright © 1955, 1961 by Joseph Heller
Copyright renewed © 1989 by Joseph Heller
Preface copyright © 1994 by Joseph Heller
This edition arranged with ICM Partners in association with Curis Brown Group Limited through Bardon-Chinese Media Agency
Simplified Chinese edition copyright © 2019 by Yilin Press, Ltd
All rights reserved.

著作权合同登记号　图字：10-2018-365 号

第二十二条军规　[美国] 约瑟夫·海勒／著　吴冰青／译

责任编辑	王　珏　李玲慧
装帧设计	Desirée Dora
校　　对	王　敏
责任印制	闻嫒嫒

原文出版	Simon & Schuster, 1996
出版发行	译林出版社
地　　址	南京市湖南路1号A楼
邮　　箱	yilin@yilin.com
网　　址	www.yilin.com
市场热线	025-86633278
排　　版	南京展望文化发展有限公司
印　　刷	苏州市越洋印刷有限公司
开　　本	850毫米×1168毫米 1/32
印　　张	15.75
插　　页	4
版　　次	2019年10月第1版
印　　次	2025年9月第10次印刷
书　　号	ISBN 978-7-5447-7850-3
定　　价	68.00元

版权所有·侵权必究

译林版图书若有印装错误可向出版社调换。质量热线：025-83658316

序　言

　　1961年,《纽约时报》的版面有八个纵栏。那年11月11日,即《第二十二条军规》正式出版后的第二天,书评版登出了一份不同寻常的广告,上下贯通整版,且占据五个纵栏的宽度,视觉效果十分惊人。那天的书评评介的是另一位作者的作品,跟纵横字谜和所有别的内容一起,都被排挤到报纸的边上了。广告标题是这样的:什么是圈套? 顶部展示了一幅剪影式的漫画,一个穿军装的人在飞行中,表情惊恐,眼睛瞥向侧边某种没有指明的危险。

　　这是《第二十二条军规》的出版通告。交织在文字中,通告提及了二十一个具有一定公共声望的个人和团体的赞誉之词。他们大多与文学和出版界有关联,在出版前都收到了小说,并且已经作了书评或给予了赞赏性的评论。

　　出版后数日之内,《国家》杂志发表了纳尔逊·阿尔格伦的书评(他也是我的著作代理人的客户,我的代理人力劝他阅读这本小说),评论《第二十二条军规》,说它"是多年来出自任何题材的最佳小说"。芝加哥一份日报发表了斯特兹·特克尔的书评,差不多同样高度赞赏它。

这部作品出版时就获得如此关注,很大程度上是由于我的著作代理人坎迪德·多纳迪奥和编辑罗伯特·戈特利布的勤勉、热忱和欣赏,现在我愿借此机会把这个新版本题献给两位,他们是我的同仁和伙伴,他们的才能具有不可估量的价值。

那天的《纽约时报》没有评介这部作品,不过《先驱论坛报》上发表了莫里斯·多比尔的书评,多比尔先生是这样说的:"一本书,一辆野蛮、感人、惊心、欢闹、狂暴、令人快活的巨型过山车。"

《先驱论坛报》的评论者来评介这部出自无名作者的战争小说,几乎完全缘于巧合。佩雷尔曼几乎就在同一时间出版了他自己的作品,他比我有名得多,又是多比尔先生一次访谈的对象。他的出版社是西蒙与舒斯特,我的也是,而且作品的责任编辑也是同一人——鲍勃[1]·戈特利布。当多比尔问及他本人的阅读时,佩雷尔曼先生回答说,他正在非常专心地读一本小说,是他的编辑催促他读的,叫作《第二十二条军规》。多比尔先生后来对我坦陈,他一回到办公室就发现该书已经跟别的书堆在一起了,这些书他自认没有时间为了撰写书评而仔细研读。若非戈特利布催促,佩雷尔曼是不会读这本书的;佩雷尔曼没有读这本书,就没有多比尔的评介。

而若非多比尔,也许就没有《纽约时报》上的广告了。两周之后,可能仅仅因为多比尔先生,书评人奥维尔·普雷斯科特在《纽约时报》每日版以嘉许的口吻描述这本书,预言它将不会被能够接受它的人忘记,并称它是"一场眼花缭乱的表演,给多少读者带来乐趣,就会激起几乎同样多的人的愤怒"。

其余的,你可以说是历史,但那是一段容易被曲解的历史。

那时,这本小说没有得过任何文学奖,也没登过任何畅销书榜。

而且,正如普雷斯科特先生所预见的,只要有一次赞赏的报道,几乎都

---

[1] 鲍勃是罗伯特的昵称。

会出现一次负面的评论。二十五年以后回头来看这本小说,约翰·奥尔德里奇——我心目中几十年来最有见地、最执着的美国文学评论家——称赞了罗伯特·布鲁斯汀在《新共和》杂志上发表的极富知性的评论,说它包含了"一些实质性论点,是许多后来的批评都没能进一步深化的",而且奥尔德里奇先生认识到,《第二十二条军规》的许多早期读者"喜欢这部书的原因,恰恰导致了别的人憎恨它"。

贬低常常是恶意的。《纽约时报》星期日版后面有一条小小的公告,小得只有那些等候它的人才看得见,其中评论者(一位小说家,碰巧也是我本人的著作代理人坎迪德的客户)认定这部"小说亟须技巧与感性","重复而且单调","欠佳","是一堆情绪的大杂烩",因而算不得小说;而在尊敬的《纽约客》杂志上,评论者——一位通常撰写爵士乐评的特约撰稿人——把这本书与米切尔·古德曼一本背景相似的小说做了不利的比较,然后判定《第二十二条军规》"甚至不像是写出来的;相反,它给人的印象是被呼喊到纸上去的","剩下的只是一些冷笑话的残骸",到头来海勒"沉迷于他自己的笑声里,终于淹没其中"。(我写下这些,现在就想淹没在笑声里了。)

我不记得这部小说被收入那年《纽约时报》推荐的阅读书目圣诞节综述中的几百本书里,还是次年春天挑选出的另外几百本夏季阅读书目里。

但是1962年的晚夏,雷蒙德·沃特斯在《纽约时报》星期日版的畅销书版——当时已定期刊载专栏《书里书外》——报道,纽约人似乎谈论最多的地下书籍就是《第二十二条军规》。(那年这部小说的宣传力度也许高于任何别的书,但它仍然是地下的。)过后不久,《新闻周刊》用数页的篇幅登载了一篇大意相同的报道。同年夏末,我受邀做第一次电视访谈。节目叫作"今日",当时也就是一些杂耍表演,没什么别的。临时主持人是约翰·钱瑟勒。钱瑟勒先生先前是克里姆林宫的新闻记者,他同意接受这份工作,条件是访谈对象只能由他本人来选择。

节目之后,在演播室附近一家酒吧里,我一杯杯喝着马提尼——一向从没这么早过;他递给我一捆私下印制的贴纸,上面写着:**约塞连活着**。他向我透露说,他一直把这些贴纸偷偷裱糊在 NBC 大楼的走廊墙壁上和行政休息室里。

然后就到了 9 月份,平装本也出了,随之终于看到了这本书开始流行,而这似乎令出版商戴尔吃了一惊,尽管他们精心设计了宣传和发行策略。好像一度出版社的人也无法让自己完全相信这些销售数字了,而且他们总跟不上数字的增长。

平装本出版社几十万几十万地印。具体讲,最初发行三十万本之后,他们又回头在 9 月和年底之间重印了五次,其中 10 月和 12 月各重印两次。到 1963 年底,本书已经印刷了十一次。在英国,由于富有进取心的年轻编辑汤姆·马希勒的大力协助,从一开始就是这样的情况。当时那里畅销书排行榜还很新,很不成熟,但是《第二十二条军规》很快就冲到这些排行榜的顶头。

就我而言,《第二十二条军规》的历史始于 1953 年,那年我着手写作本书。1953 年,我在当时还是学院的宾夕法尼亚州立大学教了两年英语写作之后,受雇于纽约一家小广告公司,做广告文字撰写人。最初,我急切地想得到赞许意见,把开篇第一章寄了几位著作代理人,他们是我在《时尚先生》和《大西洋月刊》上发表几篇短篇小说后联系上的。这几位代理人没觉得怎样,但是那儿的一位年轻助理坎迪德·多纳迪奥却很欣赏,于是她征得许可,把那一章送交几份定期发表"创作中小说"片段的出版物。

1955 年,那一章刊登在平装版季刊《新世界写作》第七期(这本刊物还收了以笔名发表的另一部创作中小说的摘录——杰克·凯鲁亚克的《在路上》)。几位知名出版社的编辑来信表示赞赏和有兴趣,于是我受到了鼓励,继续这件工作,为此耗费的时间,现在回过头来看,要比当初预想的长上很多年。

1957 年,完成大约两百七十页打字稿的时候,我受雇于《时代》杂志,白天撰写广告销售介绍,暗中则把一些想法偷偷记在纸上,供晚上回家写小说时用。而坎迪德·多纳迪奥正凭借自己的努力逐渐成为一位杰出的代理人,她手上的那份美国作家委托人名单特别抢眼。我们商定，不妨把这份不完整的手稿递交给若干出版社，主要是就这本我们都如此关心的小说的出版潜力征得一点实际的看法。西蒙与舒斯特出版社一位她认识的年轻新编辑引起了她的注意，她认为这位编辑会比大多数人更愿意接受创新，他的名字是罗伯特·戈特利布。她是对的。

戈特利布忙着阅读那些打字稿的时候，我便利用慷慨的《时代》杂志给的四个星期夏日休假，开始重写。戈特利布和我见面共进午餐，主要是想了解一下我的性情，好弄清楚我作为作者，合作中有多通情达理。听他婉转地提到某些总体建议（这些建议他认为终究还是必须提出来），我随即递给他新写的文稿，并自负地回答说，这些问题我相信差不多都已经考虑到了。

他的顾虑让我感到意外。我也许会反感跟这么年轻的人合作——我想他当时二十六岁，而我三十四岁。更令我大吃一惊的是，后来听他说起，他和他在西蒙与舒斯特出版社最亲密的同事尼娜·伯恩最初都被我表现出的一种怀疑态度吓住了，而我并不知道自己居然会有这种态度。从那以后我就没有怀疑过他，而且我特别不相信，戈特利布——他接着将担任诺普夫出版社的总编，然后是《纽约客》杂志的编辑——究竟还会害怕谁。

我至今仍极为愉快地记得，他并不找我要小说梗概，甚至从不探求他已经看到了三分之一的小说将向哪里发展。我收到的合同要求，出版社支付一千五百美元预付稿酬，合同签订时支付一半——其实我并不需要这笔钱，余下部分在作品完成并交付出版时支付。

也许我是他的第一位小说作者，但不是他的第一位出版作品的作者；我还需要三年时间完成作品，其间还有别的作者带着已完成的手稿来找他。也许我还是坎迪德最早的委托人。他们都像我一样为《第二十二条军规》最终的成功欢欣鼓舞，这以后我们三人只要回忆起这段经历，一直都非常陶醉。

1962年2月28日，记者理查德·斯塔恩斯在他的报纸《纽约世界电讯报》上发表专栏文章，给予高度赞扬。文章开头是这样说的：

"我认为,约塞连将活得非常长久。"

他的颂扬完全是意想不到的,因为斯塔恩斯先生是那种风格强硬的新闻记者,他惯常的活动领域在于本地政治,而大家普遍认为《纽约世界电讯报》总体上是保守的。

至今我都对斯塔恩斯先生自发且毫不保留的赞许心存感激,为他准确的预言而感谢他。约塞连的确活了很久了。《纽约世界电讯报》早已停刊,最初那份广告里提到的人很多已经谢世,其余的大多数也存日无多了。

但是小说结束时约塞连是活着的。因为电影的缘故,即使是这部小说的核心读者都会有一种最终的、持久的想象:他在海上,坐在一只黄色充气救生筏里,奋力划向自由。小说中他没有走到那一步,但是他没有被抓住,也没有死。我刚刚完成续篇《终了时刻》(那个逃跑的卡通造型又出现在封套上,不过他戴着商人的帽子,拿着一根手杖),在小说结尾,他再一次仍然活着,虽然老了四十多岁,但绝对还在那里。"每个人都得死,"小说中他的医生朋友以强调的语气提醒他,"每个人!"但假如我再写一部续集,到结尾他仍然会活着。

有朝一日,我必须承认,现在已七十岁的约塞连也不得不死去,但那不会发生在我的手里。

约瑟夫·海勒,1994
于纽约东汉普顿

献给著作代理人坎迪德·多纳迪奥
与编辑罗伯特·戈特利布
我的同仁

世上只有一个圈套……
那便是第二十二条军规。

皮亚诺萨岛在地中海，位于厄尔巴岛以南八英里。它非常小，显然无法展现书中描述的所有情节。如同这本小说的背景，书中人物也都是杜撰的。

目 录

1 得克萨斯人 ··· *1*
2 克莱文杰 ··· *11*
3 哈弗迈耶 ··· *18*
4 丹尼卡医生 ··· *29*
5 一级准尉怀特·哈尔福特 ··· *38*
6 饿鬼乔 ··· *51*
7 麦克沃特 ··· *60*
8 沙伊斯科普夫少尉 ··· *69*
9 梅杰·梅杰·梅杰少校 ··· *85*
10 温特格林 ··· *109*
11 布莱克上尉 ··· *117*
12 博洛尼亚 ··· *124*
13 □□·德·科弗利少校 ··· *138*
14 小桑普森 ··· *148*
15 皮尔查德和雷恩 ··· *153*
16 露西安娜 ··· *161*
17 浑身雪白的士兵 ··· *175*

18 看什么都是重影的士兵　　⋯ 187

19 卡思卡特上校　　⋯ 199

20 惠特科姆下士　　⋯ 210

21 德里德尔将军　　⋯ 221

22 市长米洛　　⋯ 238

23 内特利的老头　　⋯ 254

24 米洛　　⋯ 266

25 随军牧师　　⋯ 284

26 阿费　　⋯ 304

27 达克特护士　　⋯ 312

28 多布斯　　⋯ 326

29 佩克姆　　⋯ 339

30 邓巴　　⋯ 352

31 丹尼卡夫人　　⋯ 363

32 约—约的室友　　⋯ 368

33 内特利的妓女　　⋯ 374

34 感恩节　　⋯ 384

35 勇士米洛　　⋯ 393

36 地下室　　⋯ 403

37 沙伊斯科普夫将军　　⋯ 417

38 小妹妹　　⋯ 420

39 不朽之城　　⋯ 434

40 第二十二条军规　　⋯ 451

41 斯诺登　　⋯ 461

42 约塞连　　⋯ 473

1 得克萨斯人

那真是一见钟情。

约塞连第一眼见到随军牧师,便发狂般地爱上了他。

约塞连因为肝痛住进医院,却没有出现黄疸,医生们很是迷惑,怎么会没有黄疸。如果转成黄疸,他们就可以治疗。如果没有转成黄疸而肝痛又消失了,他们就可以让他出院。但老这样出不了黄疸,倒把他们弄糊涂了。

每天早上来查房的,是三个精力充沛而满脸严肃的男人,嘴上滔滔不绝,眼睛却不济事,随同的是精力充沛而满脸严肃的达克特护士,不喜欢约塞连的病房护士中就有她。他们读了挂在床尾的病历,不耐烦地询问肝痛的情况。听他说还是老样子,他们似乎有点恼火。

"大便还没通?"上校军医查问道。

见他摇头,几位医生交换了一下眼色。

"再给他一粒药。"

达克特护士做了记录,准备再给约塞连一粒药,然后他们四人朝下一张病床走去。护士们谁都不喜欢约塞连。约塞连的肝痛其实早就消失了,不过他没说出来,医生也从不起疑心。他们只是怀疑他早已通了大便,却没告诉任何人。

住在医院,约塞连要什么有什么。饮食还不坏,每餐饭又都有人送上病床。有额外配给的新鲜肉,而且下午闷热的时候,他和其他病员还能喝到冰果汁或冰巧克力奶。除了医生和护士,从未有人打扰过他。上午,他得花一点时间检查信件,但事后便可以心安理得地随意闲躺在病床上,打发一天余下的时光。他在医院里过得很舒服,也很容易就这么住下去,因为他的体温总是在一百零一华氏度。他甚至比邓巴都舒服,邓巴为了让人把膳食送上病床,还不得不一次次嘴啃泥地摔下床去。

约塞连拿定主意要在医院里度过这场战争,于是他给每一个认识的人写信,说他进了医院,但决不提及是为什么。一天,他想到一个更妙的主意。他写信给每一个认识的人,说要执行一项非常危险的任务。"他们在征募志愿者。任务非常危险,可是总得有人去呀。我一回来就马上给你写信。"从那以后,他就再没给谁写过信了。

病房里所有军官病员都必须检查士兵病员的信件,这些士兵病员都被限制在各自的病房里。这是一份单调的工作。而发现士兵的生活只不过比军官稍微有趣一点而已,约塞连颇感失望。第一天下来,他就彻底没了好奇心。为了打破单调,他发明了种种游戏。一天,他宣布所有修饰语的死刑,于是经他手的每封信里,每个副词、每个形容词都滚了蛋。第二天,他又向冠词开战。第三天,他的创造力更是达到前所未有的新高,把信里的一切全都黑掉,只留下几个冠词。他觉得这样就建立了更强的动态行为张力,而且差不多每封信都成为一段远为普适的信息。不久,他又抹去了称谓语和签名部分,正文则一字不动。有一次,他删掉整封信,仅仅保留称呼语"亲爱的玛丽",并在信笺下方写上"我苦苦思念着你。美军随军牧师A.T.塔普曼"。A.T.塔普曼是飞行大队随军牧师的姓名。

他在信上穷尽了所有花样之后,便开始攻击信封上的姓名和地址,随手漫不经心地一挥,就抹去整片住宅和街道,消灭整个大都会,仿佛他是上帝一般。第二十二条军规要求审查官在每一封检查过的信上署名。大多数信约塞连根本就没看过,在那些完全没有看过的信上,他签上自己的名字。

在那些他真正看过的信上,他写上"华盛顿·欧文"。等这个名字越写越烦后,他就写"欧文·华盛顿"。信封审查产生了严重反响,在某些军队高层中间引起了一阵焦虑,于是刑事调查司令部派了一个人下来,乔装成病员住进病房。大家都知道他是刑事调查部的密探,因为这家伙老是在打听一个叫欧文或华盛顿的军官,还因为第一天下来,他就不愿审查信件了。他觉得那些信件实在太单调。

约塞连这次住的病房很不错,是他和邓巴享受过的最好病房之一。这次跟他们同住的有一位二十四岁的战斗机上尉飞行员,蓄着稀疏的金黄色小胡子,曾在隆冬时节被击中坠入亚得里亚海,居然连感冒都没得。眼下已是夏天,上尉也没有被人击落,却说染上了流行性感冒。约塞连右边的病床上,仍然色眯眯趴着的,是一位屁股被蚊子叮了而身染疟疾的上尉,他为此受了惊吓。过道对面是邓巴,邓巴旁边是一名炮兵上尉,约塞连已不再跟他下象棋。上尉棋下得很好,每次对弈总是极有趣味。约塞连不再跟他下棋,正是因为对弈太有趣味了,反倒让人有种被愚弄的感觉。再过去便是那位来自得克萨斯州颇有教养的得克萨斯人,看上去很像彩色电影里的某位明星。他很有爱国心地认为,有产者,也就是正派人,应该比流浪汉、妓女、罪犯、精神变态、无神论者和粗鄙下流的人(也就是无产者),拿到更多的投票权。

那天他们送得克萨斯人进病房时,约塞连正在除去信件的韵律。那又是一个安静、闷热、没有烦扰的日子。暑热沉沉罩住屋顶,窒息了一切声响。邓巴还是一动不动地躺在床上,两眼像洋娃娃一般直愣愣盯着天花板。他正在努力延长他的生命期限。他的办法就是培养无聊。邓巴正在如此努力地延长他的生命期限,约塞连还以为他已经死了。他们把得克萨斯人安置在病房中央的一张床上,没过多久,他就开始奉赠高见了。

邓巴霍地坐了起来。"说到点子上了,"他兴奋地叫起来,"确实少了样东西,我始终觉得少了样东西,这下我知道是什么了。"他一拳使劲击在手心。"没有爱国精神。"他断言道。

"说得对,"约塞连也冲他叫喊,"说得对,说得对,说得对。热狗、布鲁克林道奇队、妈妈的苹果馅饼。每个人都在为这些东西争斗。可是谁在为正派人争斗?谁在为正派人更多的投票权争斗?没有爱国精神,就这么回事。毫无爱国之情。"

约塞连左侧病床上的二级准尉却是无动于衷。"谁他妈在乎!"他不耐烦地说,随即侧过身,睡觉去了。

原来得克萨斯人是个性情随和、大度而又可亲近的人,然而三天过后就没人能容忍他了。

他总是惹得人心烦意乱,浑身不自在,所以每个人都躲着他,除了那个浑身雪白的士兵,因为没有选择。那个浑身雪白的士兵从头到脚裹着石膏和纱布,双腿双臂都已毫无用处。他是夜里被偷偷送进病房的,直到早晨醒来,众人才发现多了这么一位。只见他两条奇怪的腿给从臀部扯起,两条奇怪的手臂垂直朝上固定,四肢全都被奇怪地绑缚在半空,用铅砣牵拉起来。铅砣黑沉沉地悬在他的上方,一动不动。他的双肘内侧的绷带上各缝入了一条拉链口,一只清亮瓶子里的清澈液体就通过这里流进他体内。一根无声的锌管从腹股沟处的石膏中探出来,接上一根细长的橡皮软管,将肾脏排泄物点滴不漏地排入地板上一只光亮的封口瓶内。等地板上的瓶子接满,往胳膊肘输液的瓶子也就空了,于是这两只瓶子迅速地对调,液体便又可重新滴入他的身体。这个浑身雪白的士兵,浑身上下唯有一处是他们真正能看到的,那就是嘴巴上一个边缘毛糙的黑洞。

那个浑身雪白的士兵被安置在得克萨斯人旁边,于是得克萨斯人侧身坐在自己的病床上,以一种愉快而同情的懒洋洋腔调跟他说话,从早晨讲到下午,从下午讲到晚上。得克萨斯人得不到任何回应,但他毫不在意。

病房里每天测两次体温。每天清早及傍晚,克拉默护士就会端着满满一瓶体温计进来,从病房一侧走过去,再从另一侧走回来,逐个分发给病员。对那个浑身雪白的士兵,她的办法是将体温计插进他嘴巴上的洞里,让它靠稳在洞口的下沿。等她又回到第一张病床,她便取出病人的体温计,记录其体温,然后走向下一张病床,依次再绕病房一周。一天下午,她围绕病房走完第一圈,再次来到那个浑身雪白的士兵床前,读了他的体温,发现他已经死了。

"杀人犯。"邓巴轻声说。

得克萨斯人抬头看着他,疑惑地咧嘴笑了笑。

"凶手。"约塞连说。

"你们在说什么?"得克萨斯人紧张不安地问道。

"你谋害了他。"邓巴说。

"你杀了他。"约塞连说。

得克萨斯人畏缩了。"你们俩准是疯了。我碰都没碰过他。"

"你谋害了他。"邓巴说。

"我听见你杀他的。"约塞连说。

"你杀了他,因为他是黑人。"邓巴说。

"你们俩准是疯了,"得克萨斯人叫喊道,"他们是不准黑人进这儿的。他们有专门安置黑人的地方。"

"那个中士把他偷运了进来。"邓巴说。

"那个共产党中士。"约塞连说。

"而你知道这事。"

约塞连左侧的二级准尉对浑身雪白的士兵的整个变故毫无兴趣。他对任何事情都是异常冷漠,除非要表示恼怒,否则绝不会开口说一个字。

约塞连遇见随军牧师的前一天,餐厅里一只炉子爆炸了,烧着了厨房的一侧。一股强烈的热浪迅速弥漫于这片地方。甚至在约塞连的病房,差不多三百英尺以外,他们也能听到火焰的咆哮和木头燃烧发出的刺耳爆裂声。浓烟快速漫过已染上橘红色的窗户。大约十五分钟后,机场的空难救援车赶来现场救火。半个小时的狂乱中,形势相当危急。然后救火员开始渐占上风。忽然空中传来返航的轰炸机单调而熟悉的嗡嗡声,于是救火员只得卷起水龙带,火速返回机场,以防有飞机坠毁起火。飞机全都安全降落。

最后一架飞机一着陆,救火员便立刻掉转车头,急急奔回山坡上,准备继续扑救医院里的大火。等他们赶到那里时,大火已经熄灭。火是自己熄灭的,而且灭得非常彻底,甚至没有留下一处余烬需要用水浇灭。满心失望的救火员无事可做,只好喝喝温咖啡,四处转转,看看能不能搞搞护士。

火灾后的第二天,随军牧师来到医院。约塞连正忙着净化信件,删去一切,只保留甜言蜜语,这时牧师在病床之间的一把椅子上坐下来,问约塞连感觉如何。他的坐姿微微偏向一侧,于是约塞连唯一能看到的便是他衬衫领子上的上尉领章了。约塞连全然不知他是什么人,只是想当然地认为,他不是另一个医生就是另一个疯子。

"哦,还不错,"约塞连答道,"我的肝有一点痛,而且我猜想,也不是最常见的那种情况,不过话说回来,我得承认感觉还算不错。"

"那就好。"牧师说。

"是的,"约塞连说,"是的,那就好。"

"我本打算早点来的,"牧师说,"可是近来身体实在不大好。"

"太糟糕了。"约塞连说。

"只是感冒头疼。"牧师马上补充道。

"我一直在发烧,一百零一度。"约塞连同样快捷地补上一句。

"太糟糕了。"牧师说。

"是的,"约塞连表示同意,"是的,太糟糕了。"

牧师有些躁动不安。"我能为你做点什么吗?"过了片刻,他问道。

"不用,不用。"约塞连叹息道,"我想,医生已经尽力了。"

"不,不,"牧师微微有些脸红,"我倒不是这个意思。我指的是香烟……书……或者……玩具。"

"不,不,"约塞连说,"谢谢你。我需要的东西都有,我想——什么都有,缺的只是健康。"

"太糟糕了。"

"是的,"约塞连说,"是的,太糟糕了。"

牧师又动了一下身子。他左右顾盼好几回,然后抬头凝望天花板,又低头盯着地板。他深吸了一口气。

"内特利中尉向你问好。"他说。

听说他们有一个共同的朋友,约塞连心里有了点歉意。看来,他们的谈话总算有了基础。"你认识内特利中尉?"他抱歉地问道。

"认识,我跟内特利中尉很熟。"

"他有些疯疯傻傻,是不是?"

牧师的微笑变得尴尬起来。"恐怕我说不上来。我想,我还没跟他熟到那个份儿上。"

"相信我的话,"约塞连说,"没有比他再疯傻的了。"

随后的片刻沉默里,牧师费劲地斟酌了一番,然后打破沉默,问了一个突兀的问题:"你就是约塞连上尉,对吗?"

"内特利起点就不好。他来自一个富裕家庭。"

"请原谅,"牧师畏怯地追问,"我这样问也许极不恰当。你就是约塞连上尉?"

"是的,"约塞连承认道,"我就是约塞连上尉。"

"二五六中队的?"

"是他妈二五六战斗中队的,"约塞连答道,"我不知道还有别的约塞连上尉。就我所知,我是唯一一个我认识的约塞连上尉,不过那只是就我所知。"

"我明白了。"牧师不凑趣地说。

"那就是二的他妈八次方,"约塞连指出,"如果你想要拿我们中队写一首象征诗的话。"

"不,"牧师喃喃道,"我没想拿你们中队写一首象征诗。"

约塞连猛地挺直了身子,他发现了牧师衬衫领子另一边那枚小小的银色十字架。他惊异极了,因为他还从未跟随军牧师真正谈过话。

"原来你是随军牧师,"他欣喜若狂地大叫起来,"我不知道你是随军牧师。"

"噢,是,"牧师答道,"你真的不知道我是随军牧师?"

"噢,不,我真的不知道你是随军牧师。"约塞连盯着牧师看,又咧开大嘴神魂颠倒地笑,"我以前还真没见过随军牧师呢。"

牧师又红了脸,低头盯着自己的双手。他是个三十二岁左右的纤瘦男人,褐色头发,一双羞怯的棕色眼睛。他的脸瘦窄且相当苍白,两颊的凹处满是昔日青春痘留下的瘢痕。约塞连很想帮助他。

"我还能为你做点什么吗?"牧师问道。

约塞连摇摇头,还是咧嘴笑。"不用,很抱歉。我需要的东西都有,我过得很舒服。其实,我根本没什么病。"

"那就好。"牧师话一出口就懊悔了,几声尴尬的傻笑之后,他忙把指节塞进嘴里,可是约塞连依然沉默不语,令他失望了,"我还得去探望飞行大队的其他人。"他终于道歉说,"我还会来看你的,也许明天吧。"

"请一定来。"约塞连说。

"你真的想要我来,我就来,"牧师说着羞怯地低下了头,"我发觉我让好多人不自在了。"

约塞连热情洋溢。"我真的想要你来,"他说,"你不会让我不自在的。"

牧师感激地绽开笑容,随即低头窥视了一下一直握在手里的纸条。他嘴唇轻动,依次暗暗数着病房里的床位,而后犹疑不决地将注意力集中到了邓巴身上。

"请问,"他轻声低语,"那位是不是邓巴中尉?"

"是的,"约塞连高声回答,"那位是邓巴中尉。"

"谢谢你,"牧师低声说,"非常感谢。我要跟他聊聊,我要跟飞行大队所有的住院人员聊聊。"

"其他病房的也要聊?"约塞连问。

"其他病房的也要聊。"

"去其他病房可得小心,神父,"约塞连告诫道,"那是他们关精神病人的地方,里面塞满了疯子。"

"不必叫我神父,"牧师解释道,"我是再洗礼派教徒。"

"其他那些病房的事,我可绝对开不了玩笑,"约塞连冷酷地继续道,"宪兵不会保护你,因为他们是疯子中的疯子。我本来想陪你一起去的,可我害怕死了。精神错乱是传染的。这是整所医院唯一精神健全的病房。人人都是疯子,除了我们。说起来,这也许是整个世界唯一精神健全的病房了。"

牧师敏捷地站起来,侧着身子离开约塞连的病床,随后抚慰地微笑着点点头,答应将以适当的谨慎行事。"现在我得去跟邓巴中尉聊聊了。"他说。他还在犹豫着,挺懊悔的样子。"邓巴中尉还好吧?"终于,他问道。

"好得不得了,"约塞连向他保证,"真正的贵族。全天下最优雅、最缺少献身精神的人之一。"

"我不是这个意思,"牧师又低声细语地回答道,"他病得厉害吗?"

"不,他病得不厉害。其实他根本没什么病。"

"那就好。"牧师叹道。他松了口气。

"是的,"约塞连说,"是的,那就好。"

"随军牧师,"牧师见过他并离开之后,邓巴说,"你看见了没有?随军牧师。"

"瞧他多和蔼,"约塞连说,"也许他们应该给他三张选票。"

"他们是谁?"邓巴疑惑地问道。

病房尽头一小块隐蔽空间里的病床上,是一位严肃的中年上校,绿色三合隔板后面,他总是在忙个不停。一个性格温柔、长相甜美、有一头金灰色鬓发的女人每天都来探望他,她不是护士,不是陆军妇女队成员,也不是红十字会姑娘,但是每天下午必定出现在皮亚诺萨岛上的这所医院。她穿一身色彩浅淡柔和而又非常时髦雅致的夏装,腿上总是接缝笔直的尼龙长袜,外穿一双半高跟白色皮鞋。上校隶属通讯部门,昼夜忙碌地把内部传来的一大堆信息记录到用方形纱布做封面的记录簿上,然后非常细致地封好,再放到床头柜上一只白色的有盖提桶内。上校面相颇有丘壑:他有着洞穴般幽暗的嘴,洞穴般凹陷的脸颊,洞穴般深邃、暗淡、发霉的眼睛。他的脸色呈灰白色。他咳嗽起来总是小心翼翼的,之后用纱布垫慢慢轻拍嘴唇,带着一种无意识的厌恶神情。

上校被一群专家围绕着,他们仍在进行专门研究,以确定他到底所患何症。他们以强光照射他的眼睛,看他能否看见,用钢针扎进他的神经,听他有无感觉。有泌尿学家研究他的尿,淋巴学家研究他的淋巴,内分泌学家研究他的内分泌,心理学家研究他的心理,皮肤病学家研究他的皮肤,又有病理学家研究他的病理,囊肿病学家研究他的囊肿,还有一位哈佛大学动物系的秃顶而学究气的鲸类学家,因为一台IBM机器的电极故障,他被无情地掳掠进了部队医院,他一次次陪伴这位垂死的上校,试图跟他讨论小说《白鲸》。

上校真的是被研究了个遍。他身上没有哪个器官没有上过麻药动过刀,撒过药粉清过污,被手摸又被拍照,被挪移、被劫掠又被装回原处。那个女人整洁、修长而秀挺,坐在床边的时候常常抚摸他,她每次微笑都体现着一种庄严的忧伤。上校高瘦而有些驼背,他起身行走时,向前弯曲得更厉害,身体拱成一个深深的空洞,而他挪步时异常小心,只用小腿一点点地向前移。他的眼睛周围还有黑眼圈。女人说话十分轻柔,比上校的咳嗽还轻,病房里谁也没有听见过她的声音。

不出十天,得克萨斯人便把病房清理一空。炮兵上尉最先脱逃,随后,大逃难便开始了。邓巴、约塞连和战斗机上尉飞行员都是同一天上午逃掉的。邓巴不再晕眩,上尉飞行员擤通了鼻子。约塞连告诉医生,他的肝痛已经消失。就这么容易。连那位二级准尉也逃之夭夭了。不到十天,得克萨斯人就把每个人从病房赶回了岗位——除了那个刑事调查部的密探,他从上尉飞行员那儿染上了感冒,随后转成了肺炎。

2 克莱文杰

从某种意义上说,那个刑事调查部的密探算是挺幸运的,因为医院之外战争仍在进行。人们发疯,而后被授予勋章作为嘉奖。世界各地,轰炸线每一边的大兵都在为别人所谓的他们的国家而送命,对此似乎无人介意,更不用说那些正在丢掉年轻性命的大兵了。战事看不见尽头,唯一看得见的是约塞连自己的尽头,要不是那个爱国的得克萨斯人,他本可以留在医院直到世界末日的;那家伙下颌大得像漏斗,头发散乱,他的脸上永远咧着笨拙却牢不可破的微笑,就像黑色宽边呢帽的帽檐。得克萨斯人想要病房里每个人都快乐,就是跟约塞连和邓巴过不去。他真是病态得厉害。

但是约塞连快乐不起来,尽管得克萨斯人不想要他快乐,因为医院以外,还是没有什么好玩的事情。唯一在进行的便是战争,除了约塞连和邓巴,似乎没人注意到。而当约塞连试着提醒人们的时候,他们便赶紧躲开他,以为他疯了。就连本该看得更清楚却没有做到的克莱文杰,也曾对约塞连说他疯了,那是他们最后一次见面的时候,刚好在约塞连逃进医院之前。

克莱文杰狂怒而义愤填膺地盯着他,两手紧抓着桌子,咆哮道:"你疯了!"

"克莱文杰,你到底要别人怎样?"在军官俱乐部的喧闹声里,邓巴厌倦地回了一句。

"我不是开玩笑。"克莱文杰坚持道。

"他们想要杀我。"约塞连平静地告诉他。

"没人想要杀你。"克莱文杰叫喊道。

"那为什么他们朝我开枪?"约塞连问。

"他们朝每个人开枪。"克莱文杰回答,"他们想要杀所有人。"

"那又有什么不同?"

克莱文杰动了感情,激动得半个身子都出了椅子,他两眼湿润,嘴唇发抖而苍白。每次为他热情信仰的原则与人争吵,到头来他总是气得直喘粗气,强忍住因被人驳倒的苦涩眼泪。克莱文杰有很多热情信仰的原则。他真是疯了。

"谁是他们?"他想弄明白,"你认为是谁,确切地说,想要谋害你?"

"他们每个人。"约塞连告诉他。

"谁们每个人?"

"你说谁们每个人?"

"我哪里知道。"

"那你怎么知道他们不想杀我?"

"因为……"克莱文杰脱口而出,但随即哽在那里,终于无话可说。

克莱文杰确实觉得自己是对的,但约塞连却有证据,因为他每次飞到空中往不认识的人头上扔炸弹时,他们总是用加农炮朝他射击,这可一点也不好玩。如果说这事不好玩,那么更不好玩的事情就太多了。跟个流浪汉似的住在皮亚诺萨岛上的帐篷里,背后是大山,面前是平静的蓝色大海——却能转眼间吞噬水中抽筋的人,三天后再把他寄送回海滩,邮资付讫,人则遍体浮肿、青紫,并开始腐烂,水从冰冷的鼻孔里慢慢排出——那可根本不好玩。

他宿营的帐篷正靠在一片疏落晦暗的树林边上,树林把他和邓巴的中队分隔开。紧靠帐篷一侧,是一道废弃的铁路壕沟,沟中设有管道,往机场的燃料卡车上输送航空汽油。多亏了同住的奥尔，他们的帐篷是全中队最奢华的。约塞连每次去医院度假或是去罗马休假回来，都会惊奇地发现他不在的时候，奥尔又安装了新的生活设施——自来水、烧柴的壁炉、水泥地板。帐篷是约塞连选择地点，再与奥尔一起搭建的。奥尔负责规划，他是个笑嘻嘻的小个子，胸佩机师徽章，一头浓密的褐色鬈发由正中向两边分开，而约塞连比他高大、强壮、结实、迅捷，因此干了大部分粗活。帐篷足足能容纳六人，却只有他们两人居住。炎夏来临，奥尔卷起侧帘让一丝凉风透入，可是从来没能驱散帐篷里蒸腾的暑气。

约塞连紧隔壁住的是爱吃花生糖的哈弗迈耶，他一个人占据了一顶双人帐篷，每天晚上在帐篷里用.45口径手枪的巨大子弹射击小田鼠。枪是从约塞连帐篷里那个死人身上偷来的。哈弗迈耶的另一侧是麦克沃特的帐篷，他已不再跟克莱文杰同住，因为约塞连从医院出来时，克莱文杰仍然没有回来。麦克沃特现在跟内特利同住，而内特利正远在罗马，追求他狂热迷恋的那个成天困倦思睡的妓女——她早已厌倦了自己的营生，也厌倦了内特利。麦克沃特是个疯子。他是飞行员，一有机会就驾着飞机放开胆子以最低的高度掠过约塞连的帐篷，只为看看他会被吓成什么样，他还爱挟着狂野的、近在耳旁的呼啸朝空油桶浮载的木筏一掠而过，再一路飞过雪白无瑕的海滩外的沙洲，士兵们常去那里裸泳。跟一个疯狂的家伙合住一顶帐篷并不是件容易的事，但是内特利不在乎。他也是个疯子，一有空就跑去修建军官俱乐部，约塞连却不曾帮过忙。

其实，很多军官俱乐部的营建，约塞连都不曾帮过忙，但是他对皮亚诺萨岛的这家最感自豪。这是一座坚固而复杂的纪念碑，铭记了他果决的能力。约塞连从没去那里帮过忙，一直到它竣工；之后他就常去了，对这座庞大、精美、覆盖着木瓦的不规则建筑极感满意。它实在是一座辉煌的建筑，而每一次凝望它并想到自己连一滴汗水也未曾付出，约塞连心里总是悸动着一股强烈的成就感。

上次他和克莱文杰互骂对方是疯子，当时他们四人在场，一起坐在军官俱乐部的一张桌子旁。他们这一桌位置靠后,紧挨着双骰子赌台,赌台上阿普尔比总能赢钱。阿普尔比擅长掷骰,犹如他擅长打乒乓球;而他擅长打乒乓球,犹如他善于应付其他任何事情。阿普尔比每做一件事,都做得十分出色。他是一个满头金发的年轻人,来自艾奥瓦,信奉上帝、母性和美国式生活方式,却从来没有思考过这些,而认识他的人都很喜欢他。

"我讨厌那个狗娘养的。"约塞连粗鲁地说。

同克莱文杰的争吵几分钟前就开始了,当时约塞连恨不能找到一挺机关枪。这是个繁忙的夜晚:吧台很繁忙,双骰子赌台很繁忙,乒乓球台也很繁忙。约塞连想用机枪干掉的那帮人正在吧台边忙着吟唱众人百听不厌的伤感老歌。他没有用机枪干掉他们,而是狠狠一脚,把那只从两名打球军官的球拍上掉落而朝他滚过来的乒乓球踏扁了。

"约塞连这家伙。"那两个军官笑道,又摇了摇头,从架子上的盒里又取了一只球。

"约塞连这家伙。"约塞连回了他们一句。

"约塞连。"内特利向他低声警告。

"明白我的话了吧?"克莱文杰问道。

听到约塞连学舌,那两个军官又笑了。"约塞连这家伙。"他们说得更响了。

"约塞连这家伙。"约塞连模仿道。

"约塞连,别这样。"内特利恳求道。

"明白我的话了吧?"克莱文杰问道,"他有反社会的敌对心理。"

"噢,给我闭嘴。"邓巴对克莱文杰说。邓巴喜欢克莱文杰,因为克莱文杰常惹他恼火,让他觉得时间过得慢了些。

"可惜阿普尔比不在这儿。"克莱文杰得意地向约塞连指出。

"谁说阿普尔比什么了?"约塞连想知道。

"卡思卡特上校也不在这儿。"

"谁说卡思卡特上校什么了?"

"那你究竟讨厌哪个狗娘养的?"

"哪个狗娘养的在这儿?"

"我不想跟你吵了,"克莱文杰裁决道,"你都不知道讨厌谁。"

"任何想要毒死我的人。"约塞连告诉他。

"没人想要毒死你。"

"他们两次在我的食物里下毒,不是吗? 弗拉拉战役和博洛尼亚大围攻期间,他们难道没有在我的食物里下毒?"

"他们在每个人的食物里下毒。"克莱文杰解释道。

"那又有什么不同?"

"可那根本不是毒药!"克莱文杰激昂地叫道,他越慌乱,说话就越发斩钉截铁。

约塞连耐心地笑着向克莱文杰解释,就他记忆所及,就有人一直想设计害死他。有人喜欢他,也有人不喜欢他;不喜欢他的那些人便恨他,想尽办法伤害他。他们恨他,因为他是亚述人。但是他们不敢碰他,他告诉克莱文杰,因为他的躯体完美,头脑清晰,健壮得像公牛一样。他们不敢碰他,因为他是人猿泰山、魔术师曼德雷克、闪电侠戈登。他是比尔·莎士比亚。他是该隐、尤利西斯、漂泊的荷兰人;他是所多玛的罗得[1]、哀伤的黛特[2]、林间夜莺群里的斯威尼[3]。他是奇迹元素 Z-247[4],他是——

"疯子!"克莱文杰打断他,尖叫道,"你就是疯子! 疯子!"

"——大疯子。我是真正的、响当当的、毫不掺假的、三头六臂的出色人

---

1 亚伯拉罕的侄子,居住在所多玛城。耶和华决意毁掉堕落的所多玛和蛾摩拉二城,乃差天使前去营救罗得一家。逃离时,罗得的妻子在后边回头一看,就变成了一根盐柱。见《圣经·创世记》。

2 爱尔兰传说中的悲剧人物。她未出生时就有关于她的美貌将引起战争和流血的预言,后来丈夫果然因此被人杀害。康纳尔王见得不到她,便把她转送给她的杀夫仇人,路上她跳下马车,触岩而死。黛特的故事对 19 世纪以后的爱尔兰文学影响很大。

3 见艾略特的诗作 Sweeney among the Nightingales。

4 作者随意选取的原子量,正好对应以爱因斯坦命名的人工合成元素锿。在第 39 章"不朽之城"中有照应。

物。我是名副其实的奇人。"

"超人?"克莱文杰喊道,"超人?"

"奇人。"约塞连纠正道。

"嘿,伙计们,行了,"内特利难堪地恳求道,"大家都在看我们了。"

"你这个疯子,"克莱文杰激动地叫道,眼中噙满泪水,"你有耶和华情结。"

"我觉得人人都是拿但业[1]。"

克莱文杰中断了激情演说,面露疑色。"谁是拿但业?"

"拿但业是谁?"约塞连天真地问道。

克莱文杰熟练地避开了圈套。"你觉得人人都是耶和华,可你也就是个拉斯科尔尼科夫——"

"谁?"

"——对,拉斯科尔尼科夫,他——"

"拉斯科尔尼科夫!"

"——他——我就是这意思——他觉得他能证明杀死老太婆是正当的。"

"也就是个?"

"——对,证明是正当的,没错——用一把斧头!我可以向你证明!"克莱文杰一边拼命喘气,一边历数约塞连的症状:无端把周围每个人都看作疯子,萌生用机枪扫射陌生人的杀人冲动,回顾性歪曲过去的经历,凭空猜疑别人憎恨他并且要合谋杀害他。

然而约塞连知道自己是对的,因为,正如他曾给克莱文杰解释过的,就他所知,他从来就没有错过。他目光所及之处都是疯子,而身处疯狂的全面包围之中,像他这样明智而有教养的年轻人只得如此,才能够维持他的洞察力。他迫切需要这样做,因为他知道他的生命处于危险之中。

---

[1] 耶稣十二门徒之一。

约塞连出院回到中队时,他看每个人都充满了警惕。米洛也外出去士麦那收获无花果了。米洛不在,食堂照样正常运转。约塞连还坐在救护车驾驶室里,沿着医院和中队驻地之间那条破吊裤带似的道路一路颠簸下来,就闻到辣烤羊肉的扑鼻香味,不觉食欲大动。午餐有烤羊肉串,香喷喷的大块烤肉嗞嗞作响,就像炭火上的恶魔——羊肉预先腌制了七十二小时,用的是米洛从黎凡特一个奸商那里偷来的秘方,再配以伊朗大米饭和帕尔马干酪芦笋尖,随后的甜点是火焰樱桃,最后是热气腾腾的新鲜咖啡,还有本尼迪克特甜酒和白兰地。熟练的意大利侍者将无数份膳食端上铺着亚麻台布的餐桌,他们是□□·德·科弗利[1]少校从欧洲大陆拐骗来再交送米洛的。

约塞连在食堂里胡吃海喝,直到他觉得快撑爆了,这才心满意足地瘫靠在坐椅上,嘴唇上还留着一层薄薄的汁水。中队的军官总是在米洛的食堂吃饭,却从来没有吃得这么过瘾,约塞连一时间还怀疑这一顿也许根本就不值得呢。可随后他打了个嗝,想起了他们一直想要害死他,于是猛地冲出食堂,跑去找丹尼卡医生,请求免除自己的作战任务,并遣送回家。他找到了正坐在帐篷外一只高凳上晒太阳的丹尼卡医生。

"五十次任务,"丹尼卡医生摇着头告诉他,"上校要求飞满五十次。"

"可我只有四十四次!"

丹尼卡医生不为所动。他是一个模样愁苦、长得像鸟的男人,有着衣冠楚楚的鼠辈常见的那么一张刮刀脸和修饰过的尖细五官。

"五十次任务,"他还是摇了摇头,重复道,"上校要求飞满五十次。"

---

[1] 原文为"—— de Coverley",省去了名字。

3 哈弗迈耶

约塞连从医院回来时,除了奥尔和约塞连帐篷里那个死人,四周居然一个人也没有。约塞连帐篷里的那个死人是个麻烦事,约塞连不喜欢他,尽管从未见过这人。让他成天躺在附近,惹得约塞连十分烦恼,于是三番五次跑去中队部办公室向陶塞军士抱怨,而军士压根不承认存在这么个死人,当然,他再也用不着否认了。试着直接向梅杰少校申诉,结果却越发令人沮丧。梅杰少校是中队长,又高又瘦,长得有点像落难的亨利·方达[1]。约塞连每次避过陶塞军士,想跟梅杰少校谈这件事时,他都使出跳办公室窗户的招数溜走。与约塞连帐篷里那个死人同住实在不容易。他甚至弄得奥尔也烦恼起来,尽管奥尔也不是容易相处的人。约塞连回来那天,奥尔正在修补炉子的进油口;那炉子还是奥尔在约塞连住院期间做的。

"你在做什么呢?"约塞连进帐篷时,谨慎地问道,虽然他一眼就看明白了。

"这儿有点漏,"奥尔说,"我正在设法修补。"

"别做了吧,"约塞连说,"你弄得我很紧张。"

"我小时候,"奥尔答道,"腮帮子里整天塞着海棠果四处溜达。一边

---

[1] 美国著名电影演员,简·方达之父。

一颗。"

约塞连正从行军包里取出洗漱用具,听他这么说,便把背包放在一旁,疑惑地听他往下讲。这样过了好一会儿。"为什么?"他终于觉得不问不行了。

奥尔胜利地窃笑。"因为海棠果比七叶树果好。"他回答道。

奥尔跪在地板上,不停地忙碌着。他拆下龙头,仔细摊开所有小零件,一一清点后,再一个个没完没了地研究,仿佛从来没见过与这略微相似的东西,然后组装整个构件,一遍又一遍,一遍又一遍,耐心十足,兴趣满满,丝毫不见倦意,也根本没有完工的意思。约塞连在一旁看他摆弄,心想,他若还不罢手,自己一定会被逼得只好向他痛下杀手。他的目光移向挂在蚊帐横杆上的猎刀,那个死人到达当天就把刀挂那儿了。刀的旁边挂着他的手枪空皮套,皮套里的枪被哈弗迈耶偷走了。

"没有海棠果,"奥尔接着说,"我就用七叶树果代替。七叶树果跟海棠果大小差不多,形状其实还好看一些,虽然形状如何根本无所谓。"

"你为什么腮帮子里塞着海棠果四处溜达?"约塞连又问道,"我问的是这个。"

"因为它的形状比七叶树果好看,"奥尔答道,"我才跟你说过。"

"为什么?"约塞连以赞许的口吻咒骂道,"你这目光凶恶、只会玩机械又不合群的狗杂种,腮帮子里要塞点什么才好四处溜达?"

"我腮帮子里,"奥尔说,"没有塞着什么四处溜达。我腮帮子里塞着海棠果四处溜达。找不到海棠果,我就塞着七叶树果四处溜达。塞在腮帮子里。"

奥尔咯咯地笑。约塞连下决心住嘴,便不再吭声。奥尔等着。约塞连更能等。

"一边一颗。"奥尔说。

"为什么?"

奥尔抓住机会。"什么为什么?"

约塞连笑着摇摇头,不肯说话。

"这个阀门挺有趣。"奥尔自言自语。

"怎么啦?"约塞连问。

"因为我想要——"

约塞连知道。"天哪!为什么你想要——"

"——苹果脸。"

"——苹果脸?"约塞连问。

"我想要苹果脸,"奥尔重复道,"我从小就想有朝一日长上苹果脸,于是我决定为之努力,直到如愿以偿。老天作证,我的确努力了,也终于如愿以偿。我是这么做的,腮帮子里整天塞着海棠果。"他又咯咯地笑,"一边一颗。"

"你为什么想要苹果脸?"

"我不想要苹果脸,"奥尔说,"我想要大腮帮。我倒不怎么在意颜色,但是要大。我锻炼腮帮,就像你在报纸上读到的那些发疯的家伙,整天捏着橡皮球四处溜达,只为了练手力。说实话,我也是那帮疯子中的一个。我也常常手里整天捏着橡皮球四处溜达。"

"为什么?"

"什么为什么?"

"你为什么手里整天捏着橡皮球四处溜达?"

"因为橡皮球——"奥尔说。

"——比海棠果好?"

奥尔摇了摇头,心中窃笑。"我这么做,是为了维护我的好名声,免得被人发现我腮帮子里塞着海棠果四处溜达。我手里捏上橡皮球,就可以否认腮帮子里塞了海棠果。每次有人问我为什么腮帮子里塞着海棠果四处溜达,我只要摊开双手,让他们看,我是带着橡皮球四处溜达的,不是海棠果,而且球就在我手里,没有塞在腮帮子里。这番谎话挺不错,但我从不知道过不过得了关,因为你腮帮子里塞上两颗海棠果跟人说话,他们很难听明白。"

于是约塞连发现很难听明白他在说什么,他又一次疑惑奥尔是不是舌尖顶着一侧腮帮子在跟他讲话。

约塞连打定主意不再说一个字,但那是白费劲。他了解奥尔,知道要他亲口说出想要大腮帮的原因,压根是不可能的。追问他那天早晨在罗马,在内特利的妓女的小妹妹敞开的房门外的狭窄过道里,为什么那个妓女拿鞋一个劲打他的头,也同样是白费口舌。她是一个高大健壮的女子,一头长发,生机勃动的青筋密密聚集在可可色皮肤最细嫩的地方,她不停地咒骂着,尖声叫喊着,赤着脚一次次高高跳起来,只管用尖细的鞋跟打他的头顶。他们都赤裸着,闹得乱哄哄的,引得公寓里的人都出来看热闹。每间房门口一对男女,全都赤条条的,只除了那套着毛衣、系着围裙的老太婆在那儿骂骂咧咧,还有那好色而放荡的老头儿,瞧得眉开眼笑、心痒难熬,从头至尾乐得咯咯笑个不停。那女子尖声叫喊,奥尔嘻嘻傻笑。她的鞋跟每打中一次,奥尔就傻笑得更来劲一些,于是她被逗得越发生气,越发蹦得老高,要再给他脑瓜来一下。她那丰腴得惊人的乳房四处翻飞,就像大风中翻腾的航海三角旗。她的屁股和粗壮的大腿像跳踢踏舞似的左扭右摆,就像一座令人惊异的宝藏。她尖声叫喊着,一下子把他打昏过去,太阳穴上结结实实开了一道口子,奥尔的傻笑戛然而止。他躺在担架上被送进了医院,头上一个浅浅的窟窿和十分轻微的脑震荡只让他离开前线十二天。

没有人能搞清楚到底发生了什么事,就连咯咯笑的老头儿和骂骂咧咧的老太婆也不知道,他们本来是能够了解那家妓院里发生的一切的。妓院大极了,无穷无尽的房间分列于狭窄的过道两侧,从宽敞的、窗户都上了窗帘而只装一盏灯的起居室向两边延伸。那件事以后,她每次遇见奥尔,都会撩起裙子,露出白色的紧身弹力裤,一边粗俗地讥笑着,一边朝他鼓胀起坚实而圆肥的肚子,轻蔑地咒骂他,随后爆发出一阵沙哑的狂笑,看着他畏惧地讪笑着躲到约塞连身后。他在内特利的妓女的小妹妹紧闭的房门里到底做了什么,或者想做什么,或者没能做成什么,仍然是个未解之谜。那女孩是不会告诉内特利的妓女、任何别的妓女、内特利和约塞连的。奥尔或许会说,但约塞连早已打定主意,一个字也不愿再提。

"你想知道我为什么想要大腮帮吗?"奥尔问道。

约塞连一言不发。

"你记不记得,"奥尔说,"那次在罗马,那受不了你的娘儿们用鞋跟一个劲打我的脑袋?你想知道她为什么打我吗?"

实在难以想象他究竟干了些什么惹得她那么生气,竟一连在他头上敲打了十五到二十分钟,却又没有气恼得抓了他的双脚倒提起来,摔他个脑袋开花。她肯定有那么高大,而奥尔也肯定有那么矮小。奥尔一口龅牙,双眼突出,配上一对大腮帮,个头甚至比年轻的赫普尔还要矮小。赫普尔住在铁轨那边背运的行政区,跟他同住一顶帐篷的饿鬼乔每夜总要在梦里惊叫。

饿鬼乔误将帐篷搭建其中的行政区位于中队驻地的核心,一边是壕沟和锈蚀的铁轨,一边是倾斜的黑色柏油路。士兵们可以沿途搭载女孩子,只要答应送她们去想去的地方就行。他们载着这些丰满、年轻、朴实、嘻嘻一笑就看得见缺牙的女孩子,下了那条柏油路,到荒草丛中野合一把。约塞连是有机会绝不放过的,但比起饿鬼乔,机会就少得太多了,这人有本事弄来一辆吉普车,却没本事开,求着约塞连试试。中队士兵的帐篷搭建在路的另一侧,沿着露天电影剧场排列。剧场里,那些即将送命的人每日的娱乐,就是到晚上在一张折叠式银幕上放映愚昧无知的军队厮杀的影片,而约塞连回来的当天下午,剧场里又来了一个美军慰问协会的剧团。

美军慰问协会的剧团是 P.P. 佩克姆将军派来的。他早已将指挥部迁去了罗马,在与德里德尔将军钩心斗角的时候,除此也没有更合适的事情做了。在佩克姆将军面前,整洁绝对是加分的。他是一位敏捷、温和而又非常精准的将军,知道赤道的周长,总是在意指"增加"的时候写"增强"。他是个讨厌鬼,这一点德里德尔将军比谁都清楚;佩克姆将军最近下达了一道命令,要求地中海战区内的所有帐篷全都平行搭建,帐篷入口骄傲地向后朝向华盛顿纪念碑,这事把德里德尔将军惹怒了。在指挥作战部队的德里德尔将军看来,这道命令无异于一泡狗屎。而且,他的飞行联队如何搭建帐篷,跟他佩克姆将军有屁相干。随后便是这两位霸主之间激烈的权限之争,而争执则由前一等兵温特格林做出了有利于德里德尔将军的裁决。温特格林是第二十七空军司令部的邮件收发兵,他把佩克姆将军的函件全都扔进了废纸篓,由此定下了争执的结局。他觉得它们太啰唆了。德里德尔将军以较少矫饰的文风表达的见解,颇对前一等兵温特格林的口味,于是他竭诚遵循规章制度,加快将函件传递了上去。德里德尔将军缺席获胜。

为了挽回颓势,佩克姆将军开始派遣数量空前的美军慰问协会剧团,并授命卡吉尔上校本人,要求激发充分的观看热情。

但是,约塞连所在的大队却毫无热情。约塞连所在的大队里,只有越来越多的士兵和军官一天数次郑重地去找陶塞军士,询问遣送他们回家的命令是否已经下达。他们都已完成了五十次飞行任务。跟约塞连刚进医院的时候相比,他们现在人数更多了,可是仍然在等待。他们心急如焚、坐卧不宁。他们形容举止十分怪诞,就像萧条期间无用的年轻人。他们侧着身子行走,跟螃蟹一样。他们在等待遣送他们安全回家的命令从设在意大利的第二十七空军司令部批复下达,他们等待着,无事可做,唯有心急如焚、坐卧不宁,一天数次郑重地去找陶塞军士,询问遣送他们安全回家的命令是否已经下达。

他们处在一场赛跑之中,对此谁都清楚,因为他们从惨痛的经历中深知,卡思卡特上校随时会再度增加飞行次数。他们除了等待,没有更好的事可做。唯独饿鬼乔每次完成飞行任务后,都有更好的事可做。他在噩梦里尖叫,还跟赫普尔的猫打拳,多次得胜。美军慰问协会剧团每次来演出,他都带着相机坐在前排,总想拍到那个黄头发歌手的裙底风光,她一对大波罩在亮片裙装里,仿佛随时会迸突而出。那些照片从没见冲印出来。

卡吉尔上校是佩克姆将军的难题排解员,一个强势、面色红润的男人。战前他曾是一名机警、强有力、敢作敢为的营销经理。他是个非常厉害的营销经理。卡吉尔上校是个如此可怕的营销经理,那些为了税务目的而急于造成亏损的公司争相聘用他。整个文明世界,从炮台公园到富尔顿大街,谁都知道他是能实现快速税务注销的可靠人选。他的身价很高,因为失败常常并不容易造成。他必须从上层开始,再一路往下活动,所以有了华盛顿那些同情他的朋友。亏钱绝不是件简单的事,它需要几个月的艰苦努力和仔细的计划。一个人错放、打乱、误算、忽略了每件事情,并开启了所有漏洞,而就在他以为大功告成的时候,政府却给了他一片湖泊、一座森林或一块油田,把一切都毁了。即使存在这类障碍,人们还是相信卡吉尔上校能将最繁荣的企业经营成一片白地。他是靠自己力量起家的人,他的缺乏成功可没有托任何人的福。

"弟兄们,"卡吉尔上校在约塞连的中队发话了,他仔细权衡着每一处停顿,"你们是美国军官。世界上没有另一支军队的军官能做这样的宣言。好好想想吧。"

奈特中士考虑了一番,然后礼貌地告诉卡吉尔上校,他其实是在给士兵们训话,而军官们却正在中队驻地另一侧等候呢。卡吉尔上校爽快地谢了他,洋溢着一脸的志得意满,大步从士兵中穿越过去。他十分自豪地注意到,服役二十九个月并没有钝化他不称职的天才。

"弟兄们,"他开始向军官们讲话,仔细权衡着每一处停顿,"你们是美国军官。世界上没有另一支军队的军官能做这样的宣言。好好想想吧。"他停顿片刻,让他们好好想想。"这些人是你们的客人!"他突然高声叫道,"他们赶了三千多英里路来慰问你们。如果没人愿意去看他们演出,他们会是什么感受?他们的士气又会怎样?听着,弟兄们,你们去不去跟我无关。但是今天想给你们拉手风琴的那个姑娘,已经到了做母亲的年龄。如果你们自己的母亲赶了三千多英里的路,去给一些并不想看她演出的部队拉手风琴,你们会作何感想?那位已经到了做母亲年龄的手风琴手,她的孩子长大后得知这样的情况,他会有什么样的感受?我们都很清楚问题的答案。嗬,弟兄们,别误解我的意思,这完全是自愿的,当然了。我这个上校是天底下最不愿意命令你们去看美军慰问协会剧团的演出并玩得高兴的,但是我要求你们每一个没有病得要住院的人立刻去看他们的演出并玩得高兴,这是命令！"

约塞连确实感觉难受得很，差不多还得回去住医院；又完成三次作战任务以后，丹尼卡医生还是摇晃着他那愁苦的脑袋，拒绝让他停飞，于是约塞连越发感觉难受。

"你以为你才苦恼？"丹尼卡医生伤心地斥责他，"那我呢？我学医的时候只挣一丁点钱，一干就是八年。这以后，我自己开了诊所，日子还是过得紧巴巴的，直到业务慢慢好起来，够我将就付掉花销。然后，诊所终于刚开始看得见盈利，他们却把我征了兵。我不明白你有什么好抱怨的。"

丹尼卡医生是约塞连的朋友，在他的能力范围之内几乎不会帮约塞连任何忙。约塞连非常专注地听丹尼卡医生讲飞行大队的卡思卡特上校——他想提升将军；又讲起飞行联队的德里德尔将军和德里德尔将军的护士，还讲到第二十七空军司令部的所有其他将军——他们坚持只要飞满四十次，就算完成了服役期的任务。

"你为什么不面带微笑，充分把握这个机会呢？"他郁闷地劝慰约塞连，"学学哈弗迈耶吧。"

约塞连听了建议，不觉毛骨悚然。哈弗迈耶是领队轰炸员，每次向目标靠近时，从不做规避动作，结果大大增加了同一编队所有飞行人员所面临的危险。

"哈弗迈耶，你他妈的怎么总不做规避动作？"任务结束后，他们愤怒地质问他。

"嘿，你们这帮家伙不要缠着哈弗迈耶上尉，"卡思卡特上校命令道，"他是我们这儿最出色的轰炸员。"

哈弗迈耶咧嘴一笑，点点头，然后试图解释每天晚上在自己的帐篷里，他是如何用猎刀将子弹改制成达姆弹，再把它们射向那些田鼠。哈弗迈耶确实是他们中间最出色的轰炸手，但是从识别点到目标他总是一路直线平飞，甚至还远远飞越目标，直到他看见下落的炸弹着地爆炸，一团橘黄色火光猛地迸射开来，在滚滚烟幕下面闪耀，而炸得粉碎的瓦砾，翻卷成灰黑杂糅的巨浪,狂野地涌向空中。哈弗迈耶透过有机玻璃机头,饶有兴致地目送炸弹一路落下去,而让六架飞机上的血肉之躯一动不动,整个成为一打就中的活靶子,就这样给了下面的德国炮兵充裕的时间来调整准具,瞄准目标,再扣动扳机,或拉动火绳,或揿下按钮,或者他们想要杀掉不相识的人的时候所启动的管他娘的什么东西。

哈弗迈耶是一名领队轰炸员,从来不曾失手。约塞连也是领队轰炸员,却被降了级,因为他再也不在乎是不是命中了目标。他早已拿定主意,要活得长久,不行就死在求生的努力之中,于是他每次上天的唯一任务就是活着下来。

弟兄们很喜欢跟在约塞连后面飞行,他常常从各个方向、各个高度横冲直撞来到目标上空,攀升、俯冲、横滚、翻转,大起大落,又猛又急,弄得其他五架飞机的飞行员只得竭尽全力与他保持队形,随后平飞不过两三秒钟,刚够丢下炸弹,就再一次猛地爬升,引擎震耳欲聋地轰鸣,然后迂回穿行于那片下流的高炮弹幕之中,扭着机身狂暴地划过长空,于是六架飞机很快在天空抛散得到处都是,就似向上帝的祷告,每一架都成了德国战斗机的活靶子。而对约塞连来说,这倒没什么不好,因为他周围再没有了德国战斗机,而他也不想有什么飞机在自己的近处爆炸。只有等所有的狂飙战斗机都被远远甩在了后面,约塞连这才疲倦地把防弹头盔掀起,推到大汗淋漓的脑袋后面,不再对掌控操纵器的麦克沃特咆哮着发指令。在那样一个时刻,麦克沃特最想知道的就是炸弹落到了哪里。

"炸弹舱空了。"尾舱的奈特中士通告。

"炸到桥了吗?"麦克沃特问。

"我看不见,长官,我在这后头颠得厉害,看不见。这会儿下面全是烟雾,我没法看见。"

"嘿,阿费,炸弹击中目标了吗?"

"什么目标?"坐在机头约塞连旁边的阿德瓦克上尉,一个爱抽烟斗的胖子,是约塞连的领航员,他从面前乱七八糟一堆自绘地图中抬起头来说,

"我认为我们还没有到达目标呢。对吧？"

"约塞连，炸弹击中目标了吗？"

"什么炸弹？"约塞连回答道，他先前只是一心关注高射炮火。

"哦，好吧，"麦克沃特嘘了一声，"无所谓吧。"

约塞连毫不在乎自己是否击中目标，只要哈弗迈耶或其他哪个领队轰炸员击中，他们因此不用回去再轰炸就行。时常有人对哈弗迈耶特恼火，只想狠狠揍他一拳。

"我说过，你们这帮家伙不要缠着哈弗迈耶上尉，"卡思卡特上校生气地警告他们，"我说过，他是我们这儿最出色的轰炸员，还要再说吗？"

对于上校的干预，哈弗迈耶报以咧嘴一笑，又往嘴里塞了块花生糖，脸上凸起一块。

哈弗迈耶晚上打起田鼠来已经非常熟练了，用的是从约塞连帐篷里那个死人那儿偷来的手枪。他用一块糖作诱饵，然后在黑暗中仔细看着，坐等田鼠来啃糖块。他用一根指头钩住绳圈，绳子从他的蚊帐架一直拉到头上那只玻璃灯泡的悬链上。绳子绷得很紧，就像班卓琴的弦，轻轻一拉，电灯便吧嗒一声亮了，炫目的光亮照得浑身哆嗦的猎物眼前一花。哈弗迈耶看着这极小的哺乳动物给吓得动都不敢动，骨碌碌转动着惊恐的眼睛，紧张万分地搜寻来犯之敌，每次都会得意得大笑不止。哈弗迈耶等到那双眼睛与自己的目光相交时，纵声大笑，同时扣动扳机，一声回荡的巨响，那恶心的毛茸茸的躯体被击得粉碎，下雨般溅得帐篷里到处都是，胆怯的灵魂被遣送去了它的创造者那里。

一天深夜，哈弗迈耶朝一只田鼠开了一枪，惹得饿鬼乔赤着脚朝他猛冲过来。他冲下壕沟一侧，又冲上另一侧，还扯着尖嗓子破口谩骂，把一支.45口径手枪里的子弹全都射进了哈弗迈耶的帐篷，然后突然消失在一条狭长的壕沟中。这些壕沟，在米洛·明德宾德炸了中队驻地的次日上午，魔术般一下子出现在每一顶帐篷的旁边。那是博洛尼亚大围攻期间的一天拂晓前，死人们整夜沉默无语，就像活着的幽灵。饿鬼乔因为焦虑而半疯半癫,因为他又一次完成了飞行任务,没有安排再飞。等他们从狭壕阴湿的沟底把饿鬼乔捞上来时,他正语无伦次地说着胡话,嘴里嘟哝着蛇、老鼠、蜘蛛什么的。他们打着探照灯往下照,想弄个明白。壕沟里什么也没有,只是几英寸深的污浊雨水。

"瞧见了吧?"哈弗迈耶高声叫道,"我跟你们说过,我跟你们说过他疯了,不是吗?"

4 丹尼卡医生

饿鬼乔确实疯了,对此约塞连比谁都清楚,而且尽了最大努力帮助他。但饿鬼乔就是不愿听他的。饿鬼乔就是不愿听他的,因为他认为约塞连疯了。

"他为什么要听你的?"丹尼卡医生头也不抬地问约塞连。

"因为他很苦恼。"

丹尼卡医生轻蔑地哼了一声。"他以为他才苦恼?那我呢?"丹尼卡医生阴沉地冷笑一声,然后慢悠悠地接着说,"唉,我不是发牢骚。我知道战争正在打。我知道为了我们能打赢,很多人将不得不受苦。但是为什么一定要落到我的头上?他们干吗不把那些一直在公开吹嘘什么医疗界随时准备作出重大牺牲的医生征募一些呢?我不想做什么牺牲。我想挣钱。"

丹尼卡医生是个非常整洁的人,他的乐事就是生气。他肤色黝黑,一张精明、阴郁的小脸,双眼下垂着哀伤的眼袋。他总是念念不忘他的健康,几乎每天都去医务室,让那里帮他经管的两个士兵之一测量体温。两人实际上是在独立经管,而且十分称职,他几乎没什么可做的,只剩抽着堵塞的鼻子坐在那里晒太阳,心里纳闷什么事会让别人这么忧虑。那两人的名字是格斯和韦斯,他们已经成功地将医学提升为一门精确的科学。凡在就诊伤病员集合时查出体温超过一百零二度者,一概紧急送往医院。凡在就诊伤病员集合时查出体温低于一百零二度者,除约塞连外,一概用龙胆紫溶液涂抹牙龈和脚趾,并每人发一粒通便药。这药马上就被扔进了灌木丛。凡在就诊伤病员集合时查出体温正好是一百零二度者,一概被要求一小时后回来,重新测量体温。约塞连的体温是一百零一度,只要他想去,随时可以进医院,因为他不怕他们。

这一套制度对每个人都行之有效,特别在丹尼卡医生身上,他发现自己有了充分的时间,可以尽情观看老□□·德·科弗利少校在他的私人马蹄铁投掷场投掷马蹄铁。少校还戴着丹尼卡医生为他制作的透明眼罩,所用的那片赛璐珞是几个月前从梅杰少校的中队办公室窗户上偷来的,当时□□·德·科弗利少校因角膜受伤从罗马回来了。之前,他在那里租了两套公寓,专供军官和士兵休假时住。丹尼卡医生迄今也就去过医务室一次,那时他开始每天都感觉自己患了重病,而顺道去也只是让格斯和韦斯给他做一番检查而已。他们怎么也查不出丹尼卡医生有什么问题。他的体温总是九十六点八度,在他们看来实在太正常了,只要他自己不在意就无所谓。丹尼卡医生却十分在意。他开始对格斯和韦斯失去信任,考虑把两人都调回车辆调度场,换一个能够找出点问题的人来。

丹尼卡医生本人对不少错得离谱的事情十分熟悉。除了他的健康,他还担忧太平洋和飞行时间。健康这事在一段足够长的时间内没有人能够确切把握。太平洋则是一片水体,四周被象皮病和别的可怕疾病团团围住;如果他让约塞连停飞而得罪卡思卡特上校,他也许会突然发现自己被调遣到那里去了。而飞行时间是为领取飞行津贴,每月必须花在飞行上的时间。丹尼卡医生憎恶飞行,在飞机上他有被囚禁的感觉。在飞机上,绝对没有可去的地方,除了到飞机的另一端。丹尼卡医生曾听说,喜欢钻飞机的人实际上是在发泄一种潜意识的欲望,那就是爬回子宫。这是约塞连告诉他的,约塞连帮忙让他每月领取飞行津贴而根本不用爬回子宫。约塞连会劝说麦克沃特,把丹尼卡医生的名字记入他的飞行日志,上面记载着训练任务或者往返罗马的航程。

"你知道怎么回事。"丹尼卡医生哄骗道,阴谋家似的狡猾地眨眨眼,"没必要的时候,何必冒险呢?"

"当然。"约塞连同意道。

"我在不在飞机上,又能有多大不同?"

"没有不同。"

"对呀,我就是这个意思。"丹尼卡医生说,"这世界要运行,就得靠一点润滑。手还要互相洗呢。懂我的意思吧?你给我挠背,我就会给你挠背。"

约塞连懂他的意思。

"我不是这个意思,"见约塞连开始给他挠背,丹尼卡医生说,"我说的是合作。帮忙。你帮我一个忙,我也会帮你一个。懂了吗?"

"那就帮我一个吧。"约塞连请求。

"绝对不可能。"丹尼卡医生回答。

丹尼卡医生一有机会就沮丧地坐在帐篷外晒太阳,穿一条夏令卡其布裤子和一件短袖衬衫——衬衫每天洗,差不多漂白成了无菌的灰色——这时他显得有点畏缩和卑琐。他就像个一度被恐惧冻僵的人,而那恐惧从来没有彻底化开过。他坐在那里,缩成一团,半个头埋在单薄的双肩之间。太阳晒黑的双手,指甲银色发亮。他用手轻轻揉捏着交叉在胸前的裸露的手臂,好像觉得很冷。其实,他是个热忱、富于同情心的人,总是在自伤自怜。

"为什么是我?"他老是这样悲叹,而这是一个很好的问题。

约塞连知道这是一个很好的问题,因为他喜欢收集问题,还拿它们搅乱过克莱文杰和那个戴眼镜的下士——谁都知道他可能是个颠覆分子。他俩一度在布莱克上尉的情报营帐举办一周两晚的短训班。布莱克上尉知道他是个颠覆分子,因为他戴眼镜,用万灵药和乌托邦一类的词,还因为他反对阿道夫·希特勒,而希特勒在打击德国的非美活动中干得漂亮极了。约塞连参加了短训班,因为他想查清楚为什么那么多人千方百计要害死他。另外还有几个弟兄也很感兴趣,等克莱文杰和那个颠覆分子下士讲完后,失误地问有没有问题的时候,问题来得又多又好。

"谁是西班牙?"

"为什么是希特勒?"

"什么时候才对?"

"旋转木马坏掉时,那个脸色苍白的弯腰老头在哪里?我叫他大伯的。"

"慕尼黑的王牌怎样了?"

"哈哈,脚气。"

还有:

"卵蛋!"

全都连珠炮似的射出,然后便是约塞连那个没有答案的问题:

"去年斯诺登今安在?"

这问题难住了他们,因为斯诺登早已命丧阿维尼翁上空,当时多布斯在半空发了疯,夺走了赫普尔手里的操纵器。

下士装聋作哑。"什么?"他问道。

"去年斯诺登今安在?"

"恐怕我不懂你在说什么。"

"去年雪登今安在[1]?"约塞连用法语问道,好让他更容易听懂。

"请讲英语,天哪,"下士说,"我不讲法语[2]。"

"我也不讲。"约塞连答道,他打算穷追猛打,用尽世上一切词汇,非把答案榨出来不可,只要他做得到。但是克莱文杰出面调停了,他脸色苍白、身体瘦削,粗重地喘着气,营养不良的眼睛里湿湿地闪着一层泪水。

飞行大队司令部很是惊恐,因为一旦他们随心所欲乱提问题,谁知道会捣鼓出什么来。于是卡思卡特上校派遣科恩中校前去制止,而科恩中校成功地制定了一条提问规则。他定规则可称天才之举,在给卡思卡特上校

---

[1] 原文为法语。中世纪法国诗人维永的《古美人歌》有"去年白雪今安在?"一句,喻美人已逝。约塞连将英译本"snows"(白雪)改为"Snowdens"(斯诺登),成此戏仿。
[2] 原文为法语。

的报告中,科恩中校这样解释道。依据科恩中校的规则,只有从未提过问题的人,才允许提问。很快,来参加培训的就只有那些从未提过问题的人了,于是短训班彻底停办,因为克莱文杰、下士和科恩中校一致同意,培训从不对任何事情质疑的人,既不可能也无必要。

卡思卡特上校和科恩中校都生活、工作在飞行大队司令部大楼里,司令部所有工作人员都是如此,只有随军牧师是个例外。司令部大楼是一座庞大而无遮拦的陈旧建筑,用红色沙石砌成,管道系统会突发巨响。大楼后面是一片新式双向飞碟射击场,那是卡思卡特上校下令修建的,专供大队军官娱乐之用,现在,依照德里德尔将军的命令,凡参战的官兵,每月必须在射击场至少花上八个小时。

约塞连打飞碟从来没中过。阿普尔比打飞碟从来不失手。约塞连打飞碟不行,赌术也同样低劣。他从来没赢过钱。即使作弊,他也赢不了,因为作弊的时候,他的对手总是更精于此道。这就是他无奈接受的两桩憾事:永远成不了飞碟射手,永远挣不到钱。

"想不挣钱,是要动脑筋的,"卡吉尔上校在一份由他定期撰写、经佩克姆将军签发后传阅的说教备忘录里写道,"这年月,随便哪个傻瓜都能挣钱,而且大多数都挣到了。但是有才智和头脑的人怎样呢?说出一个会挣钱的,比如,诗人的名字。"

"T.S. 艾略特。"前一等兵温特格林在第二十七空军司令部的邮件分拣室里说,然后砰地挂上电话,连姓名也没留。

卡吉尔上校,在罗马,给弄得不知所措了。

"这人是谁?"佩克姆将军问。

"我不知道。"卡吉尔上校答道。

"他想干什么?"

"我不知道。"

"好吧,他说什么了?"

"'T.S. 艾略特。'"卡吉尔上校告诉他。

"那是什么?"

"'T.S. 艾略特。'"卡吉尔上校重复道。

"就'T.S.——'"

"是的,将军。他没说别的。就'T.S. 艾略特——'"

"不知道这是什么意思。"佩克姆将军思忖道。

卡吉尔上校也很纳闷。

"T.S. 艾略特。"佩克姆将军若有所思。

"T.S. 艾略特。"卡吉尔上校带着同样的困惑附和道。

过了片刻,佩克姆将军回过神来,露出油滑的宽厚笑容。他的表情精明而世故,两眼隐约闪现着恶意的光芒。"叫人给我接通德里德尔将军,"他要求卡吉尔上校,"不要让他知道是谁打的电话。"

卡吉尔上校把话筒递给他。

"T.S. 艾略特。"佩克姆将军说罢,便挂断了电话。

"这人是谁?"穆达士上校问道。

德里德尔将军,在科西嘉,没有回答。穆达士上校是德里德尔将军的女婿。先前,德里德尔将军经不住妻子的坚持而违背自己更好的判断,把女婿弄进了军队。德里德尔将军满是憎恨地逼视着穆达士上校。一见到女婿,他便心生厌恶,但女婿是他的副官,因此总在他身边伺候。他曾经反对过女儿与穆达士上校的婚姻,因为他讨厌参加婚礼。德里德尔将军心事重重,一脸凶相。他走到办公室的落地镜前,凝视自己矮墩墩的影像。他头发花白,前额宽阔,几绺铁灰色头发垂下遮住眼睛,下巴钝厚,颇有挑衅的意味。他苦苦思索刚才接到的神秘电话。慢慢地,他的脸舒展开来,已想出一计,于是他撮起嘴唇,露出恶作剧的快乐。

"接佩克姆,"他告诉穆达士上校,"别让那狗杂种知道是谁打的电话。"

"这人是谁?"罗马那边,卡吉尔上校问。

"还是那个人,"佩克姆将军答道,无疑有一丝惊慌,"这下他盯上我了。"

"他想干什么?"

"我不知道。"

"他说什么了?"

"还是那句话。"

"'T.S. 艾略特'?"

"是的。'T.S. 艾略特'。他没说别的。"佩克姆将军有了个乐观的想法,"说不定是个新口令什么的,就像当日识别色。你何不叫人跟通讯部核实一下,看是不是新口令什么的,或者当日识别色?"

通讯部回复说,T.S. 艾略特既不是新口令,也不是当日识别色。

卡吉尔上校又想出个主意。"也许我应该给第二十七空军司令部打个电话,问问他们知不知道。他们那边有个叫温特格林的办事员,我跟他比较熟。他曾向我透露说,我们的报告写得太啰唆。"

前一等兵温特格林告诉卡吉尔上校,第二十七空军司令部并没有一个名叫 T.S. 艾略特的人的记录。

"我们这段日子的报告怎么样?"趁前一等兵温特格林还在电话上,卡吉尔上校决定探听一下,"现在写得好多了,是不是?"

"还是太啰唆。"前一等兵温特格林答道。

"如果德里德尔将军是这一切的幕后主使,我丝毫不会感到奇怪。"佩克姆将军终于承认,"还记得在双向飞碟射击场那件事情上,他是怎么做的?"

德里德尔将军把卡思卡特上校私建的双向飞碟射击场开放给了飞行大队所有参战官兵。德里德尔将军要求他的部下,只要射击场设施和他们的飞行安排许可,就尽量在那儿多消磨些时间。每月八小时的双向飞碟射击,对于他们是极好的训练。这训练了他们射击飞碟的技能。

邓巴喜欢射击双向飞碟,是因为他厌恶飞碟射击的每一分钟,时间过得这么慢。他算过,在双向飞碟射击场同哈弗迈耶和阿普尔比这种人在一起的一个小时,就相当于十一乘十七年那么长。

"我想你准是疯了。"这是克莱文杰对邓巴的发现的反应。

"谁想知道!"邓巴答道。

"我说真的。"克莱文杰坚持道。

"谁在乎!"邓巴答道。

"我真的想知道。我甚至会承认,生命似乎更长一些,如——"

"——确实更长一些,如——"

"——确实更长一些——确实更长一些?好吧,确实更长一些,如果其中满是一段段枯燥和烦恼的时期,因——"

"猜猜有多快?"邓巴突然问道。

"啊?"

"它们过得。"邓巴解释道。

"谁?"

"年月。"

"年月?"

"年月,"邓巴说,"年月,年月,年月。"

"克莱文杰,你怎么老是纠缠邓巴?"约塞连打断道,"难道你不晓得这要付出多大代价?"

"没关系,"邓巴宽宏大量地说,"我还有好几十年可活呢。你知道一年过去要花多长时间?"

"你也给我闭嘴。"约塞连对一旁偷乐的奥尔说。

"我只是在想那个姑娘,"奥尔说,"那个西西里姑娘,那个秃头的西西里姑娘。"

"你最好也给我闭嘴。"约塞连警告他说。

"这就是你不对了,"邓巴对约塞连说,"他想偷偷笑,你为什么不让呢?总比让他说话强吧。"

"好吧。你想笑,就接着笑吧。"

"你知道一年过去要花多长时间吗?"邓巴又问克莱文杰。"这么长,"

他打了个响指,"一秒钟前,你正朝气蓬勃地走进大学。今天,你已是一个老人。"

"老了?"克莱文杰吃惊地问,"你在说什么?"

"老了。"

"我不老。"

"你每次执行任务时,离死亡也就几英寸之遥。到了你的年纪,还能再长几岁?半分钟以前你进了高中,一只解了扣子的胸罩几乎就是你梦想的乐园。仅仅五分之一秒以前你是个小孩,有十个星期的暑假,虽然长得像十万年,却还嫌过得太快。倏!飞快地擦身而过。你究竟能用什么别的办法让时间慢下来?"邓巴说完,有点生气了。

"好吧,这话也许是对的。"克莱文杰以一种柔和的语气不情愿地让步道,"也许漫长的生命确实得填进许多不愉快的情况,这样才能显得漫长。但既然这样,谁还想要长命呢?"

"我想。"邓巴对他说。

"为什么?"克莱文杰问。

"还有别的什么吗?"

5 一级准尉怀特·哈尔福特

丹尼卡医生跟一级准尉怀特·哈尔福特合住一顶污渍斑斑的灰色帐篷，他对准尉既害怕又看不起。

"我简直能画出他的肝来。"丹尼卡医生抱怨。

"画出我的肝来。"约塞连提议道。

"你的肝没问题。"

"这说明你多么不了解情况。"约塞连虚张声势道。他告诉丹尼卡医生，他的恼人肝痛曾让达克特护士、克拉默护士和医院里所有医生着实烦恼了一阵子，因为它既不转成黄疸，也不肯消失。

丹尼卡医生不感兴趣。"你以为你才苦恼？"他问了一句，"那我呢？那对新婚夫妇来我诊所那天，你要在场就好了。"

"什么新婚夫妇？"

"有一天来我诊所的那对新婚夫妇。我没跟你提起过吗？她真可爱。"

丹尼卡医生的诊所也很可爱。候诊室里装饰着金鱼和一套最精美的廉价家具。不管买什么，甚至那条金鱼，只要能赊账，他都是赊账购买。至于其他，他以分享诊所收益为条件，从贪心的亲戚那里换取资金。他的诊所设在斯塔腾岛一幢家庭简易住房里，离渡口仅四个街区，往北一个街区就是一家超级市场、三家美容院和两家不诚实的药店。诊所位于街角,可是没什么用。这里人口流动量很小,出于习惯,人们看病总是找熟识多年的医生。账单迅速堆积了起来,他很快就面临失去他最贵重的医疗器械的窘境:他的计算机被收回,随后是打字机。金鱼也死了。幸运的是,就在最黑暗的时候,战争爆发了。

"真是飞来鸿运,"丹尼卡医生严肃地承认道,"很快,别的医生大都去了军中服役,生意一夜间有了转机。转角的位置真的开始发挥作用了,我很快发现病人多得都忙不过来。我提高了给那两家药店的回扣。几家美容院也每周给我拉上两三例人工流产,生意好得不能再好了。可你瞧瞧后来怎么样,他们派了征兵局一个家伙来给我检查体格。我属于 4-F 类。我给自己做过相当全面的体格检查,发现我不适宜服兵役。你会以为我的话就足够了,对吧,因为在我们郡医疗界和本地商业改进局眼里,我是声誉良好的医生。但是不行,那没用,他们派那家伙来,只是想查证我是否确实齐髋切除了一条腿,是否确实患了无法医治的风湿性关节炎,毫无希望地卧床不起。约塞连,我们生活在一个缺乏信任、精神价值日益败坏的时代。这真是太可怕了,"丹尼卡医生抗议道,情绪激动得声音都颤抖起来,"这太可怕了,就连一个持有执照的医生的话,也会被他热爱的国家怀疑。"

丹尼卡医生被征召入伍,被运送到皮亚诺萨岛做航空军医,尽管他非常惧怕飞行。

"我不用在飞机上到处找麻烦,"他边说,边近视眼似的眨着那对圆亮、棕色而有些生气的眼睛,"麻烦会来找我,就像我要跟你说的那个怀不了孩子的处女。"

"什么处女?"约塞连问,"我以为你要跟我讲哪对新婚夫妇呢。"

"那就是我要给你讲的处女。他们不过是两个小孩子,却已经结婚,噢,一年多一点了。他们没有预约就来到我的诊所。你真该看看她。她长得真是甜美,又年轻又漂亮。我问她经期是否正常,她居然羞红了脸。我想我一辈子都会喜爱那女孩的。她长得美极了,脖子上戴一条项链,一枚圣安东尼像坠垂在胸前。我可从没见过那么美的胸脯。'这对圣安东尼一定是个可怕的诱惑,'我开玩笑说——只是想让她放松,是吧?'圣安东尼?'她丈夫说,'谁是圣安东尼?''问你妻子,'我对他说,'她可以告诉你谁是圣安东尼。''谁是圣安东尼?'他问她。'谁?'她不明白。'圣安东尼。'他告诉她。'圣安东尼?'她说,'谁是圣安东尼?'我在检查室给她仔细做了检查,发现她还是处女。她在一边重新穿上束腹,再把它钩在长筒袜上,我就跟她丈夫单独谈了谈。'每个晚上。'他夸口道。你看,真是个自以为是的家伙。'我从没错过一个晚上。'他夸口道。他也不是开玩笑。'我甚至还把这事安排在早上,之后她给我准备早餐,我们吃完再去上班。'他夸口道。只有一个解释。我把他们叫到一起,用收藏在诊所的橡胶模特儿给他们示范性交动作。我把这些橡胶模特儿收藏在诊所,此外还有各种男女生殖器官模型,我把它们锁在不同的柜子里,免得别人说闲话。我是说我曾经有过这些东西,现在我什么都没有了,连诊所也没了。我现在就剩下这过低的体温,真的让人担心。在医务室给我干活的两个伙计简直一文不值,根本做不了诊断师,他们只会发牢骚。他们以为他们才苦恼?那我呢?他们那天应该在我诊所里跟那对新婚夫妇一起看我示范,好像我在给他们讲从没有人听说过的事情。你绝对没见过谁这么感兴趣。'你是说这样?'他问我,然后自己摆弄了一会模特儿。你看,我当然清楚哪类人去哪里做这事才能乐得不行。'行了,'我跟他说,'好,你们这就回家去,照我的方法试上几个月,看看怎么样。好吗?''好的。'他们说,非常爽快地用现金付了款。'过得快乐。'我对他们说。于是他们向我道了谢,一起走了出去。他搂住她的腰,好像急不可耐地要带她回家实践一番。几天后他独自一人回来,对护士说必须马上见我。等人都出去了,他对着我的鼻子就是一拳。"

"他干什么了?"

"他骂我自作聪明,一拳打在我鼻子上。'你算什么东西,自以为了不起。'他说着把我揍了个四仰八叉。嘭!就像这样。我不开玩笑。"

"我知道你没开玩笑,"约塞连说,"但他为什么那样做?"

"我怎么知道他为什么那样做?"丹尼卡医生恼怒地反问道。

"也许跟圣安东尼有点关系?"

丹尼卡医生茫然地望着约塞连。"圣安东尼?"他惊奇地问道,"谁是圣安东尼?"

"我怎么知道?"一级准尉怀特·哈尔福特回答。那当儿他正好摇摇晃晃地走进帐篷,怀抱着一瓶威士忌,咄咄逼人地坐到他们两人中间。

丹尼卡医生一言不发地站起来,把椅子挪到了帐篷外面。种种不公正聚集在一起,成为他永恒的负担,压得他腰也弯了。他无法忍受跟他的室友在一起。

一级准尉怀特·哈尔福特觉得他疯了。"不晓得这家伙到底是怎么回事,"他议论道,颇有责备的口气,"他没有头脑,就这么回事。他要有一点点聪明的话,就会抓过一把铁锹往下挖。就在这帐篷里,他会往下挖,就在我的床底下。他会立马挖到石油。难道他不知道,美国那个士兵是怎么用铁锹挖到石油的?难道他从没听说过那家伙的事——科罗拉多那个拉皮条的卑鄙下流的狗杂种,叫什么来着?"

"温特格林。"

"温特格林。"

"他害怕了。"约塞连解释道。

"哦,没这回事。温特格林啥都不怕。"一级准尉怀特·哈尔福特摇了摇头,钦佩之情溢于言表,"那个臭烘烘的小痞子、狗娘养的、自以为是的家伙,是谁也不怕的。"

"丹尼卡医生很害怕。就是这么回事。"

"他害怕什么?"

"他害怕你,"约塞连说,"他害怕你得肺炎死掉。"

"他最好害怕,"一级准尉怀特·哈尔福特说,一阵低沉的笑声从他结实的胸腔里涌出,"只要有机会,我也乐意这么死。你就等着瞧吧。"

一级准尉怀特·哈尔福特来自俄克拉何马,是个英俊、肤色黝黑的印第安人，浓眉大眼，一张极有骨感的脸，一头蓬乱的黑发，有一半伊尼德的克里克人血统。他出于只有自己知道的神秘原因，已经打定主意要得肺炎死去。他是个横眉怒目、复仇心炽、不抱丝毫幻想的印第安人，憎恨那些叫卡思卡特、科恩、布莱克和哈弗迈耶之类名字的外来者，希望他们最好全都滚回他们龌龊的祖先原来生活的地方。

"你很难相信，约塞连，"他深思着，故意提高嗓门引丹尼卡医生上钩，"这里本来是个很适合居住的国家，却被他们用他们该死的虔诚搞得乱七八糟。"

一级准尉怀特·哈尔福特一心想找白人报仇。他几乎不能读写，但被委派担任布莱克上尉的助理情报官。

"我怎么可能学会读书写字？"一级准尉怀特·哈尔福特装出好战的姿态质问道，又一次提高嗓门好让丹尼卡医生听见，"我们在一个地方一搭起帐篷，他们就在那儿钻一口油井。每次他们钻油井，都能钻到石油。每次他们钻到石油，就强迫我们收起帐篷去别的地方。我们成了人肉探矿杖。我们全家跟石油矿藏有一种天然的亲和力，很快世界上每家石油公司都派了技术人员追踪我们。我们总是在搬家。我跟你说，这根本不是养孩子的办法。我觉得我从来没在一个地方待过一星期以上。"

他最早的记忆，是一位地质学家的记忆。

"每一次我家又生下一个怀特·哈尔福特，"他接着说，"股票行情就上涨。不久整队的钻井工人就跟随我们东奔西走，他们带着全部设备，只为了抢先他人一步。公司开始合并，这样就可以减少分派来追踪我们的人数。但是跟在我们后面的人群越来越庞大，我们从来没睡过一晚上好觉。我们歇脚，他们也歇脚；我们动身，他们也动身。伙食车、推土机、起重机、发电机，浩浩荡荡。我们到哪里，哪里生意就红火，于是我们开始接到一些一流酒店的邀请，就为了做我们带过来的那伙人的生意。那些邀请有的非常慷慨，但是我们不能接受，因为我们是印第安人，邀请我们的那些一流酒店并不都愿意接纳印第安人。种族偏见真是可怕，约塞连，真是这样。像对待黑鬼、犹太猪、意大利佬或西班牙佬那样对待体面忠诚的印第安人,实在是太可怕了。"一级准尉怀特·哈尔福特确信无疑地慢慢点了点头。

"然后,约塞连,终于来了——结束的开始。他们开始在我们前面转,试图猜测我们下一步将停在哪里,甚至我们都还没到那里,他们就开始钻井,结果我们连歇个脚都不行了。我们刚刚准备铺开毯子,他们就把我们赶走。他们对我们有信心。他们甚至还没把我们赶走,就急不可耐地钻了起来。我们累得要命,都不大在乎我们哪天了账了。一天早晨,我们发现周围全是石油商,都在等着我们撞过去,好把我们赶走。你不管朝哪边看,山脊上都有一个石油商等在那里,就像准备进攻的印第安人。这就是结局。我们不能留在原地不动,因为他们刚把我们赶走。我们没有地方可去了。只有军队救了我。幸运的是,战争爆发得正是时候,征兵局从一群人中间把我直接挑了出来,安全地放到了科罗拉多州洛厄里基地。我是唯一的幸存者。"

约塞连知道他在瞎扯,却没有打断他,让一级准尉怀特·哈尔福特接着往下说。他声称后来再没有父母的消息了,不过他并不怎么焦虑,因为只有他们说过他是他们的儿子,而鉴于他们在那么多别的事情上对他撒谎,他们很可能也不妨在这件事上说说假话。他倒是对一帮堂表兄弟的命运清楚得多,他们原本想转移对方视线,却迷路向北去了,糊里糊涂闯进了加拿大。等他们试图返回时,美国移民当局把他们拦在了边境,不让他们回国。他们不能回国,因为他们是红番。

这真是个恐怖的笑话,但是丹尼卡医生没有笑,直到约塞连又完成一次任务后过来找他,再次恳求——实在不抱任何成功的希望——停飞。丹尼卡医生干笑一声,但很快就沉浸在自己的种种麻烦之中了,其中包括一级准尉怀特·哈尔福特。此人那天上午一直在向他挑战,要跟他角力;还有约塞连,这家伙当场决定要发疯。

"你在浪费时间。"丹尼卡医生不得不跟他说。

"难道你不能让一个发疯的人停飞?"

"哦,当然。我必须那么做。有一条规定说,我必须停止任何发疯的人飞行。"

"那你为什么不让我停飞?我真是疯了。不信问克莱文杰。"

"克莱文杰?克莱文杰在哪里?你把克莱文杰找来,我来问他。"

"那你随便问问其他人。他们会告诉你我疯成什么样。"

"他们都疯了。"

"那你为什么不让他们停飞?"

"他们为什么不来找我要求停飞?"

"因为他们都疯了,原因就在这里。"

"他们当然都疯了,"丹尼卡医生回答道,"我刚跟你说过他们全都疯了,是不是?而你不能让疯子来判定你是不是疯了,对不对?"

约塞连冷静地看着他,尝试另一种方法。"奥尔疯了吗?"

"他当然疯了。"丹尼卡医生说。

"你能让他停飞吗?"

"当然可以。但是首先他必须向我提出要求。这是那条规定的一部分。"

"那他为什么不向你提出要求?"

"因为他疯了,"丹尼卡医生说,"那么多次死里逃生,他一定得疯了,才能不停地飞作战任务。没问题,我可以让奥尔停飞,但是首先他必须向我提出要求。"

"他只要这样做就可以停飞?"

"没错。让他向我提出来。"

"这样你就能让他停飞?"约塞连问。

"不能。这样我就不能让他停飞。"

"你是说有圈套?"

"当然有圈套,"丹尼卡医生答道,"第二十二条军规[1],凡是想逃脱作战任务的人,绝对不是真正疯了。"

---

1 在英语中,"圈套"和"军规"是同一个词"catch"。

世上只有一个圈套,那便是第二十二条军规。军规明确说明,面临真实而迫在眉睫的危险时对自身安全的关切是理性思维的过程。奥尔疯了,可以获准停飞。他必须做的,就是提出要求;而一旦他提出要求,他就再不是疯子,因而必须执行更多飞行任务。奥尔必是疯了才会执行更多飞行任务,而如果没有飞那么多,他就是心智健全的;然而,如果他是心智健全的,那就必须飞那些任务。如果他飞那些任务,他就是疯子,因而不必飞;但如果他不想飞,那他就是心智健全的,因而必须飞。约塞连对第二十二条军规这一条款的绝对简洁性深为感动,发出一声敬仰的口哨声。

"还真是个圈套,那第二十二条军规。"他评论道。

"无与伦比。"丹尼卡医生表示赞同。

它那种螺旋式的推演,约塞连看得十分清楚。它完美的部分既优雅又令人惊异,其中存在一种极为简略的精确,就像好的现代艺术,然而有时约塞连又不很肯定是否真把它看透了,正如他从来不曾对好的现代艺术十分有把握,或者确信奥尔在阿普尔比的眼睛里看到了苍蝇。他信了奥尔的保证,以为阿普尔比的眼睛里有苍蝇。

"噢,苍蝇就在那里,确实。"一次约塞连与阿普尔比在军官俱乐部斗拳之后,奥尔明确地告诉他阿普尔比眼里有苍蝇,"虽然他可能自己都不知道。那就是他看东西总走样的原因。"

"他怎么可能不知道?"约塞连问。

"因为他眼睛里有苍蝇。"奥尔耐着性子解释道,"如果他眼睛里有苍蝇,他怎么可能看得见眼睛里有苍蝇?"

这话颇有点道理,约塞连也愿意相信奥尔的话,因为奥尔来自纽约市外边的荒野,对野生动物的了解比约塞连多得多,还因为奥尔从来没有在关键问题上对他撒过谎,不像约塞连的母亲、父亲、姊妹、兄弟、姨母、伯父、姻亲、老师、精神领袖、立法员、邻居和报纸。约塞连花了一两天的时间,私下里仔细思考了关于阿普尔比的这个新消息,于是决定做件好事,把它告诉阿普尔比本人。

"阿普尔比,你眼睛里有苍蝇,"每周一次去帕尔马的例行飞行那天,他们在降落伞帐篷门口擦身而过,约塞连好心地对阿普尔比低语道。

"什么?"阿普尔比吓了一跳,约塞连竟然跟他说话,弄得他十分慌乱。

"你眼睛里有苍蝇。"约塞连重复道,"那可能就是你看不见它们的原因。"

阿普尔比一脸反感和困惑地离开约塞连,默默生着闷气,直到他坐进吉普车,跟哈弗迈耶一道沿着那条又长又直的公路驱车前往简令室,那儿大队作训军官丹比少校正焦躁地等着给全体领队飞行员、轰炸员和领航员下达飞行简令。阿普尔比说话声音很轻,免得司机和布莱克上尉听见。上尉闭着双眼,手脚伸展地躺坐在吉普车前排座位上。

"哈弗迈耶,"阿普尔比犹豫地问道,"我眼睛里有苍蝇吗?"

哈弗迈耶疑惑地眯缝了眼。"睑腺炎?"他问。

"不,苍蝇。"那是他听到的。

哈弗迈耶又眯缝了眼。"苍蝇?"

"我眼睛里。"

"你一定疯了。"哈弗迈耶说。

"不,我没疯。约塞连疯了。你只要告诉我眼睛里有还是没有苍蝇就行了。只管说。我受得了。"

哈弗迈耶又往嘴里塞进一块花生糖,然后往阿普尔比的眼睛里细细窥视了一番。

"我没看见什么苍蝇。"他说。

阿普尔比长长地舒了一口气。哈弗迈耶的嘴唇、下巴和脸颊上粘着些花生糖碎屑。

"花生糖渣子粘你脸上了。"阿普尔比提醒他说。

"我宁可脸上粘花生糖渣子,也不要眼睛里进苍蝇。"哈弗迈耶反击道。

每一飞行小队其他五架飞机的军官都乘坐卡车来到简令室,准备听取三十分钟后下达的综合简令。每一机组的三名士兵完全没有听取简令,而是被直接送往机场上预定那天执行飞行任务的几架飞机旁,和地勤人员一起等候,直到预定与他们一同飞行的军官坐卡车到来,纵身跳下喀喀作响的后挡板,然后登机,启动引擎。棒糖形的停机坪上,引擎不情愿地转动起来,先是抵触,随后平稳地空转片刻,于是飞机隆隆转身,沿着铺满卵石的地面一瘸一拐向前滑行,像一个个瞎眼、愚笨、瘸腿的家伙。飞机终于滑上了起落跑道的尾端,一架接一架迅速起飞,在震耳欲聋的轰鸣中腾空而起,慢慢倾斜飞行,在斑驳的树梢外形成编队,再以平稳的速度绕机场盘旋,直到每个由六架飞机组成的小队都编好队形,然后掠过蔚蓝色的水面,设定这次出行的航向,朝意大利北部或法国的目标飞去。机群不断爬高,到进入敌方领地的时候,已升至九千英尺以上。每次飞行总有些令人惊异的事情,其一便是安宁和极度静谧的感觉,打破它的只有机关枪的试射声、对讲机偶尔传来的单调简短的一句话,以及最终每架飞机上的轰炸员冷静地宣布他们已到达识别点,准备飞往目标。此外总是有阳光,因为空气稀薄,喉咙口总是有点黏黏的。

  他们驾驶的是稳定可靠的暗绿色 B-25 轰炸机,有着双方向舵、双引擎和宽阔的机翼。从轰炸员约塞连所在的位置看,唯一的缺点就是那条狭窄的爬行通道,把有机玻璃机头内的轰炸员舱跟最近的逃生口隔开了。爬行通道是一段狭窄、方形、冰凉的孔道,贯穿飞行控制系统下方,像约塞连这样的大个子只能费劲地挤过去。那个肥胖圆脸的领航员也很难挤过去,他长着一对奸诈的小眼睛,揣着一只跟阿费一样的烟斗,当他们朝目标飞去时——现在就几分钟之遥了——约塞连常把他从机头赶到后面去。随后是一段时间的紧张,一段时间的等待,什么也听不见,什么也看不见,什么也做不了,只能等待,而此刻下面的防空火炮正瞄准他们,准备尽可能把他们全部击落,让他们长眠。

  对于约塞连来说,爬行通道是通往即将坠落的飞机外面的生命线,但他却以强烈的敌意诅咒它,辱骂它是老天设置的障碍,是要置他于死地的阴谋的一部分。就在 B-25 轰炸机的机头,还有地方可再开一个逃生口,可是

47

那里并没有逃生口。替代它的是这条爬行通道,而自从在阿维尼翁上空执行任务发生混乱以后,他就开始憎恨它的每一漫长的英寸,因为它一秒秒地拖延他拿到降落伞的时间——太笨重而无法随身带到前面去;之后又使他赶往逃生口的时间延宕得更久。逃生口设在升高的驾驶舱后部与高高在上、看不见脸的顶炮塔射手双脚之间的地板上。约塞连把阿费从机头赶到后面之后,就盼望着能坐到阿费的位子上;约塞连盼望着就在逃生口上面用他乐意随身多带的防弹衣筑一个拱形掩体,自己躲在里面缩成一团,把降落伞早早钩在身上的皮带上,一手紧紧抓住红柄开伞绳,一手牢牢握着紧急舱口开启把手,只要听到被击毁的第一声可怕尖啸,他便可以立刻坠入空中,落向地面。如果他必须上飞机,那他就想待在这个地方,而不是悬在前面,像一条该死的支在外面的金鱼,困在一只该死的支在外面的金鱼缸里。而那该死的下作的高射炮火在他的上下左右四面八方一排排爆炸、轰隆作响、烟雾翻滚,时而徐徐攀升、喀喀作响,时而蹒跚交错、砰然爆裂,那变幻无定、巨大无边的邪物颠簸着、摇晃着、颤抖着、喧闹着、穿刺着,好像要一瞬间把他们全都毁灭在巨大火光的一闪之中。

　　阿费担任领航员或者别的任何角色,对约塞连都没有什么用处,约塞连每次都是怒气冲天地把他赶出机头,这样万一他们突然要仓皇逃命,才不至于彼此碍手碍脚。约塞连一旦把阿费从机头赶到后面去,阿费就可以自由地缩在地板上了,那是约塞连做梦都想躲的地方,可是阿费反倒直挺挺地站着,两只粗短的胳膊舒适地搁放在驾驶和副驾驶的座椅靠背上,手里拿着烟斗,跟麦克沃特和不管哪位当班的副驾驶愉快地闲聊着,还不时指指天空中出现的逗乐场面给两人看,但这两位忙得不可开交,没有丝毫兴趣。麦克沃特掌握控制装置,忙于执行约塞连尖锐刺耳的命令。此刻约塞连以简短、尖锐、污秽的口吻——那声音听来特别像饿鬼乔在黑夜梦魇里的痛苦、哀乞的叫喊——命令麦克沃特将飞机滑入轰炸航路,然后凶暴地命令绕着高射炮弹炸开的一条条贪婪的火柱,把所有炸弹全扔下去。整个混乱的冲突中,阿费一直沉思着抽烟斗,以平静的好奇心通过麦克沃特的窗户注视这场战争,好像那是一次远在天边的扰动,丝毫不能影响他。阿费对兄弟会活动十分投入,他喜欢领头,热心于同学聚会,头脑单纯而不知道害怕。约塞连则是很有头脑也知道害怕,但他没有在遭受袭击时放弃岗位,像一只胆小的老鼠一样钻过爬行通道急急赶回来,唯一的原因便是他不愿意将飞离目标区的规避动作托付给任何其他人。世上没有任何人可以让他委以如此重大的责任。他认识的人中间,没有哪一个胆小到这份儿上。约塞连是飞行大队最出色的规避动作能手,但他根本不知道自己为什么能够这样。

规避动作并没有固定的程序,需要的只是恐惧,而约塞连有的是恐惧,比奥尔或饿鬼乔多,甚至比邓巴也要多。邓巴早已听天由命,觉得自己有一天一定会死。约塞连并没有自弃于那个念头,每次执行任务,他一扔完炸弹就疯狂逃命,对麦克沃特大喊:"使劲,使劲,使劲,你这狗狼养的,使劲!"而且永远对麦克沃特恨之入骨,好像他们上到空中等着被陌生人干掉,全是麦克沃特的错。飞机上其他人都不用对讲机,除了去阿维尼翁执行任务那次,可怜机上一团糟,多布斯在半空中发了疯,开始哀哭求救。

"救救他,救救他,"多布斯哭泣道,"救救他,救救他。"

"救救谁?救救谁?"约塞连把刚才被强力扯脱的耳机重新插入对讲系统后,立刻高声问道。多布斯适才抢过了赫普尔手里的操纵杆,他们全都一头猛栽下去,那震耳欲聋、令人瘫软、极为恐怖的俯冲,把约塞连的头毫无办法地紧紧粘贴在机舱顶端。赫普尔从多布斯手里迅速夺回操纵杆,刚好及时救了他们。他几乎是同样突然地使飞机进入平飞,重新回到他们刚刚成功逃离的那一片震颤、刺耳的高射炮火之中。啊,上帝!啊,上帝,啊,上帝!刚才约塞连说不出话来地祈求,他的头贴在机头的顶端,身体摇摆在空中,却无法动弹。

"轰炸员,轰炸员,"约塞连说话时,多布斯哭着回答道,"他没有回话,他没有回话。救救轰炸员,救救轰炸员。"

"我就是轰炸员,"约塞连叫喊着答道,"我就是轰炸员。我一切正常。

我一切正常。"

"那就救救他,救救他。"多布斯乞求道,"救救他,救救他。"

斯诺登正奄奄一息地躺在尾舱。

6 饿鬼乔

饿鬼乔确已完成五十次飞行任务,但那毫无用处。他打点好行装,又一次等着回家。晚上他坠入可怕的梦魇,闹得整个中队都没法睡觉——除了那个十五岁的飞行员赫普尔,他是虚报了年龄才入伍的,带着他那只宝贝猫跟饿鬼乔合住一顶帐篷。赫普尔睡眠很浅,但他声称从未听见饿鬼乔惊叫过。饿鬼乔难受极了。

"那又怎样?"丹尼卡医生怨恨地咆哮道,"告诉你,我以前很得意。一年五万赚到手,几乎不用交税,因为我要求病人付现金。我有世界上最强大的同业协会做后盾。可你瞧瞧后来怎样。就在我准备真正积攒些钱的时候,他们却制造了法西斯主义,发动了一场可怕的战争,连我也受到影响。每天晚上听见饿鬼乔这种人叫破了脑袋,我就忍不住想笑。我真的忍不住想笑。他觉得难受?他怎么想我的感受?"

饿鬼乔深陷于自己的不幸而无法自拔,哪里管得了丹尼卡医生是什么感受。比如说那些噪声。即使轻微的噪声也会令饿鬼乔勃然大怒。他冲着阿费吼叫,把嗓子都吼哑了,因为阿费抽烟斗时发出湿润的吮吸声;冲着奥尔吼叫,因为奥尔修补东西时叮当作响;冲着麦克沃特吼叫,因为麦克沃特玩二十一点扑克时,每翻一张牌总会摔得噼里啪啦响;冲着多布斯吼叫,因为多布斯笨手笨脚、跌跌撞撞四处走动,一边牙齿还咯咯直打战。饿鬼乔得了运动表象型过敏症,狂躁,乱糟糟的,安静的房间里手表平稳的嘀嗒声都像酷刑一样撞击他全无保护的大脑。

"听着,小孩,"一天深夜,他严厉地对赫普尔说,"你想住这帐篷,就得照我的样子做。每天晚上你必须把手表裹在羊毛袜里,放在帐篷那头你的床脚柜的最底层。"

赫普尔不服地扬起下巴,让饿鬼乔明白他可不能任人摆布,然后照吩咐做了。

饿鬼乔是个易于激动、憔悴虚弱的倒霉蛋,脸上没有多少肉,暗黑的皮肤,嶙峋的骨头,双眼后面黑洞洞的太阳穴上抽搐的青筋在皮下蠕动,就像切成数段的蛇。那是一张凄苦、凹陷的脸,因为忧虑而发乌,恰似一座废弃的矿城。饿鬼乔吃东西狼吞虎咽,没事总在咬手指尖,说话结巴,常常噎住,身体发痒,流汗,流口水,背着一架精密复杂的黑色相机狂热地东奔西跑,总想拍女人的裸体照片。照片从没见出来。他不是忘了装胶卷,就是忘了打灯光,或者忘了打开镜头盖。劝说裸体女人摆姿势是很不容易的,不过饿鬼乔很有一套。

"我可是牛人,"他会大声喊道,"我,《生活》杂志的大牌摄影师。大照片做大封面。耶,耶,耶!好莱坞明星。钞票多多。离婚无数。一天到晚胡搞。"

世上很少有女人抵挡得住如此老谋深算的诱骗,妓女们总会急切地一跃而起,投入地摆出饿鬼乔要求的姿势,无论有多怪异。女人征服了饿鬼乔,他对女性作为性感动物的反应不是狂热的敬慕就是偶像崇拜。她们是可爱的、赏心悦目的、令人心醉神迷的奇迹展现,是快乐的工具,其威力之大无法测度,其热情之炽烈无法承受,而且如此的精美,绝不是造给卑下、微不足道的男人消遣的。他只能把她们赤裸了身体任他摆弄解释为一个天大的疏忽,注定会迅速得到纠正的,于是他总是急着趁人还未获悉内情而把她们赶开之前的那段飞逝的时光,尽可能充分利用她们的肉体。他从来未能决断到底是搞她们呢还是给她们拍照,因为他发现两件事不可能同时进行。其实,他越来越觉得几乎哪件事也做不了,急切匆促的强迫心理总是支配着他,使他的办事能力一塌糊涂。照片从来没见出来,饿鬼乔也从来没能进去。奇怪的是,饿鬼乔服役前还真做过《生活》杂志的摄影记者。

如今他是英雄,约塞连觉得他是最了不起的空军英雄,因为他飞过的作战任务比其他任何空军英雄都多。他已经飞过六次作战任务。饿鬼乔完成第一次作战任务的时候,他只需飞满二十五次任务,便可以打点行装,给家里写报喜的信,然后开始诙谐逗乐地追着陶塞军士,打探让他轮换回国的命令是否已经下达。待命期间,他每天在作战指挥室门口有节奏地曳步而行,向每个路过的人闹嚷嚷地说俏皮话,每次见陶塞军士匆匆走出值班室,便打趣地骂他是讨厌的狗杂种。

屯驻萨莱诺滩头堡的一周之内,饿鬼乔就完成了他的前二十五次飞行任务,当时约塞连淋病发作进了医院,那是在去马拉喀什空运补给的飞行期间,灌木丛中他在一名陆军妇女队员上面的低空任务中染上的。约塞连全力以赴追赶饿鬼乔,六天里飞了六次,眼看就要赶上了,可是他的第二十三次飞行任务是飞往阿雷佐,在那里内弗斯上校阵亡,而这就成了他有史以来最接近可以回家的时候。第二天卡思卡特上校来了,穿一身崭新的制服,一脸专横和傲慢。他将飞行次数从二十五提高到三十,以此庆贺自己接任大队指挥官的职位。饿鬼乔解开行李包,重新给家里写报喜的信。他不再诙谐逗乐地追逐陶塞军士了。他开始仇恨陶塞军士,恶毒地将一切归罪于他,尽管他心里清楚,卡思卡特上校的到任或者命令递送过程的延误——本来可以让他提早七天获得自由,逃掉新增的五次飞行任务的——跟陶塞军士实在是毫不相干。

饿鬼乔再也受不了等待命令递送的极度紧张,每当完成新一轮飞行任务后,他便迅速崩溃。每次被撤下作战状态,他都办一次热闹的聚会,请他那个小圈子的朋友。他打开几瓶波旁威士忌——那是他一周四天随军邮飞机巡游时买到的——又是笑又是唱,又是跳舞又是大叫,沉浸在节日般醉醺醺的狂欢中,直到再也支撑不住,平静地沉入梦乡。约塞连、内特利和邓巴刚把他抬上床,他就开始在睡梦中尖叫。第二天早上他走出帐篷,形容憔悴,神情畏惧和负疚,整个人看似只剩下蛀空的外壳,摇摇欲坠,一触即垮。

饿鬼乔不再飞作战任务而再次等待永远等不来的回国命令时,这整个痛苦的折磨过程中,梦魇便天象般准时地出现在他在中队度过的每一个晚上。中队里像多布斯和弗卢姆上尉那些神经敏感的人被饿鬼乔噩梦中的尖叫搅得烦躁不安,也开始做噩梦,在梦中尖叫,结果他们每天晚上从中队不同地方抛掷到空中的刺耳的下流话在黑暗中浪漫地相互缠绕,就像心思齷齪的燕雀发出的求欢鸣叫。科恩中校断然决定杜绝梅杰少校的中队里出现的这种不良倾向,他的措施是命令饿鬼乔每周驾驶一次军邮飞机,使他离开中队四个晚上,而这个补救办法,正如科恩中校所有的补救办法,十分成功。

每次卡思卡特上校增加飞行次数而使饿鬼乔重返战斗任务时,梦魇便停止了,他宽慰地一笑,安心进入平常的恐惧状态。约塞连看饿鬼乔那张瘪缩的脸,就像在读报纸头条。饿鬼乔神色阴郁,表明情况良好,而如果他气色不错,那事情就很糟糕了。饿鬼乔这种倒错的反应,每个人都觉得是一种奇怪的现象,只有他本人固执地一口否认。

"谁做梦?"约塞连问他梦见些什么,饿鬼乔回答道。

"乔,你何不去看看丹尼卡医生?"约塞连劝说道。

"我为什么要去看丹尼卡医生?我又没病。"

"那你的噩梦呢?"

"我没做过噩梦。"饿鬼乔撒谎道。

"或许他有办法治。"

"做噩梦又没有什么不对,"饿鬼乔答道,"人人都做噩梦。"

约塞连心想他已经上当了。"每天晚上?"他问。

"为什么不能每天晚上?"饿鬼乔反诘道。

于是突然间一切都变得非常合理。为什么不能每天晚上,嗯?每天晚上在痛苦中叫喊很合理。这比阿普尔比合理——阿普尔比是个严守规章的人,在约塞连和阿普尔比彼此不再理会后的那次海外飞行途中,他曾命令克拉夫特命令约塞连服下疟疾平药片。饿鬼乔比克拉夫特理性——克拉夫特死了,当时约塞连再次把小队的六架飞机导入目标上空,一台发动机爆炸了,克拉夫特就这样在弗拉拉上空随随便便送了命。自从卡思卡特上校自告奋勇要部下在二十四小时内摧毁大桥,整整一个星期过去了,飞行大队连续轰炸到第七天,还是没能炸掉弗拉拉的那座大桥,尽管使用的轰炸瞄准器可以在四万英尺高空把炸弹扔进腌菜桶。克拉夫特来自宾夕法尼亚,是个瘦弱、温和的孩子,只想招人喜欢,然而即使如此谦卑、有失体面的愿望也注定要破灭。他没有招人喜欢,而是死掉了,随着那架只剩一片机翼的飞机快速坠落,在生命最后的宝贵瞬间没有人听到他的声音,他就是那熊熊燃烧的火堆上一块流血的木炭。克拉夫特平平淡淡地生活了一小段时间,然后在第七天,在弗拉拉上空随烈火一起坠落,此时上帝正在安息,而麦克沃特调转了机头,约塞连引导他飞到目标上空进行又一轮轰炸,因为第一轮轰炸时阿费慌了手脚,约塞连也没能扔下炸弹。

"我想我们真的要再飞回去了,是不是?"麦克沃特通过对讲机阴郁地说了一句。

"我想是的。"约塞连说。

"是吗?"麦克沃特问道。

"是。"

"那好吧,"麦克沃特哼唱道,"就这么着吧。"

其他小队的飞机都安全盘旋到远处,他们却重新飞回目标上空,于是下面赫尔曼·戈林师的每一门火炮,这次全都单单对准他们猛烈开火了。

卡思卡特上校富有勇气,从不迟疑地主动请缨,让他的部下去摧毁任何既有的目标。没有什么危险的目标他的大队不能攻击,正如乒乓球台上没有什么险球阿普尔比救不起来。阿普尔比是出色的飞行员,又是眼睛里有苍蝇的超人乒乓球手,从未失过一分。阿普尔比要让对手丢尽脸面,只需发二十一次球就够了。他在乒乓球桌上的高超技艺极负盛名,每场球都必定赢,直到那天晚上奥尔喝杜松子酒和果汁喝得上了头,发出的前五个球全给阿普尔比猛抽了回去,于是掷出球拍,把阿普尔比的前额砸开道口子。奥尔一抛出球拍,便纵身一跃上了乒乓球台,再一个助跑跳远从台子的另一端落下去,双脚稳稳地踏在阿普尔比脸上。场面立刻大乱。阿普尔比差不多花了整整一分钟才挣脱奥尔雨点般的拳打脚踢,他摸索着站起身,一手揪住奥尔的衬衣前胸把他提起来,另一条胳膊往后收,要狠狠一拳把他揍死,就在这时,约塞连一步跨上前去,把奥尔从他手下抢走了。这真是阿普尔比充满意外的夜晚,他长得跟约塞连一样大块头、一样强壮,只见他挥动老拳,拼尽全力向约塞连打去,这一拳打得一级准尉怀特·哈尔福特乐不可支,于是转过身,照准穆达士上校的鼻子也是重重一拳,而这一拳也让德里德尔将军满心欢喜,便叫卡思卡特上校把随军牧师逐出军官俱乐部,又命令一级准尉怀特·哈尔福特搬进丹尼卡医生的帐篷,这样他就可以得到医生每天二十四小时的照料,保持良好的健康状况,随时准备在德里德尔将军需要的时候再猛打穆达士上校的鼻子。有时候,德里德尔将军带着穆达士上校和护士特地从联队司令部下来,只是想让一级准尉怀特·哈尔福特狠狠揍他女婿的鼻子。

一级准尉怀特·哈尔福特倒宁可继续留在跟弗卢姆上尉合住的拖车房里。弗卢姆上尉是中队的新闻发布官,他沉静而心绪不宁,每天晚上总要花大量时间冲洗白天拍摄的照片,准备跟他的宣传材料一同发出去。弗卢姆上尉每天晚上尽可能留在暗房工作,之后在他的行军床上躺下来,交叉着手指,又用兔子脚围住脖子,拼命不让自己睡着。他活在对一级准尉怀特·哈尔福特的极度恐惧之中。弗卢姆上尉心里总是萦绕着这样的念头,也许哪个晚上趁他熟睡之机,一级准尉怀特·哈尔福特会悄悄来到他的行军床前,一刀割开他的咽喉。弗卢姆上尉也是因一级准尉怀特·哈尔福特本人而生出这个念头的。一天晚上,他正在打瞌睡,一级准尉怀特·哈尔福特确实悄悄来到他的行军床前,用不祥的嘘声威胁道,总有一天晚上当他——弗卢姆上尉——熟睡的时候,他——一级准尉怀特·哈尔福特——将一刀割开他的咽喉。弗卢姆上尉吓呆了,他的眼睛睁得老大,直愣愣地向上盯着一级准尉怀特·哈尔福特的眼睛,它们醉醺醺地闪烁着,离他不过几英寸远。

"为什么?"弗卢姆上尉总算嘶哑地问了一句。

"为什么不?"是一级准尉怀特·哈尔福特的答复。

此后每个晚上,弗卢姆上尉强迫自己尽可能长久地保持警醒。饿鬼乔的噩梦帮了他极大的忙。夜复一夜专注地倾听饿鬼乔疯狂的号叫,弗卢姆上尉越来越恨他,开始希望哪天晚上,一级准尉怀特·哈尔福特悄悄去到他的行军床前,一刀把他的咽喉割开。其实,弗卢姆上尉大多数晚上睡得像段木头,只是梦见自己醒着。这些醒着躺在那儿做的梦非常真实,结果每天早晨他都是筋疲力尽地从中醒来,而后立刻又睡过去。

自从弗卢姆上尉发生奇异的蜕变以来,一级准尉怀特·哈尔福特已经颇有点喜欢他了。弗卢姆上尉那天晚上上床时还是个轻松开朗的外向性格者,第二天早上下床时就变成了郁郁寡欢的内向性格者,一级准尉怀特·哈尔福特骄傲地把这个新弗卢姆上尉视为自己的创造物。他从未有过一刀把弗卢姆上尉的咽喉割开的企图,威胁会这么做,不过是想开个玩笑而已,就像要死于肺炎,要猛揍穆达士上校的鼻子或者要同丹尼卡医生角力一样。每天晚上,一级准尉怀特·哈尔福特醉醺醺地蹒跚进来,只想马上入睡,可饿鬼乔经常弄得他睡不成。饿鬼乔的梦魇把一级准尉怀特·哈尔福特折腾得神经过敏,他常常希望有人悄悄溜进饿鬼乔的帐篷,从他脸上拎走赫普尔的猫,再一刀割开他的咽喉,这样中队每一个人,除了弗卢姆上尉,都可以睡一晚好觉了。

尽管一级准尉怀特·哈尔福特为了德里德尔将军总在猛揍穆达士上校的鼻子,他仍然是圈外人。圈外人还有中队长梅杰少校,他看出这一点,正是他从卡思卡特上校那里得知他当上中队长的时候,那是杜鲁斯少校在佩鲁贾上空阵亡后的第二天。上校坐了他那辆特大马力的吉普车,一阵风似的闯进中队驻地。卡思卡特上校嘎的一声把车停在离铁路壕沟几英寸远的地方,车头对面隔着壕沟就是那片倾斜的篮球场,场上梅杰少校终于只剩被那些几乎成了他朋友的士兵踢打推挤、石击棍戳地驱赶的份儿了。

"你现在是新任中队长了，"卡思卡特上校隔着壕沟冲他吼叫道，"但是别以为有什么了不起，它算不了什么，不过就是做了新任中队长而已。"

于是卡思卡特上校猛地掉转车头，轮子一通野蛮的狂转，扬起一片细沙，吹了梅杰少校一脸，然后轰然而去，突然得跟来时一样。梅杰少校被这个场景惊呆了，他站在那儿，一句话也说不出来，瘦长的身体愚钝地呆住，长手夹着一只磨损的篮球，而此时卡思卡特上校如此迅速播下的怨恨种子已经在他身边的士兵中间扎了根，此前他们一直在跟他打篮球，让他前所未有地接近他们，跟他们交朋友。他两眼恍惚，眼白越来越多、越来越模糊，而他的嘴唇渴望地翕动着，却怎么也出不了声，那熟悉、无法突破的孤独像令人窒息的烟雾一样再次飘来，将他团团困住。

如同大队司令部所有除丹比少校以外的其他军官 卡思卡特上校也是深具民主精神：他相信人人生而平等，因此他以同样的热诚鄙视大队司令部以外所有士兵。尽管如此，他相信自己的人。他在简令室一再对他们这样说，他相信他们比其他任何部队至少能多完成十次飞行任务，而且认为谁要是没有他寄予他们的这种信心，就可以滚出去。不过，他们要滚出去的唯一办法，正如约塞连飞去探访前一等兵温特格林时所了解到的，却是完成这额外的十次飞行任务。

"我还是不明白，"约塞连争辩道，"丹尼卡医生说得对还是不对。"

"他说多少次？"

"四十。"

"丹尼卡说的是实话，"前一等兵温特格林承认道，"就第二十七空军司令部而言，只要完成四十次飞行任务就可以了。"

约塞连喜形于色。"那么我就可以回家啰？我飞了四十八次。"

"不行，你不能回家，"前一等兵温特格林纠正道，"你疯了还是怎么的？"

"为什么不能？"

"第二十二条军规。"

"第二十二条军规?"约塞连大吃一惊,"这跟第二十二条军规有什么屁关系?"

"第二十二条军规,"饿鬼乔送约塞连飞回皮亚诺萨岛后,丹尼卡医生耐心地答复说,"要求你永远服从指挥官的命令。"

"可是第二十七空军说,我完成四十次飞行任务就可以回家了。"

"但他们没有说你必须回家。军规明确指示你必须服从每一道命令,这便是圈套。即使上校违反第二十七空军的一道命令,迫使你飞更多任务,你还是必须执行,否则你违抗他的命令,便是犯罪。然后第二十七空军司令部必定会向你问罪。"

约塞连失望得垂头丧气。"这么说,我真的必须飞完那五十次任务了,对吧?"他忧伤地问。

"五十五次。"丹尼卡医生纠正他。

"什么五十五次?"

"上校现在要求你们全都完成五十五次飞行任务。"

饿鬼乔听了丹尼卡医生的话,如释重负地深叹了一口气,咧嘴笑起来。约塞连一把揪住饿鬼乔的脖子,迫使他立刻驾机一道回去见前一等兵温特格林。

"要是我拒飞,"约塞连以信任的口气问道,"他们会怎么处置我?"

"我们或许会枪毙你。"前一等兵温特格林回答。

"我们?"约塞连吃惊地叫喊道,"你这是什么意思,我们?你什么时候站在他们一边了?"

"如果你就要被枪毙了,你指望我站在哪一边?"前一等兵温特格林反驳道。

约塞连畏缩了。卡思卡特上校又一次让他从死里复活。

7 麦克沃特

通常，与约塞连搭档的飞行员是麦克沃特。每天早晨，他穿了洁净的大红睡衣裤在帐篷外刮胡子，是约塞连身边古怪、反讽、不可思议的事物之一。麦克沃特也许是所有参战人员中最疯狂的，因为他神志完全正常，却依然对战争毫不介意。他是个腿短、肩宽、面带微笑的年轻人，嘴里总是吹着快活的音乐剧曲调，玩二十一点或打扑克牌时总要把牌摔得噼啪作响，而那一次次的冲击终于使饿鬼乔崩溃于颤抖的绝望之中，开始对他愤怒地咆哮，要他别再摔牌。

"你这狗娘养的，你这是存心跟我过不去。"饿鬼乔狂暴地怒骂，约塞连则一手拦住他，让他消气。"他这么干没别的道理，就是喜欢听我尖叫——你他妈的狗杂种！"

麦克沃特抱歉地皱了皱长满雀斑却很精致的鼻子，发誓不再摔牌，但总是过后便忘。麦克沃特穿毛茸茸的卧室拖鞋和红色睡衣裤，睡觉时铺的盖的都是新熨过的彩色的，很像米洛从那个嬉皮笑脸、喜好甜食的小偷那里为他取回来的半条床单——之前米洛向约塞连借了些去核枣子去做交换，却全没用上。麦克沃特对米洛印象非常深刻，因为米洛已经在七分钱一只买鸡蛋，再以五分钱一只卖出去，这让给养军士斯纳克下士觉得很是逗乐。

但是麦克沃特对米洛的印象再深,也绝对比不过米洛对那张肝病证明的印象,那封信是约塞连从丹尼卡医生那儿弄来的。

"这是什么?"米洛警觉地叫道——他撞见□□·德·科弗利少校拐骗来厨房干活的两名意大利劳工,他们正要搬一只巨大的瓦楞纸箱去约塞连的帐篷,里面装满了干果、成听的果汁和许多甜点。

"这是约塞连上尉,长官。"斯纳克下士高傲地假笑道。斯纳克下士是个自命知识渊博的人,觉得自己领先时代二十年,很不喜欢屈尊给大家做饭。"他有一封丹尼卡医生的信,想要什么水果和果汁,都可以得到。"

"这是什么?"约塞连大叫道。此刻米洛脸色煞白,开始往一边歪。

"这是米洛·明德宾德中尉,长官,"斯纳克下士嘲弄地眨了眨眼,"我们新来的飞行员。你最近这一次住院期间,他当上了司务长。"

"这是什么?"下午晚些时候,米洛把他的半条床单交给他时,麦克沃特大叫道。

"这是今天上午从你帐篷里偷走的那条床单的一半,"米洛向他解释道,显出一种紧张不安的自鸣得意,红褐色的小胡子急急颤动着,"我敢打赌,你都不知道它给人偷了。"

"怎么有人想偷床单?"约塞连问。

米洛越加激动了。"你不明白。"他断言。

而且约塞连也不明白,米洛为什么要如此急切地花费精力从丹尼卡医生那弄到那封信,而这正是问题的关键。"请给予约塞连想要的所有干果和果汁,"丹尼卡医生写道,"他说他有肝病。"

"这样一封信,"米洛沮丧地咕哝道,"可以毁掉世界上任何一位司务长。"米洛跟着那箱浪费掉的供应食品,穿过中队营地,哭丧似的来到约塞连的帐篷,就是想再看看那封信。"你要多少我都得给你。呃,信里都没说你必须亲口吃完。"

"没说倒是好事,"约塞连告诉他,"这些东西我从来不碰。我的肝脏有问题。"

"哦,对了,我给忘了,"米洛恭敬地放低嗓音说,"情况糟吗?"

"刚好够糟。"约塞连快活地答道。

"哦,"米洛说,"这话怎讲?"

"就是说再好不过……"

"我想我还是不懂。"

"……如果没有变糟的话。现在你明白了?"

"哦,现在我明白了。不过我想我还是不懂。"

"好了,你就别费神了。让我来烦心吧。你看,我其实并没有肝病,我只是有了那些症状。我有加涅特—弗莱沙克综合征。"

"明白了。"米洛说,"那什么是加涅特—弗莱沙克综合征?"

"就是肝病。"

"明白了。"米洛说着,开始疲倦地按摩他的两道浓黑的眉毛,露出内心痛楚的神情,好像等待着他正在体验的某种难熬的不适消散而去。"这么说,"他终于继续道,"我想你真的必须好好注意饮食,不是吗?"

"的确要好好注意,"约塞连告诉他,"好的加涅特—弗莱沙克综合征是很不容易得上的,我可不想毁了我的症状,所以我绝对不吃水果。"

"现在我真的明白了。"米洛说,"水果对你的肝脏不好?"

"不,水果对我的肝脏很有好处。所以我绝对不吃。"

"那你拿这些水果怎么办?"米洛问道,他费了老大的劲,艰难地克服越积越多的迷惑,才让这个憋了老半天的问题冲口而出,"把它们卖了?"

"我送人。"

"给谁?"米洛叫道,惊慌得嗓音大变。

"谁要就给谁。"约塞连高声回答。

米洛发出一声长长的悲叹,蹒跚地后退几步,苍白的脸上突然满是冒出的汗珠。他茫然地拉扯着他那丧气的小胡子,浑身战栗。

"我送了不少给邓巴。"约塞连接着说。

"邓巴?"米洛麻木地重复。

62

"是的。邓巴要去的水果都能吃掉,可这对他一丁点好处也没有。我就把箱子放在帐篷外面,谁想要就自己来取。阿费过来拿了些李干,他说他在食堂里从来没吃够过。你有空的时候可以查一下,因为阿费老在这里晃荡实在不好玩。一旦箱子里的供应减少了,我就让斯纳克下士给我重新添满。内特利只要去罗马,随身总要带上一整箱水果。他爱上了那儿一个妓女;她讨厌我,对他也没有什么兴趣。她有个小妹妹,那女孩从来没让他们单独待在床上。她们住在公寓楼里,合住的有一对老头老太,还有一群别的女孩,都长着肥嘟嘟的大腿,老是嘻嘻哈哈的。每次去那儿,内特利都给她们捎上一整箱水果。"

"他卖给她们?"

"不,他送给她们。"

米洛皱眉。"哦,我想他真是慷慨。"他漠然地说。

"是的,真是慷慨。"约塞连赞同道。

"而且我确信这绝对合法,"米洛说,"因为一旦从我这儿拿走,食物便是你的了。我想这些人的境况那么恶劣,得到水果一定高兴得很。"

"是的,高兴得很,"约塞连向他保证道,"那两个姑娘把水果全卖到黑市,得了钱去买俗艳的时装珠宝和廉价香水。"

米洛活跃起来。"时装珠宝!"他惊叫道,"我倒不知道。买廉价香水她们要花多少钱?"

"老头用他的那份买了纯威士忌和下流图片。他是个色鬼。"

"色鬼?"

"你会大吃一惊。"

"下流图片在罗马很有市场?"米洛问。

"你会大吃一惊。就说阿费吧,你认识他,所以从来不会怀疑他,对吧?"

"是个色鬼?"

"不,是个领航员。你认识阿德瓦克上尉,是不是?就是你到中队第一天就跑来见你的那个家伙。他说:'我叫阿德瓦克,干的是飞行领航。'他嘴里叼着只烟斗,可能还问过你上的哪所大学。你认识他吗?"

米洛心不在焉。"我跟你合伙干吧。"他脱口而出地恳求道。

约塞连拒绝了,尽管他毫不怀疑,一旦他凭丹尼卡医生的信从食堂申领了成卡车的水果,这些水果都将归他们所有,爱怎么处理就怎么处理。米洛很是丧气,不过从那一刻起他什么秘密都跟约塞连说,除了一件事,因为他精明地推断,凡是不窃取所爱国家的财产的人,也不会窃取他人财产。米洛什么秘密都跟约塞连说,除了山上那些洞穴的位置;从士麦那运回一飞机无花果之后,听约塞连说一个刑事调查部密探住进了医院,他就开始把钱埋在洞里。对于轻信到自告奋勇上任的米洛而言,司务长的职责乃是神圣的信赖。

"我竟然没意识到,我们没有供应足够的李干,"他第一天就承认道,"我想这是因为我还不熟悉。我会跟厨师长提这件事的。"

约塞连目光锐利地盯着他。"什么厨师长?"他问道,"你并没有厨师长。"

"斯纳克下士,"米洛解释道,有点心虚地往一边瞧,"他是我唯一的厨师,其实就是厨师长,虽然我希望调他去做行政勤务。我感觉斯纳克下士似乎有点创造力过盛,他认为做给养军士是某种艺术形式,总是抱怨不得不糟蹋他的才华。根本没人要他做这类事!顺便问一句,没准你知道他为什么被降为列兵,至今还只是个下士?"

"知道,"约塞连说,"他向中队下毒。"

米洛再次脸色发白。"他干了什么?"

"他把上百块军用肥皂打碎掺进甘薯里,只想证明大家趣味庸俗,像乡巴佬,不知道好坏的差别。中队每个人都病了。飞行任务都取消了。"

"哟!"米洛叫喊起来,颇有些异议,"他一定认识到他错得多离谱了,对不对?"

"恰恰相反,"约塞连纠正道,"他认识到他对得多离谱。我们把满满一盘吃完,还嚷着要求再添。我们都以为自己病了,哪里想到是被下了毒。"

米洛惊恐地吸了两声鼻子,像一只毛茸茸的棕色野兔。"那样的话,我就非调他去做行政勤务不可了。我可不想在我主管期间出这种事。你看,"他认真地掏心窝子道,"我要做的,就是让中队弟兄们吃上全世界最好的饭菜。这才是力争的目标,对不? 如果一名司务长的着眼点比这还低,依我看,他就不配做司务长了。难道你不同意?"

约塞连慢慢转过身,直视米洛,眼神带着试探性的不信任。他看到一张单纯、真诚的脸——那里容不了任何精明或狡诈;一张正直、坦率的脸——长着一对斜视的大眼睛、黄褐色头发、黑色眉毛和丧气的红褐色小胡子。米洛的鼻子长而细瘦,鼻孔湿湿的,不时唏唏地吸气,鼻尖向右歪得厉害,总是偏离他所朝的方向。这是清正不移者的脸,他绝不能有意识地违背他的美德所依赖的道德准则,正如他不能把自己变成一个遭人厌弃的可鄙小人。这些道德准则中,有一条是这样的:要价多少都算不得罪孽,只要行得通。他有时会突然爆发极大的义愤,听说一个刑事调查部密探在这一带查找他时,他愤慨至极。

"他找的不是你,"约塞连想安抚他,"他在找医院里一个人,那家伙老是在检查的信件上签华盛顿·欧文的名字。"

"我可从没在任何信件上签过华盛顿·欧文的名字。"米洛声明。

"当然没有。"

"不过那只是个骗局,想套我承认一直在黑市上捞钱。"米洛狠狠拉扯他那颜色特别的小胡子中散乱的一绺,"我不喜欢那种家伙,总在窥探我们这些人的秘密。如果政府想做些好事,为什么不追查前一等兵温特格林?他从不遵守规则和条例,总跟我砍价。"

米洛的小胡子长得很丧气,左右两撇从来不对称,就跟他那对永远无法同时看一样东西的斜眼一样。米洛可能比大多数人多看见一些东西,但没一样看得十分真切。听约塞连说卡思卡特上校把飞行次数增加到了五十五次,跟他对刑事调查部来人的反应形成鲜明对比,他显得平静而勇敢。

"我们在打仗,"他说,"抱怨要飞的任务次数太多是没用的。如果上校说我们必须飞五十五次,我们就得飞那么多。"

"唔,我不必飞那么多。"约塞连发誓说,"我要去见梅杰少校。"

"你找得到他?梅杰少校从来不见人。"

"那我就回医院去。"

"你十天前才出院,"米洛责备地提醒他说,"你不能一遇到不如意的事就往医院里跑。不,最好的做法还是完成飞行次数。这是我们的职责。"

米洛办事极为审慎,甚至不能允许自己在麦克沃特的床单被盗那天向食堂借用一包去核枣子,因为食堂的食品仍然是政府的财产。

"但是我可以向你借,"他对约塞连解释道,"因为你一旦凭丹尼卡医生的信从我这儿拿走,这些水果就全是你的了。你爱怎么处理就怎么处理,甚至高价出售,不用免费送人。你不想跟我合伙干?"

"不想。"

米洛只得作罢。"那就借给我一袋去核枣子,"他恳求道,"我会还你的。我发誓会还你,还会有点额外的东西给你。"

米洛说到做到,他带着那包未开封的去核枣子,还有那个从麦克沃特帐篷里偷了床单的嬉皮笑脸、喜好甜食的小偷回来时,交给约塞连四分之一幅麦克沃特的黄色床单。这片床单现在归约塞连所有。他一不留神就赚到了,虽然不明白是怎么回事。麦克沃特也是如此。

"这是什么?"麦克沃特大声叫道,迷惑地直盯着他那被撕去一半的床单。

"这是今天上午从你帐篷里偷走的床单的一半,"米洛解释说,"我敢打赌,你都不知道它给人偷了。"

"怎么有人想偷床单?"约塞连问。

米洛越加激动了。"你不明白,"他断言,"他偷了整条床单,而我用你投资的那包去核枣子把它换了回来,因此床单的四分之一就归你了。你的投资赚到了非常漂亮的回报,尤其是你收回了给我的每一粒去核枣子。"米洛接着又对麦克沃特说:"半条床单是你的,因为床单原本就是你的,可我真的不明白你有什么可埋怨的,要不是约塞连上尉和我为了你插手此事,恐怕你什么都拿不到。"

"谁埋怨了?"麦克沃特叫道,"我只是想看看,这半条床单能派什么用场。"

"你可以用半条床单做不少事情。"米洛向他保证,"床单剩下的四分之一,我就自己留下了,作为对我的进取心、工作和首创精神的酬劳。这不是给我本人的,你知道,而是给辛迪加的。那是你可以用半条床单做的事情。你可以把它留在辛迪加,看它生利。"

"什么辛迪加?"

"就是我想将来成立的辛迪加,这样我就能给弟兄们提供你们应得的优质食品。"

"你想成立辛迪加?"

"是的,我想。不,一个交易市场。你知道什么是交易市场?"

"就是买东西的地方,对不对?"

"还有卖东西。"米洛纠正道。

"还有卖东西。"

"我平生就想要个交易市场。有了交易市场,你就可以做许多事情。但是一定要有个交易市场。"

"你想要个交易市场?"

"而且人人都有股份。"

约塞连还是迷惑不解,因为这是生意上的事情,而生意上的许多事情总是令他迷惑。

"让我再解释一遍,"米洛提议,神情越来越疲倦、恼怒,他突然用大拇指指指身旁那个喜好甜食、还在嬉皮笑脸的小偷,"我知道他要的是枣子,不是床单,因为他一句英语也不懂,我打定主意整个交易过程都讲英语。"

"你为什么不照他的脑袋来一下,拿走床单就是了?"约塞连问。

米洛很有尊严地紧闭双唇,摇摇头。"那样就太不公正了,"他严厉批评道,"暴力是错误的,两个错误绝不会变成正确。我的方法就好多了。我托着枣子递给他,又伸手取回床单,这时他可能以为我要跟他做交易。"

"那你在做什么?"

"其实,我就是在跟他做交易,但既然他不懂英语,我可以随时否认这一点。"

"要是他生气了,非要枣子不可呢?"

"啊,我们只要照他的脑袋来一下,拿走枣子就是了。"米洛毫不犹豫地答道。他的目光从约塞连移向麦克沃特,又移回约塞连。"我实在不明白各位在抱怨什么。我们的结果都比先前强多了。每个人都满意,除了这个小偷,其实为他操心是没道理的,因为他连我们的语言都不会讲,什么结局都是活该。你明白了吧?"

但约塞连还是不明白,米洛怎么能在马耳他七分钱一只买进鸡蛋,然后在皮亚诺萨五分钱一只卖出,还赚了钱。

8 沙伊斯科普夫少尉

就连克莱文杰也不明白米洛是怎么做到的,而克莱文杰可是无所不知。克莱文杰了解这场战争的一切,除了为什么约塞连一定要死而斯纳克下士可以活下去,或者为什么斯纳克下士一定要死而约塞连可以活下去之类的问题。这是一场肮脏、混乱的战争,没有它,约塞连原本可以活下去——或许,永远活下去。他的同胞中,只有少数人甘愿牺牲生命以赢得这场战争,而他并不奢望跻身其间。死还是不死,这是个问题,克莱文杰越来越没有底气回答这个问题了。历史并没有要求约塞连早夭;没有它,正义照样得到伸张,进步不依赖它,胜败也不取决于它。人皆有一死,这是必然的事;可是哪些人会死,却要看境遇了,而约塞连怎么死都可以,就是不甘心做境遇的牺牲品。但那是战争。它的好处他也就能想到这些:报酬不错,从父母的有害影响中解放了孩子们。

克莱文杰通晓那么多事,因为他是天才,有一颗跳动的心和一张苍白的脸。他是个瘦长、笨拙、狂热、两眼饱含饥渴的聪明人。在哈佛念本科时,他在几乎各个方面都得过奖学金,而在其他所有方面没有赢得奖学金的唯一原因,是他成天忙于签署请愿书、分发请愿书又质疑请愿书,加入讨论小组又退出讨论小组,参加青年大会、给别的青年大会放哨并组织学生委员会保护被开除的教授。大家一致认为克莱文杰定会名扬学术界。一句话,克莱文杰属于那种很有才智却全无头脑的人。这是谁都知道的,不知道的很快也会知道。

一句话,克莱文杰是个笨蛋。在约塞连眼里,他往往就跟现代博物馆里到处都是的那些人一样,两只眼睛都长在脸的一侧。这自然是一种错觉,却产生于克莱文杰死死盯着问题的一面而从来看不到另一面的偏好。政治上,他是人道主义者,很能识别左翼和右翼,却又不自在地夹在两者之间。他经常面对右翼敌人替左翼朋友辩护,面对左翼敌人替右翼朋友辩护,弄得两个从来不曾替他辩护的群体都彻底地憎恨他,他们认为他是笨蛋。

他是个非常严肃、特别认真又全凭良心办事的笨蛋。跟他一起看场电影,散场后他一定会拉住你讨论什么移情、亚里士多德、共性、寓意,以及电影艺术在物质社会中的责任之类的话题。他带去剧院看戏的女孩子总要等到第一次幕间休息才能听他说出他们在看一出好戏还是坏戏,于是豁然开朗。他是一个好战的理想主义者,而他讨伐种族偏见的方式,就是见到这种事情便当即昏厥。他对文学什么都懂,除了怎么欣赏。

约塞连试图帮助他。"别做傻子啦。"他这样忠告克莱文杰,当时他们在加利福尼亚州圣安娜的军校学习。

"我要告诉他。"克莱文杰坚持道。他们两个正高高坐在检阅台上,俯视着辅助阅兵场上愤怒地来回走动的沙伊斯科普夫少尉,他好像没有胡子的李尔。

"为什么是我?"沙伊斯科普夫少尉悲叹道。

"别出声,傻瓜。"约塞连长辈似的劝告克莱文杰。

"你不知道你在说什么。"克莱文杰很反感。

"我只知道不要出声,傻瓜。"

沙伊斯科普夫少尉撕扯头发,咬牙切齿,富有弹性的两颊随着阵阵剧痛而颤动。令他苦恼的是整个中队的航空学员士气低落,在每个星期日下午举行的阅兵比赛中表现恶劣至极。他们士气低落,因为他们不愿意每个星期日下午受阅,还因为沙伊斯科普夫少尉从他们之中指派了学员军官,而没有允许他们自己推选。

"我希望有人告诉我,"沙伊斯科普夫少尉虔诚地恳求全体学员,"如果我有什么过错,我希望有人告诉我。"

"他希望有人告诉他。"克莱文杰说。

"他希望谁都不要出声,傻瓜。"约塞连回答。

"难道你没听见他说?"克莱文杰争辩道。

"听见了,"约塞连答道,"我听见他非常响亮、非常清楚地说,他希望我们个个把嘴闭紧,如果我们识趣的话。"

"我不会惩罚你们。"沙伊斯科普夫少尉发誓道。

"他说他不会惩罚我。"克莱文杰说。

"他会阉了你。"约塞连说。

"我保证决不惩罚你们,"沙伊斯科普夫少尉说,"我将感激对我说实话的人。"

"他会恨你的,"约塞连说,"到死都会恨你。"

沙伊斯科普夫少尉是后备军官训练团的毕业生,他很高兴战争爆发了,因为他就这样得到了机会,每天穿着军官制服,以军人特有的清晰嗓音,向正在去往屠宰台的途中、每八个星期一批落入他手心的小伙子们喊"弟兄们"。沙伊斯科普夫少尉是个野心勃勃而毫无幽默感的人,总是严肃认真地面对他的职责,只有当圣安娜陆军航空基地某个跟他竞争的军官染上疾病久治不愈的时候,他才会微微一笑。他视力很差,又患有慢性鼻窦炎,这便使战争显得格外来劲,因为他绝无去海外作战的危险。沙伊斯科普夫少尉最好的地方是他的妻子,而他妻子最好的地方是有一个叫多丽·达兹的女友;多丽一有机会就要与人风流快活,她有一套陆军妇女队的制服,这套制服沙伊斯科普夫少尉的妻子每个周末都会穿上,每个周末也都为她丈夫中队里每一个想跟她偷偷来一腿的学员脱下。

多丽·达兹是个活泼的浪荡少女,打着金铜绿眼影,最喜欢在工具房、电话亭、运动场更衣室和公共汽车候车亭干那事。她不曾尝试的事几乎没有,不愿尝试的则更是少有。她年方十九,身材苗条,不知羞耻而敢作敢为。她伤害了无数男人的自尊心,令他们到了早上便憎恨自己,为她找到他们、利用他们再扔掉他们的方式而自悔。约塞连很爱她。她是个妙不可言的床上尤物,不过她觉得约塞连也就将就而已。她只让约塞连碰过一次,浑身上下的肌肤极富弹性,那种感觉令约塞连难以忘怀。约塞连很爱多丽·达兹,以至于无法控制自己,每个星期都热切地扑到沙伊斯科普夫少尉的妻子身上,用沙伊斯科普夫少尉报复克莱文杰的方式报复沙伊斯科普夫少尉。

沙伊斯科普夫少尉的妻子正在报复沙伊斯科普夫少尉,为他犯下的什么不可遗忘的罪过,具体何事她却想不起来了。她是个丰满、粉红、慵懒的女子,爱读好书,一直在规劝约塞连不要这样平庸,连书都不读。她总是随身带着一本好书,即便赤条条地躺在床上,身上只有约塞连及多丽·达兹的身份识别牌时,也不例外。她令约塞连厌倦,但他也爱上了她。她毕业于沃顿商学院,是个醉心数学的专修生,每个月没数到二十八就会陷入困境。

"亲爱的,我们又要有孩子了。"她每个月都会对约塞连这样说。

"你简直疯了。"他回答。

"我是当真的,宝贝。"她坚持说。

"我也一样。"

"亲爱的,我们又要有孩子了。"她会对丈夫这样说。

"我没时间,"沙伊斯科普夫少尉脾气急躁地嘟哝道,"你不知道在进行阅兵比赛吗?"

沙伊斯科普夫少尉一心只关注如何赢得阅兵比赛,如何把克莱文杰送去诉讼委员会,指控他密谋推翻由沙伊斯科普夫少尉任命的学员军官。克莱文杰专爱捣乱,又自作聪明。沙伊斯科普夫少尉知道,若不加监视,克莱文杰很可能会闹出更大的乱子来。昨天想要推翻学员军官,明天或许就是整个世界了。克莱文杰颇有头脑,而沙伊斯科普夫少尉发现,有头脑的人往往相当精明。这种人很危险,就连克莱文杰帮忙上台的那些新学员军官也迫不及待地要出来作证,指控他,定他的罪。指控克莱文杰一案,案情是十分明朗的,唯一缺少的,就是指控他什么。

指控无论如何不能牵涉阅兵比赛,因为克莱文杰十分重视,几乎同沙伊斯科普夫少尉本人一样。每周日下午,学员们早早出营参加阅兵比赛,在营房外摸索着排成十二人一列的队伍。他们宿醉未醒地哼哼唧唧,无精打采地走向主阅兵场各自的位置,然后和其他六七十支中队的学员一道纹丝不动地站在烈日下,一站就是一两个小时,直到不少学员晕倒在地才解散。阅兵场边上停放着一排救护车,还站着一队队训练有素、手持步话机的担架兵。救护车车顶上,是拿着望远镜的观察员。一名记分员负责记录得分。这整个行动过程由一位精通会计的军医负责监督,他确认可视为昏厥的脉搏次数并检查记分员记录的得分。一旦救护车装载了足够数量的昏迷学员,军医便示意乐队指挥开始奏乐,从而结束阅兵比赛。这些中队一个紧跟着一个,全都走上阅兵场,绕检阅台拐个大弯,然后退出阅兵场,返回各自的营房。

每个受阅中队行经检阅台时,都被打了分。检阅台上坐了一位臃肿而蓄着肥厚髭须的上校,还有其他几位军官。各联队的最佳中队赢得一面带旗杆的黄色三角旗,那东西实在是毫无用处。基地的最佳中队获得一面红色三角旗,旗杆略长一些,其价值越发低廉,因为旗杆又重了些,下星期日别的哪个中队夺走之前,他们要整整一周扛着来回跑,实在是头疼之极。在约塞连看来,用锦旗充奖品可谓荒唐。锦旗并没有带来金钱,也没有带来等级特权,就跟奥林匹克奖章和网球赛奖杯一样,它们不过表明得主做了一件无益于任何人的事情,只是做得比其他人胜任些罢了。

阅兵本身似乎同样荒唐。约塞连讨厌受阅。阅兵太军事化。他讨厌听到阅兵的消息,讨厌看到阅兵的场面,讨厌陷在被阅兵阻塞的交通里。他讨厌被迫参加阅兵。就算不必每个星期日下午冒着酷热像个士兵一样接受检阅,做一名飞行学员已经够糟糕的了。做一名飞行学员之所以够糟糕,现在很明显,他的训练完成之前,战争不会结束。那是他当初自愿报名接受飞行训练的唯一原因。作为一名合乎飞行训练条件的大兵,他得等很多个星期

73

分派到班级,再得等很多个星期成为轰炸领航员,之后再得用很多个星期进行作战训练,为执行海外任务做准备。那时,似乎难以相信战争会持续那么长时间,因为有人告诉他,上帝在他一边,而上帝,有人告诉他,想做什么就能做什么。可是战争远远没个了局,而他的训练却已接近尾声。

沙伊斯科普夫少尉一心想在阅兵比赛中获胜,大半个晚上都在研究这事,他的妻子妖艳地躺在床上等他,一边翻着克拉夫特·埃宾的书,寻找最喜欢的章节。他读的是关于行进的书。他摆弄着几盒巧克力小兵,直到它们化在他手里才作罢,于是又调遣起一套塑料牛仔来,把它们排成十二人一列的队伍。这是他化名从一家邮购商店买来的,白天锁起来不让任何人看见。列奥纳多的解剖练习看来是必不可少的。一天晚上,他觉得需要一个真人模特儿,于是指挥他的妻子在房里行进。

"裸体吗?"她满怀希望地问。

沙伊斯科普夫少尉十分恼火,两手啪地捂住眼睛。沙伊斯科普夫少尉的生活绝望地拴在了一个女人身上,而这女人只知道满足自己肮脏的性欲,根本就看不到为了实现那无法达到的目标,高尚的人可以英勇地投身其中,进行艰苦卓绝的伟大斗争。

"你为什么从不鞭打我?"一天晚上,她不高兴地问。

"因为我没时间,"他不耐烦地对她呵斥道,"我没时间。你不知道在进行阅兵比赛吗?"

而他也确实没时间。你看,已经是星期天了,下一次阅兵比赛只剩下七天的时间准备。他不明白时间都到哪里去了。接连三次阅兵比赛都得了倒数第一,弄得沙伊斯科普夫少尉名声很臭,于是他考虑了各种改进的办法,甚至想把每排十二个人钉在一根长长的二乘四英寸的风干橡木条上,使他们保持直线。这个计划行不通,因为如果不在每个人的腰背部嵌入镍合金旋轴,要做九十度转向是不可能的,再说要从军需主任那里拿到那么多镍合金旋轴,还要争取到医院外科医生的合作,沙伊斯科普夫少尉也完全没有把握。

沙伊斯科普夫少尉采纳克莱文杰的建议,让学员们选出了自己的学员军官,随后的那个星期,中队赢得了黄色三角旗。这意外的成就,把沙伊斯科普夫少尉高兴坏了,以至于妻子想拖他上床庆贺,以宣示对西方文明里下中产阶级性道德观念的蔑视时,他拿起旗杆朝她脑袋使劲敲了一下。下个星期,中队赢得了红色三角旗,沙伊斯科普夫少尉简直欣喜若狂。此后一个星期,他的中队创造了历史,连续两个星期赢得红色三角旗!现在,沙伊斯科普夫少尉踌躇满志,坚信自己有能力一鸣惊人。经过广泛研究,沙伊斯科普夫少尉发现,行进时两只手不应像时下流行的那样自由摆动,而应该始终保持在大腿中线不超过三英寸的范围之内,这就是说,两手实际上几乎根本不要摆动。

沙伊斯科普夫少尉的准备工作做得精细而又秘密,中队全体学员都宣誓保守秘密,他们深夜来到辅助阅兵场预演。他们在一团漆黑中行进,彼此盲目地撞在一起,但他们并不惊慌,就这样慢慢学会了行进而不摆动双手。沙伊斯科普夫少尉最初的想法是请钣金车间的一位朋友把镍合金钉打进每个学员的股骨,再用恰好三英寸长的铜丝把钉子和手腕连接起来,但是没有时间——总是没有足够的时间——而且战争期间很难弄到上好的铜丝。他还想到,学员们被这样拴住手脚,便不能在正式行进之前那感人的昏厥仪式上合乎规范地倒地,而不能合乎规范地昏厥可能会影响全队的得分。

整个星期,他在军官俱乐部总是按捺着喜悦咯咯地笑。他最亲近的朋友中,各种猜测在迅速滋生。

"真不知道那白痴在搞什么。"恩格尔中尉说。

沙伊斯科普夫少尉对同事的询问报以会心一笑。"到星期天你们就明白了,"他保证道,"你们会明白的。"

那个星期日,沙伊斯科普夫少尉以一位经验丰富的演出总监所有的沉着自信,向公众展露了他划时代的惊人之举。别的中队以习惯的姿态,装模作样地轻松走过检阅台时,他一句话没说;甚至他自己中队的头几排进入视线,手臂一动不动地行进着,让那些惊呆的军官同僚开始恐惧地嘶嘶直抽冷气,他还是没有任何表示。即使那个时候他都沉得住气,直到那位臃肿而蓄着肥厚髭须的上校猛地转过身,铁青着脸粗暴地盯着他,他才作出让他不朽的解释。

"瞧,上校,"他宣布说,"不用手。"

于是他向惊愕得鸦雀无声的听众散发那套晦涩规则的经过鉴定的复印件,他取得的令人难忘的成功,便是以这套规则为基础的。这是沙伊斯科普夫少尉生平最荣耀的时刻。他赢得了阅兵比赛的胜利,自然,唾手而得,可以永久保留那面红色三角旗,由此彻底终结了星期日阅兵比赛,因为战争期间上好的红色三角旗跟上好的铜丝一样很难弄到。沙伊斯科普夫少尉当场晋升为中尉,自此开始了军阶的蹿升。因为他的重大发现,极少有人不把他看作真正的军事天才。

"那个沙伊斯科普夫中尉,"特拉弗斯中尉谈论道,"他可是军事天才。"

"对,他确实是,"恩格尔中尉赞同道,"可惜,这个傻鸟不肯鞭打老婆。"

"我看不出跟那事有什么关系,"特拉弗斯中尉冷静地回答,"每次性交,比米斯中尉总要把比米斯夫人美美鞭打一顿,可阅兵比赛中他却是一文不值。"

"我说的是鞭打,"恩格尔中尉反驳道,"谁在乎什么阅兵比赛!"

实际上,除了沙伊斯科普夫中尉,没有人真把阅兵比赛当回事,更不用说那个臃肿而蓄着肥厚髭须的上校了。此人是诉讼委员会主席。克莱文杰小心翼翼地走进办公室,刚要对沙伊斯科普夫中尉提出的指控申辩无罪,他就对克莱文杰咆哮起来。上校握拳猛击桌面,却打痛了手,于是对克莱文杰越发愤怒,便越发猛烈地挥拳击打桌子,手也就越发疼得厉害。沙伊斯科普夫中尉一言不发地怒视着克莱文杰,为他留下的糟糕印象丢尽了脸。

"再过六十天,你就要迎战比利·佩特罗利[1]了,"蓄着肥厚髭须的上校吼叫道,"但你以为这是个老大的玩笑。"

---

[1] 比利·佩特罗利,二十世纪二三十年代美国轻量级职业拳击手。

"我认为这不是玩笑,长官。"克莱文杰答道。

"不要插嘴。"

"是,长官。"

"插嘴时要叫'长官'。"梅特卡夫少校命令道。

"是,长官。"

"刚才不是命令你不要插嘴吗?"梅特卡夫少校冷冷地问。

"可是我没有插嘴,长官。"克莱文杰申辩道。

"你是没有。但你也没有叫'长官'。把这一条加进对他的指控,"梅特卡夫少校指示那个会速记的下士,"不插嘴的时候,未能叫上级军官'长官'。"

"梅特卡夫,"上校说,"你是个大笨蛋。你知道吗?"

梅特卡夫少校好不容易咽下这口气。"是,长官。"

"那就闭上你的臭嘴。你在胡说八道。"

诉讼委员会由三人组成,即臃肿而蓄着肥厚髭须的上校、沙伊斯科普夫中尉和正在努力练就一副冰冷目光的梅特卡夫少校。作为诉讼委员会成员,沙伊斯科普夫中尉也是法官之一,他将认真权衡检举人控告克莱文杰一案的是非曲直。沙伊斯科普夫中尉还是起诉人。克莱文杰有一名军官为他辩护,为他辩护的军官正是沙伊斯科普夫中尉。

克莱文杰被这一切弄得糊里糊涂的,而上校猛地站起身,肉浪奔涌如喷薄状。威胁要把他那臭烘烘的怯懦身体一条条撕开时,克莱文杰开始惊恐地战栗。一天,他在行进去上课的途中绊了一跤;第二天,他就正式遭到指控,罪名是:编队时打乱队形、行凶殴打、行为失检、游手好闲、叛国、挑动闹事、自作聪明、听古典音乐,如此等等。一句话,他们要对他严惩不贷,于是他来到了这里,胆战心惊地站在这位臃肿的上校面前。上校又一次大声吼道,再过六十天,他就要迎战比利·佩特罗利了,然后要求他回答,到底愿不愿意被开除,再遣送到所罗门群岛掩埋尸体。克莱文杰谦恭地回答说他不愿意,说他是个笨蛋,宁愿做一具尸体,也不愿掩埋一具尸体。上校坐了下来,往后一靠,突然变得平静而谨慎了,还逢迎地客气起来。

"你说我们不能惩罚你,"上校缓缓地询问道,"是什么意思?"

"什么时候,长官?"

"我在问你。你回答。"

"是,长官。我——"

"你以为我们把你带到这里,是请你提问题我来回答吗?"

"不,长官。我——"

"我们把你带到这里干什么?"

"回答问题。"

"说得对极了,"上校吼叫道,"那你就先回答几个吧,不然我就打破你的狗头。你说我们不能惩罚你,你这狗杂种,到底是什么意思?"

"我想我从没那样说过,长官。"

"请你大声讲,好吗?我听不见。"

"是,长官。我——"

"梅特卡夫。"

"长官?"

"我没叫你闭上那张笨嘴吗?"

"是,长官。"

"那么我叫你闭上笨嘴,你就给我闭上笨嘴。明白了没有?请你大声讲,好吗?我听不见。"

"是,长官。我——"

"梅特卡夫,我踩到你的脚了吗?"

"不,长官。一定是沙伊斯科普夫中尉的脚。"

"不是我的脚。"沙伊斯科普夫中尉说。

"那或许还是我的脚吧。"梅特卡夫少校说。

"挪开。"

"是,长官。你得先移开你的脚,上校。它踩在我的脚上面。"

"你是叫我把脚挪开？"

"不，长官。噢，不，长官。"

"那就把你的脚挪开，再闭上那张笨嘴。请你大声讲，好吗？我听不见。"

"是，长官。我是说我没有说你们不能惩罚我。"

"你到底在说什么？"

"我在回答你的问题，长官。"

"什么问题？"

"'你说我们不能惩罚你，你这狗杂种，到底是什么意思？'"那个会速记的下士照速记本读道。

"好了，"上校说，"你到底是什么意思？"

"我没说你们不能惩罚我，长官。"

"什么时候？"上校问。

"什么时候怎样，长官？"

"现在你又在问我问题了。"

"对不起，长官。恐怕我不懂你的问题。"

"你是什么时候没说我们不能惩罚你的？难道你听不懂我的问题？"

"不，长官。我不懂。"

"你刚才跟我们说过。现在你来回答我的问题。"

"可是我怎么回答得了呢？"

"你又在问我另一个问题了。"

"对不起，长官。但我不知道怎么回答你的问题。我从没说过你们不能惩罚我。"

"你是在告诉我们什么时候说过这话。我要求你告诉我们，你什么时候没说这话。"

克莱文杰深深吸了口气。"我始终没说你们不能惩罚我，长官。"

"这就好多了，克莱文杰先生，尽管那是赤裸裸的谎言。昨天晚上在厕所里，难道你没有跟我们讨厌的另一个肮脏的狗杂种悄悄说，我们不能惩罚你吗？他叫什么来着？"

"约塞连,长官。"沙伊斯科普夫中尉说。

"是的,约塞连。一点不错。约塞连。约塞连？那是他的名字吗？约塞连？约塞连究竟算个什么名字？"

沙伊斯科普夫中尉对情况了如指掌。"这是约塞连的名字,长官。"他解释道。

"对,我想那就是。难道你没有跟约塞连悄悄说,我们不能惩罚你吗？"

"啊,没有,长官。我跟他悄悄说,你不能认定我有罪——"

"也许我很愚钝,"上校打断了他的话,"但是我看不出两句话的差别。我想我相当愚钝,因为我看不出两句话的差别。"

"什——"

"你是个满嘴空话的狗杂种,是不是？没人要你澄清,而你在向我澄清。我是在做陈述,不是要你澄清。你是个满嘴空话的狗杂种,是不是？"

"不是,长官。"

"不是,长官？那你在说我他妈的撒谎咯？"

"啊,不,长官。"

"那么你是个满嘴空话的狗杂种,是不是？"

"不是,长官。"

"你是存心想跟我吵架？"

"不是,长官。"

"你是个满嘴空话的狗杂种吗？"

"不是,长官。"

"妈的,你就是存心想跟我吵架。谁出两分臭钱,我就从这张大桌子上跳过去,把你那臭烘烘的怯懦身体撕碎。"

"好啊！好啊！"梅特卡夫少校叫喊道。

"梅特卡夫,你这臭烘烘的狗杂种。我不是叫你闭上那张怯懦、愚蠢的臭嘴吗？"

"是，长官。对不起，长官。"

"那就这么办吧。"

"我只是想学习，长官。学习的唯一方法就是尝试。"

"谁这么说的？"

"都这么说，长官。连沙伊斯科普夫中尉也这么说。"

"你这么说吗？"

"是的，长官，"沙伊斯科普夫中尉说，"可每个人都这么说。"

"好吧，梅特卡夫，那你就试试闭上那张笨嘴，也许这才是你学会闭嘴的办法。好，我们说到哪里了？给我念最后那句话。"

"'给我念最后那句话。'"会速记的下士照本念道。

"不是我的最后那句话，蠢货！"上校吼叫道，"是别人的。"

"'给我念最后那句话。'"下士念道。

"还是我的最后那句话！"上校气得脸色绛紫，尖声叫道。

"哦，不，长官，"下士纠正道，"那是我的最后那句话。我刚才念给你听的。你忘了吗，长官？就在刚才。"

"啊，天哪！给我念他的最后那句话，蠢货。说，你究竟叫什么名字？"

"波平杰，长官。"

"好吧，下一个就是你，波平杰。他的审讯一结束，就开始审问你。懂了吗？"

"懂了，长官。我的罪名是什么？"

"那到底有什么关系？你听到他问我什么吗？你就会知道的，波平杰——我们审完克莱文杰，你就会知道的。克莱文杰学员，刚才——你是克莱文杰学员，不是波平杰，是不是？"

"是的，长官。"

"很好。刚才——"

"我是波平杰，长官。"

"波平杰，你父亲是百万富翁或者参议员吗？"

"嗯,长官。"

"那你的麻烦就大了,波平杰。他不是将军,也不是政府高官,是不是?"

"不是,长官。"

"很好。你父亲是干什么的?"

"他早死了,长官。"

"那好极了。你真的是麻烦大了,波平杰。你的名字真是波平杰?波平杰究竟算个什么名字?我不喜欢它。"

"这是波平杰的名字,长官。"沙伊斯科普夫中尉解释道。

"嗯,我不喜欢它,波平杰,我恨不得马上把你那臭烘烘的怯懦身体一条条撕开。克莱文杰学员,你可以把昨天深夜在厕所里对约塞连悄悄说过或者没说过的话,再重复一遍吗?"

"是,长官。我说你不能认定我有罪——"

"我们就从这儿接下去。你说我们不能认定你有罪[1],克莱文杰学员,确切地说是什么意思?"

"我没有说你们不能认定我有罪,长官。"

"什么时候?"

"什么怎样,长官?"

"妈的,你又要追问我了吗?"

"不,长官。对不起,长官。"

"那就回答问题。你什么时候没说我们不能认定你有罪?"

"昨天深夜在厕所里,长官。"

"那是唯一一次你没说这话吗?"

"不,长官。我始终没说你们不能认定我有罪,长官。我确实对约塞连说过——"

"没人问你确实对约塞连说过什么。我们问你的是,你没跟他说的是什

---

[1] 英语中"你"和"你们"都是"you"。克莱文杰说的是"你(约塞连)不能认定我有罪",上校则理解为"你们",即诉讼委员会。

么。你确实对约塞连说过什么,我们根本不感兴趣。清楚了吗?"

"是的,长官。"

"那么我们继续。你跟约塞连说什么了?"

"长官,我跟他说,你不能认定我犯了我被指控的罪行而仍然忠实于正……"

"正什么?你在咕哝。"

"不要咕哝。"

"是,长官。"

"咕哝时要咕哝'长官'。"

"梅特卡夫,你这狗娘养的!"

"是,长官,"克莱文杰咕哝道,"正义,长官。你不能认定——"

"正义?"上校吃了一惊,"什么是正义?"

"正义,长官——"

"那不叫正义,"上校嘲讽道,又开始用他肥大的手擂桌子,"那叫卡尔·马克思。我来告诉你什么是正义。正义就是夜里偷偷拿着从战列舰底下的弹药舱里带上来的刀用膝盖从地上撞人肚子顶人下巴在黑暗中没有任何警告就下阴手把人打倒。就是掐脖子抢劫。当我们都必须强悍、粗野地迎战比利·佩特罗利时,那就是所谓正义。出手快捷凶猛。明白了吗?"

"不,长官。"

"不要叫我长官!"

"是,长官。"

"不叫'长官'时要叫一声'长官'。"梅特卡夫少校命令道。

克莱文杰自然是有罪的,不然就不会受到指控了,而证明这一点的唯一办法就是认定他有罪,所以这样做就成了他们的爱国义务。他被判了五十七次惩罚性值勤。波平杰被关了禁闭,给他个教训,而梅特卡夫少校则被送往所罗门群岛掩埋尸体。克莱文杰的惩罚性值勤,就是肩上扛一支沉重的空膛步枪,周末在宪兵司令部的大楼前来回走五十分钟。

克莱文杰被这一切弄得糊里糊涂的。这里发生了许多奇怪的事情,但是克莱文杰眼里最奇怪的却是那些诉讼委员会成员所展露的仇恨,那种残酷、赤裸裸、冷漠无情的仇恨,给他们毫不宽宥的面容敷上了一层坚硬、报复的外膜,更在他们眯缝的眼睛里恶毒地燃烧着,像扑不灭的火炭。克莱文杰发现之后,惊得不知所措。可能的话,他们恐怕已经用私刑处死他了。他们是三个成年人,而他还是小伙子,可他们仇恨他,希望他死掉。他到庭之前,他们仇恨他;他在此之时,他们仇恨他;他离开之后,他们仇恨他;他们彼此分开而走向各自的孤独以后,还把对他的仇恨恶毒地携带着,像什么舍不得的珍宝。

约塞连头天晚上就已经尽力告诫过他。"你一点机会也没有,伙计,"他阴郁地告诉他,"他们仇恨犹太人。"

"可我不是犹太人。"克莱文杰回答说。

"这没什么差别,"约塞连预言道,而约塞连是对的,"他们谁都要整。"

克莱文杰畏避他们的仇恨,就好像畏避耀眼的光亮。这三个仇恨他的人说着跟他同样的语言,穿着跟他同样的制服,但是他看到他们无情的脸上永远布满细密、卑鄙的敌意的线条,于是恍然大悟,这世上任何地方,无论是法西斯所有的坦克或飞机或潜艇里,还是机关枪或迫击炮或火焰喷射器后面的掩体里,甚至精锐的赫尔曼·戈林高射炮师的全部神炮手中,或者慕尼黑所有啤酒屋里可怕的不法分子中,以及任何别的所在,都不会有更仇恨他的人。

9 梅杰·梅杰·梅杰少校

梅杰·梅杰·梅杰少校从一开始就很不顺。

跟米尼弗·契维一样,他出生时迟迟不落地——足足拖了三十六个小时,把他母亲的身体都拖垮了。她是个温柔、多病的女人,整整一天半的生产痛楚之后,已完全没心思再跟丈夫争辩为新生婴儿取名的事了。医院的过道里,她丈夫走上前去,脸上带着知道自己在干什么的男人所特有的不苟言笑的果决。梅杰少校的父亲个子高大而骨瘦如柴,穿着黑色羊毛套装和笨重的皮鞋。他镇定自若地填写了出生证明书,然后把填好的表格交给楼层主管护士,丝毫没有情绪的波动。护士一言不发地接了过去,脚步无声地走了。他目送她离开,心里猜想她贴身穿的是什么。

他回到病房,看见妻子落败似的躺着,身上盖着毛毯,像一棵枯萎的老蔬菜,皱巴巴的又干瘪又苍白,衰弱的身体组织一动不动。她的病床位于病房最顶头,靠近一扇尘封的破玻璃窗。雨点从乱云翻滚的天空溅洒进来,天气阴郁而凄冷。医院其他地方,病人们面色惨白、嘴唇乌青,正等待着准时死去。男人笔直地站立在病床边,低头久久凝视他的女人。

"我给孩子取名叫凯莱布,"他终于低声向她宣布道,"遵照你的意愿。"女人没有答话,慢慢地,男人笑了。这是他精心计划好的,因为妻子睡着了,躺在郡医院破旧病房的病床上,绝不会知道他对她撒了谎。

从这个虚弱的起点,走出了这位没用的中队长。现在他在皮亚诺萨岛,每天花去大部分工作时间假冒华盛顿·欧文的名字签署公文。梅杰少校煞费苦心地用左手签名,防止被人识破,他还利用自己并不想望的职权,自我隔离起来,不让他人侵扰,又用假胡子和墨镜加以伪装,作为额外的防护,免得有人胆敢从那扇邋遢的赛璐珞窗户窥视而认出他来——赛璐珞已被小偷切去了一条。在这两个低点——他的出生和他的成功——之间,是三十一个乏味的年头,充满了孤独和挫折。

梅杰少校生得太迟缓、太平庸。有些人天生平庸,有些人成就平庸,还有些人被平庸强加于身。梅杰少校则是三者兼备。即使在毫无特出之处的人中间,他也终究比其他人出众,因为他是最缺乏特出之处的那位,但凡见过他的人,总是为他给人印象之淡薄而印象深刻。

梅杰少校一生下来就有了三项劣势——他母亲、他父亲,还有亨利·方达,差不多从出生那一刻起,他就病态地酷似此人。远在他揣想亨利·方达是何许人之前,他去哪里都发现别人总是直不棱登地把他跟亨利·方达做比较。素不相识的人觉得合该轻视他,弄得他从小就犯了罪似的惧怕见人,更有一种谄媚的冲动,要为他不是亨利·方达向社会道歉。长得有几分像亨利·方达地过完一生,对他来说不是件容易的事,然而他绝不曾有过放弃的念头,因为他继承了父亲——那个很有幽默感的瘦高个——的坚忍品性。

梅杰少校的父亲是个头脑清醒而敬畏上帝的人,他心目中的好笑话就是谎报年龄。他是个手长脚长的农民,一个敬畏上帝、热爱自由、遵守法律的彻底的个人主义者,认为联邦援助若不给予农民,就是缓进社会主义。他提倡节俭、勤劳,不赞成女人放荡——她们曾拒绝过他。他的专长是种植紫花苜蓿,挣得了很多的钱,因为一棵没种。政府为他没有种植的每一蒲式耳苜蓿,付给他一笔很不错的钱。他没有种植的苜蓿越多,政府给他的钱就越多,于是他把白赚来的钱都用于购置新的土地,以增加他没有生产的苜蓿数量。梅杰少校的父亲一刻不休息地不种苜蓿。漫长的冬夜里,他待在家里而不修理马具,每天中午时分跳下床来,只为了确定杂活不会被人做掉。他精明地投资土地,没有种植的苜蓿很快就比郡里任何人都多了。邻居都跑来找他请教各方面的问题,因为他赚了很多钱,故而一定是聪明人。"种瓜得瓜,种豆得豆。"他向大家建议道。于是人人都说:"阿门。"

梅杰少校的父亲直言不讳,力主政府厉行节约,条件是不影响政府的神圣职责,即全价收购农民生产出来却没人要的所有苜蓿,或者支付他们应得的款项,作为根本没有种植苜蓿的酬劳。他是个骄傲而独立的人,反对失业保险,从不迟疑地使出哀诉、哭告、哄骗的招法,从能够得手的任何人身上尽可能多地勒索一笔。他是个虔诚的人,到处都是他的布道坛。

"主给了我们这些善良的农民一双强健的手,就是让我们两手一起使劲捞。"他站在法院台阶上充满热情地布道,或者就在 A&P 超市门前宣讲,一边等着他要找的那个坏脾气、嚼口香糖的年轻收银员出来,凶巴巴地瞪他一眼。"假如主不希望我们使劲捞,"他鼓吹道,"就不会给我们一双好手来捞了。"于是众人嘟哝道:"阿门。"

梅杰少校的父亲秉持加尔文教徒的宿命论信仰,可以清楚地感知每个人的不幸——他自己的除外——是如何体现上帝的意志的。他抽烟,喝威士忌,他的春风得意是靠了风趣和激励人心的机智谈话,特别是讲他自己的事,或谎报年龄,或讲述上帝与他妻子生梅杰少校难产的那段趣话。上帝与他妻子难产的那段趣话涉及这样的事实:上帝仅仅花去六天时间就创造了整个世界,而他妻子分娩就用了整整一天半,只产下个梅杰少校。一个怯懦些的男人那天也许就在医院过道里犹豫不决了,一个软弱些的男人也许就妥协于这些极好的替代名字了:Drum Major, Minor Major, Sergeant Major, 或者 C Sharp Major[1],但是梅杰少校的父亲等待了十四年,就为了这样一个机会,而他是决计不肯放过的。梅杰少校的父亲有一个关于机会的好笑话。"机会只来这世上敲一次门。"他会这样说。梅杰少校的父亲一有机会就重

---

1 意为军乐队指挥,小梅杰,军士长,升 C 大调。

复这个好笑话。

生来就病态地酷似亨利·方达,是命运对梅杰少校玩的一长串恶作剧中的第一个,他因此成为不快乐的牺牲品,一生了无欢趣。生来就取名梅杰·梅杰·梅杰,乃是第二个。他生来就叫梅杰·梅杰·梅杰,原本是一桩秘密,只有他父亲知晓。直到梅杰少校要注册进幼儿园的时候,他的真名才得以被发现,而随之的后果是灾难性的。这个消息害死了他母亲,她整个失去了活下去的意愿,于是日渐消瘦,终于死去。这正好遂了他父亲的愿,因为他已经决定,不得已就娶 A&P 超市那个坏脾气女孩为妻,但他对休掉老婆而不必付钱也不必加以威逼的可能性,一直并不乐观。

对于梅杰少校本人,后果也几乎同样严重。这真是一件残酷而惊人的事,就这样强加于他——在这么幼小的年纪,突然意识到自己其实不是一直自认为的那个凯莱布·梅杰,而是某个全不相干的名叫梅杰·梅杰·梅杰的人,对此人他一无所知,别人连听都没听说过。他的玩伴都离开了他,再也没有回来,他们就是这样不大愿意相信陌生人,尤其是假装成他们认识多年的朋友而欺骗他们的人。没人愿意跟他有任何瓜葛。他开始丢三落四,言语不清。每次接触生人,他都显得羞怯而抱有希望,但最后总是失望。他如此绝望地需要一个朋友,所以一个也找不到。他磕磕绊绊地长成了一个高大、奇怪、迷蒙的小伙子,有着一双脆弱的眼睛、一张纤巧的嘴巴,每次被人拒绝时,嘴上露出的迟疑的、试探的微笑便即刻收敛,一变而为受伤后的失态。

他对长辈很恭敬,但他们不喜欢他。长辈叫他做的事情,他都奉行不误。他们告诉他看清楚再跳,于是他总是看清楚再跳。他们告诉他今天能做完的事情不要拖到明天,于是他从不拖延。人们教育他要孝敬父母,于是他就孝敬父母。人们教育他不可杀人,于是他就不杀人,直到入伍以后。然后人们教育他要杀人,于是他就杀人。他遇事总是谦卑容忍;希望别人如何待他,他就如何待人。他行善事,从来不想让人知道。他一次也没有滥用主他的上帝的名义发假誓,从不通奸,或者贪邻人的牛驴。其实,他爱邻居,决不作假证陷害人。梅杰少校的长辈不喜欢他,因为他是个如此明目张胆不信奉国教的新教徒。

既然无处一显身手,他就在学校里表现出色。在州立大学,他对待学习十分认真,结果同性恋怀疑他是共产党,共产党怀疑他是同性恋。他主修英国历史,而这是个错误。

"英国历史!"本州那位白发资深的参议员愤怒地斥责道,"美国历史有什么不对?美国历史一点不比世界上任何国家的历史逊色!"

梅杰少校即刻改学美国文学,但这之前联邦调查局已经立案开始调查他了。被梅杰少校称为家的偏远农舍里住了六个人和一条苏格兰小猎犬,其中五人和那条苏格兰猎犬原来竟是联邦调查局的探子。他们不久就掌握了大量不利于梅杰少校的材料,可以随意处置他。然而,他们能找到的唯一处置办法,却是把他送进军队做二等兵,四天后再升为少校,这样那些无事惦念的国会议员就可以在华盛顿特区的大街上来回奔走,有节奏地呼喊:"谁提升了梅杰少校?谁提升了梅杰少校?"

梅杰少校实际上是被一台IBM机器提拔的,其幽默感几乎跟他父亲一样敏锐。战争爆发时,他还是温顺听话的。他们告诉他入伍,于是他就入伍。他们告诉他申请去航空军校接受训练,于是他就申请去航空军校接受训练。就在入伍后的第二天晚上,他凌晨三点赤脚站在冰冷的烂泥里,面对一个来自美国西南部的中士。此人蛮横好斗,对他们说,他可以痛打中队里的任何士兵,而且随时准备兑现。仅仅几分钟前,中队里的新兵全都被中士手下的几个下士粗暴摇醒,奉命到行政帐篷前集合。雨还在往梅杰少校身上下。他们穿着三天前入伍时随身带来的便装,站好了队。那些因为穿鞋袜而来迟的,又被打发回他们冰冷、潮湿、黑暗的帐篷里脱掉,于是他们都赤脚站在烂泥里,而中士用冷酷的目光扫过他们的脸,告诉他们他可以痛打中队里的任何士兵。没有人想同他争辩。

第二天,梅杰少校意外地晋升为少校,让那好斗的中士突然陷入沮丧的无底深渊,因为他再也不能吹嘘他可以痛打中队里的任何士兵了。他像扫罗一样躲在帐篷里,一连数小时苦想,不见任何来客,让他精锐的下士警卫队气馁地守望在外面。凌晨三点,他终于想出了对策,于是梅杰少校和其他新兵再次被粗暴摇醒,奉命到行政帐篷前,赤脚冒着让人睁不开眼的细雨集合。中士已经等在那里,趾高气扬地紧握拳头叉在髋部,急吼吼地要训话,都等不及他们到来了。

"我和梅杰少校,"他以头天晚上一样强硬、干脆的语调夸耀道,"可以痛打中队里的任何士兵。"

同一天晚些时候,基地的军官们就梅杰少校一事采取了行动。他们该怎样对待像梅杰这样的少校呢?当面贬损他,就等于贬损其他军阶与他相同或较低的所有军官。可是对他谦恭有礼,又是不可思议的事情。幸运的是,梅杰少校已经申请去航空军校接受训练了。当天傍晚,他的调令送到了油印室;凌晨三点,梅杰少校再次被粗暴摇醒,中士祝愿他一切顺利,于是他被送上了一架西去的飞机。

梅杰少校到加利福尼亚向沙伊斯科普夫少尉报到时还赤着脚,脚趾粘满泥块。少尉一见,顿时脸色刷白。当初梅杰少校想当然地以为,他又是被人粗暴摇醒,要赤脚站在烂泥里,便把鞋袜留在了帐篷里。向沙伊斯科普夫少尉报到时,他穿的那身便服皱巴巴的,脏得很。沙伊斯科普夫少尉当时尚未以阅兵成名,想到下个星期天梅杰少校将赤着脚随中队行进的情景,不由得剧烈地战栗起来。

"赶快去医院,"他一缓过神,说得出话来,便咕哝道,"对他们说你病了。就留在那儿,等制服津贴发下来,你就有点钱买些衣服了。还有几双鞋子。买几双鞋子。"

"是,长官。"

"我想你不必喊我'长官'。长官,"沙伊斯科普夫少尉指出,"你军衔比我高。"

"是,长官。我的军衔可以比你高,长官,但你仍然是我的指挥官。"

"是,长官,你说得没错。"沙伊斯科普夫少尉赞同道,"你的军衔可以比我高,但我仍然是你的指挥官,所以你最好照我的话去做,长官,不然你会惹麻烦的。到医院去,对他们说你病了,长官。就留在那儿,等制服津贴发下来,你就有钱买些制服了。"

"是,长官。"

"还有几双鞋子,长官。有机会就先买几双鞋子,长官。"

"是,长官。我一定买,长官。"

"谢谢你,长官。"

对于梅杰少校,军校生活同他一直以来的生活没什么差别。他不管跟谁在一起,人家总想赶他走,让他跟别人待一块儿去。每一训练阶段,他的教官们总是给他优惠待遇,为的是促使他快快结业,好打发他走人。梅杰少校几乎没花什么时间,就获得了空军飞行胸章,于是被遣往海外,到那里一切突然开始好转起来。梅杰少校一生只盼着一件事情,就是被人接纳,而在皮亚诺萨岛,他暂时总算如愿以偿了。对于作战人员,军衔没有多大意义,军官和士兵之间的关系也很随意,不拘礼节。他连名字都不知道的士兵向他打招呼,邀请他游泳或者打篮球。他最成熟的时光都花在了整日不停的篮球比赛中,没有人在乎输赢。比分从未记录过,而上场的篮球手可以少则一人,多则三十五人。梅杰少校以前从来没打过篮球或别的什么球,但是他以出众的身高上蹿下跳,加以痴迷如狂的兴致,倒也弥补了他天生笨拙和缺乏经验的不足。在那片倾斜的篮球场上,梅杰少校与那些几乎成为他朋友的军官和士兵一起打球,找到了真正的快乐。没有赢家,也就没有输家,于是梅杰少校享受着欢跳的每一刻,直到那一天,卡思卡特上校在杜鲁斯少校阵亡后坐着吉普车隆隆而至,弄得他再也不可能在那儿尽情打篮球了。

"你现在是新任中队长了,"卡思卡特上校隔着铁路壕沟,冲梅杰少校粗鲁地吼叫道,"但是别以为有什么了不起,它算不了什么。不过就是做了新任中队长而已。"

长久以来,卡思卡特上校对梅杰少校一直怀有很深的忌恨。他的花名册上一个多余的少校,意味着一份不整洁的人员编制表,又给了第二十七空军司令部那些人攻击自己的把柄,卡思卡特上校相信那些人是敌人和竞争对手。卡思卡特上校一直在祈祷碰上一点点好运,像杜鲁斯少校的死。他已经为一个多余的少校苦恼透了,现在倒有了一个少校的空缺。他任命梅杰少校为中队长,然后坐上吉普车,像来时一样突兀地轰然而去。

对于梅杰少校,这就意味着球赛结束了。他很不自在地满脸通红,难以置信地呆立在原地,这时雨云又在他头顶上方聚集。他朝球友们转过身去,见到的却是一片好奇、沉思的脸,他们全都带着郁闷和费解的敌意木然地盯着他。他深感羞耻,浑身一阵战栗。球赛继续进行,可是再也不好玩了。他运球时,没人上来拦截;他一喊传球,无论谁在控球,就都把球传给他;而他投篮不中,也没人跟他争抢篮板球了。场上只剩下他一个人的声音。第二天还是如此,第三天他就没有回来打球了。

像是约定好的,中队里谁也不再跟他说话,全都开始盯着他看。他双眼低垂,两颊滚烫,很是难为情地度日,而无论走到哪里,都是轻视、嫉妒、猜疑、愤恨和恶意影射的对象。以前没怎么注意到他长得像亨利·方达的人,现在谈起这事就没完没了,甚至还有人用心险恶地暗示,梅杰少校被提拔为中队长,就因为他长得像亨利·方达。一直觊觎这个位置的布莱克上尉就主张梅杰少校确实就是亨利·方达,只是太过胆小而不敢承认。

梅杰少校在一个接一个难堪的灾难中狂乱挣扎。事先没有跟他商量,陶塞军士就差人把他的东西搬进了杜鲁斯少校生前专用的宽敞拖车房,而当梅杰少校气喘吁吁地冲进中队办公室报告物品失窃时,里面的年轻下士一下子跳起身来,大喊"立正",把他吓了个半死。梅杰少校同办公室里所有的人一起啪地立正,心想背后不知哪位要人进来了。时间一分一分过去,房里鸦雀无声,若不是二十分钟后丹比少校从大队司令部顺道过来向梅杰少校道贺,让他们都消息了,也许这一大堆人会一直立正在那里,直到末日审判。

梅杰少校在食堂的遭遇比这还要可悲。米洛笑容可掬地候在那里,等着骄傲地引领他到前面一张小餐桌旁,那是他亲自摆放的,桌上铺着绣花台布,一只粉红的雕花玻璃瓶中插着一束鲜花。梅杰少校惧怕地却步不前,却又没有胆量在众目睽睽之下拒绝入座。就连哈弗迈耶也停止吃喝,抬起头茫然地盯着他,沉重下巴垂得老长。米洛连拖带拉,梅杰少校只得顺从,于是丢脸地畏缩在他的专用餐桌旁,好不容易吃完这一餐。食物吃在嘴里就像灰渣,但他一口一口都咽了下去,生怕得罪了准备这一餐的任何人。之后跟米洛在一起的时候,梅杰少校第一次有了提出异议的冲动,于是说他还是喜欢继续跟其他军官一起就餐。米洛告诉他说这样不行。

"我看不出有什么不行的,"梅杰少校争辩道,"以前从没出过问题。"

"以前你可从没当过中队长。"

"杜鲁斯少校做中队长,可他一直是跟其他军官同桌就餐的。"

"这跟杜鲁斯少校的情况不同,长官。"

"到底跟杜鲁斯少校的情况有什么不同?"

"我希望你不要问我这个问题,长官。"米洛说。

"是不是因为我看起来像亨利·方达?"梅杰少校鼓起勇气问道。

"有人说你就是亨利·方达。"米洛回答。

"哎呀,我不是亨利·方达,"梅杰少校惊叫道,气得声音都发抖了,"我跟他一点也不像。就算我确实长得像亨利·方达,那又有什么关系?"

"没有任何关系。那正是我要告诉你的,长官。只不过你的情况跟杜鲁斯少校不一样。"

确实不一样。下回就餐时,梅杰少校从食品柜台取了食物,走过去打算跟其他人一起坐在普通餐桌旁,却见他们满脸敌意,仿佛在他面前竖起一道无法穿越的墙,他当场给吓呆了,浑身僵硬地站在那里,手上的托盘抖个不停,直到米洛悄然无声地走上前去,领着他乖乖来到他的专用餐桌旁,这才给他解了围。梅杰少校从此也就死了这条心,总是独自坐在他的餐桌旁用餐,背对着其他人。他很清楚他们怨恨他,因为他既然当了中队长,似乎就已高人一等,不能跟他们同吃了。只要梅杰少校在,食堂里就绝对没有任何人聊天。他知道其他军官在努力避免跟他同一时间就餐,而等他再也不去食堂,开始把饭带进自己的拖车房里吃的时候,大家才长舒了口气。

那天来了第一个刑事调查部密探,讯问梅杰少校医院里有人假冒华盛顿·欧文签字的事,这倒提醒了他,从此他也开始在公文上这么干。他早已对这个新职位心生厌倦,很是不满了。他被任命为中队长,却全然不知作为中队长应该干些什么,只晓得他该做的就是在公文上假冒华盛顿·欧文的签字,再就是躲在中队办公室帐篷后面他的小办公室里,倾听窗外不时传来□□·德·科弗利少校的马蹄铁落地时发出的或清脆或沉闷的响声。他被一种重要职责尚未得到履行的印象一刻不停地压迫着,徒劳地等待着任务从天而降。他很少出门,除非绝对必要,因为他无法习惯被人盯着看。偶尔,单调也会被打破,陶塞军士会让某个军官或士兵就梅杰少校无法应对的事情来找他,而他立马就打发来人去找陶塞军士,请他酌情处理。身为中队长,该他办理的任何事务显然都会办妥,不必劳他协助。他越来越闷闷不乐,情绪低落。他时常认真地考虑要去见见随军牧师,倾吐满腹的烦忧,但随军牧师似乎也为自己的苦恼焦头烂额,于是梅杰少校又犹豫了,不愿给他加添烦恼。再说,他不能十分肯定随军牧师是否也为中队长服务。

他也不能十分肯定□□·德·科弗利少校在干些什么,在没有外出租赁公寓或者拐骗外国劳工的时候,除了掷马蹄铁,他就没有更加紧要的事情可做。梅杰少校常常专心致志地观察马蹄铁轻声坠地或绕着地上的小钢桩旋转下落。他一连几个小时偷窥□□·德·科弗利少校,心里惊奇如此威严的一个人居然没有更重要的事情可做。他常常心痒痒想和□□·德·科弗利少校一道,但是整天投掷马蹄铁,看来跟在公文上签署"梅杰·梅杰·梅杰"也差不多一样沉闷,而且□□·德·科弗利少校面容严峻,令梅杰少校望而生畏,不敢接近。

梅杰少校弄不明白自己跟□□·德·科弗利少校的关系,或者□□·德·科弗利少校跟自己的关系。他知道□□·德·科弗利少校是他的副官,但不知道那是什么意思;他也不能判定,□□·德·科弗利少校当他助手,他是有幸得到了一位宽厚的上司,还是不幸碰上了一个失职的部下。他不想问陶塞军士,暗地里他还有些怕他,却又没有别的人可问,他最不想找的便是□□·德·科弗利少校。极少有人胆敢就任何事情前去请教□□·德·科弗利少校,而唯一一个蠢得掷了□□·德·科弗利少校的马蹄铁的军官,第二天就染上了最严重的皮亚诺萨怪病,连格斯和韦斯甚至丹尼卡医生都从未见过,甚至听都没听说过。人人都确信,那可怜的军官是被□□·德·科弗利少校惩戒而染上疾病的,虽然没人说得准到底是怎样染上的。

送到梅杰少校案头的公文,大多数与他毫无关系。其中大部分公文都提到了先前的公文,他从未见过也从未听说过。不过绝对没有必要再去查找这些文件,因为公文中的指示依例就是给人忽略的。因此,仅仅在效率极高的一分钟里,梅杰少校就可以签署二十份文件,每一份都建议他绝对不要理会其他文件。每天都接到从设在大陆的佩克姆将军办公室发来的冗长简报,标题常是一些快乐的说教,比如"拖延是时间的窃贼"和"清洁近乎圣洁"。

读了佩克姆将军关于清洁和拖延的公文,梅杰少校觉得自己就像个肮脏又拖拉的人,于是他总是尽快把它们都清除掉。唯一能让他提起兴趣的,是那些偶尔一见的有关那位不幸少尉的公文;少尉来皮亚诺萨岛还不到两个小时,就在奥尔维耶托上空的轰炸任务中送了命,才打开一半的行李包仍然留在约塞连的帐篷里。那不幸的少尉没来中队办公室报到,而是去了作战室,所以陶塞军士决定,最安全的办法就是向上面报告说他根本没来中队报到,而偶尔涉及他的文件都谈到了他似乎化成了空气的事实,在某种意义上,这可正是他的结局。最终,梅杰少校倒对那些送到案头的公文心存感激了,因为终日坐在办公室签署公文,比终日坐在办公室不签署公文要好得多。它们让他有事可做。

他签署的每一份公文经过两到十天后必定回来,后面新附一页纸要他再次签字。它们总是比原先厚了许多,因为在他上次签字的那一页和要他再次签字的附加页之间,都是签字页,上面有散驻各处的所有其他军官新近的签字,他们也是忙着在同一份公文上签字。梅杰少校看着简单的公文神奇地膨胀成厚重的手稿,心里越来越沮丧。一份公文不管他签过多少次,永远都会回来要他再签一次,他渐渐断了摆脱其中任何一份的念头。一天——就是那个刑事调查部密探初次来访的第二天——梅杰少校在一份公文上签了华盛顿·欧文而不是自己的名字,只想看看是什么感觉。他很喜欢,他非常喜欢,于是整个下午对所有公文都照此办理。这是他一时冲动的无聊之举和反叛行为,他知道事后必将为此受到严厉惩罚。第二天早上,他战战兢兢走进办公室,等着看看会发生什么事情。什么也没发生。

他犯了罪,可是感觉很好,因为他签了华盛顿·欧文名字的公文,没有一份再回来!终于看到了进展,于是梅杰少校以抑制不住的热情,全心投入他的新职业。也许在公文上签署华盛顿·欧文的名字算不上一个职业,但总比签署"梅杰·梅杰·梅杰"少些单调。等华盛顿·欧文越签越感单调,他就调个次序改签欧文·华盛顿,直到这也越签越单调。他是在把事情办成,因为公文上只要签了这两个名字之一,就再也不会返回中队。

真正返回中队的,最终倒是化装成飞行员的第二个刑事调查部的密探。大家都知道他是刑事调查部密探,因为他向他们吐露了真实身份,却又恳求每个人别泄露给他人,其实他早已向那些人透露他是刑事调查部的。

"中队里只有你知道我是刑事调查部的,"他向梅杰少校吐露道,"你要绝对保守秘密,我的工作效率才不会受影响。你明白吗?"

"陶塞军士也知道。"

"是的,我知道。我要进来见你,就只能告诉他。不过我知道他是绝对不会跟任何人讲的。"

"他告诉我了,"梅杰少校说,"他告诉我说外面有个刑事调查部的人想见我。"

"那家伙。我必须对他进行安全审查了。如果我是你,就不会把任何绝密文件摊在这儿,至少要等汇报的时候才摆出来。"

"我这里没有什么绝密文件。"梅杰少校说。

"我说的就是这类文件。把它们锁进公文柜,不要让陶塞军士拿到了。"

"公文柜唯一一把钥匙就在陶塞军士手里。"

"恐怕我们是在浪费时间。"第二个刑事调查部密探有些生硬地说。他是个活跃、矮胖而易激动的人,动作敏捷而果断。他从一只红色大信封里抽出几份影印件来,信封一直显眼地藏在他的飞行皮夹克里,夹克上花里胡哨地印了些飞机穿越橙色高射炮火的图片,以及标志着完成五十五次作战任务的几排整齐的小炸弹。"你见过这些吗?"

梅杰少校面无表情地看着几份寄自医院的私人信件的影印件,上面审查官签署了"华盛顿·欧文"或"欧文·华盛顿"。

"没有。"

"那这些呢?"

接着梅杰少校盯着几份寄给他的公文,上面他签署了相同的名字。

"没有。"

"签这些名字的那个人在你的中队吗?"

"哪一个?这儿有两个名字。"

"随便哪一个。我们推测华盛顿·欧文和欧文·华盛顿是同一个人,他用两个名字,不过是想迷惑我们。你知道,这是常玩的把戏。"

"我想中队里没有叫这两个名字的人。"

那第二个刑事调查部密探面露失望之色。"他可比我们想的聪明多了,"他评论道,"他正在用第三个名字,摆出另一个人的样子。我想……啊,我想我知道这第三个名字是什么。"他兴奋而颇有灵感地又拿出一份影印件给梅杰少校研究,"这个如何?"

梅杰少校身子微微前倾,看到一份胜利邮件的影印件,上面除了玛丽这个名字,一切都被约塞连黑掉了,他还写上"我苦苦思念着你。美国随军牧师 A.T. 塔普曼"。梅杰少校摇了摇头。

"我以前从没见过。"

"你知道谁是 A.T. 塔普曼吗?"

"他是飞行大队随军牧师。"

"这才是关键,"第二个刑事调查部密探说,"华盛顿·欧文就是飞行大队的随军牧师。"

梅杰少校一阵惊慌。"A.T.塔普曼是飞行大队的随军牧师。"他更正道。

"你肯定吗?"

"肯定。"

"大队随军牧师怎么会在一封信上写这个呢?"

"也许是别人写的,冒用了他的名字。"

"为什么有人要冒用随军牧师的名字呢?"

"为了逃避侦破。"

"也许你是对的,"第二个刑事调查部密探迟疑片刻后判断道,然后清脆地咂了咂嘴,"我们面对的可能是个团伙,其中两个同伙的名字碰巧是反的。是的,我敢肯定就是这样。一个就在这儿你的中队里,一个在坡上医院里,还有一个跟随军牧师在一起。这样就有三个人了,是不是?你绝对肯定以前从没见过这些公文?"

"我要见过,就在上面签名了。"

"签谁的名?"第二个刑事调查部密探狡猾地问道,"你的还是华盛顿·欧文的?"

"签我自己的名字,"梅杰少校告诉他,"我根本不知道华盛顿·欧文的名字。"

第二个刑事调查部密探绽开了笑脸。

"少校,我很高兴你是清白的。看来我们能够合作,我是急需人手啊。这个人在欧洲战区某个地方,正在想法获取发送给你的公文。你觉得可能是谁?"

"不知道。"

"好吧,我有个不错的想法,"第二个刑事调查部的密探说着俯身向前,隐秘地低语道,"是陶塞那杂种。不然,他又何必到处张口乱说,泄露我的身份呢?这样,你仔细留意,只要听到有人谈起华盛顿·欧文,就马上告诉我。

我要对随军牧师和这里每个人进行安全审查。"

他刚走,第一个刑事调查部密探便从窗外跳进梅杰少校的办公室,想知道那第二个刑事调查部密探是谁。梅杰少校几乎没认出他来。

"他是刑事调查部的人。"梅杰少校告诉他。

"他绝对不是,"第一个刑事调查部密探说,"这一带只有我是刑事调查部的。"

梅杰少校几乎没认出他来,因为他穿着一件腋下线缝已爆开的退了色的栗色灯芯绒浴袍、一条法兰绒睡裤、一双耷拉着一只鞋底的破旧拖鞋。梅杰少校想起来了,这是医院规定的病号服。这人增加了二十来磅体重,看起来健康得很。

"我真是病得非常厉害,"他哀叹道,"我在医院里从一个战斗机飞行员那里染上感冒,后来得了非常严重的肺炎。"

"我很难过。"梅杰少校说。

"这场病对我很有好处,"那刑事调查部密探抽噎道,"我不需要你同情,我只是想让你知道我经历了什么。我下来是要提醒你,华盛顿·欧文好像把行动基地从医院转移到了你的中队。你听到周围有谁谈起过华盛顿·欧文吗?"

"说实话,我听到过,"梅杰少校回答说,"就是刚才在这儿的那个人。他在谈论华盛顿·欧文。"

"他真的吗?"第一个刑事调查部密探高兴地叫道,"可能这就是案子真相大白的关键!你一天二十四小时监视他,我这就赶回医院,给上级写信请求进一步指示。"那刑事调查部密探从窗户跳出梅杰少校的办公室,不见了。

片刻之后,梅杰少校办公室和中队办公室之间的隔帘开了,那第二个刑事调查部密探急急喘着粗气又回来了。他气喘吁吁地叫喊:"我刚才看见一个穿栗色睡衣的人从你的窗户跳出来,沿着大路跑过去了!你没看见他吗?"

"他在这儿跟我谈话。"梅杰少校答道。

"我觉得非常可疑,一个男人穿着栗色睡衣跳窗逃跑。"那人在窄小的办公室里四处走动,来回绕着圈子。"开始我以为是你企图往墨西哥逃呢,但我现在知道了不是你。他有没有提到华盛顿·欧文?"

"说实话,"梅杰少校说,"他提到了。"

"他提到了?"第二个刑事调查部密探叫了起来,"太好了!可能这就是案子真相大白的关键。你知道能在哪儿找到他吗?"

"医院。他真是病得非常厉害。"

"好极了!"第二个刑事调查部密探呼喊道,"我立刻上去跟踪他。最好是化名。我这就去医务室说明情况,让他们把我当病人送进医院。"

"他们不肯把我当病人送进医院,除非我有病,"他回来对梅杰少校说,"其实,我病得不轻。我一直想做一次身体检查,这倒是个好机会。我再回一趟医务室,对他们说我病了,这样我就会被送进医院了。"

"瞧瞧他们对我干了什么!"他回来对梅杰少校说,牙龈给涂成了紫色。他苦恼得不得了。他双手提着鞋袜,脚趾也涂上了龙胆紫溶液。"谁听说过紫色牙龈的刑事调查局密探?"他悲叹道。

他低着头离开中队办公室,不料跌进一条狭长的壕沟,把鼻子摔破了。他的体温仍然正常,佴是格斯和韦斯把他当作例外用救护车送进了医院。

梅杰少校撒了谎,可是感觉很好。他并不惊讶感觉很好,因为他早就发现,真正说谎的人大体上比不说谎的有计谋,有野心,也更成功。假如他对第二个刑事调查部密探说了实话,现在可能就麻烦缠身了。相反,他撒了个谎,所以可以自由地继续他的工作。

第二个刑事调查部密探前来查访之后,梅杰少校在工作中就更为谨慎了。一切签字他都用左手,而且一定要戴上墨镜、粘上假胡子;他曾用这两样东西做掩护,想再回去打篮球,结果失败了。作为进一步的防范,他把华盛顿·欧文巧妙地改换成约翰·弥尔顿。约翰·弥尔顿好写,还又简短。跟华盛顿·欧文一样,一旦签腻了就倒过来写,解闷效果很不错,而且能使梅杰少校的产出翻番,因为比起他自己的名字或华盛顿·欧文的名字,约翰·弥尔顿要简短得多,写起来也省时得多。此外还有一点,约翰·弥尔顿十分多产,他是个多面手,梅杰少校很快就把签名嵌进假想的对话片段中了。于是,典型的公文批注可能就是"约翰,弥尔顿是个虐待狂"或者"你见过弥尔顿吗,约翰"。他特别引以为豪的一条是这样的:"约翰[1]里有人吗,弥尔顿?"约翰·弥尔顿展开了无数全新的前景,充满了迷人的用之不竭的可能性,定将永远消灭单调。当约翰·弥尔顿变得越来越单调的时候,梅杰少校又回到了华盛顿·欧文。

梅杰少校是在罗马买的墨镜和假胡子,当时他正日渐陷入堕落的泥淖,这算是为拯救自己所做的最后一番徒劳的努力。首先是光荣的忠诚宣誓运动让他蒙受了极大羞辱,当时三四十个人到处散发相互较劲的忠诚宣誓书,竟然没有一个人肯让他签字。其次,这阵风刚过去,又出了克莱文杰的飞机在空中神秘蒸发的事,机组人员全都消失无踪,而这场离奇的灾难被人用心恶毒地归咎于梅杰少校,因为他从来没有在任何忠诚宣誓书上签过字。

那副墨镜有着很大的绛红色边框,假胡子则是穿着花哨的街头手风琴艺人用的那种。一天他再也无法忍受孤独了,便戴上墨镜,粘上假胡子,去球场打篮球。他漫步走向球场,装出一副轻快随意的样子,一边默默祈祷不要给人认出来。其他人都装作没认出他来,于是他来劲了。他刚刚为他那天真的诡计自鸣得意,就被对方一名队员猛撞了一下,跪倒在地上。不久又有人狠狠撞他,他这才恍然大悟,原来他们早就认出他了,而且正在利用他的伪装,合法地肘顶、脚绊,粗手粗脚地伤害他。他们压根不想要他来。他刚刚意识到这一点,本队球员就本能地与对方球员合并成一群号叫、嗜血的暴民,从四面八方向他蜂拥而来,他们粗野地咒骂着,挥舞着拳头。他们把他打倒在地,趁他还倒在地上时踢他,等他摸索着挣扎站起来,对他又是拳

---

[1] 即厕所。

打脚踢。他双手捂住脸,什么也看不见。他们你推我挤,发狂似的拥上去要捶他,踢他,挖他眼睛,把他踩扁。他被打得晕头转向,直退到壕沟边,脚下一滑,一头栽了下去。他在沟底才回过神来,于是爬上另一侧沟壁,冒着他们冰雹般抛来的嘲骂和石块,一瘸一拐地走开,直到他蹒跚着拐过中队办公室帐篷一角,这才逃出重围。整个围攻过程中,他一心只想着别把墨镜和假胡子弄掉了,这样他还可以继续假装成别的什么人,避免了不得不以中队长的身份面对他们,这是他最感恐惧的。

回到办公室,他哭了;哭完,他洗去嘴上和鼻子上的血迹,擦掉脸颊和前额擦伤处的泥污,然后把陶塞军士召了进去。

"从现在起,"他说,"我在的时候,不想任何人进来见我。听明白了吗?"

"是,长官。"陶塞军士说,"也包括我吗?"

"是的。"

"我懂了。就这些吗?"

"是的。"

"要是你在的时候真有人来见你,我该怎么对他们说?"

"告诉他们我在,让他们等着。"

"是的,长官。要等多久?"

"等我走了以后。"

"那我该怎么应付他们呢?"

"随便你。"

"你走了以后,我可以让他们进去见你吗?"

"可以。"

"可是你又不在这儿了,是不是?"

"不在了。"

"是,长官。就这些吗?"

"是的。"

"是,长官。"

"从现在起,"梅杰少校对这个为他照管拖车房的中年士兵说,"我在的时候,不想让你进来问有没有可以为我做的事情。听明白了吗?"

"是,长官。"勤务兵说,"我该什么时候进来看看有没有要我为你做的事情呢?"

"我不在的时候。"

"是,长官。那我该做什么?"

"做我吩咐你做的事。"

"可是你又不在这儿,没法吩咐。是不是?"

"不在。"

"那我该做什么?"

"做该做的事。"

"是,长官。"

"就这些了。"梅杰少校说。

"是,长官。"勤务兵说,"就这些吗?"

"不,"梅杰少校说,"你也不要进来打扫。除非你肯定我不在,千万不要进来。"

"是,长官。可是我怎么能肯定呢?"

"你如果不肯定,就当我在,你自己走开,直到肯定了再来。听明白了吗?"

"是,长官。"

"很抱歉不得不这样跟你说话,但是我必须这样。再见。"

"再见,长官。"

"还有,谢谢你,为你做的一切。"

"是,长官。"

"从现在起,"梅杰少校对米洛·明德宾德说,"我不再去食堂吃饭了,我要求把每一餐送到我的拖车房去。"

"我觉得这个主意很好,长官,"米洛答道,"这样我就可以给你上些特别的菜,别人绝对没听说过的。我保证你一定喜欢吃。卡思卡特上校一直就喜欢。"

"我不需要什么特别的菜。你给别的军官做什么,我就吃什么。只要让送饭的人在我门上敲一下,把托盘搁在台阶上就可以了。听明白了吗?"

"是,长官,"米洛说,"非常明白。我悄悄藏了些活的缅因龙虾,今天晚上就给你烧,配上一盘极好的罗克福奶酪色拉和两块冰冻奶油夹心饼,那是昨天刚跟法国地下组织一名重要人物一起从巴黎偷运出来的。这样开头还行吧?"

"不行。"

"是,长官。我懂。"

当天晚餐,米洛给他上了烤缅因龙虾,配上一盘极好的罗克福奶酪色拉和两块冰冻奶油夹心饼。梅杰少校颇为恼火。不过,如果退回去的话,这只会白白浪费,或者给别的什么人吃掉,而梅杰少校是特别喜欢烤龙虾的。他自感内疚地吃了下去。第二天午餐有马里兰水龟,佐以一整夸脱1937年的佩里尼翁香槟酒。梅杰少校想都没想,三下五除二吃了个精光。

米洛走后,就只剩下中队办公室的这些人了,梅杰少校总在躲避他们,每次进出都是跳办公室那扇邋遢的赛璐珞窗户。窗户松了窗栓,又低又大,跳进跳出很容易。为了越过中队办公室和他的拖车房之间的区域,他趁外面没人的时候,一闪身绕过帐篷拐角,接着跳进铁路壕沟,低着头一路奔跑,冲进那片树林。与拖车房并排的时候,他出了壕沟,穿过茂密的灌木丛,迂回前进,急急赶回家去。在灌木丛中,他只碰到过一个人,就是弗卢姆上尉。一天黄昏,弗卢姆上尉冷不丁从一片露珠莓灌木丛中冒出来,形容憔悴,如鬼魅一般,把梅杰少校吓了个半死。他抱怨说一级准尉怀特·哈尔福特扬言要一刀把他的喉咙割开。

"你要再这么吓我,"梅杰少校对他说,"我就要一刀把你的喉咙割开了。"

弗卢姆上尉倒抽一口冷气,立刻躲进了那片露珠莓灌木丛,此后梅杰少校就再也没有看见过他了。

梅杰少校回顾他的成就,觉得很满意。这几英亩异域的土地上,挤满了两百多人,他在其中成功地做了隐士。运用一点点才智和眼光,他使中队任何人都绝无可能跟他说话,而他也注意到,这正合了他们的意,因为本来就没人想跟他说话。没有人,结果正是如此,只除了那个疯子约塞连。一天,梅杰少校正顺着沟底匆匆奔往他的拖车房吃午餐,约塞连一个鱼跃把他撞倒在地。

整个中队,梅杰少校最不愿意被约塞连鱼跃撞倒。约塞连骨子里有些不体面的地方,他总是丢尽脸面地唠叨帐篷里那个死人,其实人根本不在那里;又在阿维尼翁飞行任务完成后,把衣服脱光,赤条条四处溜达,直到那天德里德尔将军上前给他别一枚勋章,以嘉奖他在弗拉拉上空的英勇行为,却发现他一丝不挂地站在队伍里。天底下谁也没有权利把那死人的杂乱遗物从约塞连帐篷里清除掉。梅杰少校准许陶塞军士向上级汇报说,来到中队不足两个小时就在奥尔维耶托上空战死的那名少尉根本就没有来到中队,他便因此丧失了这份权利。唯一有权利把少尉的遗物从约塞连帐篷里清除的人,在梅杰少校看来,似乎就是约塞连本人,而约塞连,在梅杰少校看来,又没有任何权利。

梅杰少校被约塞连一个鱼跃撞倒之后,痛苦地呻吟着,扭动身体想站起来。约塞连不让。

"约塞连上尉,"约塞连说,"请求就一件生死攸关的事情立刻向少校陈述。"

"请让我站起来,"梅杰少校焦躁难受地命令道,"我压着手臂了,不能回礼。"

约塞连放开了他。他们慢慢站了起来。约塞连再行军礼,重复了他的请求。

"去我办公室吧,"梅杰少校说,"我想这里不是谈话的地方。"

"是,长官。"约塞连答道。

他们拍去衣服上的沙土,在不自在的默然中,朝中队办公室门口走去。

"给我一两分钟,让我在这些口子上涂些红药水,再让陶塞军士送你进来。"

"是,长官。"

梅杰少校庄严地大步朝中队办公室后面走去,都没有瞥一眼那些正在办公桌和文件柜前忙碌的办事员和打字员。他随手放下了他的办公室门帘,进了办公室。见周围无人,他便快速穿过房间来到窗前,一下子跳了出去,拔腿就跑。他发现约塞连挡住了去路。约塞连立正守候着,再行军礼。

"约塞连上尉请求就一件生死攸关的事情立刻向少校陈述。"他坚定地重复道。

"请求被拒。"梅杰少校呵斥道。

"那不行。"

梅杰少校屈服了。"好吧,"他疲倦地让步道,"我就跟你谈谈。请跳进我的办公室里。"

"你先请。"

他们跳进办公室。梅杰少校坐了下来,约塞连在他的办公桌前来回走动,告诉他说,不想再飞作战任务了。他能做什么?梅杰少校暗自问道。他能做的,不过是按科恩中校先前的指示办事,再抱最好的希望。

"为什么不想飞了?"他问道。

"我害怕。"

"那没什么可羞耻的,"梅杰少校亲切地安慰他,"我们都害怕。"

"我不是觉得羞耻,"约塞连说,"我只是害怕。"

"要是你从来不害怕,那就不正常,即使最勇敢的人也经历过恐惧。我们在战斗中都面临着一件最重要的任务,就是战胜恐惧。"

"噢,得了吧,少校,我们就不能不说那些屁话吗?"

梅杰少校困窘地垂下目光,玩弄他的手指。"那你要我跟你说什么呢?"

"就说我飞完了足够次数,可以回国了。"

"你飞过多少次？"

"五十一次。"

"你只要再飞四次就行了。"

"他会增加的。每次我快飞满了，他就又增加次数。"

"也许他这次不会了。"

"总之他从来没有送过谁回国。他只是把他们留在这里等候轮调命令，慢慢飞行人手就不够了，于是他就增加飞行次数，把他们全都赶回战场。从他来这儿起，一直就是这么干的。"

"命令下达有任何拖延，你都不能怪卡思卡特上校，"梅杰少校劝告他，"这完全是第二十七空军司令部的责任，接到我们的轮调命令，他们就该马上处理。"

"他还是可以要求接替人员的，等命令真的下达，就让我们回国。反正我听说，第二十七空军司令部只要求四十次飞行任务，要我们飞五十五次只是他一个人的主意。"

"这事我可一点不知道。"梅杰少校回答说，"卡思卡特上校是我们的指挥官，我们必须服从他。你为什么不飞完最后四次，再看看结果如何？"

"我不想。"

你能做什么？梅杰少校又暗自问道。你能拿这人怎么办？他直视着你的眼睛，说宁死也不愿在战场上送命，他至少跟你一样成熟、聪明，而你却不得不假装他不如你。你能对他说什么呢？

"假如我们让你自己挑选任务，飞飞勤务，"梅杰少校说，"那样你就能完成这四次飞行，而又不冒任何风险。"

"我不想飞勤务，我再也不想卷入这场战争了。"

"你愿意看到我们国家战败吗？"梅杰少校问。

"我们不会战败，我们的兵力、财力和物力都比对方强。有一千万军人可以替代我。有些人正在战死，可是多得多的人却在捞钱，快活得很。就让别人战死去吧。"

"但是假使我方每个人都这么想,那还了得?"

"这么说,我不这么想就一定是个该死的笨蛋了。是不是?"

你还能对他说什么呢?梅杰少校无望地想。有句话他不能说,那就是他无能为力。对人说他无能为力,就是暗示只要有可能,他还是愿意帮忙的,也意味着科恩中校的政策存在失误或者有欠公允。科恩中校对此向来是非常明确的,他绝对不能说他无能为力。

"对不起,"他说,"可我无能为力。"

10 温特格林

克莱文杰死了。那是他的哲学的根本缺陷。一天下午,每周一次去帕尔马执行飞行任务的返航途中,十八架飞机在厄尔巴岛海岸线以外下降,穿过一片灿烂的白云,出来十七架,另外一架却从此了无踪影,空中没有,碧绿如镜的海面上也没有,找不到任何残骸。好些直升机围着那片白云盘旋,直到太阳西下。夜里,云被风吹散,到第二天早上就再没有克莱文杰了。

克莱文杰和飞机的失踪令人惊骇,惊骇的程度丝毫不亚于洛厄里基地的大阴谋,那次整个兵营六十四个人在发饷日集体消失,从此再没了音信。约塞连一直认为那些人不过是一致决定在同一天开小差而已,直到克莱文杰如此神奇地被夺去性命。其实,那看似集体擅离神圣职守的事件,曾让约塞连大受鼓舞,甚至兴高采烈地跑出去把这激动人心的消息告诉前一等兵温特格林。

"有什么好激动的?"前一等兵温特格林讨厌地讥笑道。他把肮脏的军鞋搁在铁锹上,傲慢而懒散地倚着一个很深的方坑内壁。他的军事专长便是挖这种坑洞。

前一等兵温特格林是个满嘴带刺的小叛逆,做事喜欢我行我素。他每次开小差都给捉住,被判在规定时间内挖掘若干六英尺深、六英尺宽、六英尺长的坑洞,再填上。每次处罚一完,他就又开小差。前一等兵温特格林以一个真正爱国者毫无怨言的献身精神,接受了挖坑填坑的任务。

"这种生活还是不错的,"他颇有哲学意味地说,"我想总得有人去做。"

他很聪明,自然明了战争期间在科罗拉多挖坑洞其实并不是一件坏差事。坑洞没有什么需求量,因此可以慢慢悠悠地挖,慢慢悠悠地填,很少劳累过度。可是,每次接受军法审判时,他都被降级为三等兵,这样丢失军阶让他痛心疾首。

"做一等兵还挺好的,"他心怀眷念地回忆道,"我是有地位的。你明白我的意思吗?我经常出入于精英圈子。"他的脸无奈地阴沉下来。"可惜这一切已成过去,"他推测道,"下次我再溜号时,就只是个三等兵了。我很清楚那将是大不一样的。"挖坑洞没什么前途。"这工作甚至还不稳定。每次刑期一满,工作就丢了。这样我只得又开小差了,如果想找回工作的话。可是我又不能一直这样做。有一个圈套,第二十二条军规。我下次再开小差,就该去坐监狱了。我不知道会落得什么下场。不小心的话,我最后甚至可能会去海外服役。"他不想一辈子挖坑洞,虽然他不反对做这事,只要战争还在继续而这也算战争成果的一部分。"这是职责问题,"他说,"我们每个人都有应尽的职责。我的职责就是不停地挖这些坑洞,而我做得十分出色,刚刚获得品德优良奖章的提名。你的职责就是在军校混日子,希望战争结束后才结业。战场上的人的职责就是打赢战争,我只希望他们像我一样恪尽职守。如果我不得不也去海外替他们尽义务,那就不公平了,是不是?"

一天,前一等兵温特格林在他的一个坑洞里挖掘时,刨开了一根水管,结果差一点被淹死,从坑里捞上来时已近乎不省人事。谣言不胫而走,说那是石油,而一级准尉怀特·哈尔福特就被踢出了基地。很快,只要找得到铁锹,每个人都跑了出来疯狂挖掘石油。尘土四处飞扬,那场景就跟皮亚诺萨岛七个月后那个早上差不多——头天夜晚,米洛动用他的M&M辛迪加积累的每一架飞机,轰炸了中队营地、机场、炸弹堆放处和修理机库——所有幸存者都聚到外面,在坚实的地上挖掘洞穴掩体,顶上覆盖着从机场修理棚偷来的装甲板,以及从彼此帐篷的侧帘偷来的破烂防水帆布块。石油的谣言刚起,一级准尉怀特·哈尔福特就被调离科罗拉多,最终辗转来到皮亚诺萨岛,接替库姆斯少尉;一天,少尉作为客人外出执行飞行任务,只为了查看战况如何,却在弗拉拉上空与克拉夫特同机遇难。每次想起克拉夫特,约塞连总是很内疚,因为克拉夫特是在他第二次投弹逃逸时丧生的,还因为克拉夫特无辜地卷入了那次辉煌的疟疾平暴动。暴动始于波多黎各,正处在他们飞往海外的第一段航程中,十天后终结于皮亚诺萨岛。当时阿普尔比刚到岛上,就尽责地跨进中队办公室,报告约塞连拒不服用疟疾平药片。那里的军士邀请他坐下。

"谢谢你,军士,我想我会的,"阿普尔比说,"我大概要等多久?今天我还要做完一大堆事情,这样明天一大早我就可以做好充分准备随时投入战斗,只要他们需要。"

"长官?"

"什么事,军士?"

"你刚才问什么?"

"我大概要等多久才能进去见少校?"

"只要等到他出去吃午饭,"陶塞军士回答说,"你就可以马上进去。"

"但是他就不在里面了,是不是?"

"不在,长官。梅杰少校午饭后才回办公室。"

"明白了。"阿普尔比心里没底地决定道,"那么,我想最好午饭后再来。"

阿普尔比暗自纳闷地离开了中队办公室。他刚出门,就觉得好像看见一个长得有点像亨利·方达的高个子、黑皮肤军官跳出中队办公室帐篷的窗户,然后迅速溜走,拐过角落便不见了踪影。阿普尔比停住脚步,使劲闭上眼睛。一种令人焦虑的疑惑袭上心头。他怀疑自己是不是在发疟疾,或者更糟,服用了过量的疟疾平药片。阿普尔比一直在吃四倍于处方量的疟疾平药,因为他想做一个好飞行员,比任何人都好上四倍。陶塞军士轻拍他的肩头,告诉他如果想进去,现在就可以进去了,因为梅杰少校刚刚出去,这时他依然紧闭着双眼。阿普尔比恢复了信心。

"谢谢你,军士。他会很快回来吗?"

"他吃完午饭就回来。然后你就得马上出去,在前面等他,直到他离开办公室去吃晚餐。梅杰少校在办公室的时候,绝对不在办公室见任何人。"

"军士,你刚才说什么来着?"

"我说,梅杰少校在办公室的时候,绝对不在办公室见任何人。"

阿普尔比死死盯着陶塞军士,尝试用坚决的口吻说话。"军士,你是不是觉得我刚来中队而你在海外混了很长时间就想愚弄我?"

"啊,不,长官,"军士恭敬地回答,"我只是奉命行事。你见到梅杰少校,可以当面问他。"

"那正是我打算做的,军士。我什么时候能见到他?"

"永远不能。"

阿普尔比因屈辱而涨红了脸,只得在军士提供的拍纸簿上写下了关于约塞连和疟疾平的报告,然后快速离去,寻思着也许约塞连不是唯一有幸穿上军官制服的疯子。

卡思卡特上校把飞行次数增加到五十五次的时候,陶塞军士已经开始怀疑:也许每一个穿军服的人都发了疯。陶塞军士瘦骨嶙峋,漂亮的金发淡得几乎没有颜色,双颊凹陷,牙齿像又大又白的棉花糖。他在运转这个中队,可又不喜欢做这事。饿鬼乔那些人总是阴沉着脸盯着他,心里怀着忍受责难的仇恨。而阿普尔比既然做了炙手可热的飞行员,又是从不失分的乒乓球手,对陶塞军士更是显出报复性的无礼。陶塞军士运转这个中队,只因为中队里没别的人愿意干。他对战争、升职都没兴趣,他的兴趣在碎瓷片和赫波怀特式家具上。

陶塞军士想到约塞连帐篷里那个死人时,已经习惯性地用上了约塞连本人的说法——约塞连帐篷里的死人,连他自己都没怎么意识到。其实,那人压根不是这样,他只是一个替补飞行员,还没来得及正式报到,就在战斗中送了命。他曾在作战室停留，询问去中队办公室的路，而随即被送去参加战斗，因为当时太多人已经完成了要求的三十五次飞行任务，弄得皮尔查德上尉和雷恩上尉很难召集到足够的机组人员，达到大队司令部指定的数目。他从来没有正式编入中队，也就永远无法正式除去他的名字。而陶塞军士感觉到，有关这个倒霉蛋越来越多的公文将来来往往永不止歇。

他名叫马德。陶塞军士对于暴力和浪费同样深恶痛绝，在他看来，用飞机运送马德一路越过大洋，结果不过是让他到达后不到两个小时就在奥尔维耶托上空被炸得粉碎，这简直是可恶的挥霍。没有人记得起来他是谁，或者长什么样，更不用说皮尔查德上尉和雷恩上尉了，他们只记得一个新来的军官出现在作战室，恰好赶上时间送死，而每次有人提起约塞连帐篷里的死人那件事，他们总是很不自在地脸红。仅有的见过马德的几个人，也就是同机的那些人，全都跟他一起被炸得粉碎。

另一方面，约塞连心里特别清楚马德到底是谁。马德就是从来没有机遇的无名战士，因为关于一切无名战士，人们知道的也就只有一点——他们从来没有机遇。他们一定是死的，而这个死去的战士是真正无名的，即使他的个人物品依然杂乱地堆放在约塞连帐篷里的那张行军床上，几乎就是三个月前他从未来到中队的那一天留下东西时的原样——不到两个小时全都沾染了死亡的气息；而就在下一个星期博洛尼亚大围攻期间，一切也都同样地沾染了死亡的气息，混合着硫黄烟雾，潮湿的空气中弥漫着霉烂的死气，每一个预定飞行的人都沾染上了。

卡思卡特上校一旦主动请缨让他的大队轰炸博洛尼亚的弹药库——驻扎意大利本土的重型轰炸机因为较高的飞行高度而没能摧毁——那么轰炸任务就无可逃避了。每一天的拖延都加深了这种意识，也加深了大队里沉闷的气氛。那挥之不去又无法抵御的死亡预感随着连绵的降雨逐渐扩散开来，就像被某种疾病慢慢侵蚀的污斑，侵蚀、渗透了每个人痛苦的面容。每个人都散发着福尔马林味。没有地方求助，就算去医务室也没用，因为科恩中校已经下令关闭医务室，这样就没有人能来门诊集合了。士兵们曾这

113

么干过一次,那天天气晴朗,但大队里神秘地流行起腹泻来,迫使飞行任务再次延期。门诊暂停了,医务室的大门又被钉死,丹尼卡医生便在下雨的间隙坐在一只高脚凳上消磨时间,以悲伤的中立态度,无言地吸收凄然爆发的恐惧,像一只忧郁的兀鹰,歇息在医务室封闭的大门上那块不祥的手写牌子的下方。牌子是布莱克上尉当笑话钉上去的,丹尼卡医生让它一直挂在那里,因为它绝不是笑话。牌子用黑色粉笔画了边框,上面写着:"**关闭至另行通知。家有丧事。**"

恐惧弥漫了每个角落,也进入了邓巴的中队。一天黄昏,邓巴好奇地把头探进中队医务室的进口,恭顺地对斯塔布斯医生模糊的身影说话。医生正坐在里面的幽暗处,面前是一瓶威士忌和一只装满纯净饮用水的钟形玻璃罐。

"你还好吧?"他关切地询问。

"糟透了。"斯塔布斯医生回答道。

"你在这儿干什么?"

"坐坐。"

"我还以为再没有门诊集合了呢。"

"没有了。"

"那你为什么还坐在这里?"

"我还能坐在哪里?该死的军官俱乐部吗,跟卡思卡特上校和科恩一起?你知道我在这里干什么吗?"

"坐坐。"

"我是说在中队,不是医务室。别他妈自作聪明了。你看得出医生在这儿中队里干什么吗?"

"在其他中队,他们把医务室大门都钉死了。"邓巴说。

"无论谁病了,只要走进我的大门,我就让他停飞。"斯塔布斯医生许诺道,"我才不管他们说什么。"

"你不能让任何人停飞,"邓巴提醒道,"你不知道有命令吗?"

"我给他屁股打一针把他放倒,就真正让他停飞了。"斯塔布斯医生想到这情景,带着嘲讽的兴味笑了起来,"他们以为下道命令,就能禁绝门诊集合。那些狗杂种。啊呀,又来了。"雨又下了起来,先是在树林里,然后在泥潭里,终于,轻柔地,如同抚慰的细语,落到了帐篷顶上。"到处都潮乎乎的,"斯塔布斯医生厌恶地说,"连厕所和便池都在抗议地回流。整个该死的世界闻起来就像停尸房。"

他不说话的时候,寂静似乎深不可测。夜幕降临了。周围弥漫着一种无边的孤独感。

"开灯吧。"邓巴建议道。

"没有灯。我也不想启动我的发电机。我以前常常从救人性命中得到极大的快乐,现在我怀疑这到底有什么意义,反正他们总是要死的。"

"噢,毫无疑问,有意义。"邓巴向他保证道。

"有吗?什么意义?"

"意义在于尽你所能不要让他们死了,越久越好。"

"是啊,可是有什么意义呢,反正他们总是要死的。"

"窍门就是别去想。"

"别管什么窍门了。到底有什么意义?"

邓巴默默沉思了一会儿。"谁他妈知道!"

邓巴不知道。博洛尼亚之战本该让邓巴欢喜雀跃的,因为每一分钟都慢悠悠地过去,每一小时都拖延得像一个世纪。相反,他却为之饱受折磨,因为他知道自己就要送命了。

"你真的还想要些可待因?"斯塔布斯医生问道。

"替我朋友约塞连要的。他确信他就要送命了。"

"约塞连?到底谁是约塞连?约塞连到底算个什么名字,嗯?是不是那天晚上在军官俱乐部喝醉了跟科恩中校打架的那人?"

"就是他。他是亚述人。"

"那个发疯的杂种。"

"他倒没那么疯,"邓巴说,"他发誓不飞博洛尼亚。"
"我就是这个意思,"斯塔布斯医生回答道,"那发疯的杂种也许是唯一还算清醒的人。"

11 布莱克上尉

科洛尼下士第一个从大队司令部打来的电话中得知这一消息,他听后非常不安,于是蹑手蹑脚穿过情报室,走到小腿架在办公桌上正昏昏欲睡的布莱克上尉身边,用震惊的语调,低声把这信息传递给他。

布莱克上尉立刻来了精神。"博洛尼亚?"他高兴得大叫,"啊,真没想到。"他纵声大笑,"博洛尼亚,呃?"他又笑起来,又惊又喜地摇摇头,"好家伙!等那些狗杂种发现要飞的是博洛尼亚时,我恨不得马上看看他们那副嘴脸。哈哈!"

这是梅杰少校讨巧胜了他而被任命为中队长之后,布莱克上尉第一次真正开怀大笑。那些轰炸员来领取地图包时,他带着懒洋洋的热情起身,到柜台后面安坐下来,为的是从中获取最大的乐趣。

"没错,你们这些狗杂种,是博洛尼亚。"他不停地向所有怀疑地询问是否真要飞博洛尼亚的轰炸员再三重复,"哈哈!熬着去吧,你们这些狗杂种。这一回你们可是逃不掉了。"

布莱克上尉跟着最后一人走出帐篷,饶有兴致地观察其他所有军官和士兵知悉情况后的反应,他们带着钢盔、降落伞和防弹衣,正往中队驻地中央那四辆打着火等待的卡车周围集合。他是个身材高大、气量狭小、郁郁寡欢的人,走路行事没精打采的,却又暴躁惹不得。他每隔三四天便修刮一次那张皱缩、苍白的脸,而大多数时候他单薄的上唇似乎都留着金红色的小胡子。外面的情景没有令他失望。弥漫的惊恐阴沉了每个人的脸色,于是布莱克上尉美美地打了个哈欠,揉去眼睛里最后一丝倦意。他每告诉一个人去熬着时,都心满意足地放声大笑。

自从那天杜鲁斯少校阵亡于佩鲁贾上空而布莱克上尉几乎获选接任以来,轰炸博洛尼亚竟成了他一生中最有收获的大事。当杜鲁斯少校的死讯通过无线电传回战场时,布莱克上尉不觉大喜过望。虽然以前从没有真正期望过这种可能性,但他立刻认识到,接替杜鲁斯少校担任中队长,自己是顺理成章的人选。最初,他是中队的情报主任,这就是说,他比中队里任何人都要聪明。没错,他不属在编战斗人员,而杜鲁斯少校先前是,所有中队长按惯例都是;但这完全是对他有利的另一个有力论据,因为他不用冒生命危险,国家需要他坚守岗位多长时间,他就可以坚守多长时间。布莱克上尉越琢磨越觉得此事非他莫属。只要尽快在合适的场合说句合适的话,事情就解决了。他匆匆赶回办公室决定行动步骤。他舒适地靠在旋转椅里,两脚跷在桌子上,闭上眼睛,开始幻想。一旦当上中队长,一切该多美好啊!

布莱克上尉在幻想,卡思卡特上校却在行动,结果布莱克上尉被梅杰少校玩诈(他如此认定)而胜了他的速度惊得目瞪口呆。梅杰少校的中队长任命宣布时,布莱克上尉不免大失所望,更带有一丝怨愤之意,他也全然不加掩饰。与他共事的行政军官们对卡思卡特上校选用梅杰少校表示惊讶,布莱克上尉则嘟哝其中必有猫腻;他们推测梅杰少校长得像亨利·方达这一点的政治价值,布莱克上尉则断定梅杰少校其实就是亨利·方达;他们议论说梅杰少校有些古怪,布莱克上尉则宣称他是共产党。

"他们把什么都接管了,"布莱克上尉反叛地扬言,"好吧,你们大家要是乐意,尽可以袖手旁观,但我不会,我要行动起来。从现在起,不管哪个狗杂种来我的情报室,我都要他签署忠诚宣誓书。那个狗娘养的梅杰少校就是想签,我也不让他签。"

几乎一夜之间,这场光荣的忠诚宣誓运动便轰轰烈烈开展起来了,而布莱克上尉欣喜若狂地发现自己成了运动先锋。他的确找到了好办法。

所有参战的士兵和军官都必须签署忠诚宣誓书,才能从情报室领取地图包;再次签署忠诚宣誓书,才能从降落伞室领取防弹衣和降落伞;第三次向机动车辆军官鲍金顿中尉签署忠诚宣誓书,才能获准乘坐其中一辆卡车从中队赶往机场。每一步都有一份忠诚宣誓书等待他们签署。从财务军官处领取军饷,从军人服务社领取供给,找那些意大利理发师理发,他们都得签署忠诚宣誓书。对于布莱克上尉,每一个支持他这场光荣的忠诚宣誓运动的军官都是竞争对手,于是他一天二十四小时安排策划,力求一步领先。他要争当爱国第一人。其他军官在他的驱策下,随后提出了自己的忠诚誓言,这时他便再进一步,要求每一个来情报室的杂种签署两份忠诚宣誓书,接着是三份,终于是四份;然后他又推出表忠心仪式,之后合唱《星条旗永不落》,一遍、两遍、三遍、四遍。布莱克上尉每次击败竞争对手,便不屑地扫视他们,因为他们没有以他为榜样。而他们每次以他为榜样,他又不安地避退下来,绞尽脑汁琢磨新计策,好再次居高临下蔑视他们。

不知不觉,中队里的战斗人员发现自己被那些安排来为他们服务的行政官员支配了。他们一天到晚遭受一个接一个行政官员的欺凌、侮辱、骚扰,被呼来唤去。他们提出抗议,布莱克上尉则答复说,忠诚的人是不会反对签署所有必要的忠诚宣誓书的。对质疑忠诚宣誓的人,他回答说,真正忠于自己国家的人,每当他加以敦促,都会骄傲地表忠心的。而对质疑其道德意义的人,他回答说,《星条旗永不落》是有史以来最伟大的音乐作品。一个人签署的忠诚宣誓书越多,他就越忠诚。在布莱克上尉看来,事情就这么简单,而他每天都让科洛尼下士用他的名字签几百次,这样就总能证明他比任何人都忠诚。

"重要的是让他们一直宣誓,"他对追随者解释道,"至于他们是否诚心,这无关紧要。甚至在小孩子们理解什么是'宣誓'和'效忠'之前,就要求他们宣誓效忠,道理就在这里。"

在皮尔查德上尉和雷恩上尉眼里，这场光荣的忠诚宣誓运动是件光荣的麻烦事，因为他们为每次作战任务安排机组人员的工作给这事弄得复杂起来。中队上下全都忙于签字、宣誓、合唱，那些飞行任务要多花好几个小时才能起步。有效的紧急行动也不可能了，可是皮尔查德上尉和雷恩上尉都胆小得很，根本不敢强烈反对布莱克上尉，而布莱克上尉则一天天毫不马虎地推行他首创的"不断重申"主义，该主义旨在围剿所有那些头天签署忠诚宣誓书第二天就不忠诚的人。正在皮尔查德上尉和雷恩上尉茫然无措、陷于困境而求告无门的时候，布莱克上尉给他们带来了建议。他带着一个代表团前来，直截了当地向他们建议，敦促每个人签署忠诚宣誓书，然后才准许他执行作战飞行任务。

"当然，决定权在你们，"布莱克上尉指出，"没人强迫你们。可是其他人都在督促他们签字效忠，如果只有你们俩不够关心你们的国家而没有要求他们同样签字效忠，那么在联邦调查局看来，这事一定非常古怪。如果你们甘愿名声败坏，那是你们自己的事，与他人无关。我们只是想帮忙而已。"

米洛没有被说服，他断然拒绝剥夺梅杰少校的饮食，即使梅杰少校是共产党——对此米洛心里存疑。米洛生来就反对一切可能破坏常规的革新，他的道德立场十分坚定，断然拒绝加入这场光荣的忠诚宣誓运动，直到布莱克上尉带着他的代表团前来拜访他，请求他加入。

"保卫祖国是每个人的天职，"布莱克上尉回答米洛的异议，"整个计划都是自愿的，米洛——别忘了这一点。如果那些士兵不愿意，可以不签皮尔查德和雷恩的忠诚宣誓书。但要是他们不签，我们就要求你饿死他们。这就像第二十二条军规，明白了吗？你不至于违抗第二十二条军规吧？"

丹尼卡医生态度死硬。

"你凭什么断定梅杰少校就是共产党？"

"你从来没有听见他否认这一点，直到我们开始指控他，是不是？你也没有看见他签署过任何一份忠诚宣誓书。"

"是你们不让他签的。"

"当然不让,"布莱克上尉解释道,"那样就背离了我们这场运动的整个目的。瞧,你要是不愿意,大可不必与我们合作。可是米洛刚要饿死梅杰少校,你却给他治疗,那我们这些人如此卖力又有什么意义?对于暗中破坏我们整个安全计划的人,不知大队司令部会有何想法。他们或许会调你去太平洋战区。"

丹尼卡医生立刻屈服。"我这就去告诉格斯和韦斯,一切照你说的办。"

大队司令部里面,卡思卡特上校已经开始纳闷到底出了什么事情。

"是那个白痴布莱克在搞爱国主义狂欢,"科恩中校笑着说,"我觉得你最好跟他合作一阵子,是你提拔梅杰少校当中队长的。"

"那可是你的主意,"卡思卡特上校气恼地责备他,"当初真不该听你的。"

"也是一个极好的主意,"科恩中校反驳道,"这样就把那个多余的少校除掉了,此人一直在败坏你作为行政军官的名声。不用担心,这一切可能很快就会过去。现在能做的就是给布莱克上尉去一封信,表示全力支持,然后希望他在还没造成太大损失之前,先就一命呜呼。"科恩中校突然有了个奇怪的念头,"我怀疑!那白痴该不是想把梅杰少校赶出拖车房吧,你说呢?"

"我们下一步必须做的,是把那婊子养的梅杰少校赶出拖车房。"布莱克上尉拿定主意,"我还想把他的老婆孩子也赶进树林子里,但是我们不能,他没有老婆孩子,所以我们只好将就一下,就把他赶出去了事。谁负责这些帐篷?"

"他负责。"

"看见了吧?"布莱克上尉叫喊道,"他们要接管一切!好,我不会坐视不管的。必要时,我会把这事直接上报□□·德·科弗利少校本人。等他从罗马回来,我马上叫米洛去跟他讲。"

布莱克上尉对□□·德·科弗利少校的智慧、威信和公正深信不疑,尽管从来没有跟他说过一句话,而且现在还是没胆量这么做。他委派米洛替他去找□□·德·科弗利少校谈话,自己则等着那高个子副官回来,一边不耐烦地大发脾气。跟中队里所有人一样,他对这位威严而满头白发、脸上沟壑纵横而颇有耶和华之风度的少校一向怀有深沉的敬畏之情。他终于从罗马回来了,一只眼受了伤,用一片新赛璐珞眼罩护着;而他只一击,就把布莱克上尉整个的光荣运动砸了个稀烂。

回来那天,□□·德·科弗利少校神情严峻地走进食堂,却被排队等候签署忠诚宣誓书的军官堵住了去路,此时米洛谨慎地一言不发。食品柜远端,早来的一群军官都一只手托着食物,正向国旗表忠心,之后才可以在餐桌旁就座。更早来的一群人已经入座,此刻正在合唱《星条旗永不落》,之后才可以用桌上的盐、胡椒粉和番茄酱。□□·德·科弗利少校在门口停下脚步,皱着眉头,一脸的疑惑不解,好像在看什么怪事,这时喧闹才慢慢平静了下来。他径直朝前走去,前面那道人墙像红海一样往两边分开。他目不斜视,威武地大步走向蒸汽消毒柜,然后,用清楚、浑厚的嗓音——岁月使之粗哑,而长者的显赫与威势又使之洪亮——说道:

"给我拿吃的。"

斯纳克下士没有给□□·德·科弗利少校吃的,而是递上一份忠诚宣誓书要他签字。□□·德·科弗利少校见是这东西,不由得大为恼火,一把将它扫开,那只未受伤的眼睛射出炫目的怒火,充满强烈的鄙视,衰老而布满皱纹的大脸因暴怒而越发阴沉可怕。

"我说了,给我拿吃的。"他大声命令道,语气十分刺耳,仿佛远处的雷声不祥地隆隆滚过安静的帐篷。

斯纳克下士脸色变得煞白,浑身哆嗦起来。他朝米洛恳求地瞥了一眼,希望得到他的指点。在这可怕的好几秒钟里,四周没有一点声响。随后米洛点了点头。

"给他吃的。"他说。

斯纳克下士这才开始给□□·德·科弗利少校吃的。□□·德·科弗利少校托着满满一盘食物,刚转身离开柜台,却又停住了脚步。他的目光落到了那几群军官身上,他们恳求的目光默默注视着他,于是他以正义的好战姿态咆哮道：

"给每个人拿吃的！"

"给每个人拿吃的！"米洛如释重负，快乐地附和道，于是光荣的忠诚宣誓运动走到了尽头。

布莱克上尉大失所望，这奸诈的背后一刀竟然来自他信赖有加的上司。□□·德·科弗利少校真是辜负了他。

"哦，那不算什么，"他愉快地回应每个向他表示同情的人，"我们完成了任务。我们的目标是使我们厌恶的人都感到惧怕，让大家警惕梅杰少校的危险性，而我们无疑达到了这个目的。我们本来就没打算让他签署忠诚宣誓书，所以我们手头有还是没有，实在无关紧要。"

在整个骇人而没完没了的博洛尼亚大围攻期间，看到中队里他厌恶的每个人又一次感到恐惧，布莱克上尉不免怀念起光荣的忠诚宣誓运动那段过去的好时光，那时他可是一位举足轻重的人物，甚至大人物如米洛·明德宾德、丹尼卡医生、皮尔查德和雷恩之流见他过来都浑身哆嗦，俯首贴耳。为了向新来的人证明他确曾一度呼风唤雨，他仍然保存着卡思卡特上校写给他的嘉奖信。

12 博洛尼亚

其实,触发博洛尼亚大恐慌的不是布莱克上尉,而是奈特中士;他一听说是这个攻击目标,就悄悄溜下卡车再去取两件防弹衣,于是大家纷纷跑回降落伞室,还没取完多余的防弹衣,那阴郁队列就乱成一团,变为疯狂的哄抢。

"哎,怎么回事啊?"小桑普森紧张地问道,"博洛尼亚不可能那么危险,对吧?"

内特利迷茫地坐在卡车铺板上,双手捂住那张阴沉、年轻的脸,没有回答。

这是奈特中士和一次次残酷的任务延期造成的,因为第一天上午他们正要登机,突然来了一辆吉普车,通知说博洛尼亚正在下雨,轰炸任务延期。等他们回到中队驻地,皮亚诺萨也下起了雨,于是这一天他们只好木然地凝视情报室遮雨棚下那张地图上的轰炸线,昏昏欲睡地想来想去,这次实在是没有退路了。钉在地图上横跨大陆的窄窄的红缎带,便是鲜明的证据:进入意大利的地面部队被牵制在目标以南四十二英里的地方,根本无法逾越这段距离,因此他们不可能及时攻下这座城市。皮亚诺萨岛的军人们绝对逃不掉飞博洛尼亚的任务,他们陷入了困境。

他们唯一的希望便是雨不停地下,而他们没有希望,因为他们都知道雨是要停的。皮亚诺萨的雨果真停了,博洛尼亚便下起来。博洛尼亚不下雨了,皮亚诺萨便又开始下。如果两头都不下雨,便出现一些奇特的、无法解释的现象,比如流行性腹泻到处传播,或者轰炸路线出现了移动。前六天里,他们集合了四次,听完简令就给打发回了驻地。一次,他们起飞了,正在编队飞行,指挥塔就把他们召了回来。雨越下,他们就越受折磨。他们越是受折磨,就越是祈求雨不停地下。整个夜晚,他们仰望天空,满天星斗令人悲哀。整个白天,他们盯着那个巨大的、摇摆不定的报架——意大利地图上的轰炸线。地图在风中飘荡,每次开始下雨就被拖到情报室的遮雨棚底下。轰炸线是一条窄窄的红色缎带,标明了意大利大陆各个地区盟军地面部队的最前沿阵地。

饿鬼乔与赫普尔的猫打拳之后的第二天早晨,两地的雨都停了。机场跑道开始干了,可能要花上整整二十四个小时才能硬结,但天空一直是万里无云。每个人心中郁结的不满都化作了憎恨。起初,他们憎恨大陆上的步兵,因为他们未能攻占博洛尼亚。之后,他们开始憎恨那条轰炸线本身。一连几个小时,他们死死盯着地图上那条猩红的缎带,憎恨它,因为它不肯往上移动,把那城市包围起来。夜幕降临,他们拿着手电筒聚集在黑暗之中,继续默默哀求地守着那条轰炸线,场面阴森森的,仿佛他们希望通过阴郁的祷告,可以合力将红缎带上移。

"我实在无法相信这等事,"克莱文杰以抑扬的声调对约塞连叫喊道,既是异议又有怀疑,"这彻底回到了原始的迷信。他们在混淆因果关系。这和敲木头或者交叉手指一样没有道理。他们真的相信,只要有人半夜悄悄走近地图,把轰炸线移过博洛尼亚,我们明天就不必飞那次轰炸任务了。你能想象吗?你我一定是仅剩的两个理性的人。"

半夜里,约塞连敲了木头,交叉了手指,又踮着脚尖溜出帐篷,把那条轰炸线移过了博洛尼亚。

第二天清早,科洛尼下士偷偷溜进布莱克上尉的帐篷,手伸进蚊帐,摸到潮湿的肩胛,轻轻摇动,直到布莱克上尉睁开双眼。

"你干吗摇醒我?"布莱克上尉抱怨道。

"他们占领了博洛尼亚,长官,"科洛尼下士说,"我觉得你想听到这个消息。轰炸任务取消了吗?"

布莱克上尉挣扎着坐起来,开始有条有理地抓挠那两条瘦得像柴火棍的长腿。不一会儿,他穿上衣服,眯着眼睛,满脸恼火,胡子也没刮就走出帐篷。天空晴朗、暖和。他镇定地凝视那张地图。的确如此,他们攻占了博洛尼亚。情报室内,科洛尼下士已经在处理导航工具包里的博洛尼亚地图了。布莱克上尉大声打了个哈欠,坐下来,把两脚跷到桌子上,然后给科恩中校打电话。

"你干吗吵醒我?"科恩中校抱怨道。

"他们夜里占领了博洛尼亚,长官。轰炸任务取消了吗?"

"你在胡说些什么,布莱克?"科恩中校咆哮道,"为什么要取消轰炸任务?"

"因为他们占领了博洛尼亚,长官。轰炸任务没被取消吗?"

"任务当然取消了。你以为我们现在要去轰炸自己的部队?"

"你干吗吵醒我?"卡思卡特上校对科恩中校抱怨道。

"他们占领了博洛尼亚,"科恩中校告诉他,"我觉得你想听到这个消息。"

"谁占领了博洛尼亚?"

"我们。"

卡思卡特上校欣喜若狂,因为解脱了轰炸博洛尼亚的棘手承诺,又无损他主动请战让部下去做而赢得的英勇名声。德里德尔将军也对攻克博洛尼亚感到满意,虽然穆达士上校为了告知这个消息而把他叫醒,令他颇为恼火。司令部同样很满意,于是决定给攻占这座城市的指挥官颁授一枚勋章。攻占这座城市的指挥官并不存在,他们便把勋章转授佩克姆将军,因为佩克姆将军是唯一主动伸手索要的军官。

佩克姆将军刚刚获得勋章,就立刻要求承担更多职责。依照佩克姆将军的意见,战区所有作战部队都应归他亲任指挥官的特种兵团指挥。假如向敌军投掷炸弹算不得特勤,他时常自言自语,带着每次与人争辩时必有的那种通情达理的痛苦微笑,那么他不禁要问,究竟什么才可以算。他表示温厚的遗憾,谢绝了担任德里德尔将军手下的作战指挥。

"我所想的并不只是为德里德尔将军飞作战任务,"他宽容地解释道,温和地一笑,"我更是在想替代德里德尔将军,或许超越德里德尔将军,这样我还可以指挥其他许多将军。你知道,我最宝贵的才能主要在于行政管理。我天赋异禀,可以让不同的人意见一致。"

"他天赋异禀,可以让不同的人一致认为他是个多么讨厌的家伙。"卡吉尔上校惹人厌恶地向前一等兵温特格林吐露道,希望他把这句刺耳的谣言传扬出去,传遍第二十七空军司令部。"如果有人配得上那个作战指挥的职位,那就是我。甚至我们要求获得那枚勋章,都还是我的主意呢。"

"你真想参加作战?"前一等兵温特格林问道。

"作战?"卡吉尔上校吓呆了,"哦,不——你误解我的意思了。当然,我不会真正在意参加作战的,可是我最出色的才能主要在于行政管理。我也天赋异禀,可以让不同的人意见一致。"

"他也天赋异禀,可以让不同的人一致认为他是个多么讨厌的家伙。"前一等兵温特格林来皮亚诺萨岛核实米洛和埃及棉花一事时,笑着向约塞连吐露道,"如果有人配得晋升,那就是我。"实际上,他调到第二十七空军司令部做邮件管理员不久,便接连升级,已经升到了下士,后来因为公开品评自己的上级军官,说话又很难听,结果一下子又被降为列兵。成功的醉人滋味向他进一步灌输道德感,激发了他勃勃的雄心,要去开创更为崇高的业绩。"你想买几只芝宝打火机吗?"他问约塞连,"这可是直接从军需军官那儿偷来的。"

"米洛知道你在卖打火机吗?"

"这跟他有什么关系?米洛现在也不卖打火机了,不是吗?"

"他肯定在卖,"约塞连告诉他,"他的可不是偷来的。"

"那是你的看法,"前一等兵温特格林鼻子一哼,回答道,"我卖一块钱一只。他卖多少?"

"一块零一分。"

前一等兵温特格林得意地暗笑。"我次次压倒他,"他沾沾自喜地说,"呃,他那些甩不掉的埃及棉花都怎样了?他买了多少?"

"全部。"

"全世界的?嚆,真是见鬼!"前一等兵温特格林幸灾乐祸地欢叫道,"简直是白痴!当时你跟他一起在开罗,为什么不拦着他?"

"我?"约塞连耸了耸肩,答道,"我的话不起作用。你该怪那儿每家好餐馆都有的电传打字机。米洛从没见过证券报价机,他请领班讲解的时候,正巧埃及棉花的报价传了出来。'埃及棉花?'米洛问话老是那副德行,'埃及棉花卖价多少?'后面我只知道他把该死的整个收成都买了下来。现在可是全砸在手里了。"

"他没有一点想象力。如果他想做交易,我可以在黑市上抛掉许多。"

"米洛熟悉黑市。棉花根本没有需求。"

"但是医药用品有需求。我可以把棉花卷在木牙签上,当成消毒药签销出去。他愿不愿意给个合适的价钱,卖给我?"

"你出什么价,他都不会卖给你,"约塞连答道,"你进来跟他抢生意,他很恼火。其实他对谁都很恼火,上周末个个拉肚子,坏了他食堂的名声。呃,你可以帮助我们。"约塞连突然抓住他的胳膊,"难道你不能用你的油印机仿造几份正式命令,让我们逃掉轰炸博洛尼亚吗?"

前一等兵温特格林一脸轻蔑地慢慢抽回手臂。"我当然能,"他骄傲地说,"但是我做梦都没想过干那种事。"

"为什么不?"

"因为那是你的工作。我们都有工作要做。我的工作就是尽可能获利销掉这些芝宝打火机,再从米洛那里进些棉花。你的工作就是炸掉博洛尼亚的弹药库。"

"但是我会被打死在博洛尼亚的,"约塞连恳求道,"我们都会被打死的。"

"那你就只好被打死了。"前一等兵温特格林回答道,"你为什么不能把它看作命中注定的,就像我那样?如果我注定要获利销掉这些打火机,再从米洛那里进些便宜的埃及棉花,那么这就是我要做的事。如果你注定要被打死在博洛尼亚上空,那你就会被打死,所以你也不妨飞出去,死就死得像个男人。我不愿这么说,约塞连,可是你都快成牢骚精了。"

克莱文杰赞同前一等兵温特格林的说法,约塞连的工作就是被打死在博洛尼亚上空;当约塞连供认是他移动了那条轰炸线,致使轰炸任务被取消时,克莱文杰气得脸色铁青,狂怒地咒骂。

"到底为什么不行?"约塞连咆哮道,自觉做错了事,便越发激烈地争辩,"难道因为上校想当将军,我就该被人打掉屁股吗?"

"陆地上的弟兄们怎么办?"克莱文杰同样激动地问,"难道因为你不想去,他们就该被人打掉屁股吗?那些弟兄们有权得到空中支援!"

"但不一定是我。你瞧,他们并不在乎由谁炸掉那些弹药库。我们要去的唯一理由,就是那个杂种卡思卡特拿我们去请战。"

"噢,这我都知道,"克莱文杰肯定地说,憔悴的面孔显得苍白,激动的棕色眼睛流溢着诚挚,"但是那些弹药库还在那里,情况没变。你很清楚,我和你一样不赞成卡思卡特上校的做法。"克莱文杰停了一下以示强调,双唇颤抖着,然后对着他的睡袋轻轻打了一拳,"但不是由我们来决定必须摧毁哪个目标,或者谁去摧毁,或者——"

"或者谁在执行时被打死?那为什么?"

"是的,甚至这一点。我们无权质询——"

"你真是疯了!"

"——无权质询——"

"你真的是说,我怎样死、为什么死,都不是我的事,而是卡思卡特上校的事？你真是这个意思？"

"没错，是这个意思。"克莱文杰坚持道，但似乎有些动摇，"那些受命打赢战争的人，远比我们有资格决定必须轰炸什么目标。"

"我们在谈两件不同的事，"约塞连回答说，厌烦之意十分夸张，"你说的是空军和步兵的关系，而我说的是我和卡思卡特上校的关系。你说的是打赢这场战争，而我说的是打赢这场战争并保全性命。"

"正是如此，"克莱文杰得意地呵斥道，"那么，你说哪一件更重要？"

"对谁来说？"约塞连立刻反击，"睁眼看看吧，克莱文杰。对死掉的人来说，谁打赢这场战争他妈的一点关系都没有。"

克莱文杰坐了一会儿，好像被人打了耳光。"祝贺你！"他刻薄地喊道，那条极细的乳白色线条紧紧围绕他的嘴唇，形成毫无血色、向内挤压的一道环，"我想不出还有别的什么态度，可以给予敌人更大的宽慰。"

"敌人，"约塞连字斟句酌地反驳道，"就是让你送命的人，不管他站在哪一边，这也包括卡思卡特上校。你可不要忘记这一点，因为你记得越久，就可能活得越久。"

但是克莱文杰确实忘了，而现在他死了。那时，克莱文杰被那个事件弄得非常烦乱，约塞连也没胆子告诉他，对于致使又一次轰炸任务不必要延期的腹泻大流行，自己也该负责任。米洛更是坐卧不安，可能有人又给他的中队下了毒，于是他忙乱焦急地跑来向约塞连求助。

"请你找斯纳克下士问问，看他是不是又在甘薯里放了洗衣皂。"他鬼鬼祟祟地恳求道，"斯纳克下士信任你，如果你保证不告诉别人，他会跟你说实话的。他一告诉你，你就过来告诉我。"

"我当然在甘薯里放了洗衣皂，"斯纳克下士向约塞连承认道，"那是你叫我干的，对不对？洗衣皂最好用了。"

"他对上帝起誓，跟这事毫无关系。"约塞连回复米洛说。

米洛怀疑地绷起了脸。"邓巴说根本没有上帝。"

再没有任何希望了。到第二周过一半的时候，中队每个人都开始跟饿鬼乔一副模样了。饿鬼乔没有被安排飞行任务,他总是在梦中恐怖地尖叫。他是唯一还能睡觉的人。一整夜,士兵们仿佛哑口鬼魂,嘴里叼着烟在帐篷外的黑暗中游荡。到了白天,他们萎靡不振地聚在一起,徒然盯着那条轰炸线,或者凝望丹尼卡医生静止的身影,他正坐在那块可怕的手写招牌下紧闭的医务室门前。他们开始自编毫无幽默感的郁闷笑话,还捏造灾难性的谣言,说什么毁灭正在博洛尼亚等着他们。

一天晚上,在军官俱乐部,约塞连醉醺醺地侧身走近科恩中校,骗他说德国人把新式莱佩奇炮运到了前线。

"什么莱佩奇炮?"科恩中校好奇地询问。

"就是最新发明的三百四十四毫米莱佩奇胶炮,"约塞连回答说,"它可以在半空中把整个飞机编队粘在一起。"

从约塞连紧扣的手指里,科恩中校惊恐而敌对地使劲抽出手臂。"放开我,你这白痴!"他狂暴地叫喊道,愤怒的目光带着报复性的赞许,因为内特利跳到约塞连背后,一把将他拖开了。"那疯子到底是谁?"

卡思卡特上校高兴得哈哈大笑。"就是这家伙,弗拉拉战役后,你逼着我给了他一枚勋章。你还要我提升他做上尉,记得吗?你这是活该。"

内特利比约塞连轻,他费了老大的劲,才把约塞连东倒西歪的肥硕身子腾挪到房间对面一张空桌旁。"你疯啦?"内特利战战兢兢地不停嘘气,"那是科恩中校。你疯啦?"

约塞连想再来一杯,说要是内特利请他喝,他就悄悄离开。然后他逼着内特利又拿给他两杯。最后内特利总算把他哄到了门口,这时布莱克上尉恰好咚咚地从外面进来,鞋沉重地砸在木地板上,泥浆飞溅,帽檐上的雨水直往下滴,像是从高高的屋顶落下来似的。

"啊哈,你们这些杂种全都栽进去了,"他兴高采烈地宣布,一边水花四溅地逃离脚下渐渐成形的污水坑,"我刚接到科恩中校的电话。知道他们在博洛尼亚准备了什么等着你们吗?哈!哈!他们有了新式莱佩奇胶炮。它可以在半空把整个飞机编队粘在一起。"

"上帝啊,这是真的!"约塞连一声尖叫,吓得瘫倒在内特利身上。

"上帝根本不存在。"邓巴平静地说,有些摇晃地走过来。

"嘿,帮我扶他一把,行吗?我得把他送回帐篷去。"

"谁在说话?"

"是我。天哪,瞧瞧这雨。"

"我们必须弄辆车来。"

"偷布莱克上尉的汽车,"约塞连说,"我老干这事。"

"我们偷不到任何人的车。你每次要用车就在附近偷,现在没人不关火了。"

"上车,"一级准尉怀特·哈尔福特醉醺醺地驾着一辆有篷吉普车过来,对他们说。等他们都挤进车子,他便猛地往前一蹿,后面一群人滚作了一团。他们大声咒骂,他哈哈大笑。出了停车场,他还笔直向前,结果汽车嘭地撞上了公路另一侧的路堤。那些人又一齐往前挤成一堆,动弹不得,于是对他又是一顿臭骂。"我忘了转弯。"他解释说。

"小心点,好吗?"内特利告诫道,"你最好打开前灯。"

一级准尉怀特·哈尔福特倒车退出,拐弯上了公路,以最快的速度飞驰而去。车轮在沥青路面飕地一掠而过,发出咝咝的声响。

"别开这么快。"内特利力劝道。

"你最好先带我去你们中队,我好帮你安顿他上床,然后你再开车送我回中队。"

"你到底是谁?"

"邓巴。"

"嘿,打开前灯,"内特利叫喊道,"注意路面!"

"都开着呢。约塞连不在车上吗?没有他,你们这几个杂种上不了车。"一级准尉怀特·哈尔福特完全转过身来,两眼直盯着后座。

"注意路面!"

"约塞连?约塞连在吗?"

"我在这儿,准尉。我们回去吧。你怎么这么肯定?你从没回答过我的问题。"

"看见了吧?我说过他在这儿。"

"什么问题?"

"我们刚才谈什么,就是什么。"

"重要吗?"

"我不记得它重不重要了。上帝作证,我真想知道是什么问题。"

"上帝根本不存在。"

"那就是我们刚才谈的,"约塞连大叫,"你怎么这么肯定?"

"嘿,你肯定前灯都开了吗?"内特利叫道。

"开了,开了。要我怎样?挡风玻璃上全是雨,从后座看都是黑乎乎的。"

"美丽,美丽的雨。"

"希望这雨永远下不完。雨,雨,快走——"

"——开。改天——"

"——没事再回——"

"——来。小约约,想要——"

"——玩。在——"

"——草地,在——"

一级准尉怀特·哈尔福特错过了下一个拐弯路口,把车一路开上了一段陡峭路堤的顶点。向下退行时,吉普车发生了侧翻,轻轻陷在泥土里。受惊之后,众人一片寂静。

"都没事吧?"一级准尉怀特·哈尔福特低声问道。没人受伤,于是他长长舒了一口气。"你们知道,我就这毛病,"他叹息道,"从来听不进别人的话。你们谁一再要我打开前灯,可我就是不听。"

"是我一再要你打开前灯的。"

"知道,知道。而我就是不听,是不是?真希望有一瓶酒。我确实带了一瓶。瞧,还没打碎。"

"雨进来了,"内特利通告,"我身上都湿了。"

一级准尉怀特·哈尔福特打开那瓶黑麦威士忌,喝了一口再传给别人。他们横七竖八地堆叠在一起,都喝了酒,只有内特利例外,他一直在徒然地摸索车门把手。酒瓶噗的一声落在他的头上,威士忌灌进他的脖子。他开始抽筋般地挣扎。

"喂,我们必须出去!"他叫喊道,"我们都会淹死的。"

"车里有人吗?"克莱文杰关切地问,从路堤顶上打着手电筒往下照。

"是克莱文杰!"他们呼喊道。克莱文杰伸手下来拉,他们却想把他拖进车窗里。

"瞧瞧他们!"克莱文杰愤愤不平地对坐在指挥车驾驶座上咧嘴笑的麦克沃特喊道,"躺在那里,像一群喝醉酒的牲畜。你也在,内特利?你应该感到害臊!来吧——在他们全都死于肺炎之前,帮我把他们拉出来。"

"嗯,那个想法听着并不坏,"一级准尉怀特·哈尔福特沉思着说道,"我想我会死于肺炎的。"

"为什么?"

"为什么不?"一级准尉怀特·哈尔福特回答道,双臂抱着那瓶黑麦威士忌,满足地躺倒在污泥里。

"哎呀,瞧瞧他在干什么!"克莱文杰恼怒地叫喊道,"你们都起来上车,让我们一起回中队去,行不行?"

"我们不能都回去。这儿得留人帮一级准尉处理汽车,是他签字从调度场借的。"

一级准尉怀特·哈尔福特舒舒服服地往指挥车里一坐,热情洋溢地咯咯直笑,一副得意非凡的模样。"那是布莱克上尉的车,"他喜气洋洋地告诉他们,"刚才我在军官俱乐部拿一串备用钥匙偷了他的车。他还以为今天早上钥匙丢了呢。"

"好哇,真看不出!值得喝一杯。"

"你们喝得还不够?"麦克沃特刚发动汽车,克莱文杰便开始责骂,"瞧瞧你们。你们毫不在意灌死自己还是淹死自己,是不是?"

"只要不飞死自己就行。"

"喂,打开瓶盖,打开瓶盖,"一级准尉怀特·哈尔福特催促麦克沃特,"再把前灯关掉。只有这么干才行。"

"丹尼卡医生说得没错,"克莱文杰接着说,"有些人就是不知道怎么照顾自己。我真的很厌烦你们这帮人。"

"行了,饶舌鬼,下车,"一级准尉怀特·哈尔福特命令道,"大家都下车,除了约塞连。约塞连在哪儿?"

"见鬼,别碰我!"约塞连笑着把他推开,"你一身都是泥。"

克莱文杰盯上了内特利。"你才是真的让我吃惊。你知道你身上什么味儿吗?你不想法让他别惹麻烦,反倒跟他一样喝得烂醉。万一他跟阿普尔比再打一架怎么办?"克莱文杰听见约塞连在笑,警觉地瞪大双眼,"他没有跟阿普尔比再打一架,是不是?"

"这次没有。"邓巴说。

"没有,这次没有。这次我干得更漂亮。"

"这次他跟科恩中校打了一架。"

"他没有!"克莱文杰喘着气说。

"他打了?"一级准尉怀特·哈尔福特兴奋得大叫,"真该喝上一杯。"

"可这样就麻烦了!"克莱文杰深感忧虑地说,"你们到底为什么要惹科恩中校?呃,灯怎么啦?怎么全都黑成这样?"

"我关掉了。"麦克沃特回答说,"你瞧,一级准尉怀特·哈尔福特是对的,关掉前灯好多了。"

"你疯啦?"克莱文杰尖叫道,猛地扑向前去,吧嗒一声打开了前灯。他几近歇斯底里地扭过身,面对约塞连。"瞧瞧你都干了些什么?你弄得他们全跟你一副德行!要是雨停了,我们明天就得飞博洛尼亚。你们得有健康的身体。"

"雨再也不会停了。不,长官,像这样的雨也许真的会下到永远。"

"雨已经停了!"有人说,于是整车人陷入沉寂。

"你们这些可怜的杂种。"过了一会儿,一级准尉怀特·哈尔福特充满同情地低语道。

"雨真的停了?"约塞连温顺地问道。

麦克沃特关掉雨刷,想要看个明白。雨早已停了,天空正渐渐放晴。月亮隔着一层轻纱般的褐色薄雾,却也清晰可见。

"唉,好吧,"麦克沃特冷静而抑扬顿挫地说,"谁他妈在乎。"

"别担心,弟兄们。"一级准尉怀特·哈尔福特说,"明天跑道还太软,用不了。说不定机场还没干透就又下起雨来了。"

"你这该死、醒酲至极的杂种。"他们急急驶回中队时,饿鬼乔在帐篷里叫喊。

"天哪,他今晚上回来了?我以为他跟军邮班机还在罗马呢。"

"哎!哎—哟!哎——哟!"饿鬼乔叫喊道。

一级准尉怀特·哈尔福特浑身战栗。"那家伙让我心惊肉跳,"他不高兴地低语道,"嘿,弗卢姆上尉到底出什么事了?"

"有个家伙让我心惊肉跳。上星期我在树林里看见他吃野莓。他再也不睡拖车房了。那模样就像个鬼。"

"饿鬼乔是害怕不得不接替哪个参加病号检阅的人上阵,虽然病号检阅已经取消了。几天前的晚上,他想宰了哈弗迈耶,却栽进了约塞连的壕沟,你看到了吗?"

"哎—哟!"饿鬼乔叫喊道,"哎!哎—哟!哎——哟!"

"真高兴食堂里再没有弗卢姆的影子了。再没有'递一下盐,沃特'之类的话了。"

"或者'递一下面包,弗雷德'。"

"或者'给我根甜菜,彼特'。"

"滚开,滚开,"饿鬼乔叫喊道,"我说了滚开,滚开,你这该死、醒酲至极的杂种。"

"至少我们明白了他在做什么梦,"邓巴挖苦地议论道,"他梦见了该死、醒醒至极的杂种们。"

那天深夜,饿鬼乔梦见赫普尔的猫睡在他脸上,憋得他透不过气,而醒来时,赫普尔的猫就是睡在他脸上。他的痛苦骇人之极,那尖厉、怪异的号叫,划破了月下的黑暗,像一股毁灭性的冲击,回荡良久。随后是令人麻木的沉寂,接着他的帐篷里又传来一阵放纵的喧嚣。

约塞连是最先去那里的几个人之一。他冲进帐篷时,饿鬼乔手里早拿着枪,正拼命挣脱被赫普尔扭住的胳膊,要开枪打那猫。那猫则不停地嗥叫着、凶猛地作势欲扑,要使他分心,免得开枪打了赫普尔。两人都穿着军用内衣。头顶上方的透明玻璃灯泡吊在松弛的电线上,正疯狂地摇荡着,纷杂的黑影乱作一团地不停旋转、晃动,整个帐篷也因此像是在旋转。约塞连本能地伸出双臂以求平衡,然后朝前直扑过去,一个不可思议的俯冲,把三名斗士一起撞翻在地,压在身下。他从混战中脱开身,一手揪住一个家伙的后颈——饿鬼乔和那猫的后颈。饿鬼乔和那猫凶狠地彼此怒视。那猫冲着饿鬼乔敌意地嗥叫,饿鬼乔猛地挥拳想揍扁它。

"要公平对抗。"约塞连裁定道,于是那些惊恐万状的人全都大大松了一口气,开始欣喜若狂地喝彩。"我们要公平对抗。"约塞连把饿鬼乔和猫带到外面,依旧一手揪住一个家伙的后颈,把他们分开,然后正式解释道。"可以使用拳头、牙齿和爪子,但不能用枪。"他警告饿鬼乔。"不准嗥。"他严厉警告那猫。"我一放开你们,就开打。双方扭在一起就马上分开,接着再打。开始!"

周围聚集了一大群特爱看热闹的无聊人,可是当约塞连松手的时候,那猫竟立刻害怕起来,可耻地逃离了饿鬼乔,像个卑劣的懦夫。于是宣布饿鬼乔获胜。他高昂起皱缩的头,直挺着干瘦的胸膛,脸上挂着优胜者自豪的微笑,得意地阔步而去。他得胜归来,又梦见赫普尔的猫睡在他脸上,憋得他透不过气来。

13 □□·德·科弗利少校

移动轰炸线并没有骗过德国人,却着实骗倒了□□·德·科弗利少校,他打点好野战背包,调用了一架飞机,印象中佛罗伦萨好像也被盟军占领了,于是命人驾机送他去那座城市,好租下两套公寓,让中队的军官和士兵休假时用。直到约塞连回头跳出梅杰少校的办公室,考虑下一步该向谁求助的时候,他都还没回来。

□□·德·科弗利少校是个广受尊崇、令人畏惧而庄重沉稳的老者。他长着硕大的狮子般的脑袋,狂野而愤怒的白发仿佛暴风雪,肆虐于他那严峻的、家长似的面孔周围。正如丹尼卡医生和梅杰少校一致推测的那样,他作为中队副官的全部工作,就是投掷马蹄铁,绑架意大利劳工,以及为中队军官和士兵外出休假租赁公寓,而三项事务他全都非常精通。

每当一座像那不勒斯、罗马或佛罗伦萨这样的城市似乎陷落在即的时候,□□·德·科弗利少校便会打点好野战背包,调用一架飞机和一名飞行员,把自己送走;而他无须说一个字,仅仅凭借他严厉、专横的脸色以及他那多皱的手指做出的断然手势,就能办妥这一切。城市陷落一两天之后,他便会带着那儿两套豪华大公寓的租约回到中队,一套给军官,一套给士兵,均配备了称职而快活的厨师和女佣。这之后几天,全世界的报纸都会登出第一批穿过瓦砾和硝烟攻入遭毁坏城市的美国士兵的照片。照例,□□·德·科弗利少校一定在他们中间,枪管通条似的直挺挺坐在一辆不知哪里弄来的吉普车里,眼睛直视前方,绝不左顾右盼。此时炮火在他坚不可摧的脑袋四周爆炸,而敏捷的年轻步兵们端着卡宾枪,在着火的建筑物掩护下沿着人行道跑步前进,或者倒毙于门廊里边。他坐在那里,被危险包围着,却仿佛永远不可摧毁,脸上依然坚定地带着中队谁都认识并且敬畏的神情:暴躁、凛然、正义、可怕。

在德国情报机构眼里,□□·德·科弗利少校是个伤脑筋的谜;数以百计的美国战俘竟无一人能提供关于这位年老白发军官的任何具体信息,他粗糙的眉棱令人生畏,灼灼的眼神充满威势,似乎每次重大进攻,他都无所畏惧地冲锋在前,而且每战必胜。在美国当局眼里,他的身份同样令人困惑,刑事调查部曾派出整整一个团的顶尖高手打入各路前线,想查明他到底是谁,同时一个营的久经沙场的新闻发布官一天二十四小时紧急待命,一旦找到他的下落就立刻着手宣传。

在罗马,□□·德·科弗利少校为安排公寓尽了自己最大的努力。四五人结队而来的军官们住一幢新建的白色石砌房子,每人一间极大的双人卧室。房子有三间以闪亮的浅绿色瓷砖装饰墙壁的宽敞浴室,并配有一个瘦得皮包骨头、名叫米迦列拉的女佣,她见什么都偷偷傻笑,把公寓打扫得纤尘不染。楼底下住着一脸奉承的房东夫妇。楼顶上住着美丽富有的黑头发伯爵夫人和她的美丽富有的黑头发儿媳,她们只愿意跟内特利和阿费鬼混。可是内特利太过羞怯而不敢要,阿费则太古板无趣也没有上,还想劝阻她们不要跟任何男人上床——除了丈夫以外,可他们选择了留在北方经营家族生意。

"她们真是一对尤物。"阿费认真地向约塞连吐露道,而约塞连朝思暮想的正是让这对美丽富有的黑头发尤物都赤裸了奶白色的女性躯体,色欲迷离地同时跟他伸展着躺在床上。

士兵们至少是十二人一伙来到罗马,他们带来特大的胃口和沉重的柳条箱,箱子里塞满了罐头食品,准备让女仆们烧了送到公寓六楼的餐厅里给他们吃。士兵公寓是一幢红色砖楼,电梯叮当作响。士兵住的地方总是活跃一些。首先,士兵人数总要多一些,需要更多女仆做饭上菜、打扫擦洗;其次,约塞连总是找来一些快乐而傻气的好色女孩,此外士兵们自己也带些女孩来,七天精疲力竭的放纵以后,他们困乏地准备返回皮亚诺萨岛,把那些女孩留给任何想要的人。女孩们只要愿意留下,就有吃有住。作为回报,她们唯一要做的就是顺从任何想跟她们搞的士兵,而这样的安排似乎一切都妥帖了。

每隔四天左右,饿鬼乔便会像个饱受折磨的人一闯而入,嘶哑、野蛮、癫狂——这是他不幸又一次完成了飞行任务,跟着军邮班机飞到罗马后。多数时候他睡在士兵公寓里。谁也说不准□□·德·科弗利少校到底租了多少房间,就连底楼那个穿黑色紧身胸衣的胖女人也不清楚,尽管他是从她那里租的房间。租下的房间覆盖了整个顶楼,约塞连知道往下还延伸到五楼,因为博洛尼亚轰炸后的那天上午,他就是在五楼斯诺登的房间里最终找到了那个拿着拖把、穿青柠色内裤的女佣,这是饿鬼乔当天早上在军官公寓发现约塞连跟露西安娜同床,而着了魔似的跑去取照相机之后的事。

穿青柠色内裤的女佣是个令人愉快、热心肠的胖女人,三十多岁年纪,湿软的大腿,摇摆的屁股包在青柠色内裤里,任何士兵想要她,她总是把内裤卷下脱掉。她有一张平常的宽脸,是活着的女人之中最有道德的:她与每个男人交媾,不论种族、信仰、肤色或国籍,友好地捐献自己作为待客之道,被人吸引时立即扔下手上的抹布、扫帚或拖把,片刻时光都不会耽搁。她的诱惑力在于容易到手,就像埃佛勒斯峰,她就在那里,男人每次有了冲动都可以爬到她身上。约塞连迷恋上了这个穿青柠色内裤的女佣,因为她似乎是世上仅存的他可以做爱而不必爱上的女人。就连西西里岛那个秃头女孩都唤起了他强烈的怜悯、温柔和惋惜的情感。

□□·德·科弗利少校每次租赁公寓时总会面临各种危险,然而颇为讽刺的是,他唯一一次受伤竟发生在他率领胜利队伍进入敞开的罗马城的时候,一个衣衫褴褛、尖声大笑的醉酒老头从近处朝他掷去一朵花,伤了他的眼睛,接着此人像撒旦一样,带着恶毒的欢乐跳上□□·德·科弗利少校的汽车,粗暴而又轻蔑地捧着他可敬的白发脑袋,用散发着酒、奶酪和大蒜酸臭气味的嘴嘲弄地吻了他左右两颊,随后发出一声空洞、责难的干笑,跳回欢庆的人群里去了。□□·德·科弗利少校,一个身陷逆境的斯巴达人,在这场可怕的磨难中始终没有畏缩半步。直到他回到皮亚诺萨岛,在罗马的公务已完全了结,才去找医生治伤。

他决心保持双目并用,于是向丹尼卡医生明确说要用透明眼罩,这样他就可以视力不受损地继续投掷马蹄铁、诱拐意大利劳工、租赁公寓。在中队士兵们眼里,□□·德·科弗利少校是个巨人,虽然他们从来不敢当面对他说。唯一敢跟他说话的人只有米洛·明德宾德。来中队的第二个星期,他走进马蹄铁投掷场,手里拿一只煮鸡蛋,高高举起给□□·德·科弗利少校看。见米洛如此放肆,□□·德·科弗利少校惊讶地直起身子,满脸怒容、一腔怒火地盯着他,突出的前额沟壑密布,驼峰似的鼻子峭壁陡峻,一齐从他的脸上愤怒地奔脱而出,仿佛一名十大联盟的后卫。米洛坚守阵地,防卫性地举起煮鸡蛋护在面前,好像那是魔力护身符。风暴慢慢平息,危险终于过去了。

"那是什么?"最终,□□·德·科弗利少校问。

"一只鸡蛋。"米洛回答。

"什么样的鸡蛋?"□□·德·科弗利少校问。

"煮鸡蛋。"米洛回答。

"什么样的煮鸡蛋?"□□·德·科弗利少校问。

"新鲜煮鸡蛋。"米洛回答。

"新鲜蛋哪儿来的?"□□·德·科弗利少校问。

"鸡下的。"米洛回答。

"鸡在哪儿?"□□·德·科弗利少校问。

"鸡在马耳他。"米洛回答。

"马耳他有多少只鸡?"

"足够给中队每一位军官下新鲜鸡蛋,价格是五分钱一只,从食堂经费出。"米洛回答。

"我特别爱吃新鲜鸡蛋。"□□·德·科弗利少校坦白道。

"如果有人拨一架飞机让我安排,我可以驾驶中队飞机每星期去一次,把我们需要的新鲜鸡蛋全部运回来。"米洛回答说,"毕竟,马耳他不算太远。"

"马耳他不算太远,"□□·德·科弗利少校说,"你也许可以驾驶中队飞机每星期去一次,把我们需要的新鲜鸡蛋全部运回来。"

"是的,"米洛同意道,"我想我能办到,如果有人让我去做,并且拨一架飞机让我安排。"

"我要把新鲜鸡蛋煎了吃,"□□·德·科弗利少校想起一件事,"用新鲜黄油。"

"我能在西西里买到我们需要的所有新鲜黄油,二十五美分一磅。"米洛答道,"二十五美分一磅的新鲜黄油是很合算的。食堂经费里也还有足够的钱买进黄油,而且我们也许可以卖些给其他中队赚点利润,把我们买黄油的大部分钱捞回来。"

"你叫什么名字,孩子?"□□·德·科弗利少校问。

"我叫米洛·明德宾德,长官。我今年二十七岁。"

"你是个不错的司务长,米洛。"

"我不是司务长,长官。"

"你是个不错的司务长,米洛。"

"谢谢你,长官。我一定尽我所能做一名称职的司务长。"

"祝福你,我的孩子。拿一只马蹄铁。"

"谢谢你,长官。我拿它怎么办?"

"扔。"

"扔掉吗?"

"对着那边的木桩。再捡起来,对着这根木桩扔。看到了吧,这是一种游戏。你去把马蹄铁捡回来。"

"是,长官。我明白了。马蹄铁卖多少钱?"

一只新鲜鸡蛋在一汪新鲜黄油里难得一见地噼啪作响,香味随地中海信风远远飘散,引得德里德尔将军食欲大动而急急赶了回来,随同而来的是形影不离陪侍左右的护士,还有他的女婿穆达士上校。起初,德里德尔将军在米洛的食堂一日三餐都吃得狼吞虎咽。随后,卡思卡特上校大队的其他三支中队都把食堂交托给米洛,再各配给他一架飞机和一名飞行员,让他也能为他们采购新鲜鸡蛋和新鲜黄油。于是,米洛的那些飞机一周七天不停地来回穿梭,因为四个中队的每一位军官都开始狂吃新鲜鸡蛋了。他们肆意放纵,真可谓贪得无厌。早餐、午餐、晚餐,德里德尔将军都贪婪地吞食新鲜鸡蛋——正餐之间他还要吞食更多的新鲜鸡蛋——直到米洛找到了大量新鲜小牛肉、牛肉、鸭肉、小羊排、蘑菇菌盖、花椰菜、南非岩龙虾尾、虾、火腿、布丁、葡萄、冰激凌、草莓和洋蓟的来源,他这才作罢。德里德尔将军的作战联队还有另外三支轰炸大队,都很嫉妒地派了各自的飞机去马耳他采购新鲜鸡蛋,却发现那里的新鲜鸡蛋卖七美分一只。既然能从米洛那里买到五美分一只的鸡蛋,那么把他们的食堂也交托给米洛的辛迪加,并且配给所需飞机和飞行员,空运来他许诺供给的所有其他美食,也就更有道理了。

形势的这一变化令所有人兴高采烈,其中最高兴的是卡思卡特上校,他确信自己取得了超凡的成就。每次遇见米洛,他总是和气地打招呼,又因抱愧而慷慨过度,竟冲动地提议提升梅杰少校。他的提议在第二十七空军司令部立刻被前一等兵温特格林驳回;温特格林匆匆写了一份言辞粗鲁又无署名的意见,说什么陆军只有一个梅杰·梅杰·梅杰少校,不能仅仅为了讨好卡思卡特上校就通过提拔他而最终失去他。卡思卡特上校被这粗暴的斥责刺痛了,内疚地躲在自己房间里,懊丧不已。他把这次出丑归咎于梅杰少校,决定当天就把他降为尉官。

"他们也许不会让你这么做的,"科恩中校高傲地笑笑说,一边玩味着

143

这局面,"理由嘛,就跟他们不让你提升他是完全一样。再说,刚刚准备把他升到我的军衔,转眼间又要贬为尉官,你这样一定会显得十分愚蠢。"

卡思卡特上校感到走投无路了。弗拉拉之战大败以后,他毫不费力地为约塞连取得过一枚勋章;大战之时,他曾主动请缨摧毁波河大桥,可是七天过去了,大桥却依旧完好无损地横跨河上。六天之间,他的部下飞去那里九次进行轰炸,而大桥终究没有被摧毁,直到第七天上的第十次轰炸,约塞连引着小队的六架飞机,第二次飞到目标上空,牺牲了克拉夫特和他的机组人员,这才炸掉那桥。第二次投弹时,约塞连显得很谨慎,因为那时他还是个勇敢的人。他埋头于他的轰炸瞄准器,直到炸弹投出;等他抬起头来,只见机舱内弥漫着一片奇怪的橘黄色光亮。他先是以为自己的飞机着了火,随后就发现了那架引擎着火的飞机正在自己头顶上方,于是通过内部通话系统朝麦克沃特高喊,要他向左急转弯。刹那间,克拉夫特的飞机机翼断裂脱落,烈火熊熊的残骸往下坠落,先是机身,然后是旋转的机翼,与此同时,阵雨般细小的金属碎屑开始踢踏舞似的撒落在约塞连的飞机机顶上,而一刻不停地"咔锵!咔锵!咔锵!"的高射炮火不断在他四周轰然作响。

回到地面,在每一双眼睛阴沉的目光中,他垂头丧气地走向站在绿色墙板的简令室外面的布莱克上尉,向他汇报战况,于是得知卡思卡特上校和科恩中校正在里面等着跟他谈话。丹比少校把守着大门,木然无语地挥手叫众人离开。约塞连疲惫不堪,一心想除去这身黏湿的衣服。他心情复杂地走进简令室,不知道自己该对克拉夫特和其他几人抱有怎样的感觉,因为他们都是在一种无法呼救、孤立无援的痛苦挣扎中死去的,而那一刻,他自己也同样身陷这可恨的、极度折磨人的尽责与毁灭的困境。

另一方面,卡思卡特上校为这件事悲伤得不能自已。"两次?"他问道。

"第一次我会投弹不中的。"约塞连垂下头,低声答道。

他们的声音在狭长的平房里轻轻回响。

"可是去了两次?"卡思卡特上校重复道,明显不相信。

"第一次我会投弹不中的。"约塞连重复道。

"可克拉夫特就会活着。"

"桥也会完好无损。"

"受过训练的轰炸员应该第一次就投放炸弹，"卡思卡特上校提醒他，"其他五个轰炸员都是第一次就投放炸弹的。"

"却都没有击中目标，"约塞连说，"我们不得不再次飞回去。"

"也许你第一次就会炸掉它。"

"也许我根本就炸不了它。"

"但也许就没有任何损失了。"

"桥还在那里的话，或许损失更大。我想你是希望桥被炸掉的。"

"不要反驳我，"卡思卡特上校说，"我们的麻烦已经够多了。"

"我不是在反驳你，长官。"

"你就是。就连这句话也是反驳。"

"是，长官。很抱歉。"

卡思卡特上校狠狠地扳着指关节，发出喀喀的响声。科恩中校，一个矮胖、黝黑、松弛的男人，挺着难看的大肚子，彻底放松地坐在前排一张长椅上，两手舒适地扣着，搭在他那光秃、黝黑的头顶上。闪亮的无边眼镜后面，一双眼睛显得颇为愉快。

"我们会尽力对此事保持完全客观的态度。"他提示卡思卡特上校。

"我们会尽力对此事保持完全客观的态度。"卡思卡特上校带着突发灵感的热诚，对约塞连说，"不是我感情用事什么的，我根本不在乎那几个人或那架飞机，只是写进报告太难看了。我在报告里该怎样掩饰这种事情呢？"

"你何不给我一枚勋章？"约塞连怯怯地建议道。

"因为飞了两次？"

"那次饿鬼乔失误撞了飞机，你就给了他一枚。"

卡思卡特上校悔恨地干笑一声。"不送你上军事法庭，你就算走运了。"

"可是我第二次飞去就炸掉了桥，"约塞连抗议道，"我想你是希望桥被炸掉的。"

"啊,我也不清楚要什么。"卡思卡特上校恼怒地大叫起来,"好吧,我当然希望桥被炸掉。从我决定派你们这些人去炸桥,它就老给我添烦恼。可你为什么不能第一次就把它炸了呢?"

"我没有足够的时间。我的领航员不敢肯定是否飞对了城市。"

"飞对了城市?"卡思卡特上校困惑了,"你是想把责任全都推给阿费?"

"不,长官。是我的错,让他分散了我的注意力。我只是想说我也不是绝无错误的。"

"没有人是绝无错误的,"卡思卡特上校尖声说道,然后想了一下,继续含糊地说,"也没有人是必不可少的。"

约塞连不再反驳了。科恩中校伸了伸懒腰。"我们必须做个决定。"他漫不经心地对卡思卡特上校说。

"我们必须做个决定,"卡思卡特上校对约塞连说,"这都是你的错。你为什么必须飞两次?你为什么不能像大家一样第一次就投弹?"

"第一次我会投弹不中的。"

"我好像觉得我们在转第二圈了。"科恩中校轻声一笑,插嘴道。

"可是我们该怎么办?"卡思卡特上校忧虑地叫喊道,"大家都在外头等着。"

"我们何不给他一枚勋章?"科恩中校建议道。

"因为飞了两次?我们为什么要给他一枚勋章?"

"因为飞了两次,"科恩中校面露沉思而自得的微笑,回答说,"毕竟,第二次飞到目标上空,周围又没有其他飞机分散防空炮火,我想这确实需要很大的勇气。而且他确实炸了那座桥。你知道,这也许就是答案——对我们应当感到羞耻的事反倒自吹自擂。那是个诀窍,似乎从来没有失败过。"

"你觉得这样行得通?"

"肯定没问题。而且我们还把他提升为上尉,确保万无一失。"

"你不觉得这么做有些画蛇添足?"

"不,我不这么看。稳妥比什么都重要。再说不就一个上尉吗,没什么不得了。"

"好吧,"卡思卡特上校主意已定,"我们就给他一枚勋章,嘉奖他勇敢地两次飞越目标上空。我们还将提升他为上尉。"

科恩中校伸手取过帽子。

"笑着出门。"他开玩笑地说,一手搂住约塞连的肩膀,他们一道走出了大门。

14 小桑普森

执行博洛尼亚轰炸任务时,约塞连鼓足勇气一次也不要飞到目标上空。而终于发现自己坐在小桑普森的飞机机头并升到高空时,他摁了一下喉式麦克风的按钮,问道:

"喂?飞机怎么了?"

小桑普森发出一声尖叫。"是不是飞机出了故障?怎么回事?"

小桑普森这一声尖叫吓得约塞连浑身冰凉。"出事了吗?"他恐怖地喊道,"我们要跳伞吗?"

"我不知道!"小桑普森痛苦地扔回一句,激动地哀号,"有人说我们要跳伞!到底是谁?是谁?"

"我是约塞连,在机头!约塞连在机头。我听见你说出事了。你没有说出事了吗?"

"我以为是你说出事了。看来一切还好。一切正常。"

约塞连的心沉了下去。如果一切正常,他们就没有返回的借口,那么事情就糟糕到了极点。他阴郁地迟疑着。

"我听不见。"他说。

"我说一切正常。"

太阳照在下面瓷青色的水面和其他几架飞机闪烁的边缘,雪白的光芒令人目眩。约塞连抓起连接内部通话系统转换箱的彩色电线,把它们扯松。

"我还是听不见。"他说。

他什么也没听见。慢悠悠地,他收拾起地图包和三件防弹衣,爬回主舱。内特利僵硬地坐在副驾驶座上,眼角的余光瞥见他走进驾驶舱,来到小桑普森身后。他朝约塞连无精打采地笑笑,陷在耳机、帽子、喉式麦克风、防弹衣和降落伞的庞大牢笼里,显得虚弱而异常年轻羞怯。约塞连弯下腰凑近小桑普森的耳朵。

"我还是听不见。"他叫喊道,喊声压过了引擎均匀的嗡嗡声。

小桑普森吃惊地回头匆匆看了一眼。他的脸瘦削而滑稽,配有两弯弓形眉和一道细瘦可怜的金黄色胡须。

"什么?"他扭头叫喊道。

"我还是听不见。"约塞连重复道。

"你得大声点,"小桑普森说,"我还是听不见。"

"我说我还是听不见!"约塞连叫嚷道。

"我也没办法,"小桑普森也冲他叫嚷,"我只能喊这么响了。"

"我在对讲机里听不见你说话,"约塞连越来越无望,于是咆哮道,"你必须掉头回去。"

"因为一只对讲机?"小桑普森怀疑地问道。

"掉头回去,"约塞连说,"免得我砸了你的脑袋。"

小桑普森望着内特利,希望得到道义上的支持,而内特利干脆就盯着一边去了。约塞连的军衔比他们都高。小桑普森犹疑地又抵御了片刻,便欢欣地大喊一声,急切地投降了。

"我可没意见。"他高兴地宣布,于是噘嘴朝上,朝他的胡子吹出一串尖锐的口哨。"好咧,先生。我小桑普森完全没有意见。"他又吹了声口哨,朝对讲机叫喊道,"注意听着,我的小山雀们,这是海军上将小桑普森在讲话。这是皇家海军陆战队的骄傲,海军上将小桑普森在叫喊。是的没错。我们正在返航,伙计们,哎呀,我们正在返航!"

内特利喜气洋洋地一把扯下帽子和耳机,像个漂亮小孩坐在高脚椅里,快活地前后摇摆起来。奈特中士从机顶炮塔纵身跳下,欣喜若狂地捶打起每个人的后背来。小桑普森驾机离开编队,划了一个优雅的大圆弧,朝机场飞去。约塞连把头戴式耳机插上一个辅助转换箱,听见飞机尾部的两个炮手在一起唱《蟑螂之歌》。

等返回机场,狂欢突然之间烟消云散,取而代之的是令人不安的沉默。约塞连严肃而不自然地走下飞机,坐进早已候着他们的吉普车。回程中这些人全都一言不发,吉普车行驶在厚重而催人入眠的宁静之中,这宁静覆盖着群山、大海和森林。他们下了中队驻地边的公路,那种凄凉的感觉还是挥之不去。约塞连最后一个下车。没多久,那鬼气森森的宁静便像麻醉剂一般笼罩了一顶顶空空的帐篷,只有约塞连和一阵温暖的微风在搅动它。中队一片死气沉沉,除了丹尼卡医生以外全无一丝人气,他像一只冷得浑身哆嗦的兀鹰,忧伤地栖息在医务室紧闭的门边。在周围雾霭般的日光中他正拼命地抽吸着堵塞了的鼻子,却是徒劳无用。约塞连知道丹尼卡医生是不会同他一道去游泳的,丹尼卡医生再也不肯下水游泳了,一个人可能因昏厥或轻度冠状动脉梗死而淹死在一两英寸深的水里,可能被回头浪卷到海里去,还可能因寒冷或用力过度而染上脊髓灰质炎或球菌性脑膜炎。博洛尼亚对他人的威胁,更是激发了丹尼卡医生对自身安全的强烈担忧。入夜,他听到了窃贼的动静。

透过笼罩作战室入口的那片浅紫色荫翳,约塞连瞥见一级准尉怀特·哈尔福特正在埋头盗取定量配给的威士忌。他假冒不喝酒的人的签名,把那正用来毒害自己的酒精快速灌进几只单独的瓶子里,想抢在布莱克上尉记起这事而亲自懒洋洋地赶来偷走余酒之前,尽可能多偷一些。

吉普车又轻轻启动了。小桑普森、内特利和其他人无声地忙碌一阵之后,便各自散去,融进了让人腻烦的黄色寂静里。吉普车嘎嘎几声便消失了。约塞连孤独地身处沉重、原始的寂寥之中,其间但凡绿色都透着黑,而其他一切则浸透了脓液的黄绿色。干燥朦胧的远处,一阵微风吹得树叶沙沙作响。约塞连烦躁不安,既害怕又困倦。疲惫中只觉得眼眶里满是污垢。他厌倦地走进降落伞帐篷,里面有一张光滑的木制长桌,一阵疑惑像烦人的母狗在无痛地刨挖着一颗自觉全然无愧的良心。他留下防弹衣和降落伞,再返身经过那辆运水车,去情报室把地图包交还布莱克上尉。上尉正坐在椅子上打盹儿,两条细瘦的长腿跷在桌子上,漠然地询问约塞连的飞机为什么折返。约塞连没搭理他,把地图往桌上一放便出去了。

回到自己的帐篷,他扭动身子卸下降落伞背带,再脱去衣服。奥尔在罗马,预定在这同一天下午回来,他因为在热亚那附近的海面成功迫降而赢得了一次休假机会。内特利想必已经在打点行装去接替奥尔了,他一边恍恍惚惚地发现自己仍然活着,一边无疑急不可耐地想重拾对罗马的妓女徒劳而心碎的追求。约塞连脱掉衣服,坐在行军床上休息。赤裸了身子,他马上感觉好多了。他从来没觉得穿着衣服舒适。稍过片刻,他换上干净的衬裤,趿着软帮鞋,肩上搭一条土黄色浴巾,起身往海滩去了。

顺着从中队驻地延伸出来的小路,他绕过树林里一处神秘的火炮掩体。三个士兵驻守在那里,其中两人正躺在那一圈沙袋上睡觉,另一个坐在那里吃着一只紫石榴。他大口大口地咬,不停地嚼,再把嚼碎的渣子吐进灌木丛里。每咬一口,红红的汁液便从他嘴里流淌出来。约塞连轻手轻脚往前走,又进了树林,不时爱惜地抚摸他赤裸、刺痛的肚子,好像要让自己感到它还在那里。他从肚脐里捻出一条棉线。走着走着,他突然在两侧路旁看到一丛丛雨后初生的蘑菇,从冰冷黏湿的泥土中探出菌柄,仿佛无生命的肉茎,在他目光所及的每一处坏疽般大量萌发,似乎它们就在他的眼前迅速增殖。成千上万丛生的蘑菇密密匝匝地延伸至远处他看得见的林下灌木丛,而他看着看着,好像它们个头越来越大,数量也越来越多。他感到一阵怪异的恐惧,不由得浑身战栗,于是急急逃离它们,直到脚下的泥土碎裂成干爽的沙粒,那些蘑菇也给抛在了后边,这才放慢了步伐。他担忧地回头瞟了一眼,想看到那白软的东西在身后蠕动,盲目地追赶他,或者突变成挣扎扭动而无法控制的一大团,正蜿蜒往上爬过树梢。

海滩空无一人,能听得见的声响也都是寂静的——溪流涨水的汩汩声、他身后高高的茅草和灌木嗡嗡的呼吸声、那缓慢而透明的波浪冷漠的呜咽声。波浪总是很细小,海水清澈凉爽。约塞连把东西留在沙滩上,蹚过齐膝高的海浪,直到全身都浸没在海水里。海的另一边,一长溜起伏不平的陆地笼罩在薄雾之中,若有若无。他没精打采地游到浮筏旁,扶住歇了一会儿,然后又没精打采地游回沙洲可以站立的地方。他一头朝下潜入碧绿的海水好几次,直到感觉身子洗净而头脑完全清醒了,才伸展四肢趴在沙滩上睡觉,一直睡到从博洛尼亚回来的飞机几乎掠过头顶,那许多台引擎的巨大隆隆声,合并成为惊天动地的咆哮,硬生生闯入他的睡梦里。

他半眯着眼睛醒来,觉得有一点点头痛;他睁开眼,见到一个混乱沸腾的世界,其中一切却都有条不紊。他极为惊愕地望着眼前的奇景,十二支空军小队的飞机平静地组成精确的队形。这一幕实在太出乎意料,简直不敢相信。没有载了伤员而冲在前头的飞机,也没有受了毁损而落在后面的。空中也看不到求救火焰冒出的浓烟。没有失踪一架飞机,除了他自己的。一时间,他怒气填胸,竟至无法动弹。随即他明白了,几乎为这嘲讽而悲叹落泪。解释很简单:机群还没来得及轰炸,云层就罩住了目标,所以轰炸博洛尼亚的任务还需再飞。

他错了。根本就没有什么云层。博洛尼亚已经被轰炸了。轰炸博洛尼亚成了一次勤务飞行,那里根本没有高射炮火。

15 皮尔查德和雷恩

皮尔查德上尉和雷恩上尉,两个不让人讨厌的中队协同作战军官,都是性情温和、说话轻声细语的人,个子都中等偏矮,很喜欢飞战斗任务。他们对生活和卡思卡特上校都别无所求,只求得到继续飞战斗任务的机会。他们已经完成几百次作战飞行任务,还想再飞几百次。他们让自己参加每一次作战飞行。他们以前从未经历过像战争这么美妙的事情,生怕将来再也不能经历了。他们总是谦卑而沉默地执行他们的任务,极少惊慌忙乱,尽最大努力避免得罪什么人。无论经过谁的身旁,他们总是很快露出微笑。说话时,他们总是低声咕哝。他们都是躲闪、愉快、乐于屈从的人,只有彼此在一起才感到自在,从来不敢正视他人的目光,即使那天他们召集露天会议,公开谴责约塞连迫使小桑普森在执行博洛尼亚轰炸任务时中途返航,也没有敢与约塞连对视。

"弟兄们,"黑发已渐稀疏的皮尔查德上尉说着笨拙地一笑,"你们执行任务半途返回时,请尽量明确是出于某个重要原因,好不好?而不是因为一些无关紧要的小事……比如对讲机出了故障……或诸如此类的事情。好吗?关于这件事,雷恩上尉还有几句话要说。"

"弟兄们,皮尔查德上尉说得对,"雷恩上尉说,"关于这件事,我要对你们说的也就这一句。好了,我们今天终于去了博洛尼亚,而且我们发现这不过是一次勤务飞行。我们都有点紧张,我想,所以没有造成多大破坏。好,听着。卡斯卡特上校已经获得许可,让我们回去再炸他一次。明天我们真的要狠狠收拾那些弹药库了。好了,你们对此有什么想法?"

为了向约塞连证明他们对他并无敌意,第二天重返博洛尼亚时,他们甚至分派他与麦克沃特同机,担任第一飞行编队领队轰炸员。约塞连以哈弗迈耶的派头飞到目标上空,自信地不做任何规避动作,可突然间对方炮火袭来,打得他屁滚尿流!

到处是密集的高射炮火!他被哄骗,受了引诱而陷入圈套了,此刻他无法可想,只能像个白痴一样坐在那里,眼睁睁看着丑陋的黑烟团扑扑喷出、碎裂,要把他杀死。炸弹扔完之前他什么也不能做,只好回来盯着轰炸瞄准器,镜头上那细细的十字线像是有磁性似的牢牢粘住了目标,恰好在他先前设定的位置,交叉点不偏不倚正对着他要轰炸的那片经过伪装的仓库的后院,仓库就建在第一幢建筑前面。飞机潜行向前,他却止不住地颤抖起来。他听见他的周围高射炮弹"嘭—嘭—嘭—嘭"接连四声沉重的爆炸,突然间一发炮弹在咫尺之遥炸开,发出尖厉刺耳的碎裂声。在他祈求炸弹快快落下的时候,他的头被上千股不协调的冲动撞击得几欲裂开。他真想哭。引擎发出单调的嗡嗡声,像一只又肥又懒的苍蝇。终于,瞄准器上的指针交叉到一起,八颗五百磅的炸弹接连投了下去。卸去重负,飞机轻松地向上方倾斜。约塞连低头离开瞄准器,扭身去看左边的指示器。指针碰到零的时候,他关上弹舱门,然后朝着对讲机,扯开嗓门死命叫喊道:

"向右急转!"

麦克沃特立刻响应。随着引擎一阵凶猛的吼叫,他让飞机绕一侧机翼翻转过去,然后毫不留情地扭绞它,以一个令人惊叹的转弯,避开了约塞连刚才发现朝他们飞来的两道高射炮火。然后约塞连要麦克沃特爬高,不停地越爬越高,最后总算逃脱,进入一片宁静、钻石般湛蓝的天空。这里到处阳光灿烂,不染微尘,遥远的边缘镶着长长一道绒毛般纤薄的白云。风在他圆柱形的舷窗上让人宽心地随意弹奏着,他才大大松了口气,飞机就又开始加速。他忙叫麦克沃特先左拐再立刻向下俯冲,于是他看到高射炮弹在他右肩后上方高高腾起,一串串呈蘑菇状炸开——若非刚才左转、俯冲,那恰好就是他所在的位置——他不禁感到一阵短暂的欣喜。他粗着嗓子叫喊,要麦克沃特把飞机拉平,然后催促他往上飞。他们绕了一圈又重新回到了未经污染的一片并不平静的蓝天中,而他刚才投下的炸弹正好开始炸响。第一颗落进场院里,正是他瞄准的地方,接着他自己的飞机和小队其他飞机投下的炸弹也落地炸响,只见橘红色的火光迅速掠过建筑物顶部,瞬间溃散为一波浩大、翻滚的粉红、灰色和煤黑色的烟云,狂暴地朝四面八方铺卷而去,同时发出痉挛般的震颤,就好像红色、白色和金色片状闪电之后响起的巨雷。

"啊,你看那儿,"阿费紧挨着约塞连喷喷惊叹道,圆胖的脸上闪出欢快而陶醉的神情,"那儿原先准是个弹药库。"

约塞连早把阿费忘了。"出去!"他朝阿费喝道,"快滚出机头!"

阿费彬彬有礼地微笑,指着下面的目标,大度地邀请约塞连观看。约塞连开始毫无商量地掌掴他,朝爬行通道入口粗野地打着手势。

"回机舱去!"他狂暴地叫喊,"回机舱去!"

阿费和善地耸耸肩。"我听不见你在说什么。"他解释道。

约塞连抓住他身上降落伞的吊带,把他往后推向爬行通道。正在这时,飞机被击中,刺耳地剧烈一震,抖得约塞连全身骨头嘎嘎作响,心脏也停止了跳动。他立刻意识到他们全都完蛋了。

"快爬高!"他见麦克沃特还活着,便通过对讲机朝他尖声喊叫,"快爬高,你这个杂种!爬高,爬高,爬高,爬高!"

飞机再次陡直地向上攀爬,迅速而又吃力,直到约塞连又扯着嗓子对麦克沃特大吼,要他把飞机拉平。又一次猛地扭转机身,飞机咆哮着毫不留情地做了一个四十五度的转弯,一下子就把他的五脏六腑都吸了出来,弄得他浑身瘫软,像失去了肉体那样飘浮在空中,直到他再度让麦克沃特把飞机拉平。刚来得及把他推向右后方,飞机就尖啸着俯冲下去。他飞速穿过无数鬼魅般的黑色烟团,那悬浮在空中的烟尘拂过机头光滑的有机玻璃舱罩,就像一股邪恶、阴湿、污黑的蒸汽在吹向他的脸颊。他忽上忽下地急飞,穿行于杀气腾腾扑上天空而后又无力坠落下去的盲目发射的高射炮火之间,心又一次在痛楚和恐惧中咚咚跳个不停。汗水从他的脖子上接连不断地涌出,朝他的胸口和腰间流淌,温热而又黏滑。一度,他模糊地意识到他这一编队的飞机都已不在周围,随后他能意识到的就只是自己了。他向麦克沃特尖声喊出每一道指令时,那透不过气的力度令他的喉咙如刀割般疼痛。麦克沃特每一次改变方向,引擎便发出震耳欲聋、痛苦悲哀的嚎叫。前方远处,高射炮火仍然在天空成簇成簇地炸开,新的高射炮群调整着位置,寻找精确的高度,凶狠地等待着他飞进射程。

突然传来另一记响亮、刺耳的爆炸声,飞机又遭到猛力的一击,几乎翻个底朝天,机头立刻充满了一股带着甜香味的蓝烟。有东西着火了!约塞连转身想逃,却撞到了阿费身上,原来他刚才划了根火柴,正心平气和地点着他的烟斗。约塞连张口结舌地看着他这个笑嘻嘻的圆脸领航员,心里非常惊恐、疑惑。他想,他们两人中准有一个疯了。

"天哪!"他痛苦而惊愕地朝阿费尖叫道,"快给我滚出机头去!你疯了?滚出去!"

"什么?"阿费问道。

"滚出去!"约塞连歇斯底里地大叫,握紧双拳开始反手击打阿费,要把他赶走。"滚!"

"我还是听不见你在说什么,"阿费无辜地回应道,脸色温和,带着责怪的困惑,"你说话得大声一点。"

"滚出机头去!"约塞连无奈地尖声喊叫,"他们想打死我们!你明白吗?他们想打死我们!"

"该死,我该往哪边飞?"麦克沃特朝对讲机愤怒地喊道,声音痛苦而尖锐,"我该往哪边飞?"

"往左拐！往左，你这肮脏的狗娘养的！向左急转！"

阿费爬到约塞连背后，用烟斗柄使劲戳了一下他的肋部。约塞连嘶声叫喊，一下子蹦向机舱顶，随后双膝跪地到处乱窜，脸色像纸一样苍白，浑身气得发抖。阿费则鼓励地眨了眨眼，又做了个幽默的怪相，然后迅速收回大拇指，指向麦克沃特。

"他紧张什么？"他笑着问。

约塞连心里突然涌起一种古怪的扭曲感觉。"请你离开这儿好吗？"他恳求似的叫喊，用尽全身力气把阿费推挤过去。"你聋了还是怎么了？回机舱里去！"然后冲麦克沃特尖叫道，"俯冲！俯冲！"

他们向下再度陷入嘎嘎嘎、砰砰砰不断爆炸的高射炮弹形成的庞大火网之中，这时阿费爬回约塞连背后，又使劲戳了一下他的肋部。约塞连再次大声叫喊，受惊地跳了起来。

"我还是听不见你说什么。"阿费说。

"我说滚开！"约塞连吼叫道，随即大哭起来，开始双手齐上狠命捶打阿费，"从这儿滚开！滚开！"

拳头打在阿费身上就像打在柔软的充气橡皮袋上。这一团柔软而迟钝的东西没有任何抵抗、任何反应。过了一会儿，约塞连的情绪渐渐平息，双臂也疲倦无望地垂落了下来。他满怀无能的羞愧感，几乎自怜地哭了起来。

"你说什么？"阿费问。

"从这儿滚开，"约塞连回答，此刻是在向他恳求了，"回机舱里去。"

"我还是听不见你说什么。"

"算了，"约塞连哀号道，"算了，就让我一个人待着吧。"

"什么算了？"

约塞连开始敲打自己的前额。他抓住阿费的衬衫前襟挣扎着站起来，把他拖到机首舱的后边，掼在爬行通道的入口处，就像扔一只臃肿笨重的袋子。他朝前面爬过来的时候，耳边一声巨响，一枚炮弹爆炸了，而他还未被摧毁的一点残余的智力惊奇于它没有把他们全部炸死。他们又开始爬升。

引擎又嚎叫起来,好像处于痛苦之中,机舱内的空气充满了机器的呛鼻味道和汽油的难闻臭味。他知道的下一件事就是,下雪了!

机舱里成千上万细小的白纸片像雪花一样飘落,密密麻麻绕着他的脑袋盘旋。他惊愕地眨了眨眼,纸片便沾到睫毛上;他每吸一口气,纸片就对着鼻孔和嘴唇翻飞。他迷乱地转来转去,阿费却咧着大嘴在得意地笑,简直像个怪物,一边还举着一张破烂的地图给约塞连看。一连串高射炮弹从舱底射入,穿过阿费那一大堆乱七八糟的地图,然后距他们脑袋几英寸远破舱顶而出。阿费高兴极了。

"你瞧瞧,"他嘟哝道,两根粗短的手指从一张地图的破洞里伸过去,朝着约塞连的脸顽皮地晃动,"你瞧瞧,你瞧瞧。"

他那副欢天喜地的满足样子惊得约塞连目瞪口呆。阿费就像梦中可怕的食人妖魔,既伤不了也躲不开,而约塞连惧怕他的原因很复杂,此刻茫然发呆,也就无法理清了。风从舱底参差不齐的裂口呼啸而入,搅得那无数纸屑漫空飘舞,就像石膏碎末从天而降,给人一种上了漆、灌满水的非现实感。一切都显得奇异,那么花哨,那么怪诞。他的头一阵剧烈悸动,一声尖厉的叫喊无情地钻透了他的双耳。原来是麦克沃特,他在语无伦次的癫狂中乞求他的指令。约塞连依然痛苦而入神地盯着阿费圆鼓鼓的脸,而这张脸正透过飞舞的白色纸屑沉静而没心没肺地冲他笑呢,于是约塞连认定这是个胡言乱语的精神病,正在这时,八枚高射炮弹在飞机右方齐眉高的地方接连爆炸,接着又是八枚,然后又是八枚,最后一组已经朝左靠拢,差不多瞄准他们了。

"向左急转!"他冲麦克沃特喊道,这时阿费还在嘻嘻直乐。麦克沃特倒是向左急转了,可是炮弹也跟着向左急转,迅速追了上来,于是约塞连大叫:"我说急转,急转,急转,急转,你这狗娘养的,急转!"

麦克沃特更加猛烈地转变飞行方向,于是突然之间,他们奇迹般地飞出了射程。炮火完结了。高射炮不再对他们射击。他们活了下来。

他的身后,人们正在死去。其他几个小队的飞机蜿蜒数英里,形成一条受伤、扭曲、蠕动着的长蛇,正在目标上空走过同样危险的历程。它们快速穿过新老炮火留下的庞大的烟团,就像一大群老鼠在自己的粪便阵里狂奔。一架飞机着了火,晃动着机翼歪歪扭扭掉了队,庞大的身躯翻滚着,像一颗巨大的血色流星。约塞连注视着,那燃烧的飞机先是侧着机身飘落,然后开始慢慢兜着巨大歪斜的圈子螺旋而下,而圈子渐渐变得越来越窄,它着火的巨大机身闪耀着橘红色的光亮,尾部吐着火焰,像拖了一件火与烟的长长的、旋转着的斗篷。降落伞出现了,一、二、三……四顶,于是飞机滴溜溜乱转起来,一路栽落地面,就像一条彩色皱纹纸在那堆熊熊烈火中无知无觉地悸动。另一中队整整一个小队的飞机都被摧毁了。

约塞连索然无趣地叹了口气,他这一天的工作结束了。他情绪低落,特别不爽。引擎甜美地低吟着,因为麦克沃特放慢了速度悠悠地飞着,好让小队其他飞机跟上来。这突兀的安宁显得陌生而不自然,似乎有一点阴险。约塞连解开防弹衣的纽扣,又摘下了钢盔。他叹了口气,还是心神不宁,于是合上双眼打算放松一下。

"奥尔去哪里了?"有人通过对讲机突然问道。

约塞连一跃而起,嘴里喊出一个音节:奥尔!这一声喊叫透着焦虑,也给出了博洛尼亚上空高射炮火的一切神秘现象的唯一合理解释。他猛地向前扑到轰炸瞄准器上,透过有机玻璃朝下望,要搜寻奥尔的确切踪迹。奥尔像磁铁一样吸引高射炮火,毫无疑问,前一天他还在罗马的时候,就在一夜之间把整个赫尔曼·戈林装甲师的火炮从鬼知道什么驻扎地吸引到了博洛尼亚。阿费也马上朝前挤过来,头盔的锋利边缘撞破了约塞连的鼻梁。约塞连眼里顿时泪水横溢,于是恶狠狠地咒骂他。

"他在那儿,"阿费悲哀地说道,一边戏剧性地指着下面一处灰色砖石农舍的牲口棚前停着的一辆干草车和两匹马,"粉身碎骨了。我想那些碎片都已荡然无存。"

约塞连又咒骂起阿费来,同时继续专心地搜寻,对这位同过帐篷的快活、古怪、龅牙的伙伴,这位曾用乒乓球拍将阿普尔比的脑门砸开花,这次又把约塞连吓个半死的伙伴,他心怀略带同情的惧怕而头脑冷静。终于,约塞连发现了那架双引擎、双舵的飞机,它正从森林的绿色背景中飞到一片黄色的田野上空。一个螺旋桨已经关掉,彻底停转了,但是飞机仍然保持着合适的高度,维持着正常航行。约塞连下意识地咕哝了一句感谢上帝的话,随后对奥尔粗暴地发起火来,破口大骂之中掺杂着怨恨和宽慰。

"那个杂种!"他骂道,"那个该死的长不高、红脸膛、大腮帮、鬈发、一嘴龅牙的卑鄙的婊子养的狗杂种!"

"什么?"阿费问。

"那个肮脏该死的小屁股、鼓腮帮、凸眼睛、矮个子、大龅牙、笑嘻嘻、疯狂愚蠢的婊子养的狗杂种!"约塞连唾沫四溅地骂着。

"什么?"

"没什么!"

"我还是听不见你在说什么。"阿费回答道。

约塞连习惯性地转过身,面对阿费。"你这傻×。"他说。

"我?"

"你这个夸夸其谈、肥嘟嘟、只会讨好、吊儿郎当、自鸣得意……"

阿费不为所动。他平静地划了根火柴,啧啧地吸着烟斗,一脸温和大度不予计较的表情。他友善地微笑着,张嘴想要说话。约塞连伸手捂住他的嘴,倦怠地把他推开。回机场的途中,他一路都闭着眼睛假装睡觉,免得听阿费讲话,也不用看到他了。

在简令室,约塞连向布莱克上尉汇报了作战情况,然后同所有人一道等在那里。大家都在忧虑不安地低声嘀咕着,直到奥尔终于架着飞机嘎嚓嘎嚓进入视野高处。飞机只有一台引擎是好的,倒还能让他玩似的飞起来。大家都屏住呼吸。奥尔的起落架放不下来。约塞连一直留在那里等待奥尔安全地紧急着陆之后,才顺手偷了一辆没拔钥匙的吉普车,急火火赶回帐篷,开始兴奋地打点行装。这次紧急任务之后的例行休假,约塞连决定去罗马。当天晚上他就在那里找到了露西安娜和她身上那块不引人注意的疤痕。

16 露西安娜

在盟军军官夜总会,他发现露西安娜独自坐在一张桌子旁,把她带到这里来的那个醉醺醺的澳新军团少校真是愚蠢得可以,把她撇下不管,自己跑去吧台跟那些唱歌的朋友粗俗下流地混在一起了。

"好吧,我来跟你跳舞,"约塞连都还没来得及开口她便说道,"但是我不会让你跟我睡觉。"

"谁说要跟你睡觉?"约塞连问她。

"你不想跟我睡觉?"她惊奇地叫喊起来。

"我不想跟你跳舞。"

她抓起约塞连的手,把他拖进舞池。她跳得比约塞连还要糟,不过随着合成的吉特巴舞曲,她跳得那么欢,那种无拘无束的快乐约塞连还是头一次见到。终于他觉得双腿倦怠又麻木了,这才猛地把她拉出舞池,朝那张桌子走去。他本来要搞的那个姑娘还坐在桌边,已经有些醉意了,她一只手搂着阿费的脖子,纯白镶花边的乳罩下边,橘黄色绸衫依旧懒散地敞着,一边卖弄地同赫普尔、奥尔、小桑普森和饿鬼乔说着肮脏的下流话。他正要走上去,露西安娜冷不防把他使劲一推,远远走过了那张桌子,这样他们还是单独在一起。她个子很高,朴实自然,浑身洋溢着活力,一头长发一张俏脸,是个丰满结实、讨人喜欢、善于卖弄风情的姑娘。

"好吧,"她说,"我就让你给我买晚餐吧,但是我不会让你跟我睡觉。"

"谁说要跟你睡觉?"约塞连惊奇地问道。

"你不想跟我睡觉?"

"我不想给你买晚餐。"

她拖着他离开夜总会来到街上,下了一段台阶便走进一家黑市餐馆,里面全是欢快活泼、叽叽喳喳的迷人姑娘——她们好像全都互相认识——还有跟她们一起来的神情不大自在的各国军官。食物精美而昂贵。走廊里熙熙攘攘,全是红光满面、兴高采烈的产业主,他们个个身材矮胖、脑门秃亮。餐厅里面更是一片喧闹,不时掀起一阵阵吞没一切的开心和热情的巨浪。

露西安娜双手齐上,整份餐食三下两下就扫荡一空,连看都不看他一眼,那种粗野的兴致倒给了约塞连极大的快感。她吃得像一匹马,直到最后一只碟子也干净了,这才带着完事的神情放下银制刀叉,然后一脸酒足饭饱后的蒙眬与餍足,懒洋洋地倒在椅子里。她微笑着,满足地深深吸了一口气,一边拿让人酥软的眼神含情地打量约塞连。

"好吧,乔,"她说,鲜亮的黑眼睛困倦而充满感激,"现在就让你跟我睡觉吧。"

"我叫约塞连。"

"好吧,约塞连,"她自悔失言地轻轻一笑,答道,"现在就让你跟我睡觉吧。"

"谁说要跟你睡觉了?"

露西安娜愣住了。"你不想跟我睡觉?"

约塞连肯定地点点头,大笑着,一只手从她的裙子下伸了进去。姑娘大吃一惊,睡意全消。她连忙将两腿从约塞连身边收回,屁股也迅速转了过去。她满脸羞红,又惊又窘,忙将裙子拉下,同时一本正经地偷偷瞥了餐馆好几眼。

"我会让你跟我睡觉的,"她慎重地解释道,神态里有一丝担忧的放任,"但不是现在。"

"我知道。等我们回房间的时候吧。"

那姑娘摇了摇头,不信任地看着他,两个膝盖还是并得紧紧的。"不行,我现在必须回家见妈妈了,因为我妈妈不喜欢我跟当兵的一起跳舞,不喜欢让他们带我出去吃饭。如果我现在还不回家,她会对我非常生气的。不过你可以把住址写下来给我。明天一早我去法军办事处上班之前,会先到你的房间来跟你快快做一把。明白吗[1]?"

"胡说!"约塞连愤怒而又失望地叫了起来。

"胡说是什么意思[2]?"露西安娜一脸茫然地问道。

约塞连突然大声笑起来。最终,他用富于同情、和颜悦色的语调回答道:"这话的意思是,不管我接下来必须带你去什么鬼地方,我都愿意护送你去,这样我就可以及时回到夜总会,赶在阿费和他找的那个漂亮妞离开之前,找机会打听一下,兴许她有一个跟她一样的姨妈或者朋友呢。"

"走吗?"

"马上,马上[3],"他温和地嘲弄道,"妈妈在等着呢。记得吗?"

"是,是[4],妈妈。"

约塞连让那姑娘拽着他,在罗马美妙的春夜里走了将近一英里,来到一个混乱不堪的公共汽车站,那里喇叭声此起彼伏,红黄色交通灯眼花缭乱,公共汽车司机们的咆哮谩骂不绝于耳。那些胡子拉碴的司机把不堪入耳、令人发指的咒骂劈头盖脸地泼向对方,泼向他们的乘客和闲逛而挡了他们去路的一群群行人。这些行人起先并不理会,直到被公共汽车撞上了,才开始破口大骂回敬他们。露西安娜上了一辆绿色的小型汽车就不见了,于是约塞连以最快的速度一路赶回那家卡巴莱餐馆,去找那个敞着橘黄色绸衫、双眼蒙眬、一头褪色金发的姑娘。她似乎迷上了阿费,而他一边跑,一边

1—4 原文为意大利语。

热切地祈祷她有一个肉感的姨妈,或者有一个肉感的女友、姐妹、表姐妹,或妈妈,只要跟她一样淫荡一样堕落就好。她本来是正对约塞连胃口的,这个放荡、粗鄙、俗气、缺乏道德、撩人欲望的妓女,是他几个月来一直在渴望和崇拜的。她是个真正的发现。她喝酒自己付账,有一辆汽车、一套公寓,还有一枚橙红色贝雕戒指,上面精细地雕刻着岩石上一对裸体少男少女,这让饿鬼乔彻底昏了头。饿鬼乔喘着粗气,立刻欢跳起来,脚使劲刨着地板,一副垂涎欲滴的模样,卑躬屈膝地想把戒指弄到手。但是女孩不肯把戒指卖给他,尽管他的出价是他们所有口袋里的钱,再加上他那架精密的黑色相机。她对钱或者相机不感兴趣。她对通奸感兴趣。

约塞连赶到那儿时,她已经走了。他们全都走了,于是他只得走出来,愁闷、沮丧地挪着步子,穿过一条条暗黑的、渐渐空旷的街道。约塞连独处时并不经常感到孤独,可是现在出于对阿费强烈的嫉妒,他很孤独。他知道,此时此刻阿费正在跟那个恰好对自己胃口的姑娘上床,而且只要阿费愿意,他还随时可以跟那两个苗条、美貌的贵妇之中的任意一个或者两个一起胡搞。这两个女人,长着两片湿润、不安的红唇而美丽富有的黑头发伯爵夫人和她的美丽富有的黑头发儿媳,都住在楼上的公寓里,而只要约塞连有性幻想,她们就能让他的性幻想结出果子。回军官公寓的路上,约塞连疯狂地爱上了所有这些女人,爱上了露西安娜,爱上了那个敞开绸衫、淫荡而如醉如痴的姑娘,爱上了美丽富有的伯爵夫人和她的美丽富有的儿媳,她们可是从来不肯让他碰一下的,甚至调一下情都不行。她们小猫似的溺爱内特利,被动地服从阿费,却把约塞连看作疯子,每当他提出下流要求,或者她们从楼梯上经过而他想来抚摸时,她们总是厌恶、轻蔑地从他身旁躲开。她们都是超级尤物,舌头和嘴巴是那么柔软,那么伶俐,那么尖刻,就像两颗圆溜溜温热的糖李,有一点甜、一点黏,还有一点臭。她们都有格调;约塞连并不肯定格调为何物,但他知道她们有而他没有,而且知道她们也明白这一点。他一边走着,一边想象她们紧贴着苗条的女性身体部位而穿的内衣式样,轻薄、柔滑、贴肉,墨黑色或者发柔和乳光的深粉红色,镶有花边,散发着娇嫩肌肤撩人的气息,她们蓝白色的乳房那儿溢出浴盐的香味,这香味变成一个越来越大的云团,飘浮在头顶上空。他又一次希望自己处在阿费的位置上,正跟一个多汁的醉酒妓女淫猥、野蛮、快活地干着那事。这妓女对他一丁点兴趣都没有,也绝对不会再想起他。

没想到约塞连回到公寓的时候,阿费早就回来了。约塞连张口结舌地盯着阿费,那种被烦扰的惊愕,恰如同一天上午在博洛尼亚上空阿费恶毒、神秘、死活不走地赖在机头带给约塞连的苦恼。

"你在这儿做什么?"他问。

"是啊,问他!"饿鬼乔愤愤然叫道,"让他告诉你他在这儿做什么!"

小桑普森装模作样地发出一声长长的哀吟,用拇指和食指做成手枪的样子,把自己的脑袋崩了。赫普尔嘴里鼓鼓地嚼着一大块泡泡糖,把什么都看在眼里,他十五岁的娃娃脸显得稚嫩而茫然。阿费悠悠然朝掌心磕打着他的烟斗,一边摇摆着肥胖的身体自我欣赏地来回踱步,显然对他造成的混乱很是得意。

"难道你没有跟那个女孩一起回家?"约塞连问他。

"噢,当然,我跟她一起回去了,"阿费答道,"你不至于觉得我会让她一个人摸着回家吧?"

"她没让你陪她?"

"哦,她是要我陪她了,没错。"阿费咯咯一笑,"你用不着替老伙计阿费操心。但是我不会因为她多喝了点,就去占这么可爱的一个小孩子的便宜。你把我看成什么人了?"

"谁说是占她便宜?"约塞连惊异地骂道,"她一心想找个人上床。她一个晚上说来说去也就这事。"

"那是因为她有点糊涂了,"阿费解释说,"但是我说了她几句,她就清醒多了。"

"你这个杂种!"约塞连叫喊起来,随后挨着小桑普森疲惫地瘫坐在长沙发上,"你既然不想要她,那为什么不把她让给我们中的一个呢?"

"看出来了吧?"饿鬼乔说,"他有点不正常。"

约塞连点点头,好奇地望着阿费。"阿费,跟我说说。你是不是从来不搞女人?"

阿费给逗乐了,自负地呵呵一笑。"噢,我当然搞她们。别为我操心。但我从不搞正经姑娘。我知道哪类女人可以搞,哪类不可以搞,而我从不搞正经姑娘。这姑娘是个可爱的孩子。你看得出来,她家很有钱。嗨,我甚至让她把那枚戒指从车窗直接扔掉了。"

饿鬼乔心疼得一声尖叫,蹦得老高。"你干了什么?"他惊叫道,"你干了什么?"他开始双拳齐上,使劲捶打阿费的肩膀和手臂,几乎淌下泪来。"我真该为这件事把你宰了,你这醒醒的杂种。他罪孽深重,就是如此,他真是坏了心眼,不是吗?他是不是坏了心眼?"

"坏透了。"约塞连同意道。

"你们这些家伙在说什么?"阿费有些不解地问道,他用浑圆的肩膀构成缓冲隔离垫,将脸保护性地缩在里面。"哎,行了,乔,"他有点不自在地笑着央求道,"别打我了,行不?"

可是饿鬼乔就是不肯住手,最后还是约塞连把他扯开,朝他的房间推过去才算了事。约塞连无精打采地回到自己房间,脱掉衣服就睡觉去了。转眼间到了早上,有人正在摇醒他。

"你弄醒我干什么?"他抱怨道。

原来是米迦列拉,那个性情愉快而脸色蜡黄难看的干瘦女用人,她来叫醒他,因为他有客人来访,此刻就等在门外。露西安娜!他简直不敢相信。米迦列拉离开以后,房间里就只有她一个人和他在一起了,她显得可爱、健壮而姿态优美,即使站着不动又对他生气地皱着眉,浑身还是散发、流溢着一种抑制不住的充满深情的生命力。她站在那里像一尊青春女神巨像,宏伟如柱的双腿微微分开,立在一双楔形后跟的白色高帮鞋上,上身穿一件漂亮的绿色外套,手里晃着一个大而扁的白色皮手袋——约塞连从床上跳起来抓她时,她就抡起手袋朝他劈脸就是一下。约塞连头晕眼花,跟跟跄跄退到手袋打不着的地方,大惑不解地捂着火辣辣的面颊。

"猪!"她恶狠狠地啐着约塞连,鼻孔怒张,神情极其厌恶,"活得像个牲口[1]!"

她凶暴粗哑、轻蔑厌恶地咒骂了一句,大步穿过房间,使劲拉开三扇高大的竖窗,让灿烂的阳光和清新的空气一涌而入,像振奋精神的奎宁水,涤尽房间里的霉臭味。她把手袋搁在椅子上,开始收拾房间,从地板上捡起、从家具顶上拿下他的东西,把他的袜子、手帕和内衣裤都扔进衣柜一只空抽屉里,再把他的衬衫和长裤挂进壁橱。

约塞连从卧室跑进浴室,把牙刷了。他洗了手、脸,梳了头发。等他再跑回卧室时,房间里已是整整齐齐,露西安娜也差不多脱掉了衣服。她表情很轻松。她取下耳坠放在衣柜上,然后赤脚轻轻走到床边,身上只穿了件粉红色人造纤维的吊带内衣,刚刚盖住臀部。她将整个房间细细环视了一遍,确信没有疏漏什么有碍整洁的东西,这才掀开被罩,舒舒服服地伸展四肢躺下,露出温顺的期待神情。她声音沙哑地一笑,热切地呼唤他。

"现在,"她轻声宣布道,一边急切地向他伸出双臂,"现在就让你跟我睡觉吧。"

她编谎话说,就一次周末她跟在意大利军中服役的未婚夫上了床,后来他被打死了;而这些话后来证明都是真的,因为约塞连才刚开了个头,她就大喊"完事了"[2],并且直纳闷为什么他还不停下来,直到他也完事了,再向她做了一番解释,她才明白。

他给两人都点着了香烟。她对他浑身晒得黝黑的肤色十分着迷。他很好奇她怎么不肯脱下那件粉红色吊带内衣。内衣裁剪得像男人的背心,带有细窄的肩带,把她背上那道隐秘的疤痕遮住了。约塞连逼她说出那里有疤痕之后,她还不肯让他看。他用指尖追踪这道伤残的轮廓,从肩胛骨上的一个小坑一直延伸到接近脊椎的尾端,这时她身体绷紧了,硬得像一块好

1—2 原文为意大利语。

钢。她在医院度过那许多备受折磨的夜晚,不用麻醉剂就得忍受剧痛,周围弥漫着无法去除的乙醚、粪便和消毒剂的气味,以及在白大褂、胶底鞋和走廊里幽暗可怖地亮到破晓的照明灯之间坏死、腐烂的人肉味,想到这些,他不禁一阵惊缩。她是在一次空袭中受伤的。

"在哪里[1]?"他问道,不安地屏住呼吸。

"那不勒斯[2]。"

"德国人干的?"

"美国人[3]。"

他的心碎了,一下子坠入情网。他想知道她肯不肯嫁他。

"你疯了[4]。"她愉快地一笑,对他说。

"为什么说我疯了?"他问。

"因为我不能嫁人[5]。"

"你为什么不能嫁人?"

"因为我不是处女了。"她回答说。

"那和这事有什么关系?"

"谁会娶我呢?没人肯要一个不是处女的姑娘。"

"我会。我会娶你。"

"但是我不能嫁给你[6]。"

"你为什么不能嫁给我呢?"

"因为你疯了[7]。"

"为什么说我疯了?"

"因为你想娶我[8]。"

约塞连皱皱眉头,颇带嘲讽地乐了。"你不肯嫁我是因为我疯了,又说我疯了是因为我想娶你,是这样吗?"

"是的[9]。"

1—9　原文为意大利语。

"你才疯了[1]！"他大声对她说。

"为什么[2]？"她气愤地顶了回去，一边恼怒地从床上坐起来，粉红色内衣下两只避不开的浑圆乳房在气头上顽皮地一起一伏，"为什么说我疯了？"

"因为你不肯嫁我。"

"笨蛋[3]！"她又一次大声顶了回去，一边用手背响亮、夸张地打了一下他的胸脯，"我不能嫁给你！不明白吗？我不能嫁给你[4]。"

"噢，是啊，我明白。可是你为什么不能嫁给我？"

"因为你疯了[5]！"

"可为什么说我疯了？"

"因为你想娶我[6]。"

"因为我想娶你。亲爱的，我爱你[7]，"他解释说，然后把她轻轻拉下来重新躺在枕头上，"我非常爱你[8]。"

"你疯了[9]。"她喃喃答道，很是受用。

"为什么[10]？"

"因为你说你爱我。你怎么可以爱一个不是处女的姑娘呢？"

"因为我不能娶你。"

她又是猛地直坐起来，生气的样子很吓人。"你为什么不能娶我？"她质问道，准备再给他一拳，如果他的回答不够奉承的话，"就因为我不是处女吗？"

"不，不，亲爱的。因为你就是疯了。"

她困惑而怨恨地瞪了他好一阵子，然后头朝后一仰，带着欣赏的神情开怀大笑起来。等止住笑，她以一种新的赞许的眼光盯着他。由于血液的涌入，她的脸蛋更加丰满美丽，性感而易起反应的黝黑肌肤变得更深更黑。她慵倦地娇艳着，眼神越来越迷离。他把两人的香烟都捻灭了，然后他们一

1—10 原文为意大利语。

言不发投入彼此的怀抱,忘情地接吻。正在这时,饿鬼乔没敲门就进了房间,他是来问约塞连想不想一起出去找小姐的。饿鬼乔看见他们,立刻停下脚步,猛地冲出了房间。约塞连动作甚至更快,他从床上一跃而起,开始朝露西安娜叫喊,要她赶紧穿上衣服。姑娘惊得目瞪口呆。他抓住她的手臂,粗鲁地将她拽下床,朝她的衣服使劲推去,转身又冲往门边想及时关上它,因为饿鬼乔正带着照相机跑回来。饿鬼乔从门外硬塞进一条腿来,怎么也不肯缩回去。

"让我进去!"他急切地恳求道,一边发狂地扭动身体。"让我进去!"他一度停止了挣扎,透过门缝望着约塞连的脸,挂着自以为能取悦对方的微笑。"我可不是饿鬼乔,"他认真地解释说,"我,《生活》杂志的大牌摄影师。大照片做大封面。我让你当好莱坞大明星,约塞连。钞票多多。离婚无数。一天到晚胡搞。耶,耶,耶!"

饿鬼乔后退一点,试图抢拍一张露西安娜正在穿衣服的照片,约塞连便趁机砰地关上了房门。饿鬼乔疯狂地朝这道牢固的木头屏障发起了攻击,只见他向后退去重新集聚力量,再发狂地向前猛撞。几次攻击之间,约塞连套上了衣服,露西安娜也把那件绿白相间的夏装穿上身,双手正握着卷在腰间的短裙,要将它放下来。见她马上就要永远消失在那条衬裤里,他感到一股痛楚溢满全身。他伸出手去,钩住她隆起的小腿肚把她拉向自己。她单脚朝前跳着,随后紧紧贴在了他的身上。约塞连浪漫地吻她的耳朵和闭着的眼睛,摩挲着她的大腿后部,她开始淫荡地哼哼起来。就在这时,饿鬼乔用他虚弱的身体朝房门再一次发起绝望的攻击,惊得他们差点一齐倒地。约塞连忙把露西安娜推开。

"快!快[1]!"他责骂她,"把你那些东西穿上!"

"你究竟在说什么呀?"她大惑不解。

"快!快!难道你不懂英语?快把你的衣服穿上!"

---

[1] 原文为法语。

"笨蛋[1]！"她气吼吼地回敬他，"那是法语，不是意大利语。马上，马上[2]！这才是你要说的。马上！"

"是，是。那才是我要说的。马上，马上！"

"是，是。"她合作地回应道，于是赶快去找她的鞋和耳环了。

饿鬼乔暂停攻击，好透过房门的缝隙拍摄照片。约塞连可以听见相机快门的咔嚓声。他和露西安娜都收拾停当以后，约塞连便等着饿鬼乔的下一次攻击，出其不意地把门猛地拉开。饿鬼乔朝前摔了个大跟头，像一只拼命挣扎的青蛙栽进了房间。约塞连灵巧地从他身旁跳了过去，领着露西安娜穿过公寓房，出门进了过道。他们蹦跳着下了楼梯，喀喀喀地踩得震天响，一边气喘吁吁地欢声大笑，而每次停下来喘口气的时候，都要互相碰碰他们欢闹的脑袋。快到底楼时，他们碰见内特利正往楼上去，于是止住了笑。内特利脸色憔悴，一身脏乎乎的，很是闷闷不乐。他的领带歪斜着，衬衫皱巴巴的，走路时两手插在裤兜里。他一脸羞愧、绝望的神情。

"怎么回事，伙计？"约塞连同情地询问。

"我又身无分文了，"内特利答道，无力而心不在焉地笑笑，"我该怎么办？"

约塞连不知道。过去的三十二小时里，内特利以每小时二十美元的价格跟他爱慕的那个冷漠的妓女厮混在一起，把他的薪水连同每月从他富有而慷慨的父亲那里得到的数目可观的补贴花了个精光，这就意味着他再也不能同她一起消磨时光了。她在人行道上溜达着勾引其他军人的时候，不许他在身旁走动，后来她发现他在后边远远跟着，不禁勃然大怒。如果他喜欢，可以在她的公寓附近转悠，但她在不在那里可完全没有保证。而且她什么也给不了他，除非他付得起钱。她觉得性交没意思。内特利想要的，是她不会跟任何令人反感的家伙或者他认识的人上床的一个保证。布莱克上尉每次来罗马，总是特地去找她买春，只有这样，他才可以拿又搞了他心上人一次的新闻来折磨内特利，并且一边描述他如何强迫她忍受残暴的侮辱，一

1—2 原文为意大利语。

边观赏内特利痛苦难当的样子。

露西安娜被内特利孤独凄凉的神情感动了,却又立刻粗野地高声大笑起来。那一刻她和约塞连刚走到外面,才步入阳光灿烂的大街,就听见饿鬼乔在窗口苦苦哀求他们回去把衣服都脱掉,因为他真的是《生活》杂志的摄影师。露西安娜穿着那双白色高跟鞋,拉着约塞连沿着人行道一路欢笑地逃走了,那股充满活力、自然纯真的热情完全与头天晚上在舞厅和后来每时每刻所表现出来的一样。约塞连赶了上去,搂着她的腰与她同行,一直来到街角,她这才从他的身旁走开。她从手袋里掏出一面镜子,梳理了一下头发,又涂了些口红。

"你为什么不求我让你找张纸写下我的名字和地址,这样你下次来罗马就又可以找到我了?"她提议道。

"你为什么不让我找张纸写下你的名字和地址呢?"他赞同地说。

"为什么?"她好斗地质问道,嘴巴突然一撇,狠狠地冷笑一声,眼里闪现着怒火,"这样我一走,你就可以把它撕得粉碎?"

"谁要把它撕掉?"约塞连困惑地抗议,"你到底在说什么?"

"你会的,"她坚持道,"我一走你就会把它撕个粉碎,然后像个大人物似的走开,因为像我露西安娜这样一个高挑、年轻、漂亮的姑娘让你跟她睡了觉,却没向你要钱。"

"你准备向我要多少钱?"他问她。

"笨蛋[1]!"她冲动地叫喊,"我一分钱也不要你的!"她使劲跺脚,神情激动地扬起胳臂,吓得约塞连以为她又要抡起那只厉害的手袋给他劈脸来一下。但她没有,而是在一张纸上草草写上她的名字和地址,再塞给约塞连。"拿去,"她语带讥嘲地奚落他,咬着嘴唇平息它的微微颤抖,"别忘了,别忘了我一走就把它撕得粉碎。"

然后她平静地对他笑笑,轻轻捏了捏他的手,遗憾地低语一声"再见[2]",

1—2 原文为意大利语。

身体紧紧贴在他身上片刻,随即直起身来,带着无意识的端庄与优雅走了。

露西安娜刚刚离开,约塞连就把那张纸条撕掉了,然后朝相反的方向走去,感觉自己确实像个大人物,因为像露西安娜这样一个年轻漂亮的姑娘跟他睡了觉,却没向他要钱。他对自己很是满意,不觉进了红十字会大楼的餐厅,抬眼才发现自己正同许许多多穿着各式奇异军服的军人一起在吃早餐,于是突然间周围全是露西安娜的影子:她在脱掉衣服,又在穿起衣服,狂热地爱抚着他,又唠叨地训斥个没完,身上还是那件跟他上床时穿的还不肯脱下来的粉红色人造纤维吊带内衣。想到自己刚刚犯下的大错,约塞连差点被嘴里的烤面包和鸡蛋噎死,他竟然如此无礼地将她细长、柔软、裸露、年轻而充满活力的四肢撕成细碎的纸片,还如此自鸣得意地把她丢弃在人行道边的排水沟里。他已经非常思念露西安娜了。餐厅里有那么多嘈杂而无名的穿军装的人同他在一起。他感觉到一股急切的欲望,想快快再次跟她单独在一起,于是从桌边一跃而起,跑步冲了出去,沿着那条通向公寓的街道往回奔,要从排水沟里找回那些碎纸片,可是它们早就被一个街道清洁工用水龙头通通冲走了。

那天晚上,约塞连再也没能找到露西安娜,无论是在盟军军官夜总会,还是在那个黑市餐馆闷热而光鲜的享乐主义者的喧嚣里,其间盛着精美菜肴的巨大木盘起伏来往,一群聪明可爱的女孩子叽叽喳喳。他甚至都找不到那家餐馆。他独自上了床,在梦中又一次躲避着博洛尼亚上空的高射炮火,而飞机上阿费讨厌地赖在他身后,一双肿胀、醒醒的眼睛斜睨着他。到了早上,他跑去所有他能找到的法军办事处寻找露西安娜,但是没有人明白他在说什么,然后他就惊慌起来,如此紧张不安、心烦意乱、失魂落魄,他只能惊慌地一路朝某个地方奔跑,跑进士兵公寓寻找那个穿青柠色内裤的矮胖女佣,只见她穿着乏味的棕色毛线衫和深色厚裙,正在五楼打扫斯诺登的房间。那时斯诺登还活着,而约塞连也能从绊了他一下的蓝色行李包上模印的白色姓名标记看出那是斯诺登的房间,那一刻他表现出一种创造性的不顾一切的疯狂,冲进房门朝她扑去。他急吼吼朝她跟跟跄跄扑过去,那

173

女人没等他倒下来就一把抓住他的手腕,一边仰面重重躺倒在床上,一边拉着他顺势压在自己身上,殷勤地将他拥入她那松软而令人感到慰藉的怀里。她那张宽大、充满淫欲、温和的脸多情地凝视着他,带着真挚友好的微笑,而她手里的抹布高高举起,就像一面旗帜。然后是一阵清晰而有弹性的啪哒,原来她没有打搅他,就在两人的身子底下把那条青柠色内裤滚卷着褪下了。

他们完事后,他把钱塞到她手里。她感激地拥抱他。他也拥抱她。她又回抱他,于是又拉他压在自己身上,一起躺倒在床上。这次完事后,他把更多钱塞到她手里,然后跑出了房间,没等她再次感激地拥抱他。回到公寓,他飞快地收拾起自己的东西,又把身上的钱都留给了内特利,然后搭上一架运输机回皮亚诺萨岛,向饿鬼乔道歉把他关在了卧室外头。道歉是多余的,因为约塞连找到他的时候,饿鬼乔正兴高采烈呢。饿鬼乔咧着大嘴嘻嘻笑着,约塞连一见他就沮丧极了,因为他马上就明白了他那股高兴劲意味着什么。

"四十次飞行任务,"饿鬼乔欣然宣布道,声音里洋溢着无尽的释然和喜悦,"上校又提高了飞行次数。"

约塞连一下子懵了。"可是我已经飞了三十二次,真该死!本来再飞三次,我就该没事了。"

饿鬼乔漠不关心地耸耸肩。"上校要求飞完四十次。"他重复道。

约塞连一把将他推开,直接跑进了医院。

17 浑身雪白的士兵

约塞连直接跑进了医院,决心永远待在那儿,不愿在他已完成的三十二次飞行任务之上,再多飞一次。他改变主意而从医院出来后的第十天,上校把飞行任务提高到了四十五次,于是约塞连又直接跑回医院,决心永远待在那儿,不愿在他刚刚多飞的六次飞行任务之上,再多飞一次。

因为他的肝脏,还因为他的眼睛,约塞连只要愿意,随时可以住进医院。那些医生无法诊断他的肝病,因此他每次对他们说他有肝病时,他们都不敢正视他的目光。他可以在医院里自得其乐,只要病房里没有人真的病得厉害就行。他的身体还算强健,有一次别的什么人得了疟疾或流感,他存活了下来,几乎没有任何不适的感觉。他能承受他人的扁桃体切除术,而不会为任何术后疼痛感到苦恼,甚至能忍受他们的疝气和痔疮,只是稍微有点作呕和厌恶而已。但是他不生病也就只能承受这么多了,超过这些,他就准备逃跑了。他可以在医院里放松,因为那儿没有人期望他做任何事情。他在医院里要做的不是死掉就是好起来,而他一开始就根本没病,好起来是很容易的。

待在医院里自然要好过身处博洛尼亚上空,或者飞越阿维尼翁,由赫普尔和多布斯操纵飞机而斯诺登在后舱奄奄待毙。

通常，医院里的病人远没有约塞连在医院外见到的多，而且一般来说医院里极其严重的病人也少些。医院里的死亡率比医院外低得多，也正常得多，很少有人不必要地死掉。人们对死在医院里要了解得多，因而处理起来也整洁、有条不紊得多。他们虽不能在医院里控制死亡，但是无疑使她规矩听话了。他们教会了她礼仪。他们虽不能把她挡在门外，但她在里面时举止得当，像位淑女。在医院里，人们死得雅致而有品位。这里完全没有医院外常见的那种对死亡的野蛮、丑陋的夸耀卖弄。他们不会在半空中被炸得粉身碎骨，就像克拉夫特或约塞连帐篷里那个死人那样，也不会在阳光灿烂的夏天被活活冻死，就像斯诺登在飞机后舱向约塞连吐露他的秘密之后被冻死那样。

"我冷。"斯诺登喃喃道，"我冷。"

"好了，好了。"约塞连试图安慰他，"好了，好了。"

他们没有像克莱文杰那样离奇地逃入一片云层。他们没有被炸成血淋淋的肉块。他们没有淹死，没有遭受雷击，没有给机器绞烂，也没有在山崩中被砸得粉碎。他们没有遭拦路抢劫而横死枪下，没有在强奸中被扼死，没有被捅死在酒吧，没有被父母或孩子用斧头劈死，或者草草死于上帝的其他作为。没有人窒息而死。人们在手术室里像绅士那样流血而死，或者在氧气罩里二话不说地断气。这里完全没有医院外极为流行的"现在你见得着我转眼就见不着"的把戏，也没有"现在我还在转眼就没有了"之类的东西。这里没有饥荒或洪水。孩子们不会闷死在摇篮里或冰柜里，不会跌倒在卡车下面。没有人被活活打死。没有人开着煤气把脑袋伸进烤箱里，或者跳到地铁列车前面，或者从旅馆窗户呼地跳出，静负荷般地垂直下落，以每秒三十二英尺的加速度着地，可怕地扑的一声摔在人行道上，像一只装满草莓冰激凌的羊驼呢袋子，恶心地当众死在那里，鲜血横流，粉红的脚趾歪斜着。

综合考虑，约塞连常常还是宁可待在医院里，尽管医院有医院的缺点。治疗有过分周到之嫌，那些规定，如果留意的话，有很大的限制性，那里管事的则太好管闲事。因为病人随时会来，他不能老是指望他的病房里有一群年轻病人同住,而且娱乐活动也并不总是那么有趣。他被迫承认,随着战争的继续,前线越来越近,医院的情况已经在持续变坏,尤其在战区内病员状况的恶化可谓特别显著,迅速发展的战况有直接自找彰显其效果的趋向。他越往战斗深处去,人们就伤得越厉害,直到最终医院里来了那个浑身雪白的士兵,除了一死,他不可能伤得再厉害了,而他很快就死了。

那个浑身雪白的士兵完全是由纱布、石膏和一支体温计构筑的,而体温计只不过是件装饰品而已,每天清晨和傍晚由克拉默护士和达克特护士平稳地放在他嘴巴上缠着的绷带中一个空空的黑洞里,直到那天下午克拉默护士读了体温计才发现他已经死了。约塞连现在回想起来,觉得好像是克拉默护士,而不是那个健谈的得克萨斯人,谋害了那个浑身雪白的士兵;倘若她没有读体温计,没有报告她发现的情况,那个浑身雪白的士兵也许仍然活着躺在那里,一如他一开始就躺在那里的样子,从头到脚裹在石膏和纱布里,两条奇怪、僵硬的腿从臀部给吊了起来,两只奇怪的手臂也被垂直地拉了起来,粗笨的四肢全都绑着石膏,奇怪而无用的四肢全都被绷紧的电缆线和黑沉沉悬在他上方的长得离奇的铅砣扯在半空中。那样躺在那儿也许只是在挨命了,但那是他所拥有的全部生命,约塞连觉得终止它的决定不大应该由克拉默护士作出。

那个浑身雪白的士兵像一块铺展开的绷带,上面有个破洞;又像港口里一块断裂的石头,上面突出来一根扭曲的锌管。那天晚上他被偷偷送进了病房,次日一早大家就都看见他,从那一刻起,病房里所有的病人,除了那个得克萨斯人,全都怀着温厚怜悯的厌恶躲开他。他们庄重地聚集在病房最远的隐蔽处,生气而又心怀恶意地低声议论他,反感把这模样恐怖的人硬塞进来,恶毒地怨恨他醒目地向他们揭示了那令人作呕的现实。他们都害怕同一件事情:他将开始呻吟。

"如果他真的开始呻吟,我不知道该怎么办,"那个年轻时髦、留着金黄色小胡子的战斗机飞行员绝望地哀叹道,"那就是说他晚上也要呻吟了,因为他不晓得时间。"

那个浑身雪白的士兵一直躺在那儿,没有发出一点声音。他嘴巴上那个边缘粗糙的圆洞又深又黑,一点也没有嘴唇、牙齿、上腭或舌头出现的迹象。唯有那个和蔼可亲的得克萨斯人走上前去看视,他一天好几次走近,跟他闲谈多给正派人选票的事,每次打开话头时他都这么一成不变地问候:"你说什么,小伙子?感觉怎么样?"其他病人都穿着规定的栗色灯芯绒浴袍和解开的法兰绒睡裤,避开他们待在一旁,郁闷地猜想那个浑身雪白的士兵是什么人,他为什么在那里,纱布和石膏里面的他到底长什么样。

"我跟你们说,他没问题,"每次社交访问后,那个得克萨斯人总是这样鼓舞人心地向他们报告,"这层厚壳底下,他实在是个正常的家伙。他现在只是有点怯生,有点不踏实,因为这里他一个人也不认识,又不能说话。你们何不干脆都到他跟前自我介绍一番?他不会伤害你们的。"

"你他妈到底在说什么?"邓巴质问道,"他居然知道你在说什么?"

"他当然知道我在说什么。他不傻。他什么问题也没有。"

"他能听见你说话吗?"

"好吧,我不知道他能不能听见,但我敢肯定他知道我在说什么。"

"他嘴巴上头那个洞有没有动过?"

"喂,这话可是问得太蠢了。"得克萨斯人不自在地说。

"要是根本不动,你怎么知道他在呼吸?"

"你怎么知道是个'他'?"

"他脸上的绷带下面有没有纱布遮盖眼睛?"

"他有没有动过脚趾头或者手指尖?"

得克萨斯人越来越慌张地退却了。"喂,这问题实在太愚蠢了。你们这帮家伙一定都疯了吧。你们何不干脆都到他跟前自我介绍一番?他真是个不错的家伙,我跟你们说。"

与其说他真是个不错的家伙,还不如说他更像一具消毒灭菌、制成标本的木乃伊。达克特护士和克拉默护士把他保持得如刚出炉一般崭新。她们时常拿一只小笤帚轻轻掸拂他的绷带,又用肥皂水擦洗他手臂、双腿、肩膀、胸脯和骨盆上的石膏模。她们拿来圆圆一听金属抛光剂,给从他腹股沟处的接合剂里伸出来的那根颜色暗淡的锌管上了一层柔和的光泽。她们还一天好几次用湿抹布擦去那两条细细的黑橡胶管上的灰尘;这两条管子从他身上一进一出,连接着两只封口瓶,一只吊在他床边的柱子上,一刻不停地把液体通过绷带的缝隙滴进他的身体,而另一只则放在地板上几乎看不见地方,通过腹股沟处伸出来的锌管把液体排掉。两位年轻的护士一直不断地擦拭那两只玻璃瓶。她们做了这些杂活,颇感骄傲。两人中更为细心的是克拉默护士,一个匀称、灵巧、没有性别特征的女孩,长着一张健康而无吸引力的脸。克拉默护士的鼻子娇小可爱,面孔光彩照人、红润清新,迷人地点缀着些可爱的雀斑,对此约塞连很是厌恶。她被那个浑身雪白的士兵深深打动了。她那双纯洁的淡蓝色圆眼睛常常在意想不到的时候噙满泪水,真是让约塞连抓狂。

"你到底怎么知道他竟然就在那里面?"他问她。

"你怎么敢这样跟我说话!"她气冲冲地回答。

"好吧,你怎么知道?你甚至不知道那是不是真的是他。"

"谁?"

"管他是谁在那些绷带里呢。你可能实际上在哭别的什么人。你怎么知道他甚至还活着?"

"你说得太可怕了!"克拉默护士叫喊道,"好了,快回床上去吧,别再拿他开玩笑了。"

"我可不是开玩笑。谁都有可能在里面。据我们所知,那甚至可能是马德。"

"你在说什么呀?"克拉默护士声音颤抖地恳求道。

"也许里面就是那个死人。"

"什么死人?"

"我帐篷里就有个死人,没人能把他扔掉。他叫马德。"

克拉默护士的脸色煞白,眼巴巴地转向邓巴求助。"叫他快别说那种话了吧。"她乞求道。

"也许里面没人,"邓巴帮忙地解释道,"也许他们只是送来些绷带,开个玩笑。"

她惊恐地从邓巴身边退开。"你疯了,"她哭喊,一边哀求地四下张望,"你们两个都疯了。"

于是达克特护士现身,把他们都赶回各自床上去了,同时克拉默护士为那个浑身雪白的士兵更换了封口瓶。给那个浑身雪白的士兵换瓶子一点也不麻烦,因为就那些清澈的液体在一遍又一遍滴进他的体内,没有明显的损耗。往他手肘内侧滴液体的瓶子快要见底的时候,放在地板上的瓶子就正好要满了,于是只需把两只瓶子从各自的软管上取下来,迅速调换一下,液体就又可以马上滴回他体内了。换瓶子对谁来说都不是麻烦事,却让那些盯着它们大约每小时换一次的人受不了,他们对这一治疗程序很是不解。

"他们为什么不能把两只瓶子直接连起来,去掉那个中间人呢?"那个刚同约塞连下完棋的炮兵上尉问,"他们到底需要他干什么?"

"不知他做了什么要受这份罪,"克拉默护士读过体温计,发现浑身雪白的士兵已经死了之后,那个得了疟疾、屁股被蚊子叮过一口的二级准尉哀叹道。

"他参战了。"那个留着金黄色小胡子的战斗机飞行员猜测道。

"我们都参战了。"邓巴反驳道。

"我就是这个意思,"那个得了疟疾的二级准尉继续道,"为什么是他?这套奖惩制度似乎根本没有逻辑。看看我的遭遇。假如那次我在海滩因为五分钟的放纵得了梅毒或者染上淋病,而不是给那该死的蚊子叮了一口,我还能看见一点公正。可是疟疾呢?疟疾?谁能解释私通的后果竟是疟疾?"那个二级准尉摇了摇头,惊异得麻木了。

"我又怎样呢?"约塞连说,"在马拉喀什,我有天晚上出帐篷买块糖去,给那个以前从没见过的陆军妇女队队员悄悄引进了树丛,就得上了该你得的淋病。我真的只是想买块糖而已,但谁又能拒绝得了呢?"

"这听起来是像该我得的淋病,确实,"二级准尉赞同道,"可我还是得了别人的疟疾。也就这一次,我还真想看到所有这些事情都能稍微改正一下,每个人该得什么就得什么。这也许会让我增添几分对这个世界的信心。"

"我得了别人的三十万美元。"那个年轻时髦、留着金黄色小胡子的战斗机飞行员承认道,"我从生下来那天起就在混日子。我从预备学校一路混到大学毕业,从那以后我几乎没干别的,就是跟漂亮妞同居,她们还以为我会做个好丈夫呢。我压根没什么大志。战争结束后我只想找个比我有钱的女孩结婚,和更多漂亮妞睡觉。那三十万块钱是一个祖父辈的亲戚在我出生之前就留给我的,他的潲水生意做到了国际规模,就这样发了财。我知道我不应该得到这笔钱,但要是退回去,我会遭人谴责。我不知道这笔钱真正属于谁。"

"也许属于我父亲,"邓巴推测道,"他辛苦了一辈子,却连送我姐姐和我读大学的钱都没挣够。他现在已经死了,所以你留着也无所谓了。"

"好了,只要我们能查出我的疟疾是谁的,问题就解决了。并不是说我专跟疟疾过不去;得疟疾也好,得别的什么也好,我都会立刻称病偷懒的。只是我觉得出了一件不公正的事。为什么我应该得上别人的疟疾,而你又染上了我的淋病呢?"

"我还不止得了你的淋病,"约塞连告诉他,"因为你的淋病,我就得一直不停地飞战斗任务,直到他们把我打死为止。"

"那可就更糟了。其中有什么公正可言?"

"两个半星期前我有个朋友叫克莱文杰,他总能从中看出许多公正来。"

"这无疑是最高形式的公正,"克莱文杰幸灾乐祸地说,一边拍着手快活地笑,"我不禁想起了欧里庇得斯的《希波吕托斯》,剧中忒修斯早年生活放荡,也许为他儿子的禁欲主义埋下了种子,而这禁欲主义也间接导致了把他们都毁灭掉的悲剧。不说别的,与陆军妇女队队员的那段插曲也该让你知道性行为不道德的恶果。"

"它让我知道了糖果的恶果。"

"难道你不明白,你对现在所处的困境也不是完全没有责任?"克莱文杰接着说,毫不掩饰他的享受,"如果你没有染上性病在非洲那边的医院里躺了十天,你也许已经在内弗斯上校被打死而卡思卡特上校来接替之前,就按时完成了你的二十五次飞行任务,给送回家了。"

"那你怎么样?"约塞连回答道,"你从未在马拉喀什染上淋病,而你也处在同样的困境中。"

"我不知道,"克莱文杰承认,显出一丝嘲弄的意味,"我想我平生一定干了什么非常坏的事。"

"你真的相信?"

克莱文杰笑了。"不,当然不。我只是想逗逗你。"

约塞连要关注的危险实在太多了。比如说,有希特勒、墨索里尼和东条英机,他们都在那里想杀掉他。有对阅兵痴迷的沙伊斯科普夫少尉,还有蓄着肥厚髭须、狂热迷信惩罚的臃肿上校,他们也都想弄死他。有阿普尔比、哈弗迈耶、布莱克和科恩。有克拉默护士和达克特护士,他几乎可以肯定她们都盼着他死,还有得克萨斯人和那个刑事调查部密探,他也能确定这两人的想法。世界各地的酒吧招待、砖瓦匠和汽车售票员,他们都想要他死,还有房东与房客、叛徒与爱国者、行私刑的、寄生虫与走狗,他们全都想把他干掉。那就是斯诺登在阿维尼翁任务的途中向他吐露的秘密——他们一心想弄死他;斯诺登当时是在飞机的后舱和盘托出的。

还有淋巴腺,也许会要了他的命。有肾脏、神经鞘膜和膜细胞。有脑肿瘤。有何杰金氏病、白血病、肌萎缩性侧索硬化。有上皮组织增殖性红斑捕获滋养癌细胞。有皮肤病、骨科病、肺病、胃病,以及心脏、血液与动脉血管病。有头部疾病、颈部疾病、胸部疾病、大小肠疾病、胯部疾病,甚至还有足部疾病。有亿万个勤勉的体细胞日夜不停地被氧化掉,像无言的牲口做着复杂的工作,以维持他的生命和健康,而每一个细胞都是潜在的叛徒和敌人。疾病这么多,如果有人像他和饿鬼乔那样经常考虑它们,那么此人的头脑就真的有病了。

饿鬼乔搜集了一串串致命疾病,然后按字母顺序排列起来,这样他就能很快找到他要担心的任何疾病。每当把某种疾病放错了位置或者无法加进名单中去,他就会变得非常烦躁,于是一身冷汗地赶去找丹尼卡医生求助。

"说他得了尤因氏肉瘤,"约塞连向丹尼卡医生解释道,后者在对付饿鬼乔的时候总会来找约塞连帮忙,"之后就说是黑色素瘤。饿鬼乔喜欢迁延不愈的病,但更喜欢暴发性疾病。"

丹尼卡医生从没听说过这两种病。"真厉害,你怎么记得住这么多疾病?"他带着崇高的职业尊重的口气问道。

"我是在医院研读《读者文摘》时学到的。"

约塞连有那么多疾病要担忧,有时他真想把自己一劳永逸地送进医院,伸展四肢躺在氧气罩里度过余生,一组专家和护士一天二十四小时坐在病床一侧,等待病情发生恶化。至少一名持刀的外科医生候在另一侧,准备一旦需要就即刻冲上前来开始切割,比如说,动脉瘤。若非如此,如果他得了主动脉瘤,他们又怎么能及时救治他呢?约塞连觉得在医院里比在医院外安全多了,尽管他有生以来最厌恶的就是外科医生和他的手术刀。他可以在医院里尖声喊叫,人们至少会跑过来想办法帮他;在医院外,如果他竟然对所有他感到每个人都应该尖声喊叫的事情尖声喊叫,他们便会把他投进监狱,或者把他送进医院。他想对之尖声喊叫的东西之一就是外科医生的手术刀,那刀几乎肯定在等待着他和每一个活得够长而可以死的人。他常常想知道到底该怎样辨认初起的寒战、发热、剧痛、隐痛、打嗝、打喷嚏、色斑、倦怠、口误、失去平衡或记忆力下降,它们可能预示着那不可避免的结局之不可避免的开始。

他还担心他跳出梅杰少校的办公室再去找丹尼卡医生时,医生仍然会拒绝帮助他,而他是对的。

"你以为你得了什么值得担忧的病吗?"丹尼卡医生从胸前抬起他那精致而没有一丝白发的头,悲哀的眼睛暴躁地盯了约塞连一阵,"那我呢?我宝贵的医疗技术白白荒废在这醒醒的岛上,可是其他医生却在发大财。你以为我喜欢一天天坐在这个地方拒绝帮助你吗?假如我可以在美国或者像罗马这样的地方拒绝帮助你,我不会这样在意。但在这儿向你说不,对我来说也不容易啊。"

"那就不要说不。让我停飞。"

"我不能让你停飞,"丹尼卡医生咕哝道,"这话得告诉你多少次?"

"是的,你能。梅杰少校告诉我,你是中队里唯一能让我停飞的人。"

丹尼卡医生大吃一惊。"梅杰少校这么告诉你的?什么时候?"

"我在壕沟里同他交涉的时候。"

"梅杰少校这么告诉你的?在壕沟里?"

"我们出了壕沟,跳进他的办公室以后,他在那里告诉我的。他要我别跟任何人讲是他告诉我的,所以请你不要乱嚷嚷。"

"为什么是那个卑鄙、诡诈的骗子!"丹尼卡医生喊道,"他不该对任何人讲的。他有没有告诉你我怎样才能让你停飞?"

"只要填写一张小纸条,说我到了神经崩溃的边缘,再送交大队司令部就行了。斯塔布斯医生一直在让他中队里的人停飞,你为什么不能?"

"斯塔布斯确实让那些人停飞了,但后来他们又怎样了呢?"丹尼卡医生冷笑一声反驳道,"他们马上就恢复了战斗状态,对不对?而且他发现自己也直接陷入了困境。没问题,我是可以填写一张纸条说你不适合飞行,让你停飞,但是有一个陷阱。"

"第二十二条军规?"

"正是。假如我取消你的战斗任务,大队司令部就得批准我的做法,而大队司令部是不会批准的。他们会直接让你回到战斗状态,那么我会在哪里呢?或许在去太平洋战区的路上吧。不,谢谢你,我不想为你冒风险。"

"难道不值得一试?"约塞连争辩道,"皮亚诺萨有什么带劲的?"

"皮亚诺萨糟糕透顶,但是它比太平洋好。我不会在乎把我运送到某个开化的地方,我在那里可以时不时赚上一两块堕胎的钱。可是在太平洋,有的只是丛林和季风。我会在那里烂掉的。"

"你正在这里烂掉。"

丹尼卡医生突然大光其火。"是吗？好吧,至少我会活着走出这场战争,比你要干的强多了。"

"那正是我想告诉你的,见鬼。我求你救我一命。"

"救命不是我的职责。"丹尼卡医生阴沉着脸反驳道。

"什么是你的职责？"

"我不知道我的职责是什么。他们只是告诉我要坚守职业道德,决不作证反对另一位医生。听着,你以为只有你的生命处于危险之中？那我呢？医务室给我干活的那两个庸医还是查不出我得了什么病。"

"可能那是尤因氏肉瘤。"约塞连讽刺地嘟哝道。

"你真那么认为？"丹尼卡医生惊骇地叫喊起来。

"噢,我哪知道,"约塞连不耐烦地回答,"我只知道我再也不想飞任何任务了。他们不会真的枪毙我,对吧？我已经飞了五十一次。"

"你何不完成五十五次飞行任务之后,再来据理力争呢？"丹尼卡医生劝告道,"你老是抱怨,却一回也没有完成过整轮任务。"

"我怎么能够？我每次眼看就要完成了,上校就又提高飞行次数。"

"你从没完成过任务,因为你总是往医院跑,或者去罗马度假。假如你把你的五十五次飞行任务都完成了,然后再拒绝飞行,你的处境就会有利得多,那时也许我会看看能做点什么。"

"你保证吗？"

"我保证。"

"你保证什么呢？"

"我保证也许我会考虑做点什么帮助你——假如你完成了你的五十五次飞行任务,而且叫麦克沃特把我的名字再次登入他的飞行日志,让我不用上飞机就能拿到飞行津贴。我害怕飞机。你读到三周前爱达荷州的坠机报道了吗？六人遇难。真是太可怕了。我不知道他们为什么要我每个月投入四小时飞行时间才能拿到飞行津贴。难道不用担心也死于飞机坠毁,我要担心的事就不够多吗?"

"我也担心飞机坠毁,"约塞连告诉他,"你不是唯一的人。"

"是啊,但我也很担心那个尤因氏肉瘤,"丹尼卡医生有些夸张地说,"我的鼻子老是堵塞,身体总觉得冷飕飕的,你看就是这个原因吧?测一下我的脉搏。"

约塞连也担心尤因氏肉瘤和黑色素瘤。到处都潜伏着灾难,多得没法数。他思忖那许多疾病和潜在意外在威胁着他,而他终于健康地活到了现在,这着实让人感到不可思议,这真是奇迹。他每天面临的都是又一次对抗死亡的危险使命。他幸免于死已经二十八年了。

18 看什么都是重影的士兵

约塞连把他的好身体归功于锻炼、新鲜空气、团队精神和良好的运动员精神;自从他发现医院之后,这一切就都要离他而去了。一天下午,洛厄里基地的体育教官命令士兵原地解散做健身操,二等兵约塞连却去了医务所,他说右腹部有些疼痛。

"拍打一下。"那里的值班医生说,他正在填纵横字谜。

"我们不能叫他拍打,"一名下士说,"对于腹部不适刚刚出了一条新指示。我们必须把病人留下来观察五天,因为我们要他们拍打之后,很多都要死了。"

"好吧,"医生嘟哝道,"把他留下来观察五天,然后要他拍打。"

他们拿走约塞连的衣服,把他送进了一间病房,那儿在附近没人打呼噜的时候,他非常快乐。到了早晨,一位很帮忙的年轻英国实习医生突然走进来,询问他的肝脏情况。

"我想是阑尾发炎了。"约塞连对他说。

"你的阑尾没什么用处,"那英国人以权威的口吻洋洋自得地断言,"如果你的阑尾出了毛病,我们可以把它割掉,不用多久就能让你回去服役。不过你来找我们是说肝不舒服,那倒可以糊弄我们好几个星期。你知道,肝脏对我们来说可是个巨大、丑陋的谜。你要是吃过牛肝,就明白我的意思。我们今天已经相当肯定,肝脏是存在的,而且只要它做着该做的事情,我们就还算了解它是做什么的。超出这一点,我们真的是一无所知。归根到底,什么是肝脏?比如说,我的父亲死于肝癌。他一生从没生过一天病,直到癌症突然间要了他的命。他从没感到一点疼痛,在某种意义上说,那也太便宜他了,因为我恨我的父亲。他对我母亲只有色欲,知道吧。"

"一个英国医疗官员来这儿值班做什么?"约塞连想知道。

那官员笑了起来。"明天早晨来看你的时候,我全都告诉你。快把那个愚蠢的冰袋扔了,免得染上肺炎死掉。"

约塞连再也没见到他。那是这家医院所有医生的妙处之一:他从来没有见过任何人两次。他们到来,离去,然后彻底消失。第二天代替那个英国实习医生,来了一群他从未见过的医生,问他阑尾的情况。

"我的阑尾没有问题,"约塞连告诉他们,"昨天来的医生说是我的肝脏有问题。"

"也许是他的肝脏有问题,"那位白头发的主管医官答道,"他的血球计数如何?"

"他没有做血球计数。"

"马上给他做一个。像他这种状况的病人我们冒不起险,万一他死了,我们得有理由为自己辩护。"他在笔记板上做了个记号,然后对约塞连说,"同时,把那个冰袋一直敷上。这非常重要。"

"我没有冰袋可敷。"

"嗯,那就找一个。这附近一定找得到冰袋。如果痛得实在受不了,就说出来。"

十天结束时,一组新的医生来了,给他带来坏消息:他的健康状况极佳,必须出院。就在这个当口,约塞连被过道对面的一个病人救了,那人开始看什么都是重影。没有任何征兆,那个病人坐在床上大叫起来:

"我看什么都是双的!"

一名护士尖叫起来,一名勤杂工晕了过去。医生从四面八方跑来,手里拿着针、灯、试管、橡皮槌和金属音叉。他们又用小车推来了许多复杂仪器。就这么一个病人,满足不了专家们的需求,于是他们排成一行,脾气暴躁地向前推挤,还朝他们前边的同事大声呵斥,催促他们快点,给别人也留一点机会。很快,一个大脑门、戴着角质边框眼镜的上校作出了诊断。

"这是脑膜炎,"他强调地喊道,一边挥手让人回去,"虽然天晓得这么想是一点道理也没有的。"

"那么为什么选择脑膜炎?"一位少校文雅地轻轻一笑,问道,"为什么不是,比如说,急性肾炎?"

"因为我是看脑膜炎的医生,这就是原因,又不是看急性肾炎的医生。"上校反驳道,"我决不会把他拱手让给你们这些捣鼓肾脏的鸟。我是最先到的。"

最终,医生们全都意见一致了。他们一致认为,他们完全不知道那个看什么都是重影的士兵出了什么毛病,于是他们沿着走廊把他推进了另一间病房,并把原病房其他人全都隔离十四天。

感恩节来了又去,没有任何忙乱,而约塞连仍然待在医院里。感恩节唯一不好的事情就是晚餐吃火鸡,可就是火鸡也相当不错。这是他有生以来过得最理性的感恩节,于是他立下神圣的誓言,将来每一个感恩节都要在医院与世隔绝的庇护中度过。第二年他就打破了他的神圣誓言,反倒在旅馆客房里与沙伊斯科普夫中尉的妻子进行了知性的交谈,就这样过了这个节。她临时戴了多丽·达兹的身份识别牌,像管教丈夫那样对约塞连唠唠叨叨地说教,怪他对感恩节冷嘲热讽,漠不关心,尽管她跟他一样不相信上帝。

"我可能和你一样是个无神论者,"她自夸地推测道,"但就连我都觉得我们非常需要感恩,而且不应该羞于表现出来。"

"说出一件我需要感恩的事情。"约塞连兴趣索然地挑战道。

"这个……"沙伊斯科普夫中尉的妻子沉思片刻,犹豫不决地权衡道,"我。"

"咳,得了吧。"他嘲笑道。

她惊讶地扬起眉毛。"你难道不为我感恩吗?"她问。她不满地皱起眉头,自尊心受到了伤害。"我并不是非要找你过夜不可,你知道,"她告诉他,一脸冰冷的高贵,"我丈夫有整整一个中队,都是航空军校学员,就算是为了一点附加的刺激,他们也会非常高兴同指挥官的妻子过夜的。"

约塞连决定改换话题。"你这是在改换话题,"他颇有手腕地指出,"我可以打赌,你每举出一件值得感恩的事情,我就能举出两件令人痛苦的。"

"要感恩你得到了我。"她坚持道。

"我是,宝贝。可我又是他妈的非常难过,因为再不能得到多丽·达兹了,或者我将在短短一生中遇见又想要的其他几百个姑娘和女人,就连上一次床都不能够。"

"要感恩你身体健康。"

"要怀恨你不能一直那样。"

"要高兴你居然活着。"

"要愤怒你终究会死。"

"事情可能会糟糕得多。"她喊道。

"它们也许能好上千倍。"他情绪激动地回答。

"你只是在举一件事情,"她抗议道,"你说过你能举出两件。"

"而且别跟我说上帝做事的方式很神秘,"约塞连不顾她的反对,连珠炮似的继续说道,"没有什么特别神秘的地方。他根本没有做事。他在玩。不然就是把我们忘了个一干二净。那就是你们这些人所说的上帝——一个乡巴佬,一个笨手笨脚、老是坏事、没有头脑、自以为是、粗野愚昧的土老帽。天哪,对一个认为有必要把黏痰和龋齿之类现象都包含在他神圣的创造体系之内的至高存在,你能有多少尊敬呢?当他剥夺老年人控制排便的能力时,他那个扭曲、邪恶、龌龊的头脑里到底在想些什么呢?他到底为什么要创造疼痛?"

"疼痛?"沙伊斯科普夫中尉的妻子一把揪住这个词,露出获胜的姿态,

"疼痛是个有用的表征。疼痛警告我们身体有了危险。"

"那么是谁创造了危险?"约塞连追问道,他讥讽地笑了,"噢,他给予我们疼痛的时候,可真是慈悲啊!他为什么没有改用一只门铃来通知我们?或者一个神圣的唱诗班也行,或者在每个人额头正中安装一套红蓝霓虹管。任何一个称职的投币唱机制造商都可以做到,他为什么不能?"

"人们额头中间装上红蓝霓虹管四处走动,看上去一定很愚蠢。"

"他们在痛苦中扭曲挣扎或者被吗啡弄得人事不省,看上去就一定很美丽是不是?这是个多么伟大、不朽的糊涂蛋!你先想想他拥有多少机会和能力真正去做件事,然后看看他反倒弄出这么个愚蠢、丑陋的局面,那么他纯粹的无能就简直令人吃惊。显然他从来没有过正式工作。嗯,没有一个有自尊的商人会雇用他这种笨蛋,哪怕去做发货员!"

沙伊斯科普夫中尉的妻子不敢相信自己的耳朵,脸色变得苍白,惊慌地向他抛媚眼。"你最好别那样谈论他,亲爱的,"她以带有敌意的责备口气轻声警告他,"他会惩罚你的。"

"难道他惩罚得还不够吗?"约塞连气呼呼地说,"你看,我们决不能就这么放过他。噢,不能,他带给我们这么多不幸,我们当然不能让他逍遥法外。总有一天我会要他偿还的。我知道是哪一天,就是审判日。是的,就是那一天,我会跟他近到可以伸出手去一把抓住那个小乡巴佬的脖子,然后——"

"住口!住口!"沙伊斯科普夫中尉的妻子突然尖叫起来,两只纤弱的拳头一起乱打他的脑袋,"你住口!"

约塞连抬起胳膊躲避,而她雌威大发,又死命打了他一阵,随后他果断地抓住她的手腕,轻柔地迫使她坐回床上去。"你到底为什么这么烦躁不安?"他困惑地问她,口气却是深为懊悔的快乐,"我以为你不信上帝。"

"我不信,"她抽泣着,突然放声大哭起来,"但那个我不信的上帝是个好上帝,一个公正、仁慈的上帝。他不是你编排出的那个卑鄙、愚蠢的上帝。"

约塞连笑了,于是松开她的双臂。"让我们之间多一点宗教自由吧,"

他恳切地建议道,"你不信你想信的上帝,而我不愿信我想信的上帝。一言为定?"

那就是他记忆中过得最荒唐的感恩节,而他的思绪又满怀渴望地回到了前一年在医院度过的十四天平静的隔离日子,然而就连那段田园生活也最终以悲剧结尾:隔离期满时他的健康状况仍然良好,于是他们再次告诉他,他必须出院上战场去。听到这个坏消息,约塞连坐起在床上叫喊道:

"我看什么都是双的!"

病房里又是一片混乱。专家们从四面八方跑来,把他围在中间仔细检查。他们围得那么紧,他都能感觉到他们各色鼻孔里的潮湿气息挺不舒服地喷到他身体的不同部位。他们用细微的光线窥探他的眼睛和耳朵,用橡皮槌和振动叉敲打他的腿脚,从他的静脉里抽取血液,随手拿起手边的东西,举到他视野周边让他看。

这队医生的负责人是个尊贵又非常细致的绅士,他在约塞连正前方举起一根手指,问道:"你看到几根手指?"

"两根。"约塞连说。

"现在你看到几根手指?"医生举起两根手指,问道。

"两根。"约塞连说。

"那么现在几根?"医生一根手指也没举,问道。

"两根。"约塞连说。

那医生满脸堆笑。"啊,他没错,"他喜悦地宣布道,"他确实看什么都是重影。"

他们用担架车把约塞连推走,送到另外那个看什么都是重影的士兵的房间,并把病房里其他所有人再隔离十四天。

"我看什么都是双的!"他们把约塞连推进病房时,那个看什么都是重影的士兵叫喊道。

"我看什么都是双的!"约塞连也同样高声地朝他喊,还偷偷使了个眼色。

"墙!墙!"那个士兵叫道,"把那两道墙往后推!"

"墙!墙!"约塞连也喊道,"把那两道墙往后推!"

一个医生假装往后推墙。"这样够远了吧?"

那个看什么都是重影的士兵虚弱地点了点头,躺回床上。约塞连也虚弱地点了点头,怀着极大的谦卑和钦佩看着他这位天才的室友。他知道在他面前的是一位大师。这位天才的室友显然是一个值得学习和效仿的人。那天晚上,他的天才室友死掉了,于是约塞连认定自己跟随他已经走得够远了。

"我看什么都是单的了!"他赶快喊道。

一组新的专家带着仪器咚咚咚奔到他的病床边,查看是否属实。

"你看见几根手指?"带队医生举起一根手指,问道。

"一根。"

医生举起两根手指。"现在你看见几根手指?"

"一根。"

医生举起十根手指。"那么现在几根?"

"一根。"

医生惊异地转过脸望着其他医生。"他真的看什么都是单的了!"他惊呼,"我们把他治得好多了。"

"而且还很及时。"一个医生宣告道,他随后与约塞连单独待了一会儿。他是个性情温和的男人,个子很高,外形像鱼雷,棕色胡子好久没有剃过,衬衫口袋里装着一包香烟。他靠在墙上一支接一支漫不经心地抽着。"几个亲戚来这儿看你了。噢,别担心,"他笑着补充说,"不是你的亲戚,是死掉的那个家伙的母亲、父亲和兄弟。他们一路从纽约赶过来看望一个快死的士兵,而你就是我们手头最现成的一个。"

"你在说什么?"约塞连怀疑地问道,"我可不是快要死的人。"

"你当然在死去。我们都在死去。你以为你到底在往哪里去?"

"他们不是来看我的,"约塞连反驳说,"他们来看望他们的儿子。"

193

"他们只好有什么看什么了。对我们来说,反正都是快死的小伙子,好歹都一样。在一个科学家眼里,所有快死的小伙子都是平等的。我给你提个建议,你让他们进来察看你几分钟,我就不把你一直撒谎说肝有毛病的事说出去。"

约塞连避开他更远。"你知道那事?"

"我当然知道。我们可不是吃素的。"那医生和蔼地轻声一笑,又点上一支烟,"你一有机会就老是捏那些护士的奶头,怎么能让人相信你的肝有毛病呢?如果你想让别人相信你有肝病,就得戒色才行。"

"就为了活命,这个代价也太大了。你既然知道我在作假,为什么不告发我?"

"我为什么要告发你?"那医生有点惊讶地问道,"我们都同处这桩虚幻的买卖中。在求生的路上,我总是乐意拉同谋伙伴一把的,只要他也愿意这样帮我。这些人走了很远的路,我不愿让他们失望。我对老人特别不忍心。"

"可是他们是来看儿子的。"

"他们来得太晚了。兴许他们根本看不出有什么不同呢。"

"万一他们哭起来呢?"

"他们也许会哭。那是他们来的原因之一。我会在门外听着,要是事情变得不好收拾了,我就来制止他们。"

"听起来可真有点疯狂,"约塞连沉思道,"他们究竟为什么要看着儿子断气呢?"

"这事我一直没能想明白,"医生承认说,"但他们总是这样。好了,你怎么说?你要做的也就是在那儿躺上几分钟,死那么一死。这个要求很过分吗?"

"好吧,"约塞连让步了,"就几分钟,而且你保证就等在外面。"他对这个角色产生了兴趣,"我说,你干吗不用绷带把我裹起来,效果不是更好吗?"

"听着像是个绝妙的主意。"医生喝彩道。

他们在约塞连身上裹了一卷绷带。一群医务勤杂工给两扇窗户都装上了茶色窗帘，再放下来，使房间沉浸在阴沉沉的暗影之中。约塞连建议放些花，于是医生派了一名勤杂工出去，找来两小束即将凋谢、散发着浓烈的令人作呕气味的花。一切准备停当，他们便安排约塞连回到床上躺下来，然后让探访者进来。

几位探访者犹犹豫豫地进了病房，似乎他们觉得自己是闯入的不速之客，带着谦恭歉意的眼神，蹑手蹑脚走进来。先进来的是悲伤的母亲和父亲，然后是那位满脸阴沉的兄弟，一个体格敦实、胸部宽厚的水手。这对夫妇生硬地并肩走进病房，就像从墙上一幅熟悉而又隐秘的结婚周年银板照片上走下来似的。他们都很矮小、枯瘦却颇有自尊。他们好像是用铁和老旧、深暗的衣服做成的。那女人有一张深棕色的椭圆形长脸，表情忧郁，一头粗糙泛白的黑发简洁地从正中分开，质朴地往后梳到脖子后面，没有拳曲、波浪或装饰。她显得阴郁而忧愁，画了唇线的嘴唇紧紧抿着。那位父亲十分僵硬、古怪地站着，身上穿一件双排扣外套，配有衬垫的肩部对他来说实在是太紧了。他个子虽小，却显得粗壮结实，满是皱纹的脸上有两撇漂亮的银色小翘胡子。他的眼角布满皱纹，黏糊糊的。他窘迫地站在那里，两只强健有力的劳动者的手捏着他的黑色软毡帽的帽檐，放在外套翻领前，神情凄惨、焦虑不安。贫穷和辛劳在两人身上都留下了不公正的伤痕。那位兄弟像在找人打架。他那白色圆帽傲慢地斜翘着，双拳紧握，愤怒地瞪着房里的一切，一脸受伤后凶猛好斗的怒容。

三人怯懦地朝前走，踩出吱吱的响声；他们彼此紧挨在一起，像是一支鬼鬼祟祟的送葬队伍，脚步几近一致地一点点往前挪，终于来到病床旁边，站在那里低头凝视着约塞连。随后是一阵叫人毛骨悚然、不堪忍受的静默，那静默仿佛要持续到永久。最终，约塞连再也忍受不了，便清了清嗓子。那老头终于说话了。

"他看着真吓人。"他说。

"他病了，爸。"

"吉乌塞普。"母亲叫道,她已经在一张椅子上坐了下来,青筋毕现的手指紧抓着衣襟。

"我叫约塞连。"约塞连说道。

"他叫约塞连,妈。约塞连,你不认得我了吗?我是你哥哥约翰。你不知道我是谁吗?"

"我当然认得。你是我哥哥约翰。"

"他真认得我!爸,他知道我是谁。约塞连,这是爸爸。跟爸爸说声好。"

"你好,爸爸。"约塞连说。

"你好,吉乌塞普。"

"他叫约塞连,爸。"

"我受不了他这么吓人的样子。"父亲说。

"他病得很重,爸。医生说他要死了。"

"我不知道要不要相信医生,"父亲说,"你知道那些家伙多不老实。"

"吉乌塞普。"母亲又叫道,声音低沉,因为无声的痛苦而变了调。

"他叫约塞连,妈。她现在记性不大好了。这儿他们对你怎么样,老弟?他们对你还好吧?"

"挺好的。"约塞连告诉他。

"那就好。就是别让这里的人随便摆布你。虽说你是意大利人,你也不比这儿任何人差。你也有你的权利。"

约塞连一阵畏缩,于是闭上眼睛,这样就不必看着他兄弟约翰了。他开始烦躁。

"哎呀,瞧他的样子多吓人。"父亲说。

"吉乌塞普。"母亲叫道。

"妈,他叫约塞连,"兄弟不耐烦地打断她,"你记不住吗?"

"没关系,"约塞连打断他,"她想叫我吉乌塞普,那就叫吧。"

"吉乌塞普。"她叫了他一声。

"别担心,约塞连,"兄弟说,"一切都会好起来的。"

"别担心,妈,"约塞连说,"一切都会好起来的。"

"你有没有牧师?"兄弟想知道。

"有的。"约塞连撒谎道,不禁又畏缩一下。

"那就好,"兄弟说,"只要你需要的一切都有安排就好。我们一路从纽约赶来,原来还担心不能及时到。"

"及时赶来做什么?"

"及时赶来见你一面,在你死前。"

"那又有什么区别?"

"我们不想让你死得孤孤单单。"

"那又有什么区别?"

"他神志一定是越来越失常,"兄弟说,"他总是翻来覆去说同一句话。"

"这事真是太滑稽了,"老头回答道,"我一直以为他叫吉乌塞普,现在我才发现他叫约塞连。这事真是太滑稽了。"

"妈,让他感觉好一点,"兄弟恳求道,"说点什么让他高兴起来。"

"吉乌塞普。"

"不是吉乌塞普,妈,是约塞连。"

"那又有什么区别?"母亲以同样悲伤的口气头也不抬地答道,"他就要死了。"

她肿胀的双眼溢满了泪水,哭了起来,身体在椅子里缓慢地前后晃动着,两只手放在衣襟上,就像坠地的飞蛾。约塞连担心她会开始哀号。父亲和兄弟也哭了起来。约塞连突然想起他们为什么都在哭,于是也哭起来。一名约塞连从未见过的医生走进病房,谦恭有礼地对探访者说他们该走了。父亲郑重其事地站直身体,向他道别。

"吉乌塞普。"他说。

"约塞连。"儿子更正说。

"约塞连。"父亲说。

"吉乌塞普。"约塞连更正说。

197

"很快你就要死了。"

约塞连又哭了起来。医生在病房后头瞪了他一眼,于是约塞连打住了。

父亲低着头庄重肃穆地继续往下讲。"你跟天堂那人说话时,"他说,"我想要你替我捎句话给他。告诉他让人年轻时就死掉是不对的。我是当真的。告诉他,如果他们一定要死,那就等他们老了再死。我要你把这话告诉他。我想他并不知道这事做得不对,因为他应该是慈悲的,可这事已经这个样子很长、很长时间了。告诉他,好吗?"

"别让上边的人随便摆布你,"兄弟告诫他说,"虽说你是意大利人,你也不比天堂里任何人差。"

"穿暖和些。"母亲说,似乎知道那里的情况。

19 卡思卡特上校

卡思卡特上校三十六岁,是一个圆滑成功而又懒散不快乐的人,走起路来步伐沉重,一心想做将军。他既精力充沛又情绪低落,既泰然自若又时常懊恼。他沾沾自喜却又没有安全感;他胆敢采取多种行政手段以博取上级的关注,却又怯懦地担心他的图谋会弄巧成拙;他英俊而缺乏魅力。这个正在发胖的虚张声势、肌肉发达、自以为是的人,长期以来一直被发作时间越来越长的忧虑所折磨。卡思卡特上校很是自负,因为他才三十六岁就做了指挥战斗部队的上校;卡思卡特上校又很气馁,因为他都三十六岁了才不过是个上校。

卡思卡特上校不受绝对主义的影响,他只有在跟别人比较时才能衡量自己的进展,而他对杰出的看法,就是做一件事情至少要跟他这个年纪、做同样事情做得还要好的所有人做得一样好。一方面,有成千上万他这个年纪或者比他年长的人甚至还未获得少校军衔,这让他对自己非凡的价值颇有点虚荣的得意;另一方面,也有他这个年纪或者比他年轻的人已经做上了将军,这又使他产生一种痛苦的失败感,弄得他焦虑得使劲咬指甲,难以抑制的急切甚至比饿鬼乔还要强烈。

卡思卡特上校身材高大,凸胸,宽肩,拳曲的黑发剪得很短,发梢已有些灰白。他嘴里叼着一只装饰精美的烟嘴,那是他在来皮亚诺萨指挥飞行大队的前一天买的。他一有机会就把那烟嘴炫耀地展示一番,还学会了熟练地摆弄它。无意中,他发现自己骨子里深具用烟嘴抽烟的天赋。就他所知,整个地中海战区就只有他这么一个烟嘴,这个念头既满足了他的虚荣心又使他焦虑不安。他丝毫不怀疑,像佩克姆将军那样有教养又有知识的人一定是赞赏他用烟嘴抽烟的,尽管他们两人很少碰面,而这也可算是十分幸运的事,卡思卡特上校欣慰地认识到这一点,因为佩克姆将军也许根本不赞同他使用烟嘴。卡思卡特上校被这样的疑惧困扰时,总是强忍哽咽,只想把那该死的东西扔掉。但是他坚定不移的信念阻止了他:这个烟嘴从来都是为他阳刚、威武的体魄增辉的,使他平添一份老练的英雄气概,耀眼地胜过美军中所有那些与他竞争的上校军官。不过他哪能那么肯定呢?

卡思卡特上校就是这样一个不知疲倦的人,一个勤奋、紧张、专注、日夜为自己算计的战术家。他是一个作茧自缚的人,一个大胆而绝无谬误的外交家,总是在为错失的所有良机而痛骂自己,为所犯的全部错误而懊恼自责。他紧张、易怒、怨恼而又自命不凡。他是个勇猛的机会主义者,贪婪地扑向科恩中校为他找到的每一个机会,随后又被可能遭受的后果吓得浑身颤抖,绝望得直冒冷汗。他热衷于收集谣言,特别喜欢飞短流长。他相信听到的所有消息,却对哪一条都没有信心。他对任何信号都保持警觉,尤其敏感于并不存在的关系和情况。他是知悉内幕的人,却老在可怜地努力弄清正在发生什么事情。他是个狂暴、无畏的欺软怕硬之人,无法解脱地想着自己一直在给那些大人物留下可怕而不能磨灭的印象,殊不知他们几乎不知道世上还有他这么个人。

每个人都在迫害他。凭借他的机智,卡思卡特上校生活在一个多变、算计的世界,其中充满了耻辱与荣耀,充满了压倒性的虚幻胜利和灾难性的虚幻失败。他随时摇摆于极度的苦恼与兴奋之间,时而将胜利的辉煌倍增到荒谬的地步,时而又把挫败的严重性夸张到悲惨的境地。从未有人见过他打瞌睡。如果他听说有人看见德里德尔将军或佩克姆将军微笑、皱眉或者既不微笑也不皱眉,他不找到一个可接受的解释是平静不下来的,而且执拗地嘟哝个没完,直到科恩中校前来劝慰,要他放松些,别那么紧张。

科恩中校是忠实而必不可少的同盟者,老是惹得卡思卡特上校烦恼。卡思卡特上校十分感激科恩中校想出的那些富有独创性的策略,并表示将永志不忘,然而后来等他意识到这些策略可能行不通的时候,便对科恩中校大发雷霆。卡思卡特上校受了科恩中校极大的恩惠,于是根本不喜欢他。两人关系非常密切。卡思卡特上校嫉妒科恩中校的才智,只得不时常提醒自己科恩中校还只是个中校,尽管他比卡思卡特上校几乎大了十岁,而且是在州立大学受的教育。卡思卡特上校哀叹命运之可悲,想要个得力的助手吧,却得到像科恩中校这样一个平凡的人。不得不如此彻底地依赖一个从州立大学出来的人,实在算不得体面。如果有人真的要成为他必不可少的助手,卡思卡特上校悲叹道,那么他必然是富有、衣着光鲜的人,是出身名门、比科恩中校更加成熟的人,不会轻慢地看待卡思卡特上校想做将军的渴望,因为卡思卡特上校暗地里怀疑科恩中校暗地里就是这么做的。

卡思卡特上校一心想做将军,心情急迫到任何手段都愿意尝试,甚至宗教。在他把飞行次数提高到六十次之后的那个星期,一天接近中午的时候,他把随军牧师叫到办公室,突然手指朝下指着办公桌上他那份《星期六晚邮报》。上校穿着他的卡其布衬衫,领口大敞,雪白的脖子映衬着少许粗硬的黑色胡须,松软有弹性的下唇垂悬着。他从来不曾晒黑过,总是尽可能避开阳光,免得被太阳灼伤。上校高出牧师一个头还多,宽出两倍有余,在他那傲慢专横的威势面前,牧师只感觉虚弱无力。

"看看吧,牧师,"卡思卡特上校吩咐道,一边把一支香烟旋进烟嘴,一边在办公桌后的转椅里满满当当地坐下来,"说说你的看法。"

牧师顺从地低头看看那份打开的杂志,见是一篇社论,占了对开的两页,内容涉及一支驻英格兰的美国轰炸大队,每次战斗任务前大队随军牧师都要在简令室做祷告。牧师意识到上校并不打算斥责他时,几乎是喜极而泣了。自从那个骚乱的夜晚以来,这两人几乎没有说过话;那天晚上,一级准尉怀特·哈尔福特揍了穆达士上校的鼻子一拳之后,卡思卡特上校遵照德里德尔将军的吩咐把牧师扔出了军官俱乐部。牧师最初害怕的是上校要申斥他,因为前天晚上他未经允许又回军官俱乐部去了。他是同约塞连和邓巴一道去的,这两人意想不到地来到林间空地他的帐篷里,邀他一起去。虽然受到来自卡思卡特上校的威胁,但他还是宁可面对卡思卡特上校的不快,也不愿谢绝这两位新朋友的盛情邀请。几个星期前他去医院探访,就结识了他们,而他们也非常有效地为他隔绝了人际交往中纷繁无穷的沧桑变迁,这是他的职责所必然牵涉的,因为他要与九百多名陌生的军官和士兵最为密切地生活在一起,而这些人却认为他是个怪家伙。

牧师盯着那两页杂志。他把每幅照片都研究了两遍,又专心读着文字说明,一边组织对上校问题的回答,使之成为语法完整的句子,并在心里练习、调整好多次之后,终于鼓起勇气开口了。

"我认为,每次飞行任务之前做祷告是非常合乎道德又值得高度赞扬的做法,长官。"他胆怯地提出看法,然后等待着。

"是啊。"上校说,"不过我想知道,你认为祷告在这儿会不会起作用。"

"是,长官,"牧师停了一下回答道,"我想应该会起作用的。"

"那么,我想试一试。"上校呆板、粉白的双颊突然泛起热情的光亮。他站起身来,开始激动地走来走去。"你瞧,祷告给英国这些人带来了多大的好处。这是《星期六晚邮报》上登的一幅上校的照片,他的随军牧师每次执行任务之前都要做祷告。如果祷告对他有用,那么对我们也应该有用。说不定我们做做祷告,他们也会把我的照片登在《星期六晚邮报》上。"

上校又坐了下来,漠然地微笑着陷入虔诚的沉思。牧师不知道下面该说什么话才好。他颇为苍白的长方脸带着愁闷的表情,目光停留在几只装满红色梅子番茄的一蒲式耳容积的筐上,这些高高的筐子一排排靠墙摆着。他假装专心考虑如何回答。过了一会儿,他意识到自己就是在盯着一排排装满红色梅子番茄的筐子,而且越来越好奇这些满满装着红色梅子番茄的筐子摆在大队指挥官办公室里做什么,祷告的话题反倒忘得一干二净。这

时卡思卡特上校也离开话题,温和地问道:

"你想买一点吗,牧师?刚从山上我和科恩中校的农场采摘下来的。我可以批发一筐给你。"

"噢,不,长官。我不想买。"

"那也没关系,"上校大度地让他放心,"你不用买。我们种多少米洛收多少。这些是昨天刚摘的。你瞧,它们是多么结实成熟,就像年轻姑娘的乳房。"

牧师脸红了,上校立刻明白自己说错了话。他羞耻地低下头,肥胖的脸顿时发烫。他的手指也变得粗蠢、迟钝了。他极端痛恨牧师,因为他是牧师,才使他铸成说话粗俗的大错;他知道,那个比喻在任何别的情况下,都会被视为机智、文雅的妙语。他拼命回想,要找个办法把两人都从这毁灭性的尴尬中解救出来,却想起牧师不过是个上尉而已,于是他震惊而愤怒地喘了口气,立刻挺直了身子。想到刚才竟被一个年纪与自己差不多、军衔不过是上尉的人愚弄而蒙受羞辱,上校义愤填膺地绷紧了脸,复仇般地扫了牧师一眼,目光充满肃杀的敌意,吓得牧师哆嗦起来。上校以愤怒、恶意、憎恨的眼光,长久而无声地瞪着他,借此残酷地惩罚他。

"我们在谈另一件事,"终于,他尖刻地提醒牧师,"我们谈的不是年轻姑娘结实、成熟的乳房,而完全是另一件事。我们在谈每次飞行任务前都要在简令室举行宗教仪式。我们有不能这么做的理由吗?"

"没有,长官。"牧师咕哝道。

"那我们就从今天下午的飞行任务开始。"上校专心于细节时,他的敌意也就慢慢软化了,"现在,我要你认真考虑一下我们该念哪一种祷文。我不喜欢沉重或悲伤的东西。我希望你选择的祷文轻松愉快,让小伙子们感觉良好地出发。你明白我的意思吗?我不想要什么'上帝的国度'或'死亡的幽谷'之类的废话。那些话实在太消极。你干吗这样愁眉苦脸的?"

"对不起,长官,"牧师结结巴巴地说,"我碰巧在想第二十三首赞美诗,你就说到了。"

"那首诗是怎么说的?"

"就是你刚才提到的那首,长官。'耶和华是我的牧者;我——'"

"确实是我刚才提到的那首。这首不要。你还有别的吗?"

"'神啊,求你救我;因为众水要淹没——'"

"不要众水。"上校决断地说,同时把烟头轻轻弹进他那饰有波纹的黄铜烟灰缸里,然后对着烟嘴粗暴地吹。"我们为什么不试试配乐的祷文?琴挂在柳树上那首怎么样?"

"那首诗里提到了巴比伦的河,长官,"牧师回答说,"'……河边坐下,一追想锡安就哭了。'"

"锡安?这首就算了吧。我很想知道它到底是怎么收进去的。难道你就没有诙谐一点的,不跟洪水、幽谷和上帝扯上关系?如果可能,我倒想彻底避开宗教话题。"

牧师露出歉疚的神情。"对不起,长官,但我知道的祷文调子几乎都相当阴沉,而且至少顺带提到了上帝。"

"那我们就找些新的。士兵们已经对我派给他们的任务怨声载道了,说我们从不拿上帝、死亡或天堂的说教来触人痛处。我们为什么不能采取更积极的做法?为什么不能祈祷一些美好的事物,比如说,把炸弹投得密集些?我们不能祈祷把炸弹投得密集些吗?"

"嗯,是的,长官,我想可以,"牧师迟疑地答道,"如果那就是你想做的,你甚至都用不着找我,你自己就可以做。"

"我知道可以做,"上校尖酸地答道,"但是你认为你来这儿干什么?我也可以自己购买食物,但那是米洛的工作,他要为本地区每一个飞行大队购买食物,就是这个道理。你的工作是带领我们祈祷,从现在起,每次飞行任务前你都将带领我们祈祷把炸弹投得密集些。听明白了吗?我认为把炸弹投得密集些才是真正值得祈祷的。在佩克姆将军眼里,这将是我们所有人的荣耀。佩克姆将军觉得炸弹密集爆炸时,可以拍出漂亮得多的航空照片。"

"佩克姆将军吗,长官?"

"没错,牧师。"上校回答道,见牧师露出迷惑的神情,他父亲般咯咯笑了起来,"我不想这话传出去,看来德里德尔将军终于要调走了,上面将委派佩克姆将军接替他。坦率地说,我对此并不觉得惋惜。佩克姆将军是个非常好的人,我想,在他的领导下我们的处境将会好得多。另一方面,这事也许永远不会发生,我们会继续留在德里德尔将军手下。坦率地说,我对此也不觉得惋惜,因为德里德尔将军也是一个非常好的人,而且我想,在他的领导下我们的处境也将好得多。我希望你对这一切严守秘密,牧师。我不想让他们任何一位知道我在支持另一位。"

"是,长官。"

"那就好,"上校大声说道,然后快活地站起身来,"不过这些闲谈是不会让我们上《星期六晚邮报》的,对吧,牧师?让我们看看能想出什么样的办法来。顺便说一下,牧师,关于这事,一个字也不要事先透露给科恩中校。明白吗?"

"是,长官。"

卡思卡特上校开始在一筐筐梅子番茄与房间中央的办公桌和木椅子之间留出来的狭窄通道里沉思地来回踱步。"我想我们得让你等在门外,直到作战命令下达完毕,因为那些信息全是保密的。等丹比少校给大家对表时,我们可以让你悄悄进来。我想安排的时间没有什么可保密的。我们将在计划表上分配一分半钟左右时间给你。一分半钟够了吗?"

"够了,长官,只要不包括让无神论者离开房间再让士兵们进来所需的时间。"

卡思卡特上校停住了脚步。"什么无神论者?"他防卫性地咆哮道,整个态度一转眼就变得正直、好斗,显得接受不了,"我的部队里绝没有无神论者!无神论是违法的,不是吗?"

"不是,长官。"

"不违法?"上校吃惊地问,"那它就是非美活动,不是吗?"

"我不太清楚,长官。"牧师回答道。

"那么,我清楚!"上校声称,"我不会只为迁就一帮醒醒的无神论者就中断我们的宗教仪式。他们从我这儿得不到任何特权。他们可以留在原地跟我们一起祈祷。但是这跟士兵有什么关系?他们到底又是怎样插进来的?"

牧师感到脸在发烧。"对不起,长官。我以为你也想让士兵们参加祈祷,他们将一起去执行同一作战任务。"

"呃,我没这样想。他们有自己的上帝和牧师,不是吗?"

"不是,长官。"

"你在胡说什么?你的意思是他们跟我们都向同一个上帝祈祷?"

"是的,长官。"

"那么上帝听吗?"

"我想是的,长官。"

"唔,真没想到。"上校说,他觉得怪诞可笑,自嘲地哼了一声。过了一会儿,他的兴致突然低落下去,紧张不安地用手捋了捋他又短又黑、开始变灰的鬓发。"你真的认为让士兵进来是个好主意?"他担忧地问。

"我想这样才妥当吧,长官。"

"我不打算让他们进来。"上校说出了心里话,他来回踱着步,一边粗野地把指关节弄得啪啪作响,"哦,别误会我的意思,牧师。不是我觉得士兵卑微、平凡、低人一等,而是我们没有足够的地方。不过,说实话,我倒宁愿军官和士兵不要在简令室称兄道弟。我觉得,执行任务时他们有的是时间在一起。我最要好的朋友就有几个是士兵,你是知道的,但也只限于同意他们来。说真心话,牧师,你不会愿意你的妹妹嫁给士兵,对吧?"

"我妹妹就是个士兵,长官。"牧师回答说。

上校再次停住脚步,目光锐利地盯着牧师,以确信没有被嘲弄。"你那话到底是什么意思,牧师?你是想逗乐?"

"哦,不,长官,"牧师急忙解释,神色极度不安,"她在海军陆战队当军士长。"

上校从没喜欢过牧师,现在已是厌恶、猜忌他了。他突然产生了一种强烈的危险感,并且怀疑牧师也在阴谋对付他,怀疑牧师那含蓄、平淡的举止实际上是一种险恶的伪装,掩藏着内心深处炽热的野心,既诡诈又毫无顾忌。牧师的样子总觉得有点可笑,而上校很快就发现为什么了。牧师一直僵硬地立正站着,原来上校忘了让他稍息了。就让他那么待着吧,上校怀恨地决定,就是要让他看看谁才是头儿,再说又何苦承认疏忽而丧失体面呢。

卡思卡特上校昏昏沉沉地走到窗前,目光沉重、呆滞,似乎正忧郁地做着内省。士兵总是奸诈难测的,他认定。他忧伤消沉地俯视着飞碟射击场——那是他下令为司令部的军官们修建的——回想起那个蒙受羞辱的下午,德里德尔将军当着科恩中校和丹比少校的面毫不留情地训斥了他一顿,命令他向所有执行战斗任务的士兵和军官开放射击场。这个飞碟射击场对他来说实在是件丢面子的事,卡思卡特上校只得这样判定。他确信德里德尔将军从未忘记这事,尽管他确信德里德尔将军甚至想不起这件真的非常不公平的事情了,对此卡思卡特上校大为悲叹,因为修建飞碟射击场的主意本身应该是他真正的荣耀,即使最终弄得他这么丢人现眼。卡思卡特上校无法准确地估量这个该死的射击场让他夺得或者丧失了多少阵地;他希望科恩中校此刻就在他的办公室里,帮他再次评估一下整个事件的得失,好减轻他的忧虑。

这真是极端令人困惑、令人气馁的事。卡思卡特上校拿下嘴上的烟嘴,插进衬衫口袋里,然后难过地咬起双手的指甲来。每个人都反对他,而使他伤心至极的是这个关键时刻科恩中校却不在身边帮助他决断怎么处理祈祷会的事。他对牧师几乎没有一点信任感,牧师还只是个上尉。"你觉得,"他问道,"把士兵排除在外会不会影响我们取得成效的机会?"

牧师犹豫了,觉得自己又落到了不熟悉的境地。"是,长官。"他终于回答道,"我想,可以想象这种做法可能会影响你们把炸弹投得密集些的祈祷得到回应的机会。"

"那根本不在我考虑之列!"上校喊道,两只眼睛眨动着,泪花飞溅,像两个水坑,"你是说上帝竟然会决定惩罚我,让我们把炸弹投得更加松散?"

"是的,长官,"牧师说,"可以想象他也许会。"

"那就见鬼去吧,"上校断言道,自负地不想依靠任何人,"我安排这些该死的祈祷会,可不是为了把事情搞得更糟。"他轻蔑地暗笑一声,在办公桌后面坐下来,又把空烟嘴咬在嘴上,好一阵子陷入酝酿的沉思之中。"现在想一想,"他承认道,既像是对牧师又像是对自己,"无论如何,让他们向上帝祈祷可能算不上非常好的主意。《星期六晚邮报》的编辑也许不会合作的。"

上校懊恼地放弃了他的计划,因为这完全是他独自一人构思的,他希望把它展现给每一个人,作为他并不真正需要科恩中校的强有力的证明。计划一旦没有了,他也就很乐意舍弃它,因为没有事先跟科恩中校商量,他从一开始就担心制订这个计划的风险。他满意地长舒了一口气。既然他的想法被放弃了,他对自己的评价也就更高了,因为他觉得他做出了非常明智的决定,而且最重要的是,他做出这个明智的决定没有同科恩中校商量。

"就这件事吗,长官?"牧师问。

"对,"卡思卡特上校回答说,"除非你还有别的什么建议。"

"没有,长官。只是……"

上校好像遭到冒犯似的,抬眼细细打量牧师,表情冷淡而不信任。"只是什么,牧师?"

"长官,"牧师说,"你把飞行任务增加到六十次,有些士兵非常烦恼。他们要我向你反映一下。"

上校沉默不语。牧师等待着,脸一直红到褐色的头发根。上校的表情僵硬、冷漠,不带一丝情绪,使牧师窘迫了好长时间。

"告诉他们战争还在继续。"他终于口气平淡地建议道。

"谢谢你,长官,我一定照办。"牧师千恩万谢地答道,因为上校终于开口说话了,"他们想知道,你为什么不能把正在非洲待命的预备机组人员征调一些来接替他们,然后让他们回家。"

"那是个行政问题,"上校说,"不关他们的事。"他疲倦地指指墙边,"吃个梅子番茄吧,牧师。吃吧,我请客。"

"谢谢你,长官。长官——"

"别客气。住在林子那边觉得怎样,牧师?顶呱呱吧?"

"是的,长官。"

"那就好。需要什么就来找我们好了。"

"是,长官。谢谢你,长官。长官——"

"谢谢你来这儿,牧师,我现在有些事要处理。如果你想到什么办法能让我们的名字上《星期六晚邮报》,就告诉我,好吗?"

"是,长官,我会的,"牧师以惊人的决心鼓起勇气,厚着脸皮冒险说,"我特别担心一名投弹手的状况,长官。是约塞连。"

上校吓了一跳,觉得名字有些耳熟,他迅速向上扫了一眼。"谁?"他惊慌地问道。

"约塞连,长官。"

"约塞连?"

"是的,长官。是叫约塞连。他的情况非常不好,长官。我担心他忍受不了多久,就会干出孤注一掷的事来。"

"这事确实吗,牧师?"

"是的,长官。恐怕是这样。"

上校一言不发地考虑了一会。"叫他相信上帝。"他最终建议道。

"谢谢你,长官,"牧师说,"我一定照办。"

20 惠特科姆下士

八月底的朝阳灼热蒸人,阳台上一丝微风也没有。牧师走得很慢,他穿着那双胶底胶跟的棕色便鞋悄无声息地走出上校的办公室,一脸的沮丧,充满了自责。他认定是自己胆小怕事,不免暗自憎恨。他本来准备就六十次飞行任务的事对卡思卡特上校采取强硬得多的立场,就这个他越来越深深关切的问题有勇气、有逻辑、雄辩地大声说出自己的观点。可是结果呢,面对一个更加强势的人物的反对,他败得一塌糊涂,又一次给噎得话都说不出来。这是一次司空见惯的、可耻的经历,他很是瞧不起自己。

一转眼,他沮丧得越发厉害了,原来他发现科恩中校单调、矮胖的身影正从下面破败的大厅上来。大厅四周高耸的黑色大理石墙壁到处是裂缝,圆形地面的镶嵌砖也都已破裂,满是污垢。科恩中校匆促地快步登上宽阔的弧形黄石楼梯,向他走来。随军牧师虽然害怕卡思卡特上校,却更害怕科恩中校。这个皮肤黝黑、年届中年的中校戴着一副冷冰冰的无框眼镜,总是张开指尖敏感地触摸他那多面体一般、光秃秃有如穹顶的脑袋。此人不喜欢牧师,常对他很不礼貌。他那粗率唐突、冷嘲热讽的言辞和精明世故、玩世不恭的目光使牧师一直深怀恐惧,除了偶尔短暂的目光相遇,牧师从来没有勇气直视他的眼睛。牧师因为在他面前总是谦恭、畏缩,注意力便不可避免地集中在科恩中校的腹部。只见他的衬衫下摆束在松松垮垮的皮带里,气球般胀鼓鼓地垂在腰间,使他显得臃肿而不修边幅,于是他的中等身材就更矮了好几英寸。科恩中校是个邋遢、傲慢的人,他皮肤油腻,模糊的两颊和方正的下巴之间是从鼻子那儿直线般延伸下来的几道又深又粗的皱纹。他脸色阴沉,两人在楼梯上就要擦肩而过的时候,他扫了牧师一眼,却没有认出他的意思。

"你好,神父,"他声调平板地说,看都没看牧师一眼,"过得好吗?"

"早晨好,长官。"牧师答道,他聪明地看出科恩中校只不过要他回问一声好。

科恩中校继续上楼梯,丝毫没有放慢脚步,于是牧师抑制住了自己,没有再次提醒中校他不是天主教徒而是再洗礼教徒,因此称呼他神父既不必要也不正确。此刻他几乎可以肯定科恩中校是记得这一点的,而以如此冷漠的神情称呼他神父,不过是科恩中校轻侮他的另一种方法而已,因为他只是一个再洗礼教徒。

科恩中校几乎已经走过去了,突然又停住脚步,猛地转身朝牧师冲下来,露出愤怒、怀疑的目光。牧师吓呆了。

"你拿着那只梅子番茄做什么,牧师?"科恩中校粗暴地质问道。

牧师惊讶地低头看看手里那只梅子番茄,那是卡思卡特上校叫他拿的。"我在卡思卡特上校的办公室拿的,长官。"他总算还能回答。

"上校知道你拿了吗?"

"是的,长官。他送给我的。"

"哦,这样的话,我想那就没关系了。"科恩中校态度缓和了。他毫无热情地笑了笑,用大拇指把皱巴巴的衬衫下摆又塞回裤子里去。他的眼睛里闪烁着一种暗自得意的恶作剧神色。"卡思卡特上校为什么见你,神父?"他突然问。

牧师张口结舌,一时不知如何回答。"我想我不应该——"

"向《星期六晚邮报》的编辑们祷告?"

牧师差点笑了。"是的,长官。"

科恩中校为自己的直觉陶醉了,他轻蔑地笑起来。"你知道,我担心他一看到本周的《星期六晚邮报》,就会开始考虑这种荒唐事。但愿你能成功向他说明这个主意有多么糟糕。"

"他已经决定不这么做了,长官。"

"那就好,我很高兴你说服了他。《星期六晚邮报》的编辑们不大可能重复登载同样的故事,只为了让某个无名的上校出点名。在野地里过得怎样,神父?还能对付吧?"

"能,长官。事事都还顺利。"

"那就好。我很高兴听你说没什么可抱怨的。如果你需要什么让你感觉舒适些,就告诉我们。我们都希望你在那里过得愉快。"

"谢谢你,长官。我会的。"

下面大厅传来越来越响的喧闹声。快到午餐时间了,最先来到的人群正流进大队司令部食堂,士兵和军官分别走入各自的餐厅,它们面对面地设在古色古香的圆形大厅两边。科恩中校止住了微笑。

"也就一两天前,我们在这里一起进过午餐。对吧,神父?"他意味深长地问。

"是的,长官。是前天。"

"我也这样想,"科恩中校说着停了一下,好让牧师领会他的意思,"好吧,不要紧张,神父。等你再到这儿来吃饭的时候,我们再见。"

"谢谢你,长官。"

军官餐厅和士兵餐厅各有五个,牧师不清楚那天他被安排在哪个餐厅就餐,因为科恩中校为他制定的轮餐制度十分复杂,而他又把记录本忘在帐篷里了。随军牧师是隶属大队司令部而又没有住在大队司令部那幢破旧的红砂石大楼里的唯一军官,他也没有住在大楼周围散布的那些较小的卫星建筑里。牧师住在大约四英里外的一块林间空地上,位于军官俱乐部与四个中队营区中的第一个之间,这四个营区从大队司令部向远处一线延展开去。牧师单独住在一顶宽大的方形帐篷里,那也是他的办公室。夜晚从军官俱乐部传来狂欢的声响常常弄得这位过着半被动半自愿放逐生活的牧师在行军床上辗转反侧,难以入眠。他偶尔吃几片温和的安眠药帮助睡眠,却也没觉得有什么效果,而且事后还要内疚好几天。

同牧师一起住在林间空地的,就只有他的助手惠特科姆下士了。惠特科姆下士是一个无神论者,也是个心怀不满的下属,他觉得他做随军牧师的工作可以做得比牧师本人好得多,因而把自己看作社会不公正的受害者,被剥夺了基本权利。他住在自己的帐篷里,帐篷同牧师的一样宽敞、方正。自从发现牧师不会为此责罚他以后,他就公开对牧师粗鲁无礼、轻蔑不屑。空地上两顶帐篷相隔不到四五英尺远。

牧师的这种生活方式是科恩中校为他制定的。让随军牧师住在大队司令部大楼之外,一个很好的理由就是科恩中校的理论,说牧师和他的大多数教区居民一样住帐篷,可以使他们保持更密切的联系。另一个不错的理由是,让牧师成天待在大队司令部附近会弄得其他军官很不自在。同上帝保持联系是一回事,他们也都很赞同;但让他一天二十四小时在周围出没,就是另一回事了。总而言之,正如科恩中校对紧张不安、眼球突出的大队作战参谋丹比少校描述的那样,随军牧师的事务十分轻松,也就是听听别人诉说烦恼,埋葬死者,看望卧床的病员和主持宗教仪式,没有别的。而且科恩中校指出,眼下再也没有多少死者需要他去埋葬了,因为德国战斗机的反抗实际上已经停止,还因为,据他估计,将近百分之九十的阵亡人员不是死在敌军防线之后就是消失在云层里,牧师根本不用去处理尸体。主持宗教仪式自然也算不上特别劳累的事,因为每周只在大队司令部大楼举行一次,而且极少有人参加。

其实,牧师已慢慢喜欢上了林间空地的生活。他和惠特科姆下士都获得了一切便利条件,这样他们谁也不能以生活不便为由,要求搬回大队司令部大楼。牧师轮流到八个中队食堂按不同的组合吃早餐、中餐和晚餐,每到第五餐就去大队司令部的士兵食堂吃,每到第十餐就去那里的军官食堂吃。

还在威斯康星州家中的时候,牧师就非常喜欢园艺,而每当他注视那些小树低矮、多刺的枝条以及几乎把他围起来的齐腰深的野草和灌木丛时,他的脑海中便现出一幅物产丰饶、果实累累的美好景象。春天,他很想绕着帐篷窄窄地种上一圈秋海棠和百日菊,却因害怕惠特科姆反对而没种成。牧师十分欣赏这青翠的环境带来的隐秘和隔绝的气氛,以及在那里生活而产生的种种遐想和幽思。现在来找他倾吐苦恼的人比以前少了,他也对此心存几分感激。牧师不善与人交往,谈话也不大自在。他很想念妻子和三个幼小的孩子,她也想念他。

除了信仰上帝以外,牧师最让惠特科姆下士不快的就是缺乏主动性,少了点闯劲。惠特科姆下士把这么少人参加宗教仪式看成是他本人凄惨地位的反映。为了点燃伟大的精神复兴运动之火——他想象自己是运动的总设计师——他的头脑里狂热地蹦出许多富有挑战性的新主意:盒饭午餐、教堂社交、给战斗伤亡人员家属寄送通函、审查信件、玩宾果游戏。但是牧师阻止了他。惠特科姆下士对牧师的限制很是恼火,因为他发现到处都有可以改进的地方。他断定,正是牧师这种人把宗教的名声搞得这么坏,让他们都沦为社会的弃儿。跟牧师不同,惠特科姆下士十分厌恶林间空地的与世隔绝。等他把牧师搞掉之后,第一件要做的事就是搬回大队司令部大楼,这样才可以置身最火热的地方。

牧师离开科恩中校开车回到空地的时候,惠特科姆下士正在外面闷热的潮气里,用密谋的语调同一个圆胖的陌生人交谈。那人穿着栗色灯芯绒浴袍和灰色法兰绒睡裤。牧师认出浴袍和睡裤是医院的统一服装。两人谁也没有理他。那陌生人的牙龈被涂成了紫色;他的灯芯绒浴袍后面装饰着一幅图画:一架 B-25 轰炸机正穿过爆出橘红火焰的高射炮火。浴袍前面则装饰着六排整齐的小炸弹,表示飞满了六十次战斗任务。牧师被这情景打动了,于是停步凝望。那两人停止了谈话,默默地等着他走开。牧师匆匆走进帐篷,他听见,或者想象他听见,他们在窃笑。

过了一会儿,惠特科姆下士进来问道:"怎么样?"

"还是老样子，"牧师回答时眼睛避开了，"有人来这里找过我吗？"

"还不是那个怪人约塞连。他真是个老惹麻烦的家伙，不是吗？"

"我可不那么肯定他是个怪人。"牧师评论道。

"说得对，站在他一边。"惠特科姆下士用受伤的口气说，他步履沉重地出去了。

牧师不敢相信，惠特科姆下士又给冒犯了，还真走了出去。他刚意识到这一点，惠特科姆下士就又回来了。

"你总是支持别人，"惠特科姆下士责难他，"却不支持自己的人。这是你的一个毛病。"

"我不是有意支持他，"牧师抱歉地说，"我只是表明态度。"

"卡思卡特上校想干什么？"

"没什么要紧的。他只是想商讨一下，每次执行任务之前在简令室做做祷告是否可行。"

"那好，不要告诉我了。"惠特科姆下士呵斥道。他又走了出去。

牧师非常难过，他无论怎样谨慎体谅，好像总能伤害惠特科姆下士的感情。他懊悔地向下呆望，见科恩中校硬派给他打帐篷、管理个人物品的勤务兵又忘了给他擦皮鞋。

惠特科姆下士又回来了。"有消息你从不告诉我，"他尖刻地发着牢骚，"你对自己人缺乏信赖。这又是你的一个毛病。"

"错了，我有，"牧师内疚地向他保证，"我对你信赖得很。"

"那么，那些信怎么办？"

"不，不是现在，"牧师讨好地恳求道，"别提信的事，请不要再提这件事了。我要是改了主意，会告诉你的。"

惠特科姆下士显得非常愤怒。"是这样吗？好吧，你倒是可以只管往那儿一坐，摇头就好，可我还得做所有的事呢。难道你没看见外面那个浴袍上印了好些图画的家伙？"

"他是来找我的吗？"

"不是。"惠特科姆下士说着走了出去。

帐篷里闷热、潮湿,牧师觉得身上越来越湿。他像个不情愿的偷听者,听着外面压低嗓门的密语,只觉得声音模糊,嗡嗡然无法分辨。他呆滞地坐在那张用作办公桌的摇摇晃晃的桥牌桌前,嘴唇紧闭,目光茫然,蜡黄的脸上长着几小窝陈年粉刺,肤色和肌理就像还没敲开的杏核。他搜索枯肠,想找出惠特科姆下士何以怨恨他的一些线索。他还是无法看穿,于是认定自己对他做了什么不可宽恕的错事。似乎很难让人相信,像惠特科姆下士这种长期的怨恨竟有可能是由于牧师拒绝玩宾果游戏或者反对给战斗伤亡人员家属寄送通函。牧师垂头丧气,自认无能。好几个星期了,他一直想找惠特科姆下士推心置腹地谈一谈,找出他烦恼的缘由,但他现在已经对可能的结果感到羞愧了。

帐篷外,惠特科姆下士在窃笑,另一个人也在咯咯轻笑。恍恍惚惚几秒钟,牧师突然有了一种古怪、玄妙的感觉,仿佛在以前的生活中经历过与此完全相同的情景。他竭力想捕获、留住这一印象,目的是预测——也许甚至是控制——下面可能会发生的事件,然而正如他事先就已知道的,这份灵感毫无效果地消失无影了。既视感[1],这种幻觉与现实之间微妙而反复出现的混乱是记忆错构症的典型特征,牧师对此十分着迷,而且颇有几分了解。比如,他知道它被称为错构症。他也对那些推论性的视觉现象——如未视感[2],即从未见过,以及殆视感[3],即几乎见过——很感兴趣。有这样的瞬间,牧师会突然感到惊恐,那些与他几乎一生相伴的物件、观念甚至人,都十分费解地呈现出一种他从没见过的新奇、反常的样子,显得完全陌生:未视感。又有一些瞬间,他几乎看到绝对真理明亮、清晰地一闪现,差不多就能给他抓住了:殆视感。在斯诺登的葬礼上有个赤裸的人在树上,这个插曲让他迷惑不解。它不是既视感,因为此刻他还从未有过曾在斯诺登的葬礼上见过

---

1 原文为法语,意即似曾相识。
2 原文为法语。
3 原文为法语。

一个赤裸的人在树上的感觉;它不是未视感,因为那个幽灵并不是熟悉的什么人,或者什么物,以一种陌生的伪装出现在他面前;而且它肯定不是殆视感,因为牧师确实看见了他。

就在帐篷外,一辆吉普车轰的一声点火发动,咆哮着开走了。莫非斯诺登的葬礼上那个树上的赤裸男人仅仅是幻觉? 不然就是真实的神启? 这样一想,牧师不觉一阵战栗。他不顾一切地想把这事吐露给约塞连,但是每次回想这事的时候却又决定不要再去想它了,虽然他并不能肯定以前是否真的想过这件事——即使他现在确实在回想它。

惠特科姆下士闲荡进来,他换了一脸得意的笑,胳膊肘无礼地靠在牧师帐篷的中央支柱上。

"你知道那个穿栗色浴袍的家伙是谁吗?"他夸耀地问道,"他是刑事调查部的人,鼻梁骨折了,从医院下来办理公事。他正在进行一项调查。"

牧师马上抬起双眼,显出奉承的神情。"我希望你没有撞上什么麻烦。需要我帮忙吗?"

"没有,我没有任何麻烦,"惠特科姆下士咧嘴一笑答道,"是你有。他们准备对你采取严厉措施,因为你签了华盛顿·欧文的名字,你一直在所有那些信上签华盛顿·欧文的名字。你觉得这事如何?"

"我从没在哪封信上签过华盛顿·欧文的名字。"牧师说。

"你不必对我说谎,"惠特科姆下士回答说,"我不是你要说服的人。"

"但是我没有说谎。"

"我可不在乎你是不是在说谎。你截取梅杰少校的信件,他们也要惩办你呢。那些信件很多都是机密情报。"

"什么信件?"牧师越来越恼怒,他哀怨地问道,"我从来没见过梅杰少校的任何信件。"

"你不必对我说谎,"惠特科姆下士回答说,"我不是你要说服的人。"

"但是我没有说谎!"牧师抗议道。

"我不明白你干吗要冲我急。"惠特科姆下士反驳道,显出了受伤的样子。他离开那根中央支柱,走过来朝牧师摇晃着手指表示强调。"我刚才帮了你一个大忙,你一辈子也没人帮过你这么大的忙,而你居然没意识到。他每次向上级打你的报告,医院里总有人审查,而把细节删掉。他一连几个星期发疯似的想告发你。他的信我连看都不看,就直接审查通过了,那样就会在刑事调查部为你留下一个非常好的印象,就会让他们知道我们丝毫不怕公布有关你的全部真相。"

牧师给弄得晕头转向。"可是你并没有得到授权检查信件,对吧?"

"当然没有,"惠特科姆下士回答道,"只有军官才有权做这件事。我是用你的名义检查它的。"

"但是我也没有获得授权检查信件。我有吗?"

"那一点我也替你想到了,"惠特科姆下士向他保证说,"我为你签的是别人的名字。"

"这不是伪造吗?"

"啊,这也不用担心。伪造案中,唯一有可能控告你的人就是被你伪造了签名的人,所以我照顾你的利益,挑选了一个死人。我用了华盛顿·欧文的名字。"惠特科姆下士仔细观察牧师的脸,看有没有反对的迹象,然后带着点讽刺意味轻快而自信地说下去,"我的脑筋转得挺快的,是吧?"

"我不知道。"牧师声音颤抖地轻轻哀叹一声,他斜睨着眼睛,因为痛苦和不解而古怪地扭曲着脸,"我想你说的我全不明白。你签的是华盛顿·欧文的名字,又不是我的,怎么会为我留下好印象呢?"

"因为他们确信你就是华盛顿·欧文。你不明白吗?他们将会知道那就是你。"

"可那不正是我们要消除的吗?这不反倒帮助他们证实了吗?"

"早晓得你会这么死板,我就根本不会试着帮你,"惠特科姆下士愤愤不平地声明,随后走了出去,很快又走了进来,"我刚才帮了你一个大忙,你一生中没人帮过你这么大的忙,而你居然没有意识到。你不知道怎样表示感谢,这是你的另一个毛病。"

"我很抱歉,"牧师说,"实在是抱歉。只是你说的那些话把我完全吓懵了,我都搞不清我在说些什么。我真的非常感激你。"

"那么让我寄那些通函怎么样?"惠特科姆下士立刻要求道,"我可以开始写初稿了吗?"

牧师惊得目瞪口呆。"不,不,"他呻吟着说,"现在不要。"

惠特科姆下士被激怒了。"我是你交的最好的朋友,而你竟然不知道,"他挑衅地断言,然后走出了牧师的帐篷,又走了进来,"我是在支持你,你都没意识到。你不知道你遇到多大的麻烦吗?刑事调查部的人已经赶回医院写一份新的报告,揭发你拿那只番茄的事。"

"什么番茄?"牧师惊愕地问。

"你第一次在这儿露面时藏在手里的梅子番茄。就是那个。到这时候你还把番茄握在手里呢!"

牧师吃惊地松开手指,发现他还握着从卡思卡特上校办公室得到的那只梅子番茄。他连忙把它放在桥牌桌上。"这只番茄是卡思卡特上校给我的,"他突然感到这个解释听上去多么荒唐,"他一定要我拿上。"

"你不必对我说谎,"惠特科姆下士回答说,"我不在乎你是不是从他那儿偷的。"

"偷的?"牧师大吃一惊地喊道,"我为什么要偷一只梅子番茄?"

"正是这个问题把我们两人都难倒了,"惠特科姆下士说,"随后刑事调查部的人推测,你可能把什么重要的秘密文件藏在里面了。"

绝望犹如大山一般沉重地压下来,牧师浑身都瘫软了。"我没有任何重要的秘密文件藏在里面,"他清楚地陈述道,"我本来就不想要的。喏,你可以拿去。拿去,自己看看吧。"

"我不想要。"

"请拿走吧,"牧师恳求道,声音低得几乎听不见,"我希望摆脱它。"

"我不想要!"惠特科姆下士又呵斥道,一脸怒容地出去了。他压抑着内心的欢欣,没有笑出来,因为他已经同那个刑事调查部的密探结成了新的强大联盟,并且又一次成功地使牧师相信他真的生气了。

可怜的惠特科姆,牧师一边叹息,一边为助手的不清爽而自责。他无言地坐在那里,满怀沉闷的令他显得愚蠢可笑的忧郁,一心期待着惠特科姆下士走回来。他听见惠特科姆下士嚓嚓的脚步声慢慢消逝,直到了无声息,他失望了。接下来他什么事都不想做。他决定不吃午餐了,只从床脚柜里拿出一根银河牌、一根露丝宝贝牌巧克力棒吃了,又对着军用水壶喝了几口温开水。他觉得自己被包围在各种可能性的迷雾之中,迷雾浓密,笼罩一切,在里面他看不见一丝光亮。他不知道卡思卡特上校得知他被怀疑是华盛顿·欧文的消息时会怎么想,又忧虑卡思卡特上校已经对他有了看法,因为他提起过六十次飞行任务的事。世上竟有这么多的不幸,他思忖着,忧郁地低下了头,陷入悲哀的思绪之中;他对任何人的不幸都无能为力,尤其是他自己的。

21 德里德尔将军

卡思卡特上校完全不考虑牧师的事情了,而是纠缠在他自己的一个可怕的新问题里:约塞连!

约塞连!只要听到这个可憎的丑陋名字,他就浑身冰凉,艰难地直喘粗气。牧师第一次提到约塞连这个名字,就在他的记忆深处敲响了不祥的警钟。门闩咔哒一声刚关上,队伍中那个赤裸的人让他深感羞辱的整个记忆立刻显现出来,针刺般的细节犹如潮水扑面而来,令人痛心,迫人窒息。他开始冒冷汗,继而浑身颤抖。一个灾难性的、不大可能的巧合暴露了,它的暗示是如此狰狞可怖,绝对不亚于最骇人的不祥之兆。那天赤裸着站在队伍中接受德里德尔将军颁发飞行优异十字勋章的人也叫——约塞连!现在他刚刚命令飞行大队的官兵飞六十次任务,就又有一个叫约塞连的人扬言要捣乱。卡思卡特上校郁闷地猜测,这会不会是同一个约塞连。

他吃力地站起身,露出难以忍受的苦恼神情,开始在办公室里来回走动。他感觉自己面对的是一个神秘人物。他闷闷不乐地承认,队伍中那个赤裸的人实在是让他出丑。一样让他丢丑的还有轰炸博洛尼亚之前有人篡改了轰炸路线,以及推迟了七天才摧毁弗拉拉的大桥,尽管弗拉拉的大桥最终被炸毁也算是他的一项真正的荣耀,他想起来不免乐滋滋的;可是第二次回去轰炸时损失了一架飞机,则是另一件丢丑的事,他回想起来又很沮丧,尽管他请求为投弹手颁发勋章并获得批准,从而又赢回了一份真正的荣耀,但就是这个投弹手不得不两次飞临目标上空,从一开始就让他丢了脸。他突然想到,那个投弹手也叫约塞连!他又一次震惊得说不出话来。现在有三个了!他那双黏糊糊的眼睛惊恐地鼓出,然后又慌乱地迅速扭过身去,看看后面有什么事情发生。片刻之前他的生活里还根本没有什么约塞连,现在却像妖怪似的越变越多。他努力使自己平静下来。约塞连不是一个寻常的名字;也许实际上并没有三个约塞连而只有两个约塞连,甚至可能只有一个约塞连——但那实在没什么分别!上校仍然处于严重的危险之中。直觉警告他,他正在接近浩渺而高深莫测的宇宙之巅,而一想到约塞连,无论最终会是什么人,都将注定成为他的强硬对手,他那宽阔、粗壮、高大的身躯便从头到脚刺痛起来。

卡思卡特上校并不迷信,但他确实相信预兆;他在办公桌后边坐了下来,在他的记事本上做了个密码批注,准备立刻着手调查关于这些约塞连的可疑事件。他用粗重、果决的笔触给自己写下提示,后面醒目地补充了一连串编码的标点符号,然后在整个信息下面加上两道横线,结果是:

<u>约塞连!!!(?)!</u>

上校写完便往后一靠,他对自己非常满意,因为刚才采取迅速行动处理了这一险恶危机。约塞连——他一看到这个名字就浑身战栗。名字里有那么多的S。它只能是颠覆性的,就像颠覆这个词本身。它也像煽动和阴险这两个词,又像社会主义者、可疑、法西斯分子和共产主义者这些词[1]。这是一个丑恶、陌生、令人反感的名字,一个就是无法激发信任感的名字。它

---

[1] 约塞连(Yossarian)、颠覆(subversive)、煽动(seditious)、阴险(insidious)、社会主义者(socialist)、可疑(suspicious)、法西斯分子(fascist)和共产主义者(communist)都含有字母s。

根本不像卡思卡特、佩克姆和德里德尔这些干净、爽脆、诚实的美国名字。

卡思卡特上校慢慢站起来,又开始在办公室里来回踱步,几乎无意识地从一筐梅子番茄上面拿起一只,贪婪地咬了一口。他立刻扭曲了脸,把剩下的番茄扔进了废纸篓。上校并不喜欢梅子番茄,即使是自己的他也不喜欢,而这些番茄却连他自己的都不是。这些番茄是科恩中校换了不同身份从皮亚诺萨岛各地的市场上买来的,他趁夜深人静把番茄搬到山里上校的农舍,次日早晨再运到大队司令部卖给米洛——由米洛支付卡思卡特上校和科恩中校额外的差价。卡思卡特上校时常怀疑他们这样倒卖梅子番茄是否合法,但科恩中校说合法,于是他尽量少去担忧这件事。他也没办法知道山里那房子是否合法,因为一切都是科恩中校安排的。卡思卡特上校不知道他是拥有还是租赁了那所房子,是从谁手里盘下来的,如果花了钱的话,花了多少。科恩中校就是律师,如果科恩中校向他保证,说欺诈、勒索、操纵货币、贪污、偷漏所得税和黑市投机都是合法的,卡思卡特上校也没法不同意。

关于山里那所房子,卡思卡特上校全部所知就是他有这么一所房子,而且讨厌它。他每隔一周就去那儿住上两三天,这样才能维持那种错觉,即山里那所潮湿、通风的石头农舍乃是一座寻欢作乐的金殿,可是待在那儿他从来没有那么厌烦过。任何地方的军官俱乐部都律动着模糊却会心的话语,大家在谈论那些奢靡而不为人知的饮酒纵欲之事,谈论与最美丽、最撩人、最迅速动情、最容易满足的意大利名妓、电影女星、模特儿和伯爵夫人幽会的销魂之夜,但是这样的销魂之夜或者不为人知的饮酒纵欲之事从来就没有发生过。不管是德里德尔将军还是佩克姆将军哪怕只有一次表示过有兴趣同他一起参加狂欢,这些事情也许就发生了,但是谁也没有表示过,因此上校当然不会浪费时间和精力跟漂亮女人做爱,除非这么做对他有好处。

上校惧怕在他的农舍度过那些阴湿、孤独的夜晚和沉闷、平淡的白昼。在飞行大队那边,他的乐趣要多得多,可以吓唬他不害怕的每一个人。然而,正如科恩中校一直提醒他的那样,如果他从不去住,那么在山里拥有一所农舍就没多大魅力了。他每次都是满怀自怜地开车去他的农舍。他在吉普车里带了一支滑膛枪,到那儿用它来打鸟、打梅子番茄,以此消磨单调的时光;那儿确实种着梅子番茄,一行行无人照管,摘起来太麻烦了。

对某些下级军官,卡思卡特上校还是觉得表示尊敬比较好,他把□□·德·科弗利少校算在其中,尽管他不愿意也不肯定到底是不是必须如此。在他眼里,□□·德·科弗利少校是个极为神秘的人物,不亚于他在梅杰少校和所有注意过他的人眼里的神秘度。在对□□·德·科弗利少校的态度上,卡思卡特上校完全不知道是该看重呢还是该看轻。□□·德·科弗利少校只不过是个少校,尽管他比卡思卡特上校年长许多;可是,那么多人如此深沉而畏惧地敬重□□·德·科弗利少校,卡思卡特上校有一种直觉,他们也许知道些什么。□□·德·科弗利少校是个不祥的、难测高深的人物,弄得他老是紧张不安,就连科恩中校也要留心提防他。每个人都害怕他,而没人知道为什么。甚至没有一个人知道□□·德·科弗利少校的首名是什么,因为从来没有人敢鲁莽地问他。卡思卡特上校知道□□·德·科弗利少校外出了,很高兴他不在,但转念一想,□□·德·科弗利少校也许在哪里阴谋反对他呢,于是又希望□□·德·科弗利少校返回他所属的中队,那样就可以监视他了。

很快,卡思卡特上校的足弓因为来回走动过多而疼起来。他又在办公桌后面坐了下来,决心着手对整个军事形势做一个周详而系统的评估。他显出善于处理事务的人那种有条不紊的姿态,找来一大本白色拍纸簿,在纸的正中画了一道竖线,再在顶部附近画一道横线,把纸页分成两个宽度相等的空白栏。他停了一会儿,作了批评性的反思,然后伏在办公桌上,在左边一栏的顶端,用难以辨认而又讲究非常的笔迹写道:"耻辱!!!"又在右边一栏的顶端写道:"我的荣耀!!!!!"他再次往后一靠,从客观的角度赞赏地观看他的图表。庄重地深思几秒钟后,他仔细地舔了舔铅笔尖,在"耻辱!!!"下面写了起来,每写一条就有意停顿一下:

> 弗拉拉
> 博洛尼亚(其间地图上的轰炸线被篡改)
> 飞碟射击场
> 队列中出现裸体者(阿维尼翁之后)

然后他加上:

> 食物中毒(博洛尼亚期间)
> 和
> 呻吟(轰炸阿维尼翁简令下达时蔓延)

然后他加上:

> 牧师(每晚在军官俱乐部逗留)

他决定对牧师慷慨仁慈——尽管不喜欢他,于是在"我的荣耀!!!!!"下面写上:

> 牧师(每晚在军官俱乐部逗留)

因此,这两条关于牧师的记载就相互抵消了。随后在"弗拉拉"和"队列中出现裸体者(阿维尼翁之后)"旁边,他又写上:

> 约塞连!

在"博洛尼亚(其间地图上的轰炸线被篡改)"、"食物中毒(博洛尼亚期间)"和"呻吟(轰炸阿维尼翁简令下达时蔓延)"旁边,他断然地打上了一

个粗大的:

?

那些标上"?"的条目是他打算立刻进行调查的,目的是确定约塞连是否参与了这些事件。

他的手臂突然开始发抖,再也写不下去了。他惊恐地站起来,感觉闷热、行动迟缓,于是急忙冲向敞开的窗户,大口呼吸新鲜空气。他的视线落在飞碟射击场上,不觉痛苦地尖叫一声,晕眩过去,通红的眼睛疯狂地扫视着办公室的墙壁,仿佛上面挤满了约塞连。

没有人爱他。德里德尔将军恨他,虽然佩克姆将军喜欢他,而这一点他还不能肯定,因为佩克姆将军的副官卡吉尔上校无疑有自己的野心,很可能一有机会就在佩克姆将军面前捣他的蛋。他认定,唯一的好上校就是死掉的上校,自己除外。他唯一信赖的上校是穆达士上校,可甚至他也是仰仗了岳父的关系。自然,米洛是他的巨大荣耀,虽然让米洛的飞机轰炸他的大队也许算是他的奇耻大辱——即使米洛通过公开辛迪加同敌军交易实现的巨额利润,让大家相信站在私营企业的立场上,轰炸自己的人和飞机确实是一个值得嘉许且非常赚钱的打击,而最终平息了整个抗议。上校对米洛有些没把握,因为别的上校正在设法诱惑他离开,而且那个醒醒的一级大准尉怀特·哈尔福特还在卡思卡特上校的飞行大队里,据那个醒醒又懒惰的布莱克上尉声称,他实际上应该对博洛尼亚大围攻期间轰炸线被篡改一事负责。卡思卡特上校喜欢一级大准尉怀特·哈尔福特,是因为每次一级大准尉怀特·哈尔福特喝醉了酒而那个讨厌的穆达士上校又在场,他总是要狠揍穆达士上校的鼻子。他希望一级大准尉怀特·哈尔福特也开始狠揍科恩中校的肥脸。科恩中校是个醒醒的自作聪明的人,第二十七空军司令部有人忌恨他,把他写的每份报告都退了回来,并附上严厉斥责的批语,科恩中校便贿赂了那儿一个聪明的名叫温特格林的邮件管理员,试图查明此人是谁。

他不得不承认,再次调头轰炸弗拉拉上空时损失一架飞机并没有给他带来任何好处,让另一架飞机在云层里失踪也是一样——这件事他甚至没有写下来!他充满希望地努力回想约塞连是否也随那架飞机一起消失在云层里了,但很快就意识到,如果约塞连还在这儿纠缠必须再飞五次讨厌任务的事而闹得人心惶惶的,那他就不可能随那架飞机消失在云层里。

如果约塞连反对飞行六十次任务,卡思卡特上校推论,也许这些任务对他的部下确实太多了,然而他随即想到,迫使他的部下飞行比任何人都多的任务会被视为他取得的最切实的成绩。正如科恩中校常议论的:战争中仅仅尽责而已的大队指挥官比比皆是,因此就得采取某种戏剧性的姿态,比如要求他的大队执行比任何轰炸大队都多的战斗任务,来突显他独特的领导才能。可以肯定的是,将军中似乎没有谁反对他的做法,虽然就他所能察觉到的,他们对此也没有留下特别深的印象,这就使他怀疑也许六十次战斗任务还远远不够,他应该立刻把飞行次数提高到七十、八十、一百,甚至两百、三百,或者六千!

无疑,要是能在佩克姆将军那样温文尔雅的人手下工作,处境会比眼下在德里德尔将军那种粗鲁迟钝的人手下要好得多,因为佩克姆将军有眼力、有智慧还有常春藤名校的背景,能充分了解并赏识他的价值,虽然佩克姆将军从来没有显露过丝毫了解或赏识他的意思。卡思卡特上校十分敏锐地认识到,像在自己和佩克姆将军这样老练、自信的人之间,表示认可的明确信号从来就是不必要的,他们天生就互相理解,相隔很远也能产生好感。他们属于同一类人,这就足够了,他知道提升只是一个静待时机的问题。不过卡思卡特上校注意到佩克姆将军从未对他另眼相看,也从不刻意给卡思卡特上校留下满腹警句和学识渊博的印象,就像对周围的人甚至士兵一样,这又让他不自信了。要么卡思卡特上校的心思没有被佩克姆将军领会,要么佩克姆将军就不是他假装出来的那个闪烁着机智、深具鉴别力、思维活跃、富有远见卓识的人,而德里德尔将军倒确实是个敏锐、迷人、才华横溢、久经世故的人,在他的手下处境肯定会好得多。突然间卡思卡特上校对众人有多支持他完全没概念了,于是用拳头使劲砸铃,叫科恩中校跑步前来他的办公室,向他保证每一个人都爱他,约塞连只是他想象中虚构的人物,而且他正在为成为将军而展开的辉煌、英勇的活动取得了出色的进展。

其实,卡思卡特上校根本没有机会成为将军。首先,有个前一等兵温特格林,他也想当将军,总是歪曲、销毁、拒绝或者误退任何可能给卡思卡特上校增光的信件,无论是发自上校、寄给上校还是有关上校的。其次,已经有了一个将军,即德里德尔将军,他知道佩克姆将军正在觊觎他的位子,却不知怎样阻止他。

联队司令德里德尔将军是个迟钝、矮胖、胸部浑圆的人,年纪五十出头。他的鼻子肉乎乎、红通通的,苍白肿胀、聚成一团的眼睑像几圈肥咸肉围绕着他那双灰色的小眼睛。他有一个护士、一个女婿,没有喝得太多时,喜欢长时间沉默不语。德里德尔将军把太多时间浪费在军队的工作上,现在已经太晚了。新的权力部署已经形成,却把他排除在外,他实在不知道该如何应付。一不小心,他那张严厉、阴沉的脸就会因失败和挫折而露出忧郁、心事重重的神色。德里德尔将军饮酒无度,他的情绪变得反复无常、难以捉摸。"战争就是地狱。"他常常这样断言,无论喝醉还是清醒时都这么说,而且他真的这么想,虽然这并不妨碍他靠战争谋得很好的生活,也不妨碍他把女婿拉进来跟他在一起,尽管两人总是争吵。

"那个杂种,"军官俱乐部那张弧形吧台前,无论谁碰巧站在他旁边,德里德尔将军都会轻蔑地咕哝一句,向他抱怨自己的女婿,"他有今天全亏了我。是我造就了他,那个狗娘养的混账东西!他还没那个本事自己闯天下。"

"他以为他什么都知道,"吧台的另一端,穆达士上校用愠怒的口气对自己的听众反驳道,"他不接受批评,又不听忠告。"

"他也就会提忠告,"德里德尔将军粗声粗气地哼着鼻子评论说,"要不是我,他现在还只是个下士。"

德里德尔将军总是由穆达士上校和他的护士一起陪着。那护士可真是个美人儿,见过她的人都说从没见过这么可意的尤物。她是个娇小丰满的金发女郎,颊上两个小酒窝,一双快乐的蓝眼睛,一头整齐的鬈发向上卷起。她逢人便面露微笑,从来不开口,除非有人跟她说话。她的胸脯丰肥肉感,肤色洁白无瑕。她的魅力是无法抗拒的,男人们总是小心翼翼地从她身旁侧身而过。她水灵、甜美、温顺又寡言少语,弄得每个人都发了狂,除了德里德尔将军。

"你该看看她脱光的样子。"德里德尔将军嘶哑着嗓门津津有味地大笑,而他的护士就站在他身边得意地微笑着,"在联队,她有一件衣服放在我的房间,紫色丝绸做的,紧得让她的乳头鼓起老高,像两颗红樱桃。米洛给我弄来的衣料。里面连穿条内裤或胸罩都不够地方。有几个晚上穆达士在这里,我让她穿上,就是要撩得他心痒难熬。"德里德尔将军声音沙哑地哈哈大笑,"你该看看她每次挪动身体时衣服底下发生的事才妙。她弄得他魂不守舍。我只要逮住他向她或者别的女人动手动脚,就直接把这个淫乱的杂种降为列兵,再让他当一年伙夫。"

"他让她在周围转悠,就是想撩得我心痒难耐。"吧台另一端,穆达士上校愤愤不平地指责道,"在联队,她有一件用紫色丝绸做的衣服,紧得让她的乳头鼓起老高,像两颗红肉樱桃,里面连穿条内裤或胸罩都没地方。你该听听她每次挪动身体时丝绸的沙沙声才好。我只要稍微勾引一下她或者别的姑娘,他就会直接把我降为列兵,再让我当一年伙夫。她弄得我魂不守舍。"

"自从我们开到海外,他还没干过女人呢,"德里德尔将军吐露道,想到这个恶毒的主意,他那方方的花白头发的脑袋便随着一阵虐待狂似的笑声来回摇摆,"那就是我从来不让他逃出我的视线的原因之一,这样他就找不了女人了。你能想象那个可怜的狗娘养的在忍受什么样的煎熬吗?"

"自从我们开到海外,我还没跟女人上过床呢,"穆达士上校眼泪汪汪地哀诉道,"你能想象我在忍受什么样的煎熬吗?"

被惹恼的时候,德里德尔将军对任何人都可能会寸步不让,就像对穆达士上校那样。他不喜好虚伪、圆滑、做作,而作为职业军人,他的信条是始终如一、简洁明了的:他认为接受他命令的年轻军人应该心甘情愿地为那些向他下命令的年老军人的理想、抱负和个人特质献出他们的生命。在他眼里，他指挥下的军官和士兵都只是军人，他的全部要求就是他们得做好自己的工作，除此之外，他们爱干什么就可以干什么。只要愿意，他们可以像卡思卡特上校那样强迫他们的部下执行六十次飞行任务；只要喜欢，他们可以像约塞连那样赤身裸体站在队列里，尽管当时德里德尔将军一见之后，他那花岗石似的下巴一下子拖得老长，然后他专横傲慢地沿着队伍大步走过去，想看清楚队伍中是否有人除了一双软拖鞋什么也没穿地站在那儿，等着他颁发勋章。德里德尔将军话都说不出来。卡思卡特上校看见约塞连时，差点晕了过去，科恩中校则走到他身后，狠狠地一把揪住他的胳膊。一阵静得出奇的沉默。温暖的海风从沙滩不断吹来，大路上一头黑驴拉着一辆装满干草的旧车慢慢进入视线，赶车的农夫戴着一顶软塌塌的帽子，穿着一身褪色的褐色工作服。他对右边那一小块场地上正在举行的正式军事仪式毫不在意。

最终，德里德尔将军说话了。"回车里去！"他转过头对跟在身后的护士呵斥道。护士微笑着颠颠地朝他那辆褐色军用汽车走去，汽车停在大约二十码开外那块长方形空地的边缘。德里德尔将军表情严厉、一言不发地等着，直到车门砰的一声关上，然后问道："这是哪一个？"

穆达士上校查了一下名册。"这个是约塞连，爸。他获得了飞行优异十字勋章。"

"唉，真不敢相信，"德里德尔将军喃喃道，他那红润的石板似的脸因为感到好笑而和缓下来，"你为什么不穿衣服，约塞连？"

"我不想穿。"

"什么意思？你到底为什么不想穿？"

"我只是不想穿，长官。"

"他为什么不穿衣服？"德里德尔将军回过头问卡思卡特上校。

"他在跟你说话。"科恩中校从后面对卡思卡特上校附耳低声说道，又暗地里用胳膊肘使劲捅他的背。

"他为什么不穿衣服?"卡思卡特上校问科恩中校。他好像痛得不得了,用手轻轻揉着科恩中校刚才捅过的地方。

"他为什么不穿衣服?"科恩中校问皮尔查德上尉和雷恩上尉。

"上周在阿维尼翁上空,他的飞机里有个士兵被打死了,溅了他一身的血,"雷恩上尉回答道,"他发誓再也不穿军服了。"

"上周在阿维尼翁上空,他的飞机里有个士兵被打死了,溅了他一身的血,"科恩中校直接向德里德尔将军报告,"他的军服还没从洗衣房拿回来。"

"他的另外几套军服在哪里?"

"也在洗衣房。"

"他的内衣呢?"德里德尔将军问道。

"他的所有内衣也都在洗衣房。"科恩中校答道。

"我听着像是胡说八道。"德里德尔将军断言道。

"就是胡说八道,长官。"约塞连说。

"请别担心,长官,"卡思卡特上校一边向德里德尔将军许诺,一边恶狠狠地瞪了约塞连一眼,"我向你保证,这个人将受到严厉惩罚。"

"我干吗在乎他受不受惩罚?"德里德尔将军诧异又恼怒地回他一句,"他刚刚得了一枚勋章。他愿意一丝不挂地接受勋章,又关你什么屁事?"

"那正是我的感受,长官!"卡思卡特上校满腔热情地附和道,手里拿一块潮湿的白手帕擦拭前额,"但是如果依照佩克姆将军最近发布的关于战区军事着装问题备忘录的精神,长官,你还会那样说吗?"

"佩克姆?"德里德尔将军的脸色阴沉了。

"是的,长官,长官,"卡思卡特上校谄媚地说,"佩克姆将军甚至建议我们让官兵穿着军礼服作战,这样即使他们被打下来,也会给敌人留下一个好印象。"

"佩克姆?"德里德尔将军重复道,他仍然迷惑地眯着眼,"只是佩克姆跟这事到底有什么关系?"

科恩中校又用胳膊肘使劲捅卡思卡特上校的后背。

231

"绝对没有关系，长官！"卡思卡特上校利落地答道，他因剧烈的疼痛而蜷缩着身子，小心翼翼地揉着科恩中校刚才又捅过的地方，"而这正是我决定没有找到机会先跟你讨论就绝不采取任何行动的原因。我们完全不理会它吧，长官。"

德里德尔将军完全不理会他，他带着恶意的轻蔑转过身去，把勋章连盒子一起递给了约塞连。

"去车里把我的护士叫回来。"他暴躁地命令穆达士上校，然后阴沉着脸低头等在那里，直到他的护士回到他身边。

"立刻向办公室传话，取消我刚刚下达的命令，就是要求官兵在执行战斗任务时戴领带那条。"卡思卡特上校急切地对科恩中校低语道。

"我告诉你不要这么做吧，"科恩中校窃笑道，"可你就是不肯听我的。"

"嘘！"卡思卡特上校警告他，"该死的，科恩，你把我的后背怎么了？"

科恩中校又窃笑起来。

德里德尔将军无论去哪里，他的护士总跟着他，甚至就在阿维尼翁轰炸任务之前还跟着进了简令室；她站在讲台旁边傻笑着，身穿粉红与绿色的制服，如同德里德尔将军身边一片肥沃的绿洲。约塞连看着她，疯狂地爱上了她。他的情绪低落，只觉得内心空虚、麻木。他坐在那里，一边垂涎欲滴地凝视着她丰满的红唇和长着酒窝的脸颊，一边听着丹比少校用单调的男低音说教般地描述在阿维尼翁等着他们的密集的高射炮火；想到他也许再也见不到这个可爱的女人——这个他从来没有跟她说过一句话而现在却如此可怜地爱着的女人——他突然万分绝望地呜咽起来。他凝望着她，满是悲伤、忧虑和渴望地浑身悸动着、痛楚着。她是如此美丽。他敬拜她脚下那块土地。他用黏湿的舌头舔了一下干渴的嘴唇，又痛苦地呻吟起来，这次声音很响，引得他周围坐在几排粗糙木凳上那些穿着深褐色连裤飞行服、系着白色降落伞带的军官用吃惊、搜寻的目光向这边张望。

内特利惊慌地连忙转向他。"怎么啦？"他低声问，"出什么事了？"

约塞连没有听见他说话。他情欲难熬，痛惜得痴痴迷迷的。德里德尔将军的护士稍稍有些丰满,约塞连满脑子都是她闪亮的金发和从未握过的柔软、短小的指头,那领口大开的粉红色衬衫里滚圆、未曾体验过的性感乳房,还有紧致光滑的草绿色华达呢军裤包裹着的肚子和大腿交会处起伏的、成熟的三角区域。他贪婪地沉醉于她,从头一路到涂色的脚指甲。他决不想失去她。"哎哎哎哎哎哎哎哟。"他又呻吟起来。这次整屋子的人都被他颤抖、拖长的哀号声扰动了。一股惊愕的不安袭往讲台上的军官们,甚至已经开始给大家对表的丹比少校也一时分了神,差点数错秒而不得不重新开始。内特利跟随约塞连呆呆的目光顺着长长的木结构礼堂看过去,终于看见了德里德尔将军的护士。当他猜到是什么在折磨约塞连时,吓得脸色苍白,浑身战栗。

"别哼了,好不好?"内特利压低嗓门狠狠警告他。

"哎哎哎哎哎哎哎哎哎哎哟。"约塞连第四次呻吟起来,这次声音非常大,所有人都听得清清楚楚。

"你疯了吗?"内特利拼命嘘他,"你会有麻烦的。"

"哎哎哎哎哎哎哎哎哎哎哟。"邓巴从房间另一端应答约塞连。

内特利听出是邓巴的声音。现在局面已失去了控制,他便转过身去,轻轻哼了一声:"哎哟。"

"哎哎哎哎哎哎哎哎哎哟。"邓巴回应地朝他呻吟。

"哎哎哎哎哎哎哎哎哎哎哟。"内特利意识到刚才哼了一声,便恼怒地大声呻吟起来。

"哎哎哎哎哎哎哎哎哎哎哟。"邓巴又回应地朝他呻吟。

"哎哎哎哎哎哎哎哎哎哎哟。"一个全新的声音从房间另一区域加入,内特利的头发都竖了起来。

约塞连和邓巴都一应一答地呻吟,内特利却缩起身子,徒劳地四下张望,想找个藏身的地洞,把约塞连也一起带进去。有几个人强忍住笑。内特利忽然生出一股恶作剧的冲动,只要声音暂歇,他就故意呻吟一声,又一个新的声音起来回应。这种不顺从的行为颇具挑逗的乐趣,于是内特利又呻吟一声，不失时机地挤进声音的间隙。又有一个新的声音响应他。房间里一下子炸开了锅，闹腾得不可收拾。一片怪异的喧嚣在升腾。脚在地上拖曳，人们开始把手上的东西放下来——铅笔、计算器、地图囊、敲得叮当作响的防空钢帽。一些没在呻吟的人此刻公开地咯咯傻笑。若不是德里德尔将军亲自出马平息喧闹，真说不准这场乱哄哄的呻吟造反会闹到什么地步。德里德尔将军决然地走到讲台中央丹比少校的正前方——丹比少校认真、坚忍地低着头，还在专心看表，口里念着"……二十五秒……二十……十五……"——德里德尔将军宽大、通红、专横的脸因为困惑而扭曲，隐隐透出令人生畏的神色。

"到此为止了，弟兄们。"他只是简洁地命令道，眼里闪耀着责难的光，方正的下巴显露出内心的坚决。"我领导一支战斗部队，"他严厉地对他们说。这时屋子里已变得一片肃静，凳子上军官们都像绵羊似的瑟瑟发抖。"只要我还在指挥，这个大队就不准再有人呻吟。听明白了吗？"

所有人都听明白了，唯独丹比少校除外，他还在专心看表，大声倒数着秒数。"……四……三……二……时间到！"丹比少校喊道，然后胜利地抬起头，却发现没人在听他，事情还得从头再来。"哎哎哟。"他沮丧地呻吟道。

"怎么回事？"德里德尔将军难以相信地咆哮道，他猛地转过身去，杀气腾腾的怒火笼罩着丹比少校；少校一脸惊恐的茫然，踉踉跄跄地倒退了几步，抖缩着直冒冷汗。"这个人是谁？"

"丹比少、少校，长官。"卡思卡特上校结结巴巴地说，"我的大队作战参谋。"

"把他拉出去毙了。"德里德尔将军命令道。

"长、长官？"

"我说把他拉出去毙了。你听不见吗？"

"是，长官！"卡思卡特上校潇洒地答道，他使劲咽了一下口水，然后轻快地转向他的司机和气象员，"把丹比少校拉出去毙了。"

"长、长官？"他的司机和气象员结结巴巴地问。

"我说把丹比少校拉出去毙了,"卡思卡特上校呵斥道,"你们听不见吗?"

那两个年轻的中尉愚钝地点点头,彼此茫然地瞪着,一副不知所措、软弱无力的模样,他们都在等着对方率先把丹比少校拉出去枪毙。他们以前都没有把丹比少校拉出去枪毙过,他们犹豫不决地从两边向丹比少校慢慢挪近。丹比少校吓得脸色煞白,他的双腿突然一软,身子倒了下去。那两个年轻的中尉一跃上前,架住他的两只胳膊,这才使他没有瘫软在地。既然他们已经拿住了丹比少校,剩下的事似乎就很容易了,但是这儿没有枪。丹比少校哭了起来。卡思卡特上校很想冲到他身边安慰他几句,但又不想在德里德尔将军面前显得太娘们儿。他想起阿普尔比和哈弗迈耶总是带着 .45 口径的自动手枪执行任务,便开始一排排地扫视那些军官,找寻他们。

丹比少校刚刚开始哭,一直在旁观的可怜地摇摆不定的穆达士上校就再也无法控制自己了,他显出一副苍白无力的自我牺牲姿态,缺乏自信地向德里德尔将军走过去。"我想你最好再等一会儿,爸,"他犹犹豫豫地建议道,"我认为你不能枪毙他。"

他的介入惹得德里德尔将军勃然大怒。"到底谁说我不能?"他好斗地怒喝道,声音震得整个建筑都嘎嘎作响。穆达士上校尴尬得满脸通红,俯身凑近他的耳朵低语。"究竟为什么我不能?"德里德尔将军吼叫道。穆达士上校又耳语了几句。"你是说我不能想枪毙谁就枪毙谁?"德里德尔将军问道,满脸不妥协的愤怒。随着穆达士上校继续低语,德里德尔将军竖起耳朵,来了兴趣。"真的吗?"他询问道,怒气也因好奇而缓和多了。

"是的,爸。恐怕是的。"

"我想,你以为你他妈的很聪明,是吧?"德里德尔将军突然讥讽起穆达士上校来。

穆达士上校的脸又涨得通红。"不是,爸,这不是——"

"好吧,把那个不服从命令的狗娘养的放掉,"德里德尔将军厉声说,又恼恨地从女婿那边转过身来,暴躁地对卡思卡特上校的司机和卡思卡特上校的气象员大吼大叫,"但是要把他赶出这房子,让他待在外头。那就让我们赶在战争结束前继续下达这个该死的简令吧。没见过这么多没能力的。"

卡思卡特上校僵硬地向德里德尔将军点了点头,连忙示意他的手下把丹比少校推到外面去。等到丹比少校被推了出去,却没有人来继续下达简令。大家面面相觑,觉得有点出乎意料。见大家都愣着不动,德里德尔将军气得脸色酱紫。卡思卡特上校也不知道该怎么办,他正要开始大声呻吟,这时科恩中校走上前来援救,帮他控制住了局面。卡思卡特上校感激涕零、万分欣慰地舒了一口气,感动得不知如何是好。

"那么,弟兄们,我们来对表,"科恩中校立刻清楚、威严地发话了,眼睛却讨好地朝德里德尔将军的方向转来转去,"我们来对一次表,就对一次,如果这一次对不成功,德里德尔将军和我就要查一查是什么原因了。听明白了吗?"他两眼又往德里德尔将军那边瞟来瞟去,想弄清楚他的这番表演是否给将军留下了印象,"现在把表拨到九点十八分。"

科恩中校顺顺当当给他们对好了表,然后信心十足地继续表现。他把当日识别色交代给了军官们,又回顾了一下天气情况,表现得事事精通、机敏而又华而不实。他每隔几秒钟就傻笑着瞟上一眼德里德尔将军,感觉正在给德里德尔将军留下极好的印象,他获得越来越大的鼓舞。他越发来了劲,光彩照人地整整衣冠,在讲台上来回地高视阔步。他把当日识别色又给军官们交代了一遍,然后将话头灵巧地转入激动人心的战前动员,大谈轰炸阿维尼翁的大桥对于赢得战争是如何重要,又讲执行任务的每一个人都有义务热爱祖国胜于爱惜生命。等这番令人鼓舞的长篇大论讲完,他再一次把当日识别色向军官们交代了一遍,强调了接近的角度,并再次回顾了一下天气情况。科恩中校觉得自己达到了权力的顶点,他适合待在聚光灯下。

卡思卡特上校慢慢明白过来了,这下子他给气得说不出话来。他妒忌地看着科恩中校继续他的表演,脸越拉越长;当德里德尔将军走到他身边时,他都几乎不敢听他说什么了,而将军用整个房间都能听见的耳语问道:

"那个人是谁?"

卡思卡特上校带着一丝淡淡的不祥预感做了回答,于是德里德尔将军捂嘴附耳地对他说了些什么,一下就让卡思卡特上校的脸上绽放出无比的喜悦。科恩中校看在眼里,难以自制的狂喜令他浑身颤抖。他是不是被德里德尔将军火速提升为上校了?他实在忍受不了这种期待,便熟练地一挥手,结束了简令下达,然后满怀希望地转过身去,准备接受德里德尔将军的热烈祝贺——将军已经迈开大步,头也不回地向屋外走去,后面跟随着他的护士和穆达士上校。这失望的情景使科恩中校不由得一阵晕眩,但只是一刹那。他见卡思卡特上校仍然立正站在那儿,恍恍惚惚地咧嘴笑着,于是兴高采烈地跑过去拉住他的手臂。

"他说我什么了?"他激动地问道,自豪而幸福的脸上满怀热切的期望,"德里德尔将军说什么了?"

"他想知道你是谁。"

"这个我知道。这个我知道。但他说我什么了?他说什么了?"

"你让他恶心。"

22 市长米洛

就在那次飞行任务中，约塞连被吓得失魂落魄。约塞连在轰炸阿维尼翁的任务中被吓得失魂落魄，是因为斯诺登的肠子被炸没了；而斯诺登的肠子被炸没了，是因为那天他们的驾驶员是赫普尔，他只有十五岁，他们的副驾驶是多布斯，此人更糟，竟要求约塞连同他一起谋划杀害卡思卡特上校。约塞连知道赫普尔是一名优秀的驾驶员，但他只是个孩子，而且多布斯也对他毫无信心，于是等他们把炸弹扔完，多布斯毫无征兆地一把夺过操纵杆，在半空中发起疯来，让飞机一头栽将下去。那不要命的俯冲挟着震耳欲聋的轰鸣，叫人心都提到了嗓子眼，受惊的样子无法形容，还把约塞连的耳机连接线扯脱了，使他的头抵在机头舱顶，毫无办法地悬在那里。

啊，上帝！约塞连无声地尖叫起来，他感到他们全都在坠落。啊，上帝！啊，上帝！啊，上帝！啊，上帝！他尖声哀告，可是飞机下坠之时他连嘴都张不开；他头抵着舱顶，身体失重地晃荡，直到赫普尔设法夺回了操纵杆，在防空炮火拼缀而成的疯狂、险峻的峡谷中拉平了飞机——他们本已从里面爬了出去，此刻还得再逃命一回。几乎就在这时，只听砰的一声，有机玻璃舱盖上被打出了拳头大一个洞。闪亮的碎片刺痛了约塞连的脸颊。没有出血。

"怎么回事？怎么回事？"他叫喊道，耳朵却听不见自己的声音，他不禁剧烈地颤抖起来。对讲机里空荡荡的寂静把他吓傻了,他跪着趴在地上,像一只落入圈套的老鼠那样缩成一团,惊骇得要命,一动也不敢动。他等待着,大气都不敢出一下,终于发现耳机的圆柱形的插头在眼前一闪一闪地晃荡,于是用颤抖的手指把它重新塞回插孔里。啊,上帝!他惊恐万状不住地尖叫,此刻周围到处都是高射炮火,砰砰地爆炸,留下蘑菇状烟云。啊,上帝!

约塞连把插头重新塞回对讲系统,他又能听见声音了,这时他听到多布斯在哭泣。

"救救他,救救他,"多布斯在抽泣,"救救他,救救他。"

"救救谁?救救谁?"约塞连朝他回叫,"救救谁?"

"轰炸员,轰炸员,"多布斯哭喊道,"他没有回话。救救轰炸员,救救轰炸员。"

"我就是轰炸员,"约塞连朝他叫喊着答道,"我就是轰炸员。我一切正常,我一切正常。"

"那就救救他,救救他,"多布斯哭泣道,"救救他,救救他。"

"救救谁?救救谁?"

"报务员炮手,"多布斯乞求道,"救救报务员炮手。"

"我冷。"对讲机里斯诺登虚弱地说道,随后是一声极度痛苦的哀叫,"请救救我。我冷。"

约塞连匍匐穿过通道,爬到弹舱上面,再跳进飞机尾舱。斯诺登受伤后躺在地板上,在一抹黄色的阳光中,冻得快要死了。在他身边不远,直挺挺地躺着那个新来的尾炮炮手,他已经昏死过去了。

多布斯是世界上最糟糕的飞行员,自己也知道。他本来是一个身强力壮的小伙子,现在身体垮了,所以一直在努力说服他的上司他已不再适合驾驶飞机。他的上司全都不听,于是就在任务次数提高到六十次那天,趁着奥尔出去找垫圈,多布斯偷偷地溜进约塞连的帐篷,吐露了他构想的暗杀卡思卡特上校的阴谋。他需要约塞连协助。

"你想让我们残酷地杀掉他?"约塞连反对道。

"没错,"多布斯乐观地微笑着表示同意,见约塞连很快领悟了当前的形势,他很受鼓舞,"我们就用那支鲁格尔手枪把他毙了。枪是我从西西里带回来的,没人知道我手上有这家伙。"

"我想我不能这么干。"约塞连默默权衡了一番之后,断然说道。

多布斯大感惊讶。"为什么不能?"

"你瞧,天下最让我开心的事,莫过于叫这狗娘养的赶上飞机失事把脖子扭断或干脆摔死,或者看到别人一枪把他崩了。可是我想我不能去杀他。"

"但他能杀你。"多布斯争辩道,"其实这都是你告诉我的,他这么长时间一直让我们作战,就是在杀死我们。"

"但是我想我不能对他这么干,我觉得他也有生存的权利。"

"只要他想剥夺你我的生存权利,那他就没有。你这是怎么了?"多布斯惊异极了,"我以前总听你和克莱文杰争论这件事。瞧瞧他落得什么下场,就死在那团云里。"

"别嚷嚷好不好?"约塞连嘘了一声,要他小声点。

"我没嚷嚷!"多布斯叫喊得更响了,他的脸因为革命热情而红彤彤的。他流着眼泪、淌着鼻涕,抖动不已的深红色下唇布满了起沫的唾液。"他把任务次数提到六十的时候,这个大队肯定有将近一百人已经完成了五十五次飞行,肯定还有至少一百个像你这样只差几次的。如果我们由着他这样没完没了地搞下去,他会把我们全都害死的。我们只得先把他干掉!"

约塞连毫无表情地点了点头,没有明确表态。"你觉得我们能逃掉吗?"

"我把一切都计划好了。我——"

"别嚷嚷,看在基督的分上!"

"我没嚷嚷。我把一切——"

"你别嚷嚷了!"

"我把一切都计划好了,"多布斯低语道,他那极度紧张的双手紧紧抓住奥尔的行军床边,强抑住抖动,"星期四早上,他应该从山里他那所该死的农舍回来,我就悄悄穿过树林,溜到公路的急转弯处,藏在树丛中。他到了那儿必须减速,我却能够从两边观察路上的动静,确保附近没有别人。等我看见他的吉普车过来,就把一根大木头推到公路上去,迫使他停下来,然后我就拿着我的鲁格尔手枪从树丛里走出来,朝他的脑袋射击,直到打死为止。我会把枪埋起来,穿过树林回到中队,像别人一样忙自己的事去。能出什么差错呢?"

约塞连专注地听他讲每一个步骤。"我从哪儿插手呢?"他不解地问。

"这事没你干不了,"多布斯解释道,"我需要你告诉我就这么干吧。"

约塞连觉得他的话简直难以置信。"你就要我做这个?只是告诉你就这么干吧?"

"我只需要你做这个,"多布斯回答,"只要告诉我就这么干,后天我就一个人去把他的脑浆打出来。"他激动起来话就越说越快,调门又上去了,"话说到这里,我也想给科恩中校的脑袋来上一枪。如果你没有意见的话,我愿意饶了丹比少校,然后我还想杀掉阿普尔比和哈弗迈耶。我们干掉阿普尔比和哈弗迈耶以后,我想杀麦克沃特。"

"麦克沃特?"约塞连惊骇得几乎跳起来,"麦克沃特是我的朋友。你到底要把麦克沃特怎样?"

"我不知道,"多布斯坦白道,他一脸的慌乱和尴尬,"我只是想,既然我们要干掉阿普尔比和哈弗迈耶,那就不妨把麦克沃特也干掉。难道你不想杀麦克沃特?"

约塞连的立场十分坚定。"你瞧,如果你不再大呼小叫地弄得整个岛上都能听见,如果你认定只杀卡思卡特上校,我也许对这事还有点兴趣。但是如果你想搞成一场屠杀,那就忘了我吧。"

"好吧,好吧,"多布斯试图安抚他,"就杀卡思卡特上校。我应该做吗?告诉我就这么干吧。"

约塞连摇了摇头。"我想我不能叫你这么干。"

多布斯激动得发狂。"我愿意妥协,"他热烈地恳求道,"你不必告诉我就这么干,你只要说这是个好主意就行,好不好?这是个好主意吗?"

约塞连还是摇头。"假如你根本不告诉我就直接动手把这事干了,那倒是个极好的主意,但现在太晚了。我想我没什么可对你说的,再给我点时间,没准我会改变主意。"

"那真的就太晚了。"

约塞连还是摇头。多布斯大失所望,他垂头丧气地坐了一会儿,突然跳起来,跺着脚走了出去,冲动地想再去试试说服丹尼卡医生让他停飞。他蹒跚而去时,屁股把约塞连的脸盆架撞翻,又被奥尔还在安装的炉灶的输油管绊倒了。丹尼卡医生不耐烦地连连点头,抵挡住了多布斯唾沫横飞、指手画脚的责骂,然后打发他去医务室把症状讲给格斯和韦斯听。他正要开口说话,这两人立刻用龙胆紫溶液把他的牙龈涂成了紫色。他们还把他的脚趾也涂紫了。他又要张嘴抗议,他们便把一粒通便药硬塞进他的喉咙,把他送走了。

多布斯的情况比饿鬼乔还要糟;饿鬼乔不做噩梦的时候,至少还可以执行飞行任务。多布斯的情况几乎和奥尔一样坏;奥尔看上去快乐得像一只小一号、咧嘴笑的云雀,时常抽风般地发出一阵精神错乱的咯咯傻笑,歪歪扭扭的龅牙不停地颤动。他获准前往开罗休假,同路的是去那里采购鸡蛋的米洛和约塞连。此行米洛没买鸡蛋,却买了棉花,天一亮就起飞赶往伊斯坦布尔,飞机里满满地塞到炮塔,都是些奇异的蛛状吊兰和没熟透的香蕉。奥尔是约塞连遇到过的最难看的怪人之一,却也是最有吸引力的人之一。他鼓胀的脸坑坑点点,淡褐色的眼睛从眼眶中挤出来,像被劈成两半的褐色大理石弹子,一头杂色的浓密鬈发倾斜向上,直达头顶心,就像上过油的三角小帐篷。他几乎每次上天都要出事,不是被击落到水里,就是引擎被打坏一个;他们起飞去那不勒斯而降落在西西里之后,奥尔像个野人似的拼命拉约塞连的胳膊,要去找那个一肚子鬼心眼、会抽雪茄的十岁皮条客,这小子有两个十二岁的处女姐姐,正在市区一家只有米洛弄到了房间的旅馆门口等候他们。约塞连决然地从奥尔身边退开,有些忧虑、迷惑地凝望着埃特纳火山而不是维苏威火山,心里纳闷他们不去那不勒斯,跑到西西里来干什么;而奥尔则是欲火中烧、坐立难安,傻笑着结结巴巴一个劲地恳求约塞连同他一道跟上那个一肚子鬼心眼的十岁皮条客,去找他那两个十二岁的处女姐姐——其实她们既不是处女,也不是他姐姐,她们实际上已经二十八岁了。

"跟他去吧。"米洛简洁地指示约塞连,"记住你的任务。"

"好吧,"约塞连想着他的任务,叹息一声让步了,"可是至少让我先找一间旅馆房间,事后就可以好好睡上一夜了。"

"你会跟姑娘们好好睡上一夜的。"米洛回答道,还是那种阴谋腔调,"记住你的任务。"

但是他们根本没睡成,因为约塞连和奥尔发现他们跟那两个十二岁的二十八岁妓女挤在了同一张双人床上,原来她们又油腻又肥胖,还整夜不停地弄醒他们要求换伴。约塞连很快就迷迷糊糊的了,根本没注意到挤进他怀里的肥女人一直戴着米色头巾,直到第二天上午很晚的时候,那个一肚子鬼心眼、叼着古巴雪茄的十岁皮条客畜生似的脸说变就变,他当众一把扯下那条头巾,把她那颗令人毛骨悚然的光秃秃的畸形头颅暴露在西西里明媚的阳光下。复仇的邻居把她的头剃得隐隐露出了骨头,因为她跟德国人睡过觉。那姑娘雌威大发,尖声叫喊着,摇摇摆摆地追赶那个一肚子鬼心眼的十岁皮条客,她那可怕的、荒凉的、遭到暴力侵犯的头皮围绕那张古怪的黑肉瘤似的脸,十分可笑地起伏着,像一块脱了色的污秽的东西。约塞连从来没有见过如此赤裸裸的脑袋。那个皮条客手指高高挑着头巾旋转着,像在炫耀战利品;他引着她气急败坏地绕着广场兜圈子,总是在离她指尖几英寸远的地方逃掉,把挤在广场看热闹的人逗得开心地大笑,还指着约塞连嘲笑他。这时米洛一脸严厉地急匆匆大步走来,他责难地撮起嘴唇,对这个如此无聊、不成体统的场面深表不满。米洛坚持立即前往马耳他。

"我们困得很。"奥尔抱怨道。

"那是你们自己的错,"米洛自以为是地训斥他们俩,"如果你们待在旅馆过夜,不跟这些放荡的女人鬼混,那么今天就和我一样有精神。"

"你要我们跟她们走的,"约塞连责备地反驳道,"而且我们没有旅馆房间,只有你能弄到房间。"

"那也不是我的错,"米洛傲慢地解释道,"我怎么知道会有那么多买主到城里来收购鹰嘴豆?"

"你当然知道,"约塞连指责道,"这就是我们不去那不勒斯,却跑到西西里这儿来的原因。你可能已经把整架该死的飞机都装满了鹰嘴豆。"

"嘘——!"米洛严厉地警告道,意味深长地瞥了奥尔一眼,"记住你的任务。"

他们来到机场准备飞往马耳他时,见飞机的弹舱、后舱和尾舱以及机顶炮塔的大部分地方都塞满了成筐的鹰嘴豆。

约塞连此行的任务是转移奥尔的注意力,不让他看出米洛是在哪里买鸡蛋的,尽管奥尔也是米洛的辛迪加的成员,而且同所有其他成员一样,拥有一份股权。约塞连觉得他的任务很无聊,因为谁都知道米洛在马耳他以七分钱一只的价钱买了鸡蛋,再五分钱一只卖给他的辛迪加下属食堂。

"我就是不信任他。"米洛坐在飞机里神情严肃地说道,并朝后面的奥尔点了点头——奥尔像一条扭结的绳子,蜷缩着躺在下面那排盛满鹰嘴豆的筐子上,受尽折磨地竭力想入睡。"我宁愿等他不在场的时候买鸡蛋,免得他探听到我的生意秘密。你还有什么不明白的吗?"

约塞连坐在他身旁副驾驶的座位上。"我不明白,你为什么在马耳他七分钱一只买了鸡蛋,又五分钱一只卖掉呢?"

"我这是为了赚钱。"

"但你怎么能赚钱呢?你每只鸡蛋赔了两分。"

"我把鸡蛋四分二厘五一只卖给马耳他那儿的人,就赚了三分二厘五,再从他们手里七分钱一只买进来。当然,我没赚这个钱,是辛迪加赚了钱,而且人人有份。"

约塞连觉得开始有点明白了。"你以四分二厘五一只卖给他们鸡蛋的那些人,再把鸡蛋七分钱一只卖回给你的时候,就净赚了二分七厘五。是这样吗？你为什么不把鸡蛋直接卖给自己，省掉中间过手的那些人？"

"因为中间过手的那些人就是我。"米洛解释说，"我把鸡蛋卖给我的时候，每只蛋赚三分二厘五；我再从我手里把鸡蛋买回来时，每只蛋又赚二分七厘五，就是每只鸡蛋能获得六分钱的利润。我把鸡蛋五分钱一只卖给食堂时，每只蛋也就亏两分钱而已，这就是我七分一只买进，五分一只卖出还能赚钱的方法。我在西西里收购鸡蛋时，每只蛋只要付给母鸡一分钱就行了。"

"在马耳他，"约塞连纠正道，"你是在马耳他买的鸡蛋，不是西西里。"

米洛得意地哈哈大笑。"我可不在马耳他买鸡蛋。"他承认道，显出一丝暗自得意的神情，约塞连也就这一次见他的样子没那么认真严肃。"我在西西里一分钱一只买来，然后秘密运到马耳他以四分二厘五一只的价格转手，这样等人们来马耳他买鸡蛋时，蛋价能上涨到七分一只。"

"人们为什么去马耳他买鸡蛋？那里蛋价这么贵。"

"因为他们总是这么干。"

"他们为什么不去西西里买鸡蛋呢？"

"因为他们从未这么干过。"

"那我就不懂了。你为什么不把鸡蛋七分钱一只卖给食堂，却只卖五分呢？"

"因为那样一来，我的食堂就不需要我了。七分钱一只的鸡蛋任何人都能七分钱一只买到。"

"那他们为什么不跳过你，直接去马耳他从你手里买四分二厘五一只的鸡蛋呢？"

"因为我不会卖给他们。"

"你为什么不卖给他们？"

"因为那样就没有多少赚头了。作为中间商，我这么做至少还能让自己赚一点。"

"这么说你确实为自己赚了钱。"约塞连断言道。

"我当然赚了。不过赚到的钱都去了辛迪加,而且人人有份。你难道不明白? 我卖给卡思卡特上校的那些梅子番茄也是这么回事。"

"是买,"约塞连纠正道,"你并不卖梅子番茄给卡思卡特上校和科恩中校。你从他们手里买梅子番茄。"

"不,是卖。"米洛纠正约塞连,"我用假名在皮亚诺萨岛所有的市场上抛售梅子番茄,这样卡思卡特上校和科恩中校就可以用他们的假名以四分钱一个的价格从我手里把番茄全部买进,第二天我再替辛迪加以五分钱一个的价格买回来。他们每个番茄赚一分钱,我每个赚三分五厘钱,这样每个人都赚了钱。"

"每个人都赚了钱,除了辛迪加,"约塞连轻蔑地哼了一声,"辛迪加出五分钱一个的价格买进只花了你五厘钱一个的梅子番茄。辛迪加怎么能赢利?"

"我赢利,辛迪加就赢利,"米洛解释说,"因为每个人都有股份。而且辛迪加得到了卡思卡特上校和科恩中校的支持,这样他们就会派我出肥差,就像这一次。再过十五分钟左右我们就在巴勒莫降落,你将看到那意味着多少利润。"

"马耳他,"约塞连纠正他,"我们现在正飞往马耳他,不是巴勒莫。"

"不,我们正飞往巴勒莫。"米洛回答道,"巴勒莫有一个菊苣出口商,我得见他一分钟,谈谈运输一批发霉的蘑菇去伯尔尼的事。"

"米洛,你是怎么做的?"约塞连又惊讶又钦佩地笑着问道,"你填报去一个地方的飞行计划,之后却去了另一个地方。控制塔上的人难道没找过你麻烦?"

"他们都加入了辛迪加,"米洛说,"而且他们明白,凡事只要对辛迪加有利就对国家有利,因为就是靠了这个,大兵们才跑得欢。控制塔上的人也是有股份的,所以他们总是不得不想尽办法给辛迪加提供方便。"

"我也有股份吗?"

"人人都有股份。"

"奥尔也有股份？"

"人人都有股份。"

"饿鬼乔呢？他也有股份吗？"

"人人都有股份。"

"咳，真没想到。"约塞连思忖道，破天荒第一回对股份的概念留下了深刻的印象。

米洛转向约塞连，眼里闪烁着一丝恶作剧的神色。"我有一个万无一失的计划，可以从联邦政府骗到六千美元。我们可以各挣三千块，谁都不用担任何风险。你有兴趣吗？"

"没有。"

米洛激动万分地望着约塞连。"我就喜欢你这一点，"他喊了起来，"你很诚实！我认识的人唯有你能让我真正信赖，因此我希望你能给我更多帮助。昨天在卡塔尼亚，你跟那两个妓女走了，我真是失望。"

约塞连盯着米洛，疑惑而不敢相信他的话。"米洛，是你叫我跟她们走的。你不记得了吗？"

"那不是我的错，"米洛庄重地说，"我们一进城，我就得设法甩掉奥尔。这次在巴勒莫将大不一样。我们在巴勒莫着陆后，我要你和奥尔带姑娘们直接从机场离开。"

"什么姑娘？"

"我事先发过无线电报，和一个四岁皮条客谈好了，准备给你和奥尔找两个有一半西班牙血统的八岁处女。他将去机场等在一辆交通车里，你们下了飞机就直接上那辆车。"

"不行，"约塞连摇头说，"我只想找地方睡上一觉。"

米洛气得脸色铁青，细长的鼻子在黑眉毛之间一阵阵颤动，不对称的红褐色小胡子像一根蜡烛昏暗、细弱的火苗。"约塞连，记住你的任务。"他谦恭地提醒约塞连。

"让我的任务见鬼去吧！"约塞连漠不关心地答道，"让辛迪加也见鬼去

247

吧,就算我确实有股份。我不想要什么八岁的处女,就算她们有一半西班牙血统。"

"我不怪你。不过这些八岁的处女实际上只有三十二岁,而且她们并没有一半西班牙血统,而只有三分之一爱沙尼亚血统。"

"我一点不计较什么处女。"

"她们甚至不是处女,"米洛巧舌如簧地继续道,"我给你选的那一个嫁过一个上了年纪的教师,时间不长,男的又只在星期天才跟她睡觉,所以她其实几乎跟新的一样。"

奥尔也很困倦,于是他们乘车离开机场进入巴勒莫市时,约塞连和奥尔都坐在米洛身旁。他们发现那里的旅馆又没有他俩的房间,而且更重要的是,米洛竟然是市长。

古怪而难以置信的欢迎会在机场就开始了,认出米洛的平民劳工都恭敬地停下手上的工作,克制着一脸的急切和奉承向他凝望。米洛到来的消息抢先飞报入城,等他们乘坐的敞篷小卡车疾驶而过时,城郊早已挤满了欢呼的市民。约塞连和奥尔给弄得莫名其妙、作声不得,只好紧紧贴着米洛以求平安。

进了城,随着卡车朝着市中心缓缓行进,欢迎的场面越来越热烈。小男孩小女孩都放了学,穿着新衣服排列在两边人行道上,手里挥动着小旗。约塞连和奥尔这下给惊得彻底说不出话了。大街上人山人海,欢声雷动,空中到处悬挂着印有米洛肖像的巨幅旗帜。在这些肖像上,米洛穿着黄褐色的高圆领农夫罩衫,严谨、慈祥的脸上显露着宽容、智慧、严谨和坚强的神情,就这样以一种无所不知的目光凝视着民众,唇上小胡子散漫不羁,两只眼睛各看一方。衰弱的病人们从窗口向他送来飞吻。系着围裙的店主们站在店铺狭窄的门口狂喜地欢呼。大号猛然奏响。到处有人摔倒在地,被践踏而死。喜极而泣的老妇人围着缓缓而行的卡车疯狂地你推我搡,争着去摸米洛的肩膀、握他的手。米洛亲切优雅地忍受着这喧嚣的欢迎。他极有风度地朝每个人挥手致意,向欢乐的人群大把大把抛撒锡纸包的好时牌巧克力。

一排排充满活力的少男少女互相挽着手臂,跳跃着一路跟在后面,满怀莫名的敬意操着嘶哑的嗓音一遍遍呼喊:"米—洛!米—洛!米—洛!"

秘密既然已经泄露,米洛便同约塞连和奥尔一道放松下来,于是他洋洋得意起来,充满无限又有些羞怯的自豪。他双颊变得红润了。米洛早被推选为巴勒莫的市长——也是附近卡里尼、蒙雷阿莱、巴盖里亚、泰尔米尼—伊梅雷塞、切法卢、米斯特雷塔和尼科西亚诸市的市长——因为他给西西里带来了苏格兰威士忌。

约塞连十分惊奇。"这儿的人这么喜欢喝苏格兰威士忌?"

"他们根本不喝,"米洛解释道,"苏格兰威士忌非常贵,这儿的人却穷得很。"

"既然没人喝,为什么你要把酒进口到西西里来?"

"是要把价格抬起来。我把酒从马耳他运到这里,就是为了等我替别人再卖回给我的时候,开辟更大的利润空间。我在这里建立了一个全新的产业。今天,西西里已是世界第三大苏格兰威士忌出口地了,而那就是他们推选我当市长的原因。"

"你这么牛,给我们弄间客房怎么样?"奥尔粗鲁地嘟囔道,疲倦得声音都含糊了。

米洛歉疚地回应。"我正准备办这事,"他许诺道,"实在抱歉,忘了事先发无线电报给你俩预订旅馆房间。随我去办公室吧,我现在就跟代理市长说一声。"

米洛的办公室是一家理发店,代理市长是一个矮胖的理发师;热情的问候从这个人逢迎的嘴唇间泡沫似的流溢出来,就像他在刮脸杯里打起的肥皂沫。

"嗯,维托里奥,"米洛懒洋洋地往维托里奥的一张理发椅上一躺,问道,"这次我不在的时候情况怎样啊?"

"非常难过,米洛先生,非常难过。不过你现在回来了,大家又都开心了。"

249

"我正在纳闷人怎么这么多。旅馆怎么会全住满了?"

"米洛先生,这是因为那么多人从别的城市赶来看你。另外,还有好多买主进城参加洋蓟拍卖。"

米洛的手像老鹰似的忽地抬起,拦住了维托里奥的修面刷。"什么是洋蓟?"他问。

"洋蓟吗?米洛先生,洋蓟是一种非常好吃的蔬菜,大家都很喜欢。你在这儿一定要尝一尝,米洛先生。我们种的洋蓟是世界上最好的。"

"真的?"米洛问,"今年洋蓟卖什么价?"

"看来今年是销售洋蓟的好年份。收成非常不好。"

"这是真的吗?"米洛陷入了沉思,突然就不见了踪影。他从椅子上溜走的速度飞快,以至于他身上的条纹理发围布以他身体的形状保持一两秒钟后才落地。等约塞连和奥尔跟着他冲到门口,米洛早已消失无踪了。

"下一位。"米洛的代理市长殷勤地叫唤道,"谁是下一位?"

约塞连和奥尔垂头丧气地走出理发店。他们被米洛抛弃了,只得无家可归地游荡在狂欢的人群中间,徒劳地找睡觉的地方。约塞连已是精疲力竭。他的脑袋隐隐作痛,让他浑身乏力;他对奥尔十分恼火,这家伙不知从哪里找到两只海棠果,塞在腮帮子里,后来约塞连发现那儿有东西,硬是让他吐了出来。随后奥尔不知从哪里找到两颗七叶树果,又悄悄塞了进去,结果约塞连还是察觉了,他要他把果子从嘴里拿出来。奥尔龇牙一笑,回答说那不是海棠果而是七叶树果,而且不在他的嘴里而在他的手上,但是他嘴里含着七叶树果,说的话约塞连一个字也听不懂,所以约塞连一定要他吐出来。奥尔的眼里闪过一丝狡黠,他用指关节使劲揉擦额头,就像个昏昏沉沉的醉鬼,一边还下流地嘻嘻傻笑。

"你还记得那个姑娘——"话还没说完,他又下流地嘻嘻笑起来,"你还记得那个姑娘吗?在罗马那个公寓里,她拿鞋子打我的脑袋,当时我和她都一丝不挂。"他面带诡谲的期待神情问道。他等待着,约塞连终于谨慎地点了点头。"如果你让我把七叶树果放回嘴里,我就告诉你她为什么打我。说定了?"

约塞连点了点头,于是奥尔给他讲那整个离奇的故事,为什么在内特利的妓女的公寓里,那个赤身裸体的姑娘拿鞋子打他的脑袋,可是约塞连一个字也听不懂,因为七叶树果又回到了奥尔的嘴里。约塞连被这个诡计气得大笑。夜幕降临,他们终于还是无法可想,只好去一家肮脏的小饭馆吃了顿乏味的晚饭,然后搭便车回到机场。他们就睡在飞机冰凉的金属地板上,辗转反侧,痛苦地呻吟。这样过了还不到两个小时,就听见卡车喇叭的尖叫声,原来司机们运来了成箱的洋蓟,于是把他们从飞机上赶到了地面,往飞机里装货。这时天下起了大雨,等卡车开走,约塞连和奥尔已是水淋淋的一身,无奈只得重新挤进机舱,缩成一团,像两条瑟瑟发抖的凤尾鱼,塞在摇摇晃晃的洋蓟箱的空隙之间。黎明时分,米洛把洋蓟空运到那不勒斯,换成桂皮、丁香、香荚兰豆和辣椒,即刻转身南回,当天就运到马耳他,结果在那儿米洛又成了副总督。约塞连和奥尔在马耳他还是弄不到房间。米洛在马耳他成了米洛·明德宾德爵士,并在总督府拥有一间极大的办公室。他那张红木办公桌好得不得了。橡木墙的镶嵌板上,在交叉的英国国旗之间,悬挂着米洛·明德宾德爵士身着皇家威尔士步枪团制服的照片,极为鲜明醒目。照片上,米洛的小胡子修剪成了细细的一抹,下巴如刀劈斧削一般,眼睛像利刺那样尖锐。米洛已经封了爵,获皇家威尔士步枪团的少校军衔,又被任命为马耳他的副总督,因为他把鸡蛋贸易做到了那里。他慷慨地允许约塞连和奥尔那晚睡在他办公室厚厚的地毯上,但是他离开不久,就来了一个全副武装的警卫,拿刺刀顶着他们,把两人赶出了大楼。他们只好疲惫地让一个粗鲁的出租车司机载着回机场去,车费还给这家伙宰了一刀,于是又钻进机舱里睡觉。这一回机舱里塞满了成麻袋的可可粉和新磨的咖啡,袋子都被撑漏了,散发着一股浓烈的气味,熏得他们第二天一大早就一齐跑出机舱,扶着起落架大吐特吐起来。这时米洛精神焕发地乘专车来到机场,于是立刻起飞前往奥兰,到那儿约塞连和奥尔还是没有旅馆房间,而米洛又成了代理君主。在一座橘红色的宫邸里,米洛有能够随意支配的奢华住所,但是约塞连和奥尔却不能随他一起进去,因为他们是信仰基督教的异教徒。他们被手执弯刀、身躯庞大的柏柏尔警卫拦在大门口,并被赶跑了。奥尔患了重感冒,他使劲抽着鼻子,打着喷嚏。约塞连宽阔的脊背弯曲了,疼痛难忍。他真想拧断米洛的脖子,可惜米洛是奥兰的代理君主,他的身体是神圣的。最终发现,米洛不仅是奥兰的代理君主,还是巴格达的哈里发、大马士革的伊玛目和阿拉伯的酋长。在那些落后地区,米洛是谷物之神、雨水之神和稻米之神,这类原始的神灵仍然受到当地愚昧而迷信的人们的崇拜;而在非洲的丛林深处,米洛谦逊地暗示道,可以找到许多他留着小胡子的脸部的巨大石雕,那石雕俯瞰着浸染了人血的原始石祭坛。他们所到之处,他都会荣耀地得到人们热烈的称赞,一座又一座城市走下来,他一次又一次接受英雄凯旋式的欢迎。他们终于转身返回,穿过中东来到了开罗,在那里米洛囤积了市场上所有的棉花,而这时世界上谁也不要棉花了,于是他一下子就落到了破产的边缘。在开罗,约塞连和奥尔总算找到了旅馆房间。他们有了柔软的床铺、蓬松的枕头和干净、爽脆的被单;有了带衣架的壁橱,可供他们挂衣服;有了洗漱的水。约塞连和奥尔一身恶臭难闻地泡在滚热的浴盆里,直泡得浑身通红,然后和米洛一起走出旅馆,去一家特别高档的餐馆吃鸡尾冷虾和菲力牛排。餐馆门厅里有一台证券报价机,米洛向侍者领班打听那是什么机器时,它正巧咔咔打出埃及棉花的最新报价。米洛从来没有想到过世上竟有证券报价机这样奇妙的机器。

"真的?"听侍者领班解释完,米洛惊叫道,"那么埃及棉花卖什么价?"侍者领班告诉了他,于是米洛就买下了市场上所有的原棉。

约塞连倒不怎么害怕米洛买下的埃及棉花,他害怕的是他们开车进城时,米洛在本地市场看到的那一串串未成熟的红香蕉。事实证明他怕得有理,因为刚过午夜十二点,米洛把他从熟睡中摇醒,塞过来一根皮剥了一半的香蕉。约塞连给噎得差点哭出来。

"尝一尝。"米洛催促道,并拿着香蕉强求地追着约塞连扭来扭去的脸。

"米洛,你这个杂种,"约塞连呻吟道,"我真的需要睡一会。"

"把它吃了,再告诉我好不好吃。"米洛坚持道,"别告诉奥尔这是我送你的。他的那根我收了他两个皮阿斯特。"

约塞连顺从地吃了香蕉,告诉他味道很好,说完便又合上了双眼。但是米洛又把他摇醒,要他以最快的速度穿好衣服,因为他们马上就要飞往皮亚诺萨岛。

"你和奥尔必须立即把香蕉装上飞机。"米洛解释说,"那人说,搬动香蕉串的时候要留神蜘蛛。"

"米洛,我们不能等到天亮吗?"约塞连恳求说,"我真的需要睡一会。"

"它们熟得非常快,"米洛回答说,"我们一分钟也耽搁不起。想想吧,中队那边的人得到这些香蕉该多高兴啊。"

然而,中队那边的人却连香蕉的影子也没见着,因为在伊斯坦布尔,香蕉是卖方市场,而在贝鲁特,茴香籽又是买方市场,于是卖掉香蕉之后,米洛买下茴香籽,急急运往班加西。六天后奥尔的休假结束的时候,他们马不停蹄地赶回皮亚诺萨岛,飞机上装满了从西西里购来的上好的白壳鸡蛋,米洛说是从埃及买来的,并以仅仅四分一只的价钱卖给了他的食堂,如此一来,他的辛迪加里的指挥官全都恳求他立即赶回开罗,多弄几串未成熟的红香蕉到土耳其卖掉,再换成班加西急需的茴香籽。人人都得到了一份好处。

23 内特利的老头

中队那边唯一真正见过米洛的红香蕉的人就是阿费——香蕉成熟,开始通过黑市渠道流入意大利时,他从军需部一个颇有权势的兄弟会会友那儿拿了两根;而那天晚上,经过这么多星期伤心却毫无结果的搜寻之后,内特利终于又找到了他的妓女,并许诺给她和她的两个女朋友每人三十美元,引诱她们回了军官公寓,当时阿费就和约塞连一起待在公寓里。

"每人三十美元?"阿费慢悠悠地评论道,并怀疑地把这三个高大健壮的姑娘戳戳拍拍一番,气度颇似吝啬的行家,"像这样的货色出三十美元可不少啊。再说,我一生从不为这事花钱。"

"我没要你付钱,"内特利急忙向他保证,"她们全由我来付钱,我只要你们把另外两个带走就好了。你们不肯帮帮我吗?"

阿费自鸣得意地一笑,摇了摇他那皮肤松弛的圆脑袋。"谁也不必为老伙计阿费付钱。只要我想要,什么都能随时弄到。只是我现在没情绪。"

"你何不干脆把三个人的钱都付了,再打发掉另外两个?"约塞连建议道。

"那样我的那个就会跟我生气,因为我迫使她干活挣钱了。"内特利回答道,并焦虑地看着他的姑娘。而她正烦躁地冲他怒目而视,嘴里咕哝起来。

"她说如果我真的喜欢她,就该把她打发掉,跟另外两人中的一个上床。"

"我有个更好的主意,"阿费吹嘘道,"我们可以把她们三个留到宵禁以后,再威胁要把她们推到大街上去让人抓,除非她们把钱都掏给我们。我们甚至可以威胁要把她们从窗户推出去。"

"阿费!"内特利吓呆了。

"我只是想帮你。"阿费腼腆地说。阿费老想帮助内特利,因为内特利的父亲有钱又有名,战争结束后完全能够帮助阿费。"哎呀,"他颇不服气地自我辩护道,"以前在学校里我们总干那种事。记得有一天我们把两个愚笨的高中女生从镇上骗进了兄弟会会所,然后威胁说要给她们父母打电话,说她们正在跟我们胡搞,就这样迫使她们跟那儿所有想要她们的会友上床。我们把她俩困在床上足足十个多小时。她们开始抱怨时,我们甚至还打过她们几耳光。后来我们拿走了她们的一点点零钱和口香糖,把她们赶了出去。哥们,在那个兄弟会会所,我们常常玩得很痛快。"他平静地回忆,肥大的双颊因为怀旧而变得红润,焕发着激情。"我们通常谁都不理睬,甚至互相不理睬。"

但是现在阿费完全帮不上内特利,因为内特利深深迷恋的那个姑娘开始愠怒地咒骂起他来,她的怨恨越来越深,有点吓人了。幸运的是,正在这时饿鬼乔闯了进来,一切就又都正常了,除了片刻后邓巴喝醉了酒摇摇摆摆走进来,马上开始搂抱另外两个咯咯笑的姑娘中的一个。现在是四个男人三个姑娘,七个人把阿费留在公寓,爬进一辆出租马车;马车还停在路边没动呢,姑娘们就要求预付她们钱了。内特利向约塞连借了二十美元,向邓巴借了三十五美元,向饿鬼乔借了十六美元,然后殷勤地一挥手,给了她们九十美元,姑娘们这才变得友好一些,于是对马车夫喊了个地址,车夫便载着他们马蹄嘚嘚地穿过半个城市,进入一片他们从未来过的区域,停在一条黑暗街上的一幢老旧高大的楼房前。姑娘们领着他们上了四段又陡又长、吱吱作响的木楼梯,引他们穿过一道门廊,走进她们自己美妙华丽的出租公寓。这里神奇地不断冒出越来越多轻快敏捷、赤身裸体的年轻姑娘,还住着那个邪恶、淫荡的丑老头儿——他刻薄的笑声总是会激怒内特利;还有那个穿着灰色毛衣、整天骂骂咧咧又正统得不得了的老太婆——她对那里发生的一切不道德的事情都看不惯,竭力要清理干净。

这个奇妙的地方丰饶而火热地充溢着女人的乳头和肚脐。最初,灯光昏暗的土黄色起居室里只有他们自己的三个姑娘。起居室位于三条阴暗的走廊的交界处,它们从不同方向通往这家不同寻常、品质一流的妓院深处的幽室。姑娘们立刻开始脱衣,不时停下来骄傲地炫耀她们那些花哨的内衣,还一刻不停地跟那个憔悴、放荡的老头儿逗笑取乐。那老头儿一头又乱又长的白发,懒散地披一件没系扣子的白衬衫,坐在房间差不多正中间的一张霉乎乎的蓝色扶手椅里,淫荡地跟妓女们喋喋不休,又愉快而讥讽地向内特利和他的同伴们表示礼节性的欢迎。于是那老太婆悲哀地低着她那愤愤不平的脑袋,蹒跚地出去给饿鬼乔叫一个姑娘来,回来时带着两个大波美女,一个已经脱掉了衣服,另一个只穿着一条透明的粉色衬裙,坐下来时也一扭一扭地把它脱掉了。又有三个赤裸的姑娘从另一方向漫步过来,等着说话,随后又来了两个。又有懒洋洋的一群四个姑娘穿过房间,专心致志地聊着天,其中三个光着脚,一个穿着一双没系鞋带的银色舞鞋,走起路来摇摇晃晃,十分危险,那鞋好像不是她自己的。又有一个只穿内裤的姑娘出现了,她坐了下来,于是短短几分钟这群姑娘就达到了十一人之多,除了一个,全都一丝不挂。

到处是慵懒的赤裸肉体,多数都十分丰满,饿鬼乔开始魂不守舍了。他惊讶得全身僵直,一动不动地站在那儿,眼看着姑娘们轻轻松松走进房间,舒舒服服坐下来。这时他突然尖叫一声,闪电般地一头冲向门口,想赶回士兵公寓取他的相机,可是跑到半路他又是一声尖叫,停下了脚步,他有一种可怕的、让人迈不动步的预感——如果他任由这儿的一切离开他的视线哪怕一瞬间,这整个可爱、惊人、华美而色彩缤纷的异教徒乐园就会被掠走,再也无法挽回了。他停在门口,气急败坏地咕哝着什么,脸上、脖子上的青筋和肌腱剧烈地搏动着。那老头坐在发霉的蓝色扶手椅里,就像宝座上邪恶而沉迷享乐的神,两条细腿上裹着一条偷来的美军军用毛毯抵挡寒气。他观望着饿鬼乔,充满胜利的快感。他无声地笑着,凹陷而精明的眼睛闪烁着嘲讽、放荡和洞悉一切的智慧。他一直在喝酒。一看到这个邪恶、堕落、没有爱国心的老头,内特利不由恨得毛发倒竖;这家伙老得足以让内特利想起自己的父亲,他喜欢开诋毁美国的玩笑。

"美国,"他说,"将输掉战争。意大利会赢得胜利。"

"美国是世界上最强大、最繁荣的国家,"内特利怀着激情,威严地告诉他,"而且美国军人是无人能敌的。"

"的确,"那老头欣然同意,话里带着一丝嘲弄的愉悦,"另一方面,意大利是世界上最不繁荣的国家之一,而且意大利军人也许谁也打不过。但那恰恰就是我的国家在这场战争中打得如此出色,而你的国家却打得这么差劲的原因。"

内特利惊异地大笑,随后红着脸为他的失礼表示歉意。"对不起,刚才嘲笑你了。"他真诚地说,接着用恭敬的语调继续道,"但是意大利被德国人占领过,现在正被我们占领着。你不会说那就是打得非常出色,对吧?"

"可我就这么说,"那老头快乐地叫道,"德国人正在被赶出去,而我们还在这里。几年后你们也会走的,而我们仍然在这里。你瞧,意大利确实是一个非常贫穷、弱小的国家,而正是这一点使我们如此强大。意大利士兵已不再死亡了,但美国和德国的士兵还在死亡。我把这叫作打得极其出色。是的,我十分肯定意大利将挺过这场战争,而且在你的国家被摧毁很久以后仍然存在。"

内特利简直不敢相信自己的耳朵,他从来没有听到过如此惊人的亵渎言辞;他本能地纳闷,联邦调查局的人为什么没有出现,把这个卖国的老家伙铐起来。"美国是不会被摧毁的!"他激昂地喊道。

"永远不会?"那老头轻声刺他一句。

"这个……"内特利支支吾吾地说。

那老头放声大笑起来,抑制住一种更深沉、更具爆发性的喜悦。他的刺激言语仍然很温和。"罗马被摧毁了,希腊被摧毁了,波斯被摧毁了,西班牙被摧毁了,所有伟大的国家都被摧毁了。为什么你的不会?你真心以为你自己的国家还会存在多长时间?永远?请记住大约两千五百万年以后地球本身也注定要被太阳毁灭。"

内特利局促不安地扭动着。"唔,我想,永远是一段很长的时间。"

"一百万年?"那个揶揄的老头带着强烈的、虐待狂似的热情坚持道,"五十万年?青蛙几乎有五亿年那么古老了。你真的能非常有把握地说,美国拥有它的强大和繁荣,拥有无人能敌的军人,拥有世界上最高的生活标准,会存在像……青蛙那么久吗?"

内特利真想打烂他那张眼睛斜视的脸。他环顾四周,想找人帮助他反驳这个狡诈、罪恶的诋毁者讨厌的中伤,从而捍卫他的国家的未来。他失望了。约塞连和邓巴正在远端一个角落里毛手毛脚地抚弄着四五个嬉闹的姑娘喝着六瓶红酒,狂欢作乐,而饿鬼乔早就像个贪得无厌的暴君,只要他瘦弱的手臂能搂得住,一张双人床能挤得下,那些臀部最宽大的年轻妓女他都搅将过来拥在身前,沿着那条神秘过道步履艰难地走去。

内特利感到自己不体面地输了。他自己的姑娘伸开四肢,粗俗地躺在一张塞得胀鼓鼓的沙发上,露出怠惰无聊的表情。内特利感到失去了勇气,因为她对他漠然又冷淡,因为他如此鲜明、如此甜蜜又如此悲惨地记得,在士兵公寓客厅里的小注二十一点赌博中,她第一次看见他却没有理睬他,从那时起她就摆着这同一种困倦、慵懒的姿势。她松弛的嘴张开着,形成一个完美的 O 字,而只有上帝才知道她呆滞、迷蒙的眼睛如此残忍、冷漠地在凝视着什么。那老头平静地等待着,带着既轻蔑又同情、洞悉一切的微笑望着他。一个长着两条美腿、肌肤呈蜂蜜色的柔软、曼妙的金发姑娘心满意足地躺倒在那老头的座椅扶手上,开始慵懒妖冶地撩拨他瘦骨嶙峋、苍白而放荡的脸。内特利眼见这么老的男人还如此好色纵欲,心里充满了愤恨和敌意。他情绪低落地转过身,心想干吗不直接带自己的姑娘睡觉去。

这个肮脏、贪婪、刻毒的老头之所以让内特利想起他的父亲,是因为两人毫无相似之处。内特利的父亲是个温文尔雅的白发绅士,衣着无可挑剔;这个老头却是个粗野的流浪汉。内特利的父亲是个冷静、智慧、负责任的人;这个老头却是轻浮薄幸、放荡淫乱的人。内特利的父亲谨言慎行、富有修养;这个老头却是个俗陋的乡巴佬。内特利的父亲尊奉荣誉,知道一切事情的答案;这个老头却是寡廉鲜耻,只晓得提问题。内特利的父亲蓄着高贵的白色髭须;这个老头却根本没有胡子。内特利的父亲——以及内特利遇到过的每个人的父亲——都高贵、英明、值得敬重;这个老头却实在是令人厌恶。于是内特利重又投入同他的辩论,决心痛斥他的卑鄙逻辑和含沙射影的讽刺,雄心勃勃地要报仇雪恨,从而吸引住他如此强烈地爱恋着的那个对他心生厌烦、无动于衷的姑娘的注意,并赢得她永远的爱慕。

"嗯,坦率地说,我不知道美国将存在多久,"他无所畏惧地说,"我想如果有一天世界本身都将毁灭,我们便不可能永远存在。但我确实知道我们将生存并繁荣很长、很长时间。"

"多长时间?"那个亵渎的老头嘲弄地问道,露出一丝恶毒的得意,"甚至不如青蛙长久?"

"比你我都长久得多。"内特利毫无说服力地脱口而出。

"哦,原来如此! 那就不会长久很多了——鉴于你那么好愚弄又那么勇敢,而我已经老成这个样子。"

"你多大年纪?"内特利问道,他不禁对这个老头越来越感兴趣,越来越着迷。

"一百零七岁。"见内特利一脸懊恼的样子,那老头开心地咯咯笑了起来,"我看得出你也不相信这一点。"

"我不相信你告诉我的一切,"内特利回答说,露出羞怯的缓和气氛的微笑,"我唯一真正相信的就是美国将打赢这场战争。"

"你真是太相信打赢战争了,"那个卑鄙邪恶的老头嘲笑道,"真正的窍门在于输掉战争,在于知道哪些战争可以输掉。意大利一直在打败仗,都几个世纪了,可是你瞧,我们做得多么出色。法国赢了战争吧,却是危机不断。

德国输了倒繁荣起来。看看我们自己最近的历史吧。意大利在埃塞俄比亚打了场胜仗,但很快就陷入严重的困境。胜利给了我们如此荒唐的辉煌假象,结果我们帮助引发了一场毫无胜算的世界大战。可是既然我们又要输了,一切就已朝好的方向转化;如果我们成功地被打败了,我们就一定会再次出人头地。"

内特利目瞪口呆地看着他,毫不掩饰一脸的迷惘。"现在我真的不懂你在说什么了。你说话像疯子。"

"但我活得像健全的人。墨索里尼掌权时,我是法西斯分子;现在他被赶下了台,我就是反法西斯主义者。德国人在这儿保护我们对抗美国人时,我是狂热的亲德派;现在美国人在这儿保护我们对抗德国人,我就是狂热的亲美派。我可以向你保证,我的愤慨的年轻朋友,"见内特利越加张口结舌、惊慌失措,那老头一双狡猾、轻蔑的眼睛便越加兴奋地闪亮,"在意大利,你和你的国家不会有比我更忠诚的支持者了——不过你们一定得留在意大利。"

"但是,"内特利怀疑地叫喊道,"你是个叛徒!趋炎附势的小人!可耻的、不择手段的机会主义者!"

"我一百零七岁了。"那老头温和地提醒他。

"你难道没有任何原则?"

"当然没有。"

"没有道德规范?"

"噢,我是个极有道德的人。"那个老恶棍半讥讽半庄重地向他保证说,一边摸着一个丰满的、长着漂亮酒窝的黑头发姑娘的光屁股,她诱惑地在他椅子的另一边扶手上舒展开身体。他坐在两个赤裸的姑娘中间,一派自鸣得意、老旧破败的辉煌,至尊的手一边搂一个,挖苦地向内特利咧嘴笑着。

"我难以相信,"内特利勉强说道,他尽力不去看他和那两个姑娘搂搂抱抱的样子,"我只是难以相信。"

"但这不折不扣全是真的。德国人进城的时候,我在大街上跳舞,像个青春洋溢的芭蕾舞女,一边呼喊:'嗨,希特勒!'直喊得嗓子都哑了。我甚至还挥着一面纳粹小旗,那是我从一个漂亮小女孩手里抢的,趁她母亲不注意的时候。德国人离开城市的时候,我带着一瓶极好的白兰地和一篮鲜花冲出去欢迎美国人。当然,白兰地我自己喝,鲜花则是用来撒向我们的解放者的。头一辆汽车上直挺挺坐着个乏味的老少校,我拿一枝红玫瑰稳稳打中了他的眼睛。非凡的一击!你真该看看他畏缩的样子。"

内特利喘着粗气,吃惊地站了起来,脸上血色尽失。"□□·德·科弗利少校!"他叫喊道。

"你认识他?"那老头乐滋滋地问道,"真是太巧了!"

内特利吃惊得都没听他说话了。"那么你就是打伤□□·德·科弗利少校的人!"他惊骇又愤慨地喊道,"你怎么能做这种事情?"

那恶魔老头泰然自若。"你是说,我怎么能忍得住。你真该瞧瞧那个傲慢的老厌物,那么严厉地坐在车里,就像上帝本人,大脑袋直挺挺的,愚蠢的脸庄严肃穆。他是个多么诱人的靶子!我用一枝美国丽人玫瑰打中他的眼睛。我觉得这再合适不过了。你说呢?"

"那是一件可怕的事情!"内特利大声指责他,"是恶意的犯罪行为!□□·德·科弗利少校是我们中队的主任参谋!"

"是吗?"那个不思悔改的老头揶揄道,然后装出一副懊悔的样子,神情庄重地撮着他的尖下巴,"这么说,你得为我的不偏不倚表扬我。德国人开进来的时候,我用一小枝火绒草差点扎死一个强健的年轻中校。"

这可恶的老头竟然不能察觉他犯下的罪过有多么骇人听闻,对此内特利惊愕不已,却不知如何是好。"难道你不知道你都干了些什么吗?"他激烈地责骂他,"□□·德·科弗利少校是个高贵、奇妙的人,大家都敬仰他。"

"他是个无聊的老傻瓜,他实在没有权利故作无聊的年轻傻瓜状。他现在在哪儿?死了?"

内特利带着忧郁的敬畏轻声回答道:"没人知道。他好像消失了。"

"看到了吧?想一想,像他这样年纪的人,还在为国家之类的荒唐事情

261

拿自己所剩不多的生命去冒险。"

内特利马上又表示强烈反对。"为自己的国家冒生命危险没什么荒唐的!"他宣告道。

"是吗?"那老头问道,"什么是国家?国家是四周被边界围起来的一块土地,通常是非自然的。英国人为英国而死,美国人为美国而死,德国人为德国而死,俄国人为俄国而死。现在有五六十个国家在打这场战争,无疑,这么多国家不可能都值得为它们而死。"

"一切值得为它而生的东西,"内特利说,"都值得为它而死。"

"而任何值得为它而死的东西,"那个亵渎的老头回答说,"肯定值得为它而生。你看,你这样一个单纯、天真的年轻人,我几乎为你感到惋惜了。你多大了?二十五?二十六?"

"十九,"内特利说,"到一月份就满二十。"

"但愿你能活下去。"那老头摇了摇头,一度像那个烦躁易怒、事事看不惯的老太婆一样,敏感而沉思地皱着眉头,"如果你不提防,他们将会杀了你;我现在就能看出你不打算提防。你为什么不理智一些,学学我的样?你也可以活到一百零七岁呢。"

"因为我宁可站着死,不愿跪着生。"内特利满怀得胜的崇高信念反驳道,"我想你听说过这句格言吧。"

"是的,我当然听说过,"那个奸诈的老头沉思道,又微笑起来,"不过你恐怕说颠倒了。宁可站着生,不愿跪着死。那才是这句格言的说法。"

"你肯定吗?"内特利问道,颇有点审慎的糊涂,"好像我的说法更有道理。"

"不,我的说法更有道理。去问你朋友。"

内特利转身去问他的朋友,却发现他们都走了。约塞连和邓巴都没了踪影。见内特利尴尬又吃惊的样子,那老头轻蔑而快乐地大笑起来。内特利羞愧地阴沉了脸。他无助地犹豫片刻,然后猛地一转身,逃进了离他最近的那条走廊去找约塞连和邓巴,希望能赶上他们,说说那老头和□□·德·科弗利少校之间那场奇异的冲突,好把他们拉回来解围。每条走廊里的每扇门都关上了。每扇门下都没有灯光。夜已经很深了。内特利无望地放弃了搜寻。他终于意识到,已经没有什么事情可做了,除了带上他爱恋的姑娘,找个地方躺下来,跟她温柔、殷勤地做爱,共同计划他们的未来;但是等他回到起居室找她的时候,她也睡觉去了,这下他更没有什么事情可做,只好找那个可恶的老头继续刚才中断的讨论。而那老头却从扶手椅里站起身来,以诙谐、礼貌的姿态告退,把内特利和两个睡眼蒙眬的姑娘扔在那里。她们也说不清他的妓女进了哪个房间,于是试图逗起他的兴趣未果之后,很快就走开睡觉去了,留下他一个人睡在起居室那张凹凸不平的小沙发上。

内特利是个敏感、富有、漂亮的小伙子,有一头乌黑的头发、一双信任的眼睛,此外还有酸疼的脖子——第二天一大早在沙发上醒来的时候,他昏昏沉沉不知身在何处。他的性情总是温文尔雅的。他快二十岁了,不曾有过心理创伤、紧张、仇恨或神经衰弱,在约塞连眼里,这恰恰证明了他其实有多疯狂。他的童年还是很快乐的,虽然受到了管束。他跟兄弟姐妹们相处融洽,也不恨他的父母,他们都对他非常好。

内特利从小就学会了憎恶阿费那样的人——他母亲把他们描绘成野心家;还有米洛那样的人——他父亲把他们说成是毒品贩子。但他从未学会怎样憎恶,因为他从未获得过准许接近他们。就他的记忆所及,他在费城、纽约、缅因、棕榈海滩、南安普敦、伦敦、多维耶、巴黎和法国南部的家里,座上的宾客都是绅士淑女,没有一个野心家或毒品贩子。内特利的母亲是新英格兰桑顿家族的后裔,也是美国革命家的后代。他的父亲却是个狗娘养的。

"永远记住,"他母亲常常提醒他说,"你是内特利家族的人。你不是范德比尔特家的,他家的财富是靠一个粗俗的拖轮船长挣来的;你不是洛克菲勒家的,他家的财富是通过不择手段的原油投机积累起来的;你也不是雷诺兹或杜克家的,他们的收入是通过向不知情的公众推销含有致癌物树脂和焦油的产品获得的;当然你更不是阿斯托家的,我相信他家还在出租房屋。你是内特利家族的人,内特利家族从来没有为了钱什么事都干。"

"你妈妈的意思,孩子,"一次他的父亲和蔼地插话道,那种措辞优雅而简洁的天赋令内特利钦佩不已,"是老钱比新钱好,新贵决不会像新贫那样受尊敬。说得对吗,亲爱的?"

内特利的父亲不断溢出这种明智又世故的建议。他热情奔放,脸色红润,有如香煮红葡萄酒。内特利很是喜欢他,尽管并不喜欢香煮红葡萄酒。战争爆发时,内特利一家决定让他入伍,因为他太年轻,不能委派做外交工作,又因为他父亲根据可靠消息说,苏联将在数周或数月之内瓦解,然后希特勒、丘吉尔、罗斯福、墨索里尼、甘地、佛朗哥、庇隆和日本天皇将签署一个和平协议,从此幸福地生活在一起。内特利加入陆军航空队是他父亲的主意,在那儿他可以作为飞行员安全地接受训练,同时苏联人将放弃抵抗,连停战协定的细节也拟定好了。而且在那儿,作为一名军官,他接触的只会是有地位的绅士。

然而,他却发现自己在罗马一家妓院里跟约塞连、邓巴和饿鬼乔混在一起,而且极为痛苦地爱上了那儿一个冷漠的姑娘;他在起居室独自睡了一夜之后,第二天早上终于和她同床共枕了,但差不多立刻就被她那不可救药的小妹妹搅黄了好事。小姑娘们也不敲便闯了进来,嫉妒地扑上床去,好让内特利也把她搂着。内特利的妓女咆哮着跳起来,愤怒地要揍她,抓着她的头发把她扯了起来。这个十二岁的姑娘眼望着内特利,像只拔了毛的小鸡,或一条剥掉皮的嫩枝:她幼嫩的身体早熟地努力模仿比她年长的女人,这让每个人都觉得难堪,因此她总是被赶着去穿上衣服,被命令到外面大街上在新鲜空气中跟别的孩子玩。此刻两姐妹正在野蛮地彼此咒骂、恶语相向,发出一阵流畅的、吵死人的喧闹,引得一大群欢闹的看客直往房间里拥。内特利气恼地放弃了。他叫他的姑娘穿上衣服,带着她下楼吃早饭去了。那个小妹妹紧跟在后面。他们三人在附近一家露天咖啡馆体面地吃着早餐,这时内特利感觉就像是骄傲的一家之主。但是他们刚开始往回走,内特利的妓女就已经厌烦了,她决定跟其他两个姑娘上街拉客去,不想再在他身上花时间了。内特利和那个小妹妹温顺地远远跟在后面,那个野心勃勃的小孩子想学几手拉客的技巧,内特利则在闲逛中暗自伤感。那几个姑娘被一辆军车上的士兵拦住并带走时,他们两人都很难过。

内特利回到咖啡馆,给那个小妹妹买了巧克力冰激凌,等她情绪好些后,又带着她回到公寓。约塞连和邓巴已经懒洋洋地躺在了起居室,还有精疲力竭的饿鬼乔,伤痕累累的脸上还带着快乐、麻木、胜利的微笑,那天早晨他就是这样笑着从他庞大的后宫里跌跌撞撞走出来,好像一身骨架都散了似的。看到饿鬼乔破裂的嘴唇和乌青的眼睛,那个好色而邪恶的老头喜形于色。他仍然穿着头天晚上那件皱巴巴的衣服,并热情地问候内特利。那副寒酸、邋遢的模样让内特利从心底感到不安,他只要来公寓,总希望那个堕落又淫荡的老头穿上一件干净的布鲁克斯兄弟牌衬衫,刮过脸,梳过头,外套一件花呢夹克衫,蓄上干净利落的白色小胡子,这样内特利每次看着他并想起自己的父亲时,就不会忍受如此让人窘迫的羞耻了。

24 米洛

对于米洛,四月一直是最美好的月份[1]。丁香花在四月开放,水果在藤蔓上成熟。心跳加快,先前的欲望也苏醒了。四月里,白亮的鸽子眼里闪烁着更鲜活的虹彩。四月是春天,春天里,米洛·明德宾德的幻想轻轻转向了柑橘[2]。

"柑橘?"

"是的,长官。"

"我的部下非常喜欢柑橘。"那位驻扎在撒丁岛的上校承认道,他指挥四个 B-26 轰炸机中队。

"只要你能从伙食经费里出钱,他们吃多少都不成问题。"米洛向他保证。

"卡萨巴甜瓜有吗?"

"在大马士革便宜极了。"

"我特爱吃卡萨巴甜瓜。我一向都爱吃卡萨巴甜瓜。"

"每个中队就借给我一架飞机,就一架,那么只要你付钱,想吃多少卡萨

---

[1] 参见艾略特诗《荒原》。
[2] 参见丁尼生诗《洛克斯利霍尔》。

巴甜瓜都不成问题。"

"我们从辛迪加购买?"

"人人都有股份。"

"这真是神奇,太神奇了。你是怎么办到的?"

"靠的是大批购买的威力。比如说,面包屑裹小牛肉。"

"我倒不大热衷面包屑裹小牛肉。"驻科西嘉北部的那位心存疑虑的B-25轰炸机指挥官咕哝道。

"面包屑裹小牛肉非常有营养,"米洛诚恳地劝他,"它含有蛋黄和面包屑。羊排也是这样。"

"啊,羊排,"那B-25指挥官回应道,"上好的羊排吗?"

"最好的,"米洛说,"黑市上最好的。"

"羔羊排?"

"穿着你见过的最可爱的粉色纸尿裤。在葡萄牙便宜极了。"

"我可不能派一架飞机去葡萄牙。我没有这个职权。"

"我能,只要你借飞机给我,外加一名飞行员驾驶它。别忘了——你将会请到德里德尔将军。"

"德里德尔将军会再来我们食堂吃饭?"

"吃得像头猪,只要你用我的纯黄油煎上我最好的新鲜白鸡蛋,再端给他吃。此外还有柑橘,以及卡萨巴甜瓜、白兰瓜、多佛鲽鱼片、热烤阿拉斯加食品、乌蛤和贻贝。"

"人人都有份?"

"这,"米洛说,"就是事情最美妙的地方。"

"我不喜欢。"这位不肯合作的战斗机指挥官粗鲁地叫道,他也不喜欢米洛。

"北边有个战斗机指挥官不肯合作,弄得我很难办。"米洛向德里德尔将军抱怨道,"一个人就能坏了整个事情,这下你再也吃不到我的纯黄油煎的新鲜鸡蛋了。"

德里德尔将军便把那个不肯合作的战斗机指挥官调到所罗门群岛挖坟墓去了,再换上一个老迈的上校来接替他。这老头患有滑囊炎,特别爱吃荔枝干,他把米洛介绍给陆上一位指挥 B-17 轰炸机的将军,此人特别爱吃波兰香肠。

"在克拉科夫,用花生可以换到波兰香肠。"米洛告诉他说。

"波兰香肠,"将军怀旧地感叹道,"你知道,给我一大包波兰香肠,我什么都愿意拿出来。什么都愿意。"

"你什么都不必拿出来,只要一个食堂给我一架飞机,再加一名听从调遣的飞行员就行了。再就是你初次订货时,可付上一笔小小的定金以示诚意。"

"可是克拉科夫远在敌后几百英里,你怎么去弄香肠?"

"日内瓦有一个波兰香肠国际交易市场,我只消把花生空运到瑞士,再以公开的市场价格换成波兰香肠。他们要把花生运回克拉科夫,我呢,就把波兰香肠运来给你。你要多少波兰香肠,就可以通过辛迪加买到多少。还可以买到柑橘,只加了一点点人造色素。还有马耳他运来的鸡蛋和西西里运来的苏格兰威士忌。你向辛迪加购买时,其实是在向自己付钱,因为你将拥有一份股份,这样你实际上是不花一分钱就得到了要买的东西。是不是很有道理?"

"绝对天才!你是怎样想到这么好的主意的?"

"我是米洛·明德宾德。我二十七岁。"

米洛·明德宾德的飞机从四面八方飞回来,歼击机、轰炸机和运输机川流不息地涌进卡思卡特上校的机场,飞行员都是听从调遣的人。飞机上原先都装饰了艳丽的中队徽标,图示着这样一些值得称道的理想,如勇敢、力量、正义、真理、自由、博爱、荣誉和爱国主义等,却被米洛的机械师立刻用哑光白漆连刷两层涂掉了,代之以俗艳的紫色模喷名字:M&M 企业,精品果蔬。"M&M 企业"中的"M&M"代表米洛和明德宾德;米洛坦率地透露,这个"&"是有意插入的,为的是消除辛迪加是一个人经营的印象。为了米洛,飞机从意大利、北非和英国的机场,从利比里亚、阿森松岛、开罗和卡拉奇的空运指挥站一架架飞来。歼击机被换成了几艘货船,或者留着应付紧急托运事宜和投递小包裹;卡车和坦克又从地面部队搞到了,用于短途公路运输。人人都有股份,于是大家吃得发了胖,油滋滋的嘴上叼着牙签,懒洋洋地四处游逛。米洛独自掌管着整个日益扩展的经营业务。獭皮般褐色的皱纹深深地、永久地刻进了他忧虑过度的脸,使他憔悴不堪,显得既清醒理智又满腹疑虑。除了约塞连,人人都觉得米洛是个笨蛋,他先是主动要求去干司务长的工作,然后太把它当回事了。约塞连也觉得米洛是个笨蛋,但他还知道米洛是个天才。

一天,米洛飞往英国装运一批土耳其芝麻糖,而从马达加斯加飞回来时竟然领着四架装满甘薯、甘蓝、芥菜和乔治黑斑豌豆的德国飞机。米洛刚走下地面就惊呆了,他发现一支武装宪兵队正等在那里,准备拘禁那些德国飞行员并没收他们的飞机。没收!光这个词就让他恨得牙痒痒的,只见他来回奔突,严词谴责,对着卡思卡特上校、科恩中校和那个带有战伤、端着冲锋枪率领那队宪兵的可怜上尉,对着三张满含愧疚的脸摇晃着一根指头,仿佛一柄指向他们的利剑。

"这是苏联吗?"米洛扯着嗓子不相信地质问他们,"没收?"他尖叫道,好像无法相信自己的耳朵,"从什么时候开始,没收公民私人财产成了美国政府的政策?你们真是可耻!你们全都可耻,竟然生出这种可怕的念头。"

"可是米洛,"丹比少校怯懦地插嘴道,"我们正在跟德国人打仗,那些都是德国飞机。"

"它们根本不是!"米洛愤怒地反驳道,"那些飞机属于辛迪加,人人都有股份。没收?你们怎么可能没收自己的私有财产?没收,那好啊!我一辈子从没听说过这么卑鄙的事。"

果然,米洛没说错,因为等他们再看时,他的机械师早已连刷两层白漆,把机翼、机尾和机身上的纳粹党徽涂掉,并用模板喷上了"M&M 企业,精品果蔬"的字样。就这样当着他们的面,米洛把他的辛迪加变成了一个国际卡特尔。

米洛庞大的空中运输队充斥天空。一架架飞机蜂拥而至,从挪威、丹麦、法国、德国、奥地利、意大利、南斯拉夫、罗马尼亚、保加利亚、瑞典、芬兰、波兰——从欧洲各地飞来,实际上,苏联除外,因为米洛拒绝跟他们做生意。等每一个生意伙伴都和"M&M企业,精品果蔬"签约以后,米洛又创办了一个全资子公司"M&M企业,花色糕点",于是得到了更多的飞机,并从伙食经费中弄出更多的钱来经营不列颠群岛的烤饼和松饼,哥本哈根的梅干和奶酪丹麦酥,巴黎、兰斯和格勒诺布尔的糖霜奶油馅条饼、奶油泡芙、拿破仑酥饼和花色小蛋糕,柏林的奶油圆蛋糕、黑麦面包和德式姜饼,维也纳的林茨蛋糕和多柏思蛋糕,匈牙利的果馅卷,以及安卡拉的果仁蜜饼。每天早上,米洛派出飞机在整个欧洲和北非的高空转悠,拖着长长的红色标旗,上面用巨大的方体字广告着当天的特价商品:"后腿眼肉,79美分……牙鳕,21美分。"他把拖尾标旗租给佩特牛奶、盖恩斯狗食和诺克斯玛护肤品公司,从而提高了辛迪加的现金收入。本着民营企业的精神,他定期留出一些免费的空中广告位置,为佩克姆将军做公益宣传,如"整洁很重要,忙中必出错",还有"一起祷告的家庭不会散"。米洛还向柏林的阿克西斯·萨利和"呱呱老爷"[1]的每日宣传广播购买了广告插播权,以促进他的业务。生意在各前线战场大大兴旺。

米洛的飞机成了人们熟悉的景象,它们享有通行各处的自由。一天米洛同美军当局签订了一份合同,由他负责轰炸奥尔维耶托德军守卫的一座公路桥,又同德军当局签订了合同,由他保卫奥尔维耶托那座公路桥,用防空炮火对付他自己的攻击。他为美军攻击这座桥梁的费用是全部作战成本外加百分之六,为德军保卫这座桥梁的协议费用也是成本外加百分之六,附带一条增补条款,即他每击落一架美军飞机,都将获得一千美元的绩效奖金。他指出,这些交易的圆满完成标志着私有企业的重大胜利,因为两国军

---

[1] 两人都是第二次世界大战时期纳粹德国向盟军进行宣传广播的著名播音员。

队都是社会化机构。合同一经签订,似乎就没有必要耗费辛迪加的资源炸桥和守桥了,因为双方政府有的是现成的人力和物力,而且非常愿意贡献出来,结果,米洛从双方都获得了巨额利润,而他只不过签了两次名而已。

这个安排对双方都是公平的,因为米洛确实有通行各处的自由,他的飞机便可以悄悄潜入进行偷袭,而不会惊动德军的防空炮火;又因为米洛知道袭击行动,他便有充分的时间向德军高射炮手发出警报,一旦飞机进入射程,就准确地向它们开火。对于每个人来说,这都是一个完美的安排,除了约塞连帐篷里那个死人,他来报到那天就在目标上空送了命。

"我没有杀他!"面对约塞连愤怒的责难,米洛激动地一再重复,"跟你说,那天我根本不在场。难道你以为飞机过来时,我就在地面打高射炮?"

"但这是你一手策划的,不是吗?"约塞连大叫着回敬他,周围丝绒般的黑暗笼罩着那条经过寂静的车辆调配场直通露天影院的小路。

"而且我什么也没策划,"米洛愤怒地回答,一面激动异常地使劲吸气,空气咝咝穿过他苍白、抽搐的鼻子,"德国人占据着大桥,而我们要去轰炸它,无论我插手还是不插手。我只是从任务中看到了一个极好的发财机会,于是接了下来。这有什么大不了的?"

"有什么大不了的?米洛,我帐篷里有个士兵在任务中送了命,他连背包都还没来得及打开。"

"但我没有杀他。"

"你为此得了一千美元外快。"

"但我没有杀他。跟你说,我根本不在场。我在巴塞罗那购买橄榄油和去皮剔骨沙丁鱼,有订货单为证。我也没有得到那一千美元。那一千美元都归了辛迪加,人人有份,连你也有。"米洛向约塞连诚心恳求道,"你瞧,约塞连,无论那个混账温特格林说什么,我毕竟没有发起这场战争。我不过是试着以公事公办的方式来看待它而已。这有什么不对吗?你知道,一架中型轰炸机加机组人员换一千美元,这不能说是坏价钱。我若能说服德国人,他们每击落一架飞机就付我一千美元,那我为什么不该拿这钱呢?"

"因为你在跟敌人做交易,那就是理由。难道你不明白我们是在打仗?人们正在死亡。看在基督分上,瞧瞧你周围吧!"

米洛摇摇头,不耐烦地克制着。"何况德国人并不是我们的敌人,"他断言,"哦,我知道你要说什么。不错,我们是在跟他们打仗。但是德国人也是我们辛迪加声誉良好的成员,我有责任保护他们作为股东的权利。也许他们的确挑起了战争,也许他们正在杀害成千上万的人,可是他们付起账来比我们的一些所谓的盟国干脆得多。难道你不明白我必须维护我跟德国人所订合同的严肃性?难道你不能从我的角度看待这个问题?"

"不能!"约塞连厉声回绝。

米洛被深深刺痛了,他倒也毫不掩饰感情受到了伤害。那是一个闷热的、月光明亮的夜晚,空中到处是小虫、飞蛾和蚊子。米洛突然抬手指向露天影院,只见放映机平射出一道乳白色的、满是灰尘的光束,在黑暗中劈开一道圆锥形的光痕,给观众披上了一层荧光薄膜。他们都斜倚在那儿的椅子上,像受了催眠似的瘫软着,一齐向上仰起脸对着电影银幕。米洛的双眼噙着真诚的泪水,朴实而廉洁的脸上混合着汗水和驱虫油,亮晶晶地闪着。

"瞧瞧他们,"他叫喊道,激动得声音都哽咽了,"他们是我的朋友、我的同胞、我的战友。你绝对不会有更好的一群伙伴了。你觉得不到万不得已,我会做出哪怕一件事情伤害他们吗?我现在的烦心事还不够多吗?难道你看不见那些堆积在埃及各个码头的棉花让我有多烦恼吗?"米洛的声音裂成了碎片,他好像溺水似的一把抓住约塞连的衬衣前襟,眼睛明显地颤动着,像褐色的毛虫,"约塞连,这么多棉花我怎么办?都是你的错,你让我买的。"

在埃及,码头上棉花堆积如山,根本没人要。米洛做梦也没想到尼罗河河谷竟会如此肥沃,或者说他买下的这批作物竟会完全没有市场。他的辛迪加里的食堂都不肯帮忙,他们毫不妥协地起来造反,反对米洛要按人头收取税金,好让每个人都拥有一份埃及棉花的计划。就连他最可靠的朋友德国人也在这次危机中抛弃了他:他们宁愿使用代用品。米洛的食堂甚至不愿帮他储存一下棉花,于是他的仓储费用直线上升,致使他的现金储备彻底枯竭。那次奥尔维耶托行动赚到的利润被吸干了,他开始往大本营写信要钱,那是他在生意红火时寄回去的,但那些钱也快见底了。每天仍有大捆大捆的棉花不断运抵亚历山大港的码头。每次他成功地在国际市场上亏本脱手一批,黎凡特地区那些狡猾的埃及掮客就统统吃进,再以合同原价卖回给米洛,这样一来,他的境况真是越来越糟糕了。

M&M企业已到了崩溃边缘。米洛不断地咒骂自己极端的贪婪和愚蠢,后悔不该买下整个埃及棉花收成。然而合同就是合同,必须信守,于是一天晚上,一顿丰盛的晚餐之后,米洛所有的战斗机和轰炸机一齐起飞,直接在基地上空编好队形,就朝飞行大队扔起炸弹来。他又和德国人签了一个合同,这次是轰炸他自己的装备。米洛的飞机分成几路协同攻击,轰炸了机场的油料库、军械库、修理棚和停在棒糖形停机坪上的B-25轰炸机。他的机组人员总算饶了起降跑道和那些食堂,这样他们干完活便可以安全着陆,并在就寝之前享受一份热乎乎的快餐。他们亮着机上的着陆灯进行轰炸,因为根本没人开火还击。他们轰炸了所有四个中队、军官俱乐部和大队指挥部大楼。士兵们惊恐万状地钻出各自的帐篷,不知往哪个方向奔逃才好。很快,受伤者躺得到处都是,他们痛苦地尖叫着。一组杀伤弹在军官俱乐部的院子里爆炸,弹片击穿了这座木建筑的一面侧壁,留下参差不齐的洞口,也射穿了吧台前站着的一溜中尉和上尉的腹背。他们极度痛苦地弯下身子,倒在地上。其余的军官惊慌失措地朝那两个出口逃窜,却又畏缩着不敢出去,于是在门口挤成一团,像一道密实、号叫的人肉堤坝。

卡思卡特上校又是撕扯又是推挤,好不容易钻出乱成一团、不知所措的人群,独自站在门外。他仰头凝望天空,不禁大为惊恐。米洛的飞机如气球般宁静地掠过开花的树梢,朝他们飞近。飞机敞开着炸弹舱门,低垂着襟翼叶片,一直亮着那些丑陋、突眼、炫目、强烈闪烁着的诡异的着陆灯。这是他有生以来目睹的最具启示性的景象。卡思卡特上校发出一声惊恐丧胆的尖叫,一头扑进他的吉普车,几乎哭出声来。他找到了油门和启动器,于是汽车摇摇晃晃地载着他,开足马力朝机场疾驶而去。他那双松弛的大手不是毫无血色地紧握着方向盘,就是在激动不安地鸣喇叭。他一度差点送掉性命,当时为了避免撞进一群穿着内衣、低着惊惧的脸、一双细瘦的胳膊抱着脑袋作为可怜的遮护而朝山坡上拼命奔逃的士兵,他来了个急转弯,车轮发出一阵吱吱的刺耳的尖叫声。公路两旁,黄色、橘色和红色的火焰在燃烧。帐篷和树木都着了火,而米洛的飞机还在不断地回来,它们亮着一闪一闪的白色着陆灯,敞开着炸弹舱门。在控制塔前,卡思卡特上校猛地一踩刹车,差点把吉普车掀翻。汽车还在危险地打着滑,他就从车上跳下来,飞奔上了一段台阶进入塔内,只见里面有三个人正忙着摆弄仪器和控制器。他一把推开其中两人,奋力扑向那个镀镍话筒,他的眼睛狂乱地闪烁着,结实的脸因为紧张而扭曲变形。他野兽般地一把紧紧抓住话筒,扯着嗓子歇斯底里地叫喊道:

"米洛,你这狗杂种!你疯了吗?你到底要干什么?下来!快下来!"

"别这么大喊大叫的,好不好?"米洛答道,他也在控制塔里,就站在卡思卡特上校旁边,手里也拿着一个话筒。"我就在这儿。"米洛责难地看了他一眼,转身忙他的事去了。"非常好,弟兄们,非常好,"他对着话筒吟唱道,"不过我看见还有一个物料棚没倒。那可不行,珀维斯——我跟你说过别玩这种伎俩。现在,你马上给我飞回去,再试一次。这次靠拢要慢慢的……慢慢的。忙中必出错,珀维斯。忙中必出错。如果这话我对你说过,那我一定对你说过一百次。忙中必出错。"

头顶上的喇叭刺耳地响了起来。"米洛,我是阿尔文·布朗。我的炸弹扔完了。现在该干什么?"

"扫射。"米洛说。

"扫射?"阿尔文·布朗大吃一惊。

"我们没有选择,"米洛屈从地告诉他,"合同上有这一项。"

"噢,那么好吧,"阿尔文·布朗勉强同意道,"那样的话,我就扫吧。"

这一次米洛走得太远了。轰炸自己的人员和飞机,这是连最冷漠的旁观者都无法容忍的事情,看来他的末日到了。前来调查的政府高官络绎不绝。各报纸用醒目的标题向米洛发起猛烈抨击。国会议员个个声若洪钟,愤怒谴责他的暴行,大声疾呼要予以惩戒。有孩子在服役的母亲们组织成若干战斗小组,强烈要求实施报复。没有一个人起来为他说话。每到一处,正直之士都感到受了侮辱,于是米洛彻底完蛋了,最后他只好公开账本,透露他赚得的巨额利润。他可以向政府赔偿他所造成的人员及财产的损失,而且还能剩下足够的钱继续购买埃及棉花。当然,这是人人有份的。而这整个交易最美妙的地方,就在于实际上根本没有必要向政府进行赔偿。

"在民主国家,政府即是人民,"米洛解释道,"我们是人民,不是吗?所以我们不妨留下这笔钱,而省去中间人。说实话,我很想看到政府彻底撒手战争的事,把整个战场留给企业界。如果我们把欠政府的都赔出去,那只会鼓励政府加强控制,阻碍其他人轰炸自己的人员和飞机,那会使他们失去积极性。"

米洛当然是对的,很快每个人都同意这个看法,只除了几个满怀怨愤的不识时务的家伙,比如丹尼卡医生,他脾气不好爱生气,嘴里总是咕哝着一些讨厌的含沙射影的话,说这整个投机买卖如何不道德,最终米洛以辛迪加的名义送给他一张轻便铝合金折叠花园椅,平息了他的怒气,这样,一级准尉怀特·哈尔福特每次走进他的帐篷,丹尼卡医生都可以方便地把椅子折叠起来,带到帐篷外面,而一级准尉怀特·哈尔福特每次走出来时,又可以带回帐篷里面。在米洛轰炸的过程中,丹尼卡医生完全昏了头,他没有跑着寻找隐蔽处,反而留在户外空旷处履行他的职责,像一只诡秘、灵巧的蜥蜴滑行在地面上,冒着扫射的子弹和燃烧弹从一个伤员爬向另一个伤员,一脸阴沉和悲哀地给他们缠止血带、打吗啡针、上夹板、喂磺胺药,除非必要,绝不多说一个字,而从每个伤员发青的伤处读着自己衰亡的可怕预兆。他无情地驱策自己,长夜未尽就已累得筋疲力尽,第二天便伤风病倒了,于是满嘴牢骚地跑进医务室,要格斯和韦斯给他测量体温,再拿一些芥末膏和一只雾化器。

那夜,丹尼卡医生护理每一个呻吟的伤员,脸上带着阴郁、深沉而内敛的悲伤;轰炸阿维尼翁那天,他在机场也流露出同样的悲伤。当时约塞连赤条条惊怵万分地爬下飞机的那几级舷梯,赤裸的脚跟、脚趾、膝盖、手臂和手指上满是斯诺登的血,他沉默无语地朝机舱里指了指——那里,年轻的报务员炮手躺在地板上,冻得快要死了,而那个更年轻的尾炮手则躺在旁边,他每次睁开眼睛看到垂死的斯诺登,就立刻又昏死过去。

斯诺登被抬出飞机,用担架送进救护车之后,丹尼卡医生几近温柔地把一条毯子披在了约塞连的肩上。他引着约塞连朝他的吉普车走去。麦克沃特过来帮忙,于是三人默默开车来到中队的医务室。麦克沃特和丹尼卡医生引导约塞连进了帐篷,坐在一张椅子上,然后用药水棉球蘸冷水把他身上斯诺登的血擦洗干净。丹尼卡医生给他吃了一粒药,又打了一针,这使他睡了十二个小时。等约塞连醒来去见他时,丹尼卡医生又给他吃了一粒药,还是打了一针,又使他睡了十二个小时。等约塞连再次醒来去见他时,丹尼卡医生仍然准备给他吃药打针。

"你这样一直给我吃药打针,到底要搞多久?"约塞连问他。

"到你感觉好些为止。"

"我现在感觉没事了。"

丹尼卡医生被太阳晒黑的精致的额头因为惊讶而皱起来。"那你为什么不穿上衣服?为什么光溜溜地到处走动?"

"我再也不想穿军装了。"

丹尼卡医生接受了这个解释,便收起他的皮下注射器。"你肯定你感觉没事了?"

"我感觉很好。你给我吃了那么多药,打了那么多针,我只是觉得有点迟钝。"

那天余下的时间里,约塞连就这么一丝不挂地做他的事情,而且第二天上午晚些时候,他还是赤裸着身子。当时米洛到处在找他,最后发现他坐在那片奇怪的军人小公墓——斯诺登即将安葬在这里——后面不远处的一棵树上。米洛穿着他惯常的商务服装——橄榄绿军裤、干净的橄榄绿衬衫加领带、衣领上一道微微闪亮的中尉军衔的银杠,以及一顶带硬皮帽檐的制帽。

"我到处在找你。"米洛站在地上朝约塞连责怪地喊道。

"你应该到这棵树上来找我,"约塞连答道,"我一上午都在上头。"

"下来尝尝这个,告诉我好不好吃。这非常重要。"

约塞连摇摇头。他赤身裸体地坐在最低的那根大树杈上,双手抱住头顶上的树枝,让身体保持平衡。他拒绝挪动,米洛无法可想,只得张开手臂,满心厌恶地搂抱着树干,开始攀爬。他笨手笨脚挣扎着向上爬,呼哧呼哧地大声喘着粗气,等他爬到足够的高度,可以在树杈上挂住一条腿而停下来喘口气时,他的衣服已经被挤压得皱巴巴的不成样子了。他的帽子也歪了,随时都有掉下来的危险。它刚好开始下滑的时候,米洛一把就抓住了。米洛的胡子周围,汗珠像晶莹的珍珠闪闪发亮,而他的眼睛下方,汗珠则有如混浊的水泡。约塞连冷漠地坐壁上观。米洛小心地翻转半圈,这样他便可以面对约塞连了。他剥开包着一团软软的、圆圆的棕色物体的棉纸,把它递给约塞连。

"请尝一尝,告诉我你觉得如何。我准备拿给大家吃。"

"这是什么?"约塞连一边问,一边咬了一大口。

"巧克力裹棉花团。"

约塞连痉挛般地作呕,将那一大口巧克力裹棉花团直接喷到了米洛的脸上。"拿去,拿回去!"他生气地喷吐道,"我的上帝!难道你疯了?你连他妈的棉花籽都没弄掉。"

"给一次机会,不行吗?"米洛恳求道,"不至于那么糟吧。真的那么难吃?"

"比难吃还糟。"

"可我必须让食堂做给大家吃。"

"他们绝对咽不下去。"

"他们一定得咽下去。"米洛命令道,一脸的独断专行,他松开一只胳臂,想在空中挥舞一根正义的手指,却差点掉下去摔断脖子。

"快到这边来,"约塞连邀请道,"你会安全得多,而且什么都能看见。"

米洛双手抓住上方的树枝,带着极度的小心和焦虑,在树杈上开始一英寸一英寸地侧身外挪。他的脸因为紧张而绷得紧紧的,当他发现自己安全地坐在约塞连身边时,不禁长舒了一口气。他充满感情地抚摸那棵树。"这树还真不错。"他以特有的感激口气赞叹道。

"这是生命树,"约塞连说话时晃动着他的脚趾,"也是区别善恶的树[1]。"

米洛眯起眼睛仔细打量树皮和树枝。"不,它不是,"他答道,"这是棵栗树。我应知道的,我卖栗子。"

"随你怎么叫。"

他们坐在树上,好一阵子没有说话,两人都悬垂着腿,双手几近笔直地举着,抓住上头的树枝,一个浑身上下一丝不挂,只穿了一双胶底凉鞋,一个齐齐整整穿着橄榄绿粗呢毛料军装,领带系得紧紧的。米洛不自信地从眼角打量约塞连,谨慎地犹豫着。

"我想问你件事,"他终于说道,"你什么衣服也没穿。当然我不想管什么闲事了,只是想知道,你为什么不穿军服?"

"我不想穿。"

米洛麻雀啄食似的连连点头。"明白了,明白了。"他急忙说明,一脸鲜活的迷茫,"我完全理解。听阿普尔比和布莱克上尉说你疯了,我只是想问问清楚。"他又礼貌地犹豫了,掂量着下一个问题,"难道你再也不穿军服了?"

"我可没这么想。"

米洛假装来劲地点点头,表示他仍然理解,之后就默不作声地坐着,满心的疑虑不安,神情沉重地陷入了深思。一只红冠的鸟从下面倏地穿过,有

---

[1] 见《圣经·创世记》。

力的黑色翅膀在颤动的灌木丛背景上划出一道痕迹。约塞连和米洛坐在背阴处,让薄薄的一层绿叶遮着,周围则主要是其他灰色的栗树和一株银色的云杉。太阳高高地挂在头顶上广阔的湛蓝色天空中,珠串般低低地缀着的几团蓬松的白云,白得纯净无瑕。没有一丝风,他们周围的树叶一动不动地低垂着。树荫如羽毛般轻软。一切都平静安详,除了米洛;只见他突然直起腰来,压低嗓门叫了一声,激动地指着什么。

"快看!"他惊呼道,"快看!那边正在举行葬礼。那儿像是公墓,对吗?"

约塞连声调平稳慢吞吞地回答他:"他们在安葬一个小伙子,那天在阿维尼翁上空,被打死在我的飞机上。斯诺登。"

"他出了什么事?"米洛问,害怕得声音都变了调。

"他被打死了。"

"那太可怕了。"米洛悲叹道,褐色的大眼睛充满了泪水,"可怜的孩子。这实在太可怕了。"他使劲咬着颤动的嘴唇,等他继续的时候,声音激昂起来,"食堂如果不同意购买我的棉花,事情将会更加糟糕。约塞连,他们是怎么了?难道他们不明白这是他们的辛迪加?难道他们不知道人人都有股份?"

"我帐篷里那个死人也有股份?"约塞连刻薄地问道。

"他当然有,"米洛慷慨地保证说,"中队每个人都有股份。"

"他进都没进中队就被打死了。"

米洛灵巧地做了一个苦脸便扭开了头。"我希望你不要总是拿你帐篷里那个死人来挑剔我,"他不满地恳求道,"我跟你说过,那人被打死跟我一点关系都没有。我看到了这个垄断埃及原棉市场的大好机会,结果给我们惹来这么大的麻烦,这是我的错吗?我难道事先就该知道将出现供应过剩吗?那些日子我哪知道什么是供应过剩!垄断市场的机会可不是经常有的,我遇到机会能一把抓住就已经很精明了。"米洛正要呻吟,却又硬生生咽了回去,原来他看到六个穿军装的护柩人从救护车上抬下一口简朴的松

279

木棺材,轻轻放在地上,旁边便是新挖的墓穴那豁开的洞口。"而现在我连一分钱的棉花都卖不出去。"

对于这一套浮夸虚伪的葬礼,还有米洛如丧考妣的凄苦模样,约塞连根本无动于衷。随军牧师的声音从远处纤细地飘然而来,成为无法分辨乃至几乎听不见的单音调,就像若有若无的嘟哝声。约塞连可以从那鹤立鸡群的瘦高身影辨认出梅杰少校,又觉得认出正在用手帕擦额头的是丹比少校。自从与德里德尔将军口角之后,丹比少校就一直没止住颤抖。几排士兵围绕那三个军官站成弧形,一个个僵硬得像木头,四个身穿条纹工作服的掘墓人悠闲得很,一脸冷漠地倚着铲子,身边是一大堆鲜艳而不甚协调的红铜色泥土。约塞连盯着看的时候,牧师抬眼向他送来天使般的目光,随后有点苦恼地用手指压了压眼睛,又往上朝约塞连望望,似在搜寻什么,然后低下头,结束了约塞连视为葬礼高潮的最后程序。那四个穿工作服的人用吊索吊起棺材,慢慢放进墓穴。米洛猛烈地战栗起来。

"我不能看了,"他叫道,极度痛苦地转过脸去,"我绝不能坐这儿只是看,那些食堂在让我的辛迪加死亡。"他咬牙切齿,又摇摇头,满脸难忍的悲哀和怨恨,"他们要是有一丁点忠诚,就会买我的棉花买到亏本,这样他们就能接连不断买我的棉花买到更加亏本。他们就会放火,把内衣和夏季军装统统烧掉,好形成更大的需求。但是他们什么也不肯做。约塞连,你就帮我试试把这团巧克力裹棉花团吃完吧,也许现在味道更鲜美了。"

约塞连推开了他的手。"算了吧,米洛,人没法吃棉花。"

米洛的脸狡猾地收窄了。"这其实不是棉花,"他劝诱道,"刚才我在开玩笑。其实是棉花糖,美味的棉花糖。吃吃看吧。"

"现在你在撒谎。"

"我从不撒谎!"米洛反驳道,带着骄傲的自尊。

"你现在就在撒谎。"

"我只在必要的时候撒谎,"米洛辩解道,他将目光移开片刻,一边迷人地眨着眼睛,"这东西比棉花糖好,真的。它是用真棉花做的。约塞连,你一定要帮我让他们吃下它。埃及棉花可是世界上最好的棉花。"

"但它无法消化,"约塞连强调说,"会弄得他们呕吐的,你明白吗?你要是不信,干吗不自己试试拿它当主食?"

"我试过了,"米洛郁闷地承认,"搞得我很恶心。"

墓地里青黄杂糅,黄的如干草,青的如煮熟的卷心菜。不久,牧师后退几步,那身穿米黄色服装、围成新月形的人群便开始慢吞吞地散开,就像水面漂浮的碎片。这些人不急不慢、不声不响地往停放在高低不平的土路边的车辆游移而去。牧师、梅杰少校和丹比少校愁闷地低着头,无人理睬地自成一队,朝各自的吉普车走去,彼此之间保持着几英尺的距离,好像素不相识似的。

"事情都结束了。"约塞连说。

"事情全完了,"米洛沮丧地赞同道,"再没有任何希望了。这全都怪我让他们自作决断。这倒给我上了一课,下次做这样的事情,一定要明确纪律。"

"你为什么不把棉花卖给政府?"约塞连漫不经心地建议道,一边观看那四个穿条纹工作服的人满满地铲起红铜色泥土,填回墓穴里去。

米洛粗暴地否决了这个想法。"这可是原则问题,"他口气坚决地解释道,"政府不能插手生意,我也是世界上最不愿意把政府牵扯进我的生意里的人。不过政府的职责就是做生意[1],"他灵机一动,想起了这句话,于是兴高采烈地继续道,"卡尔文·柯立芝就是这么说的。卡尔文·柯立芝做过总统,所以这话一定没错。政府确实有责任把我手头没人肯要的埃及棉花统统买下来,这样我就可以赚到钱了,不是吗?"米洛的脸色突然又阴沉下来,情绪陷入忧郁的焦虑之中,"可我怎样才能让政府这么做呢?"

"向它行贿。"

"向它行贿!"米洛大怒,又差点失去平衡把脖子摔断。"你太可耻了!"

---

[1] 卡尔文·柯立芝原话为"美国人民的主要事务是工商业"(The chief business of the American people is business)。前文米洛说"政府即人民",所以这话就等同于"The business of government is business"。

他厉声责骂道,鼓胀的鼻孔和端庄的嘴唇里喷出道德的火焰,一上一下直冲向他那红褐色的小胡子,"行贿违法,你是知道的。不过赚钱却不违法,对吧?所以,我为了赚取合理的利润而去行贿,就不能算是违法的了,不是吗?不算,当然不算!"他又一次陷入了沉思,脸上带着柔和而近乎可怜的神情,"可我怎么知道该贿赂谁呢?"

"哦,这你不用担心。"约塞连干巴巴地傻笑一声,安慰道。这时吉普车与救护车的引擎声打破了昏沉沉的寂静,后头的车辆开始倒退着开走。"只要行贿数额够大,他们会来找你的。只是做事千万不要遮遮掩掩。让每一个人明确地知道你要什么,肯出多少价。一旦你露出心虚或羞愧的样子,恐怕就要倒霉了。"

"我希望你能跟我一道做,"米洛说,"跟受贿的人混在一起,我不会感到安全的。他们也就是一伙骗子。"

"你不会有事的。"约塞连自信地向他保证,"你要是遇到麻烦,只消告诉每个人,为了国家的安全,我们需要一个强大的国内埃及棉投机产业。"

"的确需要,"米洛郑重地告诉他,"一个强大的埃及棉投机产业,意味着一个强大得多的美国。"

"这是当然的。要是这招不灵,那就指出大量的美国家庭依赖这个产业取得收入。"

"确实有大量的美国家庭依赖它取得收入。"

"看到了吧?"约塞连说,"你比我在行得多。你几乎把它说成真的了。"

"它就是真的。"米洛喊道,脸上明显露出了早先的傲慢自负。

"我正是这个意思。你就带着适当的信念去干吧。"

"你真的不愿跟我一道做?"

约塞连摇了摇头。

米洛急不可耐地想行动了。他把剩下的巧克力裹棉花团塞进衬衣口袋,然后小心翼翼地顺着枝杈向后慢慢挪动,朝光滑的灰色树干靠近。他张开双臂笨拙地抱住树身,开始向下爬。他的皮底鞋的鞋边老是打滑,好几次都差点跌下去,摔伤自己。下到一半,他改变主意又爬了上来。他的小胡子上沾满了树皮碎屑,紧张的脸因为用力而泛红。

"我希望你把军服穿起来,别这样赤条条地到处游荡。"米洛忧虑地吐露道,"你可能会引发一股风气,我那些该死的棉花就永远脱不了手了。"于是他又爬下树去,匆匆走了。

25 随军牧师

自从随军牧师开始好奇世间万物究竟是怎么回事起,已经有些时日了。上帝存在吗?他怎么能肯定呢?身为美军一名再洗礼教牧师,即使在最顺利的情况下,都已经够困难的了;若没有信仰,那境况几乎无法忍受。

大嗓门的人令他恐惧;勇敢、进取的人——如卡思卡特上校——让他感觉无助、孤单。在军中,他无论走到哪里都是个陌生人。士兵和军官跟他在一起,总不如跟别的士兵和军官在一起那么自在,就连别的牧师对他也不如他们彼此之间那么友好。在一个成功才是唯一美德的世界,他听任自己失败。他痛苦地认识到,自己缺乏教士应有的沉着和机变,而正是这两点让其他信仰和教派的同行走到前头去了。他就是没有胜过他人的天赋。他自认丑陋不堪,天天想着回家陪妻子去。

其实,牧师长得也算英俊了,他有一张英俊而敏感的脸,苍白、脆弱得如同沙石。他对任何问题都不抱成见。

也许他真的就是华盛顿·欧文,也许他真的一直在那些他一无所知的信件上签署华盛顿·欧文的名字。他知道,在医学年鉴上,这种记忆错误并非罕见。他也知道,没有办法真正明了任何事情,甚至"没有办法真正明了任何事情"这话本身也让他迷惑不解。他十分清楚地记得——或者说他印象中十分清楚地记得——当时的感觉:第一次在医院的病床上见到约塞连之前,就已经在什么地方见过约塞连了。他记得,差不多两周以后约塞连出现在他的帐篷里要求免除战斗任务时,他有过同样不安的感觉。当然,牧师确实在某个地方见过约塞连,就在那间古怪而异类的病房,里面每个病人似乎都为怠工而来,除了那个从头到脚包裹着白色绷带和石膏的不幸病人——一天人们发现他死了,嘴里还插着体温计。但是牧师的印象中还有一次更早的会面,那是在某个重大而神秘得多的场合,是一次与约塞连的意义重大的遭遇,发生在某个遥远、被淹没甚至也许纯属超自然的时刻,其间他同样命中注定地承认,他没有办法,绝对没有办法帮助约塞连。

这一类的疑虑贪婪地噬啮着牧师瘦削的病体。存在唯一真正的信仰吗?或者说存在死后的生命吗?多少天使可以在针尖上跳舞?创世之前无限的永世里上帝究竟在忙些什么事情?如果没有需要防范的人,又何必在该隐的额头上立一个保护的记号?亚当和夏娃到底生过女儿吗?这些都是折磨他的重大而复杂的本体论问题。然而在他眼里,它们似乎从来就远不及仁慈和礼貌问题那么紧要。怀疑论者的认识论困境把他挤得汗水直冒,使他接受不了一些问题的解答,却又不愿视之为不可解决的问题而不再考虑。他总是处在痛苦之中,却一直怀有希望。

那天在牧师的帐篷里,约塞连坐着手捧一瓶温热的可口可乐,牧师用这瓶可乐已经能够安慰他了。"你有没有,"他犹犹豫豫地询问约塞连,"遇到过这样一种情况:虽然明明知道是第一次经历,却感觉过去好像经历过。"约塞连敷衍地点点头,于是牧师的呼吸因为期待而急促起来,他做好准备要把他和约塞连两人的意志力联合起来,同心协力,最终一层层揭开笼罩永恒存在之谜的巨大黑幕。"那么你现在有那种感觉吗?"

约塞连摇摇头,然后解释道,所谓既视感不过是两个协作的感觉神经中枢——它们通常同步活动——在运作中暂时出现的稍微延迟。牧师几乎没在听。他很是失望,却又不愿相信约塞连,因为他得到过一个征兆、一个秘密,那是谜一般的预感,对此他仍然缺乏泄露的勇气。牧师的发现无疑有着可怕的含义：它不是来源于神的启示就是一种幻觉；他不是得到了神佑就是丧失了理智。两种可能性都使他充满了同等的恐惧和消沉。这不是既视感，不是殆视感，也不是未视感。有可能还存在他从未听说过的其他视感，其中之一可以简明地解释这个令人困惑、他既是见证人又是经历者的现象，甚至有可能他以为发生过的事情全都未曾发生，压根儿未曾发生，有可能他是在处理记忆失常而非感知失常的问题，有可能他从未真正以为见过那些现在自认一度确实以为见过的事情，有可能对于他一度以为是真实的东西，现在在他的印象中只不过是一个幻觉的幻觉，有可能他现在只是在想象他一度确实想象过看见一个赤裸的人坐在墓地的一棵树上。

牧师现在明显地感到自己并不是特别适合这份工作，因此他常常猜测，如果他去部队其他部门服役，也许在步兵或野炮部队做个列兵，甚至做个伞兵，会不会更快乐一些。他没有真正的朋友，遇到约塞连之前，飞行大队没有一个人让他与之相处时觉得自在的，跟约塞连在一起他也很难轻松下来；约塞连时常突发的鲁莽和反抗，让他几乎总是绷着神经，处于一种颇为暧昧的状态：既享受又战战兢兢。牧师在军官俱乐部跟约塞连和邓巴在一起，甚至只跟内特利和麦克沃特在一起的时候，他感到很安全。和他们坐在一起，他便再不需要跟任何其他人同坐了；他坐哪儿的问题得到解决后，也就避免跟那些他不喜欢的军官待在一块了。见他走近，他们老是过分热情地欢迎他，却又极不自在地等着他走开。他使得那么多人不轻松。每个人对他总是十分友善，却从没有人真心待他；每个人都同他说话，却从没有人说过真心话。约塞连和邓巴则随和得多，跟他们在一起，牧师几乎完全没有不自在的感觉。卡思卡特上校又要把他赶出军官俱乐部的那天晚上，他们甚至还保护了他，当时约塞连气势汹汹地站起来准备干预，而内特利大叫一声"约塞连"想阻止他。卡思卡特上校听到约塞连的名字，顿时一脸煞白，而且令每个人感到惊异的是，他吓得心慌意乱，步步后退，最后撞到了德里德尔将军身上。将军恼怒地用胳膊肘将他推开，命令他立刻回去，命令牧师还是每晚都到军官俱乐部来。

牧师要明了他在军官俱乐部的身份，难度几乎等同于记住下一餐他被安排去吃大队十个食堂中的哪一个。若不是现在他跟新伙伴在一起找到了乐趣，他倒宁肯被逐出军官俱乐部。牧师晚上若不去军官俱乐部，那就没地方可去了。他常常坐在约塞连和邓巴的桌旁消磨时间，带着羞怯、沉默的微笑，很少说话，除非别人找他交谈。他面前摆着一杯浓浓的甜酒，却几乎一口不尝，只是不熟悉而又装模作样地摆弄一只小小的玉米芯烟斗，偶尔也塞上烟丝抽上几口。他喜欢听内特利讲话，内特利那些伤感而苦乐参半的哀叹很大程度上反映了他自己的孤独凄凉，并且总能引发他思念妻儿的澎湃心潮。牧师被内特利的坦率和幼稚逗乐了，时时点头表示理解和赞同，鼓励内特利说下去。内特利还没有厚颜无耻到夸耀女朋友是妓女的程度，牧师知道这事主要还是缘于布莱克上尉——他每次懒散地经过他们的桌子，总要朝牧师使劲眨眼，然后对内特利说些关于他女朋友的庸俗而伤人的嘲笑话。牧师对布莱克上尉的做法颇为不满，不由自主地希望他倒大霉。

似乎没有人——甚或内特利——真正意识到他，阿尔伯特·泰勒·塔普曼牧师，不只是一个牧师，更是一个人；没人意识到他还能有个迷人、热情、漂亮的妻子，让他爱得几乎发了狂，又有三个面容陌生已被遗忘的蓝眼睛小孩，他们有朝一日长大了会把他视为一个怪物，而且也许永远不会原谅他，因为他的职业给他们带来了那么多社交尴尬。为什么就没有人明白他其实并不是怪物，而是一个正常、孤独的成年人，在努力过一种正常、孤独的成年人生活？他们刺他，难道他不流血？有人呵他痒，难道他不笑？似乎他们从来没有想过，他，恰如他们，有眼睛，有双手，有器官，有个子，有感觉，有感情，他会被同一类武器所伤，因同样的微风吹过而感到温暖和凉爽，又以同一类食物为生，虽然他不得不承认，每吃一餐都得去不同的食堂。唯有一个人似乎真的意识到牧师是有感情的，此人便是惠特科姆下士，他刚刚成功地把这些感情伤害了个遍，做法就是越过他的上司直接去找卡思卡特上校，建议向阵亡或负伤士兵的家属寄发慰问函。

在这个世界上，能让他感到心安的也就是他的妻子了；只要让他跟她和孩子们相依相伴一生,他也就满足了。牧师的妻子是个矜持、娇小、和蔼的女人,年龄三十多岁,肤色黝黑而极有魅力,她的腰肢纤细,目光安静而聪颖,雪白的牙齿尖尖细细的,一张娃娃脸又活泼又小巧。他老是忘记孩子们的长相,每次拿出他们的照片,总觉得是第一次看到他们的脸。牧师就这样爱着他的妻子和孩子们,热烈而无法遏制,弄得他常想无助地瘫倒在地,哀哭悲叹,就像被抛弃的残疾人。他常常生出一些牵涉到他们的恐怖幻想,一些可怕、丑恶的预感,想着他们不是得了重病就是出了意外,他被这些念头无情地折磨着。他沉思的时候,满脑子都是尤因氏瘤或白血病之类可怕的疾病;每周他都两三次看见他的新生儿子死去,因为他从没教过妻子如何止住动脉出血;他眼睁睁地看着,在泪流满面、瘫软无力的静默中,看着他全家人一个接一个在墙根插座旁触电而亡,因为他从未告诉过她人体是可以导电的;几乎每天夜里他都看见热水锅炉发生爆炸,那两层楼的木房子燃起熊熊大火,他们四个全都葬身火海;恐怖、无情、恶心的细节历历在目,他看到他可怜的爱妻那整洁娇弱的身躯被一个醉酒的白痴司机撞到了一座房屋的砖墙上,压成了黏乎乎的肉泥,又看着被吓得歇斯底里的五岁女儿被一个头发雪白、面目和善的中年绅士领着离开那可怖的现场。那人驱车带她来到一个废弃的采沙场,一到那里就一次接一次地奸污她,再把她杀害,而来照看孩子的岳母从电话上得知他妻子的惨祸,当场就心脏病发作倒地而亡,留下两个年幼的孩子在房子里,慢慢饥饿而死。牧师的妻子是一个甜蜜体贴、善于抚慰人的女子,他渴望能再次轻触她修长臂膀的温暖肌肤,抚摸她光滑的黑发,听听她亲切、安慰的嗓音。她是一个比他坚强得多的人。他每周给她写一封简短而平实的信,有时两封。他成天都想着给她写情书,在数不清的信纸上密密麻麻挤满他热切的、放荡不羁的告白,他谦卑的崇拜和需要,以及人工呼吸如何实施的详细说明。他还想自哀自怜地向她滔滔不绝倾诉他难耐的孤独和绝望,又要嘱咐她千万不要把硼酸或阿司匹林放在孩子们够得着的地方,过马路的时候一定要看红绿灯。他不想让她担心。牧师的妻子直觉丰富,温柔,充满同情心又易起共鸣。几乎不可避免地,他与妻子团聚的白日梦总是以鲜活的做爱动作收尾。

牧师觉得最虚诈的就是主持葬礼,如果说那天树上的幽灵是一次显现,是上帝在责难他行使职责时内心的亵渎和骄傲,那么他一点也不会感到惊讶。在死亡这样一个可怕、神秘的场合,假充庄重、故作悲伤、伪称对死后之事有超自然的知识,似乎是罪过中之最可耻的。他清晰地回想起——或者几乎深信自己清晰地回想起——那天在墓地的情景。他仍然能看见梅杰少校和丹比少校严肃地站在他的两旁,像两根断残的石柱;能看见几乎就是那天那么多的士兵,他们所站的几乎确切的位置;能看见那四个一动不动倚着铲子的人、那令人厌恶的棺材和那一大堆松软的、红铜色泥土,还有那广漠、静谧、深邃而压抑的天空,在那一天竟怪异地空旷而湛蓝,几乎是带着恶意了。他将永远记住这些情景,因为它们是曾经降临在他身上的最奇异事件的重要组成部分,这事件也许是奇迹,也许是病态的臆想——就是树上那个裸体男子的幻象。他怎么解释呢?它不是曾经见过或者从未见过的,也肯定不是几乎见过的;无论是既视感、未视感还是殆视感,都没有足够的弹性将它概括进去。那么,它是鬼吗?是那个死人的灵魂?是天国的使者还是地狱的走狗?要不然,这整个怪诞的插曲只是他自己病态的想象臆造出来的?他的心智败坏、大脑腐烂了吗?树上真的有一个裸体男人——其实是两个,因为第一个来了不久就跟着来了第二个男人,此人蓄着红褐色小胡子,从头到脚包裹在一件不祥的深色外衣里;只见他顺着树枝,仪式般地向前弯下腰,递给第一个男人一只棕色高脚杯,要请他喝什么——这种事情在牧师脑子里从未出现过。

牧师非常诚心地想帮助人,却从来没能帮助过任何人,甚至包括约塞连——当时他终于下定决心冒险行事,偷偷去找梅杰少校,打听一下卡思卡特上校飞行大队的人是否真的如约塞连所说,被迫比别人飞更多的战斗任务。这是一个大胆、冲动的行动,牧师决定这么做之前,又跟惠特科姆下士起了争执,随后他就着水壶里的温水吞下一根银河牌、一根露丝宝贝牌巧克力棒,权当一顿毫无乐趣的午餐。他步行去找梅杰少校,这样惠特科姆下士就不会看见他离开。他悄无声息地溜进树林,直到林间空地中的那两顶帐篷被远远抛在后头,于是跳进了那条废弃的铁路壕沟。在里面脚步要踏实些,他顺着那些陈旧的枕木匆匆走着,越来越觉得怒气难消。那天上午他接二连三被卡思卡特上校、科恩中校和惠特科姆下士威逼、羞辱。他必须让自己受到一些尊重!他纤弱的胸脯很快就透不过气来了,他以最快的速度前进,只差没跑起来,因为他害怕一旦慢下来,他的决心就可能动摇。不久,他看见一个穿军服的身形在锈蚀的铁轨间朝他走近,他立刻手足并用爬出了壕沟,蹲在一片稠密的矮树丛中,随后他发现一条小路蜿蜒进入阴暗的森林深处,于是顺着这条狭窄而杂草丛生的青苔小路,朝既定的方向疾行而去。这一路走得更艰难了,但他抱定同样的不顾一切的坚强决心,一路跌跌撞撞只顾往前冲,没有遮护的双手被拦路的顽枝扎得生痛。终于,灌木和高大的蕨类植物在两边分开了,他踉跄地经过一座橄榄绿军用拖车房,那拖车房安置在渐渐稀疏的草丛里清楚可见的煤渣空心砖上。他继续前行,又经过一顶帐篷,外面一只明亮的银灰色的猫在晒太阳,再经过另一座煤渣空心砖上的拖车房,最后闯进了约塞连所在中队的那块空地。他的嘴唇上出现了一滴咸咸的汗珠。他没有停步,径直穿过空地大步走进中队部办公室。里面一名瘦骨嶙峋、弯腰驼背的参谋军士前来迎接,他长着高高的颧骨,一头长长的非常浅淡的黄发。他客气地告诉牧师:只管进去好了,因为梅杰少校出去了。

牧师向他微微点头以示谢意,然后顺着办公桌和打字机之间的通道,独自走到后面的帆布隔间。他弯腰进了那个三角形入口,发现自己来到了一间空空的办公室里。身后那扇活板门关上了。他喘着粗气,浑身大汗淋漓。办公室依然是空荡荡的,他似乎听见有人在窃窃私语。十分钟过去了,他板着脸不高兴地四下张望,牙关紧咬,一副不屈不挠的样子,忽然想起参谋军士的原话"只管进去好了,因为梅杰少校出去了",于是一下子松弛下来。这些士兵在搞恶作剧!牧师惊慌地从墙边缩了回来,苦涩的泪水涌上了双眼,颤抖的嘴唇不觉发出一声哀伤恳切的呜咽。梅杰少校在别处,于是另一间屋子里的士兵便把他当成了无情捉弄的笑柄。他几乎能看见他们等在帆布墙的另一边,期待地聚成一团,像一群贪婪、垂涎欲滴而无所不食的猛兽,粗野地欢笑着、嘲讽着,只等他再度露面,就凶残地向他猛扑过去。他为轻信而暗中咒骂自己,慌乱中真希望能有一副面具或者墨镜,加上一撮小胡子什么的,好伪装一番,要不然就拥有卡思卡特上校那种强力、低沉的嗓音,以及宽阔、强健的肩膀和肱二头肌,这样他便可以无所畏惧地走出去,以傲慢的威势和充分的自信,把那几个恶毒的迫害者彻底镇住,让他们全都畏缩不前,悔恨而胆怯地悄悄溜走。他缺乏面对他们的勇气,唯一的出路就是窗户。这条路没有阻拦,于是牧师从窗口跳出梅杰少校的办公室,迅速绕过帐篷的拐角,纵身跳进铁路壕沟躲了起来。

他弓着身子急忙溜走,故意扭曲着脸,装出淡淡的、友善的笑容,以防万一被人看见。他刚看到对面有人向他走来,就立刻离开壕沟往森林里跑,再狂奔穿过草木凌乱的森林,好像后面有人追赶,而他的双颊因为感到丢脸而火辣辣的。他听见四面八方响起狂野、震耳的嘲笑声,模糊瞥见后面远处的灌木丛和上方高处茂密的树叶中,许多邪恶的带着醉意的脸正冲他得意地假笑。他感到肺部一阵阵强烈的灼烧般的剧痛,只得慢下来,一瘸一拐地走。他跟跟跄跄继续向前,最后实在走不动了,一下子扑倒在一棵粗糙多瘤的苹果树上,脑袋顺势重重地撞在树干上,只得双臂抱住树身免得摔倒。在他耳朵里,他的喘息声变成一片粗哑刺耳的嘈杂声和呻吟声。几分钟过得好像几个小时,他终于意识到,那个把他整个吞没的汹涌的号叫声原来就是自己发出的。他胸部的疼痛逐渐缓和。很快他感觉有力气站起来了。他警觉地竖起耳朵。树林里静悄悄的,没有恶魔般的笑声,也没有人在追赶他。他非常疲惫、忧伤,再加一身泥污,所以无法感到宽慰。他用麻木、颤抖的手指把凌乱不整的衣服抚平,然后以顽强的自制力走完剩下的那段去林间空地的路。一路上心脏病发作的危险老在他的心里打转。

惠特科姆下士的吉普车还停在林间空地。牧师没从入口处经过,而是踮起脚尖偷偷绕过惠特科姆下士的帐篷后面,以免被他看见,遭他羞辱。他感激地舒了口气,赶紧溜进自己的帐篷,却发现惠特科姆下士正支着膝盖舒适地躺在他的行军床上。惠特科姆下士一双沾满烂泥的鞋子搁在牧师的毯子上,嘴里吃着牧师的一根糖条,一脸轻蔑的神情,正随意翻弄着牧师的一本《圣经》。

"你到哪里去了?"下士粗鲁、冷漠地质问道,头都不抬一下。

牧师红了脸,立刻躲躲闪闪地避开。"我到树林里散步去了。"

"行啊,"惠特科姆下士呵斥道,"别把我当你的知心人。你只管等着,看我的情绪怎么样吧。"他狠狠地咬了一口牧师的糖条,满嘴是糖地继续道,"你不在的时候有人来找过你。是梅杰少校。"

牧师吃惊地转过身来,叫道:"梅杰少校?梅杰少校来过这里?"

"那就是我们正在谈论的人,不是吗?"

"他去哪儿了?"

"他跳进铁路壕沟跑了,像只受了惊吓的兔子。"惠特科姆下士窃笑道,"真是个傻帽!"

"他说了来干什么吗?"

"他说有件要紧的事需要你帮忙。"

牧师大吃一惊。"梅杰少校这么说的?"

"他没有这么说,"惠特科姆下士以极端精确的口气更正道,"而是写在一封给你的私人密信里,留在你的桌子上了。"

牧师瞟了一眼他那张充当办公桌的桥牌桌,只看见一个讨厌的橘红色梨形梅子番茄,这正是他这天早上从卡思卡特上校那儿得来的。他已经忘了,它却仍旧歪在那儿,像一个不可摧毁的肉红色象征,彰显着他的愚蠢无能。"信在哪儿?"

"我把它拆了,读完就扔了。"惠特科姆下士砰的一声合上《圣经》,一下子站起身来,"怎么啦?难道你不相信我的话?"他走了出去。可他随即又折了回来,差点和牧师迎头撞上——牧师正跟着他匆匆往外赶,打算再回去找梅杰少校。"你不知道怎样把职责委托给别人,"惠特科姆下士阴沉着脸对他说,"这是你的另一个毛病。"

牧师悔过地点点头便匆匆走了过去,强迫自己花点时间表示歉意都做不到。他可以感觉到命运灵巧的手正专横地推着他。现在他意识到,梅杰少校这天已经两次在壕沟里向他迎面冲来,而牧师这天也两次窜进树林,愚蠢地推迟了这命定的会面。他沿着参差碎裂、间距不一的铁道枕木以最快的速度大步往回赶,心里怀着强烈的自责,无法平静。灌进鞋袜的细小沙砾把他的脚趾磨得生疼。因为强烈的不适,他苍白而劳累的脸扭曲成一副苦相。这个八月初的下午变得越来越闷热,越来越潮湿。从他的帐篷到约塞连的中队有近一英里的路程。等牧师到达那里,他身上的棕褐色衬衫早已被汗水湿透了,于是他气喘吁吁地再次冲进中队部办公室帐篷,却被那个说话温和、消瘦的脸上架着一副圆眼镜的靠不住的参谋军士不由分说地拦住了;他要求牧师待在外面,因为梅杰少校就在里面,还告诉他梅杰少校出来之前不能让他进去。牧师看着他,茫然不解。为什么军士这么恨他?他不明白。他的嘴唇苍白,颤抖着。他渴得难受。人们到底是怎么回事?难道不幸还不够吗?参谋军士伸出一只手,把牧师牢牢抓住。

"对不起,长官,"他用低沉、谦恭而又忧郁的嗓音抱歉道,"可这是梅杰少校的命令。他从来不想见人。"

"他想见我,"牧师恳求道,"我刚才在这儿的时候,他去我的帐篷找我了。"

"梅杰少校去了?"军士问道。

"是的,他去了。请进去问问他。"

"恐怕我不能进去,长官。他也从不想见我。或许你可以留张便条。"

"我不想留便条。难道他就不能破个例?"

"只有在极端情况下才能。他最近一次离开帐篷是去参加一个士兵的葬礼。他最近一次在办公室见人是受了胁迫,没有办法才见的。一个叫约塞连的轰炸员逼着——"

"约塞连?"这个新的巧合让牧师兴奋得满脸放光。难道这是酝酿中的又一个奇迹?"可我想跟他谈的恰恰就是这个人的事!他们谈了约塞连必须飞的任务次数吗?"

"谈了,长官,他们谈的正是这事。约塞连上尉已经飞了五十一次任务,他请求梅杰少校让他停飞,这样他就不必再飞四次了。当时卡思卡特上校只要求飞满五十五次。"

"那么梅杰少校怎么说的?"

"梅杰少校告诉他,这事他无能为力。"

牧师的脸沉了下来。"梅杰少校说了这话?"

"是的,长官。其实,他还建议约塞连去找你帮忙。你真的不想留张便条吗,长官?我有现成的铅笔和纸。"

牧师摇了摇头,绝望地咬着他那干硬的下唇走了出去。天色还这么早,却已发生了这么多事情。森林里空气要凉爽些。他的咙喉焦干而疼痛。他慢慢走着,沮丧地自问还能有什么新的不幸降临到他身上;就在这时,林中那个发疯的隐士从一片桑树丛后面突然跳了出来,落在他面前。牧师拼命叫喊起来。

这个面无血色的高个子陌生人被牧师的叫喊声吓得直往后退。"不要伤害我!"

"你是谁?"牧师喊道。

"请不要伤害我!"那人也喊。

"我是随军牧师!"

"那你为什么想伤害我?"

"我不想伤害你!"牧师坚持道,火气越来越大,尽管他站在原地并没有动。"只管告诉我你是谁,要我怎么样。"

"我只想问清楚一级准尉怀特·哈尔福特是不是得肺炎死掉了,"那人大叫着回答,"我就想知道这事。我住在这里。我的名字叫弗卢姆。我属于这个中队,但我住在这儿,森林里。你随便找人问问。"

牧师凝神打量了一番这个古怪而畏缩的人,慢慢恢复了镇静。这人烂糟糟的衬衣领子上缀着一对锈蚀的上尉领章。一个鼻孔下长着颗带毛的黑痣,小胡子浓密、粗硬,颜色和杨树皮差不多。

"你如果属于这个中队,为什么住在树林里?"牧师好奇地问。

"我必须住在森林里,"上尉暴躁地答道,好像牧师应该知道这事似的。他慢慢直起身来,仍旧不放心地盯着牧师,尽管他比牧师高出整整一个头还多。"难道你没听见人人都在谈论我?一级准尉怀特·哈尔福特曾经发誓说,等哪天夜里我睡熟了,就要割断我的喉咙,所以只要他还活着,我就不敢睡在中队里。"

牧师怀疑地听着这不大合情理的解释。"可这太难以置信了,"牧师答道,"那将是谋杀。你为什么不向梅杰少校报告这事?"

"我确实向梅杰少校报告过,"上尉伤心地说,"可梅杰少校说,我要是再跟他讲这事,他就要割断我的喉咙了。"这人畏惧地打量着牧师,"你不是也要割断我的喉咙吧?"

"哦,不,不,不,"牧师安慰道,"当然不会。你真的住在树林里?"

上尉点了点头。牧师凝视着他那张因疲乏和营养不良而显得毛孔粗大、颜色灰白的脸,心里又是可怜又是尊敬。那人瘦得皮包骨头,皱巴巴的衣服挂在身上,就像一堆乱糟糟的麻袋。他一身上下沾满了干草屑,急需理发,眼睛下面还有大大的黑眼圈。牧师被上尉这副苦哈哈、脏兮兮破烂烂的模样感动得几乎流出了眼泪,想到这个可怜的人每天都得忍受许多难耐的苦楚,心里充满了敬重和同情。他压低嗓门谦恭地问:

"谁替你洗衣服?"

上尉郑重其事地噘起嘴唇。"我找了路那头一家农户的洗衣妇。我把衣服放在拖车房里,每天溜进去一两次,拿条干净手帕或者换身内衣。"

"到冬天你打算怎么办?"

"哦,我想,到那时候就该回中队了。"上尉答道,颇有点殉道者的自信,"一级准尉怀特·哈尔福特老是向大家保证,他将得肺炎死掉,所以我想我只要有点耐心就行,等着天气冷一点,潮湿一点。"他疑惑地审视了牧师一番,"这事你一点都不知道?难道你没听见大伙都在谈论我?"

"我想,我从来没有听见任何人提起过你。"

"唔,那我就真的不懂了。"上尉颇受伤害,但还是装出乐观的样子继续说道,"瞧,现在差不多是九月了,我想不会等太久吧。下次哪个小伙子问起我,呃,你只管告诉他,一级准尉怀特·哈尔福特得肺炎一死,我就立刻回去加班加点,把我那些老伙计宣传报道全都整出来。你愿意这样对他们说吗?就说冬天一到,一级准尉怀特·哈尔福特得肺炎一死,我就立刻回中队。行吗?"

牧师郑重地记住了这些预言式的话,为话里的深奥含义而格外出神。

"你靠浆果、药草和根茎为生吗?"牧师又问。

"不,当然不。"上尉惊讶地答道,"我从食堂后面溜进去,到厨房吃东西。米洛给我三明治和牛奶。"

"下雨天你怎么办?"

上尉的回答很坦率。"我就淋湿了。"

"你睡哪里?"

上尉迅速蹲下身子抱成一团,开始一点点后退逃避。"你也想?"他狂乱地叫喊道。

"啊,不,"牧师喊道,"我向你发誓。"

"你就是想割我的喉咙!"上尉坚持道。

"我向你保证。"牧师恳求道,可惜太迟了,这个难看的长毛怪已经消失,十分利索地融进了树叶与光影杂糅而成的五彩斑斓、支离破碎的怪异结构之中,弄得牧师甚至开始怀疑这人刚才就在那里。出了这么多荒谬的事,他都不敢肯定哪些事情是虚幻的,哪些真的在发生。他想尽快查明林子里这个疯子的情况,看看是不是真有个弗卢姆上尉,但是他很不情愿地想起,他的当务之急是要安抚惠特科姆下士,因为自己太疏忽,没有把足够的职责委托给他。沿着曲曲折折的小路,牧师步履沉重、无精打采地穿过树林,一路上口渴难挨,累得几乎走不下去了。一想起惠特科姆下士,他就懊悔自责。

他祈求等他到达林间空地的时候,惠特科姆下士不要在那里,这样他就可以毫无困窘之色地脱去衣服,好好洗洗胳膊、胸脯和肩膀,喝点水,清清爽爽躺下,也许还能睡上几分钟;可是他注定还要遭遇另一次失望、另一场震惊,因为他到达之时,惠特科姆下士已经是惠特科姆中士了,他脱掉衬衣正坐在牧师的椅子上,用牧师的针线把新的中士臂章缝在衣袖上。卡思卡特上校提升了惠特科姆下士,并且命令牧师立即去见他,谈谈信件的事。

"啊,不!"牧师呻吟道,他目瞪口呆地一屁股坐在行军床上。他的保温水壶空了,而他实在是心慌意乱,没想起那只李斯特水袋就挂在外面两顶帐篷之间的阴凉处。"我不敢相信,我简直不敢相信,有人竟然真的以为我在伪造华盛顿·欧文的签名。"

"不是那些信件,"惠特科姆下士更正道,他显然在欣赏牧师的窘迫样,"他想见你,谈谈给伤亡人员家属寄发慰问信的事。"

"就是那些信?"牧师惊讶地问。

"对喽,"惠特科姆下士幸灾乐祸地说,"你不准我来发信,他真的要骂你个狗血淋头了。我提醒他,慰问信可以附上他的签名,他可是赞赏得不得了啊,你真该来瞧瞧。这就是他提升我的原因。他绝对相信,他们会让他上《星期六晚邮报》的。"

牧师越发摸不着头脑。"可是他怎么知道我们正在考虑这个主意?"

"我去他办公室告诉他的。"

"你都干了些什么?"牧师尖锐地质问道,并带着一股罕见的怒火一下子蹦了起来,"你的意思是说,你没有征求我的许可竟然越级找上校去了?"

惠特科姆下士厚颜无耻地咧嘴笑了,一脸心满意足的轻蔑神情。"对了,牧师,"他回答说,"你要是知道好歹,就最好别追究这事了。"他安闲地笑着,恶意地忽视着牧师的感受,"如果卡思卡特上校发现,我跟他说了我的主意你就要报复我,他可不会高兴。你是明白事理的,对吧牧师?"惠特科姆下士继续说道,又啪嗒一声轻蔑地咬断了牧师的黑线,开始把衬衫扣上。"那个蠢家伙还真以为这是他听到过的最妙的主意呢。"

"这甚至有可能让我上《星期六晚邮报》呢。"卡思卡特上校在办公室里笑着夸耀。他一边来来回回快活地高视阔步,一边责骂牧师:"你真没头脑,看不到其中的妙处。你有惠特科姆下士这样一个好部下,牧师。我希望你有头脑,能看到这一点。"

"惠特科姆中士。"牧师纠正道,他没来得及控制住自己。

卡思卡特上校恼火地瞪眼。"我是说惠特科姆中士,"他答道,"我希望你偶尔也认真听听,不要老是找茬儿。你不想一辈子就当上尉吧,是不是?"

"长官……"

"好吧,你这样下去,我实在看不出你能有什么出息。惠特科姆下士觉得你们这些人一千九百四十四年都没想出个新鲜主意来,我倾向于同意他的看法。聪明的小伙子,那个惠特科姆下士。好了,一切都会改变的。"卡思卡特上校以坚决的姿态在办公桌前坐下,把桌垫上的东西清理开,留出一大块干净的空间。清好后,他用手指在里面敲了敲。"从明天起,"他说,"我要求你和惠特科姆下士一道,替我给大队里每个阵亡、受伤或被俘人员的直系亲属写一封慰问信。我要求信要写得诚恳,我还要求信里要写进许多个人详情,这样你们说的每一个字无疑都是我的真心话了。清楚了吗?"

牧师冲动地上前一步表示反对。"可是,长官,这是不可能的!"他冲口而出,"我们并不那么了解每个人。"

"那有关系吗?"卡思卡特上校质问道,随后温和地微笑说,"惠特科姆下士拿来了这封最基本的通函,可以应付几乎任何情况。听着:'亲爱的夫人、先生、小姐或者先生和夫人:您的丈夫、儿子、父亲或兄弟阵亡、负伤或战场失踪,对此本人深感悲痛,无法用言语形容。'如此等等。我认为这句开场白准确地概括了我的感受。听着,要是你觉得干不了,那就最好让惠特科姆下士把这事包了。"卡思卡特上校突然拿出他的烟嘴,用两手轻轻扭弯,好像那是一根镶嵌玛瑙和象牙的马鞭。"这是你的一个毛病,牧师。惠特科姆下士告诉我,你不知道怎样把职责委托给下属。他还说你没有创新精神。你不会不同意我所说的吧,嗯?"

"我同意,长官。"牧师摇了摇头,感到一阵可鄙的怠情,因为他不知道怎样把职责委托给下属,又没有创新精神,还因为他真的非常想说不同意上校的话。他心里一团乱麻。他们正在外面射击飞碟,枪声每响一次,他的神经就受到一次刺激。他无法适应这些枪声。他被四周装满梅子番茄的筐子包围着,几乎确信在很久以前某个类似的场合,自己也曾站在卡思卡特上校的办公室里,周围也是那些同样的筐子,装着那些同样的梅子番茄。又是既视感。这场景显得十分熟悉,然而同时又显得非常遥远。他的衣服摸起来又肮脏又陈旧,而且他非常担心身上有股怪味。

"你遇事太认真了,牧师,"卡思卡特上校以成年人的客观态度对他直言道,"这是你的另一个毛病。你拉长了脸,让每个人情绪低落。让我偶尔看看你笑吧。来吧,牧师。你马上对我捧腹大笑一个,我就给你整整一筐梅子番茄。"他等了一两秒钟,望着牧师,然后得意地哈哈笑道,"你瞧,牧师,我没说错吧。你不能对我捧腹大笑一个,是吗?"

"不能,长官。"牧师怯弱地承认道,他慢慢地吞咽口水,显得十分吃力,"现在不能。我口渴得很。"

"那就弄点什么喝喝吧。科恩中校存了些波旁酒在他的办公桌里。你应该试看哪天晚上跟我们一起去军官俱乐部转转,给自己找点乐子。不妨时常醉上那么一回。我希望你不要因为是个专职人员,就觉得高我们大家一等。"

"啊,没有,长官。"牧师窘迫地向他保证道,"其实,这几个晚上我天天去军官俱乐部。"

"你只是个上尉,是吧?"卡思卡特上校继续说道,毫不理会牧师的解释,"你可以做你的专职人员,但仍然只是个上尉。"

"是,长官,我明白。"

"那就好。你刚才不笑倒也无妨,至少我不用送你梅子番茄了。惠特科姆下士告诉我说,今天早上你来这里的时候拿走了一个梅子番茄。"

"今天早上? 可是,长官! 是你给我的。"

卡思卡特上校怀疑地抬起头。"我又没说它不是我给你的,是吧?我只是说你拿了一个。如果你真的没偷,我不明白你为什么那么心虚。是我给你的吗?"

"是的,长官,我发誓你给了。"

"那我只好相信你的话了,虽然我很难想象,我为什么要给你一个梅子番茄。"卡思卡特上校十分胜任地把一个圆形的玻璃镇纸从办公桌右边移到左边,再拿起一支削尖的铅笔,"好了,牧师,如果没别的事,可我现在还有很多重要的工作要处理。等惠特科姆下士发出十来封慰问信以后,你来告诉我,那时我们就可以同《星期六晚邮报》的编辑们联系了。"他突然来了灵感,不禁满脸发光,"嘿!我想我将再次主动请求派遣我们大队轰炸阿维尼翁。那应该会加速事情的进展!"

"轰炸阿维尼翁?"牧师的心脏停了一跳,浑身肌肤开始刺痛,不觉毛骨悚然。

"没错,"上校眉飞色舞地解释道,"我们越早出现伤亡,这事就能越早取得进展。如果可能,我希望上圣诞节那一期。我想那时发行量要大些。"

让牧师感到惊恐的是,上校提起电话主动请求派遣他的大队轰炸阿维尼翁,而且就在当天晚上他又想把牧师从军官俱乐部踢出去,随后约塞连醉醺醺地掀翻椅子站起来,准备打出复仇的一击,惹得内特利叫唤起他的名字来,吓得卡思卡特上校脸色煞白,谨慎地向后退去,却撞到了德里德尔将军,后者厌恶地把他从自己撞伤的腿上推开,并命令他前去把牧师重新踢回军官俱乐部来。这一切弄得卡思卡特上校十分心烦意乱,首先那可怕的名字约塞连又像丧钟一般清楚地响起,仿佛末日的预兆,然后是德里德尔将军撞伤的腿,再就是卡思卡特上校在牧师身上找到的另一个毛病,即根本无法预测德里德尔将军每次见到牧师都会有什么样的反应。卡思卡特上校永远不会忘记德里德尔将军第一次在军官俱乐部注意到牧师的那个晚上,将军抬起他红润、热汗淋漓、醉意蒙眬的脸,透过从烟卷飘散出来的黄色烟幕,沉重地凝视着独自躲在墙边的牧师。

"哎呀,真是不敢相信。"德里德尔将军沙哑地喊道。一认出那人,他粗浓吓人的灰白眉毛便扬了起来。"那边那个人是牧师吗?这可真是件大好事,一个侍奉上帝的人开始出没在这种地方,跟一群肮脏的醉鬼和赌徒混在一起。"

卡思卡特上校拘谨地紧闭嘴唇,站起身来。"你的看法我万分赞同,长官,"他以一种夸耀的责难口气轻快地附和道,"真不明白现在这些牧师都怎么了。"

"他们越变越好了,就是这么回事。"德里德尔将军强调地咆哮道。

卡思卡特上校尴尬地噎住了,但马上又机敏地恢复了常态。"是的,长官,他们越变越好了。我刚才正是这么想的,长官。"

"这里正是牧师该来的地方,跟出来喝酒、赌博的军官混在一起,这样就可以了解他们,赢得他们的信任。他到底还有什么别的法子让他们信仰上帝呢?"

"我命令他来这里的时候正是这么想的,长官。"卡思卡特上校谨慎地说,于是他过去亲热地搂住牧师的肩膀,一起走到一个角落里,然后用冰冷的口气低声命令他:此后每晚都要来军官俱乐部履行职责,跟喝酒、赌博的军官混在一起,这样就可以了解他们,赢得他们的信任。

牧师同意了,真的每晚都去军官俱乐部履行职责,跟那些想避开他的军官混在一起,直到那天晚上,一场凶狠的斗殴在乒乓球桌旁爆发,一级准尉怀特·哈尔福特缘无故转身猛地就是一拳,正中穆士上校的鼻子,打得他一屁股坐在地上,惹得德里德尔将军意想不到地哈哈大笑起来。他好一阵才察觉牧师就站在近旁,神情古怪地呆望着他,一脸痛苦的惊疑。德里德尔将军见到牧师就僵住了。他义愤填膺地怒视牧师片刻,好心情一下子就没了,于是不高兴地转身朝吧台走去,两条短短的罗圈腿走起来左右摇摆,像水手一样。卡思卡特上校一路胆战心惊跟在后面,焦虑地左顾右盼,企图从科恩中校那里寻得一点帮助。

"这倒是件好事,"德里德尔将军冲着吧台咆哮道,粗壮的手里握着那只喝空的烈酒杯,"这真是件好事,一个侍奉上帝的人开始出没在这种地方,跟一群肮脏的醉鬼和赌徒混在一起。"

卡思卡特上校松了口气。"是的,长官,"他得意地叫喊道,"这当然是件好事。"

"那么你到底为什么不管?"

"长官……"卡思卡特上校面露惊愕。

"你以为让你的牧师天天晚上待在这里,就会为你争得名声吗?我他妈每次来,他都在这里。"

"你说得对,长官,绝对正确,"卡思卡特上校回应道,"根本不会为我争得名声。我这就处理这事,马上就办。"

"不是你命令他来这里的吗?"

"不是,长官,是科恩中校。我也准备严厉处罚他。"

"他要不是牧师,"德里德尔将军咕哝道,"我就叫人把他拖出去毙了。"

"他不是牧师,长官。"卡思卡特上校附和道。

"他不是?既然不是牧师,领子上他妈的怎么戴着十字架?"

"他领子上没戴十字架,长官。他戴着一片银叶。他是中校。"

"你有个中校军衔的牧师?"德里德尔将军惊异地问。

"啊,不,长官,我的牧师只是个上尉。"

"既然只是上尉,领子上他妈的怎么戴着银叶?"

"他领子上没戴银叶,长官,他戴一个十字架。"

"给我滚开,你这狗杂种,"德里德尔将军说,"不然我就叫人把你拖出去毙了!"

"是,长官。"

卡思卡特上校咽了口唾沫,从德里德尔将军身边走开,把牧师赶出了军官俱乐部。而两个月后的情况也差不多是一模一样,当时牧师试图说服卡思卡特上校撤销把飞行任务增至六十次的命令,他的努力也遭遇了彻底失败。若不是因为忆念妻子和对上帝的智慧与公正抱有终生的信赖,牧师这下真的准备完全断绝希望了——他如此可怜地爱恋着、思念着他的妻子，充满了肉欲的激情与高尚的热忱，而他眼里的上帝曾是永有的、全知全能的、仁慈的、普遍的，是人格化的，说英语，属盎格鲁—撒克逊民族，对美国人格外垂青，而现在这些信念已经开始有所动摇了。这么多事情都在考验他的信仰。自然，是有一本《圣经》在，可《圣经》只是一本书而已，而《荒凉山庄》、《金银岛》、《伊坦·弗洛美》和《最后的莫希干人》也都是书。真的有可能，正如他一次无意中听到邓巴在问，创世之谜的答案会由一群无知无识、连下雨是怎么回事都不懂的人给出吗？万能的上帝，以他那无穷的智慧，真的害怕人类六千年以前就会建成一座巨塔直通天国吗？天国究竟在哪里？在上面，还是下面？在一个有限而正在膨胀的宇宙中是没有上下之分的，其中就连那个巨大、炽热、耀眼、威严的太阳也在持续地衰亡，最终还将摧毁地球。根本没有什么奇迹；祈祷得不到任何回应，而灾祸同样残酷地降临到好人和堕落者头上；然而，若不是这些接连不断的神秘现象——如几周前那个可怜中士的葬礼上出现在树上的裸体男子，以及就在这天下午，预言家弗卢姆在树林里作出隐晦、纠缠不去而又鼓舞人心的承诺；告诉他们，冬天一到我就回来——他这样一个有道德有良心的牧师，也许早就屈从于理性，放弃他的父辈对上帝的信仰了；真的辞去职务，放弃军衔，去当一名步兵或野战炮兵，甚至也许去空降部队做一名下士，一切听凭命运安排。

26 阿费

在某种意义上,这全是约塞连的错,因为博洛尼亚大围攻期间,他要是没去动那条轰炸线,□□·德·科弗利少校或许还能救他;他要是没有把那些没地方住的姑娘塞进士兵公寓,内特利也许永远不会爱上他的妓女。当时她自腰部以下赤裸着,坐在挤满脾气暴躁的爱玩二十一点的赌徒的房间里,无人理会。内特利坐在一张又厚又软的黄色扶手椅上,偷偷盯着她看。他惊异于她那种厌烦、冷淡的力量,凭借这股力量,她接受了他们的集体弃绝。她打了个呵欠,而他为之深深触动了,他还从来没亲眼见过如此美妙的姿势。

那姑娘爬了五段极陡的楼梯,来向这群餍足的士兵出卖自己。他们周围到处是女人,没有人想要她,无论什么价,甚至她缺乏热情地脱去衣服,以结实、丰满、十分肉感的颀长身体来引诱他们,都还是无人问津。除了失望,她似乎更觉疲惫。此刻她空虚懒散地坐在那里休息,带着一种呆滞的好奇观看纸牌赌博,一边聚集已不受她支配的精力,以应付这些乏味的杂役,那就是穿上余下的衣服,再回去干活。过了片刻,她开始挪动了。又过了一会儿,她不自觉地叹了口气,站起来没精打采地套上紧身棉衬裤和黑裙子,再扣上鞋子,走了。内特利跟着她溜了出去。差不多两个小时以后,约塞连和阿费走进军官公寓时,她又在那里往腿上套衬裤和裙子,让人真有点牧师一再有过的那种似曾经历的感觉,只是内特利除外,他两手插在兜里,一副无可慰藉的郁闷模样。

"她现在就想走,"他说,声音微弱而奇怪,"她不愿留下来。"

"你为什么不付她一点钱,今天就可以和她一起度过?"约塞连建议道。

"她把钱还给我了。"内特利承认道,"她现在对我厌倦了,想另外找人。"

那姑娘刚穿上鞋,却又停了下来,目光在约塞连和阿费身上一瞟一瞟的,无礼地引诱他们。轻薄的白色无袖毛线衫底下,她的乳房坚挺硕大,而衣衫把她身上每条曲线都勾勒了出来,再滑顺地流过臀部的两峰突起,很是迷人。约塞连也以凝视作答,他强烈地被吸引住了。他摇了摇头。

"总算打发走了。"阿费镇定自若地回答。

"不要这样说她!"内特利冲动地抗议道,半是恳求半是指责,"我想要她和我在一起。"

"她有什么特别的?"阿费故作惊讶地嗤笑道,"她只是个妓女。"

"不要叫她妓女!"

那姑娘又等了几秒钟,随后漠然地耸了耸肩,缓步朝门口走去。内特利凄惨地跳上前去把门拉开。他慢慢走回来时,心痛欲裂而神情恍惚,敏感的脸上满是悲苦。

"别担心,"约塞连极其友善地劝慰他说,"你还是有可能找到她的。我们知道妓女们都去哪里。"

"请别这么叫她。"内特利乞求道,样子好像要哭出来了。

"对不起。"约塞连咕哝道。

阿费快活地大声嚷道:"像这样的妓女可是成百上千,街上到处都是。刚才那个甚至谈不上漂亮。"他甜蜜地轻笑几声,却带着洪亮的鄙夷和威势。"啊,你居然冲上去给她开门,好像你爱上她了。"

"我想我是爱上她了。"内特利坦白道,声音羞怯而遥远。

阿费皱起丰满、红润的前额,滑稽地表示不相信。"嘀嘀嘀嘀!"他笑起来,并使劲拍打着草绿色军官服两侧宽大的下摆。"真是有趣。你爱上了她?这实在太有趣了。"阿费当天下午有个约会,对方是一位来自史密斯红十字会的姑娘,她的父亲开了一家重要的氧化镁乳剂生产厂。"嗯,那才是你应该交往的姑娘,不是刚才那种寻常妓女。噢,她看上去都不干净。"

"我不在乎!"内特利不顾一切地叫喊道,"我希望你给我闭嘴。我都不想和你谈论这件事。"

"阿费,闭嘴。"约塞连说。

"嘀嘀嘀嘀!"阿费继续道,"我完全可以想象你父母会说些什么,如果他们知道你在跟那样一个肮脏的妓女厮混。你父亲可是极有名望的人,是吧。"

"我不会告诉他的,"内特利宣称,他主意已定,"我不会向他和母亲提起她一个字,等我们结婚以后再说。"

"结婚?"阿费肆意的快乐膨胀到了极点,"嘀嘀嘀嘀嘀!这你可真是在说蠢话了。嗯,你还嫩着呢,哪里知道什么叫真爱。"

关于真爱,阿费可以说是权威,因为他已经真正爱上了内特利的父亲,爱上了战后在他父亲手下做行政人员的前途,以此作为亲近内特利的报偿。阿费是一名领队领航员,大学毕业后,他从来就没能发现自己的才能。他是个温和、大度的领队领航员;每次他在战斗任务中迷航,领着中队的弟兄们飞进防空炮火最密集的区域,他们总要暴跳如雷地臭骂他一通,而他总能原谅他们。那天下午,他在罗马的大街上迷了路,始终没找到来自史密斯、父亲拥有一家氧化镁乳剂生产厂的那位合意的红十字会姑娘。克拉夫特被击落丧命那天,他在轰炸弗拉拉的任务中迷失了方向,随后又在每周一次去帕尔马的例行飞行中迷了路,等约塞连向这个未设防的内陆目标扔完炸弹,手指间夹着一支香烟,背靠着厚厚的装甲板壁闭目养神的时候,阿费却试图领着机群从来亨城上空向海里飞去。突然间到处是高射炮火,随即听见麦克沃特在对讲机里尖声大叫:"高射炮!高射炮!我们到底在哪儿?究竟出了什么事?"

约塞连慌忙睁开眼,看见了完全意想不到的一幕。只见高射炮弹炸开的黑烟从高高的上空向他们压下来,而阿费那张滚圆、生着小眼睛的自得的脸上带着和蔼而茫然的表情,正盯着扑面而来的密集炮火。约塞连惊得目瞪口呆。他的一条腿突然失去了知觉。麦克沃特已经开始爬高,此刻正对着对讲机大喊大叫,要求指示。约塞连向前跳跃,想看看他们在哪里,人却仍然留在原地。他动不了了。这时他意识到身上开始浸湿了。他低头看了一眼裤裆,心头一沉,不觉一阵恶心。一块殷红的血斑正沿着衬衣前襟迅速向上蠕动,像一只巨大的海怪起来要吞食他。他中弹了!鲜血像无数条拦不住的红色蠕虫从裤管上一股股流下来,在地板上汇成一汪血泊。他的心都停跳了。这时飞机又遭到一次重击。约塞连看着伤处古怪的景象,厌恶地浑身战栗,于是朝阿费呼叫求救。

"我的蛋没了!阿费,我的蛋没了!"阿费没听见,于是约塞连俯身去拉他的胳臂。"阿费,救救我,"他哀求道,几乎哭起来,"我中弹了!我中弹了!"

阿费慢悠悠转过身来,戏弄地咧嘴一笑,视而不见。"什么?"

"我中弹了,阿费!救救我!"

阿费又咧嘴一笑,温和地耸耸肩。"我听不见。"他说。

"难道你看不见?"约塞连不相信地大叫。他感到鲜血溅得到处都是,并在身下淌开。他指着那越来越深的血泊喊道:"我受伤了!看在上帝分上,救救我!阿费,救救我!"

"我还是听不见。"阿费宽容地抱怨道,粗短的手拢着苍白的耳朵,"你说什么?"

约塞连声音虚脱地答话,因为叫喊了这么多而突然感到疲倦了,同时也厌倦了他眼下的处境,如此丧气、令人气恼又荒唐可笑。他就要死了,却没有人注意。"算了。"

"什么?"阿费喊道。

"我说我的蛋没了!难道你听不见?我的大腿根受了伤!"

"我还是听不见。"阿费责怪道。

"我说算了!"约塞连尖叫道。他有一种被困住的恐惧感,突然感觉非常冷、非常虚弱,不禁颤抖起来。

阿费再次遗憾地摇了摇头,他那只醒醒的乳白色耳朵几乎凑到了约塞连脸上。"你真得大声一点,我的朋友。你真得大声一点。"

"走开,你这个杂种!你这个愚笨、麻木的杂种,走开!"约塞连哭泣道。他真想痛打阿费一顿,却没有力气举起手臂。他转而决定睡觉,于是朝旁边一歪,昏死过去。

他伤在大腿上,等他恢复知觉,发现麦克沃特正跪在身边照料自己。他大感宽慰,尽管仍然看见阿费鼓胀的娃娃脸凑在麦克沃特肩后,心平气和地看着他。约塞连无力地对麦克沃特笑笑,感到很难受,便问道:"谁在照管铺子?"麦克沃特似乎根本没听见。约塞连越来越恐惧,他一点一点聚气,尽可能高声地重复了这句话。

麦克沃特抬眼一望。"天哪,真高兴你还活着!"他长长地吁了口气,叫喊起来。他眼睛周围那些愉快、亲切的皱纹因紧张而显得发白,又因沾了尘垢而有些油腻腻的。此刻他正拿着一卷绷带,没完没了地缠绕着约塞连大腿内侧的一大块棉花敷料,约塞连感觉捆扎得有点累赘。"内特利在控制飞机。可怜的小伙子听说你中弹了,差不多快大哭起来。他现在还以为你死了呢。他们打破了你的一条动脉,不过我想我已经止住了。我给你打了些吗啡。"

"给我多打点。"

"恐怕还太早。等你觉得痛了,我会再给你打些。"

"现在就痛。"

"哦,好吧,管他呢。"麦克沃特说着又在约塞连的胳膊上注射了一剂吗啡。

"你告诉内特利我没事的时候……"约塞连对麦克沃特说话时又一次

失去了知觉。一切变得越来越模糊,像是隔着薄薄一层草莓色明胶,而一股强大、低沉的嗡嗡声把他吞没了。他在救护车里苏醒过来,对着丹尼卡医生象鼻虫一般阴郁、黯然的表情鼓励地笑了一笑,也就这么转瞬即逝的一两秒钟,一切又都变成玫瑰花瓣似的粉红一片,随后便是一团漆黑与深不可测的死寂。

约塞连在医院里醒来又睡过去。他在医院再度醒来时,那股乙醚味已经没有了,只见邓巴穿着睡衣躺在过道对面的病床上,他却一再坚持说他不是邓巴,而是一个姓福尔蒂奥里的人。约塞连心想,他准是疯了。他怀疑地撇了撇嘴,此后一两天睡觉时都还断断续续想着这事,然后他醒了,而护士们又都不在近旁,于是他得以爬下床去亲眼探个究竟。地板就像海滩漂浮的木筏一样摇摆不定,而他一瘸一拐横穿过道去细看挂在邓巴床尾的体温卡上的名字时,大腿内侧的缝线就像细碎的鱼齿啃噬着他的肌肤。果不其然,邓巴说得对:他再也不是邓巴了,而是安东尼·费·福尔蒂奥里少尉。

"这究竟是怎么回事?"

安·福尔蒂奥里下了床,示意约塞连跟他走。约塞连见到什么就抓住什么,以此支撑身体,一瘸一拐地跟在他后面出了房间进入走廊,来到隔壁病房一张病床前,上面躺着一个遭受折磨的年轻人,只见他满脸脓疱,还长着一个后收的下巴。他们走近时,这个遭受折磨的年轻人敏捷地用一只胳膊撑着起身了。安·福尔蒂奥里把拇指往肩后猛地一指,说:"快滚。"这个遭受折磨的年轻人跳下床去,跑走了。安·福尔蒂奥里爬上这张床,又成了邓巴。

"那是安·福尔蒂奥里。"邓巴解释说,"你的病房里没有空床了,那我就弄弄权,把他赶到这里睡我的病床。这个经历真是让人满足啊,弄权。你日后应该也试试。其实,你应该马上试试,因为你看上去就快站不住了。"

约塞连感觉他就快站不住了。他转向邓巴旁边床上躺着的那个尖下巴、厚脸皮的中年人,把拇指往肩后猛地一指,说:"快滚。"那个中年人凶猛地一挺身子,怒目而视。

"他是少校，"邓巴解释道，"你为什么不把目标放低一些，试试做一会儿霍默·拉姆利准尉如何？这样你就有一个当州议员的父亲，还有一个同滑雪冠军订婚的妹妹了。只管对他说你是上尉。"

约塞连转身面对邓巴所指的那个感到震惊的病人。"我是上尉。"说着把拇指往肩后猛地一指，"快滚。"

听到约塞连的命令，那个震惊的病人跳到地上，跑走了。约塞连爬进他的床，变成了霍默·拉姆利准尉。他觉得要吐，突然间一身都是黏湿的冷汗。他睡了一个小时，又想做约塞连了。有一个当州议员的父亲和一个同滑雪冠军订婚的妹妹并没有多大意义。邓巴将约塞连领回了他俩的病房，在那里，邓巴用拇指把安·福尔蒂奥里赶下了床，让他过去再做一会儿邓巴。霍默·拉姆利准尉连影子都看不见。克拉默护士倒是在，她像一颗受了潮的鞭炮，气鼓鼓地假装一脸愤怒。她命令约塞连立即回病床上去，却又挡着他的路，让他没法办到。她漂亮的脸蛋从来没有这样可憎。克拉默护士是个好心肠而又多愁善感的人，每每听到结婚、订婚、生子和周年纪念的消息，她总是由衷地替人家高兴，尽管那些人她一个也不认识。

"你疯了吗？"她正气凛然地责骂道，一根生气的手指在他眼前摇晃，"我看你是不在乎丢掉性命了，是不是？"

"那是我的性命。"他提醒她。

"我看你是不在乎丢掉一条腿了，是不是？"

"那是我的腿。"

"那当然不是你的腿！"克拉默护士反驳道，"那条腿是属于美国政府的。它和一件装备、一只便盆没有什么区别。美军投入了大量的资金才把你培养成飞行员，所以你没有权利不遵从医生的命令。"

约塞连也不很肯定他是不是喜欢被人投资。克拉默护士仍然就在他的面前，所以他无法过去。他的头疼了起来。克拉默护士又大叫着向他提出什么问题，他根本听不明白。他把拇指往肩后猛地一指，说："快滚。"

克拉默护士狠狠抽了他一个耳光，几乎把他打翻在地。约塞连收回拳头,准备朝她的下巴打过去。就在这时他的腿一弯,眼看着就要跌倒,达克特护士及时跨步上前,一把抓住了他。她语气严厉地质问两人:

"到底是怎么回事?"

"他不肯回床上去,"克拉默护士用受伤的口气急切地报告说,"苏·安,他还对我说了句极其下流的话。噢,我重复一遍都说不出口。"

"她管我叫装备。"约塞连喃喃道。

达克特护士毫不同情。"你是自己回床上去呢,"她问,"还是我揪着你的耳朵,把你拖到床上去?"

"揪着我的耳朵,把我拖到床上去吧。"约塞连向她挑衅。

达克特护士揪着他的耳朵,把他拖到床上去了。

27 达克特护士

苏·安·达克特护士是个瘦高、成熟、腰板笔直的女性,长着滚圆的翘屁股和小小的乳房,瘦削的新英格兰禁欲主义者的脸庞可以说是非常可爱,也可以说是十分平凡。她的皮肤白里透红,眼睛小小的,鼻子和下巴又细又尖。她能干而敏捷,做事严谨且富有才智。她喜欢管事,总能处变不惊。她成熟而独断自恃,从不需要他人帮忙。约塞连动了恻隐之心,决定帮帮她。

第二天早上,她正站在约塞连的床尾弯腰整理床单,他把手偷偷伸进她双膝间狭窄的缝隙,突然飞快向上,往她裙子里尽力摸去。达克特护士尖叫一声,一跳三丈高,不过还是高得不够,只见她绕着那神圣的支点,又是扭又是拱,前摇后荡地折腾了足足十五秒钟,这才挣脱出来,狂乱地退到走道里,脸如死灰,抽搐不已。她退得太远了,一开始就在一旁观看的邓巴从床上无声无息地直扑过去,双臂从后面一下揽住了她的胸脯。达克特护士又是一声尖叫,扭动身子挣脱,远远地逃离邓巴,不料约塞连又扑了上去,一把抓住了她。达克特护士又一次蹦到了走道对面,活像一只长脚的乒乓球。邓巴正严阵以待,即刻猛扑过去。她刚好及时想到了他,便闪到一旁。邓巴彻底扑了个空,从她身边蹿过病床,然后脑袋着地,只听一声破碎的闷响,撞昏了过去。

他在地上醒来时,鼻子流着血,脑袋昏乱,跟他一直在假装的那种折磨人的头部症状一模一样。病房里闹哄哄乱成一团,达克特护士流着眼泪,约塞连挨着她坐在床边,歉疚地安慰她。主管上校怒气冲冲地朝约塞连咆哮,说不能容许他的病人肆意调戏他的护士。

"你想要他怎样?"邓巴躺在地上哀怨地问,一说话太阳穴便一阵阵跳痛,不由得身子一缩。"他什么也没干。"

"我在说你!"纤瘦而高贵的上校铆足力气吼叫道,"你将为你的所作所为受到惩罚。"

"你想要他怎样?"约塞连叫喊起来,"他又没干什么,不过是头栽到地上罢了。"

"我也在说你!"上校一转身冲约塞连发起火来,"你会后悔抓了达克特护士的胸脯的。"

"我没有抓达克特护士的胸脯。"约塞连说。

"我抓了她的胸脯。"邓巴说。

"你们都疯了吗?"医生刺耳地叫喊道,他面色苍白,慌乱地一步步后退。

"是的,医生,他真的疯了,"邓巴肯定地说,"他每天夜里都梦见手里拿着一条活鱼。"

医生停下了后退的脚步,露出优雅的惊奇而厌恶的表情,病房里静了下来。"他怎么了?"他问道。

"他梦见手里拿着一条活鱼。"

"什么样的鱼?"医生严厉地询问约塞连。

"我不知道,"约塞连答道,"我不会分辨鱼类。"

"你哪只手拿的鱼?"

"没准。"约塞连答道。

"要看是哪种鱼。"邓巴帮忙地补充道。

上校转过身,怀疑地向下盯着邓巴,半眯起眼睛。"是吗?你怎么会知道这么多?"

"我就在梦里。"邓巴一本正经地答道。

上校困窘地涨红了脸,他瞪着两人,一脸冰冷、不肯宽恕的憎恨。"爬起来,回你的床上去。"透过薄薄的嘴唇,他指示邓巴,"关于这个梦,我不想听到你们两人再讲一个字了。我手下安排了一个人专听这种恶心的胡话。"

上校命人把约塞连送到桑德森少校那儿去。"你究竟为什么认为,"少校细致地询问道,这位和蔼而敦实的精神病专家笑眯眯的,"费瑞杰上校讨厌你的梦呢?"

约塞连恭顺地回答说:"我想,不是梦的某种特质就是费瑞杰上校的某种特质。"

"说得非常好,"桑德森少校十分赞赏,他穿一双吱吱作响的步兵靴,乌黑的头发直挺挺地竖着。"不知为什么,"他吐露道,"费瑞杰上校总是让我想起海鸥。你知道,他不是很相信精神病学。"

"你不喜欢海鸥,是吧?"约塞连问。

"是啊,不很喜欢,"桑德森少校神经质地尖笑一声承认道,他爱抚地捋了捋他那悬垂的双下巴,好像那是一把长山羊胡。"我觉得你的梦很迷人,希望它时常重现,这样我们就可以不断讨论它。来支烟吧?"约塞连谢绝,他笑了笑。"你究竟为什么认为,"他颇有见识地问,"你怀有这么强烈的反感,连我的一支烟都不肯接受?"

"我刚掐灭一支。它还在你的烟灰缸里冒烟呢。"

桑德森少校咯咯一笑。"你这个解释非常聪明,但是我想我们很快就会找到真正的原因。"他把散开的鞋带系成一个松松的蝴蝶结,再从桌上拿过一本黄色便笺簿放在腿上,"你梦见的那条鱼。让我们谈谈吧。总是同一条鱼,是吗?"

"我不知道,"约塞连回答道,"我不大会认鱼。"

"这鱼让你想到了什么?"

"别的鱼。"

"那别的鱼又让你想到了什么?"

"别的鱼。"

桑德森少校失望地往后一靠。"你喜欢鱼吗?"

"不是特别喜欢。"

"你究竟为什么认为你对鱼怀有如此病态的反感?"桑德森少校获胜地问。

"它们味道太平淡,"约塞连回答说,"骨头又多。"

桑德森理解地点点头,露出惬意而虚假的微笑。"这个解释十分有趣,但是我们很快就会找到真正的原因,我想。你喜欢那条鱼吗?就是你拿在手里的那条鱼。"

"说到底,我对它没有感觉。"

"你不喜欢那条鱼?你对它怀有敌意或者对抗的情绪吗?"

"没有,完全没有。其实我相当喜欢那条鱼。"

"那么你确实喜欢那条鱼?"

"哦,不,说到底,我对它没有感觉。"

"但你刚才还说喜欢它,现在又说对它没有感觉了。我正好抓住了你的自相矛盾。你不明白吗?"

"是,长官,我想你是抓住了我的自相矛盾。"

桑德森少校用他那粗黑的铅笔在便笺簿上得意地写下"自相矛盾"几个字。"你究竟为什么认为,"他写完后抬起头来继续问道,"你说的那两句话表达了对那条鱼自相矛盾的情绪反应?"

"我想我对它持有一种矛盾态度。"

听到"矛盾态度"几个字,桑德森少校高兴得跳起来。"你的确理解了!"他喊道,欣喜若狂地将两手扭绞在一起,"唉,你想象不出我有多么孤独,日复一日跟那些根本不懂精神病学的人谈话,想方设法给那些对我或我的工作没什么兴趣的人治病!这给了我一种非常可怕的无能感。"一丝焦虑的阴影掠过他的脸,"我似乎无法摆脱。"

315

"真的吗?"约塞连问,不知说什么好,"你何必为别人教育程度的差距而自责呢?"

"我知道这很傻,"桑德森少校不安地回答道,他的脸上不自觉地带着轻狂的笑,"可我总是非常容易相信别人的好主意。你瞧,我的青春期比所有同龄的男孩都来得晚一些,这就给我带来了一些——呃,各种问题。我知道我会很乐意和你讨论这些问题的。真恨不得马上就开始,我都不大情愿现在就跑题去谈你的问题了,可是恐怕我必须如此。要是费瑞杰上校知道我们把时间都花在了我的问题上,他准会发火。我现在准备给你看一些墨水迹,看看某些形状和颜色会让你联想起什么。"

"不用麻烦了,医生,什么东西都让我想起性。"

"是吗?"桑德森少校欣喜得叫喊起来,好像不敢相信他的耳朵,"现在我们真的有了进展!你做过性梦吗?"

"我的鱼梦就是一个性梦。"

"不,我的意思是真正的性梦——这种梦里,你揪住某个光屁股婊子的脖子,使劲掐她,猛揍她的脸,直到她满脸是血,然后你就扑上去强奸她,却又突然哭了起来,因为你这么深沉地爱她又恨她,不知道还能怎么样。这就是我想跟你讨论的性梦。难道你没做过那种性梦吗?"

约塞连显出一脸的精明,想了片刻。"那是一个鱼梦。"他断定。

桑德森少校退缩了一下,好像被人打了一巴掌。"是,当然了,"他呆板地让步道,态度变得急躁起来,带有自我防卫的敌意,"但是我希望你能做那样一个梦,只为了看看你如何反应。今天就谈到这里吧。同时,我问你的那些问题,还希望你能想出其中一些的答案。你知道,这些谈话对你来说不愉快,对我也是一样。"

"我会对邓巴说的。"约塞连回答道。

"邓巴?"

"一切都是他起的头。那是他的梦。"

"噢,邓巴,"桑德森少校冷笑道,他的自信心恢复了,"我敢肯定邓巴就是那个坏家伙,干了那么些下流事,却总是让你替他受过,是不是?"

"他没那么坏。"

"你到死都会护着他,对吧?"

"没那么极端。"

桑德森少校嘲讽地一笑,在他的便笺簿上写上"邓巴"两字。"你怎么瘸了?"约塞连朝门口走时,他刻薄地问道,"你腿上缠那该死的绷带干什么?你是疯了怎么的?"

"我的腿受了伤。我就是为这个才住院的。"

"啊,不,你不是,"桑德森少校心怀恶意地幸灾乐祸道,"你是因为唾液腺结石住院的。所以你还是不够聪明,对吧?你居然不知道为什么住院。"

"我是因为腿伤住院的。"约塞连坚持道。

桑德森少校讥讽地一笑,不理会他的辩解。"好吧,代我问候你的朋友邓巴。还请告诉他为我做一个那样的梦,好吗?"

可是邓巴因为经常性的头痛而感到恶心和晕眩,无心跟桑德森少校合作。饿鬼乔倒做了许多噩梦,因为他已经完成六十次飞行任务,又在等着回家了,但他到医院来,却一点也不肯跟人分享。

"就没人为桑德森少校做过什么梦吗?"约塞连问,"我不想让他失望,他已经觉得被人抛弃了。"

"听说你受了伤,我一直在做一个非常奇特的梦。"牧师坦白说,"以前,我每天夜里不是梦见我老婆就要死了,或被人谋杀,就是梦见孩子们被营养食品噎死。现在我梦见我在没顶的深水里游泳,一条鲨鱼在咬我的左腿,部位正是你缠绷带的地方。"

"这个梦太美妙了,"邓巴宣布道,"我敢打赌,桑德森少校肯定会喜欢。"

"这个梦太可怕了!"桑德森少校叫道,"里面全是痛苦、伤残和死亡。我敢肯定,你做这个梦就是想激怒我。你知道,做出这种恶心的梦,我都不敢说你该不该留在军队里了。"

约塞连觉得他看到了一线希望。"也许你是对的,长官,"他狡猾地建议道,"也许我应该停飞,回美国去。"

"你就从来没有想到过,你一味胡乱追逐女人,不过是要缓解你潜意识里对性无能的恐惧?"

"是的,长官,我想到过。"

"那你为什么要这么做呢?"

"为了缓解我对性无能的恐惧。"

"你为什么不给自己另找一项有益的业余爱好呢?"桑德森少校友好而关切地问道,"比如钓鱼。你真觉得达克特护士那么有吸引力?我倒觉得她相当骨感。你知道,相当平淡、多骨。像条鱼。"

"我不大认识达克特护士。"

"那你为什么抱她的胸脯呢?就因为她有胸脯吗?"

"那是邓巴干的。"

"喂,别又来这一套,"桑德森少校尖刻而轻蔑地叫喊道,厌恶地把铅笔猛地一掷,"你还真以为假装成另一个人就能开脱罪责了?我不喜欢你,福尔蒂奥里。你知道吗?我根本不喜欢你。"

约塞连感到一股冰冷潮湿的忧虑像风一样吹透全身。"我不是福尔蒂奥里,长官,"他怯怯地说,"我是约塞连。"

"你是谁?"

"我叫约塞连,长官。我是因为一条腿受了伤而住院的。"

"你叫福尔蒂奥里,"桑德森少校好斗地反驳道,"你是因为唾液腺结石住院的。"

"噢,得了吧,少校!"约塞连火了,"我应该知道我是谁。"

"我这里有一份美军正式记录可以证明。"桑德森少校反驳道,"你最好自我约束一下,不然就来不及了。起先你是邓巴,现在你是约塞连,下一回你就要声称是华盛顿·欧文了。你知道你出了什么毛病吗?你得了人格分裂症,这就是你的毛病。"

"也许你是对的,长官。"约塞连圆滑地赞同道。

"我知道我是对的。你有严重的受迫害情结,你觉得大家都想伤害你。"

"大家确实都想伤害我。"

"瞧见了吧?你根本不尊重极度权威和旧式传统。你又危险又堕落,应该把你拉出去枪毙!"

"你这是说真的?"

"你是人民的敌人!"

"你疯了吗?"约塞连叫喊道。

"不,我没发疯。"多布斯在病房里怒吼作答,他以为这只是窃窃的耳语,"我告诉你,饿鬼乔看见他们了。昨天他飞去那不勒斯给卡思卡特上校的农场装运黑市空调机,就看见他们了。他们那里有一个很大的人员补充中心,满满住了几百个飞行员、轰炸手和机枪手,都在准备回国。他们完成了四十五次飞行任务,就这么些。几个戴紫心勋章的飞得还要少。国内来的一批批补充机组人员全都涌进了别的轰炸大队。他们要求每个人至少在海外服役一次,行政人员也不例外。你难道不读报纸吗?我们应该马上杀了他!"

"你只要再飞两次就行了,"约塞连低声说服他,"为什么要冒险?"

"飞这两次也可能被打死。"多布斯恶狠狠地回答道,嘶哑的嗓音在颤抖,"明天早上他从农场开车回来,我们第一件事就把他杀了。我这儿已经有枪了。"

约塞连吃惊地瞪眼看着多布斯从衣袋里抽出一把手枪,高高举在空中炫耀。"你疯了吗?"约塞连慌乱地嘘他,"快收起来。把你那白痴嗓门放低点。"

"你担什么心?"多布斯天真地问,他有点不高兴了,"没有人能听见。"

"嘿,那边说话小点声,"一个声音从病房远端传来,"你们没看见我们正想睡个午觉吗?"

"你是什么东西,自以为聪明?"多布斯吼叫着回敬,他握紧拳头猛地扭转身体,准备打架。他又扭过身去面对约塞连,可他还没来得及说话,就响雷般连打六个喷嚏;每打完一个,他的双腿都很有弹性地往一旁踽跚几步,同时企图抬起胳膊想把下一次的迸发阻挡回去。他的眼睛泪水汪汪,眼皮又红又肿。"他以为他是谁,"他质问道,一边痉挛般地呼哧呼哧吸气,一边用粗壮的手腕背面揩鼻子,"警察还是什么人?"

"他是刑事调查部的人,"约塞连平静地告诉他,"眼下我们这儿就有三个,还要来一些。啊,别害怕,他们在追查一个叫华盛顿·欧文的伪造犯。他们对谋杀犯没兴趣。"

"谋杀犯?"多布斯觉得受到了侮辱,"你为什么叫我们谋杀犯?就因为我们要杀掉卡思卡特上校吗?"

"安静点,你这该死的!"约塞连喝道,"你不能小声说话吗?"

"我是在小声说话。我——"

"你还在嚷嚷。"

"不,我没有。我——"

"嘿,那边的闭上嘴,行不行?"全病房的病人都朝多布斯叫喊起来。

"我跟你们拼了!"多布斯冲他们尖叫着,然后站到一把摇晃的木椅子上,疯狂地挥舞着那把手枪。约塞连抓住他的胳膊,猛地把他拉了下来。多布斯又开始打喷嚏。"我有过敏症。"完事之后,他抱歉地说。他的鼻涕直流,眼泪哗哗的。

"那太糟了。没有过敏症,你可以做一个极好的领袖。"

"卡思卡特上校才是谋杀犯,"多布斯把一条又脏又皱的土黄色手帕塞进口袋,然后粗哑着嗓子抱怨道,"卡思卡特就是要谋害我们的那个人,我们得想办法制止他。"

"也许他不会再增加任务次数,也许六十次就打住了。"

"他永远都在增加任务次数。你比我知道得更清楚。"多布斯咽了口唾沫,弯下腰,把绷紧的脸使劲凑近约塞连,石头般坚硬的古铜色腮帮上肌肉块块突起,微微颤抖着。"你只要说就这么干,明天早上我就把这事全办了。

你明白我在说什么吗？现在我可是在小声说话,对吧?"

多布斯紧紧盯着约塞连,眼里饱含热切的恳求。约塞连总算移开了自己的目光。"你他妈的干吗不能就这么出去把这事干了?"他大为不满,"为什么非要跟我谈不可,一个人干了不就完了?"

"我害怕一个人干。什么事我都害怕一个人干。"

"那就别把我扯进去。现在还往这种事情里掺和,那我可是真疯了。我这儿有了价值百万美元的腿伤,他们要送我回国了。"

"你疯了吗?"多布斯不相信地叫喊道,"你那儿不过擦破点皮。你一出院,他就会马上安排你参加战斗飞行,就算得了紫心勋章也得去。"

"那我就真的要杀了他,"约塞连发誓道,"我会去找你的,我们一块儿干。"

"那我们明天就干吧,趁现在还有机会,"多布斯恳求道,"牧师说卡思卡特上校又主动请求派我们大队轰炸阿维尼翁。也许你没出院我就被打死了。瞧瞧我这双手抖成什么样了。我不能开飞机了。我不行了。"

约塞连不敢答应他。"我想等一等,先看看情况再说。"

"你的问题是什么都不愿意干。"多布斯生气了,他粗声粗气地抱怨道。

"我正在尽最大努力,"多布斯离开后,牧师向约塞连轻声解释道,"我甚至去医务室找丹尼卡医生谈过如何帮你。"

"是的,我看得出来。"约塞连压制住微笑,"结果如何?"

"他们给我的牙龈涂了紫药水。"牧师困窘地说。

"他们还给他的脚趾涂了紫药水,"内特利愤愤地加上一句,"然后给了他一粒通便药。"

"但是今天早上我又回去找他了。"

"他们又给他的牙龈涂了紫药水。"

"但我总算跟他说上话了。"牧师用自我辩白的悲哀语调说道,"丹尼卡医生好像很不快乐。他怀疑有人正在密谋把他调到太平洋战区去。他一直想来找我帮忙。我对他说我需要他帮忙时,他很奇怪,怎么就没有一个牧师可以让他见见呢。"约塞连和邓巴都大笑起来,牧师耐心而沮丧地等着他们笑完。"以前我想,不快乐是不道德的,"他继续道,好像是在孤独地哀号,"现在我再也不知道该怎么想了。这个礼拜天的布道,我想以不道德为主题,可是我的牙龈都涂了紫药水,真不知道该不该办布道会。科恩中校对我的牙龈很不满意。"

"牧师,你为什么不跟我们一起进医院住上一阵散散心呢?"约塞连鼓动道,"在这儿你会非常舒服的。"

有那么一两秒钟,这个唐突的馊主意吸引并逗乐了牧师。"不,我想这不行,"他勉强做出决定,"我想安排去大陆一趟,看看一个叫温特格林的邮件收发兵。丹尼卡医生对我说他能帮忙。"

"温特格林大概是整个战区最有影响力的人物了,他不仅仅是邮件收发兵,还可以使用一台油印机,但是谁的忙他都不帮。那是他前途无量的原因之一。"

"我还是想跟他谈谈。一定有人愿意帮你的忙。"

"去帮帮邓巴吧,牧师,"约塞连高傲地纠正他,"我有这个价值百万美元的腿伤,它会帮助我离开战场。即使不行,还有位精神病专家认为我不适合留在军队呢。"

"我才是那个不适合留在军队里的人,"邓巴嫉妒地哀叹道,"那是我做的梦。"

"不是因为梦,邓巴,"约塞连解释说,"他挺喜欢你的梦,是因为我的人格,他认为它分裂了。"

"它正好从中间分开。"桑德森少校说。他临时系上了那双笨重的步兵军鞋的鞋带,又用芳香护发油把乌黑的头发梳理光滑,使之硬挺些。他虚饰地笑着,以显得通情达理而又和蔼可亲。"我这么说不是要伤害你、侮辱你,"他带着一脸伤害人、侮辱人的得意神情继续说道,"我这么说也不是因为我恨你,想要报复你,我这么说更不是因为你拒绝了我,严重伤害了我的感情。不,我是医务工作者,我是冷静客观的。我给你带来了非常坏的消息。你有勇气接受吗?"

"上帝啊,不!"约塞连尖叫道,"我会立刻崩溃的。"

桑德森少校顿时勃然大怒。"你就不能做对一件事情吗?"他恳求道,恼怒得一脸通红,两只拳头一起猛砸他的桌子,"你的毛病在于你自以为了不起,什么社会习俗都不遵守。你大概也瞧不起我吧,只因为我的青春期来得迟一点。好吧,你知道你是什么?你是个失意、不幸、幻灭、散漫、不适应环境的年轻人!"桑德森少校一口气背了这一串贬义词,脾气似乎沉稳了些。

"是,长官,"约塞连谨慎地承认道,"我想你是对的。"

"我当然是对的。你还不成熟,还没能适应战争的观念。"

"是,长官。"

"你对死有一种病态的厌恶。你在打仗而且随时可能掉脑袋,对此你大概也心怀怨恨吧。"

"岂止是怨恨,长官,我简直是满腔怒火。"

"你有根深蒂固的生存焦虑。你又不喜欢偏执狂、恶棍、势利小人和伪君子。你下意识地恨许多人。"

"是有意识,长官,有意识。"约塞连尽力帮忙纠正道,"我有意识地恨他们。"

"一想到被掠夺、被剥削、被贬低、被羞辱、被欺骗,你就满怀敌意。痛苦使你沮丧,无知使你沮丧,迫害使你沮丧,暴力使你沮丧,贫困使你沮丧,贪婪使你沮丧,罪恶使你沮丧,腐败使你沮丧。你知道吗,说你是个躁狂抑郁症患者,我一点也不会吃惊!"

"是,长官,也许我就是。"

"别想否认。"

"我没否认,长官,"约塞连说,并很高兴他们之间终于达成了奇迹般的一致,"我承认你说的一切。"

"那么你承认你疯了,是吗?"

"疯了?"约塞连大为震惊,"你在说什么呀?我为什么疯了?你才疯了呢!"

桑德森少校又气得涨红了脸,用两只拳头一起猛砸大腿。"竟然说我疯了,"他唾沫四溅,愤怒地叫喊道,"这是典型的施虐狂和报复偏执狂的反应!你真的是疯了!"

"那你为什么不打发我回国呢?"

"我是要打发你回国!"

"他们要打发我回国了!"约塞连一瘸一拐地走回病房时,喜气洋洋地宣布道。

"我也是!"安·福尔蒂奥里喜悦地说,"他们刚才来病房告诉我的。"

"我怎么办?"邓巴性急地质问医生们。

"你吗?"他们粗暴地回答道,"你跟约塞连一起走。马上回去参加战斗!"

于是他们都回去参加战斗了。救护车把约塞连送回到中队时,他极为愤怒,一瘸一拐地去找丹尼卡医生讨个公道。医生阴郁地盯着他,一脸的苦恼和轻蔑。

"你!"丹尼卡医生悲哀地大声指责道,他满脸厌恶,两只眼睛下面的蛋形眼袋都显得严厉而苛刻。"你一心就只想着自己。去看看那条轰炸线吧,要是你想知道在你住院后发生了什么事情的话。"

约塞连大吃一惊。"我们要输了吗?"

"要输了?"丹尼卡医生叫道,"自从我们攻占巴黎以后,整个军事形势简直就要完蛋了。"他停了一下,满腔的怒火渐渐变成了忧愁,并暴躁地皱起眉头,好像这全是约塞连的错,"美国军队正在向德国领土推进。俄国人夺回了整个罗马尼亚。就在昨天,第八集团军的希腊部队攻占了里米尼。德国人正在到处挨打!"丹尼卡医生又停了一下,深深吸了一口气,突然发出一声悲伤的尖叫。"再没有德国空军了!"他哀号道。他似乎立刻要大哭起来。"哥特人的整条战线就要崩溃了!"

"那又怎样?"约塞连问,"有问题吗?"

"有问题吗?"丹尼卡医生喊道,"如果不很快发生什么,德国人可能会投降,然后我们都会被送往太平洋战区!"

约塞连呆望着丹尼卡医生,满心怪诞惊慌。"你疯了吗?你知道你在说什么吗?"

"是啊,你笑起来倒是很轻松。"丹尼卡医生讥讽道。

"谁他妈的笑了?"

"至少你还有一个机会。你在参加战斗,还可能被打死。可是我呢?我一点指望也没有。"

"你真是他妈的疯了!"约塞连一把揪住他的衬衫前襟,冲他使劲吼道,"你知道你疯了吗?那就闭上你愚蠢的嘴,听我说。"

丹尼卡医生猛地挣脱开来。"你怎么敢这样对我说话。我是有执照的医生。"

"那就闭上你这个有执照的医生的愚蠢的嘴,听听他们在上头医院里对我说什么吧。我疯了,这你知道吗?"

"那又怎样?"

"真的疯了。"

"那又怎样?"

"我发狂了,是个疯子,你懂不懂?我精神失常了。他们错把另一个人当成我送回国去了。上头医院里他们有一个有执照的精神病专家,给我做了检查。这就是他的结论,我真的精神错乱了。"

"那又怎样?"

"那又怎样?"约塞连很是困惑,丹尼卡医生竟然不能理解。"你难道看不出那意味着什么吗?现在你可以把我从战斗岗位撤下来,打发我回国。他们不会派一个疯子出去送死,对吧?"

"还有谁会去呢?"

28 多布斯

麦克沃特去了,而麦克沃特没有疯。约塞连也去了,走路还是一瘸一拐的;又去了两次之后,谣传还要执行一次轰炸博洛尼亚的任务,他感到生命受到了威胁,于是在一个温暖的午后,坚定地一瘸一拐走进多布斯的帐篷,把一根指头放到嘴边说:"嘘!"

"你嘘他干什么?"小桑普森一边问一边用门牙剥着橘子皮,同时在细读一本卷角的漫画书,"他连话都没说。"

"快滚。"约塞连对小桑普森说,大拇指朝背后帐篷出口处猛地一指。

小桑普森识趣地抬起他那棕黄的眉毛,顺从地站起身。他噘起嘴,往下垂的黄色小胡子里吹了四声口哨,然后跨上几个月前买的那辆满是凹痕的二手绿色旧摩托车,轰的一声启动,往山里去了。约塞连等着,直到马达最后一声微弱的轰响完全消失在远处。帐篷里的气氛好像不大正常。这地方太整洁了。多布斯抽着一支肥硕的雪茄,好奇地打量他。他害怕得要命,因为约塞连拿定了主意要大胆行事。

"好吧,"约塞连说,"我们就杀掉卡思卡特上校吧。我们一块儿干。"

多布斯大惊失色,噌地从行军床上蹦了下来。"嘘!"他吼叫道,"杀掉卡思卡特上校?你胡说什么呢?"

"小声点,该死的,"约塞连咆哮道,"全岛都听见了。你那把枪还在吗?"

"你疯了还是怎么了?"多布斯喊道,"我为什么要杀掉卡思卡特上校?"

"为什么?"约塞连盯着多布斯,疑惑地皱起眉头,"为什么?这是你的主意,不是吗?不是你到医院来求我干的吗?"

多布斯缓缓一笑。"但那时我只飞了五十八次任务,"他美滋滋地吸了一口雪茄,解释道,"现在我都打好包了,就等着回国。我已经飞完了我的六十次任务。"

"那又怎样?"约塞连回击道,"他一定还会增加任务次数。"

"也许这次他不会。"

"他永远都在增加次数。你究竟怎么啦,多布斯?问问饿鬼乔他打过多少次包了。"

"我得等一等,看看情况再说。"多布斯固执地坚持道,"我既然已经脱离战斗,现在还往这种事情里掺和,那我可是真疯了。"他轻轻弹去雪茄的烟灰。"我劝你,"他议论道,"跟其他人一样飞完你的六十次任务,然后看看情况再说。"

约塞连克制着,才没把一口唾沫狠狠啐进他的眼睛。"我也许活不到飞完六十次了,"他哄骗他,声音悲观而无力,"有传闻说,他又去主动请战,让我们大队轰炸博洛尼亚。"

"这不过是谣言,"多布斯向他指出,一派自命不凡的气度,"你不要听到什么谣言都相信。"

"你能不能不给我提建议?"

"为什么不找奥尔谈谈?"多布斯建议道,"上周执行飞阿维尼翁的第二次任务时,奥尔又被击落,掉进水里了。也许他很不满,正想干掉他呢。"

"奥尔没有那个头脑,他才不会不满呢。"

约塞连还在医院的时候,奥尔又被击落掉进水里了;他驾着损伤的飞机缓缓滑落到马赛港外明净的碧波上,技巧如此完美,六个机组成员居然全都

327

毫发无伤。海水还在飞机周围翻着白色和绿色的泡沫，飞机前后舱的逃生出口就已迅速打开，机组人员穿着软耷耷的橙色海上救生衣，尽可能快地爬了出来；救生衣没能充气，无力地垂挂在他们的脖子上、腰间，毫无用处。救生衣没能充气，是因为米洛取走了充气腔里一对二氧化碳充气筒，做草莓和碎菠萝冰激凌苏打水供应军官食堂，然后在充气筒的位置贴上一些油印纸条，上面写着："有益于M&M企业就是有益于国家"。奥尔最后一个从下沉的飞机里跳了出来。

"你真该看看他那副样子！"向约塞连讲述这段插曲时，奈特中士哈哈大笑，"这是我见过的最他妈滑稽的事。那些海上救生衣全都不管用，因为米洛偷走了二氧化碳，制作你们这些杂种一直在军官食堂享用的冰激凌苏打水去了。不过到头来，结果还不算太糟。我们中只有一个人不会游泳，我们抬起那家伙放进了救生筏里；我们还都站在飞机上的时候，奥尔就拉着救生筏的绳子，紧贴机身把它降了下去。那个矮小的怪家伙干这种事情还真有两下子。接着另一只筏子没拴牢漂走了，结果我们六个人只好挤在一只筏子上，胳膊肘、大腿挨得紧紧的，你都不能稍稍动一下，不然就会把旁边那个家伙挤到水里去。我们下飞机才三秒钟，飞机就沉了下去，剩下我们孤零零地待在那里，这下我们马上拧开救生衣充气腔的螺帽，看看到底出了什么问题，这才发现米洛那些该死的纸条，说什么凡是有益于他的就有益于我们其他人。这个狗杂种！妈的，我们全都诅咒他，只有你那个伙计奥尔除外，他只是一个劲地咧嘴笑着，好像有益于米洛的可能真的有益于我们其他人，他才不在乎呢。

"我发誓，你真该看看他的样子，就坐在救生筏的边上，像个船长，我们都只是望着他，等着他告诉我们要干什么。他每隔几秒钟就用手拍拍大腿，跟得了疟疾似的，说'现在没事了，没事了'，再咯咯傻笑，像个狂热的小怪物，然后又说'现在没事了，没事了'，再咯咯傻笑一阵，还是像个狂热的小怪物。我们就像在看白痴似的。最初几分钟里，要不是为了看他的热闹，我们恐怕早已散得七零八落了，因为大浪一个接一个打进救生筏里，把我们淋得透湿,有时还卷走几个人掉到海里,我们得赶在下一个浪到来之前爬回筏子里去,不然就被冲远了。那真是太滑稽了。我们就这么掉下去爬上来,掉下去爬上来。我们让那个不会游泳的家伙伸直了身体躺在筏子正中,但就算在那个地方,他也差点淹死,因为救生筏里的水已经很深,老是往他脸上溅。嚆,乖乖!

"然后奥尔动手打开了救生筏的储物间,滑稽事才真正开始。他先是找到一盒巧克力条,便分发给大家,于是我们就坐在那儿吃又咸又湿的巧克力条,同时海浪不停地把我们打下筏子,卷进水里。接着,他找到了一些汤料和几只铝杯,便给我们做汤喝。然后他又找到一些茶叶。真的,他沏了茶!你能想象我们坐在那里,屁股底下浸得透湿,而他却在给我们上茶的情景吗?这下轮到我掉下筏子了,因为我笑得太厉害。我们全都在笑。可他却正经得要死,只是偶尔愚蠢地咯咯傻笑或者古怪地咧嘴一笑。瞧这傻子!他找到什么用什么。他找到一些驱鲨剂,立刻洒到海里。他找到一些标识颜料,也马上扔进水里。接下来他找到一根钓鱼线和一块干鱼饵,顿时满脸发光,好像我们即将葬身大海或者德国人从斯培西亚派船来抓我们并用机关枪扫射我们之前,海空救援艇恰巧赶到救了我们。也就一转眼工夫,奥尔已经把钓鱼线甩到水里钓起鱼来,高兴得像只云雀。'中尉,你期望钓到什么?'我问他。'鳕鱼。'他告诉我。他是认真的。幸好什么也没钓到,不然他会把鳕鱼生吃了,还会逼着我们吃,因为他找到一本小书,上面说生吃鳕鱼没关系。

"他找到的下一样东西是把蓝色小桨,大小就跟配纸杯的勺子差不多,嘿,他果真用这把桨划了起来,想靠那根小棍子驱动我们足足九百磅的重量。你想象得出吗?这以后,他找到一个小小的指南针和一张大大的防水地图,他把地图摊开放在膝盖上,又把指南针放在地图上。他就这样消磨时间,坐在那里,装了鱼饵的钓鱼线拖在背后,指南针搂在怀里,地图铺在膝盖上,然后拼命划着那把微不足道的蓝色小桨,好像正在向马略卡岛全速前进,直到差不多半个小时以后,救援艇来把我们接走。上帝啊!"

奈特中士对马略卡岛了如指掌,奥尔也是,因为约塞连常对他们讲起西班牙、瑞士和瑞典这样一些避难地的情况,这些地方美国飞行员只要飞过去,就能被拘留到战争结束,而且生活条件舒适、奢华至极。在拘留问题上,约塞连是中队里的头号权威,他已经开始谋划每次飞往意大利最北部执行任务时,如何以紧急情况为由飞到瑞士去。他当然更想去瑞典,那儿人们知识水平更高,他还可以和那些低声细语、半推半就的漂亮姑娘一起裸泳,并且生下一大群快乐没教养的私生子约塞连来,生产过程从头到尾都能得到国家的资助,他们还能没有污点地长大成人;但是瑞典够不着,那太远了,于是约塞连只好等着在意大利的阿尔卑斯山上空被一发高射炮弹打掉一个引擎,好有个理由飞往瑞士。他甚至不愿告诉驾驶员他正在把飞机引到那儿去。约塞连常常想着找一个信得过的驾驶员合伙干,假装一只引擎损坏了,来个机腹迫降,把造假的证据毁掉,但是他真正信得过的驾驶员只有麦克沃特,这家伙无论在哪里都是乐呵呵的,他最大的乐子还是驾着飞机嗡嗡掠过约塞连的帐篷,或者咆哮着从海滩游泳者的头顶低低飞过,任凭螺旋桨卷起强劲的气流,在海里划出一道道黑浪,打起一片片水花,飞机过后良久才落下。

多布斯和饿鬼乔都不可能,奥尔也是如此。当约塞连遭到多布斯的拒绝,绝望地一瘸一拐地回到帐篷时,奥尔又在修补那个炉子阀门了。奥尔正用倒扣的铁桶制作这个炉子,它立在平坦的水泥地面中央,水泥也是他铺的。他双腿跪地,正起劲地干着活。约塞连故意不去理他,他疲倦地蹬着腿走到行军床前坐下来,吃力地长叹一声。额头上的汗珠慢慢变得冰凉。多布斯令他沮丧。丹尼卡医生令他沮丧。他看着奥尔,一阵毁灭的不祥幻觉越发令他沮丧。在他的内心,各种各样的紧张感一起涌现出来。神经痉挛了,一只手腕上的青筋开始突突直跳。

奥尔扭头打量着约塞连,湿湿的嘴唇从鼓鼓的两排大龅牙上往下退缩。他把手伸到旁边,从床脚柜里掏出一瓶温热的啤酒,撬开盖子递给约塞连。谁都不说话。约塞连吸掉上面的酒花,仰起头来。奥尔狡猾地望着他,无声地露齿笑着。约塞连谨慎地盯着奥尔。奥尔轻轻一笑,嘴里轻微而黏滞地嘶嘶有声。他蹲下去,回头继续干活。约塞连越发紧张了。

"算了吧,"他双手握紧啤酒瓶,用威胁的口气恳求道,"你别摆弄那炉子了。"

奥尔平静地呵呵一笑。"我都快干完了。"

"不,你没有,你正要开始。"

"这是阀门。看见了?很快就全装好了。"

"可你又要把它拆开。我知道你在干什么,你这混蛋。我已经看你这样来来回回三百遍了。"

奥尔高兴得浑身哆嗦。"这根汽油管漏油,我要把它补上。"他解释道,"我差不多都弄好了,只有一点点渗油了。"

"我不能守着你了,"约塞连干巴巴地说,"你要是想做什么大东西,那没问题,但这阀门里面全是些小零件,我现在实在没耐心看着你卖力地摆弄这些玩意儿,这么他妈小又不重要。"

"小是小,但并不等于它们不重要。"

"我不在乎。"

"再来一遍?"

"等我不在的时候吧。你是个快乐的白痴,根本不知道我心里是什么滋味。你捣鼓那些小玩意儿的时候,我遇到了一些事情,都没法给你讲。我发现我无法容忍你。我开始恨你,我很快就会认真考虑把这个瓶子砸到你脑袋上,或者用那边那把猎刀戳进你的脖子。你明白吗?"

奥尔十分聪明地点头。"现在我不拆阀门了。"他说着便开始拆阀门,缓慢、不知疲倦、精益求精地工作着,他那难看的乡下人的脸紧贴着地面,手指捏着那个小小的装置费劲地抠着,如此孜孜不倦而无限专注,好像根本没工夫想想他说的话。

约塞连暗暗诅咒他,下定决心不再理睬他。"你他妈到底为什么急着摆弄那炉子?"转眼间他又不由自主地叫喊起来,"外面还热得很。等一会儿我们也许出去游泳。你为什么担心天冷呢?"

"白天越来越短了,"奥尔睿智地说,"我想趁早把这炉子给你全装好。等我装完,你的炉子就是全中队最好的了。带上我在修理的这个供油控制器,它将整夜燃烧,这些金属片将散发热量,把整个帐篷烤得暖烘烘的。你睡觉前把钢盔装满水放在这东西上,醒来时就有热水洗脸,什么都准备好了。这不是很好吗?如果你想煮鸡蛋或者烧汤,只要把锅放在这里,把火调大就行。"

"你是什么意思,给我?"约塞连追问道,"你要去哪里?"

奥尔按捺不住心头一阵快活,矮小的身体突然抖动起来。"我不知道,"他大声说道,一阵古怪、颤抖的傻笑声突然从打战的龅牙间迸出来,好像一阵情感爆发。他接着说话的时候还在笑,满嘴唾沫,把声音都堵得含糊了。"如果他们老是这样把我打下来,我不知道我要去哪里。"

约塞连被感动了。"你为什么不争取停飞呢,奥尔?你是有理由的。"

"我只飞了十八次任务。"

"但你几乎每次都被击落。你每次上天不是水面迫降就是强行着陆。"

"噢,我不在乎执行飞行任务。我觉得非常好玩。你不做领航飞行时,应该试试跟我一起飞上几次。就是寻个开心,嘿嘿。"奥尔斜眼瞅着约塞连,一脸笑嘻嘻的。

约塞连避开他的目光。"他们又叫我领航飞行了。"

"等你不做领航飞行的时候吧。你要是有我的头脑,就知道该这么办!直接去找皮尔查德和雷恩,说你想跟我一起飞。"

"然后每次上天都跟你一起被打下来?那有什么好玩的?"

"正因为这个,你才应该跟我一起飞。"奥尔坚持道,"说起水面迫降或强行着陆,恐怕我算是这儿最好的飞行员了。对于你,这是很好的练习。"

"练习做什么?"

"万一哪次你必须水面迫降或强行着陆,就是很好的练习了。嘿嘿嘿。"

"你再给我一瓶啤酒好吗?"约塞连郁闷地问。

"你想把它砸到我脑袋上吗?"

这一次约塞连笑了。"就像罗马那套公寓里那个妓女?"

奥尔淫荡地窃笑,塞着海棠果的腮帮子快乐地向外鼓起来。"你真想知道她为什么拿鞋打我的脑袋吗?"他逗引道。

"我早知道了,"约塞连回敬道,"内特利的妓女告诉我了。"

奥尔怪兽似的咧嘴一笑。"不,她没有。"

约塞连很是同情奥尔。奥尔那么矮小、那么丑陋。他要是活下去,谁会保护他呢?谁会保护奥尔这样一个热心而单纯的侏儒,使他免遭无赖、私党的欺侮,免遭阿普尔比这种运动健将的欺侮呢?他们目空一切,只要逮着机会就会大摇大摆、狂妄而自恃地把奥尔踩在脚底下。约塞连常常为奥尔担心。谁会替他抵挡仇恨和欺诈,抵挡野心勃勃的人们和那大人物的妻子的刻薄势利,抵挡牟利者肮脏下流的轻蔑和专卖劣质肉的友好的邻家屠夫?奥尔是个快乐轻信的傻瓜,一头浓密拳曲的杂色头发从中间分开。在他们眼里,对付他只是小儿科。他们会拿走他的钱,奸污他的妻子,对他的孩子毫无仁慈。约塞连感到一股同情的热流涌过全身。

奥尔是个怪脾气的小矮人,是个奇特而可爱的侏儒,他心思猥亵,却身怀无数有用的技能,这将使他终身处于低收入群体。他能够使用烙铁把两块木板钉在一起,既不让木板开裂,又不把钉子砸弯。他会钻孔。约塞连住院期间,他在帐篷里又营造了许多东西。他在水泥地上连挫带凿,开出一条完美的槽沟,这样,从他先前建在外面高台上的油箱一路引向炉子的细长汽油管道就可以与地面平齐了。他用多余的炸弹零件给壁炉做了几个柴架,在上面堆满粗大的次等圆木,又用染色木条把他从三流杂志上剪下来的一些大波女人的照片镶嵌起来,挂在壁炉架上面。奥尔会开油漆桶。他会调配油漆,稀释油漆,清除油漆。他会砍劈木头,用尺子测量东西。他知道如何生火。他会挖洞。他还有一项真正的本事,就是知道如何用罐头筒和水壶从食堂边的水箱里给他俩运水过来。他能够一连几个小时埋头于一件无足轻重的工作而不感到烦躁和无聊,不知疲倦,像个树桩,也几乎跟树桩一样不声不响。他对野生动物有着不可思议的了解,他不怕狗,不怕猫,不怕甲虫,不怕飞蛾,还不怕吃小鳕鱼或内脏之类的食物。

约塞连阴郁地叹息一声,开始思考谣传中的轰炸博洛尼亚的任务。奥尔正在拆卸的阀门跟拇指差不多大小,除了外壳,共有三十七个独立的零件,其中很多特别细小,奥尔不得不用指甲尖紧紧捏住它们,才能把这些零件按类别整齐地摆放在地面。他从不加快或者放慢速度,从不疲倦,从不暂停一下他那细致严密、有条不紊而单调乏味的工作进程,除非要斜眼瞟一下约塞连,带着一脸狂热的恶作剧神情。约塞连努力不去看奥尔。他细数那些零件,以为这样在心里就可以摆脱奥尔。他转过脸去,闭上眼睛,结果却更糟,因为现在他只听到了声音:手与轻巧的零件之间那轻微、令人发狂、不屈不挠、清晰可闻的咔哒声和沙沙声。奥尔有节律地喘着气,声音有如打鼾,令人厌恶。约塞连握紧拳头,眼睛盯着那把长长的骨柄猎刀,它插在皮套里,悬挂在帐篷里那个死人的行军床上方。他一想到要刺死奥尔,紧张的情绪便松弛下来。谋杀奥尔的念头如此荒谬,他开始认真考虑起来,满脑子都是古怪的奇想和魅惑。他仔细打量奥尔的后颈,寻找延髓可能的位置。只要在那里轻轻一戳,准会杀掉他,这样一来,他们俩那么多令人苦恼的严重问题就都解决了。

"疼吗?"恰好在这个时候,奥尔问道,仿佛是出于自卫的本能。

约塞连紧盯着他。"什么疼?"

"你的腿,"奥尔神秘地怪笑一声,说,"你还有点瘸。"

"那只是习惯,我想,"约塞连松了一口气,恢复了呼吸,"也许很快就会好的。"

奥尔在地上侧转身子,再单腿跪地起身,面向约塞连。"你还记得,"他沉思般慢吞吞地说,显出竭力回忆的神情,"那天在罗马打我脑袋的那个妓女吗?"约塞连受了捉弄,不由得恼火地叫了一声,惹得奥尔咯咯地笑了起来。"我要拿这个妓女跟你做个交易。你回答一个问题,我就告诉你那天她为什么拿鞋打我的脑袋。"

"什么问题?"

"你有没有干过内特利的妓女?"

约塞连惊讶地笑了。"我?没有。现在告诉我那个妓女为什么拿鞋打你。"

"那不是我问的问题,"奥尔得意洋洋地对他说,"那只是交谈。她装得好像你干过她。"

"我没有。她怎么装的?"

"她装得好像不喜欢你。"

"她谁也不喜欢。"

"她喜欢布莱克上尉。"奥尔提醒道。

"那是因为他把她看得一钱不值。谁都能用这一招勾上姑娘。"

"她脚上戴着一个奴隶脚镯,上面有他的名字。"

"他逼她戴上那玩意儿,为的是刺激内特利。"

"她甚至把她从内特利那儿得来的钱给了他一些。"

"听着,你到底想问我什么?"

"你有没有干过我的女人?"

"你的女人?谁他妈的是你的女人?"

"就是那个拿鞋打我脑袋的妓女。"

"我跟她睡过几次。"约塞连承认道,"她什么时候成了你的女人?你到底什么意思?"

"她也不喜欢你。"

"她喜不喜欢我,我他妈干吗在乎?她有多喜欢你,就有多喜欢我。"

"她有没有拿鞋打过你的脑袋?"

"奥尔,我累了。你为什么不能饶了我?"

"嘿嘿嘿。罗马那个干瘦的伯爵夫人和她干瘦的儿媳怎么样?"奥尔兴致高涨,顽皮地追问,"你有没有干过她们?"

"唉,真希望能有机会。"约塞连诚实地说道,面对这个简单的问题,他

335

想象她们小巧而柔软的屁股和乳房在他爱抚的手里那种淫荡、堕落的习惯性感觉。

"她们也不喜欢你,"奥尔评论道,"她们喜欢阿费,还喜欢内特利,但她们不喜欢你。女人似乎就是不喜欢你。依我看,她们觉得你一去就没好事。"

"女人都是疯子。"约塞连答道。他阴沉着脸等待下文,知道会来什么问题。

"你另外那个姑娘怎么样?"奥尔问,装作好奇而沉思的样子,"肥肥的那个?秃头的那个?嗯,西西里那个又肥又秃戴头巾的?整夜汗出个不停,弄得我们一身湿。她也疯了吗?"

"她也不喜欢我吗?"

"你怎么能去搞一个没长头发的姑娘?"

"我怎么知道她没长头发?"

"我知道,"奥尔夸耀道,"我一直都知道。"

"你知道她是秃子?"约塞连惊奇地叫起来。

"不,我知道要是我漏装一个零件,这个阀门就不会工作。"奥尔回答道,因为又捉弄了约塞连一回而高兴得脸泛红光,"你能把滚到那边的那个小橡胶垫圈递给我吗?就在你脚边。"

"不,它不在。"

"这就是,"奥尔说着,用指甲尖夹起一个看不见的东西,拿给约塞连看,"现在我只好从头再来了。"

"你再做,我就宰了你。我要当场杀了你。"

"你为什么从不跟我一起飞?"奥尔突然问道,第一次直视约塞连的脸,"喂,这才是我要你回答的问题。你为什么从不跟我一起飞?"

约塞连羞愧、窘迫极了,只得转过脸去。"我告诉过你原因。他们大多数时候让我当领队轰炸员。"

"那不是理由,"奥尔说着摇了摇头,"第一次轰炸阿维尼翁之后,你去找过皮尔查德和雷恩,对他们说你永远不想跟我一起飞。这才是理由,对不对?"

约塞连感到浑身发热。"不,我没有。"他撒谎道。

"是,你找过,"奥尔平静地坚持道,"你请求他们不要把你分派到我、多布斯或赫普尔驾驶的飞机上,因为你对我们的操控技术没有信心。可皮尔查德和雷恩说,他们不能给你破例,因为这样就对那些不得不跟我们一起飞的人不公平了。"

"那又怎样?"约塞连说,"还不是没用,对吧?"

"但他们从来没有逼你跟我一起飞。"奥尔又双腿跪着干活了,他跟约塞连说话时神情中没有怨恨,没有责备,只带着一种受伤的谦卑,叫人看了更是难受,虽然他仍然咧嘴傻笑着,仿佛这场面颇为滑稽似的。"你真的应该跟我一起飞,知道吗。我是个挺不错的飞行员,我会照顾你的。我可能会被击落很多次,但这不是我的错,而且我飞机上从来没有人受过伤。是的,长官——你要是有一点点头脑,知道该怎么做吗?你会马上去找皮尔查德和雷恩,告诉他们所有飞行任务你都想跟我一起飞。"

约塞连俯下身去,直盯着奥尔那张交织着各种矛盾情绪的不可思议的面孔。"你是想告诉我什么吧?"

"嘿嘿嘿嘿,"奥尔回答道,"我是想告诉你,那天那个大姑娘为什么拿鞋打我的脑袋,但你就是不让我说。"

"告诉我吧。"

"你愿意跟我一起飞吗?"

约塞连笑着摇摇头。"你只会再一次被击落掉到水里。"

等真的执行传闻中轰炸博洛尼亚的任务时,奥尔果然又被击落掉到水里了;他驾着就剩一个引擎的飞机,叭喇一声降落在狂风怒号、波涛汹涌的海面上,此刻天空中黑云翻腾,电闪雷鸣。他从飞机里出来很晚,结果独自一人上了一只救生筏。那筏子开始慢慢漂离其他人乘坐的另一只筏子,等海空救援艇冒着狂风和泼洒的雨点前来营救他们时,奥尔的筏子早已无影无踪。他们被送回中队时,夜幕已经降临,奥尔一点消息也没有。

387

"别担心,"小桑普森安慰道,依然裹着厚重的毯子和雨衣,那是救援人员在艇上给他包上的,"他要是没淹死在暴风雨里,也许已经被救上来了。暴风雨很快就过去了。我敢说他随时都会出现。"

约塞连走回帐篷,等待着奥尔随时出现,又生了火,为他把帐篷烧暖。那炉子非常好用,火焰熊熊,烧得极旺,而且可以随意调大调小,只要拧一下奥尔最终修好的活栓就行了。外面下着小雨,沙沙的雨点轻轻敲打在帐篷上、树上、地上。约塞连烧好一罐热汤,给奥尔预备着,可是等来等去,最后只好自己吃了。他还给奥尔煮了几只鸡蛋,也是自己吃掉的。然后他从应急干粮袋里拿出一整听切达奶酪,吃了个精光。

他每次意识到自己忧虑不安,都会强迫自己回想奥尔什么都会做;想到奥尔在救生筏上的情景,他不觉哑然失笑——正如奈特中士曾向他描述的那样,奥尔带着忙碌而全神贯注的微笑,俯身研究铺放在腿上的地图和指南针,把透湿的巧克力条一块接一块地塞进他龇着牙傻笑的嘴里,一边尽忠职守地划着那把毫无用处的浅蓝色小桨,穿行于闪电、雷鸣和暴雨中,身后还拖着那根装了干鱼饵的钓鱼线。约塞连对奥尔的生存能力毫不怀疑。如果那根可笑的钓鱼线可以钓到鱼,那么奥尔就会钓到;如果他想钓的是鳕鱼,那么他就会钓到一条鳕鱼,即使以前从来没人在这片水域钓到过鳕鱼。约塞连又拿了一罐汤去煮,等它热了就又喝了下去。每次听到外面关车门的声音,他都会发出充满希望的微笑,期待地转身对着帐篷入口,倾听着脚步声。他知道奥尔随时会走进帐篷,大眼睛、大腮帮子和龅牙上满是雨水,闪闪发亮,滑稽可笑的样子就像一个快活的新英格兰采牡蛎的:穿戴着比他的身量大了无数号的黄色油布雨衣雨帽,手里骄傲地举起一条钓上来的硕大死鳕鱼,要逗约塞连开心。但是他没有。

29 佩克姆

第二天还是没有奥尔的消息,于是惠特科姆下士以值得称赞的迅捷,怀着很大的希望,在他的备忘夹里记上了一笔,只等九天一过就给奥尔的亲属寄去一封由卡思卡特上校签名的通函。不过,佩克姆将军的司令部倒是来了消息。就在中队部办公室外面的告示栏周围,聚集了一群穿短裤和游泳裤的军官和士兵,暴躁而慌乱地闹作一团,把约塞连也吸引过去了。

"我倒想问问,这个星期天究竟有什么不同?"饿鬼乔正在大叫大嚷质问一级准尉怀特·哈尔福特,"虽然我们不是每个星期天都有阅兵,为什么这个星期天我们不会有阅兵呢?嗯?"

约塞连费了老大的劲才挤到前面,他读了告示栏上那则简短的通知,发出一声长长的痛苦的呻吟:

> 由于出现了我无法控制的情况,本星期天下午将不举行大阅兵。
>
> 沙伊斯科普夫上校

多布斯是对的。他们的确在把每个人都派往海外,甚至包括沙伊斯科普夫少尉,他曾费尽心机、竭尽全力抵制这一调动,结果还是带着强烈的不满情绪到佩克姆将军的办公室报到了。

佩克姆将军魅力横溢地热情欢迎沙伊斯科普夫上校,说真高兴有他来工作。属下新增一名上校,意味着现在就可以开始鼓动,要求再增加两名少校、四名上尉、十六名中尉和数不清的士兵、打字机、办公桌、档案柜、车辆以及大量的装备和给养,这一切都将提高他这一方的声望,增强他在向德里德尔将军宣告的战争中的攻击能力。他现在已有两名上校了,而德里德尔将军只有五名,其中四名还是战斗指挥员。几乎没有施展任何诡计,佩克姆将军做了一个调遣就使他的实力最终增加了一倍。而德里德尔将军喝醉酒的次数也越来越多了。看来,前景十分美妙,佩克姆将军一脸灿烂的微笑,上下打量着他新来的生气勃勃的上校,满心陶醉。

在所有重大问题上,P.P.佩克姆将军都是现实主义者——他准备公开批评身边某个下属的工作时,总是这样评论。他五十三岁,是个英俊、肤色红润的男人。他一向轻松而随和,他的制服都是订做的。他有银灰色的头发、轻度近视的眼睛和突出的性感薄唇。他是个感觉敏锐、优雅得体且久经世故的人,对每个人的缺点都很敏感,除了他自己的,觉得每个人都荒唐可笑,除了他自己。佩克姆将军在品位和风格之类的小事情上极为用力,挑剔得几近苛刻了。他总是喜欢增补。快要发生的事件从来不会到来,而永远是即将来临。说他写报告自我夸赞,建议加强他的权力以涵盖所有作战行动,那是不对的,他写的是呈文。其他军官的呈文总是写得浮夸、虚饰、模棱两可。别人的错误一定是可悲叹的,规章制度从来都是严苛的,他的数据从来不是得自可靠的出处——永远是源自。佩克姆将军经常受到掣肘,事情常常责无旁贷地落到他身上,他行动起来时常是万分勉强。他从来没有忘记黑和白都不是颜色;如果他的意思是口述,就绝对不会用口头一词。他能流利地引用柏拉图、尼采、蒙田、西奥多·罗斯福、萨德侯爵和沃伦·盖·哈定的名言。像沙伊斯科普夫这样一个纯洁的听众佩克姆将军正好用得着,这是一个令人兴奋的机会,会整个打开他耀眼炫目的博学宝库,展示充斥其中的双关语、俏皮话、诽谤、说教、轶事、谚语、警句、箴言、妙语和其他刻薄的格言。他着手引导沙伊斯科普夫上校适应新环境时,文雅而愉快地微笑着。

"我唯一的缺点,"他以老练的风趣议论道,同时密切注意这句话的效果,"就是没有缺点。"

沙伊斯科普夫上校一点没笑,佩克姆将军不禁大吃一惊,沉重的疑虑一下子压碎了他的热情。他刚开始讲一个他最拿手的悖论,就惊慌地发现对方无动于衷的脸上竟然一丝反应都没有闪过,那张脸的色泽和肌理突然使他联想到一块没有用过的皂性橡皮擦。也许沙伊斯科普夫上校累了,佩克姆将军慷慨地给予自己一个解释:他走了那么远的路,一切又都是那么陌生。佩克姆将军对待他手下所有人员的态度,无论军官还是士兵,一律都是本着忍耐和放任的宽容精神的。他常常提及,如果他的下属迁就他,他就会更加迁就他们,其结果就是,他总是狡猾地轻声一笑补充说,他们之间就永远不会有相同的观点和见解。佩克姆将军认为自己很有美学趣味,是个知识分子,别人和他意见相左的时候,他总是力劝他们客观一些。

正是这位确实很客观的佩克姆,此刻正鼓励地盯着沙伊斯科普夫上校,以一种宽宏大量的谅解态度继续他的灌输。"你来得正是时候,沙伊斯科普夫。由于我们的部队领导无能,夏季攻势已逐渐停止,所以我现在急需一位像你这样能吃苦、有经验、有能力的军官来帮忙撰写呈文。全仗了这些呈文,让人们知道我们有多么出色,做了多少工作。我希望你是一个高产的写手。"

"我对写作一窍不通。"沙伊斯科普夫情绪低落地反驳道。

"好吧,别为这事烦恼了,"佩克姆将军快活地轻轻一甩手腕,继续说,"就把我派给你的任务转派给别人,试试运气吧。我们称之为职责委托。在我掌管的这个协作机构中靠近最底层的地方,有许多接到任务就确实能够完成的人,那里一切事务都能平稳进行,不需要我太费心。我想那是因为我是个很好的行政官。在我们这个大部门里,我们做的工作没有什么是特别重要的,也从来不需要仓促赶工。反过来说,让人家知道我们做了大量的工作才是重要的。你要是发现人手不够,就跟我说。我已经正式提出申请,要求增加两名少校、四名上尉和十六名中尉来给你帮忙。我们做的工作虽然没有什么特别重要的,但重要的是我们做了大量这样的工作。你同意吗?"

"阅兵的事怎么办?"沙伊斯科普夫上校插嘴道。

"什么阅兵?"佩克姆将军问,他感觉他的优雅风度简直就是对牛弹琴。

"我不能每个星期天下午主持一次阅兵吗?"沙伊斯科普夫上校急躁无礼地问。

"不,当然不行。你怎么会有这个念头?"

"但他们说我可以。"

"谁说你可以?"

"派我来海外的军官。他们说只要我愿意,就可以指挥部队进行阅兵。"

"他们对你说谎了。"

"这不公平,长官。"

"很遗憾,沙伊斯科普夫,我愿意尽我所能让你在这里感到愉快,可是阅兵是不可能的。我们的机构人员不足,组织不起像样的阅兵;如果试图迫使战斗部队参加,他们就会公开起来造反。恐怕你这事得搁一搁,等我们掌控局面后再说,到那时你就可以指挥部队做你想做的了。"

"我妻子怎么办?"沙伊斯科普夫上校怀疑地问,他好像很不满,"我还是可以把她接来的,对吧?"

"你妻子?你究竟为什么这样想?"

"丈夫和妻子应该在一起。"

"这件事也不可能。"

"但他们说我可以把她接来!"

"他们又对你说谎了。"

"他们没有权利对我说谎!"沙伊斯科普夫上校抗议道,气得眼泪都要流出来了。

"他们当然有权利。"佩克姆将军呵斥道,故意摆出冷酷严厉的样子,决定当场考验一下这位新上校的勇气,"别这么傻了,沙伊斯科普夫。人们有权做任何事情,只要法律不禁止,而没有哪条法律规定不能对你说谎。听着,再不要用这些伤感的陈词滥调浪费我的时间了。你听见了吗?"

"是,长官。"沙伊斯科普夫上校咕哝道。

沙伊斯科普夫上校垂头丧气,一副可怜相,于是佩克姆将军暗暗感谢命运之神给他派来这么一个懦弱的下属。如果是个火气十足的男人,那就难以想象了。得胜之后,佩克姆将军又慈悲起来,他并不喜欢羞辱他的部下。"如果你妻子是陆军妇女队的,我也许可以把她调过来。但我只能做这么多了。"

"她有个朋友是陆军妇女队的。"沙伊斯科普夫上校满怀希望地提供信息。

"恐怕这还不够。如果沙伊斯科普夫夫人愿意,就让她参加陆军妇女队吧,我会把她调过来的。不过同时,我亲爱的上校,可以的话,让我们还是回到我们小小的战争上来吧。这里,概括地说,是我们目前所面临的军事形势。"佩克姆将军站起身,朝挂着无数彩色地图的旋转支架走去。

沙伊斯科普夫脸色苍白。"我们不会参加战斗,对吧?"他惊恐地脱口而出。

"噢,不,当然不,"佩克姆将军宽容地向他保证道,脸上是友好的微笑,"请给我一些信赖,好吗?这就是我们至今还留在罗马这儿的原因。当然,我也很想去北边的佛罗伦萨,在那里可以跟前一等兵温特格林保持更密切的联系,但是佛罗伦萨离实战区域还是太近了点,不适合我。"佩克姆将军拿起一根木制指示棒,欣快地将它的橡皮头从意大利一侧海岸横扫至另一侧,"这些,沙伊斯科普夫,就是德国人。他们在这些山里开挖,构筑了坚固的哥特防线,不到明年春末是赶不走他们的,虽然我们派去的那些乡巴佬还是会努力尝试。这就给了我们特种部队将近九个月的时间达到目标。那个目标就是夺取美国空军每一个轰炸大队。毕竟,"佩克姆将军说着,低沉、抑扬顿挫地又轻轻一笑,"如果往敌人头上扔炸弹还不算特种任务,我就不知道到底什么是了。你不同意吗?"沙伊斯科普夫上校并没有显出任何同意

343

的迹象,但是佩克姆将军正沉迷于自己的长篇大论之中,没有注意到。"我们目前的形势好极了,像你这样的增援力量正不停地到来,我们有极为充裕的时间精心制订我们的整体战略。我们当前的目标,"他说,"就在这儿。"佩克姆将军把指示棒往南一挥,直指皮亚诺萨岛,意味深长地敲了敲用黑色油笔写在那儿的一个很大的单词。那个词是德里德尔。

沙伊斯科普夫上校半眯着眼睛走到地图近前:自从进了这个房间,他迟钝的脸上这才第一次隐约发出一丝领悟的光。"我想我明白了,"他大声叫道,"是的,我知道我明白了。我们第一件事就是把德里德尔从敌人那边俘虏过来。对吗?"

佩克姆将军宽厚地笑了。"不,沙伊斯科普夫。德里德尔是我们这边的,但德里德尔就是敌人。德里德尔将军指挥四个轰炸大队,我们必须把它们都夺过来,才能继续我们的进攻。攻克德里德尔将军,我们将得到飞机和至关重要的基地,这样才能把我们的行动扩展到别的领域。这场战役,顺便说一句,我们就要赢了。"佩克姆将军又一次平静地笑着慢慢走到窗前,然后双臂交叉,背靠窗台站定,为自己的机智、见多识广以及老奸巨猾和厚颜无耻而洋洋自得。他那运用自如的高超遣词技巧特别能挑起人们的兴趣。佩克姆将军喜欢听自己讲话,特别喜欢听自己谈论自己。"德里德尔将军根本不知道怎么对付我,"他志得意满地说,"我一直在通过议论和批评入侵他的管辖范围,这些事本来跟我毫不相干,他却不知道怎么办才好。他指责我企图削弱他的力量,我只不过回答说,我提请注意他的过失,唯一目的就是要消灭低效率,增强我军的战斗力。接着我装傻,问他是否反对增强我军的战斗力。噢,他又是嘟囔又是生气又是咆哮,却真的是毫无办法。他简直就落伍了。你看,他都快变成大酒鬼了。这个可怜的傻瓜根本不应该当将军。他没有将军的风度,一点都没有。感谢上帝,他就快撑不住了。"佩克姆将军暗自轻笑,颇存自得的意味,随口引用了一个他喜爱的学术典故,"我有时把自己想象成福丁布拉斯——哈,哈——在威廉·莎士比亚的戏剧《哈姆莱特》里,他只是在冲突之外绕啊,绕圈子,直到一切都崩溃了,这才闲逛进来收拾残局,把什么都收归己有。莎士比亚是——"

"我对戏剧一窍不通。"沙伊斯科普夫上校生硬地插嘴道。

佩克姆惊愕地望着他。他引用莎士比亚崇高的《哈姆莱特》,还从来没有遭受过如此粗暴而冷漠的轻忽和践踏呢。他不由得真的担忧了,开始怀疑五角大楼究竟塞给他一个什么样的笨蛋。"那你到底知道什么?"他讥讽地问。

"阅兵,"沙伊斯科普夫上校急切地回答道,"我可以把有关阅兵的备忘录发送出去吗?"

"只要你一次都不安排,"佩克姆将军回到椅子上,仍然皱着眉头,"而且,只要它们不妨碍你的主要任务,也就是建议把特种部队的权力扩大到涵盖所有战斗活动。"

"我可以先制订阅兵计划,然后再取消吗?"

佩克姆将军顿时活跃起来。"哇,这个主意绝妙!只要每周发出推迟阅兵的通知就行了,根本不要去安排,那样麻烦就没个完了。"佩克姆将军又一次轻快地笑起来,充满了热诚。"不错,沙伊斯科普夫,"他说,"我认为你真的想到了一个好主意。毕竟,哪个战斗指挥官会来找我们争吵呢,就因为我们通知他的人下星期天没有阅兵?我们不过是在陈述一个众所周知的事实而已,但是,其中暗含的意思就太妙了。是的,的确妙极了。我们在暗示,只要我们决定了,就可以安排一次阅兵。我开始喜欢你了,沙伊斯科普夫。顺便认识一下卡吉尔上校吧,跟他讲讲你想到的主意。我知道你们两个会彼此欣赏的。"

片刻以后,卡吉尔上校猛地冲进了佩克姆将军的办公室,满腔怨愤却又提心吊胆的。"我在这儿比沙伊斯科普夫干得久,"他抱怨道,"为什么不能由我来取消阅兵?"

"因为沙伊斯科普夫有阅兵经验,而你没有。如果你愿意,可以取消美军慰问协会剧团的演出。其实呢,你干吗不呢?只要想出在任何给定的一天中不会有美军慰问协会剧团演出的地方就行,只要想出每一个大牌演员都不会去的地方就行。是的,卡吉尔,我认为你想到了一个好主意。我认为你为我们开辟了一片全新的作战领域。告诉沙伊斯科普夫上校,我要他在你的指导下开展这项工作。你给他下达指示之后,叫他进来见我。"

"卡吉尔上校说,你告诉他,想让我在他的指导下开展美军慰问协会剧团的活动项目。"沙伊斯科普夫上校抱怨道。

"我没有讲过这种话。"佩克姆将军回答道,"说心里话,沙伊斯科普夫,我对卡吉尔上校并不是很满意。他专横跋扈,做事又慢。我希望你密切注意他在做些什么,看看能否把他手里的工作多揽过来一些。"

"他老是插手我的事,"卡吉尔上校抗议道,"搅得我什么工作也干不成。"

"沙伊斯科普夫还真有点古怪,"佩克姆将军沉思般地表示同意,"密切注意他,设法弄清他在干些什么。"

"现在是他来干涉我的事了!"沙伊斯科普夫上校叫嚷道。

"别为这个担心,沙伊斯科普夫。"佩克姆将军说,他暗自庆幸这么快就让沙伊斯科普夫上校适应了他的标准运作方法,现在他的两个上校几乎连话都不说了。"卡吉尔上校嫉妒你,因为你的阅兵工作干得太出色了。他担心我会让你负责炸弹散布面的工作。"

沙伊斯科普夫专心倾听着。"什么是炸弹散布面?"

"炸弹散布面?"佩克姆将军重复道,并自鸣得意地眨着眼睛,"炸弹散布面是我几个星期前发明的术语。它没什么意义,可是你会惊讶它这么快就流行起来。嗬,我已经使各种各样的人相信,我认为重要的是让炸弹集中在一起爆炸,好航拍一张漂亮照片。皮亚诺萨岛有这么个上校,他已经不再关心目标是否被击中了。我们今天就飞过去,和他一起找找乐子。这准会惹得卡吉尔上校嫉妒的。今天上午我还从温特格林那儿听说,德里德尔将军要去撒丁岛。等他发现趁他外出视察基地时,我总是在视察他的另一处基地,他该气疯了。我们甚至可以及时赶过去听听简令下达。他们要去轰炸一个不设防的小小村庄,把整个村子变成废墟。我听温特格林说——

顺便提一下,温特格林先前是中士——这次任务完全没有必要,它的唯一目的,就是在我们甚至还没有计划进攻的时候,把德国人的增援部队拖住。但是你把平庸之辈提拔到权力高位时,事情往往就会是这样。"他朝那张巨幅意大利地图懒懒地做了个手势,"喏,这个小村庄实在无关紧要,地图上都找不着。"

他们到达卡思卡特上校的大队时已经太晚,没能赶上初步简令下达,只听得丹比少校在坚持:"可它就在那儿,我告诉你。它在那儿,就在那儿。"

"它在哪儿?"邓巴挑衅道,他装作没看见。

"就在地图上这条路小拐弯那儿。你看不见你地图上这个小拐弯吗?"

"不,我看不见。"

"我能看见,"哈弗迈耶跳了出来,在邓巴的地图上把那个位置标了出来,"这些照片里,这一张就清楚地显示了村子的全景。我全都明白了。任务的目的就是要炸得整个村子顺着山坡滑下去,形成路障,要德国人不得不清理。这么说对吗?"

"说得对,"丹比少校说,用手帕擦拭着前额冒出的汗水,"我很高兴这儿总算有人理解了。这两个装甲师将沿着这条路从奥地利开进意大利。村子建在这么陡峭的斜坡上,你们摧毁的房屋和其他建筑物的瓦砾肯定会直接滚落下去,在路上堆积起来。"

"这他妈有什么用?"邓巴追问道。这时约塞连激动地望着他,半是敬畏半是奉承。"他们只要两三天就清掉了。"

丹比少校竭力避免争论。"好吧,在司令部看来,这显然还是有用的,"他以和解的口气回答道,"我想这就是他们布置这次任务的目的。"

"已经通知村民了吗?"麦克沃特问。

连麦克沃特也起来反对,丹比少校慌了。"不,我想没有。"

"我们没有撒传单告诉他们,这次我们准备飞过去轰炸他们?"约塞连问,"我们甚至不能暗示他们一下,叫他们避开吗?"

"不,我看不行。"丹比少校汗越出越多,却仍然不安地转着眼珠,"德国人也许会察觉而选择另一条路。这我完全不敢肯定。我不过是假设而已。"

"他们甚至不会隐蔽,"邓巴痛苦地争辩道,"看见我们的飞机过来,他们会连小孩带老人还有狗一起拥上街头挥手致意。天哪!我们为什么不能放过他们?"

"我们为什么不能在别处设置路障呢?"麦克沃特问,"为什么一定要在那儿?"

"我不知道,"丹比少校不高兴地回答,"我不知道。听着,弟兄们,我们应该对给我们下命令的上级抱有信心,他们知道他们在干什么。"

"他们知道个鬼。"邓巴说。

"有什么困难吗?"科恩中校问道。他双手插在口袋里,悠闲地踱进简令室,棕黄色衬衫松松垮垮的。

"噢,没有困难,中校,"丹比少校紧张地掩饰道,"我们正在讨论这次任务。"

"他们不想轰炸那个村子。"哈弗迈耶奸笑道,把丹比少校出卖了。

"你混蛋!"约塞连冲哈弗迈耶叫道。

"你离哈弗迈耶远点。"科恩中校粗暴地命令约塞连。他认出约塞连就是第一次轰炸博洛尼亚之前某个晚上在军官俱乐部对他出言不逊的醉汉,于是谨慎地把他的不满转向了邓巴。"你为什么不想轰炸那个村子?"

"太残忍了,就是这样。"

"残忍?"科恩中校平静而耐心地问,他只是一时被邓巴无所顾忌猛烈爆发的敌意吓着了,"让那两个德国装甲师开过来打我们的部队就不残忍吗?你知道,美国人的生命也处在危险之中。你宁可看到美国人流血吗?"

"美国人是在流血,可是那些人生活在那里很安宁。我们为什么不能不他妈的去伤害他们呢?"

"不错,你嘴上说说倒容易,"科恩中校讥笑道,"你在皮亚诺萨岛是很安全。这些德国增援部队来不来都跟你没有关系,对吧?"

邓巴窘得满脸通红,突然以一种防守的口气回答道:"我们为什么不能在别处设置路障？我们就不能轰炸哪座山坡或者直接炸那条路吗？"

"你宁愿回博洛尼亚去吗？"问题提得很平静，却像发出了一声枪响，屋子里顿时安静了下来，气氛尴尬而又险恶。约塞连满心羞愧，急切地暗暗祈求邓巴不要再开口了。邓巴垂下眼睛，于是科恩中校知道自己赢了。"不，我想你不愿意，"他带着不加掩饰的轻蔑继续道，"你知道，卡思卡特上校和我费了多少周折，才为你们争来这样一个没有危险的任务。如果你们宁愿飞博洛尼亚、斯培西亚和弗拉拉的任务，我们不费吹灰之力就能把这些目标派给你们。"他的眼睛在无框镜片后面危险地闪烁着，黝黑的面颊强健而冷酷，"告诉我一声就行了。"

"我愿意，"哈弗迈耶急切地响应道，又是一声自我陶醉的窃笑，"我愿意又平又直地飞进博洛尼亚，一头扎在轰炸瞄准器里，听高射炮火在四面八方呼啸。等任务结束，军官们朝我冲来拼命咒骂，我会觉得特别刺激。就连那些当兵的都气得骂我，恨不得揍我一顿。"

科恩中校愉快地拍拍哈弗迈耶的下巴，却没有理他，随后他生硬地对邓巴和约塞连说："我郑重地告诉你们，要说为山上那些龌龊的意大利乡巴佬感到悲伤，谁也比不上卡思卡特上校和我本人。可这是战争[1]。要记住，我们没有发动战争，意大利发动了；我们不是侵略者，意大利人是。还请记住，意大利人、德国人、俄国人和中国人对待自己人已经够残酷了，我们是不可能比得上他们的。"科恩中校友好地压了压丹比少校的肩膀，却没有改变不友好的表情，"继续下达简令吧，丹比。一定要让他们理解密集炸弹散布面的重要性。"

"噢，不，中校，"丹比少校脱口而出，朝上半眯着眼睛，"这个目标不行。我已经告诉他们保持六十英尺的炸弹间距，这样我们就有整个村子那么长的路障，而不只集中在一个点上。采取疏散炸弹散布面，将会形成有效得多的路障。"

---

[1] 原文为法语。

"我们并不关心路障,"科恩中校告诉他,"卡思卡特上校想借这次任务拍出一张漂亮清晰的航拍照片,可以体面地通过各种渠道散发出去。别忘了佩克姆将军要来这里听取正式简令下达,你也知道他对炸弹散布面的看法。对了,少校,你最好快点把这些细节处理好,赶在他来之前离开。佩克姆将军受不了你。"

"噢,不,中校,"丹比少校恳切地纠正道,"是德里德尔将军受不了我。"

"佩克姆将军也受不了你。其实,谁都受不了你。做完你手上的事,丹比,然后消失吧。我来主持简令下达。"

"丹比少校在哪儿?"卡思卡特上校问道。他驾着车陪同佩克姆将军和沙伊斯科普夫上校前来听取正式简令下达。

"他看到你开车过来,就请假走了,"科恩中校回答道,"他担心佩克姆将军不喜欢他。我本来也是准备主持简令下达的。我做得比他好多了。"

"好极了!"卡思卡特上校叫道。"不!"卡思卡特上校转眼间又收回了自己的话,因为他想起了第一次下达轰炸阿维尼翁的简令时,科恩中校在德里德尔将军面前表现得多么出色。"我自己来主持。"

卡思卡特上校仗着他是德里德尔将军的亲信之一,抖擞起精神主持了会议。对着那群凝神静听的下级军官,他摆出从德里德尔将军那里学来的虚张声势、不带感情的强硬架势,盛气凌人地厉声训话。他知道,自己衬衫领口敞开,烟嘴在手,加上一头剪得短短的略带灰白的黑色鬈发,站在讲台上定然是风度翩翩。他轻松而优雅地一路讲着,甚至还模仿了德里德尔将军几个特有的发音错误,丝毫没有惧怕佩克姆将军手下的这位新上校的意思,直到他突然意识到佩克姆将军极为憎恶德里德尔将军,于是他的嗓音沙哑了,自信心顿时全没了。他本能地结结巴巴往下讲,羞惭得一脸火辣辣的。他突然对沙伊斯科普夫上校恐惧起来。这个区域多一个上校就意味着多一个对手,多一个敌人,多一个恨他的人。而且这一个很难对付!卡思卡特上校忽然有了一个可怕的念头:假使沙伊斯科普夫上校已经贿赂了房间里所有的人,让他们一齐哀叹起来,就像第一次轰炸阿维尼翁的任务时那样,他怎么能使他们安静下来？那可是丢尽脸了！卡思卡特上校惊恐得几乎支持不住，差点要唤科恩中校来帮忙了。他总算没有散架，和大家对了手表。这事做完，他知道他赢了，因为他现在可以随时结束会议。他已经顺利度过了危机。他真想对着沙伊斯科普夫上校的脸胜利而恶意地笑。他已经在压力下出色地证明了自己，于是以一番激励人心的演讲结束了简令下达。他的所有直觉都告诉他，这段结束语精彩地展现了他的雄辩口才和机智敏锐。

"好，弟兄们，"他鼓动道，"今天在场的有一位非常尊贵的客人，这就是特种部队的佩克姆将军，是他给了我们所有的垒球棒、漫画书和美军慰问协会剧团的演出。我要把这次任务题献给他。去那里扔炸弹吧——为我，为你们的国家，为上帝，为这位伟大的美国人P.P.佩克姆将军。那就让我们看看，你们把那些炸弹全都扔进手掌大的地方去！"

30 邓巴

约塞连再也不在乎他的炸弹落哪儿去了,虽然他不像邓巴走得那么远——邓巴过了那个村子几百码后才把炸弹扔下去,如果能证明他是故意而为,他就得上军事法庭。邓巴甚至对约塞连都没讲一声,就洗手再不飞轰炸任务了。医院里那一跤,不是把他摔开了窍,就是把他摔糊涂了;到底如何,可就很难说了。

邓巴如今很少笑了,而且似乎在慢慢消瘦下去。他对上级军官挑衅地咆哮,甚至对丹比少校也不收敛;他粗野傲慢,满嘴污言秽语,就算在牧师面前也是如此。牧师现在很害怕邓巴,他似乎也在慢慢消瘦下去。牧师对温特格林的朝圣确乎是夭折了;又一座圣殿空了。温特格林太忙,不能亲自接见牧师。一个粗鲁的助手把一个偷来的芝宝打火机带给牧师作为礼物,并以恩赐的态度告诉他,温特格林正潜心于战时事务,无暇过问空勤人员必须飞多少次任务之类的琐事。现在奥尔既已失踪,牧师就很为邓巴担心,也就更加念念不忘约塞连了。在牧师眼里——他独自住在一顶宽敞的帐篷里,每夜,帐篷的尖顶把他密封在阴森的孤寂之中,就像坟墓的拱顶——约塞连真的宁愿一个人住而不想要室友,这似乎令人难以相信。

约塞连再度担任领队轰炸员,麦克沃特做了他的驾驶员,而这也算是一种安慰,虽然他仍然完全得不到保护。任何抵抗都是不可能的。坐在机头的座位上,他连麦克沃特和副驾驶都看不到,他能看见的就只有阿费,那张满月脸上夸张的愚拙神态最终让他失去了全部耐心。而在高空,折磨人的愤怒和失望有时会一起袭来,这时他真恨不得再次被贬到僚机上,去操纵机舱里一挺上了子弹的机枪,而不是守着这架他实在用不着的精密轰炸瞄准器,如此他便可以满腔仇恨地用双手紧握这挺威猛的五十口径重型机枪,向所有压迫他的恶魔疯狂扫射:对着高射炮弹本身冒出的黑烟;对着下面的德军防空炮手,这些家伙他看都看不见,就算他真的仔细瞄准了再开火,他的机枪也绝不可能伤到他们;对着长机上的哈弗迈耶和阿普尔比,在第三次轰炸博洛尼亚的任务中,他们胆大无惧,轰炸航路飞得又平又直,结果就在最后一次投弹时,二百二十四门高射炮的炮火打掉了奥尔飞机的一个引擎,使他刚巧在那场短暂的暴风雨来临之前一头栽进了热那亚和斯培西亚之间的大海里。

其实,他握着那挺威力巨大的机枪也做不了什么,最多不过装上子弹,打几轮试试火罢了。对于他,这决不会比轰炸瞄准器有用多少。他真可以用它摆脱来袭的德国战斗机,但是现在已经没有德国战斗机了,他甚至不能掉转枪口对准赫普尔和多布斯那种飞行员的不可救药的脸,命令他们小心谨慎地返回降落。有一回他就是这么命令小桑普森返航的,而这正是他在第一次轰炸阿维尼翁的可怕任务中确实想对多布斯和赫普尔做的,那一刻他突然意识到自己正处在一种怪诞的困境之中,发现自己高高悬在天空,跟多布斯和赫普尔一起坐在僚机里,被哈弗迈耶和阿普尔比带领着向前飞行。多布斯和赫普尔?赫普尔和多布斯?他们是谁?这是何等荒谬的疯狂——驾着一块一两英寸厚的金属片,飘浮在两英里高的稀薄空气中,靠着他们蹩脚的技术和愚钝的智力,两个乏味的新手——一个嘴上没毛的娃娃叫赫普尔,一个神经紧张的疯子叫多布斯——居然保住了性命。后者真的就在飞机上发起疯来,杀气腾腾地朝轰炸目标冲去。他没有离开他的副驾驶座就伸手从赫普尔那儿一把夺过操纵器,把他们全都抛入令人心胆俱寒的俯冲之中,这下约塞连的耳机被扯掉了,他们又被带进了差不多已经逃离的高射炮密集火网里。他只记得另一个新手,一个叫斯诺登的报务员炮手,在机尾快要死了。是不是多布斯害死了他,这可无法肯定,因为约塞连重新插上耳机时,多布斯已经在对讲机里呼救了,叫人赶快到前舱去救轰炸手。紧接着,斯诺登的声音插了进来,他哀求道:"救救我。请救救我。我冷。我冷。"于是约塞连慢慢爬出机头,爬上炸弹舱顶,一步一扭地退进飞机尾舱——经过急救药箱时却忘了拿,只得返回去取——去医治斯诺登那个可怕的伤口。大腿外侧那个西瓜形状的窟窿有橄榄球那么大,豁开着口子,血肉模糊,里面没断开的一缕缕浸透鲜血的肌肉纤维奇怪地悸动着,仿佛本身就是活着的盲眼生物。这个裸露的椭圆形伤口几乎有一英尺长,约塞连一看到它,又是震惊又是怜悯地哀叹起来,差点就吐了。那个矮小瘦弱的尾炮炮手正躺在斯诺登身旁的地板上,昏死过去了。他的脸像手帕一样惨白,于是约塞连惊恐不安地跳上前去先救他。

是的,从长远来看,跟麦克沃特一起飞要安全多了;可是,跟麦克沃特在一起又根本谈不上安全,他实在太喜欢飞行了,竟然在新轰炸手训练飞行的返航途中大胆地紧贴地面呼啸而过,而约塞连还在机头里呢——这名轰炸手是奥尔失踪以后,卡思卡特上校从整个机组补充人员中挑选给他们的。轰炸训练场设在皮亚诺萨岛的另一侧,于是,往回飞着,麦克沃特把懒洋洋慢慢巡航的飞机压低,使机腹刚刚掠过海岛中央群山的山巅,然后,他不是保持高度,反倒开足两个引擎,猛地朝一侧倾斜过去,接着,叫约塞连吃惊的是,他开始顺着下降的山势尽着飞机的速度往下冲去,还快活地摇摆着机翼,挟带着强劲刺耳的隆隆巨响,掠过每一座起伏的山峦,就像汹涌的浊浪上一只飞得极快的海鸥。约塞连吓呆了。他身旁那个新来的轰炸手故作镇定地坐着,着了魔似的咧嘴傻笑,还不停地"嘘嘘"吹着口哨,惹得约塞连真想伸手扇这张蠢脸一巴掌。而这时他惊得一缩,连忙纵身避开前方扑面而来的巨石、土丘和密密麻麻的树枝,它们就在下面一掠而过,成为条纹状的模糊的一片,迅速朝后退去。谁也没有权利拿生命冒这么可怕的危险。

"往上,往上,往上!"他冲着麦克沃特狂叫,恶毒地恼恨这家伙。可麦克沃特正在对讲机里快活地唱着,也许根本就听不见。约塞连怒气填胸,几乎是在呜咽着说要报复。他猛地低头钻进爬行通道,扛着重力和惯性强大的后拖力,艰难地向主舱爬去。他进了主舱,在驾驶舱直起身来,站在坐在驾驶座上的麦克沃特身后直打哆嗦。他绝望地四处张望,想找一把枪,一把 .45 口径的灰黑色自动手枪,可以举起来狠狠地砸麦克沃特的后脑勺。那里没有枪,也没有猎刀,没有别的武器可以挥舞或者刺戳,于是约塞连一把揪住麦克沃特的飞行服领子,紧紧抓住,拼命拉扯,对他狂叫"往上,往上"。陆地仍然从脚底溜过,从头顶闪过,左右两边都是。麦克沃特转头看看约塞连,快活地大笑起来,好像约塞连正在分享他的乐趣。约塞连双手滑到麦克沃特光溜溜的脖子上,使劲一掐。麦克沃特僵住了。

"往上,"约塞连从牙缝里明白无误地命令道,声音低沉而充满威胁,"不然我就掐死你。"

麦克沃特小心而僵硬地减速,再让飞机慢慢爬升。约塞连掐着麦克沃特脖子的双手松开了,滑下了他的肩头,无力地垂悬着。他不再愤怒了,他感到羞愧。麦克沃特转过身来时,他很愧疚那双手是他的,恨不得找地方把它们藏起来。它们好像麻木了。

麦克沃特深深凝望着他,目光中没有一丝友好。"小伙子,"他冷冷地说,"你的身体一定很不舒服。你该回家了。"

"他们不让我走。"约塞连避开他的目光回答道,随后悄悄地离开了。

约塞连从驾驶舱走下来,一屁股坐到地上,满心悔恨地耷拉着脑袋。他一身是汗。

麦克沃特设定航向直接飞回基地。约塞连怀疑麦克沃特现在就会去指挥部的帐篷找皮尔查德和雷恩,要求以后再也不要把约塞连分派到他的飞机上,就像约塞连以前也曾偷偷去找他们,要求避开多布斯、赫普尔和奥尔还有阿费一样,但那都没成功。他以前从没见过麦克沃特显得这么不高兴,在他眼里,麦克沃特永远是非常轻松愉快的,于是他怀疑是否刚刚又失去了一个朋友。

但是他下飞机的时候,麦克沃特令人安心地朝他眨眼示意,又在乘吉普车回中队的路上,殷勤地跟那个轻信的新飞行员开着玩笑,虽然没有对约塞连说一句话;直到四人都交还了降落伞,彼此散了,他们两人并肩走向自己那排帐篷,这时麦克沃特有些稀疏雀斑的苏格兰—爱尔兰棕褐色脸上突然绽开了笑容,他用指关节逗乐地捣了捣约塞连的肋骨,好像要打他一拳似的。

"你这混蛋,"他笑道,"在天上你还真要掐死我?"

约塞连悔过地咧嘴一笑,摇了摇头。"不,我想不是。"

"我没想到你这么烦恼。嗨!你为什么不找人聊聊?"

"我跟每个人都聊了。你他妈是怎么回事?你听过我说话吗?"

"我想我从未真正相信你的话。"

"难道你从不害怕?"

"也许我应该害怕。"

"甚至执行任务时也不害怕?"

"我想我只是没多少头脑吧。"麦克沃特腼腆地笑笑。

"已经有那么多办法让我送命了,"约塞连议论道,"你还得再找一种。"

麦克沃特又笑了。"嘿,我敢打赌,我朝你帐篷逼过来的时候,一定真的把你吓着了,对吧?"

"吓死我了。我跟你说过。"

"我以为你只是在抱怨飞机的噪声呢。"麦克沃特耸耸肩,让步了,"噢,好吧,真他妈的,"他吟唱着说,"我想我就只好不干啰。"

然而麦克沃特是不可救药的;虽然他不再掠过约塞连的帐篷了,却绝不放弃低低掠过海滩的任何机会,他的飞机就像一声凶猛低飞的霹雳,从水里的浮筏和沙滩隐蔽的陷坑上呼啸而过。约塞连常常躺在那个陷坑里抚弄达克特护士,不然就跟内特利、邓巴和饿鬼乔玩红心大战、扑克或者皮纳克尔。每天下午,只要两人都没事,约塞连就会去见达克特护士,和她一起来到沙滩上，在那窄窄的一溜齐肩高的沙丘后面坐下，沙丘把他们跟其他军官、士兵前去裸泳的区域分隔开了。内特利、邓巴和饿鬼乔也会去那儿。麦克沃特偶尔会加入，阿费则经常去，他露面时总是肥嘟嘟地穿着整套军装，除了鞋帽，从来不脱衣服。阿费从来不去游泳。其他人都穿着游泳裤，这是出于对达克特护士的尊重，也是出于对克拉默护士的尊重。克拉默护士每次都陪着达克特护士和约塞连去海滩，总是高傲地独自坐在十码开外的地方。除了阿费，谁也没有提起过那些一丝不挂的男人，他们在海滩远处众目睽睽之下晒日光浴，或者从沙堤外面那只被白浪激打、在空油桶上颠簸的巨大浮筏上跳水潜泳。克拉默护士一个人坐着，因为她在生约塞连的气，又对达克特护士很失望。

苏·安·达克特护士瞧不起阿费，那是她让约塞连欣赏的无数迷人特质中的又一项。他欣赏苏·安·达克特护士白皙的长腿和柔软的美臀；他冲动而粗鲁地拥抱她的时候，常常忘记她腰部以上的身体十分纤细而脆弱，无意中把她弄疼了。薄暮时分，他们躺在沙滩上，他喜爱她那种慵懒顺从的态度。她在身边，他能从中获得安慰和镇静。他强烈地渴望一直触摸她，永远与她保持肉体的交流。跟内特利、邓巴和饿鬼乔玩牌的时候，他喜欢用手指松松地握住她的脚踝，指甲背轻柔、怜爱地抚弄她洁白光滑的大腿上那有着细细绒毛的皮肤，或者迷蒙地、感觉愉悦地、几乎是无意识地把他专有的、恭顺的手沿着她贝壳般的脊骨向上滑，直伸到胸罩背后的松紧带下面——她总是穿着两件套泳装，把她那奶头长长的娇小乳房兜住、遮起。他喜爱达克特护士宁静而又满足的反应，她骄傲地把这种对他的依恋感展现出来。饿鬼乔也渴望抚摸达克特护士一番，却不止一次被约塞连令人生畏的怒视吓回去了。达克特护士跟饿鬼乔眉来眼去，只是要让他一直心痒痒的。每次约塞连用胳膊肘或者拳头使劲顶她，叫她老实一点时，她那圆圆的浅褐色眼睛里就闪着恶作剧的光芒。

几个男人在毛巾、汗衫或毯子上玩纸牌，达克特护士则背靠一个沙堆坐着，另洗一副牌。不洗这副额外的纸牌时，她就坐在那里半眯着眼睛照一

357

面小镜子,一边往她那拳曲的、略带红色的睫毛上抹睫毛油,傻乎乎地以为这样就能使睫毛永久变长。有时她还会洗牌作弊,或者捣点什么鬼让他们看不出来,他们打了好久才发现上当,于是全都厌烦地扔下手里的牌,上来使劲戳她的胳膊或大腿,一边用脏话骂她,警告她不要再这么胡闹。这时她呵呵直笑,洋溢着无比的快乐和满足。他们正极力思考的时候,她却在一旁东拉西扯地唠叨个没完,于是他们又用拳头使劲捶她的胳膊和大腿,叫她闭嘴,这时一抹兴奋的红晕便悄悄爬上了她的双颊。达克特护士陶醉于这样的关注之中,当约塞连和所有人的注意力都集中在她身上时,她会快乐地垂下短短的栗色刘海。想到沙丘的另一边有那么多一丝不挂的小伙子和男人在闲荡,她心里不由得生出一种特殊的温暖与期待的安宁感。她只要找个借口伸长脖子或者站起身来,就能看见二十或四十个裸体男性在阳光下闲逛、打球。在她眼里,自己的身体是这么熟悉而又平凡,她都迷惑不解了,男人竟能从中得到神魂颠倒的快乐,他们竟有那么强烈、兴味盎然的欲求,只想碰碰它,只想急切地伸手出去揪揪它、捏捏它、掐掐它、揉揉它。她不理解约塞连的情欲,但她愿意相信他的话。

性欲冲动的夜晚,约塞连就拿上两条毯子,带着达克特护士来到海滩,享受彼此几乎不脱衣服做爱的乐趣;他有时也很享受跟罗马所有那些充满活力而赤身裸体的浪荡女做爱,但这更来劲。他们经常夜里跑到海滩上去却不做爱,而只是躺在两张毯子之间瑟瑟发抖,相互搂抱着抵御清新、潮湿的寒气。墨黑的夜越来越冷,星星仿佛结了寒霜而渐渐稀疏。浮筏摇摆于幽暗的月影之中,好像要漂走似的。空气中明显透着寒意。其他军官刚刚开始安装火炉,他们白天到约塞连的帐篷里来,对奥尔的手艺赞不绝口。达克特护士兴奋得发狂,因为他们在一起的时候,约塞连总是忍不住要碰她,尽管白天周围有人时,她不会允许他把手伸进她的游泳裤里,即使只有克拉默护士在场也不行——她坐在沙丘的另一侧,高高翘着责难的鼻子,装着什么也不要看。

克拉默护士已经不跟她最好的朋友达克特护士说话了,原因在于达克特护士和约塞连之间的暧昧关系,但达克特护士去哪里她都还是跟着,因为达克特护士是她最好的朋友。她对约塞连和他的朋友们都不满意。他们起身带达克特护士去游泳,她也起身去游泳,即使在水里也仍旧与他们保持十码的距离,保持沉默的态度,对他们冷冰冰的。他们嬉笑戏水,她也嬉笑戏水;他们潜水,她也潜水;他们游到沙堤休息,她也游到沙堤休息;他们上岸,她也上岸,用自己的浴巾擦干肩膀,冷漠地坐回自己的位置,直挺着背。水面反射的阳光给她浅金黄色的头发镶了一圈光亮,就像一个光环。如果达克特护士表示悔悟并道歉,克拉默护士就准备重新跟她说话,可是达克特护士宁愿维持现状。很久了,她一直想责骂克拉默护士一顿,好叫她闭嘴。

达克特护士觉得约塞连特别棒,已经想要改造他了。她喜欢看他趴着身子用一只胳膊搂着她小睡,或者阴郁地凝视和缓而平静的海浪的样子。那延绵不尽的海浪拍击着海岸,像宠物小狗似的轻快地蹦跳上沙滩,有一两英尺远,然后又急急退去。他沉默时她很安静,她知道自己没有惹他厌烦;他打瞌睡或沉思的时候,她就专心致志地擦拭或涂抹指甲。午后散漫的暖风轻柔地徜徉在海滩上。她喜欢打量他那宽阔、直长、强健有力的后背,那皮肤呈古铜色,没有一点瑕疵。她喜欢突然把他整个耳朵含在嘴里,同时手顺着他的前胸一路往下摸去,即刻把他撩拨得欲火中烧。她喜欢撩得他心急火燎,一直熬到天黑,这才满足他。事后她爱慕地亲吻他,她给他带来了多大的快乐啊。

跟达克特护士在一起,约塞连从不觉得寂寞,她确实非常懂得何时闭嘴,又任性得恰到好处。浩瀚无际的海洋时常困扰着约塞连,让他备受折磨。就在达克特护士擦拭指甲的时候,他悲哀地想着多少人死在了水底下。他们肯定已经超过一百万了。他们在哪儿?什么虫子吃掉了他们的肉体?他想象着那可怕的无能为力——他们只能无助地大口大口吸进海水。约塞连的目光跟随着远处来来往往的小渔船和军用汽艇,觉得它们很是虚幻;说每艘船上都载有不折不扣的真人要去往什么地方,似乎并不真实。他往多石的厄尔巴岛眺望,眼睛不由得在天空寻找那片蓬松洁白的团状云朵,克莱文杰就消失在其中。他凝视着茫茫的意大利地平线,想起了奥尔。克莱文杰和奥尔,他们到哪里去了?约塞连有一次黎明时分站在码头上,看着一根带着一撮毛的圆木随着潮水朝他漂来,却出人意料地变成了一个溺死者肿胀的脸,这是他有生以来第一次看到死人。他渴望活着,于是急切地伸手抓住达克特护士的肉体不放。他胆战心惊地研究每一件漂浮物,寻找有关克莱文杰和奥尔的可怕的痕迹,准备好接受任何恐怖的震撼,除了麦克沃特有一天给他带来的。当时,麦克沃特驾着飞机打破了远处的宁静,一阵风似的突然闯入视野,带着震耳欲聋的咆哮和喀喀声,沿着海岸线毫不留情地呼啸而去,掠过那只起伏不定的浮筏。浮筏上立着头发金黄、皮肤苍白、老远都看得见瘦骨嶙峋的裸露胸廓的小桑普森滑稽地跳起来想摸飞机。正在这时,也许是因为一股意外的强风,也许是因为麦克沃特一点小小的误判,那一掠而过的飞机往下沉了一点,刚好够得上一只螺旋桨把他劈成两半。

就连当时不在场的人都鲜明而准确地记得随后发生的事情。透过飞机引擎撼人心魄、势不可挡的轰鸣,只听得最短暂、最轻微的一声"嚓!",随后就看见小桑普森两条苍白干瘦的腿——不知怎的,在血糊糊被截断的臀部那儿仍然有几根筋连接着——在浮筏上一动不动站立了仿佛一两分钟之久,终于随着一声微弱、回荡的溅水声,向后翻倒栽进水里,彻底倒转过来,于是看得见的就只剩下小桑普森形状怪异的脚趾和灰白色的脚掌了。

海滩上乱成一团。克拉默护士突然冒了出来,趴在约塞连的胸口歇斯底里地哭泣着,约塞连则搂住她的肩膀抚慰她。他的另一只胳膊托着达克特护士,她也靠着他,浑身战栗地抽泣着,瘦削的长脸一片惨白。海滩上每个人都在尖叫、狂奔,而男人叫得就像女人。他们慌乱地奔回去拿自己的东西,急乎乎地弯腰收拾,一边偷眼望着每一道缓缓涌上来的齐膝深的波浪,好像一些丑陋的、血淋淋的、令人毛骨悚然的器官——比如肝脏或肺什么的——会卷在浪里向他们直冲过来。水里的人都拼命要逃出来,慌乱之中竟然忘了游泳,只知道哀号着涉水而行,却被黏稠、难缠的海水阻拦着,像是在刺骨的风中行进一般。小桑普森的血肉撒得到处都是,那些发现自己四肢或躯干上溅有血迹的人惊恐而厌恶地缩着身子,好像要竭力脱掉那层可憎的皮似的。人人都在没头没脑地乱窜,时不时痛苦而恐惧地回头瞥上一眼,他们虚弱的喘息声和哭泣声充盈了整个幽深、阴暗、沙沙作响的树林。约塞连赶着两个跌跌撞撞、踉踉跄跄的女人发疯似的奔逃,又是推又是戳地催促她们快点,接着又咒骂一声冲回去拉饿鬼乔。这家伙被他抱着的毯子或相机套绊住了,朝前一跤摔将下去,脸朝下扑进了溪流的淤泥里。

中队里人人都知道这件事了。穿着军服的人也在那里尖叫、狂奔,不然就一动不动恐惧地站着,好像就地生了根似的。比如奈特中士和丹尼卡医生,他们严肃地伸长脖子,望着那架犯罪的、倾斜的、凄凉的飞机载着麦克沃特慢慢盘旋上升。

"那是谁?"约塞连冲上来急切地朝丹尼卡医生喊道。他一瘸一拐、气喘吁吁的,忧郁的眼睛里蒙着一层泪光,燃烧着剧痛。"谁开的飞机?"

"麦克沃特,"奈特中士说,"他带了两个新来的飞行员在做训练飞行。丹尼卡医生也在上面。"

"我就在这里。"丹尼卡医生争辩道,声音怪异而不安,焦虑地迅速瞥了奈特中士一眼。

"他为什么不降落?"约塞连绝望地叫道,"为什么一个劲往上飞?"

"他恐怕不敢降落,"奈特中士回答道,仍旧肃穆地凝视着麦克沃特孤独爬升着的飞机,"他知道闯下了什么样的祸。"

而麦克沃特一直在往高处爬升,嗡嗡作响的飞机平稳地朝上,缓慢、呈椭圆形地螺旋上升,带着他飞到海面之上极高的地方,于是朝南边飞去;等他再绕机场盘旋一圈之后,飞机便贴着黄褐色的丘陵地带又向北边飞去。他很快就上升到五千英尺以上。引擎声轻柔得有如低语。一顶白色的降落伞突然噗的一声张开了,片刻之后,第二顶降落伞张开了,跟第一顶一样,直接向机场跑道的空旷处飘落。地面上没有动静,飞机继续向南飞了三十秒钟,遵循着同样的飞行方式,现在是既熟悉又可预测了。这时麦克沃特扬起一侧机翼,优雅地倾斜绕行,开始转弯了。

"还要下两个人,"奈特中士说,"麦克沃特和丹尼卡医生。"

"我就在这里,奈特中士,"丹尼卡医生哀怨地对他说,"我不在飞机上。"

"他们为什么不跳伞?"奈特中士自言自语地大声问道,"他们为什么不跳伞?"

"没有道理啊,"丹尼卡医生咬着嘴唇伤心地说,"简直没有道理。"

但是约塞连突然间明白了麦克沃特不跳伞的原因,于是追着麦克沃特的飞机一路狂奔穿过整个中队营地,一边挥舞着双臂,恳求地朝他大声呼喊:"快降落吧!麦克沃特,快降落吧!"但是似乎没有人听见,麦克沃特当然也不用说了。这时约塞连的喉咙里发出一声令人窒息的长长悲叹,但见麦克沃特又转了一个弯,点了一下机翼以示敬礼,下定决心,噢,哎呀,我的天哪,他朝一座山撞了过去。

卡思卡特上校被小桑普森和麦克沃特的死弄得如此心烦意乱,他决定把飞行任务提高到六十五次。

31 丹尼卡夫人

卡思卡特上校得知丹尼卡医生也死在麦克沃特的飞机上,便把飞行任务增加到了七十次。

中队里第一个发现丹尼卡医生死掉的人是陶塞军士。早先他从控制塔上那人处得知,在飞行员麦克沃特起飞前填写申报的机上人员名单上,丹尼卡医生的名字是作为乘客记录在案的。陶塞军士抹去一滴眼泪,从中队人员花名册上勾掉了丹尼卡医生的名字。嘴唇仍然颤抖着,他站起身,迈着沉重的步子极不情愿地走出门去,把这个不幸的消息告诉洛斯和韦斯。在传达室和医务室的帐篷之间,丹尼卡医生瘦小、鬼气弥漫的身躯沮丧地栖息在他的凳子上,沐浴在落日的余晖里。经过这位航空军医身旁的时候,陶塞军士小心翼翼地避免跟医生本人讲任何话。陶塞军士的心情十分沉重,现在他手上有两个死人——一个是约塞连帐篷里那个死人马德,他甚至没去过那里;另一个是中队里刚刚死掉的丹尼卡医生,他无疑还健在,种种迹象表明,这将是一个更加棘手的行政问题。

格斯和韦斯带着淡泊克制的惊奇表情听陶塞军士讲完这件事。他们没有向任何人表达一句悲痛之情,直到大约一个小时以后,丹尼卡医生本人走了进来——这是他那天第三次来测量体温,并检查血压了。他的体温本来就低于正常,只有九十六点八度,这下体温计显示又低了半度。丹尼卡医生不由得惊慌起来。他手下这两个士兵呆滞、茫然、僵硬地死盯着他,比平时更是让人恼火。

"真是该死,"他礼貌地劝诫道,心里却恼怒异常,"你们两个到底怎么了?人要是体温一直过低,走动时鼻子又堵,根本就是不对的。"丹尼卡医生忧郁而自怜地吸了吸鼻子,闷闷不乐地穿过帐篷,自己拿了些阿司匹林和磺胺药片吃了,又往自己脖子上抹了些阿乙罗消毒液。他萎靡的面孔显得虚弱、孤凄,像一只燕子。他有节奏地揉搓着胳膊外侧。"瞧瞧吧,我现在多冷啊。你们真的没对我隐瞒什么吗?"

"你已经死了,长官。"他的两个下属之一解释道。

丹尼卡医生猛地扬起头来,愤恨而怀疑地问:"你说什么?"

"你已经死了,长官。"另一个士兵重复道,"那也许就是你总觉得冷的原因。"

"没错,长官,你也许一直就是死的,我们只是没有发觉。"

"你们俩在胡说些什么?"丹尼卡医生刺耳地尖叫起来,他强烈地感到某种不可避免的灾难正迎面扑来,一时竟呆住了。

"是真的,长官,"一名士兵说,"记录显示,你上了麦克沃特的飞机好积累一些飞行时间。你并没有跳伞,所以你一定死在飞机坠毁的时候。"

"没错,长官,"另一名士兵说,"你居然还有体温,应该高兴才对。"

丹尼卡医生顿时给搅得昏头昏脑的。"你们俩都疯了吗?"他质问道,"我要把这整个冒犯上级的事件报告给陶塞军士。"

"这事正是陶塞军士告诉我们的,"不是格斯就是韦斯说,"陆军部都准备通知你妻子了。"

丹尼卡医生大叫一声,冲出医务室去找陶塞军士抗议。陶塞军士厌恶地侧身避开他,建议他在他的遗体处置问题达成某种决议之前尽可能少露面。

"唉,我想他是真的死了,"他手下的一个士兵恭敬地低声悲叹道,"我会怀念他的。他是个很不错的家伙,不是吗?"

"是啊,他当然是。"另一个士兵悲伤地说,"不过我很高兴这个小杂种死了,老是给他测血压,我都快烦死了。"

丹尼卡医生的妻子丹尼卡夫人却不高兴丹尼卡医生死了,她收到陆军部的电报得知她的丈夫阵亡的消息时,悲痛欲绝的凄厉尖叫划破了斯塔滕岛宁静的夜晚。女人们前来安慰她,她们的丈夫也登门吊唁,心里却盼着她快快搬到别处去,省得老是负有同情的义务。几乎整整一个星期,那可怜的女人彻底心神错乱了。慢慢地,她英雄般地恢复了力量,开始为她和孩子们悲惨的未来做打算。就在她渐渐听天由命接受丧夫的事实时,邮递员来按铃了,带来一个晴天霹雳———封有她丈夫亲笔签名的海外来信,竭力促请她不要理会任何有关他的坏消息。丹尼卡夫人惊得目瞪口呆。信上的日期难以辨认,字迹从头到尾都歪歪扭扭、匆匆忙忙,不过字体倒像是她丈夫的,而那种忧伤、自怜的语气虽然比平常更加阴郁,却是她所熟悉的。丹尼卡夫人大喜过望,宽慰地纵情哭泣,一边无数次地亲吻那张皱巴巴、脏兮兮的胜利邮件缩印信纸。她匆忙写了一张感激的便条给她的丈夫,催促他告知详情,又发了一封电报给陆军部,指出这个错误。陆军部敏感易怒地回复说,没有任何错误,她无疑是受骗了,那封信一定是她丈夫中队里某个虐待狂兼精神病伪造的。写给她丈夫的信原封不动地退了回来,上面加盖了**阵亡**二字。

丹尼卡夫人又一次残酷地成了寡妇,但这一次她的悲痛多少轻了一些,因为一份来自华盛顿的通知说,她是她丈夫一万美元军人保险的唯一受益人,这笔钱她可以随时领取。她意识到自己和孩子们不会立刻面临饥饿了,脸上不禁露出美丽的微笑,她的不幸也到了转折点。退伍军人管理局第二天就来函通知她,因为她丈夫的死亡,她可以终身享受抚恤金,还可以得到一笔二百五十美元的丧葬费。随函内附一张二百五十美元的政府支票。渐渐地,无可阻挡地,她的前途光明起来。社会安全总署当周来函说,根据1935年《老年与鳏寡保险法》的条例,她本人和她的未成年子女可以按月领取补助费,直到他们年满十八岁,此外她还可以领取一笔二百五十美元的丧葬费。用这些政府函件作为死亡证明,她申请赔付丹尼卡医生名下的三份人寿保险单,每份均为五万美元;她的索赔要求很快得到认可,并且迅速办理完毕。每天都带来新的意外之财。一把保险箱的钥匙又带给她第四份面额五万美元的人寿保险单,以及一万八千美元的现金,这笔钱从来没有交纳过所得税,也永远不必再交了。他生前所属的兄弟会给了她一块墓地,他生前参加过的另一个兄弟互助组织给她寄来了二百五十美元的丧葬费,他所在的郡医学协会也给了她二百五十美元的丧葬费。

密友们的丈夫开始和她调情。事情发展成这种结局,丹尼卡夫人简直太开心了,她还把头发染了。她那份奇异的财富只是在一个劲地累积,而她不得不天天提醒自己,没有丈夫和她分享这一大笔钱,她正在获取的几十万美元连一个子儿也不值。令她惊奇的是,这么多不同的组织都愿意为安葬丹尼卡医生尽心尽力;而在皮亚诺萨岛,丹尼卡医生却在苦苦挣扎着别把脑袋埋进土里,又不解妻子何以不回他写的那封信,终日忧惧惶恐。

他发现中队里人人都不理睬他,他们卑鄙下流地诋毁他身后的名声,因为他的死挑动了卡思卡特上校增加战斗任务次数。证明他死亡的记录像虫卵似的大量增殖,而且互相核实,真实性无可争议。他领不到军饷,也得不到军人服务社的配给供应,只好依赖陶塞军士和米洛的施舍度日,而他们都知道他已经死了。卡思卡特上校拒绝见他,科恩中校则通过丹比少校传话过来,说一旦丹尼卡医生在大队司令部露面,他就要叫人将其当场火化。丹比少校还私下透露,大队部对所有航空军医都非常愤怒,因为斯塔布斯医生——就是邓巴中队那个头发浓密、下巴松垂、邋里邋遢的航空军医——蓄意跟上级作对,在那里暗中策划,以各种巧妙的手法让所有飞完六十次战斗任务的人员全都停飞,弄得人心浮动,敌对情绪日益高涨;大队部愤怒驳斥了这种做法,命令那些一头雾水的飞行员、领航员、轰炸手和机枪手重返战斗岗位。队里士气迅速低落,邓巴也受到了监视。大队部很高兴丹尼卡医生阵亡,也就不打算请求再派一名军医来了。

在这种情况下,就算牧师也没法让丹尼卡医生起死回生。惊慌失措慢慢变成了听天由命,丹尼卡医生的模样越来越像一只患病的啮齿动物。眼睛下的眼袋变得凹陷而暗黑,他在阴暗处徒劳无益地徘徊,像一个无处不在的幽灵。丹尼卡医生在树林里找到弗卢姆上尉请求帮助时,连他也退缩了。格斯和韦斯把他从医务室无情地赶了出去,甚至不让他带走一支体温计作为安慰。那个时候,只有在那个时候,他才明确意识到,实质上,他真的是死了,而他如果还想自救的话,那就真得快快采取行动了。

没有别的出路,只有向妻子求援;他草就一封激情洋溢的信,恳求她把他的痛苦境况反映到陆军部去,并催促她立刻与他的大队指挥官卡思卡特上校联络,以便肯定——无论她听到了什么别的传言——确实是他,她的丈夫丹尼卡医生,而不是死尸或哪个冒名顶替者,在向她恳求。这几乎无法辨认的诉请之中流露出一片深切的情感,强烈地震撼了丹尼卡夫人。她悔恨交加,正打算遵嘱行事,可那天她拆开的第二封信恰恰就是同一位卡思卡特上校——她丈夫的大队指挥官——寄来的。信是这样开头的:

亲爱的丹尼卡夫人、先生、小姐或先生和夫人:
您的丈夫、儿子、父亲或兄弟阵亡、负伤或战场失踪,对此本人深感悲痛,无法用言语形容。

丹尼卡夫人带着孩子们搬到密执安州的兰辛去了,连信件转递的地址都没留下。

32 约—约的室友

约塞连还觉得很暖和,天气却变冷了。鲸鱼形的浮云低低飘过阴沉灰暗的天空,几乎终日不绝,就像两个月前进袭法国南部时,从意大利各远程空军基地起飞的轰隆隆、黑压压、威猛如铁的 B-l7 和 B-24 轰炸机群。中队里人人都知道小桑普森的两条瘦腿给冲刷到了潮湿的沙滩上,留在那里烂掉,就像一根紫色、扭曲的鸟胸叉骨。没有人愿意去收拾它们,格斯、韦斯甚至医院停尸房的人都不肯去。每个人都装作小桑普森的双腿已不在那里,它们随着潮水向南漂走,一去不回了,就像克莱文杰和奥尔的尸身那样。天气既然冷了下来,就几乎再不会有人独自溜出来,透过灌木丛像个性变态似的偷窥那堆腐烂的残肢了。

再也没有明丽的天气,再也没有轻松的飞行任务了。只有砭人肌骨的冷雨和阴沉的寒飕飕的浓雾。人们现在是间隔一周左右飞行一次,随时等候天气放晴。夜里寒风呼啸。扭曲多节、生长不良的矮小树干吱吱嘎嘎呻吟着。每天早晨,甚至在约塞连完全醒来之前,那呻吟声就像滴答作响的闹钟一样有系统地迫使他的思绪回到小桑普森肿胀、腐烂的两条瘦腿上——它们半埋在湿沙里,浇着冰冷的冻雨,就这样一路度过十月间那些漆黑、阴冷、狂风呼啸的夜晚。想到小桑普森的腿,约塞连便会想起可怜的斯诺登在飞机尾舱里呜咽不止、快要冻死的样子。他守着他永恒的、不可改变的秘密：隐藏在他的装甲防弹棉衣里面，直到约塞连把他腿上那个错误的伤口消毒包扎完毕，这才突然喷涌而出，洒得一地都是。晚上，约塞连努力入睡的时候，会把他一生中认识而现在已经死了的所有男人、女人和孩子都过一遍。他努力回忆那些士兵，挖掘从孩童时代就认识的所有年长者的形象——自己的、别人的所有大伯、大娘、邻居、父母和祖父母，还有所有那些可怜的、受人欺骗的店主，他们天一亮就开了店门，在狭窄的、满是灰尘的店铺里愚蠢无聊地一直干到深夜。他们也都死了。死去的人们似乎在一个劲地增加。德国人仍然在作战。死亡是不可逆转的，他想。他开始觉得自己就快顶不住了。

天气冷了起来，约塞连仍然很暖和，这全仗了奥尔那个绝佳的火炉；若不是因为怀念奥尔，若不是有一天一帮活蹦乱跳的室友劫掠般地一拥而入，他本可以在这温暖的帐篷里过得十分舒适的。他们来自两个完整的战斗机组，这是卡思卡特上校申请的——不到四十八个小时就得到了——以填补小桑普森和麦克沃特的空缺。约塞连飞完一次任务，拖着沉重的脚步疲倦地走进帐篷，却发现他们已经搬了进来，只好大声、嘶哑地长长喘息一声，以示抗议。

这帮人共有四个，他们互相帮着架设行军床，嘻嘻哈哈快活极了。他们正在瞎胡闹。约塞连一看见他们，就知道没办法忍受。他们活泼、热切又兴高采烈，而且在国内时就是朋友。他们简直是不可思议。他们都是些闹哄哄、过分自信而头脑简单的二十一岁的孩子。他们都上过大学，跟可爱、纯洁的姑娘订了婚，她们的照片已经摆在奥尔筑起的粗糙的水泥壁炉架上了。他们开过快艇，打过网球，还骑过马。其中一人还跟一个年龄大些的女人睡过觉。他们在国内不同的地方都有共同认识的人，又和彼此的堂表兄第一起上过学。他们都收听职业棒球世界大赛转播，很关心哪支橄榄球队赢了比赛。他们虽然愚钝，士气却很旺盛。他们很高兴战争还在延续，还来得及能弄清楚战斗到底是怎么回事。他们刚把行李解开一半，约塞连就把他们轰了出去。

"让他们住进来是不可能的,约塞连态度坚决地向陶塞军士解释。而陶塞军士告知约塞连必须让这些新来的军官住进来,他那张病黄的马脸一副沮丧相。只要约塞连一个人住着一顶帐篷,陶塞军士就不能向大队另外申请一顶六人帐篷了。

"我可不是一个人住这儿的,"约塞连生气地说,"这里还有个死人跟我同住,他叫马德。"

"行行好,长官,"陶塞军士恳求道,一边不耐烦地叹了口气,斜眼瞟了瞟那四个为难的新来的军官,他们就站在帐篷门外莫名其妙地默默听着。"马德在轰炸奥尔维耶托时被打死了。这你是知道的。他可是跟你一道飞行的。"

"那你为什么不把他的东西搬走?"

"因为他从来没来到过这里。上尉,请不要再提这件事了。你愿意的话,可以搬去跟内特利上尉一块住。我还可以从队部办公室叫几个人来帮你搬东西。"

但是,抛弃奥尔的帐篷就等于抛弃奥尔,这四个急等着搬进来的愚蠢军官就会拉帮结派地藐视和羞辱他。这些闹哄哄、不成熟的年轻人等到一切都安排好了才露面,而且获准占用全岛最称心的帐篷,这似乎很不公平。但那是惯例,陶塞军士解释道,于是约塞连唯一能做的,就是一边带着恶意的抱歉对他们怒目而视,一边给他们腾地方且主动出主意帮忙以示悔过,让他们进入他的私人领地,舒适地安顿下来。

他们是约塞连相处过的最让人郁闷的一群人。他们总是那么兴高采烈的,见了什么都要笑上一番。他们开玩笑地叫他"约—约"。他们总是深夜踮着脚尖回来,虽然竭力不弄出声响,却老是笨手笨脚、磕磕碰碰的,弄得自己倒咯咯笑了,把约塞连吵醒;等他坐起来骂骂咧咧抱怨时,他们却像老朋友似的朝他发出一阵欢闹的驴叫。他们每次这么胡闹,他都想来一次大屠杀。他们让他想起了唐老鸭那几个外甥。他们都怕约塞连,老是拿唠叨不休的慷慨和争着卖小人情的恼人固执没完没了地迫害他。他们鲁莽、幼稚、投合、天真、放肆、恭顺而又粗野。他们愚钝,从不抱怨。他们崇拜卡思卡特上校,他们觉得科恩中校非常机智。他们害怕约塞连,却一点也不惧怕卡思卡特上校要求的七十次任务。他们是四个轮廓鲜明的孩子,正玩得来劲呢,都快要把约塞连逼疯了。他无法让他们明白,他是一个二十八岁的顽固守旧分子,是另一代人,属于另一个时代、另一个世界,玩乐之事只能让他感到厌烦,不值得他去耗费精力,而且他们也令他厌烦了。他没办法逼迫他们闭嘴,他们比女人还糟糕。他们没有头脑,不懂得内省和自制。

他们在其他中队的密友开始毫无顾忌地过来串门,把他的帐篷当成了集市,常常弄得他没地方待。最糟糕的是,他再也不能带达克特护士回来睡觉了。而眼下天气也坏了,他竟没有别的地方可去!这是一场始料未及的灾难,他真恨不得几拳砸开他这些室友的脑袋,或者抓住他们的裤腰和后颈,一个一个提起来,断然将他们扔进外面那潮湿绵软的多年生野草丛中——这些野草生长在他那个锈迹斑斑、底部穿了几个钉眼的汤罐尿壶和不远处用多节的松木搭成、颇像海滩更衣室的中队公共厕所之间。

他没有砸开他们的脑袋,却穿上了他的长统靴和黑雨衣,走进细雨濛濛的黑夜,去邀请一级准尉怀特·哈尔福特搬来同住,好借助他的威力和粗俗的习惯把这帮衣食讲究、生活严谨的杂种赶出去。但是一级准尉怀特·哈尔福特感觉很冷,正打算搬进坡上的医院,好死于肺炎呢。直觉告诉一级准尉怀特·哈尔福特,时候到了。他胸部疼痛,长期咳嗽,威士忌再也不能暖和他了。最要命的是,弗卢姆上尉已经搬回他的拖车房去了。这是一个预兆,含义明确无误。

"他不得不搬回来。"约塞连坚持道,他企图让这个阴郁的胸脯厚实的印第安人振作起来。这人结实的红褐色脸庞已经迅速退化,显出一种衰败的死灰色。"这种天气还住在树林里,他会死的。"

"不,那可赶不回这个胆小鬼。"一级准尉怀特·哈尔福特固执地反驳道。他似有神秘的领悟,拍了拍前额。"不,先生,他心里很清楚。他知道现在是我死于肺炎的时候了,他知道这个。我就是这样知道的,是时候了。"

"丹尼卡医生怎么说?"

"他什么也不让我说。"阴暗的角落里,丹尼卡医生坐在他的凳子上,悲伤地说。摇曳的烛光里,他那光滑、锥形的小脸显出龟绿色。到处是霉味。帐篷里的灯泡几天前就烧坏了,可是两人谁也没能鼓起劲来换一只。"不让我行医了,再也不让了。"丹尼卡医生补充道。

"他死了,"一级准尉怀特·哈尔福特幸灾乐祸地说着,嘶哑地笑了一声,笑声仿佛卷住了痰,"这可真是有趣。"

"我连军饷都领不到了。"

"这可真是有趣。"一级准尉怀特·哈尔福特重复道,"他一直在糟蹋我的肝。瞧瞧他怎么样吧,死了,被他自己的贪婪弄死了。"

"那不是我的死因。"丹尼卡医生语气平静而单调地说,"贪婪没什么不对,这都是那个下流的斯塔布斯医生的错,是他鼓动卡思卡特上校和科恩中校反对航空军医的。他坚持原则,要把医疗界的名声败坏了。他如果还不小心,就会被州医学协会除名,再也别想进医院干了。"

约塞连看着一级准尉怀特·哈尔福特把威士忌仔细地倒进三个空香波瓶,再把它们放进正在收拾的军用背包里。

"你去医院的路上就不能到我的帐篷看看吗?替我朝他们哪一个的鼻子上揍一拳。"他边想边说出来,"我那儿有四个家伙,他们要把我从我的帐篷里整个挤出去。"

"你知道,那种事情也曾经发生在我那个部落,"一级准尉怀特·哈尔福特快活地说,一脸欣赏的样子;他往后一靠,坐到他的行军床上,略略地笑了起来,"你为什么不叫布莱克上尉把那些崽子踢出去?布莱克上尉喜欢往外踢人。"

仅仅听到布莱克上尉的名字,约塞连就苦恼地做了个鬼脸。布莱克上尉已经在欺侮新来的飞行员了,每次他们走进情报室领地图或资料时都这样。一想起布莱克上尉,约塞连对室友的态度就变得宽厚起来,转而护着他们了。他们年轻、快活,这不是他们的错,他在黑暗中晃动着手电回来时提醒自己说。他真希望自己也能年轻、快活。而且,他们勇敢、自信、无忧无虑,这也不是他们的错。他只须对他们耐心一些,等其中一两个阵亡,剩下的受伤以后,他们就全都变正常了。他发誓要更加忍让、更加仁慈,但当他以更友好的态度钻进他的帐篷时,壁炉里一股熊熊的黄色火焰正在翻滚,他倒吸一口凉气,惊得目瞪口呆。奥尔漂亮的桦木段正在化为灰烬!他的室友们已经烧着它们了!他张口结舌地盯着这四张迟钝而异常兴奋的脸,恨不得对他们大声咒骂。他恨不得把他们的脑袋狠狠撞在一块,而他们却欢乐地大声叫着向他打招呼,慷慨地邀他拉把椅子坐过来,让他分享他们的烤栗子和烤土豆。他能把他们怎么样呢?

就在第二天早晨,他们把他帐篷里那个死人清除掉了!就这样,他们把他飞快地抹去了!他们把他的行军床和所有个人物品都搬到灌木丛中,往那儿一堆了事,然后轻快地拍了拍手,转身就往回走,心想事情还办得很不错。他们精力充沛、热情洋溢,又还讲究实际,办事立竿见影,约塞连为此吃惊得差点晕过去。转眼之间,他们就积极而有力地把约塞连和陶塞军士折腾了几个月却不见成效的问题全解决了。约塞连惊慌起来——他很害怕,他们也许会同样干脆利落地把他也扔出去——于是,他跑到饿鬼乔那里,和他一起逃到罗马去了。次日,内特利的妓女终于睡了一夜好觉,在爱意中醒来。

33 内特利的妓女

在罗马,他想念达克特护士。饿鬼乔要投送军邮,一去之后,他就更没什么事情可做了。约塞连实在想念达克特护士,以至于饥渴地走街串巷寻找露西安娜——她的笑和那隐秘的伤疤他从来不曾忘记。他也没有忘记那个嗜酒、凌乱、眼睛模糊的荡妇——她的白色乳罩总是不胜负荷,橘黄色绸衫老是敞开着,那枚粗俗的橙红色贝雕戒指曾被阿费无情地扔出了她的汽车车窗。他多么渴望这两个女人!他徒劳地找寻她们。他如此深沉地爱恋她们,他知道将永远见不到任何一个了。绝望啮噬着他。幻觉困扰着他。他想要达克特护士——她的裙子高高撩起,修长的大腿一路赤裸到屁股。在一条旅馆之间的小巷里,他被一个单薄又咳咳吐吐的街头妓女拉上,于是跟她干了一回,可是这事没有一丝乐趣,所以他急急赶回士兵公寓,去找那个肥胖、和气的穿青柠色内裤的女佣。她见到他高兴极了,却不能唤起他的欲望。他在那儿早早上了床,一人独睡。他失望地醒来,早饭后在公寓里找了一个活泼、矮胖的女孩胡搞一番,但那也只是略好一点而已,完事之后便把她赶跑了,自己接着睡觉。他一觉睡到午饭时间,便出去给达克特护士买礼物,还给穿青柠色内裤的胖女佣买了一条围巾,让她感激得说不出话来,只一个劲地拥抱他。这下很快就勾起了他对达克特护士的欲火,于是又跑出去色迷迷地到处寻找露西安娜。露西安娜没找到,倒找着了阿费。阿费抵达罗马时,正碰上饿鬼乔随邓巴、内特利和多布斯一起回来。那天晚上,他不愿跟着他们一起醉醺醺地去找人打架,从一帮中年军队大拿手里救出内特利的妓女——他们把她扣在了一家旅馆里,因为她不肯认输。

"我为什么要冒招惹麻烦的风险,只为了救她出来?"阿费傲慢地质问道,"不过别把这话告诉内特利。告诉他,我跟几个非常重要的兄弟会弟兄有个约会,一定得去。"

那帮中年军队大拿一定要内特利的妓女叫叔叔[1],才肯放她走。

"叫叔叔。"他们对她说。

"叔叔。"她说。

"不,不,叫叔叔。"

"叔叔。"她说。

"她还是不明白。"

"你还是不明白,是吗?除非你不想叫叔叔,我们是不能硬逼你叫叔叔的。还不明白吗?我们要你叫叔叔时,别叫叔叔。好了吗?叫叔叔。"

"叔叔。"她说。

"不,别叫叔叔。叫叔叔。"

她不叫叔叔了。

"这很好!"

"这非常好。"

"是个好的开端。现在,叫叔叔。"

"叔叔。"她说。

"这没用。"

"没用,那个办法也没用。她根本不听我们的。她不在意我们逼她还是不逼她,逼她叫叔叔一点都不好玩。"

---

[1] say uncle 是美国俚语,意为认输。

"是的,她真的是毫不在意,不是吗?说'脚'。"

"脚。"

"你瞧见了吧?她根本不在意我们做什么。她根本不在意我们。我们在你眼里毫无意义,是不是?"

"叔叔。"她说。

她一点也不在意他们,弄得他们极度恼火。她每次打呵欠,他们就粗鲁地摇晃她。她似乎对什么都不在意,甚至他们威胁说要把她扔出窗户去,她也无所谓。他们是一帮气急败坏的精英人士。她很厌倦,态度漠然,特别想睡觉,她已经一连干了二十二个小时的活了。她很沮丧,这些男人不让她和另外两个同来供他们淫乐的姑娘一起离开。她迷迷糊糊地纳闷,他们笑的时候为什么也要她跟着笑,他们跟她做爱时为什么也要她享受乐趣。对于她,这一切都那么不可思议,那么令人厌烦。

她拿不准他们到底要她干什么。每一次她倦极而闭上眼睛,他们都把她摇醒,硬要她叫"叔叔"。每一次她叫了"叔叔",他们又都很失望。她不明白"叔叔"是什么意思。她顺从、迟钝而神情恍惚地坐在沙发上,嘴张着,一身衣服揉成一团,扔在地板的一个角落里。她不知道他们还要光着身子围着她坐多久,在这套豪华的旅馆客房里逼她叫叔叔逼多久。此刻,奥尔的老相好一边对约塞连和邓巴滑稽的醉态放肆地吃吃傻笑,一边引领着内特利和那支穿得五颜六色的救援队朝客房走来。

邓巴感激地捏了捏奥尔老相好的屁股,把她推还给约塞连;约塞连则双手扶好她的髋部,把她抵靠在门框上,身体淫荡地贴着她慢慢扭动,直到内特利揪住他的胳膊把他从她身上拉开,拽进那间蓝色起居室,在那儿,邓巴已经把眼前的东西一件件从窗户往院子里扔了。多布斯正操起一个烟灰架使劲砸家具。一个赤身裸体、模样滑稽、肚子上有一道泛红的阑尾炎刀疤的男人突然出现在门口,吼叫道:

"出什么事了?"

"你的脚趾脏了。"邓巴说。

那人双手捂住羞处,退了出去。邓巴、多布斯和饿鬼乔只管把举得动的东西通通扔出窗口,一边快活、放肆地又号又叫。他们很快扔光了床和沙发上的衣物以及地板上的行李,正准备洗劫一个雪松木衣柜时,里间的门又打开了,一个脖子以上部分长得十分特出的男人赤着脚高傲地走进他们的视野。

"嘿,你们,给我住手,"他叫道,"你们不知道你们这帮人在干什么吗?"

"你的脚趾脏了。"邓巴对他说。

这人跟第一个人一样双手捂住羞处逃走了。内特利冲上去追他,却被第一个军官挡住了去路。此人前面抱了个大枕头,费尽力气地回跑来,活像个跳气球舞的。

"嘿,你们这些家伙!"他愤怒地咆哮道,"打住!"

"打住。"邓巴回应道。

"这是我说的。"

"这是我说的。"邓巴说。

那军官急躁地跺着脚,他因锐气受挫而软了下去。"你在故意重复我的每一句话吗?"

"你在故意重复我的每一句话吗?"

"我要揍你。"那人举起拳头。

"我要揍你。"邓巴冷冷地警告他。"你是德国间谍,我要叫人把毙了。"

"德国间谍?我是美国上校。"

"你看着不像美国上校,倒像前头抱个枕头的大胖子。你要是美国上校,那你的制服在哪里?"

"你们刚刚扔到窗外去了。"

"好吧,弟兄们,"邓巴说,"把这个笨蛋铐起来。把这个笨蛋带到警察局去。钥匙扔掉。"

上校惊恐得脸色煞白。"你们都疯了吗?你们的警徽在哪里?嘿,你!

快回到这儿来!"

但是他转身太迟,没有拉住内特利。原来内特利瞥见另一间屋子里,他的女人正坐在沙发上,便从上校背后一步蹿进门去了。其他人跟着他一拥而进,直闯到那群赤身裸体的大拿中间。看到他们,饿鬼乔歇斯底里地大笑起来,不相信地一个接一个指点着,然后抱着自己的脑袋和胸肋。两个满身肥膘的家伙蛮横地冲上前来,等他们看见多布斯和邓巴脸上的厌恶和敌意,注意到多布斯双手仍然握着那个在起居室砸东西用的铸铁烟灰架像拿着棍棒似的四下挥舞,这才停住脚步。内特利已经和他的女人在一起了。她盯了他好一会儿才认出来,随后虚弱地一笑,闭上眼睛,把头埋进他的肩膀。内特利欣喜若狂,她以前从未对他笑过。

"菲尔波,"一个平静、细瘦、一脸倦容的人说,他一直坐在扶手椅上,甚至没有挪动过一下,"你没有听从命令。我叫你把他们赶出去,你倒去把他们带了进来。难道你看不出这个差别吗?"

"他们把我们的东西扔到窗外去了,将军。"

"他们干得好。我们的制服也扔了?那可真聪明。没有制服,我们永远无法让人相信我们是上级。"

"我们记下他们的名字吧,路,还有——"

"噢,内德,放松点,"那个细瘦的人说,他满脸都是掩饰不住的厌倦,"你指挥装甲师作战也许还行,但遇到社会生活的困境简直就毫无用处了。我们迟早会找回制服的,到时候我们又是他们的上级了。他们真的把我们的制服扔出去了?这一招真是太妙了。"

"他们把什么都扔出去了。"

"衣柜里的东西也扔出去了?"

"他们把衣柜都扔出去了,将军。就是刚才听到的那声脆响,我们还以为他们要进来杀我们呢。"

"我下一个就把你扔出去。"邓巴威胁道。

将军的脸有点发白。"究竟什么事惹他这么生气?"他问约塞连。

"他是认真的。"约塞连说,"你们最好让这姑娘走。"

"上帝啊,带她走吧,"将军松了口气,大声说,"她简直让我们捉摸不透。至少,她可以嫌我们付给她的百来块美元太少,心生怨恨嘛,但她连这都不愿意做。你那个英俊的年轻朋友好像很喜欢她。瞧瞧,他装作给她穿长袜,手指倒在她大腿里面摸来摸去。"

内特利被人当场揭穿,心虚得满脸通红,于是更加忙乱地给她一件件套上衣服。她睡得很熟,呼吸均匀,好像在轻轻打鼾。

"我们现在就冲过去把她夺回来,路!"另一个军官怂恿道,"我们人多,可以包围——"

"噢,不,比尔,"将军叹了口气回答道,"天气好的时候,在平原指挥一场钳形攻势对付全面出动的敌人,你也许是个奇才,但是换个地方你就不一定想得么清楚了。我们为什么要留住她呢?"

"将军,我们处于非常糟糕的战略劣势,我们全都一丝不挂。对于那个不得不下楼穿过门厅去取衣服的人来说,这将是很不体面、很难堪的。"

"是的,菲尔波,你说得很对,"将军说,"正因为如此,你就是做这事的那个人。去吧。"

"光着身子,长官?"

"如果你愿意,就带上你的枕头吧。你下楼捡我的内衣和裤子时,带点香烟回来,好吗?"

"我可以把所有东西都送上来。"约塞连提议道。

"好了,将军,"菲尔波松了一口气,"现在我不用去了。"

"菲尔波,你这个傻瓜。你难道看不出他在说谎吗?"

"你在说谎吗?"

约塞连点点头,菲尔波的希望就此破灭了。约塞连笑了起来,于是帮助内特利搀着他的女人出门进了走廊,上了电梯。她依然头枕着内特利的肩膀熟睡,脸上现出微笑,好像正做着一个美妙的梦。多布斯和邓巴跑到街上去叫出租车。

他们下车的时候,内特利的妓女抬头看了看。他们艰难地爬楼梯去她的公寓,其间她好几次干咽唾沫,可是等到内特利帮她脱掉衣服上床时,她又睡熟了。她一觉睡了十八个小时,而内特利第二天整个上午都在公寓里到处跑,逢人就嘘一声要求安静。等她醒来时,便深深爱上了他。说到底,赢得她的芳心只需做一件事——让她睡一夜好觉。

睁开眼睛看见他的时候,姑娘满足地笑了;随后,她在沙沙作响的被单底下懒洋洋地伸了伸修长的双腿,一副春心荡漾的女人痴痴傻笑的样子。她招手让他上床躺在她身边,内特利高兴得晕乎乎地朝她挪去,这时她的小妹妹忽地冲进房间,一下子扑到床上他们俩中间,又一次坏了他的好事。不过内特利满心喜悦,倒也不以为意。内特利的妓女对她妹妹又是拍打又是咒骂,不过这次是带着笑意和满怀感情的,而内特利则洋洋得意地往后一靠,一手搂着一个,感觉强壮有力,能够保护她们。他认定,他们可以组成一个美满的家庭。小女孩到年龄后要去上大学,去史密斯、拉德克利夫或布林莫尔学院——他来负责此事。几分钟后,内特利跳下床,扯开嗓门叫喊着向他的朋友宣告他的好运气。他一脸喜气地招呼他们到她的房间来,等他们刚到,却又当着他们的面砰的一声把门关上,弄得他们一脸惊愕。他在最后一刻才想起,他的女人什么衣服也没穿。

"快穿上衣服。"他命令她,并暗自庆幸自己的机警。

"为什么[1]?"她好奇地问。

"为什么?"他重复道,并宠爱地一笑,"因为我不想让他们看见你没穿衣服。"

"为什么不想?"她问。

"为什么不想?"他惊讶地看着她,"因为让别的男人看见你的裸体是不对的,这就是为什么。"

"为什么不对?"

---

1 原文为意大利语。

"因为这是我说的!"内特利满心恼火地发作了,"听着,不许跟我犟嘴。我是男人,我说什么你都得听。从现在起,我不准你走出这房间,除非你把衣服都穿上。明白了吗?"

内特利的妓女看着他,好像他是个疯子。"你疯了吗?出什么事了[1]?"

"我是说一不二的。"

"你疯了[2]!"她怀疑而愤怒地冲他叫喊,从床上跳了下来,嘴里叽里咕噜地骂骂咧咧。她一把扯过衬裤套上,大步朝门口走去。

内特利昂首挺立,满有男人的威严。"我不准你这个样子离开房间。"他告诉她。

"你疯了!"冲出房门后,她愤怒地还击,一边不相信地摇着头,"白痴!你这个疯狂的白痴[3]!"

"你疯了!"她瘦小的妹妹迈着同样骄傲的步子往外走。

"你给我回来,"内特利命令她,"我也不准你这个样子出去!"

"白痴!"小妹妹从他身旁跳过去之后,回过头来很有尊严地朝他叫喊道,"你这个疯狂的白痴。"

内特利心烦意乱却又毫无办法,好一阵子气得团团打转,随后他飞快地冲进起居室,想阻止他的朋友们看他的女友,而她只穿着一条衬裤正在向他们抱怨呢。

"为什么不能?"邓巴问。

"为什么不能?"内特利叫喊道,"因为她现在是我的女人,她没穿戴整齐,你们看她是不对的。"

"为什么不对?"邓巴问。

"看到了吧?"他的女人耸耸肩,"他是疯了[4]!"

"对,他真是疯了[5]。"她的小妹妹附和道。

"你不想让我们看她,那就叫她别脱掉衣服嘛。"饿鬼乔辩解道,"你到

1—5 原文为意大利语。

底要我们怎么样?"

"她不肯听我的,"内特利羞怯地承认道,"所以从现在起,她这个样子进来时,你们都必须闭上眼睛,或者看别的地方。好吗?"

"圣母啊!"他的女人恼怒地叫道,跺着脚冲出了房间。

"圣母啊!"她的小妹妹叫道,跺着脚跟了出去。

"他是疯了,"约塞连心平气和地评论道,"我当然得承认这一点。"

"嘿,你是疯了还是怎么了?"饿鬼乔质问内特利,"接下来你要干的恐怕是不许她再拉客了吧。"

"从现在起,"内特利对他的女人说,"我不准你出去拉客。"

"为什么?"她好奇地问。

"为什么?"他吃惊地尖叫起来,"因为这不体面,这就是为什么!"

"为什么不体面?"

"因为这就是不体面!"内特利坚持道,"像你这样一个好好的姑娘跑出去找别的男人睡觉,简直就是不对。我会给你你需要的钱,你就不必再做这种事情了。"

"那我成天干点什么呢?"

"干什么?"内特利说,"你的朋友干什么,你就干什么。"

"我的朋友跑出去找男人睡觉。"

"那就交新朋友!总之,我甚至不许你跟那种姑娘来往!卖淫是不道德的!人人都知道,就连他也知道。"他信心满满地转向那个阅历丰富的老头,"我说得对吗?"

"你错了,"老头回答说,"卖淫给了她接触人的机会,提供了新鲜的空气和有益于健康的运动,并且使她免于烦恼。"

"从现在起,"内特利严厉地向他的女友宣布,"我不准你跟那个邪恶的老头有任何瓜葛。"

"滚你的[1]!"他的女人回答说,厌烦的眼睛对着天花板直翻。"他到底

---

[1] 原文为意大利南方方言。

要我怎样?"她恳求道,晃了晃拳头。"走开[1]!"她半是威胁半是请求地对他说,"笨蛋[2]!你觉得我的朋友这么糟糕,那就去跟你的朋友说,不要老是来找我的朋友打炮了!"

"从现在起,"内特利对他的朋友说,"我认为你们这帮家伙不应该再跟她的朋友瞎混,该安顿下来了。"

"圣母啊!"他的朋友们叫道,厌烦的眼睛对着天花板直翻。

内特利绝对是疯了,他要他们全都马上恋爱结婚。邓巴可以娶奥尔的妓女,约塞连可以爱上达克特护士或者他喜欢的其他什么人。战争结束后,他们都可以为内特利的父亲工作,在同一个郊区把孩子养大。内特利非常清楚地看到了这些。爱情已经把他变成了一个浪漫的白痴,于是他们把他赶回卧室,去为布莱克上尉跟他的女人吵架。她同意不再跟布莱克上尉上床,也不再把内特利的钱给他了,但在与那个丑陋、邋遢、放荡、心地肮脏的老头之间的友谊的问题上,她却寸步不让。那老头带着侮辱性的嘲弄神情目睹了内特利鲜花般开放的爱情故事,却不肯承认美国国会是世界上最伟大的审议机构。

"从现在起,"内特利态度坚决地命令他的女人,"我绝对不准你跟那个恶心的老头再讲一句话。"

"又是那个老头吗?"那女人困惑地哀号道,"为什么不准?"

"他不喜欢众议院。"

"我的妈呀[3]!你出了什么毛病?"

"是疯了[4],"她的小妹妹哲学家似的评论道,"他就是出了这种毛病。"

"是,"她的姐姐马上表示同意,并用双手扯着她的棕色长发,"他是疯了。"

但是内特利离开以后,她又很想念他,而且对约塞连大发雷霆,因为他用尽全力一拳打在内特利脸上,打断了他的鼻梁,把他送进了医院。

1—4 原文为意大利语。

34 感恩节

约塞连感恩节那天一拳打破了内特利的鼻子,其实全是奈特中士的过错。之前,中队每一个人都低声下气地向米洛表示了感谢,因为他准备了极为丰盛的餐食,让官兵们整个下午都狼吞虎咽地大吃大喝。他又无限慷慨地赠送大家整瓶的廉价威士忌,毫不吝惜地递给每一个要酒喝的人。天都还没黑,面色苍白的年轻士兵就到处呕吐起来,醉醺醺地倒了一地。空气变得污浊起来。几小时之后,另外一些人又来了精神,于是这漫无目的、放纵喧闹的庆典又继续下去了。这场粗鄙、狂野、滥饮的狂欢,穿过树林闹哄哄地流溢到了军官俱乐部,然后向上进入山里,朝医院和高射炮阵地蔓延。中队里出了几起打架事件、一起刀伤事件。科洛尼下士在情报室玩弄一把子弹上膛的手枪时走了火,射穿了自己的大腿。他仰面躺在飞驰的救护车里,鲜血一个劲地从伤口往外喷,而他的牙龈和脚趾都被涂上了紫药水。那些割破手指、打破脑袋、扭伤脚踝和肚子绞痛的家伙一瘸一拐地走进医务室,让格斯和韦斯给他们的牙龈和脚趾涂上紫药水,再拿些通便药好扔进灌木丛里去。欢乐的庆典一直进行到深夜,夜晚的寂静常常被狂野、欢闹的呼喊声打破,被快活或难受的人们的号叫声打破。作呕与呻吟,欢笑与问候,威胁与诅咒,酒瓶在岩石上碎裂,各种声音此起彼伏。远处有人唱着下流小调。

场面比新年之夜还要乱七八糟。

为了安全起见,约塞连早早上了床,很快就梦见自己几乎是连滚带爬地顺着无穷无尽的木楼梯往下逃跑,脚后跟带出一阵阵杂乱而不连贯的咔哒声。随后他有几分醒了,才意识到这是有人在用机枪向他扫射。他喉咙里发出一阵痛苦而恐惧的呜咽声。他的第一个念头就是米洛又来袭击中队营地了,于是急忙从行军床滚落到地上,再钻到床底下,战战兢兢缩成一团,只管祈求上帝保佑。他的心怦怦直跳,浑身冷汗淋漓。天上并没有机群的动静,远处却响起了醉鬼快活的笑声。"新年好,新年好!"短促而尖锐的机枪射击声间断时,一个得意洋洋的熟悉的声音从高处兴高采烈地叫喊道,于是约塞连明白了,原来有人恶作剧,跑去沙包掩体打机枪了。这些沙包掩体是米洛袭击中队营地后在山上设置的,还配备了他自己的人。

约塞连意识到他成了这个不负责任的玩笑的受害者,不但睡眠给搅黄了,人还差点被吓成哭哭啼啼的大傻,他恨得牙痒痒的,不禁怒火中烧。他想杀人,他想凶残地杀人。他以前从来没有这么愤怒过,甚至他卡住麦克沃特的脖子要掐死他的时候,也没有这么愤怒。机枪又开火了。"新年好"的叫喊声和沾沾自喜的笑声穿过黑暗从山上滚落下来,听着就像巫婆得意的狞笑。约塞连穿着软底拖鞋和连衣裤,拿上他的 .45 口径的手枪,冲出帐篷去报仇。他装上一弹夹子弹,往后猛地一拉枪栓,把子弹顶上了膛。他打开保险,准备射击。他听见内特利在后面边边喊他的名字,想要制止他。枪弹又一次从汽车调度场上方一个暗黑的高地开火了,橘红色的曳光弹就像低低滑行的虚线,贴着这片黑乎乎的帐篷一掠而过,差点削去它们的尖顶。数声连发射击的间隙,粗野的狂笑声又一次传了过来。约塞连感觉怒火中烧:他们在威胁他的生命了,这帮狗杂种!他狂怒得失去了理智,一心要跟他们拼个死活,于是迅速横穿中队营地,经过汽车调度场,全速飞奔。他沿着狭窄、弯曲的小路咚咚咚地跑上了山,这时内特利追了上来,嘴里还在叫喊着"约—约!约—约!"充满了诚恳的关切,求他罢手。他抓住约塞连的肩膀,想阻止他。约塞连扭身挣脱,转身要走。内特利又伸手过来抓他,于是约塞连一声咒骂,挥动老拳,照准内特利年轻细嫩的脸狠命来了一下,然后收回胳膊想再给他一拳,可是内特利早已一声闷哼,倒地不见了。他蜷缩着身子躺在地上,双手捂脸,鲜血从指缝中一股股流出来。约塞连猛地转身,头也不回地顺小道往山上冲去。

很快他就看到了机枪。听见他来了,两个人影立刻跳将起来,不等他跑到跟前,便一边嘲骂一边大笑着逃进夜幕里去了。他来得太晚了。他们的脚步声渐渐消失,只留下清冷、静谧的月光下一圈空荡荡、静悄悄的沙包掩体。他沮丧地四下里张望。讥嘲的笑声又从远处传来。附近一根树枝啪地折断了。约塞连不由得一阵惊喜,连忙跪下瞄准。他听到沙包掩体另一侧隐约有树叶沙沙作响,立刻往那边打了两枪。有人回了他一枪,他听出了是谁在开枪。

"邓巴吗?"他喊道。

"约塞连吗?"

两个人走出各自的隐蔽处,疲倦而失望地走到前面的空旷处碰头,都倒提着枪。寒风一吹,他们都微微打着战,又因为刚才上山冲得太急,都喘着粗气。

"那些狗杂种,"约塞连说,"他们跑了。"

"他们害得我要少活十年了,"邓巴叫道,"我还以为狗娘养的米洛又来轰炸我们了呢。我从来没这么害怕过。真想知道这些狗杂种是谁。"

"一个是奈特中士。"

"我们去宰了他。"邓巴的牙齿在咯咯打战,"他无权那样吓我们。"

约塞连已不想杀人了。"我们先去救内特利吧。刚才在山脚下我怕是把他打伤了。"

但是路上哪有内特利的影子,尽管约塞连察看石头上的血迹,找到了确切的地点。内特利也不在他的帐篷里;第二天早上,他们听说头天晚上内特利因为鼻梁被打断而住进了医院,于是也跟着住进医院,这才逮住他。他们穿着拖鞋和睡袍,跟着克拉默护士走进病房,让她给他们分配病床时,内特利害怕地吃了一惊,笑了起来。内特利的鼻子打了厚重的石膏,两眼青紫。约塞连走过去为打了他而向他道歉时,他又害羞又局促,晕乎乎地一直红着脸,一再说他很抱歉。约塞连非常难受,他几乎不忍心看内特利被打得不成形的脸,尽管它看上去十分滑稽,逗得他直想开怀大笑。他们那副多愁善感的样子弄得邓巴很是恶心,随后他们三个都松了口气,因为饿鬼乔带着那架精密的黑色相机出人意料地闯了进来。他冒充阑尾炎患者以便接近约塞连,好拍到他抚摸达克特护士的照片。跟约塞连一样,他很快就失望了。达克特护士已经决定嫁给一个医生——任何医生,因为他们的工作都做得非常好——而不愿在那个将来可能成为她丈夫的人的身边冒风险。饿鬼乔恼怒异常又沮丧万分,直到牧师——偏偏是他——让人引了进来。他穿着栗色灯芯绒浴袍,掩饰不住自满得意的神色,咧开嘴灿烂地笑着,仿佛一座细瘦的灯塔发着光芒。牧师来住院是因为心口疼——医生认为那其实是胃胀气——和晚期威斯康星带状疱疹。

"到底什么是威斯康星带状疱疹?"约塞连问。

"那正是医生们想知道的!"牧师自豪地冲口说道,随后哈哈大笑起来。从来没有人见过他这么滑稽,或者说这么快乐。"根本就没有威斯康星带状疱疹这种东西。难道你不明白?我撒了谎。我跟医生做了笔交易,我许诺说,只要他们许诺不做任何治疗,等我的威斯康星带状疱疹消失时,我就会告诉他们。我以前从没说过谎。这不是妙极了吗?"

牧师犯了罪,这很不错。常识告诉他,撒谎和擅离职守都是罪。另一方面,人人都知道罪就是恶,而恶是不可能带来善的。但是他确实感觉很好,简直是妙不可言。因此,合乎逻辑的结论是,撒谎和擅离职守都不可能是罪。凭着瞬间的神圣直觉,牧师即刻掌握了这种合理的保护性推理,并为他的发现兴奋不已。这可真如奇迹一般。他看到,几乎不需要任何诀窍,就可以把恶行说成美德,把谣言说成真理,把阳痿说成禁欲,把傲慢说成谦卑,把劫掠说成慈善,把偷窃说成礼遇,把亵渎说成智慧,把野蛮霸道说成爱国主义,把残忍说成正义。谁都可以这么做,根本不需要什么智力,也不需要任何道德力量。牧师兴致盎然地把全套正统的非道德行为迅速过了一遍,此刻内特利正坐在床上,兴奋得满脸通红,惊异于那帮团团围住自己的伙伴是多么疯狂。他受宠若惊又不免担心,知道很快就一定会有一位严厉的军官出现在他们面前,像赶一群流浪汉似的把他们通通赶出去。并没有人打搅他们,晚上,他们全都意气风发地开出去看一部无聊的好莱坞滑稽剧彩色影片,等他们看完那部无聊的好莱坞滑稽剧,意气风发地开回来时,那个一身雪白的士兵已经在那儿了。邓巴尖叫一声,立刻崩溃了。

"他回来了!"邓巴尖叫道,"他回来了!他回来了!"

约塞连停住了脚步,邓巴惊恐、战栗的声音吓得他浑身瘫软,而那从头到脚包缠着石膏和绷带的一身雪白的士兵在他眼里是那么熟悉,那惨白和恐怖同样叫他浑身瘫软。约塞连喉咙里不由自主地发出一阵奇怪的颤音。

"他回来了!"邓巴又在尖叫。

"他回来了!"一个发高烧说胡话的病人也机械地跟着叫了起来。

病房里立刻一片混乱。一群群伤病员开始语无伦次地大呼小叫,在走道里又是跑又是跳,好像大楼着了火似的。一个挂着拐杖、只有一只脚的伤员敏捷地蹦来跳去,惊慌地叫喊道,"怎么回事?怎么回事?这儿失火了吗?这儿失火了吗?"

"他回来了!"有人对他喊道,"你没听见他在喊吗?他回来了!他回来了!"

"谁回来了?"另一个人叫道,"是谁?"

"这是什么意思?我们该怎么办?"

"我们着火了吗?"

"起来跑吧,见鬼!大家快起来跑吧!"

所有人都下了床,开始从病房一端跑向另一端。一个刑事调查部的密探在寻找手枪,要打另一个刑事调查部的密探,因为那人的胳膊肘戳到了他的眼睛。病房里乱成了一锅粥:那个发高烧说胡话的病人蹦到走道中间,差点撞倒那个只有一只脚的伤员;而伤员无意中又把拐杖的黑色橡皮头挂到了对方的光脚上,压破了好几个脚趾头。那个发高烧说胡话、脚趾头又被压破的病人一屁股坐到地上,疼得哭了起来,而其他人则一窝蜂盲目、惊慌、痛苦地逃窜,在他身上绊来绊去,又伤了他很多部位。"他回来了!"所有的人一边来回奔突,一边不停地咕哝、单调地念诵甚至歇斯底里地呼喊着这句话。"他回来了,他回来了!"克拉默护士突然出现在人群中间,像个忙得团团转的警察,竭力要恢复秩序,可是做不到,便情不自禁无助地哭起来。"不要动,请不要动。"她徒劳地恳求道,一边大声呜咽。牧师苍白得像鬼魂,完全不明白出了什么事。内特利也不明白,他寸步不离约塞连身边,紧紧抓住他的手臂。饿鬼乔也一样,他犹豫不定地跟在他们后头,紧握着瘦骨嶙峋的拳头,左右张望,满脸惧色。

"嘿,出了什么事?"饿鬼乔问道,"到底出了什么事?"

"还是那个人!"邓巴提高嗓门用力朝他喊道,声音明显盖过了周围乱哄哄的喧哗,"难道你不明白吗?还是那个人。"

"那个人!"约塞连不禁重复道,心里涌起一阵无法自持的不祥的预感,不禁颤抖起来。他跟着邓巴,朝那个一身雪白的士兵的病床挤过去。

"别紧张,伙计们,"那个矮小而富有爱国心的得克萨斯人友善地劝告道,咧嘴缺乏底气地一笑,"没有理由心烦。我们大家为什么不轻松些?"

"那个人!"其他人又开始咕哝、念诵、呼喊起来。

突然间达克特护士也来到床前。"出了什么事?"她问道。

"他回来了!"克拉默护士尖叫着扑进了她的怀里,"他回来了,他回来了!"

的确,就是那个人。他变矮了几英寸,又增加了一些体重,但是约塞连马上就记起他来了——看,那两条僵硬的手臂和两条僵硬、粗大而无用的腿都被绷紧的吊索几近垂直地拉到空中,吊索绕过他上方的滑轮,悬挂着长长的铅块,他嘴巴上的绷带中间有一个边缘毛糙的黑洞。其实,他几乎一点没有变样。一根同样的锌管从他的腹股沟处的坚硬石膏块中探出来,连接到地板上那个光亮的玻璃瓶里。支架上挂着一个同样的光亮的玻璃瓶,将液体从他的肘弯处滴入他体内。约塞连走到哪里都认得他。他很好奇这人是谁。

"里面没人!"邓巴突然冲他呼喊道。

约塞连觉得心脏停跳了一下,双腿直发软。"你在说什么?"他恐惧地叫喊道,他被邓巴憔悴的眼睛里闪烁的苦恼和他极度惊骇的狂乱表情吓晕了,"你疯了还是怎么的?你到底是什么意思,里面没人?"

"他们把他偷走了!"邓巴叫喊着回应道,"他里面是空的,像个巧克力兵。他们把他弄走了,只留下那些绷带。"

"他们为什么要这么做?"

"他们做什么不是做?"

"他们把他偷走了!"另一个人尖叫道,于是病房里的人都尖叫起来,"他们把他偷走了!他们把他偷走了!"

"回床上去吧,"达克特护士无力地推着约塞连的胸脯央求邓巴和约塞连,"请回床上去吧。"

"你疯了!"约塞连愤怒地冲邓巴喊道,"你到底为什么要这么说?"

"有人看见他了吗?"邓巴情绪激动地冷笑一声,问道。

"你看见他了,对吧?"约塞连对达克特护士说,"告诉邓巴,里面有人。"

"施穆尔克上尉在里面,"达克特护士说,"他全身都烧伤了。"

"她看见他了吗?"

"你看见他了,对吧?"

"给他包扎的医生看见他了。"

"去把他叫来,好吗?是哪个医生?"

这个问题让达克特护士吃惊地倒吸了一口凉气。"那医生根本不在这儿!"她大声叫道,"从野战医院转过来时,伤员就是这个样子。"

"瞧见了吧?"克拉默护士叫道,"里面没人!"

"里面没人!"饿鬼乔嚷着,开始在地板上跺脚。

邓巴分开众人，暴躁地跳到那个一身雪白的士兵的床上想要亲眼看看，急切地把闪亮的眼睛紧贴着白色绷带外壳上那个边缘毛糙的黑洞。他弯着腰，一只眼睛正瞪着一身雪白的士兵嘴里那没有光亮、毫无气息的虚空时，许多医生和宪兵急匆匆跑来，帮着约塞连把他拉开了。医生们腰间插着手枪，卫兵们端着卡宾枪和步枪，把那群嘀嘀咕咕的病员全都往后推赶。一副有轮担架到了，那个一身雪白的士兵被熟练地抬出了病床，转眼就给推走了。医生和宪兵们在病房里转了一圈，让大家放心一切正常。

达克特护士拉了拉约塞连的胳膊，悄声约他到外面走廊里的扫帚间见面。约塞连听着心里非常高兴，他以为达克特护士终于想跟他上床了，于是两人刚走进扫帚间，他就伸手撩她的裙子，但她却把他推开了。她有关于邓巴的紧急消息。

"他们打算失踪他。"她说。

约塞连斜眼瞟着她，不解其意。"他们要什么？"他诧异地问道，然后不安地笑了，"那是什么意思？"

"我不知道。我在门外听见他们说的。"

"谁？"

"我不知道。我看不见他们，我只听见他们说打算失踪邓巴。"

"他们为什么打算失踪他？"

"我不知道。"

"这话没有道理，连语法都不大通。他们失踪什么人，到底是什么意思？"

"我不知道。"

"天哪，你可真是好帮手！"

"你为什么老是挑剔我？"达克特护士感情受了伤害而抗议道，一边抽抽噎噎地哭起来，"我不过是想帮忙。他们打算失踪他，又不是我的错，对吧？我真不应该告诉你。"

约塞连把她搂到怀里,温存而深感懊悔地拥抱她。"对不起。"他道歉道,殷勤地吻了吻她的面颊,然后急忙跑出去提醒邓巴,让他当心,可是哪里也找不到他了。

35 勇士米洛

约塞连平生第一次求人了。他跪在地上,恳求内特利不要主动要求执行七十次以上的战斗飞行任务,此前一级准尉怀特·哈尔福特真的在医院里死于肺炎,而内特利已经申请接替他的职务了。但是内特利就是不听。

"我一定得多飞几次,"内特利诡诈地笑着,毫无说服力地坚持道,"不然他们就要送我回国了。"

"那又怎样?"

"如果不能带她一起回去,那我就不想回国。"

"她对你这么重要?"

内特利沮丧地点点头。"我怕永远见不到她了。"

"那你就停飞。"约塞连怂恿道,"你已经完成了飞行任务,再说你又不需要飞行津贴。如果你能忍受为布莱克上尉干活,那干吗不申请一级准尉怀特·哈尔福特的职务?"

内特利摇了摇头,脸色因为腼腆和悔恨而变得阴郁起来。"他们不肯给我。我找科恩中校谈过,他对我说,我必须多飞几次,不然就会被遣送回国。"

约塞连粗野地咒骂道:"那简直卑鄙极了。"

"我想,我不在乎。我已经飞了七十次,没受过伤。我想我可以再飞几次。"

"你什么都不要做,我先找人谈谈。"约塞连拿定主意,便去找米洛帮忙。米洛随即向卡思卡特上校请求帮助,要求给自己分派更多的战斗任务。

米洛一直在为自己赢得许多荣誉。他曾勇敢地冒着危险和非难,以很好的价钱把石油和滚珠轴承卖给德国,目的是赚取丰厚的利润,并帮助维持交战双方力量的平衡。他在炮火下显得镇定自若、毫无畏惧。他满腔热情地投入高于或超越本职工作的事业,随后把食堂的伙食价格提高到所有军官和士兵都必须付给他全部津贴才吃得上饭的地步。他们还有一个选择——当然,另外的选择是有的,因为米洛讨厌胁迫,是自由选择的积极倡导者——就是挨饿。他的提价攻势遭到敌方的抵制时,他不顾安全和名声,坚守阵地寸步不让,并勇敢地援引供求法则自卫。当什么地方有人说不的时候,米洛会勉强退却,但即使撤退,他也要勇敢地捍卫自由人的历史权利,那就是为了购买生存所需的物品,人们只须付出他们应付的钱款。

米洛掠夺他的同胞时曾被逮了个正着,结果呢,他的声望达到了空前的高度。一个来自明尼苏达的瘦骨嶙峋的少校噘着嘴唇反叛闹分裂,要求退出米洛一直在说的人人有份的辛迪加,拿回他的股份。这时米洛证明是说话算数的,面对挑战,米洛顺手拿起一张纸片,写下"一股"两字,带着一种高洁的轻蔑神情递了过去,从而赢得几乎所有认识他的人的羡慕和赞赏。他的荣耀正处于顶峰。他的作战记录,卡思卡特上校是了解和钦佩的,所以米洛来到大队司令部谦逊恭敬地提出要求分派更多危险任务的荒谬请求时,卡思卡特上校感到十分惊讶。

"你想多飞几次战斗任务吗?"卡思卡特上校喘息道,"到底是为什么?"

米洛谦恭地低着头,郑重地回答道:"我想尽我的职责,长官。国家正在打仗,我想和别人一样,为保卫她而战。"

"可是,米洛,你正在尽你的职责,"卡思卡特上校快活地哈哈大笑道,"我想不出还有谁比你为部队做得更多了。是谁给他们提供巧克力裹棉花团的?"

米洛有些沮丧地慢慢摇了摇头。"可是,在战时仅仅做一名好司务长是远远不够的,卡思卡特上校。"

"当然够了,米洛。不知道你这是中了什么邪。"

"当然不够,上校,"米洛语气颇为坚决地表示异议,一边意味深长地抬起奉承的双眼,这刚好吸引住卡思卡特上校的目光,"有人在说闲话了。"

"噢,就为这个?把他们的名字给我,米洛。把他们的名字给我,我来负责这件事,只要大队有危险任务,就派他们去。"

"不,上校,恐怕他们是对的。"米洛说着又低下了头,"我是作为飞行员派遣到海外来的,理应多飞战斗任务,少把时间花在司务长的工作上。"

卡思卡特上校虽然感到意外,却很配合。"好吧,米洛,如果你真的这么想,那么我有把握,你需要什么样的安排,我们都可以作出。你来海外多长时间了?"

"十一个月,长官。"

"你飞过多少次任务?"

"五次。"

"五次?"卡思卡特上校问。

"五次,长官。"

"五次,呃?"卡思卡特上校沉思地搓了搓面颊,"那不算太好,是不是?"

"难道不好?"米洛声音尖锐地问道,又抬眼瞥了一下。

卡思卡特上校畏缩了。"恰恰相反,那非常好,米洛,"他慌忙改口道,"确实很不错。"

"不,上校,"米洛倦怠、愁闷地长叹一声,"那不算太好。不过你这么说真是非常慷慨。"

"但确实很不错,米洛。考虑到你所有别的重大贡献,那确实很不错。五次任务,你是说,就五次?"

"就五次,长官。"

"就五次。"卡思卡特上校弄不清楚米洛到底在想什么,也不知道是否已经被米洛耍了,一时间显得非常沮丧。"五次就非常好了,米洛,"他热情地评论道,看到了一线希望,"平均下来,每两个月就差不多有一次战斗任务,而且我敢说,你的总次数并没有算上你轰炸我们的那一次。"

"不,长官,算进去了。"

"是吗?"卡思卡特上校略显困惑地问道,"那次任务你其实并没有飞行,对吧? 如果我没记错的话,当时你和我一起在控制塔上,不是吗?"

"但那是我的任务,"米洛争辩道,"我组织了这次行动,我们用的是我的飞机和给养。我策划并监督了任务的整个过程。"

"噢,当然,米洛,当然,我不是要和你争论,我只是想核对一下数字,好确定你没有把应该算上的任务算漏了。我们跟你签约轰炸奥尔维耶托大桥的那一次,你也包括进去了吗?"

"噢,没有,长官。我认为不应该,因为当时我在奥尔维耶托指挥防空炮火。"

"我看不出这有什么区别,米洛。这仍然是你的任务,而且又是干得极他妈出色的一次,我得说。我们没有炸掉大桥,但我们的炸弹散布面确实非常漂亮。我记得佩克姆将军谈论过这事。不,米洛,我坚持要你把轰炸奥尔维耶托也算作一次任务。"

"如果你坚持,那好吧,长官。"

"我真的坚持,米洛。现在,我们来看看——这下你共有六次任务了,真是太好了,米洛,太好了,真的。六次任务,一两分钟之内百分之二十的增长啊,这确实不错,米洛,确实不错。"

"别的军官好多已经有七十次任务了。"米洛指出。

"但他们从未生产过巧克力裹棉花团,对吧? 米洛,你所做的已经超过你的份额了。"

"可是他们正在获取各种荣誉和机会。"米洛坚持道,他急得几乎要哭起来,"长官,我想加入,像别的伙伴一样战斗。这就是我来这儿的原因。我也想获得勋章。"

"是的,米洛,那当然。我们都想把更多时间花在战斗上,可是你我这样的人服役的方式是不同的。看看我自己的记录吧,"卡思卡特上校自嘲地一笑,"我敢说,没有多少人知道,米洛,我本人只飞过四次任务,是不是?"

"没有人知道,长官,"米洛回答道,"大家都知道你只飞过两次任务。其中一次还是阿费送你去那不勒斯买黑市饮水机的时候,意外飞进敌占区的。"

卡思卡特上校窘得面红耳赤,不再争论下去了。"好吧,米洛。对于你的愿望,我是赞赏有加呀。如果这对你真的有那么重要,我会让梅杰少校把下面六十四次任务都派给你,这样你也能有七十次了。"

"谢谢你,上校,谢谢你,长官。你不知道这意味着什么。"

"不必说了,米洛。这意味着什么,我知道得一清二楚。"

"不,上校,我想你并不知道这意味着什么。"米洛直截了当地反驳道,"马上就必须有人替我运转辛迪加了。这项工作非常复杂,而且我随时都有可能被击落。"

想到这一点,卡思卡特上校顿时面露喜色,开始贪婪而急不可耐地搓起手来。"你知道,米洛,我想科恩中校和我将愿意从你手里接过辛迪加,"他随随便便建议道,几乎是在舔着嘴唇等待美味佳肴了,"我们做梅子番茄黑市买卖的经验应该是大有帮助的。我们从哪里开始呢?"

米洛定定地望着卡思卡特上校,表情自若而坦率。"谢谢你,长官,你真是太好了。那就从佩克姆将军的无盐饮食和德里德尔将军的脱脂饮食开始吧。"

"等我拿支铅笔。下一项是什么?"

"雪松木。"

"雪松木?"

"来自黎巴嫩。"

397

"黎巴嫩?"

"我们从黎巴嫩买了雪松木,预定运到奥斯陆的锯木厂,加工成木瓦后卖给鳕鱼角的建筑商。货到付款。然后是豌豆。"

"豌豆?"

"还在公海呢。我们有好几船豌豆正在亚特兰大去往荷兰的公海上,准备抵付郁金香的货款;那些郁金香已运往日内瓦,抵付必须以 M.I.F. 方式运往维也纳的乳酪的货款。"

"M.I.F.?"

"就是货款预付。哈布斯堡王室不稳固。"

"米洛。"

"别忘了弗林特仓库里的电镀锌。弗林特的四卡车电镀锌必须在 18 日中午前空运到大马士革的冶炼厂,付款条件是加尔各答的离岸价格,月底后十天付现,折扣百分之二。一架满载大麻纤维的梅塞施米特战斗机预定飞到贝尔格莱德,交换装了一架半 C-47 运输机的去核红枣,我们在喀土穆就是用这些枣子缠住他们的。我们正要把那些葡萄牙凤尾鱼倒卖回里斯本,用这些钱支付从马马罗奈克回到我们手上的埃及棉花的货款,并尽量从西班牙多收购些橘子。买 naranjas 永远付现金。"

"naranjas?"

"他们在西班牙就是这样叫橘子的,都是西班牙橘子。还有——噢,对了,别忘了皮尔丹人。"

"皮尔丹人?"

"是的,皮尔丹人。史密森尼学会目前还出不起我们开出的价格再买一个皮尔丹人,但是他们在期待一位富有的他们爱戴的捐赠者去世,然后——"

"米洛。"

"香芹我们能运多少过去,法国人就要多少;我想我们不妨多运些,因为我们需要那些法郎去兑换里拉和芬尼,等红枣倒卖回来时好买入。我还订购了一大批秘鲁轻木,准备按比例分配给辛迪加下属的每一个食堂。"

"轻木?食堂要这些轻木干什么?"

"上好的轻木眼下可不容易搞到,上校。我认为放过这次购买机会实在是不明智。"

"是的,我也觉得不明智,"卡思卡特上校含糊地猜度道,神情像是在晕船,"我想价钱还合适吧。"

"价钱,"米洛说,"真是无耻之极——贵得不得了!但因为是从我们自己的一个子公司购买的,我们还是乐意付钱。照看一下毛皮。"

"蜂箱[1]?"

"毛皮。"

"毛皮?"

"毛皮。在布宜诺斯艾利斯。它们必须鞣制。"

"鞣制?"

"在纽芬兰鞣制。开春化冻前以 N.M.I.F. 方式运到赫尔辛基去。开春化冻前运往芬兰的所有货物都是 N.M.I.F. 的。"

"无须预付货款?"卡思卡特上校猜道。

"很对,上校。你天资不错,长官。然后是软木塞。"

"软木塞?"

"这些必须运往纽约,还有运往图卢兹的鞋子、运往暹罗的火腿,以及威尔士运来的钉子、新奥尔良运来的橘子。"

"米洛。"

"我们在纽卡斯尔还有煤,长官。"

卡思卡特上校猛地举起双手。"米洛,别说了!"他大叫道,还几乎流下了眼泪,"没有用的。你跟我一样——缺少不得!"他把铅笔推到一边,狂乱而激动地站了起来,"米洛,你不能飞那六十四次追加任务了。你连一次都

---

[1] 英语中毛皮和蜂箱的发音近似。

不能飞。你要有什么意外,整个系统就会土崩瓦解。"

米洛平静地点点头,颇有些得意的满足感。"长官,你这是要禁止我再飞任何作战任务了?"

"米洛,我禁止你再飞任何作战任务。"卡思卡特上校用严厉而不可动摇的权威口吻宣布道。

"但是这不公平,长官,"米洛说,"我的作战记录怎么办?其他人可是正在获得各种荣誉、勋章和名声,为什么我该吃这个亏,就因为我做司务长做得这么好吗?"

"是的,米洛,这不公平,可我想不出解决问题的办法。"

"也许我们可以找个人替我执行飞行任务。"

"也许我们可以找个人替你执行飞行任务,"卡思卡特上校建议道,"宾夕法尼亚和西弗吉尼亚罢工的煤矿工人怎么样?"

米洛摇摇头。"训练他们要花太长时间。为什么不找中队里的人呢,长官?毕竟,我是在为他们做这一切的,作为回报,他们应当乐意为我做点事情。"

"可为什么不找中队里的人呢,米洛?"卡思卡特上校叫道,"毕竟,你是在为他们做这一切的,作为回报,他们应当乐意为你做点事情。"

"你说公平就公平。"

"你说公平就公平。"

"他们可以轮流做,长官。"

"他们甚至可以轮流替你执行飞行任务,米洛。"

"功劳算谁的?"

"功劳是你的,米洛。如果谁在执行你的飞行任务时得了勋章,勋章归你。"

"如果他被打死了,那么死的是谁?"

"什么?死的是他,当然咯。毕竟,米洛,两不相欠嘛。这就只剩下一件事了。"

"你必须增加任务次数。"

"也许,我必须再次增加任务次数,可我拿不准他们是不是愿意飞。因为我把任务次数跳到七十次,他们到现在都还恼火得很呢。如果我能让哪怕一个常备军官多飞几次,说不定其他人也就跟从了。"

"内特利愿意多飞几次任务,长官。"米洛说,"不久前,我得到绝对秘密的消息,说他什么都愿意干,只要能留在海外跟他爱上的姑娘在一起。"

"内特利愿意多飞!"卡思卡特上校宣称,双手胜利地一拍,"是的,内特利愿意多飞。这一回我真的要跳涨飞行次数了,直接上八十次,一准让德里德尔将军大跌眼镜。这也是让约塞连那个下流鼠辈重回战场的好办法,他也许就送了命呢。"

"约塞连?"一阵深深的忧虑掠过米洛率真朴实的脸,他沉思地抓挠着红褐色小胡子的尖角。

"是的,约塞连。我听说他到处宣扬他的任务已经完成,说什么战争对他来说已经结束。好吧,也许他已经完成了他的任务,但他还没完成你的任务呢,是吧?哈!哈!他很快就要大吃一惊了!"

"长官,约塞连是我的朋友。"米洛反对道,"弄得他重回战场,这个责任我可不愿承担。我非常感激约塞连。有没有什么办法特殊照顾一下呢?"

"噢,不行,米洛。"卡思卡特上校装出一副正义的样子咯咯叫了起来,这个建议使他大为震惊,"我们绝对不能有所偏爱。我们应该永远对所有人一视同仁。"

"我愿意把我所拥有的一切都给约塞连,"米洛坚持替约塞连说情,"但是因为我并不拥有一切,我就没法把一切都给他,对吧?所以他只得跟其他人一道碰碰运气了,对吗?"

"你说公平就公平,米洛。"

"是的,长官,你说公平就公平。"米洛同意道,"约塞连并不比别人特殊,他没有权利指望任何特权,对吧?"

"是的,米洛。你说公平就公平。"

卡思卡特上校当天傍晚就宣布把飞行次数增加到八十次,这下约塞连根本就没有时间逃避战斗,没有时间劝说内特利不要去飞这些任务,甚至没有时间再次去跟多布斯密谋暗杀卡思卡特上校了,因为第二天拂晓警报突然响了起来,空勤人员还没来得及等早饭做好就被赶上卡车,以最快的速度送到简令室,然后又送到机场。在那里,咔哒作响的加油车还在把汽油注入飞机油箱,军械师正在埋头苦干,他们尽快把那些重达千磅的爆破炸弹吊装进飞机弹舱。每个人都在跑,而加油车刚加完油,引擎就发动起来准备起飞了。

情报部门报告说,就在那天早上,德国人将把一艘停泊在斯培西亚干船坞里的意大利报废巡洋舰拖到港湾入口处的水道上,在那里炸沉,使盟军攻占该市后无法使用深水港设施。就这一次,军方情报证明是准确的。他们从西边飞来时,那长长的舰船正在穿越港口的途中,于是他们把它炸成了碎片,而每架飞机都直接命中目标,令他们全都充满了强烈的集体自豪感,得意极了。就在这时,他们突然发现自己陷入了密集的高射炮火网之中,下面那巨大的马蹄形多山的陆地,每一个隐蔽处都有炮火射向空中。就连哈弗迈耶都使出了他所掌握的最狂野的规避动作来,因为他看见要逃出火网必须飞过那么长一段距离,而多布斯在他的编队中驾驶飞机,该往左急转时却往右转了,飞机一滑撞上了旁边的飞机,把那架飞机的尾翼切掉了。他的一侧机翼也从根部折断,于是他的飞机像块石头似的坠落下去,转眼间就不见了。没有火,没有烟,甚至没有最轻微的失控之声。剩下的一侧机翼沉重地旋转着,像台吃力的水泥搅拌器。飞机正头朝下笔直地栽下去,速度越来越快,最后猛地撞到水里,水花四溅,就像深蓝的海上绽开一朵白色的睡莲,而后海水聚拢,随着飞机下沉,冒出一股股果绿色的气泡。几秒钟之间,一切都结束了。没有出现降落伞。而内特利,在另一架飞机里,也送了命。

36 地下室

内特利的死讯几乎要了牧师的命。当时塔普曼牧师正坐在帐篷里,戴着老花眼镜辛苦地处理文件,这时电话铃响了,机场向他通报了飞机半空相撞的消息,他的心一下子枯焦了。他放下电话,手在颤抖,另一只手也开始颤抖。这场灾难真是大得无法想象,十二个人阵亡——这是多么恐怖,多么、多么地可怕呀!他的恐惧感越来越强烈。他本能地祈祷约塞连、内特利、饿鬼乔以及别的朋友不要在阵亡者之列,随后又懊悔地责备自己,因为祈求他们平安就是祈求他根本不认识的别的年轻人死亡。祈祷也太晚了,不过他会做的只有这个。他的心怦怦直跳,声音好像来自外面什么地方;他知道,往后只要坐上牙医的治疗椅,只要瞥见外科手术器械,只要目击汽车事故,只要在夜里听见呼喊声,他的心都会同样疯狂地咚咚乱跳,并且害怕自己马上就要死去。往后他只要再看见有人斗殴,就会担心自己会晕过去,在人行道上把脑袋摔裂,或者遭受致命的心脏病或脑溢血发作。他不知道还能不能再见到妻子和三个孩子。他不知道是否应该再见到妻子,因为布莱克上尉已经在他的心目中埋下了对所有女性的忠诚与品德如此强烈的怀疑。有那么多别的男人,他觉得,能够给予他妻子更多的性满足。如今他想到死亡的时候,总是想到妻子,而他想到妻子的时候,总是想到失去她。

又过了一分钟,牧师觉得有力气站起来了,于是他心情阴郁、步履艰难地走去隔壁帐篷找惠特科姆中士。他们开着惠特科姆中士的吉普车,牧师双手握成拳头,免得它们在腿上颤抖。他咬紧牙关,尽力不去听惠特科姆中士对这次灾难性事件兴高采烈的喋喋不休。十二个人阵亡意味着另外十二封吊唁通函,经卡思卡特上校签字后,可以捆成一捆邮寄给阵亡者亲属。这十二人的阵亡使惠特科姆中士产生了一线希望,复活节之前可以在《星期六晚邮报》上发表一篇关于卡思卡特上校的文章。

机场上,沉重的寂静笼罩着一切,压制着运动,像一道残忍无情的魔咒囚禁了仅有的可能打破它的人们。牧师不禁心生敬畏之情。他从来没有见过如此深远、骇人的寂静。近两百名疲倦、憔悴又沮丧的空勤人员提着降落伞包,阴郁地、一动不动地聚成一群,站在简令室外面,面无表情地盯着不同的方向,神情呆滞而委顿。他们似乎不愿离开,也无法移动了。牧师走近时,敏锐地听到了自己轻微的脚步声。他的眼睛在呆呆静立、虚弱无力的身形的迷宫中急切而狂乱地搜寻着,终于看见了约塞连,不禁一阵狂喜,随后他的嘴就惊骇万分地慢慢张开了,因为他注意到约塞连疲惫肮脏的脸上鲜明地流露出深沉而麻木的绝望。他立刻明白内特利已经死了,于是痛苦地退缩几步,摇着脑袋,一脸苦相,像是在抗议,又像是在哀求。这个消息打得他全身麻木,他突然抽泣起来。他双腿瘫软,好像马上就要倒下去。内特利死了,他满心希望是自己弄错了,而这一线希望也破灭了,因为他突然第一次意识到,周围几乎听不见的、含糊的喃喃之声中,内特利的名字正反复、清晰地冒出来。内特利死了,这个小伙子已经战死了。牧师喉咙里发出一声呜咽,下巴开始颤抖。他的眼睛充满泪水,他在哭泣。他踮起脚尖朝约塞连走去,到他身边哀悼内特利,分担他无言的悲伤。就在这时,一只手粗鲁地抓住他的胳膊,一个无礼的声音问道:

"是塔普曼牧师吗?"

他吃惊地转过身来,只见眼前站着一个矮胖、好斗的上校,他脑袋很大,蓄着八字胡,皮肤光滑红润。他以前从未见过这个人。"是我。什么事?"

牧师的胳膊被这人的手指捏得生疼,拼命地想挣脱出来。

"跟我来。"

牧师惊恐而慌乱地退缩着。"去哪儿?为什么?你究竟是谁?"

"你最好跟我们走,神父。"牧师的另一侧,一个身材瘦削、长着鹰一样脸的少校带着恭敬的悲伤,拖腔拖调地说,"我们是政府派来的,想问你几个问题。"

"什么样的问题?出了什么事?"

"你不是塔普曼牧师吗?"胖上校问道。

"就是他。"惠特科姆中士回答道。

"跟他们走吧,"布莱克上尉恶意而轻蔑地冷笑一声,冲牧师大声叫道,"识相的话就上车吧。"

几只手不容分说把牧师拖走了。他想向约塞连呼救,可似乎离得太远,很难听见。附近一些人心生好奇,开始打量他。牧师窘得脸火辣辣的,低着头任由他们领到一辆指挥车的后排,坐在那个大脸红润的胖上校和那个垂头丧气、假装殷勤的瘦少校中间。他主动向他们一人伸出一只手腕,一时间竟以为他们要把他铐上。另一个军官已经坐在前排座位上了。一个挂着哨子、戴着白色钢盔的高个子宪兵坐到方向盘后。一直等到车门关上,汽车摇摇晃晃开出机场,飞驰的车轮在崎岖的柏油马路上呜呜作响时,牧师才敢抬起眼睛来。

"你们要把我带到哪里去?"他怯懦、内疚地轻声问道,眼光依然躲避着。他突然想到,他们扣留他,是要把空中撞机事件和内特利阵亡归罪于他。"我做了什么?"

"你就不能闭上臭嘴,让我们提问题吗?"上校问。

"别这样对他说话,"少校说,"没必要这么不尊重。"

"那就叫他闭上臭嘴,让我们提问题。"

"神父,请闭上臭嘴,让我们提问题,"少校同情地劝道,"这样对你更好。"

"没有必要叫我神父,"牧师说,"我不是天主教徒。"

"我也不是,神父,"少校说,"可我恰巧特别虔诚,喜欢把所有神职人员都叫作神父。"

"他甚至不相信散兵坑里有无神论者。"上校嘲笑道,亲近地用胳膊肘顶了顶牧师的肋骨,"说下去,牧师。告诉他,散兵坑里有无神论者吗?"

"我不知道,长官,"牧师回答道,"我从来没有进过散兵坑。"

前排那个军官猛地转过头来,一副找茬的表情。"你也从来没有进过天堂,对吧?但是你知道有个天堂,不是吗?"

"或者是吗?"上校说。

"那是你犯下的一项非常严重的罪行,神父。"少校说。

"什么罪行?"

"我们还不知道,"上校说,"但我们会查出来,而且我们明确知道那非常严重。"

汽车在大队司令部门前拐下了马路,轮胎嘎吱一响,只是略微减速,便继续前行绕过停车场,到大楼背后停下来。那三个军官和牧师下了车,他们排成单行,领着他走下一段通往地下室的颤巍巍的木楼梯,把他带到一间潮湿阴暗、水泥天花板低矮、石墙裸露的房间。四周墙角都布满了蜘蛛网,一只硕大的蜈蚣嗖地从地上溜掉,钻到水管底下去了。他们叫牧师坐到一张硬邦邦的靠背椅上,前面是一张空空的小桌。

"请随意一些,牧师。"上校热情地招呼道,同时打开一盏耀眼的聚光灯,直射到牧师脸上。他把一套铜指套和一盒火柴放到桌子上。"我们要你放松些。"

牧师不敢相信地瞪大了眼睛,他的牙齿咯咯作响,四肢完全没了力气。他束手无策。他意识到,他们可以随心所欲处置他,这些残忍的家伙可以就在地下室把他活活打死,没有人会来救他,没有人,也许除了那位虔诚、富有同情心的瘦长脸少校——这人打开一个水龙头,让水响亮地滴进水池里,然后回到桌前,把一段沉重的橡皮管放在铜指套边。

"一切都会好的,牧师,"少校安慰道,"如果你没有罪,什么也不用害怕。是什么让你这么害怕呢？你没有罪,对吗？"

"他当然有罪,"上校说,"罪大恶极。"

"我犯了什么罪？"牧师哀求道,感到越来越迷惑,也不知道该向他们哪一个乞求怜悯。第三个军官没有佩戴徽章,他这时默不作声地溜到了一旁。"我做了什么？"

"这正是我们要搞清楚的。"上校回答说,把一本拍纸簿和一支铅笔推到牧师面前,"给我们写下你的名字,好吗？用你自己的笔迹。"

"我自己的笔迹？"

"对。写在纸上随便什么地方。"牧师写完后,上校把拍纸簿拿了回去,把它和一张从文件夹里取出来的纸并排放好。"看见了吧？"他对少校说。少校已经来到他的身旁,正从后面神情肃穆地凝视着这两样东西。

"它们并不一样,是吗？"少校承认道。

"我跟你说过是他干的。"

"干了什么？"牧师问。

"牧师,这件事太让我震惊了。"少校用极为悲哀的语调指责道。

"什么事？"

"我没法告诉你我对你有多失望。"

"因为什么？"牧师越发惊慌地追问道,"我干了什么？"

"因为这个,"少校回答道,带着大失所望的厌恶神情,把牧师刚才签过名的拍纸簿扔到桌子上,"这不是你的笔迹。"

牧师惊愕地使劲眨着眼睛。"这当然是我的笔迹。"

"不,这不是,牧师。你又在撒谎了。"

"可这是我刚写的！"牧师恼怒地叫道,"你们看着我写的。"

"这就对了,"少校挖苦地回答道,"我看着你写的。你不能否认你确实写了。一个在自己的笔迹上都撒谎的人,在任何事情上都会撒谎。"

"但是谁在我自己的笔迹上撒谎了？"牧师质问道,他心中突然升起一腔怒火,一时间竟忘了害怕,"你们疯了还是怎么的? 你们两个在讲些什么呀?"

"我们要求你用自己的笔迹写下你的名字,但你并没有这么做。"

"我当然这么做了。不用我自己的笔迹,我用谁的笔迹?"

"用别的什么人的笔迹。"

"谁的?"

"这正是我们要弄清楚的。"上校威胁道。

"说吧,牧师。"

牧师从这个望到那个,他越来越疑惧,越来越狂躁。"那笔迹是我的,"他情绪激昂地坚持道,"如果那不是,那我的笔迹在哪里?"

"就在这里!"上校回答道。他极为高傲地把一份胜利邮件的影印件扔在桌子上,那上面除了称谓语"亲爱的玛丽"之外,所有字迹都被涂抹掉了,此外检查官在信上写道:"我苦苦思念着你。美国随军牧师 A.T. 塔普曼。"上校看着牧师的脸变得绯红,轻蔑地笑了起来。"怎么样,牧师? 你知道这是谁写的吗?"

牧师花了好长时间才回答,他已经认出了约塞连的笔迹。"不。"

"可你还是认字的,对吧?"上校不依不饶地讽刺道,"写信人签了他的名字。"

"那是我的名字。"

"那么就是你写的。证明完毕。"

"但我没有写。那也不是我的笔迹。"

"那么你又用别人的笔迹签了你自己的名字,"上校耸耸肩,反驳道,"就是这么回事。"

"噢,这太荒唐了!"牧师叫喊道,突然失去了全部耐心。他怒不可遏地跳起来,双手攥紧拳头。"我再也不能容忍下去了! 你们听说了吗? 十二个人刚刚阵亡,我没有时间回答这些愚蠢的问题。你们无权把我扣留在这儿,我简直不能容忍下去了。"

上校没说一个字,他朝牧师的胸口使劲一推,把他重重推倒在椅子里,于是牧师突然虚弱了,再一次怕得要命。少校拾起那段橡皮管,又开始威胁地在他摊开的手掌上轻轻拍打着。上校拿起那盒火柴,从里面抽出一根,对着火柴盒划火面作势要划,同时阴沉着脸看他还敢做出什么反抗的表示。牧师脸色苍白,几乎给吓得不能动弹了。终于,聚光灯的强光逼得他扭过脸去。水龙头的滴水声越来越响,弄得他心烦意乱,不堪忍受。他真希望他们告诉他想要些什么,他好知道该坦白些什么。他紧张地等待着,这时上校对第三个军官做了个手势,那人便从墙边缓步走了过来,一屁股坐在桌子上,离牧师也就几英寸。他的脸上毫无表情,目光阴森逼人。

"把灯关掉吧,"他扭头平静地低声说,"灯光太刺眼。"

牧师对他感激地微微一笑。"谢谢你,长官。还有那儿在滴水,也请关上吧。"

"随它去,"那军官说,"我不烦。"他往上提了提裤腿,好像要保持上面整齐的折痕。"牧师,"他随便问道,"你属于哪个教派?"

"我是再浸礼派的,长官。"

"这是个相当可疑的教派,不是吗?"

"可疑?"牧师问道,并露出一脸的茫然,"为什么,长官?"

"嗯,对这个教派我一无所知。你不得不承认这一点,对吧?难道这样它都还不显得可疑?"

"我不知道,长官。"牧师圆滑地回答道,有些心神不宁的口吃。这人没戴徽章,让他觉得很为难,甚至拿不准该不该称他"长官"。他是谁?他有什么权力审问他?

"牧师,我学过拉丁文。我认为向你提出下一个问题之前先让你知道,这样才公平。再浸礼教徒一词不是恰恰意味着你不是浸礼教徒吗?"

"哦,不,长官。远不止这一点。"

"你是浸礼教徒吗?"

"不是,长官。"

"那么你是非浸礼教徒了,不对吗?"

"长官……"

"我不明白你为什么要在这一点上跟我斗嘴。你已经承认了。听着,牧师,说你不是浸礼教徒并没有真正告诉我们你是什么,对吧?你可以是任何人。"他微微向前倾斜,显出一副精明、深沉的样子。"你甚至可能是,"他补充道,"华盛顿·欧文,不是吗?"

"华盛顿·欧文?"牧师吃惊地重复道。

"别装了,华盛顿,"那肥胖的上校暴躁地插话道,"你为什么不坦白交代呢?我们知道是你偷的那个梅子番茄。"

片刻的惊愕之后,牧师咯咯地傻笑起来,神经质地放松了。"哦,原来是这样!"他大声叫道,"现在我开始明白了。我并没有偷那个梅子番茄,长官,是卡思卡特上校送给我的。你们要是不相信我,可以去问他。"

房间另一端的一扇门开了,卡思卡特上校走进地下室,好像从壁橱里钻出来似的。

"你好,上校。上校,他声称那个梅子番茄是你送给他的。你送了吗?"

"我为什么要送给他一个梅子番茄?"卡思卡特上校回答道。

"谢谢你,上校,我们问完了。"

"愿意效劳,上校。"卡思卡特上校回答道,他说完退出了地下室,在身后关上了门。

"怎么样,牧师,现在你还有什么可说的?"

"就是他送给我的!"牧师低声嘶嘶地说,声音又凶猛又畏惧,"就是他送给我的!"

"你不是在指责一个上级军官说谎,是吧,牧师?"

"为什么一个上级军官要送给你一个梅子番茄,牧师?"

"那就是你试图把它送给惠特科姆中士的原因吗,牧师?因为它是个偷来的番茄?"

"不,不,不,"牧师抗议道,一边可怜地纳闷他们为什么不能理解,"我把它送给惠特科姆中士,是因为我不想要了。"

"如果你不想要,为什么要从卡思卡特上校那儿把它偷来?"

"我没有从卡思卡特上校那儿把它偷来!"

"如果你没有偷,那你为什么这么一副有罪的样子?"

"我没有罪。"

"如果你没有罪,那我们为什么要审问你?"

"噢,我不知道。"牧师呻吟道,他用手指揉弄着大腿,并痛苦地摇着低垂的头,"我不知道。"

"他以为我们有时间跟他瞎耗。"少校哼了一声。

"牧师,"那个没戴徽章的军官更加从容地继续说,一边从打开的文件夹里取出一张黄色打印纸,"我这儿有一份卡思卡特上校亲笔签名的声明,坚称你从他那儿偷走了那个梅子番茄。"他把这张纸正面朝下放到文件夹的一边,又从另一边拿起第二张纸,"我这儿还有一份惠特科姆中士经过公证的宣誓书,其中他宣称,仅仅从你急着把番茄塞给他的样子来看,就知道它是偷来的。"

"我向上帝发誓,我没有偷那个番茄,长官,"牧师苦恼地恳求道,他几乎是流着泪了,"我以神的名义向你保证,番茄不是偷来的。"

"牧师,你信仰上帝吗?"

"是的,长官,我当然信仰上帝。"

"这就怪了,牧师,"那军官说着从公文夹里又抽出一张黄色打印纸,"因为我手头还有一份卡思卡特上校的声明,他发誓说你拒绝同他合作,不愿意每次飞行任务之前在简令室主持祈祷仪式。"

牧师愣了一下,很快就点点头回忆起来了。"哦,并不完全如此,长官。"他急切地解释道,"卡思卡特上校意识到士兵和军官是在向同一个上帝祈祷,自己就放弃了这个想法。"

"他干了什么?"那军官不相信地叫道。

"一派胡言!"红脸上校宣告道,随即威严而气恼地从牧师身边走开。

"他以为我们会相信这套说辞?"少校怀疑地喊道。

没戴徽章的军官刻薄地咯咯一笑。"牧师,你编得也太离谱了吧?"他放纵而不友善地笑着问道。

"但是,长官,这是事实,长官!我发誓这是事实。"

"我看不出这样还是那样有什么关系,"那军官冷漠地回答道,又伸手到旁边拿那个装满文件的打开着的文件夹,"牧师,回答我的问题时,你说过你确实是信仰上帝的?我记不得了。"

"是的,长官,我的确这样说过,长官。我确实是信仰上帝的。"

"那就真的非常奇怪了,牧师,你看我这儿还有一份卡思卡特上校的宣誓书,说你有一次对他说,无神论不违反法律。你记得你对什么人说过这样的话吗?"

牧师毫不犹豫地点点头,觉得自己很有把握。"是的,长官,我的确这么说过。我这么说,因为这符合事实。无神论并不违反法律。"

"但那仍然不是说这话的理由,牧师,对吗?"那军官尖刻地斥责道,他皱着眉,又从文件夹里抽出一份经过公证的打印文件,"我这儿还有一份惠特科姆中士的宣誓证言,说他计划给战斗中阵亡或负伤的军人亲属寄送卡思卡特上校签名的慰问信,你却表示反对。这是真的吗?"

"是的,长官,我的确反对过,"牧师回答道,"我很骄傲这么做了。这些信既不真挚,也不诚实,寄信的唯一目的就是往卡思卡特上校脸上贴金。"

"但那又有什么关系?"那军官回答道,"它们仍然给了收信家庭一些慰藉,不是吗?牧师,我实在无法理解你的思维方式。"

牧师被问住了,他一句话也答不上来。他垂下脑袋,觉得舌头打结,幼稚极了。

那个面色红润的矮胖上校突然想到一个主意,于是抖擞起精神走上前去。"我们为什么不把他那该死的脑袋打开花?"他跃跃欲试地向其他人建议。

"对,我们可以把他那该死的脑袋打开花,不是吗?"鹰脸少校同意道,

"他不过是个再浸礼教徒。"

"不,我们必须首先确定他有罪,"没戴徽章的军官懒洋洋地摆摆手告诫道。他轻轻滑下来,绕到桌子的另一边,双手平展按在桌面上,脸正对着牧师。他的表情阴沉,而且非常严厉,斩截令人生畏。"牧师,"他以执法官的刻板口吻宣布道,"我们正式指控你冒充华盛顿·欧文,未经许可恣意检查军官和士兵们的信件。你是有罪还是无罪?"

"无罪,长官。"牧师用焦干的舌头舔舔焦干的嘴唇,他坐在椅子边沿上,身体焦虑地前倾着。

"有罪。"上校说。

"有罪。"少校说。

"那么,就是有罪。"没戴徽章的军官说着在文件夹里的一页纸上写了个字。"牧师,"他抬起头来继续道,"我们还要指控你犯了目前我们尚不知晓的罪行和违法行为。你是有罪还是无罪?"

"我不知道,长官。如果你不告诉我犯了什么罪,叫我怎么说呢?"

"如果我们不知道,怎么能告诉你呢?"

"有罪。"上校判决道。

"他肯定有罪。"少校同意道,"如果是他的罪行和违法行为,那么他就一定犯了。"

"那么,就是有罪。"没戴徽章的军官吟唱道,随后朝房间一侧走去,"他就全交给你了,上校。"

"谢谢你,"上校称赞道,"你干得非常出色。"他转过身来对牧师说,"好吧,牧师,一切都完了。出去走走。"

牧师没听明白他的话。"你要我干什么?"

"走吧,滚吧,我叫你快滚!"上校咆哮起来,并生气地朝肩后直戳大拇指,"快他妈滚出去。"

牧师被上校好斗的言辞和语气吓呆了,他又惊愕又困惑,而使他大为懊恼的是他们居然要放他走。"你们不是打算惩治我吗?"他惊奇地发着牢骚

413

问道。

"对极了,我们是要惩治你,但是在决定如何惩治、何时惩治你的时候,我们当然不能让你在附近。所以快走吧。走吧。"

牧师试探地站起身,往外走了几步。"我可以走了?"

"暂时可以,但是不要试图离开这个岛。我们记下了你的号码,牧师。记住,你一天二十四小时都处在我们的监视之下。"

难以想象他们会放他走。牧师小心翼翼地朝出口走去,随时准备被一个专横的声音喝令回去,或者肩膀或脑袋挨上重重一击,倒在半道爬不起来。他们没有阻拦他。他在阴暗潮湿、散发着霉味的走廊里摸索着走向楼梯。等他爬出来,呼吸到新鲜空气时,已经是踉踉跄跄、气喘吁吁了。他刚刚逃脱,便立刻变得满腔义愤。他怒不可遏,对于这一天的遭遇,他有生以来还从未这样愤怒过。他高傲地穿过大楼宽敞、回声飘荡的门厅,胸中怨恨沸腾,极想报复。他再也不能忍受下去了,他对自己说,绝对不可以忍受下去了。他走到大楼门口时,看见科恩中校独自快步上了宽阔的台阶,心想运气实在不错,于是深深吸了一口气,鼓起勇气,走上前去拦住科恩中校。

"中校,我再也忍受不下去了,"他斩钉截铁地宣布道,却沮丧地看着科恩中校擦身而过匆匆跑上台阶,根本就没有注意到他。"科恩中校!"

他的上级军官这才停住脚步,转过矮胖松弛的身躯,慢慢走下台阶。"什么事,牧师?"

"科恩中校,我想和你谈谈今天早上的撞机事件。发生这种事情真是太可怕了,太可怕了!"

科恩中校沉默片刻,打量着牧师,露出一丝讥嘲的笑。"是的,牧师,确实可怕,"他终于说道,"不知道我们怎样向上呈报才不至于弄得自己难堪。"

"我不是这个意思,"牧师态度坚决而毫无畏惧地指责道,"那十二个人有些已经飞完了他们的七十次任务。"

科恩中校笑了。"如果他们都是新来的,这事就不那么可怕了吗?"他挖苦地问道。

牧师又一次给问住了。不道德的逻辑似乎随处都在刁难他。他再次开口时,已不像先前那么自信了,嗓音也颤抖起来。"长官,我们大队要求执行八十次飞行任务的做法完全是不对的,在其他大队,飞满五十或五十五次就可以回国了。"

"我们会考虑这个问题的,"科恩中校厌烦而兴味索然地说,同时准备离去,"再见[1],牧师。"

"那是什么意思,长官?"牧师追问道,声音颤抖起来。

科恩中校满脸不高兴地停下来,接着倒退了一步。"意思就是我们会考虑这个问题的,牧师。"他嘲讽而鄙薄地回答道,"你不会要我们不加考虑就行动,对吧?"

"不,长官,我没这么想。但是你们一直在考虑这个问题,不是吗?"

"是的,牧师,我们一直在考虑这个问题。但是为了让你满意,我们将会对这个问题多加考虑的。如果作出新的决定,我们会第一个通知你。好吧,再见。"科恩中校又转过身去,匆匆跑上台阶。

"科恩中校!"牧师的喊声迫使科恩中校再次停住脚步,他慢慢转过脸来对着牧师,显得十分不快、极不耐烦。牧师非常紧张,滔滔不绝地说了一大堆话。"长官,请你允许我把这一事件报告德里德尔将军。我要向联队司令部提出抗议。"

科恩中校肥厚、黝黑的面颊突然急剧膨胀,终于抑制不住地哈哈大笑起来,过了好一会儿才能回答。"那没问题,牧师,"他带着恶作剧的开心口吻回答道,同时竭力保持着严肃的表情,"我允许你向德里德尔将军报告。"

"谢谢你,长官。我认为我对德里德尔将军还是有一定影响的,我相信提醒你一下才算公平。"

"你能提醒我真是太好了,牧师。不过你在联队司令部是找不到德里德

---

[1] 原文为西班牙语。

尔将军的,我也相信提醒你一下才算公平。"科恩中校先是不怀好意地龇牙一笑,随后放声大笑起来。"德里德尔将军调走了,牧师,佩克姆将军调来了。我们有了一位新的联队指挥官。"

牧师愣住了。"佩克姆将军!"

"对了,牧师,你对他有影响吗?"

"啊,我根本不认识佩克姆将军。"牧师可怜地声明道。

科恩中校又笑了。"那太糟了,牧师,因为卡思卡特上校跟他非常熟。"科恩中校心满意足享受地咯咯又笑了一两秒钟,然后突然止住了。"顺便说一句,牧师,"他用指头戳了一下牧师的胸口,冷冷地警告道,"你和斯塔布斯医生的诡计全都破产了。我们知道得很清楚,今天是他派你来这儿发牢骚的。"

"斯塔布斯医生?"牧师摇摇头,困惑不解地反驳道,"我没见过斯塔布斯医生,中校。我被三个陌生军官带到这儿,他们没有授权就把我抓到地下室,审问、侮辱了我。"

科恩中校又戳了戳牧师的胸口。"你知道得非常清楚,斯塔布斯医生一直在对他那个中队的人说,他们不必执行七十次以上飞行任务。"他刺耳地大笑。"其实,牧师,他们必须执行七十次以上飞行任务,因为我们正要把斯塔布斯医生调往太平洋战区。那么,再见,牧师。再见。"

37 沙伊斯科普夫将军

德里德尔将军调走了,佩克姆将军调来了。而佩克姆将军刚刚进入德里德尔将军的办公室取而代之,他辉煌的军事胜利就开始土崩瓦解。

"沙伊斯科普夫将军?"新办公室里的中士向他报告当天早晨收到的命令时,他毫无疑心地询问道,"你是说沙伊斯科普夫上校,是不是?"

"不,长官,沙伊斯科普夫将军。他今天早晨提升为将军了,长官。"

"呃,这可就奇怪了!沙伊斯科普夫?将军?什么级别?"

"中将,长官,而且——"

"中将!"

"是的,长官,他要求你对你的下属发布任何命令之前,必须先获得他的批准。"

"哼,真他妈的,"佩克姆将军惊异地沉思道,也许是平生第一次大声咒骂,"卡吉尔,你听到了吗?沙伊斯科普夫一下子提成了中将。我敢打赌,这次提升本来是我的,他们错给了他。"

卡吉尔上校一直沉思地抚摸着刚毅的下巴。"他为什么向我们下命令?"

佩克姆将军滑溜、洁净、独特的脸绷紧了。"是的,中士,"他不理解地皱起眉头,慢吞吞地问道,"他还在特种部队,而我们可是战斗部队,他为什么向我们发号施令?"

"这是今天早晨做出的另一项变动,长官。现在所有战斗部队都归特种部队管辖,沙伊斯科普夫将军是我们的新指挥官。"

佩克姆将军发出一声尖叫。"噢,我的上帝!"他哀叹道,训练有素的沉稳顿时变成了歇斯底里,"沙伊斯科普夫做主管?沙伊斯科普夫?"他惊恐地双拳压住眼睛,"卡吉尔,给我接温特格林!沙伊斯科普夫?绝不是沙伊斯科普夫!"

所有电话一起响起来。一个下士跑进来,敬了个礼。

"长官,外面有个牧师求见,报告卡思卡特上校的中队里发生的一起冤屈事件。"

"叫他走,叫他走!我们自己的冤屈都管不过来。温特格林在哪里?"

"长官,沙伊斯科普夫将军的电话,他要马上跟你讲话。"

"告诉他我还没来。天哪!"佩克姆将军尖叫,好像这才遭到这场灾难的巨大打击,"沙伊斯科普夫?这人是个白痴!我以前把这个傻瓜支使得团团转,现在他却成了我的上司。噢,我的天哪!卡吉尔!卡吉尔,别扔下我!温特格林在哪儿?"

"长官,电话上有个前中士温特格林找你。他一上午都在给你打电话。"

"将军,接不通温特格林,"卡吉尔上校喊道,"他的电话占线。"

佩克姆将军满头大汗地扑向另一部电话。

"温特格林!"

"佩克姆,你这个狗娘养的——"

"温特格林,听说他们干了什么吗?"

"——你干了什么,你这个愚笨的杂种!"

"他们让沙伊斯科普夫主管一切!"

温特格林愤怒而惊慌地尖叫起来:"你,还有你那些该死的呈文!他们已经把战斗部队划归特种部队了!"

"噢,不,"佩克姆呻吟道,"是因为这个吗?我的呈文?是因为这个他们才委派沙伊斯科普夫主管吗?他们为什么不委派我主管?"

"因为你已经不在特种部队了。你调出去了,让他做了主管。你知道他要干什么吗?你知道那个杂种要我们全体干什么吗?"

"长官,我想你最好和沙伊斯科普夫将军通话,"中士紧张地恳求道,"他一定要找人讲话。"

"卡吉尔,替我和沙伊斯科普夫通话。我不能接。看看他想干什么。"

卡吉尔上校听了一下沙伊斯科普夫将军的电话,立刻面如土色。"噢,我的上帝!"他叫了起来,听筒从手里滑落下去。"你知道他要干什么吗?他要求我们阅兵。他要求每个人都参加阅兵!"

38 小妹妹

约塞连把枪挂在屁股后面倒退着行进,拒绝再飞任何任务。他倒退着行进,因为他走路的时候一直要转身回头,好确定后面有没有人偷偷跟踪。身后的每一声响动都是警告,经过的每一个人都是杀手。他的手一直握着枪柄,对谁都没有笑脸,除了饿鬼乔。他告诉皮尔查德上尉和雷恩上尉,他已经飞到头了。皮尔查德上尉和雷恩上尉在下次任务的飞行计划中画掉了他的名字,并把此事上报大队司令部。

科恩中校平静地笑了笑。"你们到底什么意思,他不肯再飞任务了?"他笑着问道。这时卡思卡特上校悄悄躲到一个角落,心里琢磨约塞连这个名字再次冒出来烦扰他,是怎样的不祥之兆呢?"他为什么不愿意?"

"他的朋友内特利在斯培西亚上空撞机死了,也许就因为这个。"

"他以为他是谁——阿喀琉斯?"科恩中校对这个比喻很得意,暗暗记住等下次佩克姆将军在场时再来露一手。"他必须执行更多任务。他没有选择。回去告诉他,如果他不改变主意,你们就要把这事上报给我们。"

"我们已经这样对他说了,长官,根本没用。"

"梅杰少校怎么说?"

"我们根本看不到梅杰少校,他好像失踪了。"

"我倒希望我们能失踪他!"角落里卡思卡特上校暴躁地冲口而出,"就像他们对付邓巴那家伙那样。"

"哦,我们有很多别的办法对付这一个,"科恩中校颇有信心地向他保证,然后对皮尔查德和雷恩继续说,"我们先用最仁慈的手段。送他去罗马休息几天。也许这家伙的死确实伤了他的心。"

事实上,内特利的死也差点要了约塞连的命,因为他在罗马把消息告诉内特利的妓女时,她发出一声悲痛欲绝的刺耳尖叫,抓起一把土豆削皮器就要刺死他。

"畜生[1]!"她狂暴、歇斯底里地朝他吼叫,这时他正把她的胳膊扭到背后,再慢慢扭转,直到那把土豆削皮器从她手中掉落。"畜生!畜生!"她挣脱一只手去打他,长长的指甲飞快划过他的面颊,抓出几道血痕。她恶狠狠地朝他脸上吐唾沫。

"怎么回事?"他脸上火辣辣的,迷惑地大叫起来,同时猛地一甩,把她一下子推到房间对侧的墙上。"你要我怎么样?"

她又挥舞双拳朝他扑来,而他还没来得及抓住她的手腕制服她,嘴上就结结实实挨了一拳,打得满嘴是血。她的头发乱蓬蓬地披散着,眼睛闪烁着仇恨的光芒,眼泪哗哗地往下淌。她凶猛地跟他搏斗,乱抓乱打,完全处于非理性的狂乱状态,而每次他试图解释时,她都是野蛮地咆哮着、咒骂着,尖声叫喊:"畜生!畜生!"她力气大得出乎他的意料,他都站不住脚了。她几乎跟约塞连一般高,有那么几个奇异而恐怖的瞬间,他十分肯定,凭着她疯狂的决心,她将能制服他,把他压倒在地,无情地一条条撕成碎片,只为了根本不是他犯下的一桩滔天大罪。他们疯狂地厮打着,呼哧呼哧地喘着粗气,胳膊扭缠在一起僵持在那里,这时他真想喊救命了。终于,她力气不足了,这下他总算可以把她推开,恳求她让他把话说完,还发誓说内特利的死绝不是他的过错。她又往他脸上吐唾沫,他使劲把她推到一边,满心厌恶,

---

[1] 原文为意大利语。

又是气恼又是沮丧。他刚刚放开她,她便立刻冲过去抢那把土豆削皮器。他跟着扑了过去,两人在地上打了好几个滚,他才夺下那把土豆削皮器。他刚刚吃力地爬起来,她又伸手想把他绊倒,结果把他的脚踝抓破了一大块,痛得他大叫。他忍着痛单脚跳到房间对面,把土豆削皮器扔出了窗外。他觉得自己安全了,这才宽慰地长舒一口气。

"好了,请让我把事情解释一下。"他以成熟、理智、诚挚的声音哄劝道。

她朝他裆里踢了一脚。啊呀!他一声尖厉的惨叫,疼得背过气去。他侧身倒在地上,痛苦得双膝蜷曲缩成一团,干呕着喘不过气来。内特利的妓女跑出了房间。约塞连刚刚摇摇晃晃站起身,就看见她从厨房拿了一把长长的面包刀冲了回来。他不敢相信地发出一声惊慌的呻吟,双手仍然抓着软绵绵、火辣辣的正在抽搐的肚子,沉下全身重量朝她的小腿撞过去,从下面把她的腿撞开了。她越过他的脑袋整个翻滚过去,胳膊肘触地落了下来,发出一声刺耳的闷响。那把刀也滑落在地,他一掌把它打到床底下,看不见了。她扑过去,还想抓住它,他却揪住她的胳膊,把她拉了起来。她又要踢他的裤裆,他凶狠地咒骂一声,把她甩开了。她撞到墙上,失去了平衡,弄翻一把椅子后撞上了梳妆台,结果台上的梳子、发刷和化妆品瓶瓶罐罐噼里啪啦摔了一地。房间另一端一幅镶了相框的照片掉到地上,相框玻璃摔得粉碎。

"你到底要我怎么样?"他又怨又恼,慌乱地冲她嚷道,"我又没杀他。"

她抓起一个沉甸甸的玻璃烟灰缸朝他的脑袋扔去。她又朝他冲过来的时候,他握紧拳头,打算照她肚子捣上一拳,却担心会伤到她。他又想结结实实照她下巴捣一拳,然后逃出房间,可是没找到明确的目标,于是在最后一秒钟,他只是敏捷地闪身让开,在她经过的那一瞬间,顺势猛地推了她一把。她重重地撞到另一面墙上。这下,她堵住了房门。她拎起一个大花瓶朝他掷去,随后又拿着一只满满的酒瓶朝他走过来,对着他的太阳穴狠狠一下,砸得他头晕目眩,一条腿跪到了地上。他的耳朵嗡嗡作响,脸整个麻木了。更糟糕的是,他觉得丢面子。他很是尴尬,因为她竟然要杀掉他。他简直不明白到底是怎么回事。他根本不知道该干什么。但是他明确知道必须自救,看见她举起酒瓶又要打,他从地上一跃而起,不等她打来,就一头撞到她肚子上。他余势未消,一路猛冲,顶得她后退不迭,直到她的膝弯碰到床沿,仰面倒在了床垫上。约塞连夹在她两腿之间趴到了她的身上,她的指甲深深陷入他的颈侧,使劲抠着,而他却努力爬上她浑圆身躯的柔软、丰满的峰峦,直到把她完全压在身下,逼她屈服,同时他的手指顺着她狂挥乱舞的胳膊不懈前行,终于抓到了酒瓶,使劲一扭将它夺下。她仍然在凶暴地乱踢乱抓,骂个不停。她总想狠命咬他一口,于是咧开粗糙、肉感的嘴唇,露出牙齿来,活像一头发怒的无所不食的野兽。既然她已被制伏在身下,他便开始考虑怎样逃跑才不至于再遭袭击。他能感觉到,她向两侧分开而拼命挣扎的大腿和肌肉紧张的膝盖紧紧夹着他的一条腿,绕着它剧烈摩擦着。他突然生出一股欲念,不禁很是羞愧。他意识到,她那结实、撩人的少妇肉体搂抱、拍打着他,就像一道湿润、流畅、甜美而不可遏止的潮水。她的肚腹直直地挺着,温暖、活力洋溢而富有弹性的双乳向上高高耸起,强劲有力地顶着他,充满了甜蜜而险恶的诱惑。她的呼吸炽热灼人。突然之间他意识到——虽然他身下的疯狂扭动没有丝毫减轻——她不再对他又抓又打了;他一阵哆嗦地发现她不再跟他搏斗了,而是毫无愧色地高高抬起臀部抵着他,随着色欲和堕落的原始、强大而狂热的本能节律扭动着。他惊喜地喘息着。她的脸——如今在他眼里就像盛开的鲜花一样美丽——因为一种新的刺激而扭曲了,面部组织平静地肿胀着,微闭的眼睛蒙蒙眬眬的,带着一种令人瘫软的渴求爱抚的慵懒。她好像呆住了。

"亲爱的[1],"她嘶哑地喃喃道,好像处于宁静舒适的梦幻深处,"噢——我亲爱的。"

他抚摸她的头发。她狂热地在他脸上吻来吻去。他舔她的脖子。她双臂紧紧搂住他,拥抱他。他感到自己爱上了、心醉神迷地爱上了她,此刻她

---

[1] 原文为意大利语。

正用潮热、湿润、柔软而有力的嘴唇一次又一次地亲吻他,一边爱慕地对她喃喃地说着情话,因为痴迷忘我而有些语无伦次。那只抚弄着他后背的手向下熟练地伸进他的皮带,另一只手暗地里奸诈地在地板上摸索那把切面包的刀,而且找到了。幸好他及时发觉,救了自己一命。她还是想杀掉他!他从她手里夺下刀扔到一旁的时候,被她的邪恶诡计惊得目瞪口呆。他从床上跳了下来。他一脸的迷惘和醒悟。他不知道应该冲出房门获得自由呢,还是应该倒在床上跟她做爱,再次可怜地听凭她摆布。这时她突然放声大哭起来,弄得他两件事都做不成了。他又一次惊呆了。

这回她确实是因为悲伤而哭泣的——深沉、谦卑、令人虚弱的悲伤,而完全忘记了他的存在。她低垂着狂暴、骄傲而美丽的头,缩着肩膀,神情委顿地坐在那儿,显得如此凄凉,如此楚楚可怜。这一次,她的极度痛苦是明确无疑的。她痛不欲生地抽泣着,喉咙哽咽,浑身颤抖。她已经忘掉他的存在,对他毫不在意了。此刻他原本可以安全地走出房间的,但还是决定留下来安慰她、帮助她。

"别哭了,"他搂住她的肩膀,笨嘴拙舌地恳求她,一边痛苦而又悲哀地想起从阿维尼翁返航的路上,他感到自己是多么麻木迟钝、软弱无力——当时斯诺登不停地向他哀诉,他冷,他冷,而约塞连唯一能给予他的回应是"好了,好了,好了,好了,别哭了"。他同情地对她重复道:"别哭了,别哭了。"

她靠在他身上哭泣,直到她似乎再没了力气;等她哭完,他把自己的手帕递了过去,她这才抬起头看看他。她斯文地微微一笑,擦了擦面颊,然后把手帕递还给他,像个柔顺的女孩子似的轻声说:"谢谢,谢谢[1]。"然后,没有任何征兆地,她情绪突变,两手突然向他的眼睛抓去。她一手挖中一只眼睛,随即发出一声得意的尖叫。

"哈!凶手[2]!"她怪叫道,一边得意地穿过房间去拿那把切面包刀,准备结果他。

眼睛瞎了一半。他慌忙站起来,跌跌撞撞地去追她。听到身后一声响,

1—2 原文为意大利语。

他赶快转身,只一看,就吓得魂飞魄散。来的偏偏就是内特利的妓女的小妹妹,手里也拿着一把长长的切面包刀追了上来!

"噢,不,"他战栗地哀号道,使劲砸了一下她的手腕,把刀打飞。对这整个荒唐、不可思议的混战,他完全失去了耐心。谁知道接下来还有没有人也拿着一把长长的切面包刀,冲进房门朝他刺来?于是他抱起内特利的妓女的小妹妹,朝内特利的妓女扔过去,随即跑出房间,跑出公寓,跑下了楼梯。两个姑娘冲出门廊在后面追赶。他逃着逃着,听到她们的脚步声渐渐落后,终于完全停住了。他听见头顶正上方传来啜泣声。顺着楼梯井回头一望,只见内特利的妓女缩成一团坐在楼梯上,双手捂脸哭得正伤心,而她那个管束不住的异教徒小妹妹正危险地吊在楼梯扶手上,一边愉快地朝下冲他喊"畜生!畜生!",一边对他挥舞着长刀,好像那是一件刺激的新玩具,她急着想试试呢。

约塞连逃掉了,可他一边沿着大街退却,一边还焦虑地望。人们奇怪地盯着他看,让他越发不安了。他紧张地快步走着,心里纳闷自己哪里看着特别,竟然吸引了所有人的注意。他觉得前额有个地方很疼,伸手一摸,指头上黏糊糊的沾了一层血,这才明白过来。他用手帕轻轻拍了拍脸和脖子。无论拍到哪里,手帕上都沾上了新的血污。他到处在流血。他急忙跑进红十字会大楼,下了两段很陡的白色大理石楼梯,来到男洗手间,在那儿他用冷水和肥皂清洗、护理了那无数看得见的伤口,再直了直衬衫领子,又梳了头发。他从来没有见过如此伤痕累累的面孔,而这张脸满是茫然和震惊,居然还在镜子里冲他眨眼睛。她到底要他怎么样?

他走出男洗手间的时候,内特利的妓女正埋伏在外面等着他。她蹲伏在楼梯底附近的墙边,手里握着一把亮闪闪的银制牛排刀,向他突然发动袭击,老鹰似的扑将下来。他胳膊肘往上使劲一顶,化解了她的攻势,恰好击中她的下巴。她翻了翻眼睛。在她快要跌倒时,他抓住她,轻轻扶着她坐了下来,然后跑上楼梯,冲出大楼。此后三个小时,他满城上下到处找饿鬼乔,这样才能在她再次找到他之前逃出罗马。飞机起飞后,他总算觉得真正安全了。他们在皮亚诺萨岛着陆时,内特利的妓女穿着绿色工作服,装扮成机械师,手里握着她的牛排刀,就等在飞机停稳的地方。她举刀朝他胸口刺来,幸好她穿着皮底高跟鞋,被脚下的鹅卵石扭了一下脚,这才救了他一命。约塞连大吃一惊,把她拖上了飞机,使出双重锁臂法将她制伏在地板上,令她彻底动弹不得,同时,饿鬼乔通过无线电要求指挥塔台允许飞机返回罗马。在罗马机场,约塞连把她推下飞机,往滑行道上一扔,饿鬼乔便立刻起飞,又回皮亚诺萨岛去了,引擎都没熄火。约塞连和饿鬼乔一起穿过中队驻地走回各自的帐篷,一路上约塞连屏住呼吸,警惕地细细打量每一个人影。饿鬼乔一直表情滑稽地看着他。

"你肯定整个这事不是你假想出来的?"过了一会儿,饿鬼乔犹豫地问。

"假想出来?你跟我一起就在那儿,不是吗?你刚刚把她送回罗马。"

"也许我也假想了这整件事。她为什么要杀了你呢?"

"她从来没有喜欢过我。也许是因为我打断了他的鼻梁,也许是因为她得到消息时,我是唯一在场可以发泄怨恨的人。你觉得她还会回来吗?"

约塞连那天晚上去了军官俱乐部,待到很晚。他走近帐篷的时候,眼睛机警地四下搜寻内特利的妓女。他看见她藏在帐篷周围的灌木丛中,手里握着一把切肉刀,打扮得像个皮亚诺萨岛农夫。他停下了脚步,踮起脚尖悄悄绕到她后头,从背后一把揪住她。

"哇呀[1]!"她愤怒地大叫,像只野猫似的挣扎着被他拖进帐篷,扔到了地上。

"嘿,出了什么事?"他的一个室友迷迷糊糊地问道。

"看住她,等我回来,"约塞连吩咐道,猛地把他拉下行军床,推到她的身上便跑了出去,"看住她!"

"让我杀了他,我就跟你们每个人做一把。"她提议道。

其他几个室友见是个姑娘,就都跳下了行军床,想要她先跟他们每个

---

[1] 原文为意大利语。

人做。此刻约塞连跑去叫饿鬼乔了,那家伙正睡得像个娃娃。约塞连从饿鬼乔脸上拿走赫普尔的猫,把他摇醒。饿鬼乔迅速穿好衣服。这次,他们一直往北飞,远远飞越敌占区之后再拐入意大利领空。等飞到一片平地,他们便在内特利的妓女身上绑了一顶降落伞,把她从应急出口推了下去。约塞连确信终于摆脱了她,这才松了口气。回到皮亚诺萨岛,当他走近自己的帐篷时,黑暗中一个人影从路旁突然跳了出来,于是他晕了过去。他醒来时见自己坐在地上,便等着那把刀刺过来。想到这致命的一击将带来永远的安宁,他几乎是在期盼了。来的却是一只友好的手,扶他站了起来。原来是邓巴中队的一个飞行员。

"你好吗?"那飞行员轻声问道。

"挺不错。"约塞连回答道。

"刚才看你摔倒了,还以为你出了什么事呢。"

"我想是晕过去了。"

"我们中队谣传说,你告诉他们不再飞任何战斗任务了。"

"这是真的。"

"随后有人从大队司令部下来,说这谣言不是真的,你只是开开玩笑罢了。"

"这是谎言。"

"你觉得他们会放过你吗?"

"我不知道。"

"他们会把你怎样?"

"我不知道。"

"你认为他们会把你送上军事法庭,指控你临敌脱逃吗?"

"我不知道。"

"希望你能逃过这一关,"邓巴中队那个飞行员说着悄悄溜进黑暗中,看不见了,"别忘了把你的情况告诉我。"

约塞连目送他的背影好几秒钟,然后继续回他的帐篷。

"嘿!"前面几步之外一个声音说,原来是躲在一棵树后的阿普尔比,"你好吗?"

"挺不错。"约塞连说。

"我听他们说,他们威胁说要把你送上军事法庭,指控你临阵脱逃。不过他们不会真这么做的,因为就这事是否拥有指控你的证据,他们其实并没有把握,而且这可能会使他们在新任指挥官面前不好看。再说,你怎么也是在弗拉拉大桥上空飞了两圈的大英雄吧。我觉得,你算得上我们大队里至今最了不起的英雄了。我刚才还想呢,你肯定愿意知道他们不过是在吓唬人罢了。"

"谢谢,阿普尔比。"

"就为这个,我才来跟你说话的,提醒你一声。"

"我很感激。"

阿普尔比羞怯地在地上蹭着脚尖。"很抱歉,我们在军官俱乐部打了那一架,约塞连。"

"没有关系。"

"但不是我挑起的。我想,这全是奥尔的错,他拿乒乓球拍打我的脸。他为什么要这样做呢?"

"因为你要打败他了。"

"难道我不该打败他吗?打球不就是为这个吗?他现在死了,我想我的乒乓球是不是打得比他好,已经无所谓了,对吧?"

"我看是无所谓了。"

"那次为了那些抗疟疾药一路上闹得乱哄哄的,我也很抱歉。你想染上疟疾,我觉得那是你自己的事,不是吗?"

"没有关系,阿普尔比。"

"但我不过是在努力尽责。我是在服从命令。我一直是这样接受教导的,必须服从命令。"

"没有关系。"

"你知道,我对科恩中校和卡思卡特上校说:我认为,如果你不愿意,他们就不应该强迫你飞更多的任务。他们说,他们对我非常失望。"

约塞连觉得懊恼而有趣,微笑着说:"我想他们肯定是失望了。"

"好吧,我不在乎。见鬼,你已经飞了七十一次,这应该足够了。你认为他们会放过你吗?"

"不会。"

"嗯,如果他们真的放过你,就必须放过我们其余的人,是吗?"

"所以他们不能放过我。"

"你认为他们会怎么办呢?"

"我不知道。"

"你认为他们会把你送上军事法庭吗?"

"我不知道。"

"你害怕吗?"

"是的。"

"你打算飞更多任务吗?"

"不。"

"我希望你能逃过这一劫,"阿普尔比充满信心地低语,"真的。"

"谢谢,阿普尔比。"

"既然我们似乎已经打赢了这场战争,我也不大乐意再去飞那么多任务了。如果听到别的什么消息,我会告诉你的。"

"谢谢,阿普尔比。"

"嘿!"阿普尔比走后,约塞连帐篷旁一簇齐腰高的光秃秃的灌木里,一个声音低低地叫道,原来是哈弗迈耶蹲在那儿。他吃着花生薄脆糖,脸上那些丘疹和油乎乎的粗大毛孔看上去就像黑色鳞片。"你怎么样?"约塞连走到他面前时,他问。

"挺不错。"

"你要飞更多任务吗?"

"不。"

"要是他们强迫你呢?"

"我不会屈服。"

"你害怕吗?"

"是的。"

"他们会把你送上军事法庭吗?"

"他们可能会争取。"

"梅杰少校怎么说?"

"梅杰少校不见了。"

"是他们失踪他的吗?"

"我不知道。"

"如果他们决定失踪你,你怎么办?"

"我将设法阻止他们。"

"如果你继续飞,他们没有向你提任何交易条件什么的吗?"

"皮尔查德和雷恩说,他们会做出安排,我将只飞例行任务。"

哈弗迈耶精神一振。"我说,听起来是笔挺好的交易。我本人倒不反对那种交易。我敢说,你立马接受了。"

"我拒绝了。"

"那就傻了。"哈弗迈耶迟钝、呆滞的脸上出现惊愕的皱纹,起了一道道皱纹,"我说,那种交易对我们其余的人来说可不怎么公平,是不是?你只飞例行任务,那我们就得有人承担你的那份危险任务,不是吗?"

"没错。"

"我说,我可不喜欢这个,"哈弗迈耶大声说着,又双手叉腰愤慨地站了起来,"我一点也不喜欢这个。就因为你狗日的吓破了胆,什么任务都不敢再飞,他们就他妈这么胡搞一气,不是吗?"

"找他们谈去。"约塞连说着警觉地伸手摸枪。

"不,我不是责怪你,"哈弗迈耶说,"虽然我不喜欢你。你知道,我也不大乐意再去飞这么多任务了。难道没有办法让我也摆脱出来?"

约塞连讥讽地开玩笑道:"带上枪跟我一起走。"

哈弗迈耶颇有顾虑地摇摇头。"不,我不能这么干。如果我表现得像个胆小鬼,会给我的老婆孩子带来耻辱。没有人喜欢胆小鬼。再说,战争结束后我还想留在后备部队。如果留在后备部队,每年可以拿到五百块钱呢。"

"那就飞更多任务吧。"

"是的,我想我只得这样。我说,你觉得他们有可能撤销你的战斗编制,送你回国去吗?"

"不可能。"

"但如果他们真这么做,还让你带一个人走,你会挑我吗?别挑阿普尔比那种人。挑我吧。"

"他们怎么可能做这种事情?"

"我不知道。但如果他们要做,千万记住我是第一个向你提出要求的,好吗?别忘了把你的情况告诉我。我每天晚上都会在这些灌木丛里等你。也许,如果他们没有做对你不利的事,我也就不用再飞什么任务了。好吗?"

第二天整个晚上,黑暗里不断有人突然冒出来问他情况如何,脸色疲惫忧虑地声称跟他有某种他从来不觉得存在的秘密的亲属关系,借此向他打听机密消息。中队里一些他很不熟悉的人在他经过时凭空钻出来,问他情况如何。甚至别的中队的人也一个接一个地藏在暗处,然后在他面前冒出来。日落以后,他走到哪儿都有人藏身在此等着蹦出来,问他情况如何。从树林和灌木丛,从壕沟到深深的草丛,从帐篷角,从停着的汽车的挡泥板后面,到处都有人冒出来,甚至他的一个室友也突然跳出来问他情况如何,还恳求他别把这事告诉其他室友。约塞连总是手摸着枪走近每一个向他打招呼的过度谨慎的身影,说不准哪个悄然无声的黑影最终会诡异地变成内特利的妓女,或者,更糟糕的是,变成某个正式设立的政府权力机构的官员,前来冷酷无情地把他打昏过去。开始有这种迹象了,他们一定会干出这种事情来的。他们不愿以临阵脱逃的罪名把他送交军事法庭,因为一百三十五英里以外很难称得上是临阵,还因为约塞连是最终炸掉弗拉拉那座大桥的人。他在目标上空来回飞了两次,又送了克拉夫特的性命——他计算他所认识的死人时,总是差点忘记克拉夫特。然而他们非得对他有所处理,而每个人都在冷酷地等待着,看看到底会是什么样可怕的结局。

白天,他们都躲着他,就连阿费也这样,于是约塞连懂了,他们白天聚在一起是一种人,黑暗中单独待着又是一种人。他对这些人毫不在意,只顾手摸着枪倒退着走路,一边等待着皮尔查德上尉和雷恩上尉每次跟卡思卡特上校和科恩中校开完紧急会议开车回来,从大队司令部带来最新的哄骗、威胁和劝诱。饿鬼乔很难看得到,此外唯一跟他讲话的人就是布莱克上尉了。上尉每回跟他打招呼时都用快乐、奚落的口气称他"血胆英雄"。快到周末的时候,上尉又从罗马回来对他说,内特利的妓女走了。约塞连心里突然怜悯和懊悔起来,很是难过。他想念她了。

"走了?"他声音空洞地重复道。

"是啊,走了。"布莱克上尉笑起来,模糊的眼睛疲惫地眯缝着,尖瘦的脸上照例稀稀拉拉萌出一些金红色胡子茬儿。他双手握拳揉了揉眼袋。"我原想,只要我在罗马,就算看在老交情的分上,倒也不妨再去逗逗那个愚蠢的女人,嗯,只是要让内特利那小子在坟墓里急得团团转。哈,哈!记得我从前是怎么捉弄他的吗?可惜那地方已经空的了。"

"她留口信了吗?"约塞连问道。他一直在想着那个女人,不知她在忍受多大的痛苦,而没有她凶猛、无法遏制的攻击,他倒生出了几分遭人遗弃的孤独感。

"那里没人了,"布莱克上尉愉快地大声说,努力想使约塞连明白,"你不明白吗?她们全都走了。那地方整个给砸了。"

"都走了?"

"是啊,都走了。全给赶到大街上去了。"布莱克上尉又开心地咯咯笑了,突出的喉结也在疙疙瘩瘩的脖子里欢快地上下跳动,"那个下流窝全空了。宪兵把整个公寓砸了个稀烂,把妓女都赶出去了。这不是很好笑吗?"

约塞连吓得战栗起来。"他们为什么这么干?"

"那又有什么关系?"布莱克上尉喜气洋洋地挥挥手回答说,"他们把妓女全都赶到大街上去了。你觉得怎样?连锅端噢。"

"那小妹妹呢?"

"赶走了,"布莱克上尉笑道,"跟其他女人一起被赶走了。赶到大街上去了。"

"可她只是个孩子!"约塞连强烈地抗议道,"整座城市她谁也不认识。她会出什么事呢?"

"关我屁事?"布莱克上尉漠然地耸耸肩回答道,随后突然呆呆地盯着约塞连,满脸惊奇,狡黠地露出一丝窥探的得意,"我说,怎么回事?早晓得这会使你这么不开心,我就该直接赶过来告诉你,就是要弄得你伤心死。嘿,你去哪儿?快回来!快回来伤心死吧!"

39 不朽之城

　　约塞连没有正式请假就跟着米洛擅自离队；飞机正朝罗马巡航飞行。这时米洛责备地摇摇头，虔诚地噘起嘴唇，以教士的口吻告诉约塞连，说为他感到羞愧。约塞连点点头。米洛又说，约塞连把枪挎在屁股上倒退着溜达，又拒绝再飞战斗任务，这是在给自己出丑。约塞连点点头。这是对自己中队的背叛，又让上级感到难堪。他还把米洛置于一种非常不便的境地。约塞连又点点头。官兵们开始发牢骚了。约塞连只知道考虑自身的安全，而米洛、卡思卡特上校、科恩中校和前一等兵温特格林这样的人却都在竭尽全力打赢战争，这未免很不公平。飞满七十次任务的人开始抱怨了，因为他们不得不飞满八十次，于是就有了这样的危险：他们有些人也可能会挎上枪，开始倒退着溜达。士气越来越低落，这全是约塞连的过错。国家正处在危险的边缘；他胆敢行使自由、独立等传统权利，也就危及这些权利本身了。

　　米洛唠叨个没完，约塞连坐在副驾驶座上不住地点头，努力不去听他闲扯。约塞连满脑子想着内特利的妓女，想着克拉夫特、奥尔、内特利、邓巴、小桑普森、麦克沃特，还有他在意大利、埃及和北非见过的贫穷、愚笨、疾病缠身的人，这样的人他在世界其他地区也听说过。斯诺登和内特利的妓女的小妹妹也让他良心不安。约塞连觉得自己明白了内特利的妓女为什么认定他对内特利的死负有责任,为什么要杀死他。她为什么不该这样?这是一个男人的世界,她和每一个更年轻的人都有充分的权利为降临在他们头上的一切非自然的灾难谴责他和每一个更年长的人;正如她自己,即使满怀悲伤,也应当为降临在她的小妹妹和所有比她小的孩子们头上的种种人为的苦难而受到谴责。到时候总得有人出来担当。每个受害者都是犯罪者,每个犯罪者又都是受害者,总得有人在某个时候站出来,设法打断那条危及所有人的传统习俗的可恶锁链。非洲一些地方,小男孩仍然被成年奴隶贩子偷去卖钱;那些买主把他们开膛破肚,除去内脏,然后吃掉。约塞连大为惊异,那些孩子竟然能忍受如此野蛮的牺牲却没有流露出丝毫惧怕和痛苦。他想当然地认为他们就是这样坚忍地顺从的,如若不然,他想,这种习俗肯定早就消亡了,因为无论对财富或长寿的渴望多么强烈,他觉得,都不至于拿孩子的痛苦去换。

他在捣乱,米洛说。对此约塞连又一次点点头。他不是团队里的好成员,米洛说。约塞连点点头。米洛告诉他,如果他不喜欢卡思卡特上校和科恩中校管理大队的方式,那么得体的做法是去俄国,而不是在此兴风作浪。约塞连总算忍住了,没有指出如果卡思卡特上校、科恩中校和米洛不喜欢他在此兴风作浪的方式,那么他们全都可以去俄国。卡思卡特上校和科恩中校一直都待约塞连很好,米洛说;上次轰炸弗拉拉之后,他们不是发给他一枚勋章并提升他为上尉吗?约塞连点点头。难道他们没有供给他饮食,按月发给他军饷?约塞连又点点头。米洛确信,如果他前去向他们道歉,收回他放出的话,承诺飞八十次任务,他们一定会宽大为怀的。约塞连说他会仔细考虑。这时米洛放下轮子,朝着跑道滑降下去,于是约塞连屏住呼吸,祈求平安降落。真是滑稽,他怎么真的厌恶起飞行来了?

飞机降落后,他看到罗马一片废墟。机场八个月前曾遭轰炸,四周已围上了铁丝网,白色碎石铺就的路面被推土机推成了平顶的瓦砾堆,堆在入口的两侧。罗马斗兽场只剩下破败的外壳,君士坦丁凯旋门已经倒塌。内特利的妓女的公寓已是满目疮痍。妓女们都走了,只剩下那个老太婆。公寓的窗户都被砸烂了。她身上裹着一层层的毛衣和裙子,头上蒙着一条深色围巾,坐在电炉旁一张木椅子上,双臂抱拢,正用一只破铝壶烧开水。约塞连进门时,她正在大声地自言自语,一看见他就开始呜咽。

"走了。"他还没来得及问,她就呜咽道。她抱住胳膊肘,坐在那张吱吱嘎嘎的椅子上悲伤地前后摇晃。"走了。"

"谁走了?"

"都走了。可怜的年轻姑娘全都走了。"

"去哪儿了?"

"出去了。赶出去,赶到街上去了。她们全都走了。可怜的年轻姑娘全都走了。"

"被谁赶出去了?谁干的?"

"那些可恶的戴硬白帽拿棍子的高个士兵。还有我们的警察[1]。他们拿着棍子来,把她们往外赶。连外套都不让她们带上。可怜的姑娘们。他们只管把她们赶出去挨冻。"

"他们逮捕她们了吗?"

"他们把她们赶走了。就这么把她们赶走了。"

"如果不逮捕她们,那为什么要把她们赶走呢?"

"我不知道,"老太婆抽泣道,"我不知道。谁来照顾我呢?现在那些可怜的年轻姑娘全都走了,还有谁来照顾我呢?谁来照顾我呢?"

"一定有个理由,"约塞连固执地说,用拳头使劲砸着手掌心,"他们总不能就这么闯进来,把所有人都赶出去吧。"

"没有理由,"老太婆呜咽道,"没有理由。"

"他们有什么权利这么做?"

"第二十二条军规。"

"什么?"约塞连又惊又怕,当即僵住了,只觉得浑身上下开始刺痛,"你

---

[1] 原文为意大利语。

刚才说什么?"

"第二十二条军规,"老太婆重复道,上下晃着脑袋,"第二十二条军规。第二十二条军规说,他们有权利做任何我们不能阻止他们做的事情。"

"你到底在讲些什么?"约塞连迷惑而愤怒地抗议,冲她喊叫道,"你怎么知道是第二十二条军规?到底是谁告诉你是第二十二条军规的?"

"那些戴硬白帽拿棍子的大兵。姑娘们在哭。'我们做错什么事了吗?'她们问。那些大兵说没有,还是用棍子头把她们往门外顶。'那你们为什么赶我们出去呢?'姑娘们问。'第二十二条军规。'那些人说。他们只是翻来覆去地讲'第二十二条军规,第二十二条军规'。这是什么意思,第二十二条军规?什么是第二十二条军规?"

"他们没有给你看看?"约塞连问道,愤怒而紧张地跺着脚走来走去,"你都没叫他们念给你听?"

"他们不需要给我们看第二十二条军规,"老太婆回答道,"法律说他们不需要。"

"什么法律说他们不需要?"

"第二十二条军规。"

"哎呀,真该死!"约塞连痛苦地喊道,"我敢打赌,它根本就不存在。"他停住脚步,愁闷地环顾了一下房间,"老头在哪儿?"

"不在了。"老太婆悲伤地说。

"不在了?"

"死了,"老太婆对他说,极为哀痛地点点头,手掌朝着脑袋按了按,"这里破了。前一分钟还活着,后一分钟就死了。"

"但他不可能死了!"约塞连叫道,固执地想要争辩。可他当然知道那是真实的,知道那是合乎逻辑因而是真实的:那老头再次和大多数人走在了一起。

约塞连转身出去,步履沉重地在公寓里转了一圈。他满面愁容,怀着悲观的好奇把所有房间窥视了一遍。玻璃用品全让那些大兵拿棍子砸了。窗帘和被单被撕得稀烂,乱七八糟扔了一地。椅子、桌子和梳妆台都掀翻了。所有砸得碎的东西都被砸碎了。再彻底的野蛮摧残也不过如此。每一扇窗户都打破了,黑暗像乌云一般穿过破碎的窗格涌进每一个房间。约塞连能够想象那些戴着硬白帽的高大宪兵咚咚的沉重脚步。他能够描摹他们乱砸乱摔时那副凶狠、恶毒的亢奋模样,还有他们那种虚伪、残酷的正义感和献身精神。所有可怜的年轻姑娘都走了。所有人都走了,只剩下这个穿着厚重的灰褐色毛衣、戴着黑色头巾的老太婆,而她很快也会走的。

"走了,"她悲伤地说,这时约塞连刚走回来,都还没来得及开口,"现在谁来照顾我呢?"

约塞连没有理会这个问题。"内特利的女朋友——有人有她的消息吗?"他问。

"走了。"

"我知道她走了。可有人有她的消息吗?有人知道她在哪儿吗?"

"走了。"

"她那个小妹妹,她怎么样了呢?"

"走了。"老太婆的声调没有任何变化。

"你知道我在说什么吗?"约塞连严厉地问道,同时逼视着她的眼睛,确认她不是在昏迷中对他讲话的。他提高了嗓门。"那个小妹妹怎么样了,那个小女孩?"

"走了,走了,"老太婆不高兴地耸耸肩回答道,被他的追问惹恼了,低低的哀泣声变得高了起来,"一起被赶了出去,赶到大街上去了。他们都不让她带上外套。"

"她去哪儿了?"

"我不知道。我不知道。"

"谁来照顾她呢?"

"谁来照顾我呢?"

"她不认识别的什么人,是吗?"

"谁来照顾我呢?"

约塞连往老太婆腿上扔了些钱——真是古怪,多少错误似乎留下钱便可以弥补——然后大踏步走出公寓,一边下楼梯,一边猛烈地诅咒第二十二条军规,尽管心里明白根本没这回事。第二十二条军规并不存在,对此他确信无疑,但这没用。问题在于每个人都认为它存在,而这才是远为糟糕的,因为不存在对象或条文可以嘲笑或批驳,可以指责、批评、攻击、修正、憎恨、谩骂、啐唾沫、撕成碎片、踩在脚下或者烧成灰烬。

外面又冷又黑,空气中弥漫着无孔不入、死气沉沉的薄雾,在建筑物未打磨的大石块上,在纪念碑的底座上滴落。约塞连急忙赶回米洛那儿认错。他有意撒谎,说什么他很抱歉,许诺只要米洛愿意利用在罗马的全部影响力,帮助他找到内特利的妓女的小妹妹,那么卡思卡特上校要他再飞多少次任务他就飞多少。

"她才是个十二岁的处女,米洛。"他急切地解释道,"我想赶快找到她,不然就太晚了。"

听了他的请求,米洛温厚地一笑。"你在找的十二岁处女正好在我这儿,"他眉开眼笑地说,"这个十二岁处女其实已有三十四岁,但她是吃低蛋白饮食长大的,父母非常严格,一直没有跟男人睡过觉,直到——"

"米洛,我说的是个小女孩!"约塞连极不耐烦地打断他,"难道你不明白?我不是想跟她睡觉。我想帮助她。你也有女儿。她才是个小孩子,在这座城市孤苦无依,没有人照顾她。我是要保护她不受伤害。难道你不明白我在说什么吗?"

米洛当然明白,而且深受感动。"约塞连,我为你骄傲,"他异常激动地叫道,"我真的为你骄傲。看到你并不是满脑子只想着性事,你不知道我有多高兴。你是讲道义的人。我当然有女儿,我完全明白你在说什么。我们会找到那个女孩的。别着急。跟我来吧,哪怕把这座城市翻个底朝天,我们也要找到那个女孩。跟我来吧!"

约塞连上了米洛·明德宾德的M&M指挥车,一起飞快地开到警察总部去见一位皮肤黝黑、邋里邋遢的警长。那人蓄着两撇细长的小胡子,敞着上衣,他们走进办公室时,他正在跟一个长着肉赘和双下巴的矮胖女人鬼混。他一见米洛,不禁喜出望外,丑态毕现地朝米洛点头哈腰、巴结奉承,好像米洛是什么达官显贵似的。

"啊,米洛侯爵,"他喜气洋洋地叫道,看都不看一眼就把那个一脸不悦的肥胖女人推出了门,"你怎么不早告诉我要来呢?我会为你举办盛大宴会。请进,请进,侯爵,我几乎以为你不会再来我们这里了。"

米洛知道一刻也不能耽搁。"你好,路易吉,"他说着点了点头,匆促得几乎显得粗鲁了,"路易吉,我需要你帮忙。我这位朋友要找个女孩。"

"女孩,侯爵?"路易吉说,沉思地挠着脸,"罗马有的是女孩。对一个美国军官来说,找个女孩应该不太难吧。"

"不,路易吉,你没弄明白。这是个十二岁的处女,他必须马上找到她。"

"啊,是这样,现在我明白了,"路易吉敏捷地说,"找处女也许要花点时间。但如果他去汽车站等,进城找工作的年轻乡下姑娘就在那儿下车,我——"

"路易吉,你还是没弄明白。"米洛粗鲁而不耐烦地呵斥道,弄得警长一阵面红耳赤,于是急忙立正,慌乱地开始扣制服扣子。"这个女孩是他家的一个朋友,一个老朋友,我们想帮助她。她只是个孩子。她孤孤单单的就在这座城市的什么地方,所以我们必须尽快找到她,免得遭人伤害。现在你明白了吗?路易吉,这事对我极为重要。我有个女儿,跟这个女孩一般年纪。此刻,世界上再没有比及早救出这个可怜的孩子更重要的事情了。你愿意帮忙吗?"

"是,侯爵,现在我明白了,"路易吉说,"我将尽我所能找到她。不过今晚我没人手。今晚我所有的人都要去打击非法烟草买卖。"

"非法烟草?"米洛问。

"米洛。"约塞连声音微弱地哀叫一声,心沉了下去,立刻觉得一切都完了。

"是,侯爵,"路易吉说,"非法烟草的利润实在太高,几乎没法控制走私活动。"

"非法烟草的利润真的这么高吗?"米洛极感兴趣地问,铁锈色的眉毛贪婪地高高扬起,鼻子咝咝地嗅着。

"米洛,"约塞连冲他叫道,"听我说,好吗?"

"是,侯爵,"路易吉回答道,"非法烟草的利润非常高。走私活动是国家丑闻,侯爵,真的是国耻。"

"这是事实吗?"米洛心不在焉地笑着说,着了魔似的朝门口走去。

"米洛!"约塞连大叫道,冲动地跳上前去阻拦他,"米洛,你必须帮助我。"

"非法烟草。"米洛露出癫痫病般的渴望之色对他说,一边顽强地挣扎着想过去,"让我走。我得去走私非法烟草。"

"留下来帮我找到她吧,"约塞连恳求道,"你可以明天去走私非法烟草。"

但米洛听不进去,只是一味往前推,不算凶猛却也无法阻拦。他头上冒汗,双眼狂热地燃烧着,嘴唇抽搐,口水直淌,好像被某种盲目的执著攫住了。他平静地呻吟着,好像处于某种微弱的、本能的焦虑之中,嘴里不停地重复着:"非法烟草,非法烟草。"约塞连终于发现根本没法跟他讲道理,只好沮丧地给他让路。米洛像子弹一样冲了出去。警长又解开制服扣子,轻蔑地看了约塞连一眼。

"你还在这儿干什么?"他冷冷地问,"想要我逮捕你吗?"

约塞连走出办公室,下了楼梯,来到暗黑的坟墓般的大街上。在门厅里,他遇上了那个长着肉赘和双下巴的矮胖女人,她正往里走。外面没有米洛的影子。没有一扇窗户亮着灯。空荡荡的人行道突然变得很窄,就这样延伸了好几个街区。他能看见长长的鹅卵石斜坡的顶端,是一条灯火通明的宽阔大道,警察局几乎就在底部。入口处,昏黄的灯泡在潮湿中咝咝作响,就像打湿了的火炬。空中飘洒着寒冷的细雨。他顺着斜坡慢慢往上走,很快就来到一家安静、舒适、诱人的餐馆前。窗户上挂着红色天鹅绒窗帘,门边是一块蓝色霓虹灯招牌,上面写着:托尼餐馆。**佳肴美酒**。**勿进**。蓝色霓虹灯招牌上的文字只让他稍微惊讶了那么一刹那。他身处这个奇怪、扭曲的环境中,任何怪异的事物都不再显得怪异。那些高耸的建筑物的顶部都倾斜着,形成一种奇特的超现实主义的透视,而街道也显得倾斜了。他竖起暖和的羊毛外套的领子,紧紧裹了裹身子。夜晚阴湿寒冷。一个男孩穿着单薄的衬衫和单薄的破裤子,赤着脚从黑暗中走出来。男孩长着一头黑发,他需要理发,需要鞋子袜子。他憔悴的面容苍白而忧郁。他经过时,双脚踩在潮湿的人行道上的雨水坑里,发出可怕的轻微的吮吸般的声响。约塞连被他的穷困打动了,从心底里深深同情他,以至于想一拳打烂他那张苍白、忧郁、憔悴的脸,把他打没,因为这男孩让他想起这同一天夜里生活在意大利的所有苍白、忧郁、憔悴的孩子,他们全都需要理发,需要鞋子袜子。他还使约塞连想起残疾人,想起又冷又饿的男人女人,想起所有那些愚钝、温顺、虔诚而目光紧张的母亲们,在这同一天夜里坐在户外,毫无知觉地在这同样阴冷的雨中袒露着冰凉的动物般的乳房,给婴儿喂奶。奶牛。几乎是同时,一个喂奶的母亲抱着用黑色破布裹着的婴儿缓步走过。约塞连也想把她打烂,因为她让他想起了那个穿着单薄衬衫和单薄破裤子的赤着脚男孩,想起了在一个除了少数精明、寡廉鲜耻的人之外所有人都从未得到温饱和公正的世界上,那一切令人战栗和惊讶的苦难。这是怎样一个龌龊的世界!他想知道,即使在自己繁荣的国度,这同一天夜里有多少人缺衣少食,多少房舍四壁透风,多少丈夫烂醉如泥,多少妻子遭受毒打,多少孩子被欺侮、被虐待、被遗弃?多少家庭渴望食物,却因没钱而买不起?多少人伤心欲绝?那同一天夜晚会发生多少起自杀事件,又有多少人精神失常?多少小业主和地主会成功?多少赢家变为输家,成功变为失败,富人变为穷人?多少聪明人愚蠢至极?有多少美满的结局充满了不幸?多少老实人是骗子,多少勇敢者是胆小鬼,多少忠诚的人是叛徒,多少圣徒道德败坏,多少人身居要职却为了几个小钱向流氓出卖灵魂,多少人根本就没有灵魂?多少奉公守法之路充满了诡骗？多少最美好的家庭是最糟糕的，多少好人就是坏人？你把他们全加起来，然后扣除，也许就剩下孩子们了，可能还有阿尔伯特·爱因斯坦，再加上什么地方的一个老提琴手或雕刻家。约塞连在孤独的痛苦中走着，觉得与世隔绝了，而那个面容憔悴的赤脚男孩的凄惨影像在他脑海里总也挥之不去，直到他终于拐弯上了大道才得以解脱，这时他碰见一个盟军士兵躺在地上抽搐——一个年轻的中尉，长着一张苍白、稚气的小脸。六个来自不同国家的士兵使劲按住他身体的不同部位，努力想帮助他，让他不要动。他牙关紧咬，含混不清地喊叫着、呻吟着，眼睛直往上翻。"别让他咬掉舌头了。"约塞连身旁一个矮个子中士机敏地警告道，于是第七个士兵扑了上去加入这场撕扭，使劲按住这犯病中尉的脸。突然之间这帮扭斗者赢了，却又你望望我，我望望你，没了主意，因为被他们牢牢压住的年轻中尉一下子僵直不动了，他们不知道该拿他怎么办才好。一股痴傻的恐慌从一张绷紧的粗蠢面孔迅速传播到另一张。"你们为什么不把他抬起来，放到那辆汽车的引擎盖上去呢？"站在约塞连背后的一个下士慢条斯理地说。这话似乎有道理，于是那七个士兵抬起年轻的中尉，小心翼翼地把他摊放在一辆停着的汽车的引擎盖上，一边仍然按住他身上每个挣扎的部位。他们在停着的汽车的引擎盖上把他放好以后，又开始紧张不安地大眼瞪小眼，不知道接下来该拿他怎么办才好。"你们为什么不把他从汽车的引擎盖上抬下来，平放到地上呢？"约塞连背后那个下士又慢条斯理地说。这似乎也是个好主意，于是他们动手把他抬回到人行道上，可是还没等他们把他放好，一辆侧边闪着红色聚光灯的吉普车飞快地开了过来，前座是两个宪兵。

"出了什么事？"司机喊道。

"他正在抽搐，"一个士兵正扭住年轻中尉的一条腿回答道，"我们正按住他，不让他动。"

"很好。他被拘捕了。"

"我们应该拿他怎么办？"

"保持对他的拘捕！"宪兵叫道，为这个玩笑嘶哑地笑弯了腰，然后驾着吉普车一溜烟走了。

约塞连想起自己没有准假条,便谨慎地从这群陌生人身边走过,朝着前方远处雾蒙蒙的黑暗中传来低沉人声的地方走去。满地水洼的宽阔的林荫大道上,每半个街区就有一盏低矮、弯垂的路灯,透过迷蒙的褐色雾气,闪烁着神秘怪诞的光芒。他听见头顶上一扇窗户里,一个不幸的女人在恳求:"请不要,请不要。"一个沮丧的年轻女子穿着黑色雨衣,黑发遮面,眼睛低垂着走了过去。在下一个街区的公共事务部门外,一位醉酒的女士被一个醉醺醺的年轻士兵逼得一步步退到一根有凹槽的科林斯式圆柱上,他的三个全副武装的醉醺醺的伙伴则坐在附近的台阶上观看,两腿间的酒瓶里只剩不多的酒了。"请不要,"醉酒的女士哀求道,"我现在要回家去。请不要。"约塞连扭身朝他们张望时,一个坐着的士兵挑衅地骂了一声,操起一个酒瓶子朝约塞连扔了下来。酒瓶落到远处,只听一声闷响,毫不伤人地碎了。约塞连双手插在衣兜里,继续迈着无精打采、不紧不慢的步子走开了。"来吧,宝贝,"他听见那个醉醺醺的士兵口气坚决地催促道,"现在轮到我了。""请不要,"那个醉酒的女士哀求道,"请不要。"就在下一个街角,从一条狭窄、弯曲的侧街深处那浓厚、无法穿透的黑暗中,清清楚楚地传来有人铲雪的神秘声音。铁铲刮擦水泥地面的有节奏的、吃力的、可以唤醒鬼魂的声音吓得他心惊肉跳。这时他走下路缘,正要穿过这凶险的巷子,于是急忙加快步子,一路往前,直到这挥之不去的刺耳的声音被远远抛在后面。现在他知道走到哪儿了;如果他一直往前走,很快就会来到林荫大道中央那干涸的喷泉处,再往前走七个街区,就是军官公寓了。突然,他听到前面阴森可怖的黑暗中传来野蛮的嗥叫声。街角的路灯已经灭了,半条街笼罩在黑暗之中,一切都显得模糊而不协调。十字路口对面,一个男人正拿着棍子打一条狗,就像拉斯科尔尼科夫梦中的那个人拿着鞭子在抽那匹马。约塞连拼命想闭目不见、充耳不闻,可是办不到。那条狗拴在一条旧麻绳上,声嘶力竭、惊恐万状地哀号着、尖叫着,毫无反抗地匍匐在地上扭来扭去,但那人还是拿着沉重、扁平的棍子一个劲地打它。一小群人在围观。一个矮胖的女人走上前去,请求他住手。"少管闲事。"那人粗声粗气地叫道,举起棍子,好像连她也要一块打似的。那女人遭此轻贱,满面羞惭,窘迫地退了回去。约塞连加快步子离开,几乎跑了起来。这个夜晚充满了种种恐怖的景象,他觉得假如基督来这世界走一遭,自己也知道他会有什么感觉——就像精神病医生穿过满是疯子的病房,又像被盗者穿过满是盗贼的囚室。此时就算出现一个麻风病人,也会令人愉快!在下一个街角,一个男人正在野蛮地毒打一个小男孩,一群成年人一动不动地围观着,无人出面干预。约塞连觉得这场面似曾相识,不由得恶心地倒退了几步。他觉得先前什么时候一定目睹过同样的恐怖场景。既视感?因这不祥的巧合,他颤抖起来,内心充满了疑虑与恐慌。这是前一个街区他看到的同样场景,尽管其中的细节似乎很不相同。到底发生了什么事?会有一个矮胖的女人走出来,请求那男人住手吗?他会抬手打她,而她会退却吗?没有人动。那男孩不停地哭叫,好像沉浸在麻木的疼痛之中。那男人扬起巴掌,沉重而响亮地击打孩子的脑袋,一次次把他打倒在地,却又猛地把他揪起来,好再度把他打倒。阴郁、畏缩的人群中,似乎没人因为关心这个被打得昏厥的男孩而出面制止。男孩最多只有九岁。一个邋遢女人正在无声地哭泣,拿一块脏抹布捂着脸。男孩瘦弱极了,头发也该剪了,鲜血从两只耳朵里流出来。约塞连快步穿过空阔的大道,走到另一边去,避开这令人作呕的一幕,却发现脚下踩着了几颗人的牙齿;在雨水湿透而闪闪发亮的人行道上,这些牙齿散落在几摊被噼噼啪啪的雨点打得黏糊糊的血迹附近,像尖锐的指甲那样互相戳着。白齿和打断的门牙散落得到处都是。他踮起脚尖绕过这片怪异的地方,走近一道门廊,只见里面一个士兵拿着一块湿透的手帕捂着嘴在哭泣。他摇摇晃晃快软下去了。另外两个士兵搀扶着他,他们肃然而焦躁地等待着军用救护车,可是等它终于闪着琥珀色雾灯叮叮哐哐地开来时,却没理会他们而一路开到下一个街区去了。在那儿,一个势单力薄抱着书本的意大利平民和一大群带着手铐、警棍的警察发生了冲突。那尖叫、挣扎着的平民本是个皮肤黝黑的人,却给吓得面色煞白。许多身材高大的警察揪住他的胳膊和大腿,把他举了起来。这时他的眼睛紧张而绝望地悸动着,像蝙蝠的翅膀在扑打。他的书撒了一地。那些警察把他抬到救护车敞开的后门,再扔进车里去时,他刺耳地尖叫着"救命",但因为激动而哽咽。"警察!救命!警察!"车门关了,又上了闩,于是救护车飞驰而去。警察把他团团围住的时候,这人竟然尖叫着向警察求救,滑稽和惊恐之中透出一种毫无幽默的反讽之意。听见这种徒劳而可笑的呼救声,约塞连只得苦笑了,随后他便猛然醒悟,这呼救可能还有一层含义。他惊恐地意识到,这也许并不是在向警察呼救,而是一个危在旦夕的朋友英勇地从坟墓里发出的警告,呼求每一个不是佩带警棍和手枪的警察的人以及另外一帮佩带警棍和手枪的警察前来支持他。"救命!警察!"那人是这样叫喊的,他也许是在大声地报告危险。想到这儿,约塞连立刻偷偷从警察旁边溜走,却又差点被一个四十岁的粗壮女人的脚绊倒。这女人正急急忙忙、做贼心虚地穿过十字路口,一边偷偷摸摸、满怀恶意地朝后面一个八十岁的老妇人瞟着。那老妇脚踝上缠着厚厚的绷带,颤巍巍地追赶着她,眼看着追不上了。老妇人踩着碎步往前走,大口大口喘着粗气,并且烦乱、焦躁地对自己嘟囔着。这一场景的性质是明确无误的,这是一场追逐。前面得胜的女人已经穿过宽阔大道的一半,后面的老妇才刚刚走到人行道边。粗壮女人扭头匆匆一扫后面步履艰难的老妇人,露出恶毒、轻蔑、幸灾乐祸的微笑,既不怀好意,又充满忧虑。约塞连知道,只要那个处于困境的老妇人叫喊一声,他就会出来帮她;他知道,只要她痛苦地尖叫一声向他求助,他就会冲上前去,抓住那个粗壮的女人,把她带到近旁那帮警察面前。但是那老妇人极为凄惨、苦恼地嘟囔着,看都没看他一眼就过去了。很快,前面那个女人消失在越来越深的黑暗之中,只剩下老妇人孤零零、茫然无助地站在大路中央,不知道该往哪里去。约塞连满心羞惭,扭过头去匆匆走了,因为他没有给她任何帮助。他一边落荒而逃,一边偷偷心虚地往回望,唯恐老妇人现在会跟上来。他暗自庆幸,那细雨飘洒、绝无光亮、几乎不透明的夜幕把一切都遮盖起来了。暴众……警察的暴众——除了英国,一切都在暴众、暴众、暴众的手里。到处都在手持棍棒的暴众的控制之下。

约塞连的外套领子和肩膀都湿透了。他的袜子潮湿冰冷。前面那盏路灯也黑黑的,灯泡被打碎了。建筑物和模糊的人影无声无息地从他身旁闪过,好像永远漂浮在某种散发恶臭、无边无际的潮水之上,一去不返。一个高个子僧侣走过身旁,他的脸整个包在粗糙的灰色蒙头斗篷里,连眼睛都藏在里面。前面传来踩在泥水坑里的脚步声,一直朝他走来,他害怕这又是一个赤脚的男孩。他与一个瘦骨嶙峋、面无血色、神情忧郁的男人擦肩而过,那人穿着黑色雨衣,面颊上有一块星形伤疤,一侧太阳穴上有一片表面光滑的凹陷,足有鸡蛋大小。一个年轻女人穿着咯吱作响的草鞋突然冒了出来,她整张脸都给毁了,一片极其可怕的粉红、斑驳的烧灼伤痕露着新生的皮肉,皱巴巴地从脖颈开始,经过两颊,一路延伸到眼睛上面!约塞连不敢看上一眼,他不禁毛骨悚然。绝不会有人爱上她的。他感到十分沮丧;他渴望跟某个他能爱上的姑娘睡觉,她会抚慰他,刺激他,会哄他睡觉。一帮拿棍棒的家伙正在皮亚诺萨岛上等着他。姑娘们全都走了。伯爵夫人和她的儿媳已不再对他的胃口。他已经太老,不爱玩乐了,再也没有那个时间了。露西安娜走了,也许死了;即使没死,大概也快了。阿费的那个丰满的荡妇连同她那枚下流的贝雕戒指一起消失了,而达克特护士也为他感到羞耻,因为他拒绝飞更多的战斗任务,还会惹来流言蜚语。这附近他唯一认识的姑娘就是军官公寓里那个不好看的女佣,绝对没有一个男人跟她睡过觉。她的名字叫米迦列拉,但是男人们却用下流的东西来称呼她,只要叫起来声音悦耳,就能引得她孩子一般快乐地咯咯傻笑。因为她不懂英语,还以为他们是在奉承她,开些善意的玩笑呢。每次看着他们胡作非为,她的内心就真切充满了陶醉的喜悦。她是个快乐、勤劳、头脑简单的姑娘,识不了几个字,只勉强能写自己的名字。她直直的头发是沤过的稻草的颜色。她皮肤发黄,眼睛近视,从来没有男人跟她睡过觉,因为从来没有男人想跟她睡觉——除了阿费。就在这天晚上,阿费强奸了她,之后用手捂住她的嘴,把她关在衣橱里近两个小时,直到宵禁的汽笛响起来,这时她再出去就是违法的了。

然后,他把她扔出了窗外。她的尸体还躺在人行道上,这时约塞连来了,他礼貌地挤进一圈正在围观的神情严肃、手拿昏暗提灯的邻居中。他们退缩着给他让路的时候,怨毒地朝他怒目而视。他们愤恨地指着二楼那些窗户,私下的对话里满是严厉的谴责。尸体摔得血肉模糊,这可怜的、不祥的、血淋淋的惨象吓得约塞连心脏怦怦乱跳,惊恐不已。他猫着腰钻进门厅,闪电般冲上楼梯,进了公寓。只见阿费正颇不自在地来回踱步,脸上带着装模作样、略显不安的笑。阿费摆弄着烟斗,似乎有点心绪不宁,他向约塞连保证,一切都会好的,没有什么可担心的。

"我只强奸了她一次。"他辩解道。

约塞连吓了一跳。"可你杀了她,阿费!你杀了她!"

"噢,强奸了她,我只得这么做。"阿费极为傲慢地回答道,"我当然不能让她到处去讲我们的坏话,对吧?"

"可是你到底为什么要碰她呢?你这愚蠢的杂种!"约塞连叫道,"你要姑娘,难道不能上大街找一个?城里到处是妓女。"

"噢,不,我不能。"阿费吹嘘道,"我一辈子从不花钱干这事。"

"阿费,你疯了吗?"约塞连差点说不出话来,"你杀了一个姑娘。他们会把你关进监狱的!"

"噢,不,"阿费强笑了一声,"不会是我。他们不会把老伙计阿费关进监狱的。不会因为杀了她。"

"可你把她扔出了窗户,她的尸体还在街上躺着呢。"

"她没有权利上街,"阿费回答道,"已经宵禁了。"

"笨蛋!你难道不知道自己干了些什么吗?"约塞连真想抓住阿费那肥实的、毛虫般柔软的肩膀把他摇醒,"你杀人了。他们就要把你关进监狱了。他们甚至会绞死你!"

"噢,我可不觉得他们会那么做。"阿费快活地咯咯一笑回答道,不过眼见得他是越来越紧张了。他粗短的手指笨拙地摆弄着烟斗,不知不觉抖掉了一些烟丝。"不,先生,他们不会这样对待老伙计阿费的。"他又咯咯笑了起来,"她不过是个女佣。我可不认为他们会为一个小小的意大利女佣而大惊小怪,现在每天都要死掉成千上万的人。你说呢?"

"你听!"约塞连叫喊道,几乎是高兴了。他支起耳朵,看着阿费脸上的血色一点点退去,只听得汽笛在远处哀鸣,是警车汽笛,随后,几乎是在刹那间上升为一种咆哮、尖锐、汹涌的压倒一切的嘈杂之声,似乎要从四面八方闯进房间包围他们。"阿费,他们是来抓你的,"他叫喊着,想要压过噪声,好让阿费听见,心底却涌起了一股同情,"他们是来逮捕你的,阿费,你还不懂吗?你不能害死另一个人而逃脱惩罚,即便她是个可怜的女佣。知道了吗?难道你不懂吗?"

"噢,不,"阿费坚持道,僵硬地打了个哈哈,露出虚弱的微笑,"他们不是来逮捕我的。不会抓老伙计阿费的。"

突然之间他一脸病容。他瘫坐在椅子上,浑身哆嗦,表情呆滞,一双粗短而皮肤松弛的手在腿上颤抖不已。汽车嘎的一声停在门外。聚光灯立刻射进窗口。车门砰地关上了,警笛尖叫。嘈杂的叫喊声越来越响。阿费脸都绿了。他只是一味机械地摇着脑袋,脸上是一种古怪而麻木的微笑,嘴里单调、虚弱、空洞地重复着,他们是来抓他的,不是来抓老伙计阿费的,不,先生。他就这样拼命想说服自己事情就是如此,即使听到沉重的脚步声冲上楼梯,咚咚地穿过楼梯平台,甚至拳头在门上以无情的、震耳欲聋的力量猛砸了四下时,他都还不甘心。随后,公寓房门被猛地推开,两个高大、野蛮、强壮的宪兵迅速冲了进来,他们目光冰冷,结实有力的下巴紧绷着,十分严厉。他们大步穿过房间,逮捕了约塞连。

他们逮捕了约塞连,因为他没有通行证就来了罗马。

他们为擅自闯入向阿费道歉,随后一边一个夹住约塞连,钢铁般的手指牢牢钳住他的腋下,把他带了出去。一路上,他们什么话也没对他说。外面一辆关上门的汽车旁边,还有两个高大的宪兵拿着警棍、戴着坚硬的白色钢盔等着他们。他们把约塞连推上汽车后座,汽车立刻轰响着离开,穿过雨幕和浑浊的雾气,迂回曲折地开向一处警察局。宪兵们把他锁在一间四面都是石头墙壁的牢房里,关了一夜。天亮时,他们给了他一只便桶,随后开车把他押往机场,那儿又有两个巨人般的宪兵拿着警棍、戴着坚硬的白色钢盔等在一架运输机旁边。他们到来时,飞机引擎已经发动起来了,绿色的圆柱形引擎罩上,渗出的水汽凝结成小水珠,微微颤动着。那些宪兵彼此之间一句话也不说,连头都不点一下。约塞连从未见过如此硬邦邦的面孔。飞机降落在皮亚诺萨岛,又有两个沉默的宪兵在跑道旁等着他们。现在共有八个宪兵了。他们遵守着严格的纪律,列队进入两辆汽车。车轮嗡嗡响着一路开过四个中队的驻地,来到大队司令部大楼前,在那儿还是有两个宪兵在停车场等候他们。他们走向大楼入口时,这十个高大强壮、目标明确、沉默不语的宪兵高塔一般围着他。走在煤渣路上,他们的脚步整齐响亮地踩出嚓嚓的声响。他感觉到他们走得越来越快,不由得惊恐起来。那十个宪兵每一个都显得威猛无比,一拳就能把他打死。他们只消把厚实、强壮、巨石般的肩膀朝他身上挤压过去,顷刻就能叫他一命呜呼。他没有一点自救的办法。他们紧紧排成两个单列夹着他快速行进时,他甚至弄不清是哪两个宪兵牢牢钳住他的腋下的。他们加快脚步,果断而有节奏地小跑上了宽阔的大理石楼梯,这时他感觉好像是双脚离地在往前飞。到了楼梯平台,仍旧是两个高深莫测的宪兵一脸冷酷地在等着他们,然后领着他们所有人以更快的步伐走过长长的、悬在宽阔门厅上方的楼厅。他们行进在暗色的瓷砖地面上,隆隆作响,就像一阵巨大的、急促的鼓声回荡在空荡荡的大楼中央。此刻他们走得越发迅速,步伐越发精准了,一路奔向卡思卡特上校的办公室。他们把约塞连推进办公室,让他面对他的死期。他的耳朵开始嗡嗡作响,只见科恩中校正舒舒服服地坐在卡思卡特上校办公桌的一角,带着和蔼的笑容等着他,说:

"我们要送你回国了。"

40 第二十二条军规

当然,这里有个圈套。

"第二十二条军规?"约塞连问。

"当然。"科恩中校漫不经心地拂拂手,又略带傲慢地点点头,把那支由身材魁伟的宪兵组成的强大护卫队赶了出去,然后愉快地回答道——他最玩世不恭的时候,和往常一样,人往往也最轻松。"毕竟,我们实在不能因为你拒绝飞更多的任务就把你送回国去,而让其余的人留在这里,对吧?那样对他们很难说是公平的。"

"说得太对了!"卡思卡特上校冲口而出。他笨拙而沉重地来来回回踱着步,像一头喘息的公牛,生气地绷着脸直喷粗气。"我真想把他的手脚捆起来,每次飞任务时都把他扔进机舱去。这就是我想做的。"

科恩中校示意卡思卡特上校保持沉默,然后对约塞连笑了笑。"你知道,你真的弄得卡思卡特上校十分为难,"他以轻率的好心情评论道,好像这件事根本没惹他生气似的,"士兵们都不乐意,士气开始低落了。这都是你的过错。"

"这是你们的过错,"约塞连争辩道,"你们一再增加飞行次数。"

"不,你拒绝飞这些任务,就是你的过错。"科恩中校反驳道,"他们原本是完全愿意执行飞行任务的,我们要求飞多少就飞多少,只要他们认为别无选择就行。现在你却给了他们希望,他们就不快乐了,所以你要负全部责任。"

"难道他不知道正在打仗吗?"卡思卡特上校一边沉重地来回走动,一边脾气暴躁地质问,他看都不看约塞连一眼。

"我很肯定他知道,"科恩中校回答说,"这也许就是他拒绝飞那些任务的原因。"

"难道这对他有什么不同吗?"

"知道现在正在打仗,会动摇你拒绝参战的决定吗?"科恩中校模仿卡思卡特上校的口吻,讥刺而严肃地问道。

"不,长官。"约塞连回答道,几乎是在回报科恩中校的笑了。

"我也担心这个,"科恩中校不失时机地叹了口气,评论到,一边十指交叉,舒适地贴着他那平滑光秃、宽广闪亮的褐色头顶,"你知道,公平地讲,我们真的待你不薄,对吧?我们供给你饮食,并且按时发饷。我们给了你一枚勋章,甚至提拔你当了上尉。"

"我根本不该提拔他当上尉,"卡思卡特上校气愤地喊道,"他把弗拉拉的轰炸任务搞得一团糟,竟然飞了两圈,事后我真该送他上军事法庭。"

"我告诉你不要提拔他,"科恩中校说,"可你不肯听我的。"

"不,你没有。是你叫我提拔他的,不是吗?"

"我告诉你不要提拔他,可你就是不听。"

"我真该听你的。"

"你从来不听我的,"科恩中校意味深长地坚持道,"那就是我们陷入这种困境的原因。"

"唉,行了。别唠叨了,好吗?"卡思卡特上校把拳头深插进衣袋里,懒洋洋地转过身去,"挑剔我干什么,你干吗不想想我们该怎么处理他?"

"恐怕我们要送他回国了,"科恩中校胜利地咯咯一笑,又从卡思卡特上校那边转过身来,面对约塞连,"约塞连,对你来说战争已经结束了。我们将送你回国。你知道,你实在不配获得这个待遇,而这正是我不介意这么做的原因之一。既然眼下我们也没别的路子可以对你冒险一试,我们就决定送你回美国去吧。我们已经盘算好了这笔交易——"

"什么样的交易?"约塞连挑衅而猜疑地问道。

科恩中校仰面笑起来。"噢,一笔卑鄙透顶的交易,这一点毫无疑问。绝对恶心。不过你会很快接受下来。"

"别那么肯定。"

"我没有丝毫怀疑,即使这交易糟糕透顶,你也会接受的。哦,对了,你没有对任何人说你已经拒绝飞更多任务了,是吗?"

"没有,长官。"约塞连毫不迟疑地回答。

科恩中校赞许地点点头。"很好。我喜欢你说谎的方式。你只要有点体面的野心,都会在这个世界上飞黄腾达。"

"难道他不知道眼下正在打仗?"卡思卡特上校突然大叫道,满脸狐疑地对着烟嘴吹了一口气。

"我十分肯定他知道,"科恩中校刻薄地回答道,"因为刚刚不久,你向他提出过同一个问题。"科恩中校厌倦地皱起眉头帮约塞连讲话,他的眼睛黑黝黝地闪烁着狡黠和大胆的轻蔑。他双手抓住卡思卡特上校的桌子边缘,抬起松弛的臀部从桌角使劲往里坐,让两条短短的小腿都能自由晃动。他用鞋轻轻踢着那黄色的橡木,他的土褐色袜子因为没系吊袜带,袜筒一圈圈松垂下来,落到出奇的细小苍白的脚踝下面。"你知道,约塞连,"他和蔼地沉思片刻,一副随意思考的样子,似乎既有嘲弄意味又很真诚,"我真有点佩服你。你是个道德高尚的明白人,采取了一种极有勇气的立场。而我是个毫无道德品质的明白人,因此由我来欣赏它,是最理想不过的了。"

"总有非常关键的时候。"在办公室远处一个角落,卡思卡特上校暴躁易怒地断言道,根本没理会科恩中校。

"的确是非常关键的时候,"科恩中校平静地点头同意,"我们刚刚换了上头的指挥官。要是出了状况,让我们在沙伊斯科普夫将军或者佩克姆将军面前出丑,我们可承担不起。你就是这个意思吧,上校?"

"难道他没有一点爱国精神?"

"你不愿为你的国家而战吗?"科恩中校质问道,并模仿着卡思卡特上校自以为是的刺耳腔调,"你不愿为卡思卡特上校和我献出你的生命吗?"

听到科恩中校最后这句话,约塞连警觉而又惊讶,一下子紧张起来。"你说什么?"他大叫道,"你和卡思卡特上校跟我的国家有什么关系?你们不是一回事。"

"你怎么能把我们分开呢?"科恩中校不动声色地讥讽道。

"对啊,"卡思卡特上校使劲叫喊道,"你要么为我们而战,要么对抗我们,没有别的选择。"

"恐怕他把你难住了。"科恩中校又说,"你要么为我们而战,要么对抗你的国家。就这么简单。"

"噢,不,中校,我不接受这个说法。"

科恩中校依旧镇定。"说实话,我也一样,可是别人全都接受。话我就说到这里。"

"你真给这身军装丢脸!"卡思卡特上校怒不可遏地断言道,同时猛地转身,第二次面对约塞连,"我倒很想知道,你究竟是怎么当上上尉的。"

"你提拔他的,"科恩中校强忍住窃笑,轻声提醒道,"你不记得了?"

"嗯,我真不该提拔他。"

"我告诉你别这么做,"科恩中校说,"可你就是不肯听。"

"行了,你就别唠叨了,行吗?"卡思卡特上校叫喊道。他皱起眉头,怀疑地眯起眼睛怒视着科恩中校,握紧拳头抵在髋部。"我说,你到底站在哪一边?"

"你这一边,上校。我还能站在哪一边?"

"那就别挑剔了,行吗?少跟我啰唆,行不行?"

"我站在你这一边,上校。我只是满怀爱国热情。"

"好吧,那就保证不要忘了。"卡思卡特上校还不完全放心,他停了一下才勉强转过身去，又开始踱起步来，双手揉弄着细长的烟嘴。他用大拇指朝约塞连猛地一指。"让我们跟他了结吧。我知道该怎么处置他。我想把他拉出去枪毙。我就想这么处置他。德里德尔将军也想这么处置他。"

"可是德里德尔将军已经离开我们了，"科恩中校说，"所以我们不能把他拉出去枪毙。"这时他与卡思卡特上校之间的紧张时刻已经过去，于是又变得轻松愉快起来，继续轻轻地踢着卡思卡特上校的桌子。他转身面向约塞连。"所以我们改为送你回国。这件事有些费脑筋，但我们最终还是想出了这个讨厌的小小计划，既送你回国，又不会在你撇下的朋友中间引起太多怨言。难道你不喜欢吗？"

"什么样的计划？不知道我会不会喜欢它。"

"我知道你不会喜欢它。"科恩中校笑道，又满足地十指交扣贴着头顶，"你会憎恶这个计划的。它确实讨厌，而且一定会使你良心不安，但是你很快就会赞同它。你会赞同它，不但因为它将在两周之内送你安全回国，还因为你别无选择。你要么接受，要么上军事法庭。要不要随你的便。"

约塞连鼻子一哼。"别唬人了，中校。你们不能用临阵脱逃的罪名送我上军事法庭。你们的面子会弄得很不好看，况且你们大概也没法定我的罪。"

"但是我们现在可以用擅离职守的罪名送你上军事法庭，因为你没有通行证就跑到罗马去了。我们可以坐实这一罪名。你只要稍微想一想，就会明白，你并没有留给我们别的选择。我们不能由着你公开违抗命令到处乱跑而不加以惩罚，这样一来，其他人也都不会再执行飞行任务了。不会了，你相信我的话。如果你拒绝我们的交易，我们就要送你上军事法庭，哪怕这会引起很多问题，成为卡思卡特上校的极大耻辱。"

听到"耻辱"两个字，卡思卡特上校惊得一缩，似乎想也没想，就将他那个细长的玛瑙象牙烟嘴恶狠狠地往办公桌的木制桌面上使劲一扔。"他妈的！"他突然叫道，"这该死的烟嘴真可恨！"烟嘴从桌面蹦到墙上，接着飞过窗台，落到地下，最后滚到卡思卡特上校的脚边不动了。卡思卡特上校低头瞪着烟嘴，暴躁地皱着眉头。"不知道它对我到底有没有好处。"

"在佩克姆将军看来是你的荣耀,但在沙伊斯科普夫将军看来却是你的耻辱。"科恩中校告诉他,一脸不谙世故的调皮模样。

"好吧,我应该讨哪一个的欢心呢?"

"两个都要。"

"我怎么能够同时讨两个人欢心?他们互相憎恨,我怎么可能既从沙伊斯科普夫将军那里得到荣耀,又不至于在佩克姆将军面前坏了名声?"

"操练。"

"是啊,操练,这是唯一讨他欢心的方法。操练,操练。"卡思卡特上校闷闷不乐地做了个鬼脸,"有些将军!他们真给那身军装丢脸。像这样两个人都能当上将军,我看不出我怎么就不能当。"

"你会飞黄腾达的,"科恩中校安慰他说,语调因缺乏信心而降了半度。说完他轻声笑着转身面对约塞连,当他看到约塞连敌视、怀疑的固执表情时,他倨傲的快乐越发高涨了。"这下你知道问题的症结了。卡思卡特上校想当将军,我想当上校,这就是我们必须送你回国的原因。"

"他为什么想当将军?"

"为什么?跟我想当上校的原因一样。我们还要做什么呢?人们都教导我们要有更高的追求。将军比上校高,上校又比中校高,所以,我们都在往上爬。你知道,约塞连,我们有追求是你的幸运。你的时机掌握得绝对完美,但我想,你已经把这个因素考虑进你的算度中了。"

"我根本没有什么算度。"约塞连反驳道。

"是的,我真是欣赏你说谎的方式,"科恩中校回答说,"难道你不感到骄傲吗——你的指挥官被提拔为将军,你所在的部队平均每人完成的战斗任务比其他任何部队都多?难道你不愿意获得更多的通令嘉奖,为你的空军勋章赢得更多橡叶奖章吗?你的团队精神哪儿去了?难道你不想飞更多战斗任务,对这项伟大纪录做出进一步贡献吗?这是你最后一次机会说是。"

"不。"

"这样的话,你就让我们无路可走了——"科恩中校说,他好像没有什么怨恨。

"他应该为自己感到羞耻!"

"——那我们只好送你回国了。只要为我们做几件小事情,而且——"

"什么样的事情?"约塞连挑衅而疑惧地打断他。

"噢,极小的琐碎事情。真的,我们要跟你做的是一笔非常慷慨的交易。我们会下达送你回美国的命令——真的,我们会——而作为回报,你要做的不过是……"

"什么?我必须做什么?"

科恩中校轻轻一笑。"喜欢我们。"

约塞连惊愕。"喜欢你们?"

"喜欢我们。"

"喜欢你们?"

"正是。"科恩中校点了点头。约塞连不加掩饰的惊奇和困惑让他得意非凡。"喜欢我们。加入我们。做我们的伙伴。无论在这儿,还是回美国以后,都要替我们说好话。成为我们中的一员。好了,这个要求不算过分,是吧?"

"你只是要我喜欢你们?就这些吗?"

"就这些。"

"就这些?"

"不过是下定决心喜欢我们。"

约塞连终于明白科恩中校讲的是实话,他大为惊奇,只想放声大笑一番。"这可不太容易。"他冷笑道。

"噢,比你想象的容易多了。"科恩中校反唇相讥,并没有因约塞连这句尖刻的话而泄气,"一旦开了头,你会惊奇地发现,喜欢我们是件多么容易的事情。"科恩中校往上提了提他那松弛、宽大的裤子。他露出有点嘲讽意味的笑容,方下巴和面颊之间那道深深的黑色皱纹又一次弯曲了。"你瞧,约塞连,我们要让你过得富足。我们要提拔你当少校,甚至再给你一枚勋章。

弗卢姆上尉已经在写作几篇热情洋溢的通讯了,他要好好描述你在弗拉拉上空的英勇事迹、你对所在部队深厚持久的忠诚,以及你恪尽职守的彻底献身精神。顺便说一句,这些全都是通讯里的原话。我们要表彰你,把你作为五角大楼为了鼓舞士气和协调公众关系而召回国的英雄送回去。你将过上百万富翁的生活。人人都将追捧你。人们将为你举行游行,你将发表演说,为战争债券筹款。你一旦成为我们的伙伴,一个全新的奢华世界就等着你了。还不美妙吗?"

约塞连发现自己在专注地倾听这番迷人的详细说明。"我说不准想不想发表演说。"

"那我们就不提演说的事了,重要的是你对这儿的人说什么。"科恩中校诚恳地前倾身子,收起了笑容。"我们不想让大队里任何人知道我们送你回国是因为你拒绝执行更多飞行任务。我们也不想让佩克姆将军或沙伊斯科普夫将军听到我们之间存在摩擦的风声。这就是我们要结成好伙伴的原因。"

"要是有人问我为什么拒绝执行更多飞行任务,我怎么说呢?"

"告诉他们,有人已经向你私下透露就要送你回国了,所以你不愿意冒着生命危险再多飞一两次任务。不过是好伙伴之间一点小小的分歧罢了,就这么回事。"

"他们会相信吗?"

"他们一旦看到我们成了何等亲密的朋友,又看到那些通讯,读完你吹捧我和卡思卡特上校的那些话,自然就相信了。别担心这些人。你走了以后,他们是很容易管教和控制的。只有当你还在这儿的时候,他们才难以驾驭。你知道,一只好苹果可以坏了一大筐。"科恩中校有意说着反话结束道,"你知道——这可真是太棒了——你甚至会成为激励他们飞更多任务的动力呢。"

"要是我回国以后公开谴责你们呢?"

"在你接受我们的勋章、提拔和所有的吹捧之后吗?没人会相信你,军方也不会允许你,再说你究竟为什么要这样做呢?你将成为我们中的一员,记得吗?你将过上富裕、奢华的生活,有报偿又有特权。仅仅为了一条道德准则就抛弃这一切,那你就是个大傻瓜,可你不是傻瓜。成交吗?"

"我不知道。"

"要么接受,要么上军事法庭。"

"我这不是在对中队的弟兄们玩一个相当下流的骗局吗,是不是?"

"令人作呕。"科恩中校和蔼地同意道,等待着,耐心地望着约塞连,眼里闪烁着暗自高兴的微光。

"不过算了吧!"约塞连叫道,"如果他们不想飞更多任务,就让他们站出来,照我这么做。是吧?"

"当然。"科恩中校说。

"我没有理由为他们冒生命危险,对吗?"

"当然没有。"

约塞连立即咧嘴一笑,做出了决定。"成交了!"他喜悦地宣布。

"好极了,"科恩中校说,似乎没有约塞连期待的那么热情。他滑下卡思卡特上校的办公桌,站到地板上。他使劲拉拉裤子和衬裤上的褶子,从胯部扯扯松,这才向约塞连伸出一只软绵绵的手。"欢迎入伙。"

"谢谢,中校。我——"

"叫我布莱基,约翰。我们现在是伙伴了。"

"没问题,布莱基。我的朋友叫我约—约。布莱基,我——"

"他的朋友叫他约—约,"科恩中校向卡思卡特上校喊道,"你为什么不祝贺约—约迈出了这么明智的一步?"

"你的确迈出了非常明智的一步,约—约。"卡思卡特上校说着笨拙而热情地使劲握住约塞连的手。

"谢谢你,上校,我——"

"叫他查克。"科恩中校说。

"当然了,叫我查克。"卡思卡特上校热诚而尴尬地哈哈一笑说,"我们

459

现在都是伙伴了。"

"没问题,查克。"

"笑着出门。"科恩中校说。他将两手分别搭在他们两人肩上,三人一起朝门口走去。

"哪天晚上过来,我们一块吃顿饭吧,约—约。"卡思卡特上校殷勤相邀,"今晚怎么样?就在大队司令部餐厅。"

"非常乐意,长官。"

"查克。"科恩中校责备地纠正道。

"对不起,布莱基。查克。我还不太习惯。"

"没关系,伙计。"

"好的,伙计。"

"谢谢,伙计。"

"别客气,伙计。"

"再见,伙计。"

约塞连亲热地向他的新伙伴挥手告别,漫步出门上了楼厅走廊,等只有他一个人的时候,他差点大声唱起来。他可以回家了;他达到了目的;他的反抗行为成功了;他平安了,而且没有任何对不起别人的地方。他洋洋得意、兴高采烈地朝楼梯走去。一个身穿绿色杂役服的大兵朝他行礼。约塞连愉快地还礼,好奇地盯着那个士兵。他看上去出奇地面熟。就在约塞连还礼时,这个身穿绿色杂役服的士兵突然变成了内特利的妓女,手里拿着一把骨柄厨刀凶神恶煞地朝他扑来,一刀刺在他扬起的胳膊下的腰胁。约塞连一声尖叫倒在地上,只见那女人又举刀朝他砍下来,他万分惊骇地闭上了眼睛。就在这时,科恩中校和卡思卡特上校从办公室冲出来,吓跑了那女人,这才救了他的性命,而他早已失去了知觉。

41 斯诺登

"切开。"一个医生说。

"你切。"另一个说。

"别切。"约塞连含混、僵硬地说。

"看看谁在插嘴,"一个医生抱怨道,"多嘴多舌。我们还要不要动手术?"

"他不需要动手术,"另一个医生抱怨道,"这是个小伤口。我们只要止住血,清洗一下,缝几针就好了。"

"可我还从没有过动手术的机会呢。哪一把是手术刀?这把是吗?"

"不,另一把才是。好吧,如果你想动手术,那就开始切吧。切开。"

"像这样?"

"不是那儿,你这笨蛋!"

"不要切。"约塞连说。透过渐渐升腾的麻木的大雾,他感觉到两个陌生人正准备把他切开。

"多嘴多舌,"第一个医生挖苦地抱怨道,"我给他动手术,他要这么唠叨不停吗?"

"你不能给他动手术,得等我收他入院。"一个职员说。

"你不能收他入院,得等我批准。"一个肥胖、粗鲁的上校说。他留着小胡子,一张红润的大脸几乎贴到了约塞连的脸上,散发着灼人的热气,就像一只大煎锅的平底。"你出生在哪里?"

这个肥胖、粗鲁的上校让约塞连联想起审问牧师并裁决他有罪的那个肥胖、粗鲁的上校。透过一层玻璃似的薄膜,约塞连瞪他。浓厚的福尔马林和酒精的味道使空气变得甜腻。

"在战场上。"他回答说。

"不,不。你出生在哪个州?"

"一种天真状态[1]。"

"不,不,你没弄明白。"

"让我来对付他。"一个瘦长脸的男人催促道,这人一双刻薄的深眼窝,一张歹毒的薄嘴唇。"你以为你了不起还是怎么的?"他问约塞连。

"他精神错乱了,"一个医生说,"你为什么不让我们把他带回里面去治疗?"

"如果他精神错乱,就把他留在这儿,他也许会说出什么可以入罪的话来。"

"但他还在流血不止。你看不见吗?他甚至会死掉的。"

"好得很!"

"这个狗杂种活该。"肥胖、粗鲁的上校说,"好吧,约翰,我们开诚布公地说说吧。我们要知道事实。"

"大家都叫我约—约。"

"我们要求你同我们合作,约—约。我们是你的朋友,你要信任我们。我们是来帮助你的。我们不会伤害你。"

"我们把大拇指戳进他的伤口里,挖一挖吧。"瘦长脸男人提议道。

约塞连闭上眼睛,希望他们以为他失去知觉了。

---

[1] state 可作州和状态解。

"他昏过去了,"他听见一个医生说,"能不能让我们先给他治疗,不然就太晚了。他真的会死。"

"好吧,带他走吧。希望这杂种真的死掉。"

"你不能给他治疗,得等我收他入院。"一个职员说。

那个职员翻弄着一些表格收他入院,约塞连一直闭着眼睛装死;随后,他被慢慢推进了一间憋闷的黑屋子,头顶悬挂着灼热的聚光灯,福尔马林和甜腻的酒精的浓厚气味越发强烈了。他还闻到乙醚的气味,听到玻璃器皿叮当作响。他暗地里自鸣得意地笑着听那两个医生沙哑的呼吸声。让他高兴的是,他们以为他失去了知觉,却不知道他在偷听。他听着觉得一切都无聊得很,直到一个医生说:

"哎,你认为我们应该救他性命吗?如果我们救他,他们也许会记恨我们的。"

"我们动手术吧,"另一个医生说,"我们把他切开,直接看看究竟是怎么回事。他老是抱怨说肝有毛病。他的肝在这张 X 光照片上显得很小。"

"那是他的胰腺,你这笨蛋。这才是他的肝。"

"不,这不是,这是他的心脏。我敢跟你打五分钱的赌,这才是他的肝。我这就动手术查清楚。我应该先洗手吗?"

"别动手术。"约塞连说着睁开眼睛,挣扎着要坐起来。

"多嘴多舌,"一个医生愤怒地嘲笑道,"我们就不能叫他住嘴吗?"

"我们可以给他做全身麻醉。乙醚就在这里。"

"不要全身麻醉。"约塞连说。

"多嘴多舌。"一个医生说。

"我们给他做全身麻醉,叫他昏睡过去,然后我们就可以为所欲为了。"

他们给约塞连做了全身麻醉,使他昏睡过去。他口干舌燥地醒来,发现自己躺在一个安静的房间里,空气中弥漫着乙醚气味。科恩中校也在床边,正坐在一张椅子上,安静地等待着。他穿着宽松肥大的橄榄绿衬衣和裤子,棕色的脸上胡须密密匝匝的,挂着一丝温和而淡漠的笑。他正双掌齐上,轻

463

轻摩挲着他的秃脑门。约塞连刚刚醒来,他便俯下身去咯咯笑着,语气极为友好地向约塞连保证,只要约塞连不死,他们做的那笔交易就仍然有效。约塞连呕吐起来,科恩中校听到第一声就跳起身来,厌恶地逃了出去,于是约塞连心想,好像的确是这样吧,黑暗之中总有一线光明;想着想着,又坠回透不过气来的昏睡中去了。一只指甲尖尖的手粗暴地摇醒了他,他翻过身,睁开眼睛,看见一个满脸横肉的陌生男人正朝他嘁着嘴,恶意地怒目而视,并且夸口道:

"我们抓到你的伙伴了,老弟。我们抓到你的伙伴了。"

约塞连顿觉冰冷、衰弱、浑身冒汗。

"谁是我的伙伴?"他看见牧师坐在科恩中校刚才坐的地方便问道。

"也许我是你的伙伴。"牧师回答道。

但是约塞连听不见牧师的话,又闭上了眼睛。有人给他啜了几口水,踮着脚尖走了。他睡了一阵,醒来时感觉很好,于是转过头去对牧师笑笑,却看见阿费坐在那里。约塞连本能地呻吟起来,极度烦躁地板起面孔。这时阿费得意地哈哈大笑,问他感觉如何。约塞连问他为什么没有进监狱,阿费显得很是糊涂。约塞连闭上眼睛,要逼他走。等他再睁开眼睛时,阿费已经走了,而牧师又坐在那里了。约塞连见牧师快活地咧嘴笑着,不由得笑出声来,便问牧师到底为什么这么高兴。

"我为你高兴呀,"牧师激动、坦率而快乐地回答道,"我在大队司令部里听说你受了重伤,又听说如果你活下来,就送你回国。科恩中校说,你的情况很危急,不过我刚才从一位医生那儿得知,你的伤其实非常轻微,大概一两天之内就可以出院。你没有任何危险。伤势根本不严重。"

听了牧师带来的消息,约塞连大大地松了一口气。"那太好了。"

"是啊,"牧师说着,两片红晕悄悄爬上他的面颊,显得顽皮而快乐,"是啊,那太好了。"

约塞连想起第一次与牧师谈话的情景,不觉笑了起来。"你看,我第一次遇见你是在医院,现在我又在医院了。最近我就见过你一次,也是在医院里。你都去哪儿了?"

牧师耸了耸肩。"我一直在祷告,"他坦白道,"我尽可能待在帐篷里。惠特科姆中士每次离开这个地区,我都要祷告,这样他就抓不住我了。"

"这样做有用处吗?"

"可以让我忘记烦恼,"牧师又耸耸肩回答道,"再说,我也有事可干了。"

"噢,这很不错。嗯,不是吗?"

"是的,"牧师热烈赞同道,好像他以前从来没有想到过这一点,"是的,我想这确实不错。"他冲动地将身体倾向约塞连,显出笨拙的关切,"约塞连,你住院期间,我可以为你帮点什么忙呢?需要我带什么东西来吗?"

约塞连快活地取笑他:"比如玩具、糖果或者口香糖?"

牧师又红了脸,不自然地咧嘴笑笑,然后变得十分恭敬。"也许像书,或者别的什么。我希望真能做点什么让你高兴。你知道,约塞连,我们都特别为你感到骄傲。"

"骄傲?"

"是的,当然。你冒着生命危险阻止了那个纳粹刺客。这是非常高尚的行为。"

"什么纳粹刺客?"

"就是来这里暗杀卡思卡特上校和科恩中校的那个。是你救了他们。你在楼厅上跟他格斗,差点被他刺死了。你能活下来真是幸运。"

约塞连弄明白以后,不由得冷笑起来。"那不是什么纳粹刺客。"

"肯定是。科恩中校说是。"

"那是内特利的女朋友。她在追踪我,不是要刺杀卡思卡特上校和科恩中校。自从那天我把内特利的死讯透露给她,她就老想杀我。"

"可这怎么可能?"牧师脸色发青地反驳道,显得又生气又迷惑,"他逃走时,卡思卡特上校和科恩中校都看见的。官方报告说,你拦住了一个来暗杀他们的纳粹刺客。"

"别相信官方报告,"约塞连生硬地提醒他,"那是交易的一部分。"

"什么交易?"

"我跟卡思卡特上校和科恩中校做的交易。如果我逢人就讲他们的好话,并且绝不对任何人批评他们迫使其他官兵飞更多的任务,他们就把我当成大英雄送回国。"

牧师惊恐至极,差点从椅子里跳起来。他毛发倒竖,一脸好斗的惊慌。"这太可怕了!这是一桩可耻的丑恶交易,不是吗?"

"令人作呕。"约塞连回答道,木然地盯着天花板,只让后脑勺靠在枕头上,"我想我们都同意用'令人作呕'来形容。"

"那你怎么会接受呢?"

"要么接受,要么上军事法庭,牧师。"

"噢,"牧师用手背捂着嘴,懊悔不已地叫道,他不安地坐回椅子上,"我真不该说那番话。"

"他们会把我关进监狱,跟一帮罪犯在一起。"

"当然。那么,只要你认为正确,就应当做。"牧师自顾自地点点头,好像就此解决了争论,随后陷入了尴尬的沉默。

"别担心,"过了一会儿,约塞连悲伤地笑笑说,"我不会这么做。"

"但你必须做,"牧师关切地倾过身来,坚持道,"真的,你必须做。我没有权利影响你。我真的没有权利说三道四。"

"你没有影响我。"约塞连吃力地翻过身去,侧躺着,然后严肃地冷笑一声,摇了摇头,"主啊,牧师!你认为那是一桩罪吗?救卡思卡特上校的命!就是这桩罪行,我不想让它出现在我的档案里。"

牧师谨慎地回到主题上来。"你还能怎么办呢?你不能让他们把你关进监狱。"

"我要飞更多任务。或者我也许真的会临阵脱逃,让他们抓我。他们大概会的。"

"而他们就会把你关进监狱。你不想进监狱的。"

"那么我想,我只得不停地飞任务,直到战争结束。我们总得有人活下去。"

"可你也许会送命。"

"那么我想,我不再飞任何任务了吧。"

"你怎么办呢?"

"我不知道。"

"你会让他们送你回国吗?"

"我不知道。外面热吗?这里非常暖和。"

"外面很冷。"牧师说。

"你知道,"约塞连回忆道,"出了一件非常古怪的事——也许是我做梦吧。我觉得刚才来过一个陌生人,对我说他抓住了我的伙伴。不知道是不是我想象出来的。"

"我觉得不是,"牧师告诉他,"我上次来的时候,你就给我讲过那个人了。"

"那他就真的说过这话了。'我们抓到你的伙伴了,老弟,'他说,'我们抓到你的伙伴了。'我从来没见过那么凶恶的样子。不知道谁是我的伙伴。"

"我愿意这样想:我是你的伙伴。约塞连,"牧师谦恭诚恳地说,"他们肯定是抓住我了。他们记下了我的号码,一直在监视我,而且他们要我去哪里,我就得去哪里。他们审问我的时候就是这么说的。"

"不,我看他说的不是你,"约塞连判定,"我认为应该是内特利或者邓巴这种人。嗯,或者死在战争中的什么人,比如克莱文杰、奥尔、多布斯、小桑普森和麦克沃特。"约塞连突然惊骇地长吸一口气,摇摇头。"我才明白,"他叫道,"他们夺走了我所有的伙伴,不是吗?剩下的只有我和饿鬼乔了。"他看见牧师的脸色变得煞白,不由得恐惧起来。"牧师,怎么了?"

"饿鬼乔死了。"

"上帝啊,不!执行任务时吗?"

"他睡觉时死在梦中。他们发现他脸上趴了一只猫。"

"可怜的杂种,"约塞连说着哭了起来,侧过头去把眼泪藏在肩窝里。牧师没有道别就走了。约塞连吃了点东西睡着了。夜里,一只手把他摇醒。他睁开眼睛,见一个瘦削、猥琐的男人穿着病员的浴袍和睡裤,下流地假笑着看着他,嘲弄道:

"我们抓到你的伙伴了,老弟。我们抓到你的伙伴了。"

约塞连慌张起来。"你到底在说什么?"他有些惊慌地追问道。

"你会明白的,老弟。你会明白的。"

约塞连伸出一只手要掐那个人的脖子,可那人毫不费劲地溜远了,随后恶毒地一笑,逃进走廊不见了。约塞连躺在那里一个劲地颤抖,脉搏突突直跳,冰冷的汗水浸得他全身透湿。他在疑惑谁是他的伙伴。医院里一片黑暗、死寂,他找不到手表看看时间。他完全清醒了,于是他知道,自己成了一个卧床不起而无法入睡的黑夜的囚徒,将无穷无尽地等待夜晚慢慢消散,曙光来临。一股令人悸动的寒气从他的双腿往上袭来,他觉得冷,于是想起了斯诺登。斯诺登从来都不是他的伙伴,只是一个模模糊糊有点儿熟悉的年轻人,他受了重伤,在一片从侧炮口射进来、洒在他脸上的刺眼的金色阳光下,冻得快要死去了。这时约塞连正从炸弹舱的顶部往飞机的尾舱爬过去,在此之前多布斯通过对讲机向他哀求,要他去救救炮手,救救炮手。约塞连第一眼看到这恐怖的情景,胃里立刻翻腾起来。他恶心极了,心惊胆战犹豫了好一会儿才往下爬,于是手足并用地爬过炸弹舱上面的狭窄通道,而急救药箱就放在旁边密封的波纹纸箱里。斯诺登双腿伸展仰面躺在舱板上,仍然笨重地背负着他的防弹衣、防弹钢盔、降落伞背带和飞行救生衣。不远处躺着那个不省人事的小个子尾炮炮手。约塞连看见伤口在斯诺登的大腿外侧,好像足有一只橄榄球那么大,那么深,并且根本无法分辨哪是浸透鲜血的飞行服碎布,哪是烂乎乎的血肉。

急救药箱里没有吗啡,没有帮助斯诺登减轻痛苦的保护,只剩下张开的伤口令人麻木的震撼。药箱里的十二支吗啡针全被人偷走了,代之以一张字迹工整的纸条,上面写着:"有益于 M&M 企业就是有益于国家。米洛·明德宾德。"约塞连破口咒骂米洛,只得拿了两片阿司匹林,往斯诺登苍白的嘴唇里喂,而斯诺登已经吃不进了。不过他还是先匆匆忙忙拿了一条止血带绑住斯诺登的大腿,因为在最初手忙脚乱的片刻间,他的脑子乱成了一团,只知道必须马上采取适当的措施,却想不出来还能做点什么。他真的害怕自己会完全垮掉。斯诺登一直看着他,什么也没说。没有哪条动脉在出血,但约塞连却装出全神贯注的样子绑扎止血带,因为他并不知道如何使用止血带。他假充熟练和沉稳的样子工作着,觉得斯诺登失神的目光停留在自己身上。止血带还没扎好,他就恢复了镇定,于是马上把它松开,以减少坏疽的危险。这时他的头脑已经清楚了,知道该怎样继续下去。他在急救药箱里乱翻,要找一把剪刀。

"我冷,"斯诺登轻声说,"我冷。"

"你很快就没事了,小伙子,"约塞连笑着安慰道,"你很快就没事了。"

"我冷,"斯诺登又说,他的声音虚弱无力,如孩子般天真,"我冷。"

"好了,好了。"约塞连说,因为他不知道还能说什么别的,"好了,好了。"

"我冷,"斯诺登呜咽道,"我冷。"

"好了,好了。好了,好了。"

约塞连害怕起来,动作也加快了。他终于找到了一把剪刀,开始小心翼翼地剪开斯诺登的飞行服,从伤口处一路往上剪到大腿根。他剪开厚厚的华达呢,绕着大腿齐齐剪了一圈。约塞连剪着剪着,那小不点尾炮炮手醒了过来,看了看他,就又昏过去了。斯诺登把头扭到另一边,好直直盯着约塞连。他虚弱无神的眼睛里闪动着一丝暗淡、沉陷的微光。约塞连不知如何是好,只得竭力不去看他。他又顺着飞行服的内侧接缝往下剪。那豁开的伤口——令人毛骨悚然的肌肉纤维抽搐、悸动着,他看见那后面深深潜藏在涌流的淋漓鲜血底下的是一段黏糊糊的骨管吗?——正流淌着几道细细的血线,就像房檐上融化的雪水,不过是黏稠而殷红的,一边滴落一边凝结。约塞连把飞行服一剪到底,然后剥开已经分离的裤管。裤管扑的一声落在舱板上,露出卡其布衬裤的底边,有一侧饥渴般地浸透了血污。斯诺登赤裸的大腿显得那么苍白、可怕,他白得出奇的小腿上那些细软、拳曲的淡黄色汗毛显得那么毫无生气、难以索解,约塞连看着不觉惊呆了。现在他看见那伤口并没有橄榄球那么大,而跟他的手掌大小差不多,里面烂乎乎的非常深,看不大清楚。只见血淋淋的肌肉抽搐着,像新鲜的汉堡包牛肉。见斯诺登已没有生命危险,约塞连长长地舒了一口气。伤口内的血已经开始凝结,只要给他包扎一下,让他保持镇静,等待飞机降落就可以了。约塞连从急救药箱拿出几包磺胺药粉。他轻轻推着斯诺登,让他稍微侧一侧身子。这时斯诺登颤抖起来。

"我弄疼你了吗?"

"我冷,"斯诺登呜咽道,"我冷。"

"好了,好了,"约塞连说,"好了,好了。"

"我冷。我冷。"

"好了,好了。好了,好了。"

"太疼了。"斯诺登突然痛苦、急迫地一缩,叫喊起来。

约塞连又发疯似的在急救药箱里一通乱翻,想找吗啡,却只找到米洛的纸条和一瓶阿司匹林。他诅咒着米洛,拿了两片药送到斯诺登嘴边。他没有水给他服药。斯诺登难以察觉地摇了摇头,不愿吃阿司匹林。他的脸苍白而毫无血色。约塞连摘下斯诺登的防弹钢盔,把他的头放到舱板上。

"我冷,"斯诺登半闭着眼睛呻吟道,"我冷。"

他的嘴唇边缘开始发青。约塞连茫然无措。他不知道要不要扯开斯诺登的伞包,把尼龙降落伞布盖在他身上。机舱里十分暖和。斯诺登出乎意料地抬眼望望,无力而顺从地向他微微一笑,然后挪了挪屁股,好让约塞连给伤口敷上磺胺药粉。约塞连继续干着,又恢复了信心,开始乐观起来。飞机进入一股下陷气流之中,颠簸得非常厉害,于是他惊恐地想起自己的降落伞还在前头的机鼻里,但现在也没什么办法可想了。他一包接一包把那白色的结晶粉撒进血糊糊的椭圆形伤口里,直到看不见一点红色,然后忧虑地深吸了一口气,咬紧牙关,壮着胆子赤手拿起悬在外面正在变干的碎肉塞回伤口。他急忙用一大块棉纱布盖住伤口,又迅速把手缩了回来。这场短暂的考验过去了,他紧张地笑了笑。实际接触死肉远不如他想象的那么恶心,于是他寻找借口一次一次用手指抚摸伤口,向自己证明自己的勇气。

之后他开始用一卷绷带绑住那块纱布。他拿着绷带第二次绕过斯诺登的大腿时,看见他的大腿内侧还有个小洞,弹片就是从这里穿进去的。这是个圆圆的、翻缩着的伤口,大小相当于一个两角五分硬币,边缘青紫,中央黑黑的,那里血已经结壳了。约塞连也给这个伤口撒上了磺胺药粉,再继续往斯诺登的大腿上缠绷带,直到把那块纱布包扎牢固为止。然后他剪断绷带,把绷带头从中间撕开。他打了个整齐的方结,整个捆扎停当。他知道包扎得很好,于是得意地跪坐在后脚跟上,擦着额头上的汗珠,由衷而友善地对斯诺登咧嘴笑了。

"我冷,"斯诺登呻吟道,"我冷。"

"你很快就没事了,小伙子,"约塞连安慰地拍拍他的胳膊,保证道,"一切都已控制住了。"

斯诺登虚弱地摇摇头。"我冷,"他又说,眼睛像石头一样呆滞、无光,"我冷。"

"好了,好了,"约塞连说着越来越疑虑和惊恐,"好了,好了,我们马上就着陆了,丹尼卡医生会来照料你。"

但斯诺登还是不停地摇头,终于,他的下巴微弱得不能再微弱地动了一下,指示着下面他的腋窝。约塞连弯腰仔细察看,只见就在防弹衣的袖孔上方,一片颜色奇怪的污迹从飞行服里渗透出来。约塞连觉得自己的心脏一下子停跳了,然后激烈地咚咚跳个不停,让他气都喘不过来。斯诺登的防弹衣里面还有伤。约塞连一把扯开防弹衣的摁扣,不由得疯狂地尖叫起来,只见斯诺登的内脏一涌而出,滑到舱板上热烘烘地堆了一堆,而且还在一个劲地往外流。一块三英寸多的弹片从他另一侧手臂的正下方射了进去,一路穿行,在这边肋骨处炸开一个巨大的洞,把他肚子里杂七杂八的东西都带了出来。约塞连又一次尖叫起来,双手使劲捂住眼睛。他吓得牙齿咯咯打战。

471

他强迫自己再看一眼。他一边盯着,一边刻薄地想:很好,上帝的赐物都在这儿了——肝、肺、肾、肋骨、胃,还有斯诺登那天午饭吃的一些炖番茄。约塞连最讨厌炖番茄,他头晕目眩地转过身去,掐住热辣辣的喉咙呕吐起来。约塞连正呕吐着,那个尾炮炮手醒了过来,看了斯登诺一眼,又昏过去了。约塞连吐完后浑身软绵绵的,只觉得精疲力竭,内心充满痛苦和绝望。他虚弱地回转身面对斯诺登,只见他的呼吸越来越微弱、急促,脸色也越来越苍白。约塞连不知道到底该怎样着手救他。

"我冷,"斯诺登呜咽道,"我冷。"

"好了,好了,"约塞连机械地嘟哝着,声音小得根本听不见,"好了,好了。"

约塞连也冷,不由自主地颤抖着。他低头沮丧地盯着斯诺登乱七八糟流了一地的可怕秘密,只觉得一身鸡皮疙瘩在噼啪作响。从他的内脏里很容易读出这点信息:人是物质,那就是斯诺登的秘密。把他扔出窗口,他会坠落。拿火点着他,他会燃烧。把他埋掉,他会腐烂,跟别的各种垃圾一样。精神一去,人即是垃圾。这便是斯诺登的秘密。成熟就是一切[1]。

"我冷,"斯诺登说,"我冷。"

"好了,好了,"约塞连说,"好了,好了。"他扯开斯诺登的伞包,把白色的尼龙降落伞布盖在他身上。

"我冷。"

"好了,好了。"

---

[1] 引自莎士比亚的《李尔王》:人必须忍受 / 死亡,正如他们的出生一样;/ 成熟就是一切。

42 约塞连

"科恩中校说,"丹比少校带着拘谨而满足的微笑对约塞连说,"交易仍然有效。一切都在顺利安排着。"

"不,不是的。"

"噢,是的,的确是的。"丹比少校和蔼地坚持道,"实际上,情况比预想的要好得多。你差一点被那个姑娘杀死,可真是走运。这下,交易可以顺利进行了。"

"我不要跟科恩中校做任何交易。"

丹比少校沸腾的乐观劲儿即刻消失,突然间汗水汩汩而出。"可你确实跟他有一笔交易,不是吗?"他苦恼而困惑地问道,"你们没有达成协议吗?"

"我要撕毁协议。"

"可你们为协议达成握过手,不是吗?你作为绅士是给了他承诺的。"

"我要食言了。"

"噢,哎呀,"丹比少校叹了口气,开始用一块折叠的白手帕毫无效果地轻拍他那饱经忧患的前额,"可为什么呢,约塞连?他们给你的是一笔非常好的交易。"

"那是一笔龌龊的交易,丹比。一笔令人作呕的交易。"

473

"噢,天哪,"丹比少校烦躁地说道,用手抹了抹硬直的黑头发,一头浓密的短短的鬃发早已让汗水浸透了发梢。"噢,天哪。"

"丹比,你不觉得它令人作呕吗?"

丹比少校想了一下。"是,我想它是令人作呕,"他不情愿地承认道。他突出的球状眼睛显得十分烦躁不安,"但你既然不喜欢,为什么还要做这种交易呢?"

"我是一时软弱做下的,"约塞连带着阴郁的讽刺意味说着俏皮话,"我是想救我的性命。"

"难道你现在不想救你的性命?"

"所以我不让他们迫使我飞更多任务。"

"那就让他们送你回国,你就不再会有危险了。"

"让他们送我回国,因为我飞过不止五十次任务了,"约塞连说,"而不是因为我被那个姑娘捅了一刀,更不是因为我变成了这样一个固执的狗杂种。"

丹比少校用力摇摇头,一脸的诚挚和戴眼镜的苦恼。"他们那么一做,就几乎得把每个人都送回国去了。大多数人都飞过不止五十次任务。卡思卡特上校不可能一次就要求增派这么多没有经验的补充机组人员,那会招来调查的人的。那样他就掉进自设的陷阱里了。"

"那是他的问题。"

"不,不,不,约塞连,"丹比少校急切地反对道,"那是你的问题。因为你要是不完成这笔交易,你一出院,他们马上就会启动军法审判程序。"

约塞连对丹比少校嗤之以鼻,他自鸣得意地笑了起来。"他们才不会呢!别对我撒谎了,丹比,他们根本不会这么做。"

"他们为什么不会?"丹比少校问道,并惊讶地眨着眼睛。

"因为我现在已经真的拿住他们了。有份官方报告说,我是被一个企图暗杀他们的纳粹刺客刺伤的,这样一来,他们再想对我进行军法审判,岂不显得太愚蠢了。"

"可是,约塞连!"丹比少校叫道,"另外还有一份官方报告说,你是在进行广泛的黑市操作时被一个无辜的姑娘刺伤的。这些黑市操作涉及破坏活动以及向敌方出售军事秘密。"

约塞连惊得目瞪口呆,他心中充满了诧异和失望。"另一份官方报告?"

"约塞连,他们想要多少份官方报告就可以准备多少份,并根据他们在任何特定情况下的需要,选用任意一份。你这都不知道吗?"

"噢,天哪,"约塞连垂头丧气地嘟哝着,脸上血色尽失,"噢,天哪。"

丹比少校带着贪婪的善意神情,热切地步步进逼。"约塞连,照他们的要求做,让他们送你回国,这样对每个人来说都是最好的。"

"是对卡思卡特、科恩和我最好,并不是对每个人。"

"是对每个人,"丹比少校坚持道,"这样可以解决一切问题。"

"对大队里那些不得不继续飞更多任务的人,这也是最好的吗?"

丹比少校畏缩了,不自在地转过脸去一小会。"约塞连,"他回答道,"如果你逼得卡思卡特上校把你送上军事法庭,并证明你犯有将被指控的所有罪行,对谁都没有好处。你会坐很多年牢,一生就全毁了。"

约塞连越听他往下讲,心里就越忧虑。"他们会指控我犯了什么罪呢?"

"弗拉拉上空作战无能,违抗上级指令,拒绝执行与敌人交火的命令,还有开小差。"

约塞连冷静地吸了吸两颊。

"他们也许会指控我犯下所有那些罪状,是不是? 他们还为弗拉拉空战发给我一枚勋章呢,现在怎么又指控我作战无能?"

"阿费将宣誓作证,说你和麦克沃特在正式报告中撒了谎。"

"我敢打赌,那个杂种会干得出来!"

"他们还将证明你犯有下列罪行:"丹比少校列举道,"强奸、大量黑市操作、破坏活动,以及向敌方出售军事秘密。"

"他们如何证明这些呢? 那些事情我一件也没干过。"

"可是他们有证人,会宣誓作证说你干过。他们可以找到所需的所有证

475

人,只需说服他们除掉你对国家有好处就行了。从某个角度看,这确实会对国家有好处。"

"从哪个角度?"约塞连质问道,他强压敌意,用一只胳膊肘撑着慢慢抬起身来。

丹比少校往后缩了缩,又擦拭起额头来。"好吧,约塞连,"他结结巴巴地辩解道,"眼下,把卡思卡特上校和科恩中校搞臭,对作战是没有好处的。让我们面对现实吧,约塞连——不管怎么说,大队的战绩确实非常出色。假如你接受军法审判却又被证实无罪,其他人可能也会拒绝执行飞行任务。卡思卡特上校将会丢脸,部队的军事效能就有可能丧失殆尽。所以,从这个角度看,证明你有罪并把你关进监狱,确实会对国家有好处,尽管你是无辜的。"

"你说得可真动听!"约塞连刻薄而怨恨地斥责道。

丹比少校脸红了,很不自在地扭动着,不敢正眼看人。"请别责怪我,"他神情焦虑而正直地恳求道,"你知道这不是我的错,我所做的不过是试图客观地看问题,找出解决办法处理一个极为困难的局面。"

"不是我造成这个局面的。"

"但你能够解决它。此外你还能干什么?你又不想飞更多的任务。"

"我可以潜逃。"

"潜逃?"

"开小差。溜之大吉。我可以扭头不理这整个该死的混乱局面,一跑了之。"

丹比少校大吃一惊。"往哪儿跑?你能去哪里?"

"我可以轻松地跑到罗马。还可以在那儿藏起来。"

"他们随时会找到你,你就这样分分秒秒生活在危险中一辈子?不不不,约塞连。那样做是灾难性的,也很不光彩。逃避是永远解决不了问题的。请相信我,我只是想帮助你。"

"那个仁慈的密探就是这么说的,说完就把大拇指戳进了我的伤口。"

约塞连嘲讽地反驳道。

"我不是密探,"丹比少校愤怒地回答道,脸颊又涨红了,"我是大学教授,有极强的是非感,而且不想欺骗你。我不会对任何人撒谎。"

"如果大队里有人向你问起这次谈话,你怎么办?"

"我就对他撒谎。"

约塞连嘲讽地笑了起来,而丹比少校尽管红着脸很不自在,却也宽慰地往后一靠,好像很愿意看到约塞连的情绪变化预示的暂时缓和的气氛。约塞连凝视着丹比少校,神情中混合着有保留的怜悯和轻蔑。他背靠着床头坐了起来,点起一支烟,微微笑着,露出嘲讽的逗乐神态,盯着丹比少校,心中不由得生出一股怜悯之情。自从轰炸阿维尼翁那天德里德尔将军下令把他拖出去枪毙后,丹比少校脸上的惊恐就永远写在那里了。那些因受惊而起的皱纹将一直驻留不去,就像深深的黑色伤疤,于是约塞连为这位文雅正派的中年理想主义者感到惋惜,正如他为那么多有些小毛病、遇到些小麻烦的人感到惋惜一样。

他故作亲切地说:"丹比,你怎么能够跟卡思卡特和科恩这样的人共事呢?难道不倒你的胃口吗?"

约塞连的问题似乎让丹比少校略感诧异。"我这么做是为了帮助我的国家,"他回答道,好像这个回答本来就是显而易见的,"卡思卡特上校和科恩中校是我的上级,执行他们的命令是我能为这场战争做出的唯一贡献。我和他们共事,因为这是我的职责。而且,"他垂下眼睛,使劲压低嗓门补充道,"我也不是一个特别敢作敢为的人。"

"你的国家再也不需要你的帮助了,"约塞连不急不躁地说道,"所以你做的一切只是在帮助他们。"

"我尽可能地不去想这一点,"丹比少校坦率地承认,"我努力把心思专注于大成果上,忘掉他们也在获得成功。我尽量把他们当成不重要的小人物。"

"你看,那正是我的麻烦,"约塞连抱拢双臂,颇有同感地说道,"我发现在我和每一个理想之间,总是隔着许多沙伊斯科普夫、佩克姆、科恩、卡思卡特那样的人,而这又或多或少改变了我的理想。"

"你应当尽量不去想他们,"丹比少校语气肯定地建议道,"而且你决不能让他们改变你的价值观。理想是美好的,但人们常常并不那么美好。你必须尽量抬头看看大局。"

约塞连怀疑地摇摇头,拒绝了丹比少校的劝告。"我抬起头来,就看见人们在捞钱。我看不见天堂、圣徒和天使,我看见人们利用每一次高尚的冲动和每一场人类的悲剧大捞其钱。"

"可你应当尽量不去想它,"丹比少校坚持道,"你应当尽量不让这种事搅扰你。"

"噢,倒也没怎么搅扰我。不过,真的叫我烦扰的是,他们把我当成了傻瓜。他们以为自己很聪明,我们其余的人都愚笨得很。嗯,你知道,丹比,我现在突然第一次有了这个念头——也许他们是对的。"

"可你也应当尽量不去想它,"丹比少校争辩道,"你应当只考虑国家的利益和人类的尊严。"

"是啊。"约塞连说。

"我说真的,约塞连。这不是第一次世界大战。你决不能忘了,我们是在跟侵略者作战,如果他们打赢了,我们俩谁也别想活。"

"这我知道。"约塞连简短地回答道,突然感到一阵恼怒,不禁皱起了眉头,"妈的,丹比,我得的那枚勋章是我挣来的,无论他们发给我的理由是什么,我反正已经飞了七十次该死的战斗任务了。别跟我讲什么为拯救国家而战斗的废话,现在我要为拯救自己而战斗一下了。国家已经没有什么危险,可是我有。"

"战争还没结束呢。德国人正朝安特卫普推进。"

"不出几个月,德国人就会被打败。再过几个月,日本人也会被打败。我现在舍弃生命,那不是为国捐躯,那是为卡思卡特和科恩送死,所以,这段时间我要交回轰炸瞄准器了。从现在起,我只考虑我自己。"

丹比少校高傲地一笑,宽容地回答道:"可是,约塞连,如果每个人都这么想呢?"

"我要不这么想,那就肯定是头号大傻瓜了,是不是?"约塞连一脸嘲弄的表情,坐得更直了,"你看,我有一种古怪的感觉,好像以前和什么人也有过一次跟这完全一样的谈话。正像牧师的感觉,每件事都经历过两次。"

"牧师希望你让他们送你回国。"丹比少校评论道。

"让他待一边去。"

"噢,天哪,"丹比少校叹了口气,遗憾而失望地摇了摇头,"他担心可能影响了你。"

"他没有影响我。你知道我会干什么吗?我可能就待在医院这张病床上,像植物一样生活。我可以就在这儿舒舒服服像植物一样生活,让别人做决定去。"

"你必须做决定,"丹比少校看法不同,"人不能活得像棵菜。"

"为什么不能?"

丹比少校眼里透出一丝淡淡的温情。"像棵菜那样生活想必很不错。"他沉思地承认道。

"糟糕之极。"约塞连说。

"不,摆脱了所有这些疑虑和压力,一定非常惬意。"丹比少校坚持道,"我觉得我很愿意活得像棵菜,什么重要决定都不做。"

"哪种菜,丹比?"

"黄瓜或者胡萝卜。"

"哪种黄瓜?好的还是坏的?"

"噢,好黄瓜,当然了。"

"他们会在你最好的时候把你摘下来,切成片做色拉。"

丹比少校沉下脸来。"那么,坏黄瓜吧。"

"他们会让你腐烂,把你做成肥料帮助好黄瓜生长。"

"那样的话,恐怕我不愿意活得像棵菜了。"丹比少校说着沮丧地微微一笑,放弃了。

"丹比,我真的必须让他们送我回国吗?"约塞连严肃地问他。

丹比少校耸耸肩。"这是自救的方法。"

"这是自毁的方法,丹比,你应该知道这一点。"

"你可以得到许多想要的东西。"

"我不要许多想要的东西,"约塞连回答道,然后突然暴发愤怒与失望,用拳头狠命砸着床垫,"真他妈的,丹比!我有不少朋友在这场战争中送了命。我现在不能做交易。被那个娼妇捅一刀算是我这辈子遇到的最好的事情了。"

"那你宁可进监狱?"

"你会让他们送你回国吗?"

"我当然会!"丹比少校斩钉截铁地说。"我肯定会,"片刻之后他补充道,口气已不那么明确了,"不错,假如我处在你的位置,我想我会让他们送我回国的。"他陷入苦恼的思索中,忧虑不安地决定道。接着,他极为痛苦地做了个手势,厌恶地别过脸去,失口叫道:"噢,是的,我当然会让他们送我回国!但是我胆小得要命,不大可能处在你的位置上。"

"假如你并不胆小呢?"约塞连问,一边细细地研究他,"假如你就是敢于公然违抗呢?"

"那我就不会让他们送我回国,"丹比少校欢快热情地断然发誓道,"但我肯定不会让他们送我上军事法庭。"

"你愿意飞更多的任务吗?"

"不,当然不愿意。那无异于全面投降。再说我可能会送命的。"

"那你就会逃走?"

丹比少校神情高傲地刚要反驳,却又突然停住了,半张开的嘴也默默地闭上了,厌倦而生气地噘起嘴唇。"那我想,我根本就没有任何希望了,是吗?"

他的前额和凸出的白眼球很快又紧张不安地一闪一闪的了。他两只无力的手交叉着放在腿上,无声地垂下眼睛盯着地板,就这么坐着,好像连呼吸都没了。陡斜的阴影从窗外投射进来。约塞连肃穆地看着他。一辆疾驶而来的汽车嘎的一声停在外面,随后沉重忙乱的脚步声匆匆向大楼赶来,可两人谁也没动。

"不,你还有希望。"约塞连的灵感来得很慢,这才记起来,"米洛可能帮得上你。他比卡思卡特上校有来头,又欠我几桩人情。"

丹比摇了摇头,单调地回答道:"米洛和卡思卡特上校现在是伙伴了,他让卡思卡特上校做了副总裁,还承诺战争结束后给他一份重要工作。"

"那么,前一等兵温特格林会帮助我们,"约塞连叫道,"他痛恨他们两个,准会为这件事发火。"

丹比少校又阴郁地摇了摇头。"米洛和前一等兵温特格林上个星期联合了,现在他们都是 M&M 企业的合伙人。"

"这么说我们没希望了,对吧?"

"没希望了。"

"一点希望也没有了。对吧?"

"没有,一点希望也没有了。"丹比少校承认道。过了一会,他抬起头来,说出一个还不成熟的想法:"如果他们能像失踪别人那样失踪我们,让我们摆脱所有这些沉重负担,那不是很好吗?"

约塞连不以为然。丹比少校忧郁地点点头,又垂下了眼睛。两个人正觉得一点希望都没有了,这时走廊里突然传来响亮的脚步声,牧师大叫大嚷地闯进门来,带来了一个关于奥尔的惊人消息,他欢喜、激动得好一阵子连话都说不完整了。他眼睛里闪动着极度喜悦的泪花。约塞连终于听明白了,他不相信地大叫一声,一下子从床上跳了下来。

"瑞典?"他喊道。

"奥尔!"牧师喊道。

"奥尔?"约塞连喊道。

"瑞典!"牧师喊道,并欣喜若狂地使劲点头,兴奋而甜美地咧嘴笑着,控制不住欢跳着四下走个不停,"这是奇迹,我告诉你!奇迹!我又相信上帝了!我真的信。在海上漂了这么多星期,最后冲上了瑞典海岸!这真是奇迹。"

"冲上了海岸,见鬼!"约塞连断言道,他也四下里蹦跳着,狂喜地冲着墙壁、天花板、牧师和丹比少校大叫大笑,"他并不是冲上瑞典海岸的,他划到那儿去的!他划到那儿去的,牧师,他划到那儿去的。"

"划到那儿去的?"

"他就是这么计划的!他是存心去瑞典的。"

"噢,这我不管!"牧师热情不减地把话掷了回来,"这依然是奇迹,是人类智慧和忍耐的奇迹。看看他取得了怎样的成就!"牧师双手捂住脑袋,笑弯了腰,"难道你们想象不出他的样子吗?"他诧异地叫道,"难道你们想象不出,他坐在黄色救生筏里,用那把小小的蓝色船桨,趁着黑夜划过直布罗陀海峡——"

"后头拖着那根钓鱼线,一路吃着生鳕鱼划到瑞典,每天下午还泡茶喝——"

"我简直可以看见他!"牧师叫喊道,暂停了一下他的赞美,好喘上一口气,"这是人类毅力的奇迹,我告诉你们。这正是从现在起我要做的!我要坚持不懈!是的,我要坚持不懈!"

"他知道每一步都在干什么!"约塞连兴奋地说道,获胜般地高高举起双拳,好像希望从中挤出启示来。他猛地转身面对丹比少校。"丹比,你这笨蛋!到底还是有希望的。难道你没看出来吗?甚至克莱文杰恐怕都还活在他那片云彩里呢,藏在什么地方,等安全了才出来。"

"你们在说什么?"丹比少校困惑地问,"你们两个在说什么呢?"

"给我弄些苹果来,丹比,还有栗子。快,丹比,快去,给我弄些海棠和七叶树果来,不然就太晚了,给你自己也弄些吧。"

"七叶树果?海棠?到底要这些干什么?"

"当然是塞进我们腮帮子里。"约塞连向空中高高伸出双臂,满怀极度绝望的自责,"唉,我为什么不听他的呢?我为什么就没有信心呢?"

"你疯了吗?"丹比少校惊恐而迷惑地问道,"约塞连,请告诉我你们在讲些什么,好吗?"

"丹比,奥尔就是这么计划的。你难道不明白——他一开始就是这么计划的。他甚至练习过如何被击落。每次执行飞行任务,他都在为此演练。而我竟然不愿跟他一起飞!唉,我为什么不听呢?他叫我一起去,我竟然不愿跟他走!丹比,再给我弄些龅牙来,还有一个要修的阀门。一副愚蠢无知的傻瓜模样,让人绝对不会怀疑其实这人是个机灵鬼。这些东西我全都需要。唉,我为什么不听他的。现在我明白他想跟我说什么了。我甚至明白为什么那个姑娘拿鞋打他的脑袋了。"

"为什么?"牧师尖声追问道。

约塞连猛地转过身,一把抓住牧师的衬衫前襟,恳求道:"牧师,帮帮我吧!请帮帮我。把我的衣服拿来。快点,行吗?我现在就要。"

牧师抬腿就往外走。"好,约塞连,我去拿。但你的衣服在哪儿?我怎么拿呢?"

"威胁恐吓任何想阻拦你的人。牧师,把我的军装拿来,它就在这医院什么地方。你这辈子就干成一件事吧。"

牧师下定决心,挺起肩膀又咬紧牙关。"别担心,约塞连,我去给你拿军装。但那个姑娘为什么拿鞋打奥尔的脑袋呢?请告诉我。"

"因为他出钱叫她干的,就这么回事!可是她不愿打得太狠,所以他只好划到瑞典去了。牧师,把我的军装找来,我好离开这个地方。就问达克特护士要吧,她会帮助你的。她一心想甩开我。"

"你要去哪儿?"牧师冲出房间后,丹比少校忧虑地问,"你要干什么呢?"

"我要逃走。"约塞连嗓音欢快而清晰地宣布道,他早已扯开睡衣领口的扣子了。

"噢,不,"丹比少校呻吟道,两手开始急促地拍着汗水直冒的脸,"你不能逃走。你能逃到哪儿去？你能去哪里？"

"去瑞典。"

"去瑞典？"丹比少校惊愕地叫道，"你要跑到瑞典去？你疯了吗？"

"奥尔去了。"

"噢，不不不不不，"丹比少校恳求道，"不，约塞连，你永远到不了那儿。你不能逃到瑞典去。你连船都不会划。"

"但是我可以到罗马去，只要你离开这儿时不要声张，让我有机会搭上一架飞机。你愿意干吗？"

"但是他们会找到你，"丹比少校不顾一切地争辩道，"把你抓回来，越发严厉地惩罚你。"

"这一回他们可得拼出老命才能抓住我了。"

"他们会拼出老命的。就算他们没找到你，你过的将是什么样的日子？你将永远孤零零的，任何时候都不会有人站在你一边，而且你随时可能被人出卖。"

"我现在过的就是这种日子。"

"可你不能就这么背弃你的职责一走了之，"丹比坚持道，"这是多么消极的行为，是逃避现实。"

约塞连轻蔑溢于言表地哈哈一笑，摇了摇头。"我可不是逃离我的职责，我是冲向它们。为了挽救自己的性命而逃走，根本算不上消极。你知道谁在逃避现实，丹比，对吗？不是我，也不是奥尔。"

"牧师，请跟他谈谈，好吗？他要开小差。他想逃到瑞典去。"

"好极了！"牧师欢呼道，把一整套约塞连的衣服骄傲地扔到床上，"逃到瑞典去，约塞连。我要留在这儿，坚持不懈。是的，我要坚持不懈。每次遇到卡思卡特上校和科恩中校，我都要找他们的碴儿，跟他们纠缠。我不怕。我甚至还要戏弄德里德尔将军。"

"德里德尔将军调走了，"约塞连提醒他，一边拉上裤子，匆匆忙忙地把衬衣下摆塞进裤腰里，"现在是佩克姆将军了。"

牧师一刻不停地胡言乱语。"那我就找佩克姆将军的晦气,甚至找沙伊斯科普夫将军去。你知道我还要干什么吗?下次我一见到布莱克上尉,就要狠狠揍他鼻子一拳。是的,我要揍他鼻子一拳。我要找个人多的时候动手,他也许就没有机会还手了。"

"你们两个疯了吗?"丹比少校抗议道,满怀痛苦的恐惧和恼怒,眼窝里两只突出的眼睛直愣着,"你们两个都失去理智了吗?约塞连,听着——"

"这是奇迹,我告诉你,"牧师称颂道,搂住丹比少校的腰,抬起胳膊肘,带着他转圈跳起了华尔兹,"真正的奇迹。如果奥尔能划到瑞典去,那么我就能战胜卡思卡特上校和科恩中校,只要坚持不懈。"

"牧师,请你住嘴好吗?"丹比少校礼貌地恳求着,一边挣脱出来,心绪不宁地拍着汗水直冒的前额。他俯身对正在伸手拿鞋的约塞连说:"可上校那儿——"

"我才不在乎呢。"

"但这实际上可能会——"

"让他们两个都见鬼去吧!"

"这实际上可能会帮了他们的忙。"丹比少校固执地坚持道,"你想过这一点吗?"

"让这两个杂种升官发财去吧,与我无关,因为我毫无办法阻止他们,只能通过逃跑让他们出出洋相。现在我有了自己的职责,丹比,我一定要到瑞典去。"

"你绝对成不了。这是不可能的。从这里跑到瑞典,从地理上看几乎是不可能的。"

"见鬼,丹比,这我知道。但我至少要试一试。在罗马有个小女孩,如果能找到她,我想把她救出去。如果能找到她,我就把她带到瑞典去。所以这也不是完全为了自己,是不是?"

"绝对是愚蠢透顶。你的良心永远不会让你安宁的。"

"愿上帝保佑。"约塞连笑道,"没有担惊受怕的事情,我活着也没意思。

对吧,牧师?"

"下回见到布莱克上尉,我要狠狠揍他鼻子一拳。"牧师自豪地说,左臂先往空中戳了两下,然后是一记笨重的猛击,"就像这样。"

"那么耻辱呢?"丹比少校追问道。

"什么耻辱?我现在更觉得耻辱。"约塞连把第二根鞋带打了个死结,立刻跳下地来,"喂,丹比,我准备走了。你觉得怎样?请你不要声张,让我搭上一架飞机好吗?"

丹比少校默默打量着约塞连,脸上浮现出奇怪而忧愁的笑。他不再出汗了,似乎平静了许多。"假如我真的要阻拦你,你会怎么办?"他用悲哀的嘲弄口吻问道,"痛打我一顿吗?"

听到这个问题,约塞连吃了一惊,觉得受了伤害。"不,当然不。你为什么这么说呢?"

"我要痛打你们一顿,"牧师夸口道,一下子跳到丹比少校跟前,摆出格斗的架势,"你和布莱克上尉,也许还有惠特科姆中士。如果我发现再也不用害怕惠特科姆中士了,那不是太好了吗?"

"你要阻拦我吗?"约塞连紧紧盯着丹比少校问道。

丹比少校从牧师跟前跳到一旁,犹豫了片刻。"不,当然不!"他脱口而出,然后突然朝门口挥动双臂,显得特别急切,"我当然不会阻拦你。走吧,看在上帝的分上,赶快走吧!你需要钱吗?"

"我有点钱。"

"喏,这儿还有些,"丹比少校热情洋溢、激动万分地掏出厚厚一沓意大利钞票,硬塞给约塞连,双手紧紧握住约塞连的手,既是给约塞连鼓劲,也是想让自己的手指停止颤抖。"这个时候在瑞典一定很惬意,"他向往地说,"姑娘们那么甜美,人们又是那么进步。"

"再见,约塞连,"牧师叫道,"祝你好运。我要留在这儿,坚持不懈,等战争结束后我们会再见面的。"

"再见,牧师。谢谢你,丹比。"

"你觉得怎样,约塞连?"

"很好。不,我很害怕。"

"这就对了,"丹比少校说,"证明你还活着。一点也不好玩。"

约塞连往外走去。"不,它会好玩的。"

"我说真的,约塞连,你每时每刻都要保持警惕。他们会撒下天罗地网抓你的。"

"我会时刻保持警惕。"

"你必须赶快跑。"

"我会赶快的。"

"赶快跑吧!"丹比少校叫道。

约塞连跑了。内特利的妓女就藏在门外。那刀劈下去,只差几英寸就砍到他,于是他逃走了。